Zu diesem Buch

Gleich in seinem ersten Fall hat Hauptkommissar Bienzle alle Hände voll zu tun: Erst liegt radioaktives Material auf der Müllhalde, dann ein Toter in einem Kernkraftwerk, und schließlich droht das ‹Rote Bataillon›, das Trinkwasser von Stuttgart zu verseuchen.

Dabei würde der gemütliche Schwabe viel lieber in aller Ruhe sein Viertele roten Trollinger genießen. Aber Ernst Bienzle geht den Fall auf seine sehr schwäbische Art an. Deshalb schätzen ihn auch so viele Ganoven lange falsch ein. Grundfalsch. Der ‹Nesenbach-Maigret› aus Stuttgart ist unkonventionell und sehr erfolgreich.

Das stellt er wieder unter Beweis, als ihm die Kollegen vom zuständigen Dezernat die Akte ‹Tod im Tauerntunnel› auf den Tisch legen. Sie hatten vergeblich versucht, dem zwielichtigen Juwelier etwas nachzuweisen. Aber nun ist er tot. Auf professionelle Art ermordet. Schon bald fängt Bienzle einen Vogel, der singt. Dennoch kann er nichts beweisen und kommt an die Drahtzieher nicht heran ...

Ist das vielleicht der Grund, warum er mit der Aufklärung eines spektakulären Versicherungsbetrugs in Seestadt betraut wird? Weg von Stuttgart und dem Morddezernat. Bienzle ist stocksauer und betrachtet sich als strafversetzt. Der Hauptkommissar nimmt sich auftragsgemäß der Sache an. Und schon bald steckt er tief in einer Mordsache.

Felix Huby, mit richtigem Namen Eberhard Hungerbühler, geboren 1938, lebte in Stuttgart, als er seinen ersten Kriminalroman mit dem inzwischen berühmten Hauptkommissar Ernst Bienzle schrieb. Zuvor hatte er als Journalist gearbeitet, Kinder- und Abenteuerromane geschrieben.

Inzwischen ist er einer der erfolgreichsten Autoren von Fernsehserien. Mit seinem Hauptkommissar Bienzle hat er zumindest eins gemeinsam: «Wir sind beide Schwaben aus Passion.»

Außerdem liegen vor: Sein letzter Wille (Nr. 2499), Bienzle stochert im Nebel (Nr. 2638), Bienzle und die schöne Lau (Nr. 2705), Bienzles Mann im Untergrund (Nr. 2768), Bienzle und das Narrenspiel (Nr. 2872), Bienzle und der Sündenbock (Nr. 2958), Gute Nacht, Bienzle (Nr. 3066) und Bienzle und der Biedermann (Nr. 3077).

Felix Huby

Der Atomkrieg in Weihersbronn

Tod im Tauerntunnel

Ach wie gut, daß niemand weiß ...

Drei Fälle für
Hauptkommissar Bienzle

Rowohlt

rororo thriller
Herausgegeben von Bernd Jost

Veröffentlicht im Rowohlt Taschenbuch Verlag GmbH,
Reinbek bei Hamburg, Juli 1994
Copyright © 1994 by Rowohlt Taschenbuch Verlag GmbH,
Reinbek bei Hamburg
Der Atomkrieg in Weihersbronn
Copyright © 1977 by Rowohlt Taschenbuch Verlag GmbH,
Reinbek bei Hamburg
Tod im Tauerntunnel
Copyright © 1977 by Rowohlt Taschenbuch Verlag GmbH,
Reinbek bei Hamburg
Ach wie gut, daß niemand weiß ...
Copyright © 1978 by Rowohlt Taschenbuch Verlag GmbH,
Reinbek bei Hamburg
Umschlaggestaltung Peter Wippermann / Susanne Müller
Satz Aldus (Linotronic 500)
Gesamtherstellung Clausen & Bosse, Leck
Printed in Germany
1200-ISBN 3 499 43140 8

Inhalt

Der Atomkrieg in
Weihersbronn
7

Tod im Tauerntunnel
153

Ach wie gut,
daß niemand weiß...
279

Der Atomkrieg
in Weihersbronn

Die Hauptpersonen

Hans Kilper: ein Zyniker mit Herz

Anne Muthesius: ein Licht unter dem Scheffel

Dr. Philipp Steinbach: ein Idealist mit Scheuklappen

Horst Kanzleiter: ein Opfer mit Selbstbeteiligung

Erwin («Luzifer») Pichowiak: ein Problemfall mit einer Pistole

Johannes («Joe») Heusel: ein Typ, der über Leichen geht

Kathrin Steinbach: ein Mädchen, das es besser wissen sollte

Annerose Auerbach: ein Muster an Pflichterfüllung

Kriminalassistent Haußmann: ein unter Schwaben leidender Norddeutscher

Hauptkommissar Bienzle: ein Schwabe

Dies ist ein Roman.
Die auftretenden Personen
sind frei erfunden,
und die geschilderten
Ereignisse haben so nie
stattgefunden. Hoffentlich
finden sie nie statt.

                    F. H.

1

«Eigentlich ist das Ganze eine Schnapsidee», sagt Hans Kilper zu dem dicken Wirt des Goldenen Adler in Weihersbronn; «man kommt sich vor wie ein Zwischending zwischen Polizeischnüffler und Dreckspatz. Noch einen Klaren, bitte!»

Der Wirt schiebt den Schnaps über die Theke, an der Kilper lehnt – ein fast zwei Meter großer, breitschultriger, bärtig-bulliger Typ, der sich von den dörflichen Gästen in vielem unterscheidet. Sein kariertes Jackett mit den auffallenden Lederflecken auf den Ellbogen hat Kilper vor einem Jahr in London gekauft, dazu trägt er elegante dunkelbraune feingerippte Kordhosen, die – völlig stilwidrig – in billigen gelben Plastikstiefeln stecken. Zwischen den Zähnen hält er eine gewichtige Pfeife und reckt das Kinn vor, als müßte er ihr zusätzlichen Halt geben.

«Sie werden nichts finden», stellt der Wirt fest und geht mit vier Weingläsern auf einem Tablett zum Stammtisch, um die Neuigkeit weiterzutragen. «Ein Zeitungsmensch», sagt er zu den behäbig um den weißgescheuerten Holztisch sitzenden Einheimischen; «der sucht eine Atombombe bei uns...» Er lacht dröhnend.

Kilper ist dem Wirt gefolgt: «Man kann nie wissen», sagt er. «So idiotensicher sind unsere Atomkraftwerke dann auch wieder nicht.»

«Die passen schon auf», sagt der Wirt. «Seit zehn Jahren machen die da draußen Strom, und bis jetzt ist alles ganz normal gewesen. Das ist doch Panikmache mit der Strahlung. Ich kann nur sagen, unser Dorf hat bis jetzt nur profitiert.»

Für den Wirt ist die Diskussion damit beendet. Er verschwindet in der Küche. Kilper steht unschlüssig mitten in der schwäbischen Wirtschaft – ein Fremdkörper in der ländlichen Idylle.

«Was suchet Sie denn?» fragt einer der Männer am Stammtisch.

«Darf ich mich zu Ihnen setzen?» fragt Kilper zurück.

«Des wird mr Ihne ja schlecht verbieta könna», gibt der Weihersbronner zurück.

Dann schweigen sie erst einmal alle am Tisch. Kilper wird es ungemütlich. Er, der gewohnt ist, ohne großen Respekt mit jenen Leuten zu reden, von denen behauptet wird, daß sie das Sagen haben, findet hier keinen so rechten Anfang. Schließlich sagt einer der Stammtischbrüder in seinem Dialekt: «Ja, ja, so isch's no au wieder» und verfällt wieder in das Schweigen am runden Tisch. Kilper räuspert sich.

«Vor vier Wochen wurde beim Kernforschungszentrum in Karlsruhe Atommüll gefunden», sagt er. «Auf einer ganz normalen, öffentlichen Müllkippe.»

Die Männer nehmen's schweigend zur Kenntnis.

«120 000 Millirem haben Leute von einer Umweltschutzgruppe gemessen. In Schlammresten, die da schon lange lagern.»

«Was ist das, Millirem?» fragt einer der Einheimischen und nimmt einen Schluck von seinem samtroten Wein.

«Damit mißt man die Strahlung radioaktiver Substanzen... Man kann Krebs davon kriegen», sagt Kilper.

Die Tischrunde zeigt sich nicht sonderlich beeindruckt. Ein dicker Mann bestellt bei der Bedienung, einer schmalen, schwarzhaarigen Jugoslawin, noch einen Wein:

«Geh Duschankale, breng mr no en Trollinger.»

«Sind Sie Winzer?» fragt Kilper.

«Mhm!» bestätigt der Dicke.

«Wissen Sie schon, daß das Weihersbronner Kraftwerk vergrößert werden soll?»

«Mhm.»

«Und haben Sie sich einmal darum gekümmert, wie das die Wetterverhältnisse hier im Neckartal verändern wird?»

«Wieso, was hat das denn mit dem Wetter zu tun?» fragt der zurück und fällt dabei in die Schriftsprache des Gastes.

«Pro Tag 960 000 Kubikmeter Wasser, das aus dem Neckar genommen und zum Teil als Dampf über die Kühltürme in die Atmosphäre entlassen wird», doziert Kilper gestelzt, «bei Inversionswetterlagen ergibt das eine enorme Zunahme des Nebels, weniger Sonneneinstrahlung, weniger Süße im Wein, oder?»

Auf einmal blicken alle am Tisch auf. Der dicke Winzer ruft das Mädchen aus Jugoslawien: «Geh, Duschankale, breng dem Herrn a Viertele Trollinger uf mei Rechnung!»

Kilper lächelt in sich hinein. Nächste Woche wird er den Kollegen in Hamburg erzählen, wie er diese verschlossenen Weingärtner und

Bauern herumgekriegt hat, und seine Geschichte wird mit den Vorgängen in Weihersbronn gar nicht mehr so viel zu tun haben.

Zwei Stunden später verläßt Kilper den Goldenen Adler. Der ungewohnte Rotwein hat seine Glieder schwer gemacht.

Er stapft unschlüssig durch das schlafende Dorf. Am Nachthimmel erkennt er, nur wenig gegen den schmalen, spitzen Kirchturm versetzt, die runde Kuppel des Kernkraftwerks, die nachts von Scheinwerfern angestrahlt wird.

«Scheiße», murmelt er vor sich hin. Ein richtiger Auftrag ist das nicht, den ihm die Redaktion da gegeben hat...

Kaum waren die Meldungen über die Atommüllfunde in Karlsruhe bekanntgeworden, da hatte ihn schon sein Chef zu sich kommen lassen.

«Kilper, der Auftrag mag ein wenig seltsam klingen, aber auch die Chefredaktion hält die Idee für richtig: Sie organisieren sich einen Geigerzähler, und dann nehmen Sie sich Zeit, solange Sie wollen. Sie suchen alle Müllkippen in der Nähe unserer Atomkraftwerke ab – es muß ja leicht herauszukriegen sein, wo die jeweils ihren Dreck hinkarren. Wenn es in Karlsruhe getickt hat, ist es leicht möglich, daß auch noch woanders strahlenintensiver Müll zu finden ist.»

Kilper hatte seinen Chef ungläubig angestarrt und heftig an der erkalteten Pfeife gezogen. «Das ist doch ziemlich unsinnig!»

«Mag sein. Aber erstens haben wir sowieso saure Gurkenzeit, und zweitens ist die Aktion auch dann sinnvoll, wenn die Chance, daß wir, beziehungsweise daß Sie, etwas finden, eins zu hundert steht.»

Darüber konnte man streiten. Aber Kilper wußte genau, wie wenig Sinn das hatte, deshalb fragte er nur: «Angenommen, ich finde solches radioaktiv verseuchte Zeug: Was mache ich damit?»

«Sie beschaffen sich am besten die notwendige Ausrüstung, um Proben von dem Müll zu verpacken, wenn Sie einen Verdacht haben. Dann bringen Sie den Mist zu einem einschlägig bewanderten Strahlenfachmann und lassen die Gefährlichkeit bestimmen.»

Kilper hatte widerwillig genickt und überlegt, daß er bei einer solchen Recherchenfahrt eine ganze Menge Spesen machen würde. Zudem war ja gegen einen schlauen Job, der eine Reise durch die ganze Bundesrepublik eintrug und bei dem aller Wahrscheinlichkeit nach noch nicht einmal eine Zeile zu schreiben sein würde, nichts einzuwenden... Als ob sein Chef diese Gedanken erraten hätte, sagte er: «Ein Report über die deutschen Kernkraftwerke, ihre Probleme mit den Menschen im Umland und so weiter – das müßte allemal rausspringen dabei.»

Wieder murmelt Kilper leise: «Scheiße!» und wirft der Betonhaube am Dorfrand einen bösen Blick zu. Er muß an diesen Dr. Steinbach denken, praktischer Arzt und Geburtshelfer in Weihersbronn und Vorsitzender der Bürgerinitiative ‹Pro Umwelt – contra KKW›. Bei ihm hatte er sich die Information darüber beschafft, wo das Kraftwerk gemeinhin seinen Müll hintransportiert. Ein ruhiger, souveräner Mann, der ihm absolute Diskretion zugesichert hat.

«Sobald heraus ist, was Sie hier suchen, wird der Teufel los sein», hatte der Arzt gemeint. «Sie glauben ja gar nicht, wie emotionsgeladen diese Auseinandersetzung um das Kernkraftwerk ist. Am besten reden Sie mit niemandem darüber.»

Nun hat er doch geredet, und wenn er etwas unternehmen will, noch ehe die Nachricht von seinen Absichten das Kraftwerk erreicht, muß es noch in dieser Nacht sein – das ist ihm klar.

Kilper steigt in seinen Wagen und fährt los. Den Weg hat ihm Doktor Steinbach beschrieben. Ein schmales Sträßchen führt vom Kraftwerk bergauf durch Obstbaumwiesen und endet drei Kilometer weiter direkt vor dem hohen Zaun, hinter dem der Müllplatz der Gemeinde Weihersbronn liegt.

Der Müllplatz dampft. Schwaden üblen Verwesungsgeruchs ziehen durch den schmalen Fensterspalt, den Kilper geöffnet hat. Er muß sich überwinden, auszusteigen und den handlichen Geigerzähler aus dem Kofferraum zu holen.

Der Platz ist vorschriftsmäßig eingezäunt und durch ein hohes Lattentor verschlossen. Ob das Hausfriedensbruch oder so etwas ist? denkt Kilper, als er an dem Maschendrahtzaun hochklettert. Die Taschenlampe, die er dabei zwischen die Zähne klemmt, gibt ihm nur wenig Licht, aber die Nacht ist hell, so daß die Kletterei ziemlich einfach ist. Er steigt über, läßt sich auf der anderen Seite fallen und stößt gleich einen Fluch aus, weil er bis zu den Knöcheln in Schlamm versackt.

Der Strahl der Taschenlampe irrt über die Kippe. Offensichtlich hat eine Planierraupe den oberen Teil platt gewalzt. Nach etwa zwanzig Metern fällt der Müllberg steil ab. Kilper wird übel. Der Gestank ist kaum auszuhalten. Steinbach hat ihm erzählt, daß vom Kraftwerk vor allem der Schlamm heraufgebracht wird, den die Rechen zum Fluß hin festhalten, damit Kühlwasserzufluß und Abwasserabfluß einigermaßen saubergehalten werden... Tote Fische, vergorener Flußschlamm und so was, denkt Kilper; man sollte ein Paket davon in die Redaktion nach Hamburg schicken!

Dann bleibt er aber ruckartig stehen.

Der Geigerzähler in seiner Hand scheint verrückt zu spielen. Nach dem langsamen Tack-tack-tack-tack, das er noch am Zaun vernahm, fängt das kleine Gerät plötzlich zu rattern an wie ein Maschinengewehr... Kilper steht da wie versteinert. Das kann nicht sein! denkt er; das Gerät muß eine Macke haben! Er richtet den Lichtkegel der Taschenlampe auf die Skala.

Sie reicht von null bis 500 000 Millirem; 120 000 Millirem haben die Fachleute in Karlsruhe gemessen... Der Zeiger seines Geräts schlägt über den Skalenrand hinaus.

Kilper zieht sich schrittweise zurück bis zum Zaun. Das Rattern geht wieder in das langsamere Tack-tack-tack über, und der Zeiger bleibt nun bei knapp 90 000 Millirem stehen.

Kilper klettert über den Zaun und holt aus seinem Wagen eine kleine Schaufel und zwei Plastiksäcke. Und weil ihm der Weg über den Zaun zu mühevoll wird, tritt er kräftig gegen das Lattentor, das ohne Widerstand aufspringt.

Rasch, so als ob er sich verbrennen könnte, schaufelt er ein paar Schlammbatzen in die Tüten. Noch einmal leuchtet er die Stelle ab. Da entdeckt er einen kleinen grünen Zettel. Er zieht ihn aus der stinkenden Masse heraus. LAUFZETTEL KKW WEIHERSBRONN steht da gedruckt; darunter, mit Hand geschrieben: *Sieben Rohrstücke für Werkstatt II.*

Kein Zweifel, der Müll, den er da geschöpft hat, stammt aus dem Kernkraftwerk.

Eine halbe Stunde später steht Kilper unter der Dusche seines Hotelzimmers im Goldenen Adler und versucht, den Geruch von toten Fischen und Gärschlamm loszuwerden. Die beiden Plastiksäcke hat er unter dem Waschbecken deponiert.

Ohne ersichtlichen Grund und ohne nachzudenken, steigt er plötzlich aus der Dusche heraus, tapst ins Zimmer, holt sich den Geigerzähler und hält ihn an die beiden Müllpakete. Das Instrument antwortet mit einem minimalen, kaum zu registrierenden Ausschlag. Er öffnet die Säcke trotz des Gestanks – Reaktion des Geräts gleich Null... Noch immer nackt und tropfend, geht er zum Telefon.

«Kurz», antwortet eine verschlafene Stimme.

«Kilper hier; Sie erinnern sich – ich bin der Reporter, dem Sie den Geigerzähler geliehen haben.»

«Sind Sie wahnsinnig? Es ist zwei Uhr nachts!»

«Professor», sagt Kilper aufgeregt. «Sie müssen mir nur eine Frage beantworten!»

«Na, nu bin ich schon mal wach», knurrt der andere.

«Wenn auf einer Müllkippe, auf der unzweifelhaft Schlamm aus einem Kernkraftwerk abgelagert ist, der Geigerzähler weit über die Skala hinaus ausschlägt...»

«Machen Sie Witze?» brüllt Kurz zurück.

«Ich berichte, sonst nichts», sagt Kilper ziemlich scharf. «Also, wenn der Zeiger weit über die Skala hinaus ausschlägt, und wenn ich dann eine Schlammprobe nehme, wegschaffe und eine Stunde später noch mal messe und die Probe praktisch keine Reaktion hervorruft, was...»

«Wissen Sie überhaupt, was Sie da sagen? Haben Sie eine Ahnung, was das bedeuten würde?» schreit Professor Kurz am anderen Ende der Leitung.

«Nee», sagt Kilper wahrheitsgemäß.

«Das bedeutet, daß in dem Müllhaufen eine Strahlenquelle stecken muß, die hinter eine dicke Bleiwand gehört!»

«Ich versichere Ihnen, Professor, wenn Ihr Geigerzähler keinen Fehler hat, dann ist dies auf der Müllkippe in Weihersbronn der Fall.»

«Wie weit ist es von hier bis zu Ihnen?» fragt Kurz knapp.

«Ich schätze, daß man es von Heidelberg aus in eineinhalb Stunden schaffen kann.»

«Erwarten Sie mich in zwei Stunden am Ortseingang», sagt Kurz und hängt auf.

Die Begrüßung fällt nicht sonderlich freundlich aus. Niemand könnte sagen, wer aufgeregter ist, der Reporter oder der Professor. In Kilpers

Wagen kurven die beiden zu der Müllkippe hinauf. Kurz sagt kein Wort, steigt aus, zieht aus einer abgeschabten Aktentasche ein Gerät und schreitet auf die Müllkippe. Kilper zeigt ihm ebenso stumm den Weg zu der Stelle, an der er den heftigsten Ausschlag registriert hat. Nun fängt auch das Gerät des Professors an, Geräusche von sich zu geben.

«1,2 Millionen Millirem...» murmelt Kurz.

«Sehr gefährlich?» fragt Kilper.

«Wenn Sie die Strahlenquelle, die das aussendet, in der Hosentasche direkt neben den Hoden tragen, sollten Sie zumindest keine Kinder mehr zeugen», gibt Kurz bissig zurück und fängt an, mit Kilpers kleiner Schaufel zu graben.

Kilper schimpft sich selbst einen Idioten, daß er keinen Fotografen bestellt hat. Diese gespenstische Szene müßte man im Bild haben. Zwei Meter unter ihm, von der Taschenlampe angestrahlt, schuftet der weißhaarige Physiker wie ein Bauarbeiter im Akkord.

«Da – da ist es!» ruft er plötzlich; «gehn Sie zur Seite...» Ein kleines Päckchen fliegt knapp an Kilpers Kopf vorbei und landet auf der planierten Fläche der Müllkippe. Kurz steigt herauf. Er atmet schwer.

«Granatensauerei!» prustet er. «Geh'n Sie da weg!» Er rennt zu seiner Tasche und holt ein Bleigefäß, das wie ein großes Marmeladenglas aussieht. Erst als er das Päckchen in dem Behälter hat, atmet er ruhiger. «Ionenaustauscher, eingeschweißt in ein Plastiktäschchen», erklärt er.

Kilper hat gerade hin- und hergerechnet, ob er seine Geschichte noch für die nächste Ausgabe zustande bringt. «Was ist das, ein Ionenaustauscher?»

«Gibt es in jeder kerntechnischen Anlage. Das sind kleine Kunstharzkügelchen, welche die Fähigkeit haben, bestimmte Materialien, auch radioaktive Materialien, an sich heranzuziehen und dafür ungefährliche abzugeben. So wird beispielsweise leicht verseuchtes Kühlwasser gereinigt.»

«Aha», sagt Kilper. Das hört sich gut an.

«Wir müssen die Polizei alarmieren», bestimmt Kurz.

Das hört sich nicht gut an. «Hören Sie mal – das ist eine Exklusiv-Story! Meine Story!» wendet Kilper ein. «Wenn die Polizei davon weiß, erfährt es auch die Tagespresse; dann ist die Geschichte rum, ehe ich sie bringen kann – schließlich erscheinen wir nur einmal wöchentlich.»

«Jetzt hören Sie mal zu», sagt Kurz. «Es kümmert mich einen Dreck, was das für euch Zeilenschinder bedeutet; ich trage jetzt die Verantwortung, und ich sage, daß hier die Polizei und der Strahlenschutzzug zu erscheinen haben! Und zwar auf dem schnellstmöglichen Weg.»

Kilper rechnet: Es ist die Nacht zum Samstag; am Montag erscheint sein Blatt... Gefahr droht nur von den Sonntagszeitungen.

«Kein Problem», sagt der Chefredakteur 20 Minuten später; «wir geben eine Meldung an dpa: ‹Reporter der WOCHE entdeckt Atommüll› – dann sind wir selber Teil der Nachricht, und niemand kann uns das Erstgeburtsrecht nehmen, klar?»

Kilper lächelt: «Klar!» Welcher Reporter träumt nicht davon, selbst einmal Schlagzeilen zu machen?

Als Kilper wieder zur Müllkippe zurückkehrt, gleicht das stinkende Plätzchen am Waldrand einer Filmszene. Scheinwerfer leuchten das Gelände aus. Polizisten hasten hin und her. Ein großer Kastenwagen mit der Aufschrift STRAHLENSCHUTZZUG steht direkt am Lattentor. Professor Kurz diskutiert wild gestikulierend mit drei Männern. Kilper tritt hinzu.

«Das ist er», sagt Kurz.

Ein hagerer, etwa fünfzigjähriger Mann dreht sich um und brüllt Kilper an: «Sie bringe ich ins Gefängnis!»

«Der Bürgermeister», erklärt Kurz.

Ein drahtiger kahlköpfiger Mann kommt auf den Reporter zu und zischt ihn an: «Wie kommen die Ionenaustauscher auf diese Müllkippe?»

Kilper zuckt die Achseln. «Da müssen Sie schon die Helden vom Kernkraftwerk fragen.»

«Ich bin der technische Leiter des Kernkraftwerks!» brüllt der andere zurück, «und es ist absolut unmöglich, daß dieses Päckchen mit unserem Müll hier herausgekommen ist – ab-so-lut unmöglich... Wenn es von uns stammt, dann muß es jetzt im ehemaligen Salzbergwerk Asse liegen, 1000 Meter unter der Erde, in Glas eingegossen und in einer Tonne versiegelt.»

Kilper schreibt sich die Details ungerührt auf. «Tatsache ist», sagt er dann, «daß wir es vor eineinhalb Stunden hier gefunden haben.»

«Nachdem Sie's vorher hineinpraktiziert haben, was?» schreit der Bürgermeister.

Kilper schaut ihn befremdet an: «Das ist doch nicht Ihr Ernst?»

«Sie oder ein anderer», brüllt der Gemeindevorsteher; «das ist doch ein gemeines, abgefeimtes Spiel gegen den Ausbau des Werks!»

Kilper schreibt eifrig, dann hebt er den Blick und fragt den technischen Leiter ganz ruhig: «Sagen Sie, Herr... ?»

«Bindernagel», knurrt der.

«Sagen Sie, Herr Bindernagel, kann das Päckchen aus Ihrem Werk sein, ja oder nein?»

«Wir verwenden solches Material; es kann von uns sein. Aber es kann nicht auf diese Müllkippe gelangen, darauf kommt es an!»

«Schlamperei ausgeschlossen?» fragt Kilper.

Bindernagel wendet sich wortlos ab und geht zum Rand der Müllkippe, wo nun Professor Kurz den Polizisten genau den Fundort beschreibt. Ein Beamter steckt numerierte Täfelchen in den Schlamm; ein Polizeifotograf macht Aufnahmen davon. Kilper geht zu einem Beamten und fragt:

«Wer ist denn hier euer Boss?»

Der Polizist deutet auf einen gemütlich aussehenden grauhaarigen Uniformierten: «Dort steht er.»

Kilper geht zu ihm. «Werde ich hier in den nächsten zwei Stunden gebraucht?» fragt er. «Mein Name ist Kilper, Reporter bei der WOCHE; ich würde gern meinen Artikel durchtelefonieren.»

«Sie haben uns das also eingebrockt», sagt der Beamte, und sein Lächeln paßt nicht zu dem ziemlich grimmig hervorgestoßenen Satz.

«Nein», sagt Kilper bestimmt. «Ich habe das Zeug zwar entdeckt, aber ich habe es weder hergestellt noch hierhergebracht... Wissen Sie, ich gehöre nicht zu den Reportern, die ein Haus anstecken, nur um über einen Brand berichten zu können.»

«Sie werden morgen vernommen», sagt der Polizist. «Und wenn wir Sie brauchen, wissen wir ja, wo Sie zu erreichen sind. Gute Nacht!»

«Guten Morgen», sagt Kilper und schaut zu den Baumwipfeln hinauf, die gerade in das zarte Rot der ersten Sonnenstrahlen getaucht werden.

2

Kilper hat verschlafen. 10.00 Uhr zeigt der Wecker auf dem schäbigen Hotel-Nachttischchen.

«Mist», murmelt er und schwingt die Beine aus dem Bett, läßt sich aber sofort wieder zurückfallen. Den stechenden Schmerz knapp oberhalb des linken Hüftknochens kennt er: Bandscheibe.

«Daß mir das gerade jetzt passieren muß», knurrt er und nimmt einen zweiten Anlauf. Er schafft es bis zur halben Höhe, dann bleibt er gebeugt stehen, verkrampft und mit schmerzverzerrtem Gesicht. Kilper hangelt sich an der Wand entlang zum Badezimmer und läßt Wasser in die Wanne laufen. Ein heißes Bad wird ihm guttun. Da klingelt das Telefon. Er humpelt zum Bett zurück. «Ja, Kilper!»

«Was ist denn mit Ihnen los? Seit wann seufzen Sie Ihren eigenen Namen?» fragt der Ressortchef aus Hamburg.

«Diese Scheißbandscheibe!»

«Ausgerechnet jetzt? Das sollten Sie sich für später aufsparen!»

«Ich wußte doch, Mitgefühl ist Ihre starke Seite», knurrt Kilper und kriecht wieder unter die Bettdecke.

«Was ich Ihnen sagen wollte: Die Story ist top, und wir haben sie noch untergekriegt. Eine Vorausmeldung an dpa ist gestern abgegangen, muß heute überall in den Nachrichten laufen ... Sie sind am nächsten dran, und Sie bleiben dran. Und sorgen Sie dafür, daß Sie vorne bleiben, klar?»

«Also, da wär ich nie drauf gekommen», raunzt Kilper.

«Soll ich Ihnen noch einen Mann schicken?»

«Wenn, dann höchstens eine Frau.»

«Auch das können Sie sich sparen», bellt der Chef.

Kilper bellt zurück: «Dieser Verlag hat keine echten Sozialleistungen!»

Es klopft an der Tür.

«Chef, bei mir klopft es – ich muß auflegen», sagt Kilper. «Ich denke, das ist die Polizei; die haben sich schon angekündigt.»

«Also, nicht vergessen: Wir müssen immer das Doppelte von den anderen wissen, und das noch doppelt so schnell.»

«Ja doch», knurrt Kilper, «sollen Sie haben. Soll ich's als Schmuckblatt-Telegramm durchgeben?» Er knallt den Hörer auf die Gabel und stemmt sich ächzend von seinem Lager hoch.

Wieder klopft es. Kilper humpelt gebeugt zur Tür, so wie er aufsteht, nackt. «Komme ja schon!» Er macht die Tür auf, und im gleichen Moment steht er kerzengerade.

Anne Muthesius starrt entgeistert auf den nackten Riesen im Türrahmen. Umdrehen? Augen schließen? Wegrennen? Eintreten, als ob nichts wäre? Schließlich tut sie nichts von alledem, sondern bleibt einfach stehen und starrt auf den breiten, dichtbehaarten Brustkasten des Mannes.

«Sie haben meine Bandscheibe geheilt», sagt Kilper. «Eine Art Schockbehandlung; das hilft manchmal...» Er macht zur Probe ein paar Drehungen in der Hüfte, die in dieser Situation ein bißchen lasziv wirken.

«Was... Was habe ich?» stottert Anne Muthesius.

«Moment», sagt Kilper; mit ein paar raschen Schritten geht er ins Zimmer und holt sich einen braunen, flauschigen Bademantel. «Alles in Ordnung!» ruft er. «Sie können eintreten.»

Anne Muthesius geht hinein.

Auf dem einzigen Stuhl im Zimmer liegen Kilpers unordentlich hingeworfene Kleider, das Bett ist zerwühlt. Im Bad rauscht noch immer das Wasser. Kilper stellt es ab und lehnt sich in den Rahmen der Tür zum Bad.

«Was verschafft mir die Ehre?» fragt er und schaut das verlegen dastehende Mädchen an. Sie mag einssiebzig groß sein; das halblang geschnittene, frisch gewaschene Haar umrahmt ein attraktives, slawisch anmutendes Gesicht mit hohen Backenknochen, schmalen blauen Augen, einer etwas zu kleinen Nase und einem vollen, wunderschönen Mund. Die Figur ist zierlich: schmale Hüften, kleine, vermutlich feste Brüste; die Beine schlank, aber etwas zu kurz... Sie sollte Schuhe mit höheren Absätzen tragen, denkt Kilper. Das faszinierendste aber ist dann ihre Stimme – samtweich, leise und ein wenig zu tief.

«Ich muß mich entschuldigen», sagt sie.

Kilper macht eine wegwerfende Handbewegung. «Schon gefrühstückt?» fragt er.

Sie nickt. «Schließlich ist es schon nach zehn Uhr.»

«Na, dann können wir ja zur Sache kommen.»

«Ich bin eine Kollegin von Ihnen», sagt Anne Muthesius zögernd.

«Vom Weihersbronner Tagesanzeiger, das ist ein Kopfblatt der Nekkarzeitung.»

«Volontärin?»

«Jungredakteurin im zweiten Jahr...» Vergeblich sucht sie nach Spott in seinen Augen.

«Aha. Und nun soll ich Ihnen erzählen, was das alles war, heute nacht?»

«Am liebsten ja.» Sie zieht einen Block aus ihrer Umhängetasche.

«Stört es Sie, wenn ich das von der Badewanne aus mache?»

Sie schüttelt irritiert den Kopf.

Mit einem tiefen Seufzer läßt sich Kilper in das heiße Wasser gleiten. «Schmeißen Sie die Klamotten vom Stuhl und machen Sie es sich bequem», ruft er vom Bad her. «Also, dann... Ich habe von meinen Bossen einen idiotischen Auftrag bekommen...» Er erzählt knapp und präzis. Anne Muthesius hat Mühe mitzuschreiben.

Als er fertig ist, sagt sie: «Danke schön... das war sehr nett von Ihnen. Sie glauben gar nicht, wie sehr mir das hilft. Damit komme ich zum erstenmal auf die überregionalen Seiten.»

Kilper tritt, in ein Frotteetuch gewickelt, aus dem Badezimmer. «Vor zwölf Jahren hatte ich auch einmal Ihren Job. Nicht hier natürlich, in Pinneberg bei Hamburg. Ich hatte damals fürchterliche Angst, ich könnte mich blamieren. Kein Abi, kein Studium – daß die mich genommen hatten, war das reine Wunder... Na ja. Ich bin dann auf dem Rückweg von meinen Recherchen immer zuerst auf meine Bude gerannt, habe den Artikel in den Notizblock geschrieben, also fertig ausformuliert. Dann bin ich in die Redaktion gerast, habe den Block neben meine Maschine gelegt, kurz nachgedacht und dann das Werk ohne abzusetzen ins Manuskript gehämmert. Keine Probleme mit Überschrift, Unterzeile, Vorspann oder gar Artikelanfang. Schon nach ein paar Tagen hatte ich den Spitznamen ‹Naturtalent›, und nach einem Jahr wurde ich Redakteur.»

«Sie haben den fertigen Artikel als Notizen ausgegeben? Das war aber doch der reine Bluff», sagt Anne Muthesius.

«Stimmt», lacht Kilper. «Und wenn Sie jetzt mal aus dem Fenster sehen, kann ich mich rasch anziehen.»

«Ich kann doch gehen – wir sind ja fertig.»

«Ich dachte, Sie hätten vielleicht Lust, mit hinauszufahren zum Kernkraftwerk.»

«Ein Angebot, das man nicht ausschlagen kann», sagt sie und dreht sich zum Fenster.

«Au, verdammte Scheiße!» brüllt Kilper Sekunden später.

Anne Muthesius fährt herum. Tief gekrümmt steht er mitten im Zimmer, die Hose bis knapp zu den Knien hochgezogen, regungslos, erstarrt, schmerzverzerrt.

«Es ist lächerlich», stöhnt er, «ich bin ein Krüppel... Am besten wird es sein, Sie fahren allein los. Ich muß irgendwie sehen, wie ich wieder in die Senkrechte komme.»

«Unsinn», sagt Anne Muthesius resolut, «ich helfe Ihnen.» Sie geht zu ihm hinüber. «Stützen Sie sich auf meine Schulter.» Ohne ein Wort zu sagen, hält sich Kilper an ihr fest. Mit geschickten Handgriffen zieht Anne Muthesius den Kollegen vollends an. «Können Sie gehen?»

«Ich kann's versuchen.»

«Wenn es Ihnen recht ist, fahre ich», sagt Anne Muthesius und wirft ihre Tasche über die Schulter.

«Kennen Sie einen Arzt hier, der mir auf die Schnelle eine Spritze verpassen könnte?»

«Klar, Dr. Steinbach.»

«Das ist doch der Umweltschützer, nicht?»

«Ja, genau.»

Im Auto bittet Kilper: «Erzählen Sie mir mehr von diesem Umweltdoktor.»

«Ach, der ist ganz in Ordnung... Nur mit seinen Mitgliedern, da hat er manchmal Kummer.»

«Kummer? Wieso?»

«Na ja, gelegentlich schießt da mal einer übers Ziel hinaus. Letztes Jahr hat man einen Sprengsatz im inneren Bereich des Kernkraftwerks gefunden, eine Plastikbombe oder so etwas.»

«Davon habe ich nirgendwo etwas gelesen.»

«Können Sie auch nicht. ‹Im übergeordneten Sicherheitsinteresse› oder wie das heißt hat die Presse darauf verzichtet, darüber zu berichten.»

«Ist das Ihr Ernst?»

«Klar. Die Macht der Presse liegt hier in den Händen von zwei leitenden Lokalredakteuren, und die spielen Skat mit dem Bürgermeister und dem KKW-Chef Bindernagel.»

«Und wer hat die Bombe gelegt?»

«Das wurde nie ganz geklärt.»

«Was heißt ‹nie ganz›? Wurde es denn halb geklärt?»

«Der Verdacht fiel auf einen Mechanikermeister im Kernkraftwerk, der Mitglied von Steinbachs Umweltschutztruppe ist. Dieser Mann gilt als besonders harter Gegner des Kraftwerkausbaus.»

«Ein Mitarbeiter des Atomkraftwerks?»

«Ja. Die Umweltschützer haben eine ganze Reihe Mitglieder im KKW, das ist nichts Ungewöhnliches hier. Aber dieser Horst Kanzleiter, so heißt der Mechaniker, hat in irgendeiner Wirtschaft eben mal geäußert, man müßte eine Bombe legen, um die Welt aufzurütteln.»

«Sagen Sie das noch mal! Ein Mann, der im Kernkraftwerk sein Brot verdient, will es in die Luft jagen? Das gibt doch gar keinen Sinn.»

«Sie müssen wissen, daß viele der Umweltschützer sich mit dem KKW abgefunden haben; sie verlangen nur mehr Sicherheitsvorkehrungen, und vor allem wollen sie den Ausbau verhindern. Ihnen genügt es sozusagen, den Status quo zu erhalten. Und der Kanzleiter gehört zu diesen Leuten, aber er ist auch ein Hitzkopf, vor allem, wenn er was getrunken hat. Und außerdem gilt er als einer der besten Techniker im Werk... Ich habe übrigens keine Sekunde geglaubt, daß er es war.»

Kilper, der nun sehr nachdenklich geworden ist, sagt lange nichts. Anne Muthesius hält auf dem kleinen Weihersbronner Marktplatz. Unter einem riesigen Kastanienbaum plätschert ein Brunnen, die Fachwerkhäuser umstehen den Platz wie die penibel gemalte Kulisse eines Kasperletheaters.

«Wir sind da; dort drüben ist Steinbachs Praxis.»

«Moment noch», sagt Kilper. «Wenn es im Kernkraftwerk Leute gibt, die so vehement gegen einen weiteren Ausbau sind, und wenn wir mal annehmen, daß einer dieser Leute, vielleicht dieser Kanzleiter, durch Zufall davon erfahren hat, daß ich auf der Müllkippe nach Atomabfall suchen wollte, dann liegt es doch nahe...» Kilper bricht ab.

Anne Muthesius sieht zu ihm hinüber. In seine Stirn hat sich eine tiefe Falte eingegraben.

«Ich muß mit diesem Kanzleiter sprechen», sagt Kilper. «Heute noch.»

«Glauben Sie denn tatsächlich...?»

«Ich glaube gar nichts. Vor allem glaube ich genausowenig an Zufälle wie die Polizei. Und der Gedanke, das Werkzeug eines fanatisierten Umweltschützers geworden zu sein, sagt mir überhaupt nicht zu!»

Mit Anne Muthesius' Hilfe wuchtet sich Kilper aus dem engen VW Käfer. Sie gehen an dem Brunnen vorbei auf das Haus Dr. Steinbachs zu.

«Hallo!» ruft Anne Muthesius zu ein paar Halbwüchsigen hinüber, die auf dem Brunnenrand sitzen und gelangweilt in die Gassen stieren, die strahlenförmig von dem Platz wegführen.

«Was hosch denn da für oin ufgabelt?» ruft einer der Jungen, und ein anderer: «An Typ uf Abbruch?»

Kilper, der sich nur mühsam fortbewegen kann, sieht sich die Burschen näher an, dann geht er auf sie zu und grinst. «Paßt mal auf», sagt er, «sobald ich mich aufrichten kann, seht ihr keinen Unterschied mehr zwischen mir und Cassius Clay – außer der Farbe natürlich.»

Ein vielleicht sechzehn Jahre alter Junge in einem ölverschmierten blauen Overall, der sich im Hintergrund gehalten hat, sagt leise: «Auf anderen rumhacken, das könnt ihr, sonst nichts.»

«Du hältscht dei Gosch!» fährt ihn einer der anderen an. «Sonscht machet mir dir deine Füäß gleich kurz.»

Der Angesprochene versucht etwas zu entgegnen, aber seine Antwort geht im Gelächter der anderen unter.

Kilper humpelt auf die Arztpraxis zu. In der Tür dreht er sich noch einmal um, und da sieht er, wie der Junge im Overall über den Platz hastet. Er hinkt stark. Offensichtlich hat er ein kürzeres Bein.

«He, Luzifer!» brüllt ihm einer nach. «Tritt nicht auf deinen Schwanz!»

«Er hat es schwer», sagt Anne Muthesius. «Erstens ist er nicht von hier, ein Reingeschmeckter, wie das hier heißt; und zweitens hat er noch dieses Leiden. Dabei gilt er als ungewöhnlich begabt.»

«Trotzdem – was braucht er sich mit den anderen anzulegen?» brummt Kilper und geht in das Haus des Arztes.

3

«In einer halben Stunde beginnt die Betriebsversammlung», sagt Herbert Bindernagel, technischer Direktor des Kernkraftwerks. «Ich wollte vorher mit Ihnen gesprochen haben.»

Ihm gegenüber sitzt ein auffallend kleiner und schmaler Mann mit gelblicher Gesichtsfarbe. Seine dunklen Augen starren Bindernagel unverwandt an. Er schweigt.

«Hören Sie, Kanzleiter, Sie wissen, daß ich Sie für einen ausgezeichneten Mann halte und daß ich Ihnen im Grund so etwas nicht zutraue, aber Sie müssen auch akzeptieren, daß nach dem Vorfall im letzten Jahr sofort Ihr Name fällt, wenn so etwas geschieht.»

«Was heißt im Grund?» fragt Kanzleiter mit einer seltsam dünnen Stimme. «Trauen Sie mir's zu oder nicht?»

Bindernagel steht auf und geht zu dem großflächigen Fenster an der Stirnseite seines Büros. Er schaut auf den menschenleeren Hof hinab. Zwei Container mit Klärschlamm stehen an der Mauer des Reaktorgebäudes. «Können Sie sich vorstellen, daß ein Ionenaustauscher ausgerechnet in den Klärschlamm gerät?» fragt er zurück.

«Sie sind mir eine Antwort schuldig», sagt Kanzleiter.

«Was soll ich sagen... Wir wissen, daß gelegentlich der Gaul mit Ihnen durchgeht.»

«Ich hab damals die Bombe nicht gelegt, und ich hab auch keinen Atommüll rausgeschmuggelt», sagt Kanzleiter knapp und ruhig. «Und im übrigen haben wir vor vier Stunden den Reaktor auf Null gefahren, weil am Ventil 4 die Dichtung ausgetauscht werden muß. Wir verlieren Zeit, wenn das nicht gleich geschieht.»

«Sie haben mir also nichts zu sagen?»

«Ich habe Ihnen alles gesagt, was zu sagen ist. Unser Kampf gegen den Ausbau des Werks ist legitim. Wenn wir keinen Erfolg haben, kann man auch nichts machen. Man muß es versuchen, wenn man der Meinung ist, daß der Ausbau gefährlich werden kann. Aber Sie glauben doch wohl nicht im Ernst, daß ich etwas unternehmen würde, was anderen schadet.»

Bindernagel wendet sich um. Er ist unausgeschlafen; die Augen liegen in tiefen Höhlen. Müde läßt er sich in seinen bequemen Schreibtischsessel sinken. «Als ob man nicht Sorgen genug hätte», murmelt er.

Kanzleiter erhebt sich aus seinem Stuhl und geht zögernd zur Tür. Dann bleibt er plötzlich stehen und dreht sich langsam um. «Chef...» Seine Stimme hat plötzlich einen anderen Klang.

«Ja?» Bindernagel blickt auf.

«Da ist eine Sache...» Der Satz bleibt in der Luft hängen.

«Nun?»

«Das dumme ist, ich kann nichts beweisen», sagt Kanzleiter und wendet sich wieder der Tür zu.

«Stopp!» sagt Bindernagel scharf. «Raus mit der Sprache!»

«Ein paar Beobachtungen, ein paar komische Zusammenhänge – weiter nichts. Ein vager Verdacht eben», murmelt Kanzleiter.

Bindernagel wird ungeduldig: «Nun gackern Sie mal nicht nur; legen Sie endlich!»

Langsam geht Kanzleiter wieder auf den Schreibtisch des Direktors zu. «Sehen Sie», sagt er, «ich habe Sie gefragt, ob Sie mir trauen. Und da sind Sie mir ausgewichen... Ich weiß aus eigener Erfahrung, wie es ist, wenn man in einen Verdacht gerät. Seit einem Jahr schlag ich mich damit herum. Es kommt ja nicht von ungefähr, daß ich rausbringen will, was hier wirklich gespielt wird. Nun hab ich einen Verdacht, zugegeben; aber der ist vielleicht auch nicht mehr wert als der Verdacht gegen mich. Was soll's also? Wo Sie mir eh nicht trauen...»

«Es ist Ihre verdammte Pflicht, mich über Ihren Verdacht zu unterrichten!»

«Ihre Pflicht wäre es gewesen, für mich einzutreten», gibt Kanzleiter bockig zurück.

«Hören Sie doch, Kanzleiter – was heute nacht passiert ist, kann immer wieder geschehen! Es ist Ihre und meine Pflicht...»

«Es hat keinen Sinn», sagt Kanzleiter müde.

«Zum Donnerwetter noch mal!» brüllt der Direktor, «wir wissen seit heute morgen, daß das Päckchen aus unserem Laden ist, und ich muß rauskriegen, wie es aus dem Werk hinauskommen konnte!»

«Sie wissen, daß es von uns ist?»

«Ja, zum Teufel! Ich weiß noch mehr: Das Päckchen ist nur eins von sieben, die an ein und demselben Tag herausgenommen wurden.»

«Und die anderen sechs?»

«Das läßt sich nicht mehr klären. Wir können ja nicht alle Fässer im

Salzbergwerk Asse aufmachen lassen, um nachzuschauen, ob die Ionenaustauscher dort sind oder im Keller irgendeines verrückten Umweltschützers!» Das Telefon klingelt. Hastig reißt Bindernagel den Hörer von der Gabel. «Ja?» brüllt er in die Muschel. Dann wird sein Gesicht schlagartig bleich. Er drückt rasch auf einen Knopf; jetzt hört auch Kanzleiter eine verzerrte Stimme aus der Mithöranlage:
«...und Schweine vom Kapital. Das ist das Ende. Das heißt, das war erst der Anfang. Ich sage nur: Sieben minus eins, bleiben sechs.
Nieder mit den Ausbeutern, den Leuteschindern, den Schweinen. Euch wird noch Hören und Sehen vergehen! – Dies war eine Durchsage des Roten Bataillons.»
Dann ein Klicken und Stille.
Bindernagel wischt sich den Schweiß ab. Kanzleiter steht da wie versteinert.
«Ein Verrückter!» stöhnt der Direktor.
«Aber er weiß von den sieben Päckchen», sagt der Meister tonlos.
«Wollen Sie mir wenigstens jetzt...»
«Geben Sie mir zwei Stunden Zeit», sagt Kanzleiter. «Ich gehe jetzt das Ventil reparieren.» Langsam verläßt er das Chefzimmer.
Bindernagel wählt hastig eine Stuttgarter Nummer. Dem Telefonfräulein am anderen Ende sagt er knapp: «Hier Bindernagel, Kernkraftwerk Weihersbronn. Ich muß Ihren Präsidenten sprechen.»
«Der hat dienstfrei», säuselt es am anderen Ende.
«Und seine Privatnummer?»
«Kann ich Ihnen nicht geben... Ich verbinde Sie mit dem Bereitschaftsdienst.»
«Nein, das tun Sie nicht. Hier geht es um einen Fall, der mehr als diskret zu behandeln ist. Ich wende mich direkt an den Innenminister.»
Eine Viertelstunde später klingelt Bindernagels Telefon.
«Hauser», sagt eine gemütliche Baritonstimme, «Landeskriminalamt.»
Bindernagel berichtet in abgehackten Sätzen, unterbrochen nur durch einige präzise Zwischenfragen.
«Ich denke, ich habe alles verstanden», sagt schließlich der Polizeipräsident. «Ich schicke Ihnen meinen besten Mann, wenn ich ihn erreichen kann – Hauptkommissar Bienzle... Und bitte wundern

Sie sich nicht allzu sehr über seine Methoden; in aller Regel führen sie zum Erfolg.»

Kilper lehnt sich auf dem Beifahrersitz des VW zurück.

«Der Steinbach hat gesagt, das mit den Spritzen ist alles Quatsch», berichtet er. «Dann ist er auf einen stabilen Stuhl gestiegen, hat mich aufgefordert, die Hände hinter dem Nacken zu verschränken, ist mit seinen Armen unter meinen Achseln hindurchgefahren und hat seine eigenen Hände fest gegen meinen Hinterkopf gedrückt. ‹Hau ruck!› hat er gebrüllt, und noch einmal: ‹Hau ruck!› Ich spürte, wie ich ausgehoben wurde, hörte ein fürchterliches Krachen im Rückgrat, plumpste auf die Füße zurück... ‹Sind Sie nun Menschen- oder Pferdedoktor?› hab ich ihn gefragt. Fragt er zurück: ‹Noch Schmerzen?› Ich hatte tatsächlich keine mehr.» Kilper pfeift leise vor sich hin.

«Sie pfeifen falsch», sagt Anne Muthesius.

«Stimmt», sagt er, «aber wenn ich singe, wird's noch schlimmer.»

Anne Muthesius stoppt ihren Wagen direkt vor der Pforte des Kernkraftwerks unter einem Schild mit der Aufschrift *Hier parkende Fahrzeuge werden kostenpflichtig abgeschleppt.*

Der Pförtner kommt aus seinem Gehäuse und begrüßt sie fröhlich: «Hallo, Fräulein Doktor! Auch mal wieder da?»

«Sagen Sie, wem gehören denn die vielen Autos auf dem Parkplatz?» fragt Anne Muthesius den grauhaarigen Mann.

«Alles solche Zeitungsfritzen. Die kommen von überall her – richtiges Geschmeiß... Oh, Entschuldigung!»

Das Mädchen lacht und legt dem alten Mann den Arm um die Schulter. «Ich bin nicht empfindlich. Der Herr dort ist ein Kollege von mir, Herr Kilper aus Hamburg.»

Sofort verfinstert sich die Miene des Pförtners: «Und mit dem fahren Sie in einem Auto.»

«Ja – warum denn nicht?»

«Das ist doch der Lump, der uns das alles eingebrockt hat!»

«Psst!» macht sie. «Wenn er das hört...»

«Soll er ruhig hören, dieser elende Schnüffler! Bringt mein Kraftwerk in Verruf... Also, den soll doch gleich...»

Kilper hat von alledem nichts mitbekommen. Er mustert interessiert das Werk und wird erst abgelenkt, als ein Moped mit elegantem Schwung die Zufahrt zum Werk herauffährt.

«Wie oft hat er dir schon gesagt, daß du nicht bis vors Tor fahren kannst?» schimpft der Pförtner. «Der Parkplatz für Werkangehörige ist immer noch dahinten!»

Wortlos lehnt der Fahrer sein Moped an den Zaun und hinkt auf das Tor zu. «Tag», grüßt er knapp und hält routinemäßig seine Ausweiskarte hoch. «Ich muß doch zur Betriebsversammlung, und ich bin schon spät dran.»

Der alte Pförtner brummelt etwas von der Jugend von heute.

«Das war doch Luzifer?» sagt Kilper und tritt zu Anne Muthesius und dem Pförtner.

«Ein Lehrling», gibt der Pförtner Auskunft; «tüchtiger Kerl, aber maulfaul und renitent.»

«Schnell fertig mit der Jugend ist das Wort», lacht Kilper und hofft, daß wenigstens dieses nette Fräulein Muthesius das zum Bonmot verballhornte Zitat kennt – schließlich hat sie 'n Doktor, offenbar...
«Können wir rein?»

«Ausweis!» befiehlt der Zerberus.

«Da geht Kanzleiter über den Hof», ruft Anne Muthesius.

«Haben Sie wirklich einen Doktortitel?» fragt Kilper.

«Ja. So einen, mit dem man nichts anfangen kann – Soziologie.»

«Dann haben Sie Ihr Abitur wohl mit vierzehn gemacht.»

«Oh, vielen Dank... Hallo, Herr Kanzleiter!»

Der Mechaniker kommt auf das Tor zu. «Tag, Fräulein Doktor.»

«Wie geht's Ihnen?»

Bekümmert schüttelt er den Kopf. «Es ist furchtbar, was sich hier anbahnt!»

Sofort ist Kilper hellwach: «Anbahnt?»

«Wer ist das?» fragt Kanzleiter mißtrauisch.

«Der Mann, der den Atommüll gefunden hat», sagt Anne Muthesius.

«Da kann er ja noch eine Menge finden», sagt Kanzleiter bitter. «Irgendein Verrückter will hier alles kaputtmachen.»

«Wie war das?» hakt Kilper nach.

«Wie ich's sage – es fehlen...» Er bricht ab. «Ich bin wohl von den letzten guten Geistern verlassen», sagt er und geht davon.

«Moment!» ruft Anne Muthesius. «Ich begleite Sie ein Stück.»

Der Pförtner läßt sie durch die Tür, hält aber Kilper zurück: «Da sind noch ein paar Formalitäten zu erledigen.»

«Und das Fräulein Doktor?»

«Gehört quasi zum Haus. Ein gerngesehener Gast, im Unterschied zu manchem anderen. Und überhaupt, sie war die einzige, die sich damals für Kanzleiter eingesetzt hat... Also, Ihren Ausweis.»

Kilper kramt seinen Paß hervor, aber der Pförtner hat noch kaum die ersten Buchstaben auf einen Besucherschein gemalt, da hebt er den Kopf und sagt: «Jetzt geht das los – alles Ihre Schuld! Man sollte Sie im Reaktor zu Asche machen.»

«Was geht los?» fragt Kilper ungerührt.

«Na, das sehen Sie doch!» Der alte Mann zeigt ins Neckartal hinab, von dem eine kurvenreiche Straße zum Werk heraufführt.

Kilper wendet sich um. Ein Zug von mindestens hundert Menschen wälzt sich die Straße hinauf. Transparente flattern über den Köpfen der Leute. Zu hören ist nichts. «Ein Schweigemarsch», sagt Kilper.

«Die bleiben nicht so still, das können Sie mir glauben», sagt der Pförtner. Er setzt ein Fernglas an die Augen und buchstabiert: «Lieber heut aktiv als morgen radioaktiv...»

Kilper zieht einen Block aus der Tasche und schreibt sich den Satz auf. Anne Muthesius kommt über den Hof zum Tor gerannt und zieht Kilper zur Seite.

«Nun?» sagt er.

«Es ist ungeheuerlich: Es fehlen noch sechs Ionenaustauscher, und vorhin hat einer bei Bindernagel angerufen und irgendwas gefaselt – ein Terrorist oder so was. Er hat gesagt, daß er... Warten Sie, ich hab's aufgeschrieben... Er hat gesagt ‹Sieben minus eins, bleiben sechs› und irgend so etwas wie ‹Rote Armee›.»

Kilper starrt Anne Muthesius an, dann lacht er und sagt:

«Und das erzählen Sie einem Kollegen von der Konkurrenz?»

Verwirrt schaut sie zu ihm auf. «Aber», sagt sie, «aber können Sie denn jetzt an nichts anderes denken? Das ist doch eine Katastrophe!»

«Und Top News.»

«Hören Sie auf! Das ist doch widerlich.»

«Stellen wir das mal zurück», sagt Kilper kalt; «ich schlage vor, wir tun uns zusammen. Mit diesem Wissen haben wir einen weiten Vorsprung vor allen anderen; lassen Sie uns vernünftig damit umgehen. Und wenn Sie ein bißchen nachdenken, kommen Sie vielleicht sogar auf den Gedanken, daß wir durchaus nützlich sein können, auch im Interesse einer guten Sache.»

«Das klingt nicht echt», murmelt Anne Muthesius.

Kilper schweigt einen Moment betroffen. «Sie haben recht, es ist reines Routinegequatsche... Ich merke das schon gar nicht mehr; sorry!»

«Ihr Laufzettel», sagt der Pförtner. «Die Pressekonferenz ist um halb vier im großen Besprechungsraum.»

«Wollen wir pokern, wer hingeht?» Kilper sieht Anne Muthesius an.

«Gehen wir denn nicht beide hin?»

«Getrennt marschieren, vereint schlagen.»

«Diese Gemeinplätze!»

«Ihnen kann man es wohl nie recht machen... Also: Wer geht?»

«Sie stellen bestimmt die besseren Fragen», sagt das Mädchen.

«Nie im Beisein von Kollegen», gibt Kilper zurück. «Ich mache mich doch nicht um die Konkurrenz verdient!»

«Und wenn das alle so machen?»

«Tun sie ja! Was meinen Sie denn, warum Pressekonferenzen so nichtssagend sind?»

«Also gehe ich», sagt sie resignierend.

«Okay... Wo ist denn unser Freund Kanzleiter?»

«Schon durch die Schleuse.»

«Und was bedeutet das?»

«Er muß im Reaktorraum irgendeine Reparatur vornehmen. Sie müssen schon warten, bis er wieder rauskommt.»

4

Horst Kanzleiter passiert die Schleuse, duscht sich und zieht sich den Schutzanzug an. Jeder Handgriff sitzt; tausendmal hat er diese Prozedur hinter sich gebracht. Sein Werkzeugkasten passiert auf einem speziellen Weg die Kontrollen. Ein Blick auf den Dosimeter: alles in Ordnung. Im Reaktorgebäude trifft er auf Fritz Schuster, seinen Kollegen. Sie nicken sich zu, ein eingespieltes Team.

«Der Reaktor ist vorschriftsmäßig runtergefahren», sagt Fritz.

«Schieber zu?» fragt Kanzleiter; und als der Kollege nickt: «Na, dann woll'n wir mal.»

Auf dem Weg zum Ventil sagt Fritz Schuster: «Haben sie dich wieder im Verdacht?»

«Weiß nicht.»

«Muß doch ein Scheißgefühl sein.»

«Ist es auch.»

«Und was machst du dagegen?»

«Ich geb den Job auf.»

«Du gibst... Das ist nicht dein Ernst!»

«Sicher... Was soll's? Ich kann mich nicht noch mehr kaputtmachen.»

«Es gibt weit und breit keinen Fachmann wie dich.»

«Quatsch doch nicht! Das ist doch kein Hexenwerk hier.»

Die beiden Mechaniker steigen eine Eisenleiter hinab. Der Ventilkopf, knapp vierzig Zentimeter im Durchmesser, wird mit vier mächtigen Schrauben festgehalten.

«Wir setzen eine neue Brille drauf», sagt Kanzleiter.

«Okay.»

Dann arbeiten sie.

Kanzleiter setzt einen gewaltigen Schraubenschlüssel an die erste Vierkantschraube an. «Wer hat das Ventil dekomprimiert?» fragt er beiläufig.

«Weiß ich nicht. War die andere Schicht...»

«Na gut», sagt Kanzleiter. Er setzt für einen Moment ab. «Hast du das gehört?»

«Nee. Was?»

«Da oben läuft doch einer rum... Ich denke, wir sind allein hier drin?»

«Da mußt du dich verhört haben.»

«Hm...»

Pause. Sie horchen.

«Doch, da tigert einer rum», sagt nun auch Schuster. «Ich schau mal nach.» Er geht zu der Eisenleiter, die aus dem engen Schacht nach oben führt. Er hat die dritte Sprosse erreicht... Ein gewaltiger Schlag. Ein ohrenbetäubendes Zischen. Ein markerschütternder Schrei... Und dann überfällt es ihn, wirft ihn gegen die Wand, zerschneidet die Haut mit tausend Messern, reißt ihm die Fetzen vom Leib... Brüllend hastet er die Leiter hinauf, wirft sich auf das eiserne Laufgitter und schreit, schreit, schreit...

Als die Sirenen aufheulen, hört er sie nicht mehr. Er hat das Bewußtsein verloren.

Horst Kanzleiter, der direkt vor dem Ventil stand, hat nicht mehr fliehen können. Er liegt im Schacht, tot, von 800 Grad heißem, radioaktiv verseuchtem Dampf geschmort.

Hundert Demonstranten vor dem Werkstor glauben, die Alarmsirenen heulten ihretwegen. Sie brüllen dagegen an: «KKW-Ausbau – niemals...» Sie skandieren: «Wir-wollen-leben-und-nicht-nur-nach-Profiten-streben...» Immer lauter. Sie drängen sich gegen das Gittertor, schütteln die Fäuste.

Gleichmäßig heult die Sirene. Weißgekleidete Männer hasten über den Hof.

«Wir wollen le-ben, wir wollen le-ben, wir wollen le-ben!» brüllt der Chor der Aufgebrachten vor dem Tor. Die erste Reihe wird durch die nachfolgenden gegen das Gitter gedrängt. Schmerzensschreie mischen sich unter das rhythmische Parolengeschrei. Von hinten hört man das Martinshorn eines Krankenwagens.

Bindernagel stürmt aus dem Reaktorgebäude auf das Tor zu, gefolgt von einem Kameramann des Fernsehens und einer Traube von Journalisten. Der Direktor wedelt mit den Armen, als könnte er die Menschen vertreiben wie Fliegen.

«Verschwindet! Haut ab... Wir haben einen Toten!» brüllt er.

Niemand hört ihm zu. «WIR WOLLEN LE-BEN, WIR WOLLEN LE-BEN, WIR WOLLEN LE-BEN!...»

«Ein Unfall!» kreischt Bindernagel hysterisch, «versteht doch – es geht um Leben und Tod!»

«WIR WOLLEN LE-BEN, WIR WOLLEN LE-BEN, WIR WOLLEN LE-BEN!...» brüllt die Masse. Noch immer heult die Sirene. Der Krankenwagen ist eingekeilt. Das Blaulicht bricht sich in den Fenstern des Gebäudes.

«Aufhören!» brüllt Bindernagel.

«Wir wollen le-ben, wir wollen le-ben, wir wollen le-ben!...» Jetzt sind es nur noch die ersten Reihen, die durch das Gebrüll ihr eigenes Gehör übertönen.

Dann plötzlich ist es still. Die Sirene dröhnt in den Ohren.

Die Menschen bilden eine Gasse für den Krankenwagen. Bindernagel läßt die Arme sinken, als ob tonnenschwere Bleigewichte daran hingen. Erschöpft lehnt er sich gegen den Drahtzaun. «Er ist tot», sagt er tonlos. «Er ist tot.»

Die Sirene bricht ab. Dann verstummt das Signalhorn. Die Stille bricht herein wie ein Gewitter. Dicht aneinandergedrängt stehen die Menschen vor dem Tor, das der alte Pförtner öffnet. Man hört das Knattern eines Hubschraubers. Ein Auto rast heran. Doktor Steinbach springt heraus. Er rennt auf das Tor zu. «Was ist passiert?» ruft er schon bei den ersten Schritten.

Bindernagel formt mit den Lippen einen Satz, bringt aber keinen Ton heraus. Zwei Männer bringen Fritz Schuster auf einer Trage. Der Hubschrauber landet. Mit geübten Griffen schnallen die Sanitäter die Krankentrage fest. Sekunden später startet der Helikopter wieder. Als seine Rotoren nicht mehr zu hören sind, lastet ein unerträgliches Schweigen über den Menschen.

Plötzlich tönt aus der Masse eine Stimme: «Da seht ihr's!» Und eine zweite: «Ja, nun hat's die ersten Toten gegeben... Bald sind wir alle dran!» Und dann, monoton: «Wir wollen le-ben, wir wollen le-ben...» Andere fallen ein; es werden mehr, immer mehr, gewaltig anschwellend dröhnt, kreischt, brüllt die Menge: «Wir wollen le-ben! *Wir wollen le-ben!* Wir wollen le-ben! WIR WOLLEN LEBEN...»

Apathisch lehnt Bindernagel am Zaun. Die Menschen formieren sich wieder, schließen die Gasse und bewegen sich auf das offene Tor zu.

Kilper fühlt plötzlich, wie sich jemand an seinem Arm festklammert. Er schaut in das tränenüberströmte Gesicht von Anne Muthesius.

«Tun Sie doch was!» schluchzt sie; «es kommt zur Katastrophe...»

Kilper zuckt die Achseln; er ist voll konzentriert auf die Ereignisse. In einer halben Stunde muß er sie niederschreiben. Nichts darf ihm entgehen. Die ersten der langsam drohend näher rückenden Menschen sind auf seiner Höhe.

«Tun Sie was... Tun Sie was...»

Er hört es und nimmt es nicht wahr. Doch dann plötzlich gellt es ihm in die Ohren: «Reporterschwein...»

Langsam löst sich Kilper von Anne Muthesius. Er reckt seine breiten Schultern. Ihn friert. Drei schnelle Schritte, dann steht er vor den Demonstranten, die auf ihn zukommen, als ob sie von einer riesigen

Planierraupe geschoben würden. Für Sekunden bricht der Sprechchor ab. Kilpers Hirn arbeitet fieberhaft. Wie beruhigt man Menschen? Das ist nicht seine Sache; ihm fällt dazu nichts ein... Oder doch?

«Moment!» brüllt er. «Wenn hier Strahlen austreten, sind alle gefährdet!»

Schlagartig brechen auch die letzten Rufe ab. Für Sekunden verhält die Masse. Kilper glaubt zu sehen, wie manche im Schritt innehalten, den Fuß zwanzig Zentimeter über der Erde... Und dann rennen die ersten in Richtung Tal. Die Menschenmauer vor Kilper bröckelt, bricht zusammen, löst sich auf. Viele rennen, manche gehen, einige bleiben auch in kleinen Gruppen stehen.

Bindernagel erwacht aus einem tranceartigen Zustand und nickt Kilper zu. «Danke», sagt er mit tonloser Stimme.

«Danken Sie mir nicht», sagt Kilper; «morgen werden Sie mich verfluchen.» Noch immer fröstelt er. Ihm ist, als ob er körperlich schwer gearbeitet hätte. Müde dreht er sich um, und sein Blick trifft die Augen der Kollegin, bleibt sekundenlang hängen... Dann schüttelt Kilper den Kopf und sagt leise: «Reporterschwein...»

Doktor Steinbach führt Bindernagel zum Verwaltungsgebäude. Noch stehen die Journalisten herum, gerade so, als sei noch nicht genug passiert. Ein dpa-Mann hat das Telefon des Pförtners als erster gekeilt, Kilper hört mit halbem Ohr die aus dem Stegreif formulierte Meldung des Agentur-Kollegen. Nur einen Satz nimmt er wirklich auf:

«Das beherzte Eingreifen eines Reporters der WOCHE, desselben Mannes übrigens, der gestern den Atommüll fand, hat eine schlimmere Katastrophe verhindert. Die aufgebrachte Masse war...»

Kilper geht auf den Pförtner zu. «Wer ist tot?» fragt er.

«Der Kanzleiter...»

«Seltsamer Zufall!» murmelte Kilper und geht nachdenklich zu Annes Auto. Beinahe wäre er dabei über das Moped gestolpert, das am Zaun steht. Noch einmal wendet er sich zu dem Pförtner um: «Was ist mit der Betriebsversammlung?»

«Die Männer sind jetzt alle im Einsatz», gibt der alte Mann zurück; «das ist so beim Katastrophenalarm.»

«Ja... Ja, natürlich...» Kilper wendet sich zu Anne Muthesius: «Kommen Sie – sonst wird Ihr Bericht nicht fertig.»

«Ich... Ich kann jetzt nicht schreiben», stammelt das Mädchen.

«Ein Journalist kann fast immer schreiben», sagt Kilper und wundert sich ein wenig darüber, daß Anne Muthesius ihm diesen blöden Satz durchgehen läßt.

5

Die Redaktion des Weihersbronner Tagesanzeigers besteht aus zwei ineinandergehenden muffigen Räumen. Sie sind nicht groß, und alte braungelbe Büromöbel stehen ohne sichtbare Ordnung herum, so als ob sie eben dort stehen geblieben wären, wo sie die Möbelträger aus den Tragbändern rutschen ließen.

Der Lokalchef geht gerade, als Kilper und Anne Muthesius eintreffen. «Schöne Schweinerei», sagt er. «Sie bekommen den Aufmacher auf der Titelseite.»

Ob er mit Schweinerei den Unfall im Kraftwerk meint oder die Tatsache, daß seine junge Kollegin auf die Titelseite kommt, ist nicht auszumachen. Als Kilper sich vorstellt, verzieht der Lokalchef das Gesicht.

«Wissen Sie», sagt er, «ich hatte auch einmal das Angebot nach Hamburg. Aber wahrer Journalismus, echte Zeitungsarbeit wird noch allemal hier an der Front gemacht, nicht wahr...» Dann geht er.

«Läßt er Sie das jetzt allein machen?» fragt Kilper.

Anne Muthesius zuckt die Achseln. «Sieht ja wohl so aus.»

«Na denn», sagt Kilper, «wenn Sie mir ein Plätzchen einräumen, beginne ich zu dichten.»

Müde weist Anne Muthesius auf einen Schreibmaschinentisch. Sie selbst setzt sich auf einen knarzenden Bürostuhl und stemmt den Kopf in beide Hände. «Ich kann nicht», sagt sie.

Kilper beachtet sie nicht.

«Haben Sie nicht gehört?»

«Was geht mich das an?»

«Sie sind ein Unmensch! Können Sie mir nicht helfen?»

«Denken Sie, ich nehme es auf mich, einen Aufmacher für die Titelseite zu schreiben? Für Sie? Und nachher sagen Sie, ein Leben lang: ‹Ich hätte einmal die Chance gehabt, und dann kam so ein Schnösel aus Hamburg...›» Er spannt einen Bogen ein.

«Zum Glück ist morgen Sonntag, sonst müßte ich ja schon in einer Stunde fertig sein», sagt Anne Muthesius.

Kilper knurrt nur. Er liest seine Notizen durch, schreibt sich Stichworte auf einen Zettel, wirkt konzentriert, wach und absolut unzugänglich. Wie die ersten Tropfen eines Regens hören sich die Anschläge auf Anne Muthesius' Schreibmaschine an, aber dann werden ihre Finger schneller, und schließlich prasselt es gleichmäßig heftig auf die Tastatur nieder. Kilper schreibt langsamer. Mit vielen Pausen. Gelegentlich schaut er zu der Kollegin hinüber, die ihn anscheinend vergessen hat. Schließlich ist es so dunkel im Zimmer, daß beide ihre Schreibtischlampen einschalten.

Kilper zündet sich eine Pfeife an, legt die Beine auf den Tisch und blickt eine Weile den Rauchwolken nach.

Die Stimmung ist seltsam heimelig, hat etwas Vertrautes für beide; jeder spürt den anderen, ohne ihn eigentlich zu registrieren. Wie selbstverständlich geht Kilper durch die Räume, findet den Kaffeekocher, das Kaffeepulver und zwei Tassen. Wortlos schiebt er ihr eine Tasse hin.

Sie sagt leise: «Danke», hebt das Blatt über der Schreibmaschinenwalze ein wenig an und liest, was sie soeben geschrieben hat. Er wagt nicht, sie anzusprechen. Mit einem stumpfen, viel zu kurzen Bleistift macht sie Korrekturen, tippt weiter, steckt sich eine Zigarette an, trinkt einen Schluck Kaffee, tippt, korrigiert, tippt.

«Puh», sagt sie schließlich, «das war ein Gewaltakt!»

«Fertig?» fragt Kilper.

«Mhm.»

«Darf ich sehen?»

«Nein, bitte nicht. Es würde mich unsicher machen.»

«Unsicher machen? Ich lese es doch sowieso am Montag in Ihrer Zeitung.»

«Das ist etwas anderes. Jetzt wäre es mir zu intim.» Vorsichtig lugt sie zu ihm hinüber, ob er sie auslacht.

Er steht nur auf und sagt: «Kann ich Sie zum Essen in den Adler einladen?»

«Nicht in den Adler, da sitzen jetzt alle und diskutieren das Unglück.»

«Machen Sie einen anderen Vorschlag.»

«Wir fahren raus in die Waldschenke», sagt sie.

«Okay, Sie sind ortskundig.»

Anne Muthesius schließt die Tür der Redaktion ab. Draußen hat es leicht zu regnen begonnen, es ist ein lauer Abend. Im Auto reden sie nicht, aber das Gefühl der Vertrautheit verläßt sie nicht. In der Waldschenke bestellen sie beide Rehrücken mit Spätzle und Preiselbeeren.

«Sie müssen mich ganz langweilig finden», sagt Anne schließlich.

«Warum denn?»

«Ich rede so wenig.»

«Rede ich mehr?»

Der Rehrücken kommt. Sie essen.

«Ich möchte mich entschuldigen», sagt sie plötzlich.

«Warum nun das?»

«Das Reporterschwein...»

«Ach du lieber Himmel! Da hab ich aber schon ganz andere...»

«Herr Kilper?» sagt plötzlich eine müde männliche Stimme.

«Ja?» Kilper schaut auf. Vor ihm steht ein Mann Mitte Dreißig, groß, untersetzt in einem abgewetzten Parka.

«Bienzle, Hauptkommissar Bienzle», sagt der Mann. «Darf ich?» Die Antwort wartet er nicht ab; er läßt sich auf einen Stuhl am Tisch plumpsen und schnuppert. «Riecht gut!»

«Was kann ich für Sie tun?» fragt Kilper, und seine Stimme klingt nicht so, als brenne er darauf, etwas für diesen Bienzle zu tun.

«Tut mir leid, wenn ich störe. Gegessen habe ich auch noch nicht. Fräulein, ich nehme das gleiche!»

«Eigentlich hatte ich die Absicht...» setzt Kilper an.

«Ja, ich weiß. Ich hatte heute auch schon andere Absichten», sagt Bienzle und streift seinen Parka ab.

Kilper bleibt nichts anderes übrig. «Fräulein Muthesius», stellt er vor, «Kollegin von der örtlichen Zeitung... Wie haben Sie uns überhaupt gefunden?»

«Kriminalistik», brummt Bienzle und nickt Anne Muthesius zu; «man sucht den Herrn Kilper und erfährt, daß er in der Redaktion des Weihersbronner Tagesanzeigers gastiert. Dort ist aber schon alles ausgeflogen. Man schaut im Adler nach, wo der Herr aus Hamburg abgestiegen ist – Fehlanzeige. Dann eruiert man, wo das Fräulein sonst noch manchmal essen geht, am Samstagabend zum Beispiel... Na ja, das wär's auch schon.»

«Clever, clever», sagt Kilper bissig.

«Sie hätten's genauso gemacht», gibt Bienzle zurück.

«Wenn ich die Herren allein lassen soll...» sagt Anne Muthesius.

«Aber woher denn», brummt Bienzle, «ich wollte nur mal den Mann kennenlernen, der so mir nichts, dir nichts ins beschauliche Weihersbronn kommt und gleich dem großen Atomtod begegnet.»

«Ironie ist wohl Ihre besondere Stärke», meint Kilper und kippt seinen Wein mit einem Schluck hinunter.

«Darf i Ihne mal was erklära...» Bienzle fällt in seine heimische Mundart: «Einen Trollinger kippt mr net, den schlotzt mr.»

Dann herrscht für eine Weile bissiges Schweigen an dem schweren Eichenholztisch in der Weihersbronner Waldschenke.

Schließlich sagt Bienzle: «O du liabs Hergöttle von Biberach», das ist sein Lieblingsausspruch, der normalerweise weitergeht: wia hent di d' Mucka verschissa... Hier freilich beläßt er's beim ersten Teil des Satzes. «...Ich komm hierher und soll einen Irren fangen, der mit Atommüll rumspielt; und kaum bin ich da, erfahr ich, es ist ein Mord passiert!»

Klirrend läßt Kilper die Gabel fallen. «Mord, sagen Sie?»

«Kein Zweifel. Ich versteh nichts von diesem Atomungetüm, aber ein Techniker hat mir sehr deutlich und auch für mich verständlich erläutert, daß jemand den Schieber zwischen dem zweiten und dem vierten Ventil aufgemacht haben muß. Auch wenn man einen Reaktor ausschaltet, oder auf Null fährt, wie die Fachleute sagen, bleibt noch lange Hochdruckdampf zurück. Man muß die Ventile einzeln dekomprimieren. Bei Ventil 4 war das gemacht worden... Na ja, und dann hat jemand dran rumgefingert. Die Dichtung, die dieser Kanzleiter abschrauben wollte, stand noch unter einem Druck von 180 Atü, und die haben das Ding natürlich zum Geschoß umfunktioniert, sozusagen.»

«Das könnte auch eine Panne gewesen sein», wendet Kilper ein; «das berüchtigte menschliche Versagen.»

«Stimmt. Aber der Kanzleiter war hinter einem her. Kurz vorher hat er dem technischen Direktor noch erzählt, daß er einen Verdacht hat. Zwei Stunden Zeit wollte er haben, um den Mann zu finden, der den Atommüll geklaut hat... 'n bißchen viel Zufall, finden Sie nicht? Nein, nein da hat kein Mensch versagt. Im Gegenteil: da hat einer funktioniert. Blitzschnell!»

Kilper greift in seine rechte Jackentasche und zieht einen Notizblock heraus.

«Aber, aber!» sagt Bienzle, «hier geht es nicht um eine Information für die Presse, sondern um eine Vorbemerkung für ein paar Fragen, die ich an Sie stellen will.»

Aber da kommt Bienzles Rehrücken. Er verzehrt ihn mit Genuß, während ihm Kilper den genauen Hergang seines nächtlichen Fundes erzählt. Schließlich sagt der Reporter: «So, jetzt können Sie mir Ihre Fragen stellen.»

«Keine weiteren Fragen.» Bienzle steht auf, nimmt seinen Parka, drückt der Bedienung einen Geldschein in die Hand und geht mit einem kurzen Kopfnicken.

«Mir war selten ein Mensch so unsympathisch», sagt Kilper.

«Seien Sie doch nicht so knatzig», meint Anne Muthesius. Aber sie selbst trauert der Stimmung nach, die Bienzle so jäh kaputtgemacht hat.

6

Am Sonntagvormittag sitzen Bindernagel und Bienzle im Büro des technischen Direktors. Immer wieder läßt sich Bienzle technische Zeichnungen zeigen, fährt die handgemalten Erläuterungen Bindernagels mit dem Zeigefinger nach. Mann für Mann gehen sie die Personalliste durch. Mitarbeiter des Werks, die der Umweltschutzaktion angehören, werden mit einem Zeichen versehen. Es sind elf von neunzig Angestellten.

Draußen geht ein feiner Nieselregen nieder. Die Tropfen sammeln sich wie Tränen an den Scheiben. Bienzle ist wortkarg und macht einen abweisenden Eindruck. Bindernagel schaltet jede Stunde die Nachrichten im Radio an. Die Meldung läuft Stunde für Stunde, kaum modifiziert:

Zum ersten tödlichen Atomunfall kam es gestern nachmittag im Kernkraftwerk Weihersbronn. Ein Mechanikermeister wurde beim Versuch, ein Ventil am inneren Kühlwasserkreislauf abzumontieren, durch radioaktiv verseuchten Dampf getötet. In Weihersbronn fand tags zuvor ein Journalist des Magazins Die Woche *radioaktiven Abfall auf einer Müllkippe. Ein direkter Zu-*

sammenhang zwischen den beiden Ereignissen wurde bislang nicht festgestellt.

«So ein Schwachsinn!» schimpft Bindernagel jedesmal. «Der *Dampf* hat ihn getötet – das hat mit der Radioaktivität überhaupt nichts zu tun. Das kann in jedem konventionellen Kraftwerk auch passieren, oder bei einer Dampfleitung im Schlachthof von mir aus!»

Bienzle sieht ihn an. «Das sollten Sie mal der Presse ordentlich erklären.»

«Ich bin überfordert. Restlos. Ich kann doch nicht auch noch Pressekonferenzen geben!»

«Dann soll's einer vom Innenministerium tun», schlägt Bienzle ungerührt vor.

Keiner sagt etwas. Bindernagels Sekretärin kommt mit Kaffee und belegten Brötchen. Kaum steht das Tablett auf dem Tisch, da greift Bienzle schon zu. Mit vollem Mund fragt er:

«Wie viele Leute haben Zugang zu der Ionenaustauscheranlage?»

«Das sind nicht viele», sagt Bindernagel. «Aber der Müll wird ja in Fässern gesammelt. Da kommt alles rein, was schwach oder mittel radioaktiv ist – Rohrstücke, Putzwolle, Werkzeuge, Kleidungsstücke... Eben alles, was etwas abbekommen hat.»

«Gut», sagt Bienzle. «Und an diese Fässer kommen alle Leute ran?»

«Nein, natürlich nicht; die bleiben im inneren Bereich. Sie werden dann mit Zement oder Glas ausgegossen und kommen mit einem genau überwachten Transport nach Asse.»

Geduldig fragt Bienzle noch einmal: «Also, wer kann da ran?»

«Alles in allem vielleicht... Na – fünfunddreißig Mann.»

«Dann muß ich in Gottes Namen alle fünfunddreißig verhören», sagt Bienzle.

Die Sekretärin kommt herein: «Der Bürgermeister wartet draußen.»

«Auch das noch!» stöhnt Bindernagel.

Der hagere kahlköpfige Mann, der hereinkommt, wirkt übernächtigt. «Morgen», sagt er.

Bindernagel geht auf ihn zu, begrüßt ihn und stellt ihm Bienzle vor.

«Na, dann wollen wir hoffen, daß Sie dem Spuk schnell ein Ende machen», sagt der Bürgermeister.

Bienzle antwortet nicht. Bindernagel geht ruhelos auf und ab. Der Bürgermeister knetet seine Hände.

«Es ist schrecklich», sagt er; «ich habe gerade versucht, bei der Protestversammlung im Adler das Wort zu ergreifen... Sie haben mich einfach niedergeschrien! Mich, ihren Bürgermeister...»

Bienzle schaut den Mann von unten her an, dann sagt er: «Sie selbst sind für den Ausbau des Kraftwerks?»

«Aber selbstverständlich... Hören Sie mal, was ist das für eine Frage?»

«Und warum sind Sie dafür?»

«Warum, warum... Weil es im Jahr fast eins Komma zwo Millionen Gewerbesteuer bringt; weil wir bei allen Kommunalplanungen mit diesem Geld rechnen – beim Kindergarten, beim Rathausneubau, bei der Kläranlage...»

«Keine Bedenken wegen der Strahlengefahr?»

«Ist doch alles Gefasel!» brüllt der Bürgermeister los. «Sie sind hierherbestellt, um den Fall aufzuklären, und nicht, um mir dumme Fragen zu stellen!»

Bienzle stemmt sich aus dem Sessel, tritt nahe an den Bürgermeister heran, mißt ihn von oben bis unten und sagt dann in seinem schleppenden Tonfall: «Erstens bin ich nicht hierherbestellt, und zweitens ist es nicht immer gleich ersichtlich, ob die Fragen dümmer sind oder die Antworten; und drittens würde mich jetzt mal interessieren, was Sie hier überhaupt wollen.»

Der Bürgermeister atmet heftig. «Irgend etwas muß geschehen, damit die Bürger sich beruhigen! Seitdem dieser Journalist gestern hier gesagt hat, es trete radioaktive Strahlung aus, spielen die Menschen im Dorf verrückt... Es ist eine regelrechte Panik. Wenn es so weitergeht, stürmen die noch das Gebäude.»

«Na, na...» murmelt Bienzle.

«Sie haben ja keine Ahnung!» giftet das Gemeindeoberhaupt. «Heute morgen sind vier Busse hier angekommen – aus Heidelberg, Frankfurt und Stuttgart; vollgepfropft mit Demonstranten... Kommunisten mit roten Fahnen, mit Megaphonen und Transparenten... Weihersbronn wird zum Schlachtfeld, wenn das nicht gestoppt wird!»

«Ach du liabs Hergöttle von Biberach, wia hent di d' Mucka verschissa!» Bienzle greift nach dem Telefonhörer und ruft seine Dienststelle in Stuttgart an: «Es sieht ganz so aus, als ob wir's hier mit einem größeren Aufmarsch zu tun bekämen. Könnt ihr mal die Schutzpolizei oder die Bereitschaftspolizei auf Trab bringen...? Danke.»

«Na also!» sagt der Bürgermeister.

«Wie soll ein Mensch einen Mordfall aufklären, wenn ihm ein paar hundert Demonstranten dazwischenkommen?» brummt Bienzle.

Die riesige Fensterscheibe an der Stirnseite des Raumes springt mit einem schrillen Klirren entzwei. Ein harter Schlag; ein Rumpeln. Mitten im Zimmer liegt ein dicker Stein.

Bindernagel hat sich mit einer Reflexbewegung hinter seinen Schreibtisch geduckt; der Bürgermeister ist mit einem Aufschrei zur Seite gesprungen, Bienzle steht unbeweglich noch immer am Telefon. Dann hastet er mit ein paar schnellen Schritten zu dem zersplitterten Fenster.

Kein Mensch ist zu sehen.

Die Glassplitter knirschen unter seinen Schuhen, als er ins Zimmer zurückgeht. Der Bürgermeister bückt sich nach dem Stein.

«Liegenlassen!» befiehlt Bienzle scharf. Er beugt sich über das Geschoß. Der Brocken ist in Papier eingewickelt, das mit Bindfäden verschnürt ist. Bienzle nimmt sein Taschentuch und faßt den Stein vorsichtig an und legt ihn auf den Schreibtisch. Mit spitzen Fingern löst er die Schnur und klappt das Papier auseinander. Es ist eine Zeitung, auf die Überschriften-Lettern geklebt sind. Vorsichtig breitet der Kommissar das Papier aus.

DIE ZEIT DER RACHE IST GEKOMMEN –
DAS ROTE BATAILLON

Die unterschiedlich großen Buchstaben sind akkurat aufgeklebt; man sieht einen schmalen Bleistiftstrich, den sich der Absender gezogen hat, um die Lettern in eine saubere Reihe zu bekommen.

Der Bürgermeister zittert am ganzen Leib. Bindernagel hat sich in seinen Sessel fallen lassen und bedeckt die Augen mit beiden Händen. Niemand hat bemerkt, daß die Tür aufgegangen ist.

«Guten Morgen!» sagt Hans Kilper von der Tür her.

Bienzle fährt herum. «Wie sind Sie hereingekommen?»

«Die Vorzimmerdame war so freundlich», lächelt Kilper und schiebt die bereits gestopfte Pfeife zwischen die Zähne. «Mal stören Sie mich, mal störe ich Sie», sagt er zu Bienzle und grinst.

«Haben Sie irgend etwas beobachtet, als Sie gekommen sind?» fragt Bienzle.

«Ich war noch zu weit weg. Das erste, was ich wahrnahm, war das Klirren und Splittern der Scheibe; dann sah ich eine Gestalt um die Hausecke verschwinden... Sie muß kurz davor direkt unter diesem Fenster gestanden haben, aber ich konnte den Mann nicht genau erkennen.»

«Aber es war ein Mann?»

«Na ja, es sah so aus. Und außerdem – wer kann denn einen solchen Brocken hier raufschmeißen? Das muß ja schon ein Kraftsportler sein.»

Bienzle schaut Kilper mißtrauisch an: «Sagen Sie mir auch alles, was Sie wissen?»

Kilper breitet die Hände aus; die Geste kann alles und nichts bedeuten. Dann hebt er ironisch-feierlich die Rechte: «...die Wahrheit, die ganze Wahrheit und nichts als die Wahrheit!»

Bienzle wendet seinen Blick nicht von dem Journalisten ab: «Ich habe zu viel Erfahrung mit Leuten, die etwas verbergen», sagt er.

Kilper antwortet nicht; er geht zum Schreibtisch, nimmt den Zettel, prägt sich die wenigen Worte ein, sagt knapp: «Danke!» und verläßt das Zimmer mit einem freundlichen «Tschüs dann!».

«Wart nur!» brummelt Bienzle. «Du kommscht au no amol uf mei Baurahof ond willscht a Viertele Milch!»

«Wie bitte?» Bindernagel ist irritiert.

«Nichts», sagt Bienzle, der wie immer, wenn er sich aufregt, ins Schwäbische verfallen ist. Dann greift er noch einmal zum Telefon: «Schicken Sie mir den Haußmann her und einen Erkennungsspezialisten... Ist mir doch egal, wo der sich rumtreibt, vermutlich bei seinem Fräulein Braut... Hören Sie mal, auf Einzelschicksale kann ich jetzt keine Rücksicht nehmen! Schließlich will der junge Herr bei uns ja noch was werden!» Bienzle knallt den Hörer auf die Gabel. «Hier wird nichts verändert», sagt er dann; «wir schließen das Zimmer ab. Und ich schau mir jetzt den Auftrieb im Dorf an.»

«Besseres haben Sie nicht zu tun?» knurrt der Bürgermeister.

«Freilich», sagt Bienzle; «ich müßt in mei'm Gärtle die Bäum verschneide...»

Es hat aufgehört zu regnen; ein paar Sonnenstrahlen bohren sich durch die Wolken. Bienzle läßt seinen Dienstwagen am Ortseingang stehen und geht gemächlich in Richtung Marktplatz.

Er rekapituliert: ein Journalist wird auf die Suche nach Atommüll geschickt («blödsinnige Idee»); er fragt einen Umweltschützer nach der Lage der in Frage kommenden Müllkippe («liegt ja nahe»). Vielleicht hat der Doktor ein paar Gesinnungsgenossen davon erzählt («ziemlich unwahrscheinlich, oder?»). Der Journalist findet, was er sucht und doch nie zu finden glaubte, auf Anhieb («weit mehr als ein Zufall»). Im Kraftwerk wird entdeckt, daß das strahlende Material tatsächlich dort verschwunden beziehungsweise weggekommen ist («da hat einer ursprünglich für einen anderen Plan vorgesorgt»). Ein Mann wird verdächtigt, weil er gegen den Ausbau des Kraftwerks ist («vermutlich ein Opfer blödsinniger Spekulationen»). Der Mann will sich rehabilitieren; er hat einen Verdacht («wahrscheinlich mehr als einen Verdacht»), aber er ist ungeschickt, verrät, was er vermutet oder schon ermittelt hat, und muß sterben («der Dieb und der Mörder ist ein und dieselbe Person»). Aber warum hat er schon vor Wochen die Ionenaustauscher mitgehen lassen («vielleicht haben ihn Terroristen gekauft»)? Ja, und jetzt noch das ‹Rote Bataillon›.

Das Rote Bataillon... Klingt gut, findet Bienzle, in dieser Hinsicht unparteiisch. Er hat noch von keiner Organisation gehört, die sich so nennt. Aber die nennen sich ja alle paar Tage anders... Oder war das nur ein dummer Witz, das mit dem Stein und dem Drohzettel? Wohl kaum, entscheidet er. Es braucht nicht viel dahinterzustecken, aber nur so aus Jux – nein... Es kann aber auch eine Menge dahinterstecken. Vier Busse, hat der Bürgermeister gesagt. Kommunisten... Bei dem Bürgermeister fängt der Kommunismus vermutlich da an, wo einer eine Kippe auf die Straße schmeißt... Das Rote Bataillon, falls es wirklich existiert, dürfte keine vier Busse füllen. Es könnte aber – drei, vier, fünf Mann stark – in einem der Busse angereist sein... Verstärkung für Gleichgesinnte, die hier zugeschlagen haben? Irgendwelche Chaoten, die am Weihersbronner Feuerchen ihre Suppe kochen wollen? Bienzle erschrickt ein bißchen bei seinem Vergleich: Feuerchen... Das Kartoffelfeuer von Hiroshima. Er gesteht sich ein, daß ihm auch nicht wohl ist bei dem ganzen Atomkram, irgendwie. Alle reden sie davon; die einen sagen hü, die anderen hott... Macht euch die Erde untertan?... wia hent di d' Mucka verschissa!

Bienzle stößt die Tür zum Saal des Goldenen Adler auf. Dichter Qualm und ein Geruchsgemisch aus Bierdunst, Schweiß und Rauch schlägt ihm entgegen. Auf der Bühne steht ein junger Mann – glatt rasiert, gut geschnittener Anzug, modische Krawatte.

«...immer dieselben, die an uns verdienen und denen es egal ist, wenn wir daran zugrunde gehen. Was hier betrieben wird, ist ein Musterbeispiel für Ausbeutung im 20. Jahrhundert, für die Machenschaften des Monopolkapitalismus und der sogenannten Vertreter der Öffentlichkeit. Euer Bürgermeister, die Behörde, die Regierung – sie sind gekauft! Nicht direkt, mit Bargeld – nein! So einfach und durchschaubar läuft das nicht. Sie bekommen Möglichkeiten durch das Kapital – Möglichkeiten, Chancen, Unterstützung; sie können ihre Macht festigen: Schulen bauen; Kläranlagen bauen... Sie leisten etwas – jawohl, sie leisten etwas: denn das Kapital hilft ihnen, und ihr wählt sie immer wieder... Aber damit wählt ihr diese dunklen Hintermänner aus dem Monopolkapital...» Der junge Mann nimmt einen Schluck aus einem Wasserglas.

Bienzle denkt, wenn der vom Roten Bataillon ist, dann bin ich Mao Tse-tung... Er merkt, daß sein Vergleich irgendwie hinkt, und zwängt sich auf eine Holzbank ohne Lehne. «Diese Agitatoren sehen heute auch nicht mehr so aus wie früher», sagt er zu seinem Nachbarn, bekommt aber keine Antwort.

Der junge Mann redet weiter. Bienzle hört schon bald nicht mehr zu. Er schaut sich um. An einem Tisch in der hintersten Ecke sitzt Anne Muthesius und schreibt eifrig mit. Wenige Tische weiter macht sich ein Mann Notizen, den er kennt. Da kannste mal sehen, denkt Bienzle, wie schnell die vom Verfassungsschutz... Er läßt seinen Blick weiter über die Tische und Bänke wandern. Bunt gemischt sitzen Bauern und Winzer zwischen den jungen Leuten, die unschwer als Studenten zu erkennen sind, spärlich unterwandert von ein paar Rockern, und die dem smarten Redner nun emphatisch Beifall zollen.

«Der ischt zwor jong, aber recht hat er!» sagt Bienzles Nachbar, ein älterer Mann. Und ein anderer stimmt zu: «Wer behauptet denn, daß mir alleweil no mehr baue ond verdiena müßet?»

Kilper betritt den Raum und lehnt sich an die Wand. Er hält noch immer die Pfeife zwischen den Zähnen.

Jetzt steigt ein alter, beweglicher Herr auf die Tribüne des Saales, in dem sonst Hochzeiten gefeiert, Musikfeste begangen und Vereinshauptversammlungen abgehalten werden.

«Ich darf mich zunächst vorstellen», sagt der Mann, dessen grauweiße Haare wie ein Kranz um seinen Kopf stehen, «ich bin Professor Anton Kurz, Ordinarius für Kernphysik an der Universität Heidelberg, und ich bin jener Wissenschaftler, der in der Nacht zum Samstag zusammen mit dem Hamburger Reporter die Atommülltüte ausgegraben hat.»

Ein Raunen geht durchs Publikum.

«Zwei Dinge möchte ich sagen», fährt er fort. «Erstens, es ist eine ganz gefährliche Sache, wenn Atommüll auf einer öffentlichen Müllkippe landet. Denn wenn zum Beispiel Strontium 90, was in diesen Päckchen vorkommt, ins Grundwasser gerät, haben wir einen der schlimmsten Krebserreger in unseren normalen Wasserleitungen. Es wird also...»

Jetzt erhebt sich ein Sturm im Saal. Menschen springen auf, schreien durcheinander; für Minuten herrscht das Chaos. Professor Kurz steht mit erhobenen Händen auf der Bühne und versucht die Menschen zu beruhigen. Schließlich ebbt der Lärm ab.

«... Es wird also unsere Aufgabe sein, für noch mehr Sicherheit zu sorgen. – Das zweite aber, was ich Ihnen sagen will, meine sehr verehrten Anwesenden, ist dieses: Der Unfall gestern, bei dem bedauerlicherweise ein Mann aus Ihrer Mitte ums Leben kam, könnte in jedem konventionellen Kraftwerk auch passieren, denn auch dort gibt es Leitungen und Ventile, die unter sehr hohem Dampfdruck stehen. Das Kühlwasser war nur gering radioaktiv, zumindest so gering, daß nichts davon durch die Reaktorabdeckung in die Außenwelt dringen kann. Hier sind also Sorgen nicht angebracht. Und wenn die Herren Studenten hier anderes behaupten, dann sollten Sie, meine Damen und Herren, trotzdem *mir* glauben – diese Herren müssen, zum Teil bei mir, zum Teil bei anderen, noch ein bißchen was lernen, ehe sie kompetente Erklärungen abgeben können.»

Die Studenten johlen und pfeifen; die Bauern und Winzer nicken heftig und klatschen Beifall.

«Sehr geschickt», murmelt Bienzle und ist dem Professor innerlich von Herzen dankbar. Aus den Augenwinkeln beobachtet er, wie Kilper heftig in den Beifall der Einheimischen einstimmt.

«Also, jetzt höret amol mir zua», sagt ein breitschultriger Mann mit einem zerfurchten, gebräunten Gesicht, der sich an einem der Tische erhoben hat.

«Des ischt der Kaisers Fritz», flüstert Bienzles Nachbar, «a Winzer, uf den höret hier d' Leut.»

Fritz Kaiser holt tief Luft. «Es hot überhaupt koin Zweck, wenn mir dene Herra von woiß Gott woher zuhöret, den Professor ausgenomma. Um was geht es uns?» Der Winzer versucht sich in der Schriftsprache und gibt gleich wieder auf: «Es geht ons darum, daß mir gsond bleibet, daß unsere Kinder gsond heranwachset ond daß unser Wein in seiner Qualität erhalte bleibt...»

«Sehr richtig!» rufen die Männer an den Tischen.

«Mit dem Kraftwerk, wias jetzt do drauße steht, müsset mir leba, des ischt klar, aber was zuviel ischt, das ischt vom Übel, ond deshalb sollte die Herra ihre Atomöfa hinstella, wo se wellat, aber net bei ons!»

Beifall und Zurufe.

«Ond die Herra, dia jetzt en onser Dorf eigfalle send wia d' Heuschrecka, sollet sich g'sagt sei lasse, daß mir se net brauchet. Sia kennet en Ruh ihr Viertele trenka, ond no sollet se wieder do na, wo se herkomma send!» Mit seiner mächtigen Hand fährt sich der Winzer über die Stirn, nickt noch zwei-, dreimal bekräftigend und läßt sich wieder nieder.

Die Einheimischen klatschen eifrig Beifall und erheben sich nacheinander. Für sie ist dies das Schlußwort gewesen. Der Kaisers Fritz hat gesprochen, und damit ist gesagt worden, was gesagt werden muß.

Die Versammlung löst sich auf.

Kilper wartet am Saalausgang auf Steinbach.

«Na, muckert die Bandscheibe wieder?» fragt der Doktor, sichtlich erleichtert über den verhältnismäßig friedlichen Ausgang der Versammlung.

«Nee, die ist okay. Ich habe eine Frage, über die ich gern unter vier Augen mit Ihnen gesprochen hätte.»

«Bitte, wie Sie möchten; Sie können mich auf dem Nachhauseweg begleiten.» Langsam schlendern die beiden Männer durch die enge Herrengasse Richtung Marktplatz. «Als Arzt am Ort kümmern Sie sich doch nicht nur um das physische Wohlbefinden Ihrer Patienten...» fängt Kilper an.

Der Doktor lacht: «Wäre ich sonst Vorsitzender der Bürgerinitiative?»

«Ich suche einen Mann, oder vielleicht auch eine Frau... Jemand, der unverhältnismäßig stark engagiert ist – ich meine, jemand, der sich im Kampf gegen das Kernkraftwerk zu etwas hinreißen lassen könnte, Sie verstehen...»

«Einen, der Atommüll klaut und Ihnen unterschiebt, um eine Sensation zu erzeugen? Das klingt ein wenig abenteuerlich, mein Guter.»

«Ich hab schon Verrückteres erlebt.»

Der Arzt bleibt stehen. «Dieser Mensch müßte dann aber auch Zugang zum Kernkraftwerk haben.»

«Mehr noch: er müßte sich dort sehr gut auskennen und die technischen Einrichtungen bedienen können.»

Steinbach sieht ihn nur an, sagt aber nichts. Kilper entschließt sich, mit mehr herauszurücken, als er ursprünglich vorhatte:

«Herr Doktor Steinbach, der Unfall Kanzleiters war aller Wahrscheinlichkeit nach gar kein Unfall, sondern ein kalt arrangierter Mord. Kanzleiter hat versucht, dahinterzukommen, wer letztes Jahr die Bombe deponiert hat und wer nun möglicherweise hinter dem Mülldiebstahl steckt. Kurz vor seinem Tod hat er Andeutungen gemacht, daß er vor der Lösung des Rätsels steht.»

«Ist das Ihr Ernst?» Steinbach ist plötzlich bleich geworden.

«Es ist – wie sagt man – eine unbewiesene, durch Indizien gestützte Hypothese.»

«Weiß die Polizei davon?»

Kilper sieht Steinbach überrascht an und sagt dann langsam: «Ich glaube, noch nicht.»

Die beiden Männer gehen langsam weiter und erreichen den Marktplatz. Auf dem Brunnenrand hocken dieselben Jugendlichen wie gestern.

«Sekunde», sagt Kilper zu Doktor Steinbach und geht auf die Gruppe zu. «Na?»

«Ganz schön grad sent Sia heut», sagt einer der Jungen. «Hat das Fräulein Doktor Sie wieder aufgerichtet?»

Kilper gibt dem Jungen einen Schubs vor die Brust, er kippt nach hinten, ringt Sekunden um das Gleichgewicht, dann reißt es ihm die Beine nach oben, und er plumpst in das Brunnenbecken. Die anderen lachen grölend.

Sofort beugt sich Kilper über den Rand und hilft ihm heraus. «Ich gebe einen aus», sagt er dann. «Einverstanden?»

«Klar!» brüllen sie im Chor.

«Eis oder Cola?» fragt Kilper.

«Hent ihr des g'hört?» ruft einer und will sich ausschütten vor Lachen. «Vertraget Sia koi Bier?»

«Na, dann also auf ein Bier. Und wo?»

«En dr Diskothek», kommt es vielstimmig zurück.

Kilper sagt: «Ich komme gleich nach, muß mich nur noch vom Doktor verabschieden.» Er tritt auf den Arzt zu. «Kennen Sie Luzifer?» fragt er.

Scharf fährt ihn der Doktor an: «Nennen Sie ihn nicht Luzifer! Er heißt Erwin Pichowiak... Wie kommen Sie ausgerechnet auf ihn?»

«Ich habe ihn gestern gesehen.»

«Hören Sie, Erwin hat damit nichts zu tun!»

«Nein?»

«Nein!» sagt Steinbach mit Bestimmtheit.

«Und warum sind Sie so sicher?»

«Weil ich ihn besser kenne als irgend jemand sonst.»

Kilper schaut Steinbach ins Gesicht. Kleine Schweißperlen stehen auf der Stirn des Doktors. Er atmet heftig. Plötzlich wendet er sich um und läßt Kilper wortlos stehen.

Langsam geht Kilper auf die Diskothek zu.

7

Als Kilper aus der Diskothek kommt, ist er müde vom Bier und vom Lärm. Die Sonne ist vollends durchgebrochen. Das Dorf ist ruhig. Vor den Schaufenstern der wenigen Geschäfte am Marktplatz flanieren Paare im Sonntagsstaat, die Frauen bei den Männern eingehängt, am anderen Arm ein Täschchen, die Männer mit einem Ausdruck lammfrommer, gelangweilter Ergebenheit im Gesicht. Desinteressiert starren sie auf Kleiderpuppen, Polstermöbel und Schmuck hinter den Scheiben.

Kilper schüttelt sich, als ob er das alles loswerden müßte. Er schlendert die Korngasse hinunter, an deren Ende das Büro des Weihersbronner Tagesanzeigers liegt. Er klopft an die Scheibe des ebenerdig liegenden Redaktionsraumes. Anne Muthesius' Gesicht taucht hinter dem Fenster auf. Sie winkt. Kurz darauf dreht sich der Schlüssel im Schloß der Eingangstür.

«Na, was macht die Titelseite?» fragt er lustlos.

«Ist Ihnen eine Laus über die Leber gelaufen?» fragt sie, und das Strahlen verschwindet langsam von ihrem Gesicht.

Kilper läßt sich auf einen der Bürostühle fallen. Erst jetzt bemerkt er den Lokalchef, der hinter seinem Schreibtisch thront und Zeitungsausschnitte aufklebt. «Tag auch!» sagt Kilper.

«Grüß Gott!» antwortet der andere.

Kilper sieht den älteren Kollegen prüfend an, dann entschließt er sich zu fragen: «Welche Beziehung besteht zwischen Doktor Steinbach und dem Jungen, den sie hier Luzifer nennen?»

Der Lokalchef holt aus der obersten Schublade seines Schreibtisches eine dicke Zigarre, beißt die Spitze ab und entzündet sie sorgfältig. Dann hebt er den Kopf: «Seltsame Geschichte.»

Anne Muthesius klebt einen Zeitungsausschnitt auf. Kilper steht auf und lehnt sich an das Schaufenster, in dem die Lokalseiten des Weihersbronner Tagesanzeigers ausgestellt sind.

«Seltsame Geschichte», wiederholt der Lokalchef, und er scheint es zu genießen, etwas zu wissen, was der andere nicht weiß.

«Luzifer... ich meine, Erwin Pichowiak wohnt bei Doktor Steinbach», sagt Anne Muthesius.

Der Lokalchef wirft ihr einen bösen Blick zu und stößt eine gewaltige, scharf riechende Rauchwolke aus. «Aber warum?»

«Ich weiß es nicht», sagt Anne Muthesius.

«Ich weiß es nicht, ich weiß es nicht», äfft sie ihr Chef nach. «Das sollten Sie aber wissen, denn dann könnten Sie dem Herrn Kollegen hier Auskunft geben.» Ächzend erhebt er sich von seinem Bürostuhl und geht zur Tür. «Jetzt muß der Herr Starjournalist womöglich persönlich recherchieren.»

«Okay», sagt Kilper, «aber ich denke, daß Sie die Kollegialität nicht übertreiben, wenn Sie mir einen Ansatzpunkt für die Recherchen geben.»

Der Lokalchef greift sich seinen Hut vom Kleiderständer und dreht ihn langsam in der Hand. «Na gut... Steinbach war nicht immer praktischer Arzt. Früher war er Oberarzt im Kreiskrankenhaus, und man hat ihm eine Mordskarriere vorausgesagt. Aber dann war er plötzlich weg vom Fenster. Von heut auf morgen sozusagen; irgendwas muß da passiert sein. Aber man ist da nie so richtig dahintergestiegen... Sie wissen ja, eine Krähe hackt der anderen kein Auge aus, und Mediziner halten allemal zusammen.»

Kilper betrachtet seine Fingernägel und sagt langsam: «Wenn ich Sie richtig verstehe, ist da irgendein dunkler Punkt. Und was hat das mit Luzifer zu tun?»

Der Lokalchef greift nach der Türklinke, setzt seinen speckigen grauen Hut auf und zuckt die Achseln. «Ein seltsames zeitliches Zusammentreffen. Der Junge ist bei ihm, seitdem Steinbach sang- und klanglos die Oberarztstelle im Krankenhaus aufgegeben hat.»

«Wann war das?»

«Vor fünf oder sechs Jahren», sagt der Lokalchef im Hinausgehen. Dann reißt er noch einmal die Tür auf und ruft: «Ich bin im Adler, wenn mich jemand sucht.»

«Den sucht sowieso keiner», murrt Anne Muthesius.

«Gibt es hier ein Archiv?» Kilpers Lethargie ist verflogen.

«Die Jahrgänge sind abgeheftet seit 1948, wenn Sie das meinen.»

«Klar, genau das meine ich.»

«Und ich dachte, Sie wollten mich zu einem Kaffee einladen», schmollt sie.

«Ich mach gleich einen», erbietet sich Kilper eifrig.

«Na, an dieses Café hier hatte ich weniger gedacht.»

Kilper bleibt ungerührt. «Erst die Arbeit», sagt er; «wo sind die alten Jahrgänge?»

«Auf dem Dachboden. Ich zeig's Ihnen.»

Gemeinsam steigen sie vier enge Stiegen hinauf. Die Treppe endet direkt auf einem offenen Dachboden. Stützbalken ziehen sich durch den langgezogenen düsteren Raum. Anne Muthesius dreht am Lichtschalter; eine trübe Birne verbreitet mattes Licht.

«Das ist ja ein Ding!» Kilper schlägt mit einer Hand auf einen Stapel alter Zeitungen und bekommt sofort einen Hustenanfall; der Staub von dreißig Jahren hat ihn eingehüllt. «Was sagte er?» prustet Kilper; «vor fünf oder sechs Jahren? Fangen wir mal sechs Jahre zurück an; die meisten Leute sehen die Vergangenheit kürzer.»

«Heißt das, daß Sie all diese staubigen Dinger durchschauen wollen?»

«Aber ja doch. Was denn sonst?»

«Ohne mich», erklärt sie trotzig. «Ich muß sowieso runter und Telefondienst machen; außerdem erwarte ich den Rücklauf meiner Geschichte.»

«Lassen Sie sich nicht stören.» Kilper zieht sein kariertes Jackett aus.

Mißmutig steigt Anne Muthesius die steile Treppe wieder hinunter.

Fast hat sie den Hamburger Kollegen vergessen, als sie nach drei Stunden ihre Geschichte durchkorrigiert und über den Fernschreiber in der letzten Fassung zur Zentralredaktion durchgetickert hat. Sie steht vor dem Spiegel, zieht ihre Lippen nach und denkt, wie hübsch es wäre, wenn sie durch Zufall an diesem Abend dem Kollegen Kilper... «Du bist verrückt», sagt sie da leise zu sich, «den haste doch selbst unters Dach gesteckt.» Dann steigt sie hinauf.

Als ihr Kopf die Höhe des Dachbodens erreicht hat, bricht sie in schallendes Gelächter aus. Kilper liegt auf dem Bauch, umgeben von Zeitungsbergen; Haar und Bart sind von dem Staub grau geworden, seine Hosen sind über und über voller Schmutzflecken, sein Gesicht ist völlig verdreckt.

«Sie sind ein Fanatiker», stellt das Mädchen fest.

«Wenn Sie so in den Beruf eingestiegen wären wie ich, wäre Ihnen auch nichts anderes übriggeblieben.»

«Das würde ich Ihnen ja gern abgewöhnen...»

«Was denn? Den Fanatismus?»

«Nein, Ihre Art, mit Ihrer Selfmade-Tour zu kokettieren. Haben Sie was gefunden?» fragt sie dann.

«Ja, eine Unfallmeldung. Sieben Jahre alt.»

«Und warum suchen Sie dann immer noch weiter?»

Kilper antwortet nicht, er hat seinen Kopf plötzlich vorgereckt und starrt auf eine Zeitungsseite. Mit einem Griff reißt er die Seite heraus.

«Was tun Sie denn?» ruft Anne Muthesius; «wir haben von jeder Ausgabe nur ein Stück!»

«Das mache ich aus übergeordnetem Sicherheitsinteresse.» Kilper springt auf und klopft sich den Staub von den Kleidern. «Wie spät ist es?» fragt er.

«Kurz vor sieben.»

«Zeit, Essen zu gehen.»

«So, wie Sie aussehen?» Anne Muthesius schaut ihn entgeistert an.

«Wieso? Wie seh ich denn aus?»

«Wie ein Müllarbeiter nach einem schweren Tag.»

«Aber das ist doch ehrenhaft – oder nicht?»

«Also, ich gehe nicht so mit Ihnen aus.»

«Sondern?»

«Was, sondern?»

«Na, wo gehen Sie dann mit mir hin?»

Sie lacht: «Also gut – gehen wir zu mir, Sie bekommen ein heißes Bad, ein paar Spiegeleier und eine Schreibmaschine.»

Als sie in der Abenddämmerung die Redaktion verlassen, schlagen die Glocken der beiden Kirchen synchron sieben Uhr und beginnen gemeinsam zu läuten.

«Klingt schön», sagt Kilper und legt den Arm um die Schultern seiner Begleiterin. «In der Stadt hört man die Glocken gar nicht mehr vor lauter Verkehrslärm.»

Sie gehen nebeneinander die Herrengasse hinunter. Anne Muthesius läßt den fremden Arm, wo er ist.

«Was ist denn nun rausgekommen bei Ihrer Staubschlacht auf dem Dachboden?» fragt sie.

«Ich weiß es nicht so genau. Mir fehlt noch ein Steinchen. Aber soviel steht fest: Steinbach hat seinen Job im Krankenhaus ziemlich plötzlich verloren. Ihr Blatt, verehrte Kollegin, hat sich seinerzeit glänzend auf Andeutungen verstanden.»

«Mit anderen Worten, die Fakten fehlen?» Der fremde Arm gibt sie frei... Schade? Schade.

«Nicht ganz. Zum Beispiel ist es ein Faktum, daß Erna Pichowiak – ich zitiere – ‹für uns alle überraschend und unbegreiflich, von uns gegangen ist›. So steht es in der Todesanzeige.»

«Sie wollen doch nicht den Tod dieser Frau mit Steinbachs Ausscheiden...»

«Es muß keine Verbindung bestehen, aber man kann es auch nicht ausschließen. Überlegen Sie doch mal: diese Frau stirbt überraschend; Steinbach, der sie vielleicht ärztlich betreut hat, muß Hals über Kopf seine Oberarztstelle aufgeben; nimmt den Jungen zu sich

– und das alles geschieht in einem engen zeitlichen Zusammenhang...»

«Aber das kann doch alles Zufall sein.»

«Gut möglich, zugegeben. Aber vielleicht ist es kein Zufall.»

«Wenn da mal nicht die Phantasie mit Ihnen durchgeht!»

«Daran wäre dann Ihr Blatt mitschuldig. Sehen Sie mal, am 6. Oktober hat ein Mann oder eine Frau unter dem Kürzel *ac* geschrieben...»

«Das ist mein Chef – *ac* steht für Aschmeier.»

«Also, der Herr Aschmeier schreibt... Moment, bleiben Sie mal unter der Laterne da stehen. Wo habe ich's denn – Ja, hier:

Dem Kreiskrankenhaus steht eine peinliche Untersuchung bevor. Leichtfertiger Umgang mit beruhigenden Drogen ist noch einer der milderen Vorwürfe. Patienten klagen über Vernachlässigung. Mehrfach soll bei akuten Notfällen der diensthabende Arzt nicht oder zu spät gekommen sein. Schwestern müssen Aufgaben der Mediziner übernehmen. Wir zitieren einen Beamten des Landratsamtes: ‹Hier muß mit eisernem Besen gekehrt werden.›

Soweit das Zitat. Dann erscheint vierzehn Tage lang kein Bericht mehr über die skandalösen Verhältnisse in der Klinik. Und schließlich findet man eine kleine Meldung, ganz hinten im Lokalteil, wieder mit *ac* gezeichnet... Moment, die habe ich auch rausgerissen... Da:

Oberarzt Dr. Philipp Steinbach verläßt das Kreiskrankenhaus auf eigenen Wunsch; er will sich als praktischer Arzt niederlassen.

Mehr steht da nicht.»

«Jaaa...» Anne Muthesius sieht zu Kilper auf: «Es stimmt, man könnte sich durchaus etwas daraus zusammenreimen.»

«Wollen wir wetten, daß der Herr Aschmeier mehr weiß, als er damals geschrieben hat?»

«Kann sein. Aber der wird nichts sagen; genausowenig wie alle anderen. Angenommen, der Doktor hat ein krummes Ding gedreht damals; dann haben alle Beteiligten beschlossen, dichtzuhalten...»

«Damals!» Kilper hat sich nachdenklich gegen die Straßenlaterne gelehnt. Es ist schnell dunkel geworden. Sein Blick gleitet ziellos durch die Dämmerung und bleibt an einer Gestalt hängen, die nur wenige Meter entfernt an einer Hauswand lehnt. «Schauen Sie mal», sagt er leise, «sieht gerade so aus, als ob den unser Gespräch interessieren würde. Wer ist das?»

«Das kann man doch in der Dunkelheit nicht erkennen.»

Kilper löst sich von der Laterne und geht langsam weiter. Anne folgt ihm zögernd. Die Gestalt wendet sich dem Haus zu. Kilper erkennt einen ziemlich kleinen Mann in einem zu langen Mantel, dessen Kragen hochgeschlagen ist. Als er ihn erreicht, macht der vermeintliche Zuhörer einen Schritt in eine Toreinfahrt und bleibt abrupt wieder stehen.

«Kommen Sie», sagt Kilper kopfschüttelnd zu Anne Muthesius und faßt sie am Arm.

Schnell gehen die beiden auf das Haus zu, in dem die Journalistin wohnt. Anne Muthesius fröstelt.

Der Mann in der Hofeinfahrt hebt langsam den Kopf und schaut ihnen nach.

Hauptkommissar Bienzle verläßt bei Einbruch der Dunkelheit den Goldenen Adler. Sein Auto läßt er stehen, denn was er jetzt tun muß, schiebt er gern noch ein Stück vor sich her. Er atmet tief ein: Das ist eine andere Luft als im Stuttgarter Talkessel! Zweimal fragt er Passanten nach dem Weg, schließlich erreicht er das kleine Siedlungshäuschen, das grau und niedrig in einem akkurat gepflegten Gärtchen steht.

«Frau Kanzleiter?» fragt er, als ihm eine vielleicht Vierzigjährige die Tür öffnet. «Ich bin Kriminalhauptkommissar Bienzle aus Stuttgart. Darf ich reinkommen?»

Die schwarz gekleidete Frau macht eine einladende Handbewegung.

«Es tut mir leid, daß ich Sie stören muß.»

«Lassen Sie's gut sein», sagt sie und lächelt ein wenig; «im Augenblick bin ich für jede Störung dankbar.»

Überrascht blickt Bienzle ihr ins Gesicht. Er kennt die Gesichter von Menschen, die gerade den Partner verloren haben: aufgequollen vom ständigen Weinen oder bleich und glashart vom Kampf gegen den Schmerz. Diese Frau wirkt gelöst, fast fröhlich.

«Übrigens, mein Beileid», sagt er so, als ob er einen Test machen wollte.

«Danke», sagt sie. «Kann ich Ihnen etwas anbieten?»

«Ein Viertele Wein vielleicht...»

Sie geht in die Küche. Der Kommissar sieht sich um. Ein kleines, behaglich eingerichtetes Wohnzimmer; kein Einheits-Versandhausstil, sondern safarifarben leinenbezogene Sitzkissen, ein niedriger Tisch, über dem eine moderne Lampe hängt, an den Wänden hübsch gerahmte Drucke von naiven Malern.

Frau Kanzleiter kommt mit einer Flasche und zwei Gläsern.

«Darf ich das machen?» Bienzle füllt die Gläser, hebt das seine und überlegt, wie man einer frischgebackenen Witwe zutrinkt.

Wieder lächelt sie und sagt: «Prost!»

«Verzeihen Sie», sagt Bienzle. «Sie wirken auf mich so gefaßt, daß es... Ich meine, daß...»

«... daß es Sie fast aus der Fassung bringt?»

«Tja, so könnte man sagen.»

«Ich will's Ihnen erklären. Mein Mann hat mich schon vor einem Jahr um die Scheidung gebeten. Wir haben nur noch pro forma zusammengelebt, und auch das war schlimm genug... Ich mochte ihn einmal sehr, und ich habe es sogar noch ein wenig verstanden, als er sich in die andere... Nun, als er sich in sie verliebt hat. Aber dann tat er plötzlich so, als ob ich an allen Problemen schuld sei, die er mit sich selber hatte. Er wurde gereizt, beschimpfte mich, schlug nach mir. Ja, und dann kam noch die Geschichte mit der Bombe dazu... Ich weiß nicht, inwieweit Sie Bescheid wissen?»

«Ich kenne die Vorgänge.»

«Er bekam ein Magenleiden, Gastritis; er wurde immer unerträglicher, und sein Zorn richtete sich immer gegen mich... Ich weiß gar nicht, warum ich Ihnen das alles so schnell erzähle, ich falle ja richtig mit der Tür ins Haus.»

«Macht nichts, mir passiert das oft», lächelt Bienzle. «Sagen Sie, wie kam er denn zu dieser Umweltschutzinitiative?»

«Er ist... Er war ein großer Naturliebhaber. Früher sind wir viel gewandert... Na ja, und dann war da auch die andere Frau. Sie ist die rechte Hand von Doktor Steinbach, in der Praxis und bei der Bürgerinitiative; sie hat ihn dann wohl vollends... Wie soll ich sagen – überzeugt.»

«Der Wein ist wunderbar», sagt Bienzle.

«Ein Schwarzriesling.»

Pause.

«Sagen Sie», nimmt schließlich Bienzle den Faden wieder auf, «dieser Doktor Steinbach ist wohl eine sehr wichtige Figur hier im Städtchen?»

Bienzle erfährt, daß der Doktor nicht immer so beliebt gewesen sei; daß er zu Zeiten seiner Oberarztwürden als «arger Tunichtgut» gegolten habe und daß man ja alles mögliche munkele, warum ausgerechnet er diesen Luzifer zu sich genommen habe.

Die Literflasche ist leer, als der Kommissar die Witwe verläßt. Er geht noch an der Redaktion vorbei, und weil alle Fenster dunkel sind, ruft er vom Goldenen Adler aus bei Fräulein Muthesius zu Hause an.

«Entschuldigen Sie bitte, daß ich Sie privat störe...»

«Macht doch nichts.» Anne Muthesius legt die Jacke Hans Kilpers aus der Hand, die sie ohne großen Erfolg ausgebürstet hat.

«Ich hätte da eine Frage... Gibt es bei Ihnen so etwas wie ein Archiv?»

Anne Muthesius deckt die Muschel des Hörers mit der Hand ab und flüstert in Richtung Bad: «Der Kommissar will in unser Archiv!»

«Hallo... Hallo – sind Sie noch da?» ruft Bienzle.

«Ja, ich bin noch da... Sie sagten etwas von unserem Archiv?»

«Ja. Ich suche Material über Vorgänge aus dem Jahr – na, 1969 ungefähr. Oder jemand, der sich sehr gut an diese Zeit erinnert.»

«Da müßten Sie eben morgen mal vorbeischauen», sagt Anne Muthesius.

«Mach ich – vielen Dank auch!» Bienzle läßt den Hörer sacht und sehr nachdenklich auf die Gabel rutschen.

«Donnerwetter», sagt Hans Kilper, der mit Anne Muthesius' Bademantel nur das Allernötigste zudecken kann, «den Kerl habe ich unterschätzt!»

«Warum?»

«Wie er es auch immer angestellt haben mag, er ist auf jeden Fall genauso wie wir auf die Steinbach-Story gestoßen...»

«Ja... Sieht so aus, nicht?»

Kilper hebt seine Jacke hoch. «Na, die muß wohl in die Reinigung.»

«Das fürchte ich auch», sagt Anne, und plötzlich wird ihr bewußt, daß sie eine fast gequälte Konversation begonnen haben; schüchtern, beinahe scheu wirkt Kilper auf einmal. «Ich geh mal die Spiegeleier braten», sagt sie; «dann können Sie sich in Ruhe anziehen.»

Eine Viertelstunde später sitzen sie sich auf zwei Korbstühlen gegenüber. Es gibt Schinkenspeck mit Spiegeleiern. Hans Kilper beginnt von London zu erzählen. Später legt sie eine Platte auf, Panflöte und Orgel von Gheorghe Zamfir, und dann schweigen sie ein bißchen.

Kilper lehnt sich auf der breiten Couch zurück und sagt: «Darf ich vielleicht jetzt Ihren Artikel sehen?»

«Mhm», macht sie und bringt ihm auf einer langen Fahne den Text aus dem Fernschreiber.

Er liest konzentriert und langsam, so als ob er jeden Satz wägen würde. Sie geht nervös auf und ab.

«Was heißt das hier, da sind zwei Zeilen übereinandergetippt», sagt er geistesabwesend.

Sie kniet sich neben ihn auf die Couch und schaut nach.

«Das heißt: *Sieben Minuten dauerte es, bis der Krankenwagen eingetroffen war, zwölf, bis der Hubschrauber landete.*»

Kilper nickt stumm, liest weiter. Anne bleibt neben ihm knien. Sie weiß nicht warum, sie weiß nur, daß sie nun hier nicht mehr wegwill. Er liest genauso konzentriert weiter, aber dann, wie von selbst, macht sein rechter Arm eine langsame Bewegung in ihre Richtung. Sie fühlt plötzlich seine Hand im Nacken, sehr sanft, kaum spürbar. Es ist, als ob sich die Hand selbständig gemacht hätte; er bleibt dabei völlig in das Manuskript vertieft. Dann legt er das Blatt mit einer ebenso langsamen Bewegung aus der Hand und sagt:

«Das ist richtig gut gemacht.»

Sie weiß nicht, was sie erwartet hat, aber sie ist unendlich erleichtert. Seine Hand ist noch immer am gleichen Platz, nur daß sie sich jetzt ein ganz klein wenig bewegt, daß der Druck ein wenig zunimmt, dann noch ein wenig mehr, und weil sie diesem sanften Druck nicht standhalten will, gibt sie bald nach.

Im Gasthaus Zum Goldenen Adler wartet Hauptkommissar Bienzle bis nach Mitternacht auf die Rückkehr des Hamburger Gastes von Zimmer elf. Schließlich gibt er auf, beschließt, den Journalisten beim Frühstück abzupassen, und geht schlafen.

Als Hans Kilper die Wohnung von Anne Muthesius verläßt, ist es kurz nach ein Uhr. Er singt leise und falsch vor sich hin. Vergessen ist das Atomkraftwerk, in unendlicher Ferne die Hamburger Redaktion. Ein Mord? Das muß in einer anderen Welt geschehen sein. Nicht in der Welt, in der Anne... In der er mit Anne... Er hat sich schon lange – ach was: überhaupt noch nie in seinem Leben so leicht, so beschwingt, so glücklich gefühlt.

«*All you need is love*», singt er leise, als er durch die nächtliche Korngasse in Richtung Goldener Adler geht. Weit breitet er die Arme aus und schaut in den nächtlichen Sternenhimmel; er pumpt seine Lungen voll und macht ein paar Tanzschritte, die ihm möglicherweise das Leben retten.

Den Knall hört er, wie er später immer beteuert, erst, nachdem er den Schlag gegen die Schulter gespürt hat. Es reißt ihn fast von den Beinen, er taumelt gegen eine Hauswand, natürlich mit der Schulter voran, und es tut auf einmal weh. Als die Straße aufhört, sich vor seinen Augen zu drehen, beginnt er zu rennen, torkelnd zuerst, dann schneller – nicht in wilder Flucht, nein; er rennt in die Richtung, aus der der Schuß gekommen ist.

Für Sekundenbruchteile duckt er sich in eine Toreinfahrt, lauscht, hört hastige Schritte und rennt wieder los. In einigen Häusern gehen Lichter an. Kilper hastet durch eine Kaufhauspassage und biegt in die Bahnhofstraße ein. Sie verläuft schnurgerade auf die Bahngeleise zu. Die Schranke ist unten. Ein Güterzug schiebt sich gemächlich durch das schmale Blickfeld. Kurz vor der Schranke sieht Kilper eine schemenhafte Gestalt.

Er kommt nicht über die Geleise, ehe ich ihn habe, denkt er und spurtet wieder los; der Schmerz in der Schulter ist weg. Die Gestalt vor ihm überklettert die Schranke, als der letzte Wagen vorbeituckert. Von dem flüchtenden Mann keine Spur.

Erschöpft läßt sich Kilper auf den Gehsteig sinken. Erst jetzt stellt er fest, daß Blut an seinem Arm herunterrinnt. Der Jackenärmel ist völlig durchnäßt, er ist schwer und klebrig geworden. «Scheiße», murmelt Kilper, dann verliert er das Bewußtsein.

Als er zu sich kommt, stehen zwei Männer über ihm. Einer fragt:
«Was ist passiert?»
«Man hat auf mich geschossen», bringt Kilper mühsam hervor.
«Ich brauche einen Arzt.»

Einer der Männer faßt ihn unter den Achseln und stützt ihn vorsichtig. «Warum sind Sie denn so gerannt?» fragt er.

«Ich dachte, ich krieg ihn noch.»

«Wen?»

«Na, den, der geschossen hat.»

«Aber wenn er geschossen hat, war er doch bewaffnet!»

Kilper sieht den Mann an. «Daran habe ich nicht gedacht.»

«Wir bringen Sie zu Doktor Steinbach», sagt einer der Männer.

Die Straße dreht sich wieder, der Horizont liegt schräg. Kettenkarussell. Jemand sagt, paß doch auf, gleich kippt er um. Das Karussell dreht sich schneller. Da steht Anne neben dem Kommissar, wie heißt er gleich... Aus Stuttgart; ist ja auch egal. Doktor Steinbach legt Luzifer den Arm um die Schulter. Er grinst. Steinbach grinst. Steinbach ruft etwas, aber er kann es nicht verstehen; es hallt so laut. Wahrscheinlich kommt das von den Ionenaustauschern. «Na hilf mir doch», sagt eine Stimme, «wir müssen ihn gleich zu Doktor Steinbach...»

«Nein», sagt Kilper laut, und es hallt nicht mehr, «nicht zu Doktor Steinbach...» Was wollen die beiden von ihm? Warum liegt er auf der Straße? Was bimmelt da so? Das lange rotweiße Ding hat die Vertikale erreicht, steht still; das Gebimmel hört auf. Die Schranke, ach so.

«Ja, aber...» Die Stimme klingt ratlos: «Es gibt hier keinen anderen Arzt!»

Arzt. Schulter. Er hat auf mich... Wer hat? Wer zum Teufel hat geschossen? Die Straße dreht sich nicht mehr.

«Ja, bitte», sagt Kilper, «bringen Sie mich zu Doktor Steinbach.» Er ist wieder ganz klar. Der Schmerz ist wieder da, aber es ist auszuhalten. Was war das eben? denkt er, was hab ich gegen den Doktor? Ich wollte ihm ohnehin auf den Zahn fühlen...

Es dauert lange, ehe sich auf ihr eindringliches Klingeln etwas rührt; dann taucht der Arzt selbst in der Tür auf; er ist in einen Bademantel gehüllt, unter dem der Saum eines altmodischen Nachthemds hervorschaut. «Mein Gott», sagt er, «wie sehen Sie denn aus?»

«Jemand hat auf mich geschossen», bringt Kilper hervor.

«Schaffen Sie den Mann in meine Praxis im ersten Stock», befiehlt Steinbach. «Ich komme gleich.»

Ein wohliges Gefühl geht durch Kilpers Glieder, als er sich auf einer Liege ausstrecken kann. Die Augen fallen ihm zu. Er öffnet sie erst wieder, als er merkt, daß sich jemand nähert. Steinbach kommt mit einem herzlichen Lächeln auf ihn zu.

«Das werden wir gleich haben!»

Mit einer Schere schneidet er Jacken- und Hemdärmel auf. «Die Kugel ist glatt durchgegangen, offensichtlich neben dem Knochen; das ist unproblematisch.»

«Na, Gott sei Dank», sagt Kilper und schließt die Augen wieder. Seine Gedanken fahren wieder Karussell. Wer hat auf ihn geschossen – Luzifer? Wie kommt er auf Luzifer? Warum sollte Luzifer... Hat er doch Dreck am Stecken? – Steinbach selber vielleicht? Auch hier: Warum? Quatsch. Halluzinationen sind das, wie vorhin.

«Was machen Sie mit mir, Doktor?» fragt er.

«Nur ruhig, Herr Kilper! Wir müssen den Arm örtlich betäuben und die Wunde nähen.»

«Machen Sie es ohne Betäubung!» sagt Kilper scharf.

«Ohne Betäubung? Sie werden irrsinnige Schmerzen haben.»

«Ich bin allergisch gegen das Zeug...» Verdammt noch mal, du benimmst dich wie ein Idiot.

«Ach, Dummheiten. Sie wissen ja gar nicht, was ich spritze.» Mit sicheren Händen zieht der Arzt die Spritze auf.

Kilper hat gesehen, daß er das Betäubungsmittel aus einem frisch angerissenen Paket genommen hat. Aber was ist wirklich drin? «Mensch, mach dich nicht verrückt», murmelt er.

«Wie bitte?» sagt der Arzt.

«Nichts. Ich glaube, ich fange an zu phantasieren», brummt Kilper. Im gleichen Moment fällt ihm eine Story ein, die er vor ein paar Jahren selbst recherchiert hat. Ein Assistenzarzt hatte seine Geliebte umgebracht, indem er ihr Luft spritzte. *Führt garantiert zu einer tödlichen Embolie*, hatte ihm damals ein Informant gesagt. Kilper beobachtet den Arzt. Ist die Spritze leer oder gefüllt? Von der Liege aus ist es nicht zu erkennen.

Kalter Schweiß tritt auf seine Stirn. In seinem Arm pocht das Blut. Oder in der Schulter; er kann es nicht lokalisieren. «Rufen Sie im Adler an, ich muß den Kommissar sprechen.»

«Das hat Zeit bis morgen», sagt Steinbach mit beruhigender Stimme.

«Es hat nicht Zeit!» schreit Kilper; «nichts hat Zeit... Vielleicht ist alles zu spät!»

«Sie werden gleich ruhiger sein, wenn wir das Zeug injiziert haben.»

«Ich will nicht! Nehmen Sie die Spritze weg!»

«Das ist der Schock; beruhigen Sie sich doch – so krieg ich die Nadel doch nie rein.»

«Das sollen Sie ja auch nicht... Ich will keine Spritze...» Ermattet läßt Kilper den Kopf zurücksinken.

Für Sekunden ist es still im Zimmer. Da hört man plötzlich die Haustür gehen. Beide lauschen. *Teck-tock, teck tock...* Unregelmäßige Schritte kommen die Treppe hinauf. Nur ein Mann, der hinkt, geht so ungleichmäßig.

«Ist das Lu... Ist das Erwin?» fragt Kilper mit atemloser Stimme.

«Ich denke, ja. Er wird in der Diskothek gewesen sein.»

Die Tür öffnet sich einen Spalt. Luzifer steckt den Kopf herein. Kilper sieht für einen Moment den ölverschmierten Overall.

«'zeihung», sagt der Junge, «ich wußte nicht... So spät noch ein Patient?» Die Antwort wartet er nicht ab; leise zieht er die Tür ins Schloß.

«Geht er immer im Overall in die Diskothek?» fragt Kilper und merkt plötzlich, daß der Arzt am Ende seiner Selbstbeherrschung ist.

«Ich denke, Sie haben im Augenblick genug eigene Probleme», fährt er den Verletzten an.

Kilper bemüht sich fieberhaft, einen klaren Gedanken zu fassen. Du machst dich lächerlich, denkt er. Dann wieder: Er weiß, daß ich Luzifer verdächtige... Er hat bestimmt was damit zu tun... «Doktor», sagt er und versucht ruhig zu sprechen, «ich fühle mich besser; machen Sie mir einen Verband, und damit genug. Ich komme morgen und lasse die Wunde nähen.»

«Nun aber mal Schluß mit den Faxen! Ich weiß nicht, was Sie haben, aber die Wunde muß genäht werden. Und wir müssen zusehen, daß wir das Blut stillen.»

Kilper sieht, wie sich die Spritze auf seinen Arm zubewegt; plötzlich erscheint sie ihm überdimensional, gefährlich, bedrohend, tödlich. Nur noch Zentimeter ist die Nadel von seinem Arm entfernt. Er sieht sie leicht zittern... Er schlägt dem Arzt die Spritze aus der Hand, bäumt sich von der Liege hoch, springt auf, rennt gegen den verdutzten Steinbach, schafft sich so einen Weg, stürzt zur Tür, die Treppe hinunter und aus dem Haus.

Die frische Luft schlägt ihm gegen die heiße Stirn. Er ringt nach Atem, hastet weiter, hört hinter sich Stimmen; er rennt, erreicht die Korngasse, stolpert über Pflastersteine, nimmt eine Seitengasse und steht plötzlich vor dem Haus, in dem Anne Muthesius wohnt. Seine Kraft reicht noch, um die Hand gegen das ganze Klingelbrett zu drücken. Dann verliert er wieder das Bewußtsein.

Als er wieder zu sich kommt, liegt er in einem hellen, weißgetünchten Zimmer, das nach Krankenhaus riecht. Das Licht brennt. Links von seinem Bett steht Anne, rechts Kommissar Bienzle.

«Was ist heute für ein Tag?» fragt Kilper.

«Montag», sagt Bienzle finster. «Drei Uhr früh... Wer hat auf Sie geschossen?»

«Wenn ich das wüßte...»

«Wenn ich nur wüßte, was Sie alles wissen», raunzt der Kommissar.

«Eine Frage», ächzt Kilper, dessen Arm heftig schmerzt, «wer hat Sie benachrichtigt?»

«Fräulein Muthesius.»

«Hat Steinbach Sie nicht angerufen?»

«Nein», sagt der Kommissar knapp. «Und jetzt werde ich mal ein paar Fragen stellen.»

Kilper schließt die Augen und stellt sich tot.

«Do könnteschst doch uff dr Sau naus!» schimpft Bienzle und stapft aus dem Zimmer.

Als Annes Hand sacht über Kilpers Stirn fährt, schlägt er die Augen wieder auf.

«Warum machst du ihm denn das Leben so schwer?» fragt sie.

Kilper grinst: «Je später er den Fall löst, um so sicherer hab ich die Geschichte exklusiv...» Dann macht er die Augen wieder zu.

«Wenn du nicht so ungeheuer zärtlich sein könntest, würde ich dir deine Kaltschnäuzigkeit glauben», flüstert sie, haucht ihm einen Kuß auf die Nasenspitze und schleicht auf Zehenspitzen hinaus. Draußen wartet Bienzle auf sie.

«Dieser Allmachtsprachtsdackel!» bullert er los; «die Geheimnistuerei bringt ihm doch nichts ein!»

Kilper kann nicht einschlafen. Draußen vor dem Fenster beginnt die Nacht zu verblassen, aber es wird noch nicht hell. Er ist wieder völlig klar und im Augenblick so gut wie schmerzfrei. Seine Gedanken werden nicht mehr von irgendwelchen Beruhigungsmitteln gebremst. In diesem Krankenhaus, denkt er, ist wahrscheinlich Luzifers Mutter gestorben.

Leise geht die Tür auf; mattes Licht fällt vom Flur ins Zimmer. Kilper sieht die Silhouette einer Krankenschwester. Einer jungen Krankenschwester, der Silhouette nach zu urteilen. Behutsam zieht sie die Tür wieder zu.

«Schwester...»

Die Tür geht wieder auf. «Warum schlafen Sie denn nicht? Wollen Sie eine Tablette?»

«Machen Sie das Licht an, bitte.»

Die Silhouette hat nicht getrogen. Niedlich, frisch gewaschen und in dem Alter, in dem sie alle hübsch sind, wenn sie nicht gerade einen Buckel haben. Adrett. Jetzt ein Lächeln – schon mechanisch, aber noch nicht völlig routinestarr; eine Fernsehansagerin, die glaubt, sie sieht aus wie Audrey Hepburn als Nonne.

«Bitte sagen Sie jetzt nicht, na, wie geht's uns denn», sagt Kilper rasch, als sie den Mund aufmacht.

«Wie geht es Ihnen, mein Herr?»

«Danke der Nachfrage; vorzüglich, an den Umständen gemessen.»

Sie lachen beide. Dann setzt sie sich unaufgefordert auf den Besucherstuhl, fragt aber ganz dienstlich: «Kann ich Ihnen was geben?» Sie lächelt wieder.

Kilper spielt mit dem Gedanken, zu sagen, ja, einen Kuß – nur so, testweise. «Ja, eine Auskunft», sagt er statt dessen.

«Eine... Warum? Wieso eine Auskunft?»

«Eigentlich wollte *ich* die Fragen stellen... Na ja; mit einem Krüppel kann man's ja machen!»

Jetzt lächelt sie nicht mehr. «Die schlimmsten Kranken sind die, die mit ihrer Krankheit kokettieren.»

Entschlossen schwingt Kilper die Beine aus dem Bett.

«Nur kein falscher Trotz», sagt die adrette Schwester.

Kilper steht langsam auf. Für Sekunden dreht sich das Krankenzimmer vor seinen Augen; er fixiert das Waschbecken und bringt es zum Stehen.

«Sie legen sich sofort wieder ins Bett!» ordnet sie an.

«Gleich, Fräulein Sauerbruch... Wie lange sind Sie schon in dieser Klinik?»

«Sieben Monate.»

«Was machen Sie heute abend?»

«Dienst.»

«Schade.»

Das Mädchen lacht die Tonleiter hinauf: «Sie sollten sich nicht zuviel zumuten!»

«Nennen Sie mir eine Schwester, die schon vor sechs Jahren hier war.»

«Da gibt es viele. Wir versauern alle hier, wenn wir nicht...» Sie läßt den Satz in der Luft hängen.

«Es gibt außer Ärzten auch noch andere Männer», sagt Kilper.

«Ich gebe Ihnen jetzt eine Pille, und Sie hören auf, mich durcheinanderzubringen. Einverstanden?»

Kilper steht auf und macht ein paar taumelige Schritte. Vor dem Waschbecken bleibt er stehen und betrachtet sein eingefallenes, bleiches Gesicht im Spiegel. «Erklären Sie mir doch mal, warum man gleich so aussieht, als ob man jahrelang krank gewesen wäre, bloß weil man einen besseren Streifschuß erwischt hat.»

«Vielleicht ist's der Schock. Und außerdem sind Sie unrasiert. Das macht viel aus...» Sie sagt es ganz ernst.

Kilper befühlt sein Kinn, schneidet seinem Spiegelbild eine Grimasse und wendet sich der Schwester zu. «Sie sind hübsch», sagt er.

Sie wird ein klein wenig rot und gibt dann hochnäsig zurück: «Das hört man allgemein, aber kaufen kann ich mir davon auch nichts.»

«Möchten Sie sich denn etwas kaufen?»

«Ach, lassen Sie mich doch in Ruhe!» Sie steht auf und will zur Tür.

«Nur noch eine Frage... Ich muß etwas herausbekommen, was sich hier vor sechs Jahren abgespielt hat: Wer kann mir dazu etwas sagen?»

Das Mädchen hat die Klinke schon in der Hand: «Schwester Andrea.»

«Ist sie im Haus?»

«Ja. Sie hat Nachtdienst in der Chirurgischen.»

«Und wie komme ich dahin?»

«Überhaupt nicht. Sie sind Patient und haben strenge Bettruhe verordnet bekommen.»

«Ich fühle mich aber schon viel besser.»

«Na, dann...» Die Schwester lächelt auf einmal wieder und läßt die Klinke los. «Morgen abend hätte ich frei.»

«Wollen Sie mitkommen zu Schwester Andrea – morgen?»

«Ach Sie!» schnaubt die Adrette und rauscht endgültig hinaus.

Kilper wartet ein paar Minuten, dann holt er den Klinik-Bademantel aus dem Schrank.

Der Korridor ist menschenleer, kahl und endlos lang. Er erinnert ihn an die Kulisse aus einem Science-fiction-Film. Kilper kommt an eine Milchglasschwingtür. Dahinter erweitert sich der Korridor zu einer kleinen Halle. Links und rechts sind Fahrstuhltüren. Er läßt sich den Aufzug kommen und steigt ein. *V.: Chirurgische Abteilung*, liest er.

Schwester Andrea mag vierzig oder sechzig sein. Sie hat ein schmales, faltendurchzogenes und altersloses Gesicht mit kalten grauen Augen. Sie sitzt sehr aufrecht an einem resopalbezogenen Tischchen und legt eine Patience. Kilper lehnt sich behutsam mit der gesunden Schulter an den Pfosten der offenen Tür und schaut ihr zu. Sie bemerkt ihn nicht.

«Gemogelt!» sagt Kilper.

Sie fährt herum: «Gar nicht wahr!»

«Nach der Sieben kommt noch allemal die Acht.»

Wütend schiebt sie die Karten zusammen. «Wer sind Sie überhaupt?»

«Ich heiße Hans Kilper, komme aus Hamburg, verlebe in Weihersbronn eine Art Urlaub, und dabei hat man mich in die Schulter geschossen.»

«Ach, Sie sind das!» Aus jedem Wort ist Geringschätzung herauszuhören.

Kilper sieht sie eine Weile an und überlegt, wie er sie wohl dazu bringen kann, mit ihm zu reden. «Sie haben einen schweren Beruf», sagt er.

«Ach, lassen Sie doch diese Tour!» Sie mischt die Karten.

«Spielen Sie gern Karten?» fragt Kilper.

«Ich vertreibe mir die Zeit damit.»

«Ich auch», lügt Kilper. «Spielen Sie Canasta?»

Sie bekommt schmale Augen; dann nickt sie und beginnt wortlos auszuteilen.

«Wissen Sie, was mich wundert?» fragt er, erkennt, daß sie es offenbar nicht wissen will, und fährt trotzdem fort: «Mich wundert, daß Sie mich nicht einfach wieder ins Bett schicken.»

«Nehmen Sie Ihre Karten auf und halten Sie den Schnabel.»

Er setzt sich ihr gegenüber und nimmt die Karten auf. «Mit dem Blatt kann man gar nichts anfangen», raunzt er.

Sie lächelt zum ersten Mal, sagt aber nichts. Sie spielen. Er verliert, gibt. Sie spielen weiter. Er verliert wieder. Sie spielen wortlos, bis Schwester Andrea sechs Canastas liegen hat und Schluß macht. Kilper hat noch nicht einmal eröffnen können.

«Revanche», sagt er.

«Nein.»

«Wenn wir um Geld gespielt hätten, wäre ich ziemlich übel dran.»

«Wir haben um Geld gespielt», sagt sie; dann lacht sie in sein perplexes Gesicht.

Kilper versucht es mit einem Frontalangriff: «Warum mußte Doktor Steinbach hier verschwinden?»

Augenblicklich gefriert ihr Gesicht. «Deshalb also!»

«Ja, deshalb.»

«Glauben Sie wirklich, daß ich Ihnen darauf eine Antwort gebe?»

Kilper erhebt sich mühsam. «Ehrlich gesagt, das glaube ich nicht.» Resigniert bewegt er sich zur Tür.

«Ärzte, die sich so benehmen, sollten noch ganz anders dran sein», sagt sie zu seinem Rücken.

Kilper bleibt stehen. Er dreht sich nicht zu ihr um. «Nur weil er Frau Pichowiak geliebt hat?»

«Pah!» Sie lacht.

Das Lachen ist leise, aber es geht ihm durch Mark und Bein. «Zweifeln Sie daran?»

«Liebe... Was ist denn das? Auf jeden Fall war das damals keine Liebe. Die Frau gehörte in eine Entziehungskur und nicht hierher. Und dann noch ein Arzt, der...» Sie bricht ab.

Kilper wendet sich langsam um. Schwester Andrea sitzt kerzengerade am Tisch und starrt auf die Wand.

«Haben Sie ihn mehr geliebt?» fragt Kilper, einer Eingebung folgend.

Sie wendet den Kopf, sieht ihn an. Ihr Blick hat sich verändert. Sie versucht noch einmal zu lachen, aber es wird nur ein halberstiktes Glucksen daraus. «Sie müssen verrückt sein», sagt sie. «Ich könnte seine Mutter sein... Na, beinahe.»

«Das wäre noch lange kein Grund, ihn nicht zu lieben.»

«Sind Sie hierhergekommen, um mich zu quälen?»

«Nein, ganz bestimmt nicht. Aber ich bin eigentlich auch nicht gekommen, um Canasta zu spielen. Ich suche einfach ein paar Informationen. Im Kernkraftwerk ist ein Mann umgebracht worden, und ich wurde fast erschossen. Auf eine seltsame Weise könnte beides etwas mit Doktor Steinbach zu tun haben... Vielleicht auch nicht – ich weiß es einfach nicht. Aber ich will es verdammt noch mal rauskriegen. Und deshalb muß ich wissen, warum Steinbach hier geflogen ist.»

Schwester Andrea starrt auf ihre gestärkte weiße Schürze hinab. Sie sagt nichts mehr. An der Wand leuchtet eine rote Lampe auf; gleichzeitig ertönt ein Klingelzeichen. Schwester Andrea erhebt sich, wie von einem Federwerk angetrieben. Sie nimmt eine kleine Tasche, legt einen Hebel um. Das Klingeln verstummt, die Lampe erlischt. Sie geht an Kilper vorbei, dann verhält sie noch einmal und sagt fast flüsternd:

«Er war ihr hörig, und sie war süchtig. Er hat ihr das Zeug gegeben. Immer wieder.» Dann geht sie sehr aufrecht den Korridor entlang.

Kilper folgt ihr, aber der Abstand zwischen ihr und ihm wird immer größer. «Ist sie an einer Überdosis gestorben?»

Schwester Andrea wendet sich noch einmal kurz um. Ihr Gesicht ist bleich; ihre Augen haben sich erneut verändert. Sie starrt ihn an, als nehme sie etwas Schreckliches wahr. Dann hastet sie weiter und verschwindet in einem Krankenzimmer.

Doktor Steinbach hat die Scherben gleich zusammengekehrt; nachdem er eine ganze Weile am Fenster gestanden und in die Nacht gestarrt hat, versucht er jetzt, mit einem Lappen die Feuchtigkeit auf dem Boden aufzutrocknen. Leise öffnet sich die Tür, ein junger Mann und ein Mädchen kommen herein und setzen sich wortlos auf die Liege, auf der Kilper vorhin gelegen hat. Steinbach arbeitet weiter. Nach einer Weile sagt der junge Mann:

«Das wäre eine gute Gelegenheit gewesen.»

Steinbach, noch immer in der Hocke, blickt auf. «Haben Sie gedacht, ich bringe ihn um?»

Das Mädchen lacht glucksend. «Na, der Kilper hat es selber ja auch gedacht, oder?»

Steinbach richtet sich mühsam auf. «Ich brächte so etwas nie fertig.»

Der junge Mann grinst schief. «Sie glauben gar nicht, was man aus Selbsterhaltungstrieb alles fertigbringt.»

Steinbach schaut die beiden jungen Menschen irritiert an. Sie trägt enge Jeans, die bis zu den Waden hochgerollt sind, Stiefel, die ebenfalls hauteng anliegen, darüber eine Bluse, die von ihren prallen Brüsten gespannt wird. Einen BH trägt sie nicht. Das sommersprossige Gesicht wirkt auf den ersten Blick freundlich. Wenn sie lacht, sieht sie fast hübsch aus... Jetzt lacht sie nicht. Steinbachs Augen wandern hinüber zu Joe. Er ist mindestens einsfünfundachtzig groß und hat die Figur eines Zehnkämpfers. Ein schwarzer Kinnbart zieht das ohnehin hagere Gesicht noch weiter in die Länge. Hinter dunkel getönten Brillengläsern stahlblaue Augen. Auch Joe sieht nett aus, wenn er lacht.

Als die beiden bei Steinbach ankamen, hatte er sich sogar gefreut. Kathrin hatte er zuletzt vor zehn Jahren bei einem Familienfest gesehen, damals ein elfjähriges Mädchen, damals schon sommersprossig und immer gut gelaunt. Sie war die Tochter eines Vetters, von dem er nur gelegentlich hörte, wenn er zu einem seiner sporadischen Besuche bei seiner Mutter im Altenpflegeheim war. Kathrin, so hatte ihm seine Mutter erzählt, war an ihrem achtzehnten Geburtstag von zu Hause weggelaufen, um in eine Kommune zu ziehen... Philipp Steinbach hatte das alles nicht sonderlich interessiert – bis das sommersprossige Mädchen vor acht Tagen plötzlich mit einem strahlend hingelächelten «Hey, Onkel!» unter der Tür gestanden hatte...

Der Doktor steht ganz still, mit hängenden Armen, den Lappen noch in der Hand. «Wer von euch beiden war es? Wer hat geschossen?»

Joe läßt sich lässig von der Liege rutschen und geht zum Fenster.

«Paß auf, daß dich keiner sieht!» zischt Kathrin.

«Ist es denn wichtig, wer es war?» fragt Joe, ohne sich um Kathrin zu kümmern.

Steinbach hebt hilflos die Schultern. «Es ist ein Teufelskreis», murmelt er, «und ihr wollt mich immer weiter hineinziehen.»

«Das siehst du nicht richtig...» Kathrin geht zu ihrem Onkel hinüber und legt ihm für Sekunden einen Arm um die Schultern. «Wir können es uns nur nicht leisten, Fehler zu machen.»

«Aber das war doch ein Riesenfehler!» fährt Steinbach auf.

Joe dreht sich um und lächelt den Arzt an: «Wollen wir jetzt anfangen, Fehler aufzurechnen?»

«Ich will wissen, warum ihr auf ihn geschossen habt!»

«Wer sagt denn, daß wir auf ihn geschossen haben?» Joe zündet sich eine Zigarette an.

«Wer soll es denn sonst gewesen sein?»

«Mann, Mann!» seufzt Joe, «am Anfang warste noch so kämpferisch... Jetzt ist wohl die Luft raus.»

«Am Anfang hat alles ganz anders ausgesehen...» Steinbach läßt sich in den Schreibtischsessel fallen.

Am Anfang hatte er einfach nicht erkannt, was da auf ihn zukam – wie auch? Die beiden jungen Leute – ein wenig abgerissen, schön, aber zuvorkommend und nett – hatten ihn gebeten, ein paar Tage bleiben zu dürfen. «Klar», hatte er gesagt, «wir haben Platz genug, ihr könnt euch bei mir mal richtig rausfuttern, ich sage gleich Frau Auersbach Bescheid.» – «Wer ist Frau Auersbach?» hatte Joe schnell gefragt... Spätestens als Kathrin ihm ausredete, die Haushälterin zu verständigen, hätte er aufmerksam werden müssen. Aber die Erklärung hatte so plausibel geklungen: «Wir waren in einer Berliner Wohngemeinschaft mit ein paar Anarchisten zusammen», hatte Kathrin erzählt, «nichts Schlimmes – wir waren an keinem Terrorakt oder so was beteiligt. Aber wir haben doch die Fliege gemacht, als die Bullen, ich meine die Polizei... Also weißte, da war 'ne Hausdurchsuchung und so was. Und gerade weil wir mit den Sachen nichts zu tun hatten, wollten wir auch nicht hineingezogen werden... Ich muß zugeben, wir haben da auch gehascht und so, aber sonst war nix – also, du mußt uns das glauben! Wir sind einfach verschwunden, weil die Polizei sonst viel mehr daraus gemacht hätte, als war. Jetzt suchen sie uns vielleicht, und die anderen vielleicht auch, ich meine die von der Gruppe... Wir wollen einfach nicht auf der Bildfläche erscheinen, bis Gras drüber gewachsen ist...» Irgendwie hatte es Steinbach gefallen, daß sich die entfernte Nichte ihm so anvertraute. Er hatte sie angeschaut, sie hatte ihn angelächelt, sie hatte fast hübsch ausgesehen, und im gleichen Moment war ihm klargeworden, daß dieses Mädchen tatsächlich kein wirklich krummes Ding gedreht haben *konnte*.

Steinbach lacht bitter auf.

«Was hast du denn?» fragt Kathrin.

«Nichts. Ich mußte nur daran denken, wieviel einfacher es für mich gewesen wäre, euch gleich wieder rauszuschmeißen.»

«Ja, wenn du das gekonnt hättest», sagt Joe. «Aber schließlich kannten wir doch deine Story, und...»

«...und ihr hattet von Anfang an vor, mich zu erpressen.»

«Quatsch.» Joe drückt die Zigarette auf der Schreibtischplatte aus und macht es sich wieder auf der Liege bequem. «Die Geschichte hat doch erst den richtigen Drive gekriegt, als Erwin mit dem Atommüll-Plan rauskam... Wir wären nach acht Tagen weitergezogen, Onkelchen. Du hättest uns noch ein paar Mäuse mit auf den Weg gegeben... Höchstens wenn du das Geld nicht rausgerückt hättest – dann erst wären wir vielleicht mit der alten Geschichte gekommen. Aber die Lage hatte sich eben mit einem Mal verändert.»

Ja, die Lage hatte sich verändert. Sie hatten ganz gemütlich bei einem Glas Wein gesessen; Erwin hatte vom Werk erzählt, er selbst von den Anstrengungen seiner Bürgerinitiative ‹Contra-KKW›: «Die sind von ihren Erweiterungsplänen nicht mehr abzubringen; da müßte schon etwas Spektakuläres passieren – etwas, das die Leute aufrüttelt...» Erwin, der den ganzen Abend über schon seltsam schweigsam gewesen war, hatte plötzlich gesagt: «Ich wüßte was...» Und dann war er damit herausgekommen; es hatte sich ganz einfach angehört: «In Karlsruhe haben sie doch atomar verseuchten Müll gefunden. Wenn man nun hier auch so etwas finden würde?» Steinbach war sofort wie elektrisiert. Den beiden anderen war die Bedeutung dieses Ausspruchs zunächst gar nicht aufgegangen. «Du meinst...?» Steinbach hatte seinen Pflegesohn ungläubig angestarrt. – «Wäre kein Problem. Ich wüßte schon, wie man so etwas macht. Ich bring ein paar Ionenaustauscher raus; wir vergraben sie auf der Müllhalde, und dann werden sie eben gefunden.» – «Wie werden sie gefunden? Meinst du, wir sollen eine Untersuchung beantragen – ohne Hinweis, ohne Verdacht?» – «Wie war's denn in Karlsruhe?» hatte Joe, nun ein wenig interessierter, gefragt. – «Das waren Leute vom Bundesverband der Bürgerinitiativen», hatte Erwin erzählt. «Man könnte denen ja einen Tip geben.»

Als am gleichen Abend der Hamburger Journalist Hans Kilper bei Steinbach anrief und von seinem Plan erzählte, alle Müllkippen in der Nähe von Atomkraftwerken zu untersuchen, war ihm das wie ein Wink des Schicksals erschienen.

«Haste denn vergessen», sagt Joe, «daß du es warst, der zu Luzi... ich meine, der zu Erwin sagte, die Sache sei es wert, wir müßten das Risiko eingehen?»

«Ja, freilich war ich es. Aber ich habe nur von einem Päckchen gesprochen, und nur um der guten Sache willen wollte ich es machen.»

«Na, ist doch 'ne gute Sache – so viel Geld!» lacht Joe.

8

Bienzle sitzt in einer Ecke der Gaststube des Goldenen Adler und macht sich Notizen. Vor ihm steht ein samtroter Wein – derselbe, den er mit der Witwe Kanzleiter getrunken hat. Genüßlich nippt er ab und zu an seinem Glas.

Duschanka bringt das Mittagessen – Sauerbraten mit viel Soße und Spätzle. Bienzle läßt einen tiefen Seufzer des Wohlbehagens vernehmen. Seine immerwährende Schlankheitskur hat er wieder einmal um acht Tage verschoben. Doch beim ersten Bissen schon wird er von der Bedienung gestört.

«Telefon für Ihnen», sagt Duschanka.

«Telefon für Sie heißt das», belehrt sie Bienzle.

«Also dann, Telefon für Sie», sagt Duschanka.

Bienzle meldet sich in der engen Zelle, die vom Korridor des Goldenen Adler abgeteilt ist.

«Hier Bindernagel... Wir haben wieder Post bekommen», tönt es aus dem Hörer.

«Ich bin in zehn Minuten da!»

Bienzle wirft noch einen sehnsüchtigen Blick auf seinen Sauerbraten und verläßt die Wirtschaft.

«Der Wisch muß von einem Boten gebracht worden sein; er steckte in unserem Hausbriefkasten», sagt Bindernagel, als der Kommissar das Ersatzbüro des Direktors betritt.

«Zeigen Sie mal!»

Auf dem Tisch liegt wieder ein Blatt des Weihersbronner Tagesanzeigers mit aufgeklebten Lettern, die offensichtlich alle aus der BILD-Zeitung herausgeschnitten sind. Wieder sind die Buchstaben mit großer Akkuratesse aufgeklebt. Bienzle starrt auf das Papier.

EIN PÄCKCHEN GENÜGT UM DAS GRUNDWASSER ZU VERSEUCHEN
WIR HABEN SECHS
FORDERUNG FOLGT
NIEDER MIT

«Da sind ihnen wohl die Buchstaben ausgegangen», murmelt Bienzle.

Bindernagel sieht ihn an: «Was glauben Sie, wie ernst sind diese Burschen zu nehmen?»

«Bis zum Beweis des Gegenteils – absolut ernst.»

«Übrigens, Ihre Kollegen aus Stuttgart sind eingetroffen; sie arbeiten in meinem Büro.»

«Das war aber auch Zeit!» schimpft Bienzle und geht in Bindernagels Chefzimmer. Ein Erkennungsexperte, den Bienzle nur flüchtig kennt, sitzt am Schreibtisch und pinselt gerade die erste Nachricht des Roten Bataillons mit einem Pulver ein. Kriminalassistent Haußmann blickt aus dem Fenster. Als der Kommissar eintritt, dreht sich Haußmann um und macht Meldung:

«Herr Heinzelmann und ich sind vor vierzig Minuten eingetroffen.»

«Schneller ging's wohl nicht», mault Bienzle.

Haußmann übersieht die schlechte Laune seines Chefs. «Ich habe mir eine Theorie zurechtgelegt», sagt er eifrig.

«Ach du liabs Hergöttle – der Kerle ischt vierzig Minuta da ond hat scho a Theorie... Schaffet Se z'erscht amol ebbes, no kennet se mit Ihrer Theorie komma!»

«Jawohl, Herr Kommissar!» sagt der junge Norddeutsche zackig.

«Nichts für ungut», sagt der Kommissar versöhnlich; «ich habe gleich ein Aufgäble für Sie: Hier gibt's einen Arzt, Dr. Philipp Steinbach. Er hat eine Art Pflegesohn, einen vielleicht siebzehnjährigen Jungen. Er gehört zu unseren Verdächtigen. Ein Kerl, der lange nur rumgeschubst worden ist und es möglicherweise Gott und der Welt mal zeigen will, was für ein Prachtexemplar er in Wirklichkeit ist...

Versuchen Sie mal, ob Sie an ihn rankommen. Er heißt Erwin Pichowiak und wird Luzifer genannt, weil er hinkt. Den Schimpfnamen sollten Sie aber am besten gleich wieder vergessen.»

«Alles klar», sagt Haußmann.

«Na hoffentlich», brummt Bienzle. «Der Luzifer ist übrigens Lehrling hier im Werk und gilt als technisches Wunderkind oder so was Ähnliches.»

«Gibt es schon ein schriftliches Protokoll von den bisherigen Ermittlungen?» will Haußmann wissen.

«Mensch, hau bloß ab! Hast du mich schon mal ein Protokoll tippen sehen vor Abschluß einer Untersuchung?»

Haußmann trollt sich und stößt an der Tür um ein Haar mit Anne Muthesius zusammen. «Oh», sagt er und bleibt stehen, sichtlich angetan von der plötzlichen Erscheinung.

«Haußmann!» brüllt Bienzle.

«Ich geh ja schon», murrt der Assistent und schwört sich wieder einmal, daß er begabte Nachwuchskräfte einmal ganz anders behandeln wird, wenn er erst Kommissar ist.

Bienzle macht eine Art Kratzfuß und sagt: «Ich grüße Sie! Ihr Artikel war sehr abgewogen – nicht zuviel und nicht zuwenig. Ich hatte schon Angst, Sie würden alles mögliche ausplaudern.»

«Man hat doch das übergeordnete Sicherheitsinteresse im Kopf!» sagt die Journalistin.

Bienzle glaubt Ironie herauszuhören, ist sich nicht sicher und knurrt: «Ich möchte bestreiten, daß Ihr liebenswerter Kollege aus Hamburg...»

Bindernagel betritt den Raum und begrüßt Anne Muthesius.

«Ach, Herr Bindernagel, ich habe eine Frage», sagt sie. «Sie kennen doch sicher die Vorgänge um Doktor Steinbach – wissen Sie damals, als er noch Oberarzt...»

Bindernagel unterbricht steif: «Bedaure, Fräulein Muthesius, aber daran kann ich mich nicht erinnern.»

Anne sieht ihn zweifelnd an. «Wissen Sie, unser Blatt hat damals...»

«Jetzt kann i gar nemme!» schnaubt Bienzle, «da hat wohl etwas genau in einer der Zeitungen gestanden, aus denen die Seiten fehlen – stimmt's?»

Anne Muthesius nickt zerknirscht.

«Und stimmt es dann auch, daß die herausgerissenen Blätter mittlerweile Teil der Recherchenunterlagen des Herrn Kilper sind?»

Wieder nickt die Journalistin.

«Das ist... Also... Also, do kenntescht doch uf dr Sau naus ond uf de Würscht wieder hoim! Ja, was glaubt der eigentlich, der hergelaufene Scheraschleifer? Der soll mr bloß onder d' Auge komma.»

«Meinen Sie mich?» tönt es von der Tür her. Bleich und ein wenig zittrig steht er da, den rechten Arm in der Schlinge und in der linken Zeitungspapier. «Ich wollte Ihnen dies hier bringen – hab ich gestern gefunden; es müßte Sie auch interessieren...»

«I glaub, i schpinn!» sagt Bienzle völlig perplex. «Ja denket Sia denn, Sia könntet mir uf em Zinka... i moin, Sie könnten mir auf der Nase herumtanzen? Beweismittel zu klauen und zurückzuhalten, das ist auch ein Straftatbestand!»

«Sie sind wohl auch ganz schön sauer, wenn nicht alles nach Ihrem schwäbischen Dickschädel geht», sagt Kilper pikiert.

«Was heißt hier schwäbischer Dickschädel – das ist ein beamteter Kopf!» brüllt Bienzle.

Anne Muthesius und Bindernagel lachen gleichzeitig los, dann kichert der vom Erkennungsdienst, und über Kilpers Gesicht geht ein breites Grinsen. Bienzle schaut von einem zum andern. Dann sagt er: «Stimmt, des war a dackelhafter Ausschpruch!»

«Friede?» fragt Kilper.

«Von wegen!» Bienzle reißt ihm die Zeitungsausschnitte aus der Hand und marschiert hinaus. An der Tür dreht er sich noch einmal um: «Lieber schaff ich drei Tag länger, als mit Ihnen zusammenzuarbeiten.»

«Und wie wollen Sie dann den Mordversuch an mir aufklären?»

«Mordversuch? Was für ein Mordversuch?» sagt Bienzle kalt und stampft endgültig aus dem Zimmer.

Den Nachmittag verbringt Bienzle in seinem engen Hotelzimmer. Er liegt auf seinem Bett und starrt an die Decke. Eigentlich sollte er jetzt nacheinander die Mitarbeiter des Kernkraftwerks verhören, aber dazu hat er erstens keine Lust, und zweitens verspricht er sich nichts davon.

Wieder und wieder überdenkt er die Fakten, die ihm bisher bekanntgeworden sind. Steinbach hat irgendwann einmal einige schwere Fehler gemacht («aber von wem kann man das nicht sagen?»), andererseits ist er als Arzt beliebt, und an Luzifer hat er sogar eine wahrhaft gute Tat begangen («von wem kann man so etwas schon behaupten?»). Luzifer ist angeknackst, will es den anderen zeigen, irgend etwas Großes, Aufsehenerregendes vollbringen («aus der Kriminalliteratur weiß man, daß Menschen in solchen Fällen zu spektakulären kriminellen Taten neigen»). Wenn aber Luzifer hinter der ganzen Aufregung steckt, was weiß dann Steinbach davon? Und warum deckt er ihn («Zuneigung, Hoffnung auf eigene Rache?»)? Oder stecken sie gar gemeinsam dahinter? Wird Steinbach erpreßt, oder werden gar beide erpreßt, oder hält nur der Junge zum Alten («jetzt muß ich erst einmal mit Steinbach reden!»).

Bienzle steht ächzend auf und zieht seine Jacke an. Im Treppenhaus begegnet er Kilper und geht grußlos an ihm vorbei.

Der Journalist bleibt stehen, dann gibt er sich einen Ruck: «Herr Bienzle...»

Der Kommissar gibt einen undefinierbaren Laut von sich, ohne sich umzusehen.

Kilper geht ihm die paar Schritte nach und lehnt sich gegen die enge Wand des Hotelkorridors. «Es tut mir leid», sagt er.

«Unsinn!» grunzt Bienzle ärgerlich und will weitergehen.

Kilper sagt: «Ich gebe zu Protokoll: Im Oktober 1971 hatte Steinbach im Kreiskrankenhaus eine Patientin, in die er sich verliebte. Sie war rauschgiftsüchtig – vermutlich. Er konnte ihren Bitten nicht widerstehen und hat sie wohl weiterversorgt, sicher in der Absicht, sie zu kurieren, sobald es ihr bessergehe. Aber dann starb sie. An einer Überdosis vielleicht. Doch wenn es so war, muß die Überdosis nicht von ihm gekommen sein – denke ich. Trotzdem fühlt er sich schuldig. Und deshalb hat er den Jungen zu sich genommen... Das war's!»

Bienzle sieht dem Journalisten blinzelnd in die Augen. «Erwarten Sie jetzt, daß ich mich bedanke?»

Kilper hebt die Schultern.

«Und wenn es stimmt, was Sie annehmen...» Das Wort *annehmen* spricht er aus, als ob es ein Verbrechen sei, etwas *anzunehmen*: «...dann habe ich womöglich noch einen Mordfall am Hals.»

Wieder zuckt Kilper die Achseln.

«Und dafür soll ich mich nun womöglich bedanken?»

«Ich hab's Ihnen wenigstens gesagt.»

Bienzle geht wortlos auf die Treppe zu. Kilper schaut ihm nach. Plötzlich wendet sich der Kommissar noch einmal um, sieht zu dem Journalisten zurück und stößt ein kurzes «Danke» hervor. Dann verläßt er sehr nachdenklich den Goldenen Adler.

In der Herrengasse kommt ihm ein Zug Menschen entgegen, es mögen vierzig oder fünfzig sein, sie tragen Transparente: DAS KKW SICHERT UNSERE ZUKUNFT und: MANCHE, DIE BLÖD SCHWÄTZE, HABET DORT DIE ARBEITSPLÄTZE und: OHNE ENERGIE – KEINE INDUSTRIE.

Auf den Gehsteigen bilden sich Gruppen; Wortfetzen, Beschimpfungen fliegen hin und her: «Kapitalistenschweine» – «Arschkriecher» – «Umweltmörder». Dann zerplatzt eine Milchtüte mitten zwischen den Demonstranten. Drei Männer lösen sich aus dem Zug, rennen auf einen Passanten zu und schlagen auf ihn ein.

Bienzle bleibt in gebührendem Abstand stehen. Das Martinshorn eines Polizeiautos ist zu hören. Jetzt schlagen sich schon mindestens fünfzehn Mann. Der Zug wird von wütenden Passanten gesprengt, bald sind die einzelnen Handgemenge nicht mehr voneinander zu unterscheiden. Frauen rennen kreischend über das Pflaster. Kinder weinen. Jetzt tauchen Uniformen auf, Bienzle sieht auf einmal Schlagstöcke über die Köpfe tanzen. Nur fünf Meter von ihm hat ein junger Polizeibeamter ein vielleicht achtzehnjähriges Mädchen am Kleid gepackt und zerrt es über die Straße, er holt mit dem Knüppel aus... Bienzle tritt dazwischen.

«Mann, sind Sie wahnsinnig geworden?» fährt er den jungen Beamten an.

«Die hat mich in die Eier getreten!» faucht der Polizist.

«Lassen Sie sofort das Mädchen los!» brüllt Bienzle und packt den Beamten am Revers.

Der läßt tatsächlich los und schlägt Bienzle den Knüppel über den Kopf. Ein zweiter Beamter kommt hinzu und dreht dem Kommissar den rechten Arm auf den Rücken. Noch einmal spürt Bienzle einen Schlag mit dem Knüppel, der sein Ohr streift und ihn schmerzhaft auf der Schulter trifft. Eine Minute später wird er in eine grüne Minna geschoben. Auf einer Holzbank im Kasten des Polizeitransporters sitzen schon fünf junge Männer. Einer kichert vor sich hin, die anderen sitzen apathisch da. Kurz darauf kommt ein Beamter mit gezogener Pistole herein.

«Dann wollen wir uns die Radaubrüder mal ansehen», sagt er zu einem Kollegen, der vor der Tür die Wache übernimmt.

Sorgfältig nimmt der Polizist alle Daten in sein Buch. «Aha», sagt er zum ersten, «Wohnort Frankfurt, das kennen wir. Berufsdemonstrant, was?»

«Jawohl, Herr Berufsbulle», sagt der Jüngling, dessen Gesicht von Pickeln strotzt.

«Können Sie mich vielleicht als nächsten drannehmen», sagt Bienzle, «ich hätte noch was zu erledigen.»

«Hier geht es der Reihe nach!» fährt ihn der Polizist an.

«Ich dachte nur», sagt Bienzle.

Schließlich steht der Polizist vor ihm. «Ausweis!» befiehlt er.

Bienzle zeigt ihm die Dienstkarte.

«Moment», sagt der Beamte verblüfft. «Wo haben Sie das her?»

«Von meiner Dienststelle natürlich, vom Landeskriminalamt in Stuttgart.»

Dem Polizisten steigt die Röte ins Gesicht; noch ist nicht zu erkennen, ob er sich verschaukelt fühlt oder ob es die reine Verlegenheit ist.

«Der Ausweis ist echt, und hier ist mein Paß», sagt Bienzle ruhig.

«Das ist... Das ist aber mal...» stottert der Polizist.

«Das ist eine Riesensauerei!» brüllt Bienzle unvermittelt los. «Erst kommt dieser Haufen uniformierter Dilettanten zehn Minuten zu spät, dann prügeln die Beamten auf schutzlosen Mädchen herum, als ob sie Sadismus studiert hätten, und dann hauen sie einem Kollegen ein Ding über den Schädel und nehmen ihn fest, nur weil der Schlimmeres verhüten will... Wo hat man bloß euch Versager geschult?»

Dem Polizisten hat es die Sprache verschlagen. Einer der Festgenommenen, die außer Bienzle noch im Wagen sitzen, lacht schallend los und sagt, als er sich endlich beruhigen kann:

«Wenn das keine Meldung für die Presse ist!»

Da fährt Bienzle zu ihm herum, greift ihn am Revers, zieht ihn hoch, funkelt ihn an und zischt: «Wenn du davon ein Wort sagst, Bürschchen, breche ich dir persönlich die Knochen im Leib, darauf kannscht du dich verlasse wi ufs Amen en dr Kirch!»

Ein anderer sagt schlicht: «Ein Bulle ist wie der andere.»

Plötzlich läßt Bienzle den jungen Mann los. Ihm wird klar, daß der Junge in diesem Fall gar nicht einmal unrecht hat.

«Tut mir leid», sagt er zu dem Beamten, «jeder hat das Recht auf Irrtum.» Und, nach einer kurzen Pause: «Ausgenommen wir Polizisten; der Einsatz war wirklich so was von beschissen...» Dann stolpert er aus dem Wagen.

Zu allem Überfluß sieht er auf der gegenüberliegenden Straßenseite Anne Muthesius stehen. Sie kommt winkend auf ihn zu.

«Ich habe gesehen, wie der Beamte Sie abgeschleppt hat... Wurden Sie richtig festgenommen?»

Bienzle schaut sie böse an, will etwas sagen, überlegt es sich anders, winkt ab und marschiert griesgrämig die Gasse hinauf, die jetzt menschenleer ist. Hier und dort ist ein Pflasterstein herausgerissen; bei ANTON WEINGÄRTNER & SOHN bemüht sich ein junger Mann – SOHN vermutlich – mit Tesafilm um die gesprungene Schaufensterscheibe, und zerplatzte Farbbeutel, Einkaufstüteninhalt, mehrere Hüte, ein Schal, ein zerbrochener Schlagstock und drei Schuhe liegen auf dem Schlachtfeld herum. Mitten in einer Lache von rohem Eigelb findet Bienzle eine halbe Zahnprothese; er hebt sie mit spitzen Fingern auf und legt sie auf das nächste Fensterbrett.

«Was für ein Schwachsinn!» murmelt er und betastet seinen schmerzenden Schädel.

Zehn Minuten später klopft es an Kilpers Hotelzimmertür. Er liegt auf dem Bett und schmökert in seinen Notizen. «Herein...»

«Darf ich?» fragt Anne Muthesius.

«Für solche Fälle habe ich ein Gedicht von Jürgen-Peter Stössel im Kopf», grinst Kilper.

Leise schließt Anne die Tür. «Und wie geht das?»

Er rezitiert:

> «Komm leg dich zu mir,
> du kommst mir gelegen.
> Wenn wir uns zusammenlegen,
> haben wir mehr voneinander.
> Wir machen der Liebe Platz.»

«Hübsch», sagt sie und bleibt mitten im Zimmer stehen.

«Das ist so eine Art Gebrauchsanweisung», murmelt Kilper und rückt zur Seite.

Sie bleibt, wo sie ist. «Alles zu seiner Zeit... Ich komme direkt aus einer Demonstration pro Kernkraftwerk. Ein paar Polizisten haben Bienzle verhaftet.»

Er fährt hoch, sagt: «Au!» und verzieht das Gesicht. Dann: «Ist das dein Ernst?»

«Es stimmt wirklich. Sie haben ihm den Arm auf den Rücken gedreht und dann in eine grüne Minna gezerrt.»

«Und warum?»

«Wenn ich's recht gesehen habe, hat er versucht, ein Mädchen vor Polizeiprügeln zu retten.»

«Der Ritter mit dem eisernen Fäustle», lacht Kilper.

«Sag mal», fragt Anne, «ob ich das schreiben sollte?»

«Ob du... Na! Das ist doch gar keine Frage! Daraus machst du eine süffige Lokalspitze.»

«Ich weiß nicht...»

«Hör mal, irgendwann wirst du einsehen müssen, daß Journalismus nicht im Weglassen besteht. Dein Artikel ist zwar prima geschrieben, aber du hast vor lauter Verantwortungsbewußtsein nicht einmal über den ersten anonymen Brief berichtet... So etwas ist eine Sünde wider den Journalismus.»

«Ich nenne es verantwortliche Berichterstattung.»

«Sobald es ein anderer schreibt, wirst du dich in deinen hübschen Hintern beißen, weil es dann doch jeder weiß und man dir den Vorwurf macht, geschlafen zu haben. Und wenn es kein anderer schreibt, was ich hoffe, kannst du es mit Sicherheit am Montag bei mir lesen.»

«Was bist du nur für ein Mensch!»

«Nicht wir machen die Nachrichten, wir reportieren sie nur.»

Irritiert wendet sich Anne zur Tür.

«Willst du denn schon wieder weg?» fragt er.

«Tja, ich muß. Und ich will auch.»

«Ohne Kuß?»

An der Tür dreht sie sich um. «Mir ist auch gerade ein hübsches Gedicht eingefallen; es heißt ‹Liebe› und ist von Joachim Fuhrmann:

>   ‹Ich werde
>   mich wieder in
>   den guten William
>   verlieben
>   er ist der

einzige, der nicht
vergißt
mir After Eight
mitzubringen.›»

Und schon ist sie draußen.

Kilper starrt auf die Tür, lacht leise und sagt zu sich selbst: «Verdammt – ich glaube, ich habe mich in sie verliebt.»

Bienzles Zorn ist noch nicht abgeflaut, als er zu Doktor Steinbach kommt.

«Es tut mir leid, ich muß Ihnen ein paar Fragen stellen.»

«Ich kann mir zwar nicht erklären, warum gerade mir, aber bitte, wenn Sie meinen», sagt Steinbach.

Er wirkt übermüdet und nervös. Ohne abzusetzen, spielt er mit seinem Stethoskop. Bienzle sucht nach einem vernünftigen Anfang. «Darf ich bei Ihnen rauchen?» fragt er, um Zeit zu gewinnen.

«Bitte. Dort steht ein Aschbecher. Ich selbst rauche nicht.»

«Wenn es nicht so fürchterlich abgegriffen wäre, würde ich Sie jetzt fragen, wo die Zigarettenstummel herkommen, die hier drin liegen... Dürfen die Patienten bei Ihnen rauchen?»

«Natürlich nicht», sagt der Arzt gereizt. «Ich hatte gestern abend Besuch von zwei Freunden; wir haben noch hier gesessen, und meine Haushälterin ist zur Zeit nicht da, so bleibt halt manchmal etwas hier liegen.»

«Putzt denn Ihre Haushälterin die Praxis?»

«Nein, dafür habe ich eine Putzfrau.»

«Aha», sagt Bienzle.

«Aber meine Haushälterin überwacht das alles hier», fügt Steinbach schnell hinzu.

«Und zur Zeit überwacht sie es nicht.» Bienzle nickt.

«Ich habe Ihnen ja erklärt, daß sie derzeit nicht kommt.»

«Ist sie krank?»

«Was soll das denn? Wollen Sie mich über meine Haushälterin ausfragen?»

«Warum nicht?» Bienzle hat erkannt, daß dieses scheinbar harmlose Thema dem Doktor zu schaffen macht. «Wie heißt denn die Dame?»

«Ich wüßte nicht, warum Sie das wissen sollten.»

«Ich eigentlich auch nicht... Oder doch: Besteht da nicht eine gewisse Verbindung zu Herrn Kanzleiter? Ich meine, bestand da eine?»

«Hören Sie», sagt Steinbach sichtbar ungeduldig, «es wird ja wohl kaum Ihre Aufgabe sein, schmutzige Wäsche zu waschen; aber wenn Sie es schon tun, dann sollten Ihre Informationen nicht so lückenhaft sein: Herr Kanzleiter hatte gewisse Beziehungen zu meiner Sprechstundenhilfe. Meine Haushälterin ist 64 Jahre alt.»

Bienzle bleibt völlig unbeeindruckt. «Das ist natürlich was anderes. Wissen Sie, was mich besonders interessiert?»

Der Arzt schaut ihn böse an.

«Mich interessiert, was Sie so schrecklich nervös macht.»

«Ich bin nicht nervös, und wenn ich es bin, dann nur durch Ihre, entschuldigen Sie schon, dämliche Fragerei.»

«Man hat Sie mir als besonders liebenswerten und zuvorkommenden Mann geschildert.»

«So, hat man?»

«Ja, man hat. Und als einen Mann, der möglicherweise durch eine Unvorsichtigkeit während seiner Klinikzeit aus der Bahn geworfen wurde...»

Der Arzt ist aufgesprungen; der Stuhl kippt nach hinten. Mit einem Ruck reißt sich Steinbach das Stethoskop vom Hals und schmeißt es mit solcher Heftigkeit auf die Schreibtischplatte, daß es wieder hochspringt und zu Boden fällt. «Sind Sie vielleicht gekommen, um mir diese alten Ungeheuerlichkeiten vorzuwerfen? Hinaus! Hinaus – oder es passiert ein Unglück!»

Bienzle erhebt sich langsam und schaut dem Arzt interessiert ins Gesicht. Dann geht er zur Tür. Ohne sich umzusehen, sagt er: «Doktor, wenn Sie Probleme haben, sollten Sie mir Bescheid sagen, ehe es zu spät ist. Mich interessieren die alten Geschichten nicht... Es sei denn, man kann Sie damit erpressen.» Beim letzten Wort hat er die Tür passiert.

Langsam steigt er die Treppe hinunter. Daß über dem oberen Geländer für Sekunden der Kopf eines jungen Mannes auftaucht, bemerkt er nicht.

Den Namen der Haushälterin und ihre Adresse zu ermitteln ist kein Problem. Die Bäckersfrau im Haus gegenüber der Arztpraxis hat nicht nur ausgezeichnete Brezeln, wie Bienzle befriedigt feststellt, sondern auch umfassende Kenntnisse über ihre Kunden.

Zehn Minuten später sitzt Bienzle Steinbachs Haushälterin in einer sterilen Wohnküche gegenüber.

«Frau Auersbach», sagt er, «es tut mir wirklich sehr leid, daß ich Sie stören muß, und vor allem sollten Sie nicht glauben, daß aus meinen Fragen irgendwelche wichtigen Schlüsse zu ziehen sind; es handelt sich um eine reine Routineangelegenheit.»

Die Frau nickt gemessen. Ihr Gesicht hat strenge Züge. Das eisgraue Haar ist in einem strammen Kranz um den Kopf gelegt. Alles an ihr ist kernseifensauber und ordentlich.

«Also, dann will ich mal nicht um den Brei herumreden», sagt Bienzle ein wenig irritiert; «mich interessiert, warum Sie derzeit nicht im Dienst sind.»

«Darüber kann ich Ihnen leider keine Auskunft geben», sagt sie.

«Warum denn nicht?»

«Weil ich es nicht weiß. Ich bin gebeten worden, mal eine Weile auszuspannen.»

«Auszuspannen? Hat der Doktor irgendwelche Erschöpfungszustände an Ihnen diagnostiziert?»

«Wo denken Sie hin! Ich bin doch rüstig genug.»

«Das sieht man Ihnen aber auch an», sagt Bienzle mit einem anerkennenden Kopfnicken, «daß Sie Übersicht und Kraft genug haben, Doktor Steinbachs Praxis und Haushalt in Schwung zu halten...»

«O ja», sagt sie, «und ich möchte nicht wissen, wie es dort ohne mich zugeht. Aber ich dränge mich nicht auf – ich nicht! Er wird schon sehen, wie er ohne mich...»

«Aber er hat Sie doch nicht gekündigt, oder?» unterbricht der Kommissar.

«Das wäre ja noch schöner!»

«Na also. Vielleicht meint er es wirklich nur gut mit Ihnen.»

Frau Auersbach schüttelt sehr bestimmt den Kopf. Bienzle stößt nach:

«Aber warum denn nicht? Er gilt doch allgemein als ein besonders netter und zuvorkommender Mann.»

«Sie werden von mir kein Urteil über Herrn Doktor bekommen, aber ich fühle mich wohlauf und gesund, und für einen besonderen Urlaub gab es gar keinen Anlaß.»

«Das klingt ja geradeso...» Bienzle läßt den Satz in der Luft hängen.

«Wie klingt das?»

«Nun, wenn man Ihnen so ganz objektiv zuhört, könnte man den Eindruck bekommen, daß Herr Steinbach...»

«Herr *Doktor* Steinbach...»

«...daß Herr *Doktor* Steinbach Sie für einige Zeit nicht im Hause haben will, weil er... Nun, weil er etwas vor Ihnen geheimhalten möchte.»

«Unsinn!» sagt sie resolut. «Er weiß, daß ich keine Tratschtante bin und absolut loyal zu ihm stehe. Und wenn Sie vielleicht denken, daß da Frauengeschichten...»

«Wer redet denn von Frauengeschichten? Vielleicht sind es völlig andere Dinge. Nehmen wir einmal an – wir von der Polizei kennen solche Fälle –, daß er in Gefahr ist und Sie nicht mit hineinziehen will.»

Frau Auersbach sitzt plötzlich kerzengerade auf ihrem Küchenstuhl. «Sie meinen, der Herr Doktor könnte in Gefahr...?»

Nachdenklich schaut Bienzle sie an und versucht noch einen kräftigen Schuß Besorgnis in seinen Blick zu legen. «Glauben Sie mir, wenn ich so etwas sage, tue ich das nicht leichtfertig.»

«Aber das wäre ja schrecklich! Unausdenkbar! Stellen Sie sich doch einmal vor, wie viele kranke Menschen von ihm abhängen! Und dann der Junge...»

«Und wenn es gerade der Junge wäre, der dem Herrn Doktor Schwierigkeiten macht?»

«Das glaube ich nicht. Der Junge mag ihn.»

«Tja, was immer es ist...» Bienzle legt ein wenig Pathos in die Stimme: «Es scheint so, als schwebe etwas Drohendes über ihm.»

Sprachlos starrt Frau Auersbach den Polizeikommissar an, der Sätze spricht, wie sie sie aus ihren Heftchenromanen kennt. «Aber», sagt sie, «aber da muß man doch etwas unternehmen!»

«Wir passen schon auf», lächelt Bienzle begütigend und beugt sich zu einem angedeuteten Handkuß über das kräftige Handgelenk der Haushälterin. Der stolze Ausdruck im Gesicht der so Geehrten entgeht ihm dabei. An der Tür bleibt Bienzle noch mal stehen und fragt: «Weiß der Junge eigentlich, daß Doktor Steinbach an dem Tod seiner Mutter nicht ganz unschuldig war?»

Frau Auersbach erstarrt für einen Moment, schüttelt heftig den Kopf und sagt: «Nein. Und er darf... Was reden Sie denn da für einen Unsinn!»

Bienzle verläßt das Haus und versteckt sich in den Arkaden der gegenüberliegenden kleinen Ladenpassage. Lange muß er nicht warten.

Im Abstand von zehn Metern folgt er Frau Auersbach, die mit kräftigen Schritten zielstrebig das Haus des Arztes ansteuert. Der Kommissar schlendert zum Brunnen auf dem Marktplatz und lehnt sich zufrieden gegen die Steineinfassung. Warten hat ihm noch nie etwas ausgemacht.

Er wartet auch noch, als die Dunkelheit hereinbricht und sein Magen leise vor Hunger knurrt. Daß er den vorbeigehenden Menschen auffällt, stört ihn nicht.

Kurz nach neun Uhr kommt Erwin Pichowiak die Herrengasse heraufgehinkt. Bienzle erkennt ihn, ehe er ausmachen kann, wer der Begleiter des Jungen ist. Erst als die beiden unter einer Straßenlaterne stehenbleiben und heftig aufeinander einreden, erkennt er seinen Assistenten Haußmann.

«In Ordnung», murmelt der Kommissar.

Haußmann begleitet Luzifer bis vor die Tür des Arzthauses und schlendert dann unentschlossen auf die Mitte des Platzes zu.

Bienzle gibt ihm ein Zeichen.

«Was machen Sie denn hier?» will Haußmann wissen.

«Ich warte auf eine Frau.»

«Oh», sagt Haußmann, sichtlich um Verständnis bemüht, «dann will ich nicht stören.»

Bienzle lacht. «Sie Rindvieh, es handelt sich um eine berufliche Recherche, und die Frau ist 64 Jahre alt.»

«Die Haushälterin?»

«Genau... Wie haben Sie das so schnell zusammenkombiniert?»

«Luzifer hat mir von ihr erzählt, aber er hat auch gesagt, daß diese Frau Auerhahn oder wie sie heißt...»

«Auersbach.»

«Richtig... daß diese Frau Auersbach derzeit nicht im Dienst ist.»

«Donnerwetter», sagt Bienzle anerkennend, «da haben Sie aber schon eine ganze Menge erfahren. Nun erzählen Sie mir doch freundlicherweise noch den Rest.»

Haußmann stemmt sich auf den Brunnenrand und baumelt mit den Beinen. «Na ja, er hat mir eine Menge davon erzählt, wie gemein die Menschen im allgemeinen und wie schlimm besonders die Leute im Kernkraftwerk sind.»

«Darüber können Sie ja nachher noch ein Protokoll schreiben.»

«Ein Protokoll? Ich denke, erst wenn die Untersuchung abgeschlossen...»

«Erst wenn Sie Hauptkommissar sind. Und weiter?»

«Er ist ein armer Teufel, wirklich; hochintelligent offenbar, sein Leben lang immer nur rumgeschubst worden.»

«Ich weiß schon: keine Freunde, keine Liebe...»

«Da ist aber etwas, was mir komisch vorkommt: er spricht andeutungsweise davon, daß er doch Freunde habe. Aber wenn man nachhakt, wird er sofort verstockt.»

«Haußmann, Haußmann!» sagt Bienzle sehr nachdenklich. «Da fügen sich womöglich ein paar Steinchen zusammen... Warten Sie mal...»

Der Assistent sieht Bienzle erwartungsvoll an.

«Haußmann, wenn ich jetzt Blech rede und Sie sagen jemand im Präsidium ein Sterbenswörtchen, dann hau ich Sie in die Pfanne. Was ich jetzt sage, ist die reine Sherlockholmserei – ich habe keinen Beweis, gar nichts...»

«Nu sagense schon!»

«Es ist nicht ausgeschlossen, daß sich das sogenannte Rote Bataillon da oben einquartiert hat... Kommen Sie, wir geh'n was essen.»

«Und Ihr Rendezvous mit der Dame?»

«Die kommt nicht so schnell wieder.»

«Aber... Aber wenn das so ist... Wir müssen doch was unternehmen!»

«Das hat Frau Auersbach heute nachmittag auch gemeint.»

«Ja und?»

«Wir unternehmen etwas, wenn wir Aussicht auf Erfolg haben, aber auf gar keinen Fall, solange ich Hunger habe. Los jetzt. Im Adler werde ich Ihnen dann mal *meine* Theorie erläutern.»

9

«Schlecht sehen Sie aus!» stellt Annerose Auersbach fest und mustert ihren Chef mißbilligend.

«Ich hatte Ihnen klipp und klar gesagt, daß ich Sie für vierzehn Tage hier nicht gebrauchen kann.»

«Sie haben gesagt, ich soll ausspannen.»

«Ist doch egal», sagt Steinbach müde; «nennen Sie es, wie Sie wollen, aber gehen Sie wieder.»

«Nein», sagt sie starrköpfig, «ich bleibe! Solange Sie mir keinen vernünftigen Grund...»

«Frau Auersbach, machen Sie es mir doch nicht so schwer!»

«Wer macht es hier wem schwer?»

Steinbach sieht sie ratlos an. Er kann es ihr nicht erklären; er muß sie einfach loswerden. Vielleicht kann er ja alles in ein paar Tagen wieder ins Lot bringen... Mühsam erhebt er sich aus seinem Sessel. «Frau Auersbach, ich habe Sie gebeten, eine Weile hier nicht aufzutauchen. Sie haben sich diesen Anordnungen widersetzt... Sie sind fristlos entlassen.»

Sprachlos schaut sie den Doktor an. «Ist das Ihr Ernst?»

«Klarer kann man es ja wohl nicht ausdrücken. Und nun sehen Sie zu, daß Sie hinauskommen.»

«So kann man mit mir nicht umgehen», sagt Frau Auersbach. «Mit mir nicht! Das wird ein Nachspiel haben!» Sie nimmt ihren ganzen Stolz, ihre Würde und ihren Zorn zusammen, wirft dem undankbaren Mann noch einen vernichtenden Blick zu, macht kehrt und verläßt den Praxisraum.

Auf dem Treppenabsatz vor der Tür bleibt sie stehen, dann schlüpft sie aus ihren Pumps und geht, darauf bedacht, jedes Geräusch zu vermeiden, die Treppe hinauf. Vor Erwins Tür bleibt sie stehen. Leise Musik und Stimmen klingen aus dem Raum dahinter. Vorsichtig beugt sie sich hinunter und versucht, durch das Schlüsselloch etwas zu erkennen. Aber es sind nur Schatten wahrzunehmen... Die Musik bricht ab. Jetzt sind die Stimmen zu verstehen.

«Also, morgen schicken wir den Brief weg – mit der Post, verstehst du, also nicht direkt im Kraftwerk einwerfen.»

Die Stimme kennt sie nicht. Aber jetzt, das ist Erwin.

«Ja, sicher.»

«Also alles klar?» fragt die fremde Stimme.

«Okay», sagt Erwin.

Frau Auersbach, die erkennt, daß das Gespräch gleich zu Ende sein muß, will die Treppe wieder hinunterschleichen, hört aber im gleichen Moment eine Tür im ersten Stock gehen. Atemlos trippelt sie die Stufen hinauf und versteckt sich hinter einem Vorhang auf dem Treppenabsatz, dort, wo sie selber das Putzgerät untergebracht hat.

«Nanu?» Eine überraschte weibliche Stimme. «Was sind denn das für Schuhe?»

Im gleichen Moment geht Erwins Tür auf und wird leise von außen wieder zugedrückt.

«Joe?» ruft die Mädchenstimme von unten. «Joe, bist du das?»

«Ja. Was ist denn?»

«Schau mal, hier stehen zwei Damenschuhe mutterseelenallein im Treppenhaus.»

«Spinnst du?» Joe stürmt mit drei Sätzen die Treppe hinunter.

Frau Auersbach wagt nicht zu atmen. Sie friert und hält die Hände auf den Mund gepreßt. Das Zweiminutenlicht im Treppenhaus erlischt und geht sofort wieder an. Sie hört jetzt nur noch leises Zischeln, dann langsame Schritte auf der Treppe. Je näher die Schritte kommen, um so lauter erscheinen sie ihr. Zuletzt dröhnen sie in ihren Ohren wie Paukenschläge. Schweißtropfen laufen ihr über die Stirn und in die Augen.

Vor dem Vorhang verharren die Schritte für einen Moment, dann entfernen sie sich wieder.

Annerose Auersbach versucht, tief durchzuatmen und einen klaren Gedanken zu fassen. Offensichtlich hat der Kommissar recht: Doktor Steinbach ist in Gefahr... Grimmig faßt Frau Auersbach nach dem Besen, der hinter ihr an einem Nagel hängt. Die Schritte kehren zurück.

Annerose Auersbach zittert nicht mehr. Ihre Angst hat grimmiger Entschlossenheit Platz gemacht. Mit einem Ruck wird der Vorhang zur Seite gerissen. Sekundenlang ist sie vom Treppenhauslicht geblendet; dann macht sie zwei Schritte, steht vor dem Fremden und holt mit dem Besen aus.

«Sieh mal, die Oma», grinst der Mann.

Frau Auersbach schlägt zu, aber mit einem schnellen Schritt zur Seite hat sich Joe aus der Gefahrenzone gebracht. Ihr eigener

Schwung reißt die Frau nach vorn; sie spürt für einen Moment eine Hand in ihrem Nacken und fühlt, daß sie gestoßen wird. Treppenstufen stürzen ihrem Gesicht entgegen. Verzweifelt versucht sie sich am Geländer festzuhalten, bekommt es zu fassen, krallt sich fest, erhält einen Tritt auf die Hand, muß loslassen und stürzt. Sie sieht die weit aufgerissenen Augen eines Mädchens, das auf dem unteren Treppenabsatz steht, rollt über die Schulter in einem seltsam verschobenen Purzelbaum die Stufen hinab und bleibt reglos liegen wie eine Puppe, die ein Kind weggeworfen hat.

Fast gleichzeitig werden die Tür der Praxis und Erwins Tür aufgerissen. Der Arzt und der Junge starren ungläubig auf die Szene. In diesem Moment verlöscht das Zweiminutenlicht wieder. Automatisch drückt Doktor Steinbach auf den Knopf: das Licht flammt auf. Joe lehnt lässig am Treppengeländer und hat eine Pistole in der Hand, die er jetzt fast beiläufig entsichert.

«Das ist...» Steinbach will etwas sagen.

«Schnauze!» bellt Joe.

«Aber Joe...» Weiter kommt Erwin nicht.

«Du hältst jetzt auch dein Maul», brüllt Joe und richtet die Waffe auf den ungläubig dreinblickenden Jungen.

Annerose Auersbach versucht sich zu erheben, fällt aber matt wieder zurück. «Ich glaube, ich habe mir was gebrochen», stöhnt sie.

Das Mädchen beugt sich über sie. «Kann ich...»

«Na prima», lacht Joe, «dann kannste uns schon nicht davonren...
... Geh da weg, Kathrin!»

Das Telefon läutet in der Praxis.

Ratlos schaut der Arzt zu Joe hinauf.

«Rangehen.» Langsam kommt er die Treppenstufen herunter.

Mit einer fahrigen Bewegung hebt Steinbach den Hörer ab. Joe lehnt im Türrahmen. Die Pistole ist auf den Bauch des Doktors gerichtet.

«Hier Steinbach...»

Am anderen Ende meldet sich Bienzle. «Ist bei Ihnen irgend etwas Besonderes vorgefallen?» Steinbach zögert. Er starrt in den Pistolenlauf.

«Hallo!» ruft Bienzle.

«Ja bitte?»

«Ob bei Ihnen inzwischen etwas vorgefallen ist, wollte ich wissen.»

«Nnnnnein», sagt Steinbach zögernd. Sein Gehirn beginnt wieder zu arbeiten. Er weiß plötzlich, daß er nicht mehr heil aus der Geschichte herauskommen wird.

«Das klingt aber nicht überzeugend», sagt Bienzle.

«Nein», sagt Steinbach wieder und sieht Joe auf sich zukommen. «Nein», sagt er noch einmal, «ich kann heute niemand mehr behandeln; wenden Sie sich am besten an das Kreiskrankenhaus.»

Beruhigt lehnt sich Joe zurück.

«Antworten Sie jetzt nur noch mit Ja oder Nein», sagt Bienzle scharf. «Ist Frau Auersbach noch bei Ihnen?»

«Ja.»

«Ist ihr etwas zugestoßen?»

«Ja.»

«Stehen Sie unter Druck?»

«Ja.»

Wieder löst sich Joe von der Wand. Schnell sagt Steinbach mit unsicherer Stimme:

«Da hilft Penicillin gar nichts... Aber, wie gesagt, ich kann heute nichts mehr für Sie tun.»

Bienzle, der in der engen Zelle im Korridor des Goldenen Adlers kaum Luft bekommt, beginnt zu schwitzen. «Diese Ganoven haben Sie in der Hand, nicht wahr?»

Klick. Die Leitung ist tot.

Mit dem Pistolenlauf hat Joe die Gabel niedergedrückt. «Du quatschst zuviel.»

«Aber ich habe doch... Es war doch nur ein Patient», sagt Steinbach.

Schnell kommt die nächste Frage Joes: «Wer? Name, Anschrift?»

Einen Moment zögert Steinbach, dann sagt er den ersten Namen, der ihm einfällt: «Franz Hornschuh, der Stadtamtmann.»

«Such die Nummer raus, Kathrin.»

Das Mädchen blättert in dem schmalen Telefonverzeichnis. «Hier», sagt sie, «21213.»

Noch immer hält Joe den Arzt mit der Pistole in Schach. Mit der linken Hand schmeißt er den Hörer von der Gabel und wählt die Nummer. Da gibt Steinbach auf.

«Lassen Sie das. Es war der Kommissar... Er wollte wissen, ob Frau Auersbach bei mir ist. Offensichtlich hat er sie vernommen.»

Dann läßt er sich müde in den Sessel sinken.

Für einen Moment sieht es so aus, als wollte Joe auf ihn losgehen. Da erscheint Erwin in der Tür; er ist kalkweiß im Gesicht, aber seine Stimme klingt fest und entschlossen, als er sagt: «Joe, ich bring dich um, wenn du ihm etwas tust!»

Joe dreht sich um; auf seinem Gesicht liegt ein häßliches Grinsen. «Du Schwachkopf...» sagt er, bricht aber sofort ab.

Luzifer steht breitbeinig in der Tür. Sein Körper hängt über dem verkürzten Bein stark nach links. Seine rechte Hand schwebt über der rechten Schulter und hält ein blitzendes Messer.

«Kann sein, daß du schneller schießt», sagt der Junge völlig ruhig, «aber sicher wäre ich an deiner Stelle nicht!»

Joe steckt die Pistole weg und sagt zu Luzifer: «Ich glaube es ist Zeit, daß ich dir ein paar Dinge klarmache...»

«Joe», ruft der Arzt entsetzt und zugleich beschwörend.

Bienzle wirft den Hörer auf die Gabel und reißt die Tür auf. Haußmann, der im Korridor gewartet hat, sieht sofort, daß etwas passiert ist. Hektische rote Flecken bedecken Bienzles Gesicht.

«Scheiße!» sagt Bienzle.

Haußmann schaut ihn fragend an.

«Wir sitzen bis zum Hals in der Scheiße», sagt der Kommissar noch einmal und wischt sich mit dem Taschentuch den Schweiß aus dem Gesicht.

Haußmann wagt noch immer nicht, ihn anzusprechen.

Unwillig schüttelt Bienzle seinen klobigen Kopf. «Meine Theorie stimmt haarklein – die haben sich bei Doktor Steinbach einquartiert. Dort müssen auch die Ionenaustauscher liegen.»

«In Steinbachs Haus?» fragt nun doch Haußmann.

«Haben Sie schon mal etwas davon gehört, daß so ein Arzt mit Röntgenstrahlen arbeitet? Da muß es doch entsprechende Sicherungen geben.»

«Möglich», sagt Haußmann, überzeugt ist er nicht.

«Diese Ganoven müssen offensichtlich Beweise dafür gefunden haben, daß Steinbach diese Geschichte mit der Pichowiak hatte und sie vor Luzifer geheimhält... und jetzt brauchen sie nur noch zwei und zwei zusammenzuzählen.»

«Und die Auersbach?»

«Hat sich offensichtlich eingemischt und ist dabei unter die Räder gekommen.»

«Wie meinen Sie denn das?»

«Ich habe Steinbach gefragt, ob ihr etwas zugestoßen ist, er hat die Frage mit Ja beantwortet.»

«Verdammt!»

«Verdammt, verdammt, verdammt... Was hätten wir denn tun sollen?» bellt Bienzle seinen Assistenten an, aber es ist ihm anzusehen, wie unbehaglich er sich fühlt.

«Wir müssen etwas unternehmen», sagt Haußmann fast schüchtern, ständig einen Zornausbruch seines Chefs erwartend. «Ja; nachdenken müssen wir.»

Bienzle, der zuletzt ruhelos im Gang auf und ab gelaufen ist, bleibt stehen.

Ungläubig schaut Haußmann dem Kommissar ins Gesicht. «Aber...»

«Nichts aber! Jetzt passen Sie mal auf: Aller Wahrscheinlichkeit nach haben die Gangster spitzgekriegt, daß Steinbach mit mir gesprochen hat – und wenn sie's aus ihm rausprügeln... Wenn wir jetzt versuchen, in das Haus einzudringen oder gar den Laden mit einer halben Hundertschaft zu stürmen, dann drehen die Burschen durch – dann ist das Leben des Herrn Steinbach, seines hinkebeinigen Knaben und der Frau Auersbach keinen Pfifferling wert – falls die alle noch leben... Was folgt daraus?»

«Aber doch nicht, daß wir einfach zuwarten!»

«Sondern?»

Haußmann hebt hilflos die Schultern.

«Na also!» knurrt Bienzle; «wer sagt's denn...»

«Aber wenn die Gangster wissen, daß Sie angerufen haben, werden sie sich doch aus dem Staub machen», wendet schließlich der Kriminalassistent doch noch ein.

«Richtig», brummt Bienzle. «Nachdenken und zuwarten können wir auch, wenn wir Steinbachs Haus beobachten... Auf geht's!»

Die beiden Polizisten verlassen im Sturmschritt den Gasthof.

Daß Kilper in seinem Zimmer im ersten Stock ihre Stimmen gehört hat und sich auf leisen Sohlen der Treppe näherte, daß er schließlich einen großen Teil des Gesprächs mitbekam, genug, um den Zusammenhang zu begreifen – das alles haben sie nicht bemerkt.

So leise, wie er gekommen ist, schleicht Kilper in sein Zimmer zurück.

Joe versucht es plötzlich mit einem Lächeln: «Wir müssen jetzt alle erst einmal ruhig werden», sagt er. «Doktor, kümmern Sie sich um die Frau!»

Kathrin kommt ins Zimmer. Sie sieht Joe scharf an. «Was geschieht jetzt?»

«Nichts. Warum?»

«Sagte der Doktor nicht gerade, der Kommissar hat angerufen?»

«Ja. Und?»

«Dann kann die Polizei doch jeden Moment...»

«Wir haben zwei Geiseln, und niemand weiß, wo die Ionenaustauscher sind... Ich kann mir nicht vorstellen, daß es der Bulle darauf ankommen lassen will.»

«Du glaubst, daß die nichts unternehmen?»

«Das habe ich nicht gesagt. Aber ich denke, daß wir noch genügend Zeit haben.»

Erwin Pichowiak hat sich auf den Schreibtischstuhl des Arztes gesetzt und spielt gedankenverloren mit seinem Klappmesser. Der Arzt untersucht im Treppenhaus das Bein seiner Haushälterin.

«Ich denke, es ist nichts gebrochen», sagt er, «aber es muß eine ziemlich schlimme Verstauchung sein. Ich mache Ihnen einen Verband.»

«Können wir nichts gegen diese gemeinen Menschen tun?» flüstert Frau Auersbach.

Der Doktor schüttelt nur den Kopf.

«Erwin...» sagt Joe freundlich.

«Ja?» Der Junge hebt den Kopf.

«Wir müssen Plan drei vorziehen; ist das klar?»

«So?» Erwins Augen blicken forschend auf Joe.

Kathrin setzt sich auf die Armlehne des Sessels und legt einen Arm um Erwins Schultern. «Sieh mal», sagt sie, «mir hat es auch nicht gefallen, wie Joe das mit der alten Dame gemacht hat. Aber er steht jetzt mächtig unter Stress, und da dreht man leicht mal durch – das mußt du doch verstehen.»

Erwin blickt zu ihr auf; er sieht ihr in die Augen, als ob er etwas darin suche. «Er hat seine Pistole auf mich gerichtet, und ich habe ihm mit dem Messer gedroht... Ich kann nur sagen, mir war es...» Er spürt ihre Brust an seiner Schulter und zuckt zurück. «Mir war es verdammt ernst», sagt er lahm.

Hans Kilper liegt auf dem Bett und telefoniert. Seinen Chef läßt er gar nicht erst zu Wort kommen. Im knappen Telegrammstil gibt er seine bisherigen Recherchenergebnisse zu Protokoll. «Also», schärft er seinem Telefonpartner noch einmal ein, «die Geschichte mit der anonymen Drohung ist gecheckt, aber bei der Geiselstory bin ich noch nicht so weit, und vor allem hab ich keine Ahnung, wie der Kommissar vorgehen wird.»

«Na, dann quetschen Sie ihn eben aus!» bellt der Chef am anderen Ende der Leitung.

«Den ausquetschen? Haben Sie eine Ahnung! Das ist ein Schwabe!»

«Na und?»

«Ich empfehle mich mit schwäbischem Gruß!» schimpft Kilper und knallt den Hörer auf die Gabel. Dann macht er sich auf den Weg zu Anne Muthesius.

«Na, welches Gedicht hast du diesmal auf den Lippen?» fragt die Journalistin, als sie ihm die Tür ihrer kleinen Dachwohnung öffnet.

Aber Kilper ist nicht in lyrischer Stimmung. «Die Gangster haben Doktor Steinbach und seine Haushälterin in ihrer Gewalt», sagt er knapp und erzählt der Kollegin in wenigen Sätzen, was er gehört hat und was er sich daraus zusammenreimt.

«Aber da muß man doch etwas unternehmen!» sagt das Mädchen schließlich. Sie weiß nicht – beide wissen nicht, daß das schon mehrere Leute gesagt haben.

«Das ist leicht gesagt. Wenn ich recht verstanden habe, will dieser schwäbische Dickschädel erst einmal gar nichts tun.»

«Aber das ist doch nicht möglich!»

«Warum nicht? Er denkt offensichtlich, daß er mit irgendwelchen unüberlegten Aktionen nur das Leben der beiden gefährden würde.»

«Das heißt also, daß alle Welt tatenlos abwarten muß, was die Gangster als nächstes tun?»

«Nicht alle Welt. Wir zumindest nicht.»

«Wir werden nichts Übereiltes unternehmen», sagt Joe. «Das Haus wird mit Sicherheit beobachtet... Ihr beiden geht jetzt in Erwins Zimmer und trefft die Vorbereitungen für Plan drei. Ich kümmere mich um den Doktor und die alte Dame.»

Nur zögernd setzt Erwin sich in Bewegung. Wortlos will er an Doktor Steinbach vorbeigehen, aber der hält ihn für einen Moment am Arm fest. «Erwin: Hast du etwas mit dem Tod von Kanzleiter zu tun?»

Der Junge bleibt stehen und sieht dem Arzt gerade in die Augen, sagt aber nichts. Dann senkt er den Blick.

«Du fürchtest dich, nicht wahr?» sagt Steinbach leise.

Erwin bringt kein Wort heraus. Langsam hinkt er hinter Kathrin die Treppe hinauf.

In Erwins Zimmer setzen sich Kathrin und der Junge an den schmalen Schreibtisch vor dem Fenster und beginnen, Buchstaben aus Zeitungen auszuschneiden. Luzifer hat den Text auf den Rand einer der Zeitungen geschrieben. Nach einer halben Stunde stehen die gleichen Worte aus den unterschiedlichsten Buchstaben zusammengesetzt auf einem weißen Blatt:

DAS GESUCHTE RADIOAKTIVE MATERIAL IST IN UNSERER HAND

GENUG UM DAMIT DAS TRINKWASSER DES GANZEN LANDES ZU VERSEUCHEN

DIE FOLGE WÄREN KRANKHEIT UND TOD FÜR HUNDERTTAUSENDE

WOLLEN SIE DAS

WENN NICHT DANN HALTEN SIE ZWEI MILLIONEN MARK BEREIT

WEITERE ANWEISUNGEN FOLGEN

DAS ROTE BATAILLON

«Ich weiß nicht – plötzlich krieg ich einen Mordsbammel», sagt Erwin Pichowiak schwach. «Am liebsten würde ich aussteigen.»

Kathrin schüttelt den Kopf. «Dazu ist es zu spät. Du hängst viel zu dick drin... Stell dir doch bloß mal vor, was passiert, wenn sie dahinterkommen, daß du den Schieber aufgemacht hast!»

«Ich könnte sagen, daß es ein Versehen war.»

«Bei deinen technischen Kenntnissen?»

«Warum nicht? Jeder macht mal 'n Fehler.»

«Und dann, alle wissen doch, daß du eine Mordswut auf die im Werk hattest.»

«Stimmt. Aber auf mir haben sie ja auch immer bloß rumgehackt.»

«Na und? Glaubst du, damit stehst du besser da? – Erwin, in einer Woche haben wir hier alles hinter uns, und dann fängt das Leben erst richtig an!»

«Du, Kathrin...»

«Ja?»

«Du bist nicht so wie Joe, nicht wahr? So gemein...»

«Ich will mich nicht besser machen, als ich bin.»

«Manchmal denke ich, ihr werdet mich alle beide im Stich lassen, wenn das hier vorbei ist.»

«Was fällt dir denn ein. Erstens brauchen wir dich, und zweitens...» Kathrin läßt den Satz in der Luft hängen.

«Was ist zweitens?»

«Komm mal her!» Kathrin geht langsam zu der schmalen Couch.

Ein wenig verlegen setzt sich Erwin neben sie.

«Näher», sagt Kathrin und zieht seinen Kopf zu sich heran. «Gib mir doch endlich mal einen Kuß...»

Der Junge preßt seine Lippen auf ihren Mund und spürt plötzlich ihre Zunge, die sich verstohlen einen Weg sucht. Betroffen zuckt er zurück, aber Kathrin läßt ihn nicht los, ihre schmalen Finger streicheln seinen Nacken und ziehen den Kopf sanft wieder heran. Wieder spürt er ihre Zunge im Mund. Er ist plötzlich sehr erregt; er fühlt, wie ihre Hände über seine Schultern gleiten, seinen Rücken streicheln, wie ihre Finger in seine verkrampften Hände schleichen und dort ein sanftes Spiel beginnen. Kathrin drängt sich gegen ihn. Er fühlt ihre Brüste und merkt kaum, wie sie seine rechte Hand vorsichtig dorthin führt.

«Du kannst mich ruhig anfassen», flüstert sie, «ich mag das...»

Zaghaft beginnt er sie zu streicheln.

«Ich hab noch nie einen Mann mit so zärtlichen Händen erlebt», murmelt Kathrin nach einer Weile, und sie meint es ernst. «Mach weiter... Oh, bitte, mach weiter... Zieh mich aus...!» Erwin ist plötzlich nicht mehr unsicher. Mit ruhigen Händen knöpft er die Bluse des Mädchens auf und streichelt ihre nackte Haut; dann läßt er seine Lippen über ihren Körper gleiten. Wenig später sind sie beide nackt.

«Du hast einen schönen Körper», sagt Kathrin leise. Sie kniet neben ihm und schaut auf ihn hinab. «Wir werden jetzt miteinander schlafen... Ich zeig dir, wie es geht...»

Dann liegen sie schwer atmend nebeneinander, und Kathrin sagt ein ums andere Mal: «Das darf doch nicht wahr sein... Das darf einfach nicht wahr sein!»

«Was hast du denn?» fragt Erwin.

Sie lacht. «Das haut mich einfach um! So hat mich noch kein Mann geliebt, ehrlich... Kannst du noch mal?»

Schließlich liegt Kathrin auf dem Rücken, und Erwin kniet über ihr. Sie schaut in seine braunen Augen, die ernsthaft ihr Gesicht mustern, als ob er es auswendig lernen müßte.

«Du», sagt sie, «in meinem Bauch wächst ein Gefühl für dich, das hat es vorher noch nie gegeben.»

Seine Finger zeichnen ihre Augenbrauen, den Nasenrücken und ihre Lippen nach. Noch immer ein wenig scheu streichelt er den entspannten Körper des Mädchens.

Plötzlich setzt sie sich auf und starrt ihn an: «Ich muß verrückt geworden sein», sagt sie. «Unzurechnungsfähig...» Dann beugt sie sich schnell vor und küßt ihn.

Der Junge steht auf und hinkt zum Fenster. Lange starrt er hinaus.

«Was hast du?» fragt Kathrin.

«Ich muß immer daran denken, daß ich ein Mörder bin. Und daß ich das nicht mehr rückgängig machen kann.»

«Denk doch nicht dran!»

«Hast du schon mal einen...? Es geht nicht, du. Nicht dran denken, das geht nicht.»

Kathrin steht auf, geht zu ihm hinüber und schlingt ihm die Arme von hinten um die Brust. «Du hast es nicht gewollt... Er hat dich dazu getrieben. Joe trägt viel mehr Schuld als du...»

«Vielleicht...»

10

Als Kilper und Anne den Marktplatz erreichen, werden sie von Bienzle, der plötzlich wie aus dem Boden gewachsen vor ihnen steht, unfreundlich begrüßt:

«Hier gibt's überhaupt nichts Interessantes zu sehen! Am besten ist's, Sie ziehen sich zu einem gemütlichen Viertele zurück.»

Kilper lächelt auf den Kommissar hinab und sagt, einer plötzlichen Eingebung folgend: «Ich wollte nur Doktor Steinbach aufsuchen, um mich für mein dummes Verhalten in der Nacht von Sonntag auf Montag zu entschuldigen.»

«Jetzt? Mitten in der Nacht?»

«Na, so spät ist es auch wieder nicht.»

«Also, es geht nicht!» bestimmt Bienzle knapp.

«Ich bitte Sie!» Kilper lächelt noch immer: «Es dürfte wohl doch etwas außerhalb Ihrer Kompetenz liegen, mir einen Arztbesuch zu verbieten, nicht wahr?»

Bienzle stampft mit dem Fuß auf wie ein trotziges Kind. «Wahrscheinlich wisset Sia G'scheitle scho wieder mehr als andere, ond grad deshalb wellet Sia do nauf zum Doktor – isch es net so?»

«Gegenfrage: Warum wollen Sie denn partout verhindern, daß ich Steinbach besuche?»

«Weil das gefährlich für Sie werden kann. Und damit basta.»

«Wie wollen Sie mich daran hindern – durch Waffengewalt etwa?»

«Wenn's sein muß.» Bienzle wendet sich abrupt ab und kehrt wortlos zu seinem Beobachtungsposten in einer der Arkaden zurück.

Kilper geht ihm nach. Dicht neben dem Kommissar stehend, sagt er leise: «Hören Sie, Herr Bienzle – ich weiß doch Bescheid! Da oben sitzen die Erpresser und haben wahrscheinlich den Doktor und seine Haushälterin in ihrer Gewalt; Sie können nicht reingehen, weil das zu einer Kurzschlußhandlung bei denen führen könnte. Aber ich...» Er läßt den Satz in der Luft hängen.

«Bist du wahnsinnig geworden?» Anne Muthesius ist ihm gefolgt und hat die letzten Worte gehört.

«Ausgeschlossen!» sagt Bienzle; «da mach ich nicht mit!»

«Sie wissen nicht mal, ob die Ganoven da oben sind – vielleicht beobachten Sie ein leeres Haus? Ich könnte Ihnen Gewißheit verschaffen.»

Bienzle schüttelt den Kopf, aber das kann Kilper in der Dunkelheit nicht sehen.

«Also, was ist?»

«Nein.»

«Aber es wäre ganz allein mein Risiko.»

«Nein!» Bienzles Ton wird immer ärgerlicher.

Eine Weile spricht keiner mehr. Dann sagt Kilper trotzig:

«Das wollen wir jetzt doch mal sehen!» Und im gleichen Augenblick geht er los, quer über den Platz auf das Haus des Arztes zu.

«Hans...» Annes Stimme klingt ängstlich und entsetzt.

«Die Mutigen sind die Schlimmsten», sagt Bienzle philosophisch und lehnt sich an eine Sandsteinsäule.

«Tun Sie doch was!» drängt Anne Muthesius.

«Zu spät.»

Kilper hat Steinbachs Haus erreicht und drückt auf die Klingel. Im Treppenhaus flammt Licht auf. Steinbachs Stimme in der Gegensprechanlage: «Wer ist da, bitte?»

«Kilper, Hans Kilper – Sie wissen schon... Ich habe mich idiotisch benommen, aber jetzt brauche ich Sie.»

Steinbach antwortet nicht.

Kilper klingelt nach einer Weile noch einmal und ruft gleichzeitig in die Gegensprechanlage: «Hallo... Haben Sie nicht gehört?»

«Doch, doch», sagt Steinbach, und nach einer Pause: «Ich komme.»

Jetzt geht auch das Licht über der Haustür an. Bienzle nähert sich dem Haus, indem er hinter parkenden Autos tief gebückt ein paar Meter vorwärts schleicht. Hinter den schmalen Fenstern des Treppenhauses sieht man Steinbach langsam die Treppe herunterkommen. Bienzle erkennt zwei weitere Gestalten knapp hinter dem Doktor.

«Kilper – kommen Sie zurück!» ruft Bienzle.

Doch Kilper rührt sich nicht von der Stelle. Die drei Gestalten passieren den Treppenabsatz ein halbes Stockwerk über der Haustür, dann verschwinden sie wieder aus dem Blickfeld. Bienzle hastet hinter einem Mercedes hervor und auf das Haus zu. Gleichzeitig kommt Haußmann in mächtigen Sätzen angerannt. Bienzle brüllt:

«Bleiben Sie, wo Sie sind, Haußmann!» Der junge Polizist hält am Rand des diffusen Lichtkegels, den die Lampe über der Haustür wirft; in seiner rechten Hand hält er eine Pistole. Bienzle erreicht Kilper, als sich die Tür öffnet. Er faßt automatisch nach seinem Schulterhalfter, aber wie meistens hat er auch diesmal keine Waffe bei sich.

Im hell erleuchteten Treppenhaus steht Doktor Steinbach – allein. Im gleichen Moment geht das Zweiminutenlicht aus. Bienzle hört schnelle Schritte. «Halt – stehenbleiben!» ruft er. Dann wird eine Tür geöffnet und fällt krachend wieder ins Schloß.

«Haußmann, sie sind hinten raus», brüllt der Kommissar. Aber noch ehe der junge Polizist die Hausecke erreicht hat, heult ein Motor auf, Reifen quietschen.

Anne Muthesius kommt langsam über den Platz. Die Gruppe unter der Haustür sieht aus wie ein Filmbild, das plötzlich aus der Bewegung heraus zum Stehen gebracht wird. Dann bewegt sich etwas im Treppenhaus. Luzifer hinkt langsam, Stufe für Stufe, die Treppe herab.

Haußmann kommt zurück. «Sie sind weg, mit einem Porsche; Kennzeichen habe ich nicht erkannt.»

«Fahndungsmeldung durchgeben», sagt Bienzle, und seine Stimme klingt abgespannt und müde. «Warum sind Sie Idiot nicht an Ihrem Platz geblieben?»

«Ich hörte Sie rufen, da dachte ich, Sie sind in Gefahr», gibt Haußmann kleinlaut zurück.

«Dachte ich, dachte ich», äfft der Kommissar ihn ärgerlich nach, «Sie waren da, um den Hinterausgang zu beobachten, nicht um zu denken, Himmel, Arsch und Zwirn!»

«'tschuldigung», sagt Haußmann.

«Beschreiben Sie die Leute!» herrscht Bienzle den Arzt an.

Der bringt zuerst keinen Ton heraus, dann kommen ein paar stokkende Angaben: «Ein junger Mann, Johannes Heusel, genannt Joe, und ein Mädchen...» Er hält inne, dann gibt er sich einen Ruck: «Kathrin Steinbach.»

«Was?» Bienzles Kopf schießt vor: «Was sagen Sie da?»

«Eine Verwandte von mir», sagt Doktor Steinbach, «die Tochter eines Vetters.»

«O du liabs Hergöttle...» Bienzle hebt in einer theatralischen Geste beide Arme zum Himmel.

Steinbach beschreibt Haußmann die beiden jungen Leute, so gut er kann.

«Gut», sagt Bienzle, «das heißt, nicht gut; schlecht, sehr

schlecht... Gehen wir nach oben.» Er geht mit schleppenden Schritten die Treppe hinauf. Nach ein paar Stufen dreht er sich um, sieht, daß Kilper folgt, und bekommt plötzlich einen puterroten Kopf und schreit: «Hauen Sie bloß ab, Mann!» Dann steigt er weiter hinauf.

Kilper verläßt das Haus.

In Steinbachs Praxis versammeln sich Bienzle, Steinbach, Luzifer und Frau Auersbach, die der Kommissar mit einem kurzen Kopfnicken begrüßt. Kurz darauf kommt Haußmann hinzu. Luzifer sieht ihn an und grinst.

«Ein Bulle! Hab ich mir doch gleich gedacht.»

Haußmann lächelt. «Ganz recht: ein Bulle.»

Bienzle läßt sich in den Sessel des Arztes fallen und fragt: «Was ist mit dem radioaktiven Zeug?»

«Weg», sagt Steinbach; «sie haben es mitgenommen, eingewickelt in drei meiner Röntgenschürzen.»

Bienzle schüttelt den Kopf. «Das kann ja heiter werden... Sie können ins Bett gehen, ich will im Augenblick nur mit Herrn Pichowiak reden», sagt er zu Steinbach und Frau Auersbach.

«Ich kann jetzt ohnehin nicht schlafen», sagt der Arzt.

«Nehmen Sie ein Mittel – irgendwas werden Sie ja wohl in Ihrem Arzneischrank haben. Wir beide reden morgen früh.»

«Kann ich nicht dabeibleiben?»

«Nein», sagt Bienzle grob.

Steinbach scheint einfach zu müde zu sein, um zu widersprechen. «Kommen Sie», sagt er zu der Haushälterin. Die beiden verlassen die Praxis.

Bienzle streckt die Füße weit aus und gibt einen ächzenden Laut von sich. Er schaut auf seinen prallen Bauch, über dem sich das Hemd spannt. Luzifer scheint er vergessen zu haben.

«Wollen Sie sich nicht setzen?» fragt Haußmann den Jungen, aber der schüttelt nur den Kopf.

Langsam hebt Bienzle den Blick und schaut Erwin Pichowiak an. «Ich hatte mal einen Lehrer in Geschichte, der konnte mich nicht ausstehen. Manchmal trieb er's mit mir so arg, daß ich ihn hätte umbringen können. Der stellte mir zum Beispiel Fragen über die Sozialpolitik Bismarcks, obwohl wir erst bei Friedrich dem Großen waren. Und dann malte er mit stiller Freude eine Sechs in sein Notizbuch, hinter meinen Namen.»

Erwin Pichowiak starrt den Beamten verständnislos an.

«Was hat Kanzleiter Ihnen getan?» fragt Bienzle unvermittelt.

Keine Antwort.

«Ich war heute bei seiner Frau», sagt Bienzle. «Die ist noch nicht einmal unglücklich darüber, daß es ihren Mann erwischt hat.» Bienzle beginnt sich die Fingernägel der linken Hand mit dem Daumennagel der rechten zu reinigen. «Es ist seltsam, wie oft man Hinterbliebenen begegnet, die nur zum Schein trauern. Die Frau war ehrlich, die hat mir gar nicht erst etwas vorgemacht...» Bienzle steht schwerfällig auf und geht zu Luzifer hinüber. Dicht vor dem Jungen bleibt er stehen und nickt ein paarmal schwer mit dem Kopf. «Tja», sagt er, «man sollte es trotzdem rückgängig machen können, nicht wahr?»

Erwin Pichowiak schaut an Bienzle vorbei und beißt sich auf die Unterlippe.

Bienzle will dem Jungen die Hand auf die Schulter legen, hält in der Bewegung inne und läßt es. «Glaub nicht, daß ich von dir erwarte, daß du jetzt redest», sagt er, «dazu ist noch Zeit genug.»

Haußmann setzt dazu an, etwas zu sagen, aber Bienzle winkt hinter Luzifers Rücken energisch ab. Langsam umrundet er den weißen Resopaltisch des Arztes und läßt sich wieder in den Sessel sinken.

«Man muß sich mal überlegen», sinniert er, «wie sicher ein Atomkraftwerk ist, aus dem radioaktives Material gestohlen werden kann und bei dem eine kleine Manipulation genügt, um ein Ventil unter radioaktiven Hochdruckdampf zu setzen, das kurz zuvor dekomprimiert worden ist... Es kann einem angst werden dabei.»

Erwin Pichowiak macht zum ersten Mal den Mund auf: «Ich bin müde. Kann ich ins Bett gehen?»

«Leider nicht, mein Junge.»

«Nennen Sie mich nicht ‹mein Junge›. Ich bin nicht Ihr Junge.»

«Verzeihung», sagt Bienzle, «es wird nicht wieder vorkommen.» Dann wendet er sich an seinen Assistenten: «Holen Sie bitte einen zweiten Wagen; ich will mit dem jungen Herrn noch eine kleine Fahrt machen.»

«Ich will aber nicht», sagt Luzifer.

«Darauf kann ich nun leider keine Rücksicht nehmen», sagt Bienzle; «im übrigen wird es Ihnen gefallen. Jetzt ist es knapp vor drei, in dreieinhalb Stunden geht die Sonne auf.»

«Ich fahr nicht mit», sagt Erwin Pichowiak.

Bienzle lächelt. «Ich könnte Sie wegen Mordverdacht festnehmen. Das will ich aber im Augenblick nicht; ich will mit Ihnen auf die Schwäbische Alb fahren und zuschauen, wie die Sonne aufgeht.»

«Ich komm nicht mit.»

«Ich bitte Sie sehr ernsthaft darum», sagt Bienzle und beginnt sich eine Pfeife zu stopfen.

Haußmann verläßt unmerklich den Kopf schüttelnd die Praxis. Vor dem Haus stehen noch immer Anne Muthesius und Hans Kilper.

«Na, was passiert da oben?» fragt der Hamburger.

«Nichts, absolut nichts... Es gibt Tage, da denk ich, der Bienzle ist nicht ganz richtig im Kopf.»

«Was werden Ihre Freunde mit dem radioaktiven Zeug wohl machen?» fragt Bienzle in einem Tonfall, der erkennen läßt, daß er gar keine Antwort erwartet.

Erwin Pichowiak starrt weiter vor sich hin.

«Doktor Steinbach sagt, es sind nur zwei, ein Mädchen und ein junger Mann», sagt Bienzle wie zu sich selbst. Dann schaut er Luzifer scharf an und sagt beiläufig: «Wie alt ist denn die kleine Nutte?»

Gleich darauf lächelt er zufrieden in sich hinein. Pichowiak sieht ihm zum ersten Mal direkt ins Gesicht, und sein Blick ist voller Haß.

«Entschuldigung; konnte ich ja nicht wissen», sagt Bienzle.

Mit hochrotem Kopf und geballten Fäusten steht Luzifer da, dann stößt er hervor: «Was konnten Sie nicht wissen, Sie mieser Bulle?»

Gleichzeitig zieht Bienzle an seiner Pfeife. «Es tut mir tatsächlich leid; wenn es um Liebe geht, sieht alles gleich ganz anders aus.»

Luzifers Hände öffnen und schließen sich mechanisch.

«Kennen Sie das Mädchen schon länger?» fragt Bienzle freundlich.

«Lang genug», knurrt Luzifer.

«Mein Gott, ist das bei mir lange her», sinniert Bienzle vor sich hin, «die erste Liebe... So packt's einen nie wieder. Richtig beneiden könnt ich Sie darum.»

Erwin Pichowiak dreht sich ruckartig um und schaut zum Fenster hinaus. Bienzles Blicke tasten den schiefen Rücken des Jungen ab. Man müßte ihm helfen können, denkt er und klopft vorsichtig seine Pfeife aus.

Sehr nachdenklich sagt er: «Wahrscheinlich werde ich Ihnen den

Mord an Kanzleiter nachweisen können, aber glauben Sie ja nicht, daß ich mich darauf freue. Ich glaube sowieso nicht, daß Sie für diese Tat voll verantwortlich zu machen sind.»

Langsam wendet Luzifer den Kopf. Seine Miene hat sich verändert; ein Grinsen verzerrt sein Gesicht. «Aber zutrauen tun Sie mir's, nicht wahr?»

«Ich traue so was jedem zu – Ihnen, mir, Doktor Steinbach...»

«Steinbach nicht!» fährt Luzifer dazwischen.

«Glauben Sie mir, wenn man lange genug mit Mördern zu tun hat, kann man niemand ausnehmen. Kaiser, König, Bauer, Bettelmann... Manchmal freilich sind die Menschen nicht mehr stark genug.»

«Wie meinen Sie das?»

«Ach, wissen Sie... Ich hab eine ganze Menge Mörder kennengelernt. Oder sagen wir mal, ziemlich viele – zwanzig, dreißig vielleicht. Aber ich hab zehnmal mehr Leute getroffen, die wahnsinnig gern einen Mord begangen hätten, aber nicht den Mumm dazu hatten. Ich selbst habe mal vor einem Mann gestanden, ein Gewehr im Anschlag; er hatte mich bis aufs Blut gequält, und ich hatte mir vorgenommen, fest vorgenommen, dem zahl ich es heim... Ich hab mich nicht mal getraut, ihm ins Bein zu schießen.»

«Gelaber!»

«Was ich wissen möchte: Warum haben Sie so einen unbändigen Haß auf die Leute im Kernkraftwerk?»

Luzifer schaut den Kommissar nur an.

«Die Leute sind doch ganz nett, und sicher ist Ihr Job dort gar nicht so schlecht.»

Luzifer lacht verächtlich auf.

«Doch, doch, ich bin da ziemlich sicher. Und ich glaube auch, daß ein begabter junger Mann wie Sie dort gefördert wird.»

«Ach, glauben Sie doch, was Sie wollen!»

«Was wissen Sie über den Tod Ihrer Mutter?» fragt der Kommissar unvermittelt.

«Lassen Sie meine Mutter aus dem Spiel.»

«Würde ich gerne tun, aber ihr Tod hat möglicherweise ursächlich mit den Dingen zu tun, die jetzt hier passieren.»

«Unsinn!»

«Haben Sie mal darüber nachgedacht, warum Doktor Steinbach... Aber vielleicht wissen Sie das ganz genau!»

«Was weiß ich ganz genau?»

«Nun, warum der Doktor das Spiel so lange mitgespielt hat. Das sieht man doch sofort, daß er erpreßt worden ist.»

«Erpreßt? Sie spinnen!»

«Lassen Sie mich was anderes fragen: Warum, glauben Sie, hat er Sie bei sich aufgenommen? Wenn er das mit allen Kindern von Patienten machen würde, die überraschend zu Tode kommen...»

Luzifer ist mit drei schnellen Schritten auf den Schreibtisch des Arztes zugekommen und beugt sich jetzt über die Tischplatte, so daß seine Augen nur wenige Zentimeter vom Gesicht des Kommissars entfernt sind. Er atmet schwer. Seine Augen haben sich zu schmalen Schlitzen verengt. Bienzle sieht, wie in einer immer weiter hervortretenden Ader an der Stirn des Jungen das Blut klopft. Luzifer holt tief Luft, dann schreit er mit einer Stimme, die plötzlich ins hohe Falsett springt: «Sie sind das größte Schwein, das... das...» Dann versagt ihm die Stimme.

Bienzle schiebt den Stuhl ein wenig zurück, um etwas mehr Distanz zwischen sich und den Jungen zu bringen. Dann wiegt er langsam den massigen Kopf, als ob er über den Ausbruch nachdenken müßte. «Kann schon sein, daß ich jetzt was falsch gemacht habe. Aber liegt der Gedanke so fern, daß der Doktor an Ihrer Mutter etwas gutmachen wollte?»

Erwin Pichowiak steht in unveränderter Haltung am Schreibtisch seines Ziehvaters, die Fäuste fest aufgestützt, und starrt den Kommissar haßerfüllt an.

«Vielleicht hab ich ja unrecht», sagt Bienzle begütigend, und dann plötzlich in so schneidendem Ton, daß Luzifer unwillkürlich zurückfährt: «Also antworten Sie mir: Warum hat Doktor Steinbach mitgespielt?»

«Lassen Sie mich in Ruhe!» sagt Luzifer mit brüchiger Stimme.

«Warum hat es Sie so tief getroffen, was ich über den Tod Ihrer Mutter sagte, wenn Sie sich nicht schon selbst Gedanken in der Richtung gemacht haben?»

«Sie sollen mich in Ruhe lassen!»

«Mann, Mann», sagt Bienzle leise und wie zu sich selbst, «kann man einen Menschen für schuldig halten, der so viel Mist erlebt hat und noch so jung ist?» Und nach einer Pause: «Und das Schlimmste kommt noch...»

Er weiß nicht, ob Luzifer ihm noch zuhört. Der Junge steht aufrecht und steif am Fenster und hat ihm den Rücken zugewandt.

«Ich könnte mit Ihnen wetten», sagt Bienzle fast beiläufig, «daß Joe und Kathrin mit dem erpreßten Geld abhauen, ohne auch nur noch einen Gedanken an Sie zu verschwenden, Herr Pichowiak.»

Luzifer dreht sich um und lehnt sich gegen die Fensterbank. «Mich machen Sie nicht verrückt. Ich weiß, was ich weiß.»

«Zum Beispiel?»

«Alles, was Sie sagen, ist gelogen», sagt der Junge jetzt mit fester Stimme. «Meine Mutter ist an einem schweren Herzfehler gestorben, und mein Onkel... ich meine, Herr Steinbach hat das Menschenmögliche für sie getan. Daß so jemand wie Sie das nicht versteht, ist ja kein Wunder.»

«Hat er Ihnen das erzählt?»

«Ich weiß ganz genau, daß es so war.»

«Okay», sagt Bienzle; «wenn Sie es wissen... Aber warum in aller Welt hat sich Doktor Steinbach auf diese Atommüllgeschichte eingelassen? Denn erpreßt worden ist er nach Ihrer Meinung ja nicht.»

Luzifer kämpft mit sich, dann sagt er: «Er wollte etwas gegen den Ausbau des Kernkraftwerks unternehmen.»

«Das verstehe ich.» Bienzle steht auf und geht langsam in der Praxis auf und ab. «Das verstehe ich sogar ganz gut. Aber der Kampf gegen den Ausbau des Werks ist eine Sache, und was Ihre Freunde Joe und Kathrin jetzt treiben, ist etwas anderes. Und kein Mensch kann mir einreden, daß Ihr Onkel, ich meine Doktor Steinbach, damit einverstanden ist.»

Da sagt Luzifer etwas, was Bienzle zutiefst verblüfft: «Was würden Sie alles für eine Million machen?»

Ärgerlich registriert der Kommissar, daß es in diesem Moment an der Haustür klingelt. «Das muß Haußmann sein. Ziehen Sie sich eine warme Jacke an; ich muß doch noch schnell ein paar Worte mit dem Doktor reden.»

Bienzle verläßt den Raum, als Haußmann hereingekommen ist. Haußmann schimpft:

«Noch nie hab ich so einen sprunghaften Typen kennengelernt! Vor einer Viertelstunde hat er den Doktor doch ins Bett geschickt...» Aber von Luzifer bekommt der Kriminalassistent keine Antwort.

«Sie verzeihen», sagt Bienzle, als er leise die Tür zum Schlafzimmer des Arztes öffnet, ohne vorher anzuklopfen, «ich hätte da doch noch ein paar kleine Fragen.»

Steinbach sitzt in einem Sessel und starrt auf seine Hände, die er zwischen die Knie preßt hat. Er trägt einen Morgenrock. «Bitte», sagt er. «Ich habe allerdings zwei Valium genommen und bin vielleicht nicht mehr so voll vernehmungsfähig...» Er versucht zu lächeln.

«Herr Steinbach», sagt Bienzle, der breitbeinig vor dem Arzt stehenbleibt und die Hände auf dem Rücken verschränkt, «ich wäre sehr dafür, daß Sie mir in ein paar Punkten völlig Klarheit geben.»

Noch einmal sagt Steinbach mit einer müden Handbewegung: «Bitte...»

«Womit haben die beiden Sie erpreßt?»

«Kathrin wußte von ihrem Vater, daß...» Steinbach redet nicht weiter.

Bienzle wird ungeduldig: «Sie wußte, daß Sie vor sechs Jahren ein Verhältnis mit Frau Pichowiak hatten, daß Frau Pichowiak rauschgiftsüchtig war und daß Sie aus... Na, sagen wir mal, aus Liebe immer wieder ihren Bitten nachgaben und ihr das Zeug verschafften.»

Steinbach nickt, dann sagt er: «Ich hätte sie da rausgeholt, Schritt für Schritt. Ohne dabei ihre Psyche zu zerstören.»

«Wäre das gegangen?»

«Ich hatte es gehofft.»

«Und woran ist Frau Pichowiak gestorben?»

«An einer Überdosis...»

«...die Sie ihr gegeben haben?»

«*Nein!*» Steinbach schreit plötzlich. «Ich doch nicht!» setzt er dann in normaler Lautstärke hinzu.

«Wer dann?»

«Niemand. Sie hatte sich nach und nach genug zur Seite geschafft, um selber Schluß machen zu können.»

«Gab es eine Untersuchung?»

«Man hat sich... Wie soll ich sagen...»

«Geeinigt?»

«Nennen Sie es, wie Sie wollen. Keine Klinik kann einen derartigen Skandal gebrauchen.»

«Aha!»

«Ach, spielen Sie doch nicht den Gerechten!»

«Tu ich ja gar nicht. Glauben Sie, daß bei uns nicht auch manchmal was unter den Teppich gefegt wird? Sie hatten Freunde, die...»

«Der Chefarzt ist ein Bundesbruder von mir.»

«Und Kathrin hat...»

«Zuerst waren das nur zwei nette junge Leute, die mich besuchen wollten, ein bißchen untertauchen, wie sie es nannten. Sie freundeten sich mit Erwin an... Er hat kaum Freunde, wissen Sie – ach was, er hat gar keine Freunde...»

«Ein Idyll also», sagt Bienzle bitter. «Ein Idyll, bis jemand auf die Idee kam, eine ganze Region mit der Angst vor atomaren Strahlen zu traktieren, um ein paar Millionen zu erpressen.»

«So war's ja gar nicht.»

«Sondern?»

«Es ging darum, die Menschen aufzurütteln, ihnen die Gefahr aufzuzeigen, die ein Ausbau des KKW bringen wird.»

«Verstehe ich das richtig: Sie waren zunächst einverstanden?»

«Ja, ja – das ist es ja!» Steinbach schlägt die Hände vor das Gesicht und beginnt zu schluchzen.

Bienzle sagt, peinlich berührt und ein bißchen angewidert: «Sie werden noch genug Zeit haben, sich zu bedauern... Wissen Sie, wo die beiden hin sind?»

Steinbach schaut hoch, öffnet den Mund und schließt ihn wieder, als ob er sich eines besseren besonnen hätte. Dann schüttelt er den Kopf.

Bienzle geht zur Tür. «Sie wissen es, nicht wahr?» fragt er ruhig.

«Nein», sagt Steinbach mit belegter Stimme.

«Wollen Sie noch einen Fehler machen?»

«Ich bin müde. Die Tabletten wirken.»

«Sagen Sie es mir!» beharrt Bienzle.

Resigniert schüttelt Steinbach den Kopf.

Der Kommissar zieht leise die Tür hinter sich ins Schloß.

Schnell springt der Arzt auf und geht zum Fenster. Nach einer Weile sieht er Bienzle mit Erwin Pichowiak das Haus verlassen und in einem VW Variant davonfahren. Rasch streift er den Morgenrock ab. Er ist darunter komplett angezogen. Aus einem Schrank holt er sich einen grünen Lodenmantel und wirft ihn über. Noch einmal sucht er mit den Augen den Marktplatz ab, dann verläßt er das Zimmer.

11

Anne Muthesius und Hans Kilper haben Bienzle mit Luzifer davonfahren sehen. Dann verläßt Haußmann Doktor Steinbachs Haus, nickt den beiden zu und geht schnell die Herrengasse hinunter.

«Sieht so aus, als ob die Vorstellung beendet wäre», meint Kilper und stößt sich vom Brunnenrand ab.

«Oder auch nicht: Im Treppenhaus ist das Licht angegangen.»

Steinbach öffnet langsam die Tür, steckt den Kopf heraus, schaut vorsichtig nach rechts und links und schlüpft dann auf die Straße. Kilper und seine Begleiterin ducken sich hinter den VW. Durch die Scheiben der parkenden Wagen sehen sie, wie der Arzt in seinen Mercedes steigt.

«Wir fahren ihm nach», flüstert Kilper. Anne drückt ihm die Wagenschlüssel in die Hand.

In schneller Fahrt lenkt Steinbach den Mercedes durch die Herrengasse. Kilper hat Mühe, dem schnellen Wagen zu folgen.

«Das müßte mit dem Teufel zugehen», sagt der Journalist, «wenn er uns nicht bemerken würde.»

Dann haben sie die offene Landschaft erreicht. Die Straße schlängelt sich durch ein hügeliges Waldgebiet. Plötzlich beschleunigt Steinbach sein Fahrzeug. Kilper schimpft: «Lauf schon, du lahme Karre!» Aber es nützt nicht. Schon nach wenigen Minuten sind die Schlußlichter des Mercedes verschwunden.

«Verdammt. Was machen wir jetzt?» knurrt Kilper.

«Ich denke, wir sollten dem jungen Beamten Bescheid sagen; ich habe ein ganz komisches Gefühl...»

«Na gut.» Er wendet. «Du denkst, Steinbach fährt den Verbrechern nach?»

«Ich weiß nicht. Er sah so... so wild entschlossen aus.»

Kilper lacht leise. «Bei der Beleuchtung willst du das gesehen haben?»

«Ist doch jetzt egal», sagt sie unwillig. «Ich habe nun eben das Gefühl, daß etwas Schlimmes passieren könnte.»

«Nun sei mal nicht gleich so gereizt! Du hast ja recht; ich fahre zum Gasthaus, und wir holen diesen Haußmann aus dem Bett.»

Bienzle fährt langsam die engen Kurven der Albsteige hinauf. Die Nacht ist einer diffusen Dämmerung gewichen. Das Autoradio bringt Dixieland-Musik. Ein langsamer, verschwommener Blues füllt das enge Gehäuse. Luzifer ist auf dem Beifahrersitz in sich zusammengesunken; er hat noch kein Wort gesagt, seit sie losgefahren sind. Der Wagen erreicht die Albhochfläche. Ein weites Plateau tut sich auf, das zum Horizont hin in langgezogene Wellen übergeht. Holunder- und Schlehenbüsche sitzen vereinzelt in der Landschaft wie hockende Gestalten. Im Gegenlicht der rötlichgelben Dämmerung sind ihre scharfen Konturen wie Scherenschnitte auszumachen. Bienzle biegt in einen Feldweg ein. Rumpelnd klettert der VW einem schmalen Hügelkamm entgegen.

Etwas unterhalb der Höhe hält der Kommissar, zieht die Handbremse an und atmet lautstark aus.

«Kommen Sie», sagt er, «wir gehen ein Stück.»

Erwin Pichowiak steigt widerspruchslos aus. Ohne zu reden, stapfen die beiden über den steinigen Boden auf den Kamm zu. Der Junge hinkt mit schnellen, ungleichen Schritten voraus, die letzten Meter rennt er fast. Dann bleibt er plötzlich wie angewurzelt stehen. Vor ihm fällt der Berg steil ab, hinab in eine dunstverhangene Ebene, die gerade aufleuchtet im ersten graurosagoldenen Sonnenlicht.

«Phantastisch!» entfährt es Erwin Pichowiak. Zum ersten Mal hat er den Mund aufgetan.

Bienzle hat ihn erreicht und setzt sich auf einen großen Stein. «Das ist mein Lieblingsplatz», sagt er und duzt plötzlich den Jungen wieder: «Weißt du, oft, wenn ich gar nicht mehr weiß, wie es weitergehen soll, wenn ich in einem Fall nicht weiterkomme und am Verzweifeln bin – dann fahre ich hierher. Meistens allein; manchmal auch mit einem Menschen, der mich interessiert und mit dem ich reden möchte.»

Luzifer kriecht förmlich in sich zurück, und der Kommissar fährt schnell fort: «Man muß aber nicht reden. Hier kann man auch einfach still dasitzen.» Und das tun sie eine lange Zeit.

«Warum machen Sie das?» fragt der Junge plötzlich leise.

Bienzle denkt nach. «Ehrlich, ich weiß es nicht... Du wirst es nicht glauben, aber das geht ganz spontan bei mir. Ich komme hier heraus, sitze eine Stunde da, dann fahre ich hinunter nach Kirchheim, geh in einer kleinen Kneipe frühstücken, rede mit den Leuten... Ich weiß nicht, was es ist. Oder doch, ich weiß es vielleicht: Eine Stunde hier oben, das ist wie ein paar Tage Urlaub.»

«Komisch.»

«Findest du? Mein Chef sagt das auch. Aber er hat sich mit der Zeit dran gewöhnt.» Bienzle lacht in sich hinein. «‹Der Bienzle ist auf'm Trip›, nennen es meine Kollegen. Und dann halten sie mich alle miteinander für einen Spinner.»

Gemächlich stopft er sich seine Pfeife. Er sieht, wie es in dem Jungen arbeitet, und er weiß, was in ihm vorgeht: Sein Haß ist erloschen; er überlegt, ob er sich diesem verrückten Bullen anvertrauen soll, aber sofort denkt er: Genau das ist es, was er will; ich soll weich werden, dafür macht er die ganze Veranstaltung...

Er sagt: «Du denkst, daß das eine ganz subtile Art ist, sich an Leute heranzumachen; du denkst, das ist eine fein ausgedachte, ganz raffinierte Falle... Tja, da hast du nicht einmal ganz unrecht. Ich will wissen, was mit dir los ist. Es interessiert mich. Nicht nur bei dir, bei vielen...» Beinahe hätte er ‹Mördern› gesagt; er fängt sich noch eben: «...bei vielen Menschen, mit denen ich zu tun habe. Und weißt du, wenn man mal aus den Kulissen raus ist, gelingt es auch manchmal.»

«Was gelingt?»

«Es gelingt, den anderen zu begreifen. Ihn zu verstehen.»

Luzifer steht auf und geht nervös auf und ab, kickt gelegentlich mit dem Fuß gegen einen Stein, setzt sich wieder und ist gleich voller Unrast wieder auf den Beinen.

«Sind Sie bewaffnet?» fragt er.

Bienzle schüttelt den Kopf.

«Und wenn ich bewaffnet wäre?»

Bienzle zuckt die Achseln: «Dann würdest du mich wahrscheinlich jetzt bedrohen und mit meinem Auto abhauen... Oder auch nicht; wer weiß so was schon?» Er schaut zu dem Jungen hoch, Luzifer hat beide Hände in den Taschen; sein Gesicht ist starr. «Ich *bin* bewaffnet.»

Bienzle lacht in sich hinein. «Einmal», sagt er, als ob er nicht zugehört hätte, «einmal habe ich auf einen Einbrecher mit gezogener Waffe gewartet. Stundenlang. In der Stuttgarter Altstadt. Und was soll ich dir sagen – auf einmal mußte ich ganz dringend pinkeln; ich hatte einen solchen Druck auf der Blase, daß ich mich erst einmal an eine Hausecke stellen und pinkeln mußte. Und genau in dem Moment ist der Typ erschienen, und weg war er... Ein paar Tage später habe ich ihn dann doch noch gekriegt. Wenn wir uns heute manchmal begegnen, fangen wir an zu lachen; die Passanten halten uns für verrückt, aber wir zwei wissen, worüber wir lachen – nur wir zwei... Er hat mich nie verraten.» Bienzles Bauch wackelt vor Lachen.

«Und wenn ich Sie nun erschieße?» fragt Luzifer schrill.

Bienzle hebt ruckartig den Kopf: «Dann bist du genau der Idiot, für den ich dich nicht halte.» Langsam steht er auf, streckt sich und sagt: «Los, wir schauen mal, ob wir irgendwo schon was zu essen...»

Er hält inne, denn er blickt in die Mündung einer Pistole.

«Also doch», murmelt er. «Hätte ich eigentlich nicht gedacht...»

«Ich muß Sie erschießen», sagt Erwin Pichowiak.

Bienzle hört sich selber reden: «Ja, mein Junge, wenn du es tun mußt...» Gleichzeitig denkt er, was rede ich denn da? Wie komme ich da raus? Mir muß doch etwas einfallen – mir ist doch noch immer etwas eingefallen... «Wer sagt eigentlich», hört er sich wieder sagen, «daß du das *mußt*? Dieser Joe?»

Die Waffe in der Hand des Jungen zittert ein wenig. Sein Zeigefinger krümmt sich.

Bienzle sagt: «Glaubst du, daß die Kathrin das für richtig halten würde?» Er weiß, dieser Satz ist ein großes Risiko.

Erwin Pichowiak starrt ihn an wie unter einem Zwang; er kann die Augen nicht von diesem Mann wenden, seine rechte Hand ist verkrampft, fühlt sich pelzig an. Die Stimme ist weit weg. Kathrin hat er gesagt. Das weckt Assoziationen, Gefühle, Sehnsucht... Seine Hand entspannt sich ein wenig. Was hat der Mann über Kathrin gesagt?

«Glaubst du wirklich, daß Kathrin das will?» wiederholt Bienzle eindringlich. Die Pistole sieht furchtbar groß aus; er kennt das Fabrikat nicht.

Luzifer schüttelt den Kopf. Dann läßt er die Pistole sinken.

Hinrennen, ihm eine verpassen, die Waffe aus der Hand schlagen, denkt Bienzle. Das sind Bewegungsabläufe, die er immer wieder trainiert hat. Statt dessen geht er jetzt langsam auf den Jungen zu, legt ihm den Arm um die Schulter und führt ihn zum Wagen zurück.

Luzifer schiebt die Pistole in die linke Jackentasche.

Bienzle schaltet die Zündung ein; im selben Moment beginnt das Radio zu spielen. Schnell schaltet Bienzle das Gerät aus. Der Wagen rollt ins Tal. Durch ein enges mittelalterliches Tor fahren sie in eine kleine Stadt.

Auf dem Marktplatz bauen Bauern die ersten Stände auf. Blumenfrauen arrangieren ihre Sträuße. Eine von ihnen, eine sehr kleine Frau in einer schwarzen Älblertracht, schürt einen Blechofen unter ihrem primitiven Verkaufstisch.

«Das macht die auch im Hochsommer», sagt Bienzle, und es sind die ersten Worte, die seit dem Zwischenfall gesprochen werden. «Komm, wir steigen aus.»

Er geht zu der Frau hinüber. «Wie geht's immer?» fragt er.

«Ach, Sia send's», sagt die alte Frau. «Wellet Se en Tee?»

«Gern», sagt Bienzle.

Aus einer Thermosflasche füllt das Weiblein zwei Becher und hält sie Bienzle und Luzifer hin. «I han Sia lang nemmer g'seh», sagt die Frau. Bienzle nickt und schlürft den heißen Kräutertee. «Ond wer ischt des?» will sie wissen, indem sie auf Luzifer deutet.

«A Bekannter», sagt Bienzle.

Die alte Frau mustert den Jungen; man sieht ihm die durchwachte Nacht an. «Hent Sia vielleicht Honger?» fragt sie und schenkt ihm Tee nach. Und als Luzifer verlegen nickt, bekommt er ein mächtiges Vesperbrot in die Hand gedrückt. Das geschieht alles so selbstverständlich, daß er sich noch nicht einmal bedankt. Die Alte will auch Bienzles Becher noch einmal füllen.

«Noi, Emma», sagt er; «jetzt müaßt's scho a Viertele sei, wenn i no ebbes drenka dät.»

«Ha no», sagt die Marktfrau, «saufet Sia scho, bevor dr Tag do ischt?»

«I sauf net, i bring mein Kreislauf auf Toura.»

Die Alte lacht lautlos. Ihr Gesicht ist mit Lachfalten plissiert. Bienzle legt ihr für Sekunden den Arm um die Schulter und sagt:

«'s tuat oim emmer guat, amol wieder en Menscha z' treffa; ade Emma.»

Sie lacht noch immer. «Jo, jo», sagt sie, «ade bis nächscht Johr om viere!»

Luzifer gibt seinen Becher zurück und bedankt sich leise. Der Kommissar steigt wieder in den Wagen und hält von innen die Tür für Erwin Pichowiak auf. Langsam läßt sich Luzifer auf den Beifahrersitz gleiten.

Im selben Moment greift Bienzle rasch in die linke Jackentasche des Jungen und zieht die Pistole heraus. Die abwehrende Bewegung Luzifers kommt zu spät.

«Es ist besser so», sagt Bienzle beiläufig und schiebt die Waffe in seine eigene linke Jackentasche. Er hat Mühe damit, wirklich riesengroß, das Ding. Er kennt das Fabrikat nicht.

«Sie haben es von Anfang an darauf angelegt, mich fertigzumachen», sagt Erwin Pichowiak bitter.

«Falsch.» Bienzle bleibt freundlich. «Alles, was ich mache, richtet sich nicht gegen dich. Aber es kann natürlich auch nicht für dich sein, solange du die Schlüsselfigur in diesem Fall bist.»

Plötzlich lacht Luzifer. «Ich fahre mit Ihnen durch die Landschaft, und Joe und Kathrin machen solang weiter – genau nach Plan...»

Hans Kilper, Anne Muthesius und der Kriminalassistent Haußmann stehen unschlüssig vor dem Goldenen Adler, als ein Auto mit quietschenden Reifen in die Hofeinfahrt des Gasthofes einbiegt und abrupt vor ihnen stoppt. Bindernagel springt heraus.

«Wo ist Bienzle?» ruft er aufgeregt.

«Unterwegs», antwortet Haußmann.

«Verdammt!» entfährt es dem Kraftwerksmanager. «Es muß sofort etwas geschehen – die haben angerufen!»

«Wer hat angerufen?» fragt Haußmann.

Kilper greift automatisch nach dem kleinen Notizblock in seiner Jackentasche.

«Wer, wer... Das Rote Bataillon natürlich!»

«Nun mal langsam», sagt Haußmann. «Was haben sie gesagt?»

Bindernagel ringt nach Luft, als ob er den ganzen Weg gelaufen wäre. «Zwei Millionen Mark innerhalb von drei Stunden, oder sie schmeißen das ganze Zeug in die Wasserversorgung einer Großstadt.»

«Einer Großstadt?»

«Ja, einer Großstadt – hören Sie schlecht? Und es hat verdammt ernst geklungen.»

«Weitere Bedingungen?»

«Der Mann sagte, daß er um halb neun wieder anrufen will.»
«Ein Mann; aha...» Haußmann weiß einstweilen nicht weiter.
«Jetzt ist es kurz vor sieben Uhr», wirft Kilper ein.
«Noch gut anderthalb Stunden», überlegt Haußmann; «wie denken die sich das... Sonst noch was?»
«Ja. Er gibt es an den Süddeutschen Rundfunk und die Deutsche Presseagentur durch.»
Kilper flucht unterdrückt. Haußmann greift durchs Fenster nach dem Hörer des Funksprechgeräts:
«Berta sieben an Berta neun...»
«Berta neun», meldet sich Bienzle. Haußmann gibt einen knappen Bericht.
«Zuerst einmal rufen Sie das Präsidium in Stuttgart an: Die sollen verhindern, daß die Meldung im Radio kommt.»
«Okay.»
«Dann fahren Sie mit Bindernagel ins KKW und weichen nicht von seiner Seite. Ich will über alles informiert werden.»
«Kommen Sie denn nicht hierher?» fragt Haußmann entgeistert.
«Nein, vorerst nicht. Ende.» Knack – weg ist er.
Von der Kirchturmuhr schlägt es sieben. Kilper sagt:
«Können wir mal die Nachrichten einschalten?»
Bindernagel öffnet die Tür seines Wagens und dreht sein Gerät an.
«Wir müssen auf jeden Fall die zwei Millionen beschaffen», denkt er laut.
«Ich muß erst das Präsidium anrufen», sagt Haußmann; «die werden sofort einen Krisenstab bilden...» Er greift nach dem Hörer. In diesem Moment kommt Bindernagels Autoradio in Gang:

... haben unbekannte Gangster, die sich «Rotes Bataillon» nennen und die im Besitz hochgefährlichen radioaktiven Materials aus dem Kernkraftwerk Weihersbronn sind, gedroht, das Trinkwasser einer Großstadt radioaktiv zu verseuchen, wenn nicht binnen drei Stunden zwei Millionen Mark bereitgestellt werden. Das Innenministerium hat auf unsere Anfrage noch keine Bestätigung dieser Meldung, die dem Süddeutschen Rundfunk und der Deutschen Presseagentur zugegangen ist, geben können. Am letzten Freitag hatte ein Journalist auf einer Müllkippe in Weihersbronn radioaktives Material in Gestalt sogenannter Ionenaustauscher gefunden.

Die Polizei schließt nicht aus, daß weiteres strahlendes Material aus dem Weihersbronner Kernkraftwerk in fremde Hände gefallen ist. – Wie aus Kreisen der Münchner CSU...

Bindernagel schaltet das Gerät ab.

«Kommen Sie», sagt Haußmann zu Bindernagel, «wir fahren; das Präsidium kann ich auch noch von Ihrem Büro aus anrufen.»

Schon sind sie weg. Kilper steht unschlüssig da.

«Was tun wir?» fragt Anne.

«Wenn man nur wüßte, wo die beiden sich versteckt halten...»

«Steinbach hat es gewußt, denke ich», sagt sie.

Plötzlich rennt Kilper zu Annes VW. «Die Auersbach!» ruft er. «Die weiß vielleicht etwas...»

«Der Herr Doktor praktiziert heute nicht», tönt Frau Auersbachs Stimme aus der Gegensprechanlage an Steinbachs Haus.

«Ich bin es, Hans Kilper – der Journalist aus Hamburg... Kann ich Sie einen Moment sprechen, Frau Auersbach?»

Der Türsummer zeigt an, daß die Haushälterin bereit ist, mit ihm zu reden.

«Wir haben wenig Zeit», sagt Kilper, als er Frau Auersbach gegenüber steht. «Die Banditen haben gedroht, eine ganze Stadt zu verseuchen.»

«Das habe ich im Radio gehört.»

«Es geht darum, die beiden zu finden, und wir hatten gehofft, Sie könnten uns vielleicht einen Tip geben.»

«Ich habe keine Ahnung», sagt Frau Auersbach.

«Doktor Steinbach ist heute nacht weggefahren, und wir nehmen an, daß er weiß, wo sich die beiden verstecken.»

«Was sagen Sie da?» Die Haushälterin erschrickt: «Er ist weg? Ich habe ihn zwar noch nicht gehört, aber ich dachte, er schläft, weil er doch ein Mittel einnehmen wollte...» Sie humpelt zu Steinbachs Schlafzimmer und klopft.

Keine Antwort.

«Sie können uns glauben, daß er weggefahren ist; wir haben es beide gesehen», sagt nun Anne Muthesius.

«Was ist das für ein Schrank?» Kilper deutet auf ein schmales Möbelstück in der Diele. «Sieht aus wie ein Waffenschrank.»

«Ja, da hat der Herr Doktor seine Jagdgewehre drin.» Frau Auersbach ist noch ein bißchen atemlos vom Treppensteigen.

«Er ist aber ohne ein Gewehr weggegangen», sagt Anne Muthesius.

«Das hat nicht viel zu bedeuten – er hat meistens eins im Kofferraum liegen...» Frau Auersbach öffnet den Schrank: «Sehen Sie – hier fehlt eines.»

«Wo hat er seine Jagd?» fragt Kilper.

«Hinter Knappenheim – das ist etwa 30 Kilometer von hier, Richtung Stuttgart.»

«Das hilft uns wenig», sagt Anne Muthesius resignierend, aber Kilper fragt weiter: «Hat er dort eine Hütte oder so etwas?»

«Ja; der Schlüssel hängt...» Frau Auersbach hält plötzlich inne, dann sagt sie: «Er ist weg, und der Ersatzschlüssel auch.»

«Na bitte!» sagt Kilper. «Und jetzt beschreiben Sie uns genau den Weg dorthin...»

Bienzle fährt langsam aus Kirchheim hinaus. Erwin Pichowiak neben ihm vermeidet es, den Kommissar anzusehen; er schaut stur geradeaus.

«Woher haben Sie eigentlich Ihr... Ich meine...» Bienzle druckst herum. «Warum hinken Sie?» Er ist wieder beim Sie angelangt.

«Als kleines Kind hatte ich einen Verkehrsunfall.»

«Wer war schuld?» Bienzle stellt die Frage automatisch, ohne viel darüber nachzudenken, aber erzielt damit eine unerwartete Wirkung.

«Das geht Sie gar nichts an!» sagt Luzifer aufgebracht.

Bienzle wirft einen überraschten Blick zu seinem Beifahrer hinüber. «Ihre Mutter?»

«Meine Mutter hatte nie einen Führerschein.»

«Ihr Vater also!» Es ist keine Frage, sondern eine Feststellung. Bienzle schielt wieder zu dem jungen Mann hinüber; es ist gut zu erkennen, wie er versucht, seine Erregung niederzukämpfen.

«Kam er dabei ums Leben?»

Der Junge nickt.

Bienzle läßt den VW ausrollen, zieht die Handbremse an und wendet sich Erwin Pichowiak zu. «Wie wär's, wenn Sie mir mal Ihre komplette Geschichte erzählen würden?»

«Das könnte Ihnen so passen.»

«Na, viele Geheimnisse gibt's ja wohl kaum mehr... Ich kenne die tragischen Ereignisse um Ihre Mutter – der Doktor hat übrigens heute nacht dazu noch einiges gesagt, aber Sie würden es mir ja doch nicht abnehmen. Ich weiß, daß Sie ständig Probleme mit Ihren Vorgesetzten im Werk hatten, daß Sie unter den jungen Leuten in der Stadt ziemlich isoliert waren. Jetzt habe ich erfahren, daß Ihr Vater bei einem Verkehrsunfall ums Leben kam... Ich kann die Steinchen des Puzzlespiels schon zusammensetzen. Im Werk sagen sie, Sie seien technisch hochbegabt, aber menschlich unzugänglich, abweisend, hochnäsig und – ich zitiere – aufsässig...»

Luzifer will etwas sagen, aber Bienzle fährt fort: «Ich kann mir das alles gut vorstellen. Jemand, der immer benachteiligt wird, auf dem die andern rumtrampeln und über den sie sich lustig machen, der hat nur zwei Möglichkeiten: entweder er kuscht, paßt sich an, läßt sich das Rückgrat brechen – oder er geht in Opposition... Sie sind den zweiten Weg gegangen, und das finde ich durchaus imponierend.»

«Ich laß mich von Ihnen nicht einwickeln», sagt Luzifer trotzig.

«Meine Aufgabe ist es nicht, Sie einzuwickeln, sondern Ihnen gegebenenfalls Handschellen anzulegen», sagt Bienzle nüchtern. «Und ich muß natürlich auch verhindern, daß ihr drei Heldenfiguren das Leben von ein paar hunderttausend Menschen aufs Spiel setzt... Die ganze Aktion ist für Ganoven eures Typs ein paar Hutnummern zu groß, wissen Sie.»

«Das werden wir ja sehen.»

«Ja, das werden wir. Bestimmt sogar... Übrigens, wo haben Sie eigentlich die Pistole her?»

«Die gehört mir.»

«Gekauft?»

«Ja, als Luftpistole. Und dann hab ich sie umgebaut auf Kaliber 7.65», sagt Luzifer mit sichtlichem Stolz. «Neuer Lauf eingezogen; Schloß und Schlagbolzen von einer alten belgischen Armeepistole...» Er wird richtig warm bei dem Thema. «Geht allerdings immer nur ein Schuß rein.» Bedauernd: «Mit dem Magazin und so, da bin ich nicht klargekommen...»

«Alle Achtung!» sagt Bienzle anerkennend.

«Das ist doch kein Kunststück!»

«Also, für mich wär's eins, und...»

In diesem Moment meldet sich Haußmann über das Funksprechgerät: «Berta sieben an Berta neun – Berta sieben an...»

«Was ist?» fragt Bienzle.

«Wir haben so etwas wie eine Spur. Steinbach ist heute nacht klammheimlich losgefahren. Wir haben Grund zur Annahme, daß er die beiden auf eigene Faust verfolgt. Er ist zu seiner Jagdhütte gefahren. Sie liegt im Wald hinter Knappenheim. Die Zufahrt zweigt von der B 29 bei Kilometer 43,8 links ab – in Richtung Stuttgart gesehen.»

«Gut gemacht, Haußmann.»

«Herr Kilper hat das herausgekriegt», sagt Bienzles Assistent bescheiden.

Bienzle knallt den Hörer wortlos auf die Gabel.

Sofort meldet sich Haußmann wieder: «Moment, Chef... Was sollen wir machen?»

«Ich fahre hin. Ich bin ganz in der Nähe.»

«Allein?»

«Nein; Erwin Pichowiak ist bei mir.»

«Aber Chef – das ist zu gefährlich! Ich werde das Mobile Einsatzkommando anfordern, und...»

«Nichts werden Sie! Bis die vom MEK hier sind, ist d' Katz den Baum nauf... Wenn ich Hilfe brauche, melde ich mich.»

«Chef...» Haußmanns Stimme klingt beschwörend.

«Ende!» sagt Bienzle und legt auf. Er läßt den Motor an und fährt los. Nach ein paar Minuten schaut er zu Luzifer hinüber. Der kaut an den Fingernägeln.

«Steinbach verfolgt Joe Heusel und das Mädchen. Haben Sie das mitgekriegt?»

Luzifer nickt, ohne ihn anzusehen. «Hm, hm.»

«Glauben Sie, daß er das überleben wird?»

Der Junge fährt entsetzt zu Bienzle herum, starrt ihn aus großen Augen an und bringt kein Wort heraus.

«Wollen Sie mir den Weg zeigen?»

Luzifer nickt langsam und holt tief Luft. «Ja!» sagt er und richtet sich ein wenig im Beifahrersitz auf.

Es ist 7.20 Uhr, als Luzifer zu Bienzle sagt: «Der schmale Weg dort vorn... Er führt zur Jagdhütte.»

«Kann man ihn fahren?»

«Ja. Es gibt aber auch einen Fußweg.»

«Okay.» Bienzle läßt den Variant unter die tief hängenden Zweige einer Tanne rollen. «Wie weit ist es?»

«Ein paar hundert Meter.»

«Kommen Sie!» befiehlt Bienzle. «Zeigen Sie mir den Weg.»

«Muß ich?»

«Ja. Und ich würde Ihnen nicht raten, irgendwelchen Blödsinn zu machen.»

Der Weg ist kaum mehr als ein Trampelpfad. Es ist unschwer zu erkennen, daß hier lange niemand mehr gegangen ist. Das hohe, taufeuchte Gras reicht den beiden ungleichen Männern bis über die Knie. Luzifer humpelt mit schnellen Schritten voraus; Bienzle hat Mühe, ihm zu folgen. Achtlos läßt der Junge die Zweige, die er zur Seite biegen muß, um durchzukommen, nach hinten schnellen. Einer trifft Bienzle ins Gesicht wie eine Peitsche. «Verdammt noch mal», schimpft er. Luzifer dreht sich um, sieht, was er angerichtet hat, und grinst. Dann hastet er weiter.

Nach etwa fünfhundert Metern wird der Pfad breiter und mündet schließlich auf einer kleinen Lichtung, die sanft ansteigt, von dunklen Fichten gesäumt. Etwa dreihundert Meter weiter rechts sieht man den Fahrweg, der in einem Bogen zum oberen Rand der Lichtung führt, wo sich eine Blockhütte unter zwei riesige Tannen duckt. Ein Wagen steht direkt vor der breiten Holztreppe, die zur Giebelseite des Häuschens hinaufführt: Steinbachs Mercedes.

Vorsichtig sucht sich Bienzle einen Weg durch den Wald. Er umrundet die Lichtung und arbeitet sich langsam an die Hütte heran. Luzifer ist weisungsgemäß am Rand der Lichtung stehengeblieben und starrt zu dem Gebäude hinüber. Er muß lange warten, bis Bienzle wiederauftaucht; links von dem Blockhaus kommt er auf allen vieren aus der Fichtenschonung, richtet sich vorsichtig auf und schleicht sich an das Haus heran...

Außer dem Rauschen der Bäume hört Bienzle nichts. Die Stille erschreckt ihn. Wieder und wieder hat er überlegt, wie er die drei wohl antreffen würde; am ehesten hatte er eine hitzige Debatte, eine Auseinandersetzung zwischen Steinbach und seinen Erpressern erwartet...

Jetzt erreicht er die Wand des Blockhauses.

Bienzle bleibt stehen, preßt sich an die Wand und zerrt Luzifers

Spezialartillerie aus der Tasche. Mißtrauisch betrachtet er das Ding. Er hat was gegen Waffen; eine Waffe ist kein Argument. Und diese hier sieht so aus, als würden einem beim ersten Schuß die Brocken um die Ohren fliegen. Na, einen zweiten Schuß hatte er ohnehin nicht; er hatte vergessen, Luzifer zu fragen, ob er weitere Munition... Moment mal – ist die Kanone überhaupt geladen? Doch, ist sie.

Bienzle schiebt die Pistole unter den Hosenbund, weil sie zu sperrig ist für die Tasche.

Als er dann mit dem Fuß einen Halt auf dem schmalen Betonsockel des Holzhauses sucht, um sich zum Fenster hochzuarbeiten, stellt er fest, daß die Waffe auch zu sperrig ist, um im Hosenbund getragen zu werden. Er nimmt sie zwischen die Zähne, kommt sich albern vor, dankt seinem Schöpfer, daß ihn keiner so sieht, und stemmt sich hoch.

Der überraschend große Raum, in dem die Holzstämme ebenso natürlich belassen sind wie an der Außenfront, ist gemütlich eingerichtet. Eine Bank läuft an drei Wänden entlang. Auf dem Boden liegen zwei Felle; um einen niedrigen Tisch stehen ein paar Polstersessel und ein Schaukelstuhl, vor dem Bienzle nur die Rückenlehne... Halt – da ist mehr als nur die Rückenlehne: Links ragt horizontal ein Gewehrlauf in den Raum. Da sitzt einer, das Gewehr auf dem Schoß... Oder eine.

Vorsichtig läßt sich Bienzle auf den Boden zurückgleiten, geht ein paar Schritte nach rechts und links. Mit den Augen mißt er die Außenwände: Der Raum hat schätzungsweise dieselben Maße wie das ganze Blockhaus; wenn es andere Räumlichkeiten gibt, müssen sie im Keller liegen... Er zieht sich am Fensterbrett hoch, hält sich mit einer Hand am Laden fest, nimmt Luzifers Schießeisen in die andere und schlägt damit die Scheibe ein. Gleichzeitig brüllt er: «Hände hoch – Polizei!»

Nichts rührt sich.

Oder... Wippt der Schaukelstuhl ein wenig?

Eine Falle, denkt Bienzle; dort sitzt eine Attrappe... Mit einem gewaltigen Satz hechtet er in ein nahes Gebüsch, verliert die Pistole, prallt mit dem Gesicht gegen etwas Hartes und bleibt reglos liegen.

Nichts rührt sich.

«Ich Idiot!» sagt Bienzle laut. Dann richtet er sich auf und sucht die Pistole. Er findet sie, hebt sie auf und sieht auf einmal rote Tropfen auf dem Boden... Blut?

Blut. Sein eigenes. Bienzle legt den Kopf in den Nacken und wartet, bis das Nasenbluten aufhört. Dann schneuzt er sich, stellt fest, daß Hemd, Schlips und Jackett auch etwas abgekriegt haben, murmelt grimmig: «Ach du liabs Kojäckle!» und geht ohne jede Vorsicht um das Haus herum zur Giebelseite.

Er braucht nicht lange zu suchen. Direkt neben dem Mercedes muß ein anderes Auto gestanden haben. Die Reifenspuren sind frisch und gut zu erkennen. Er sieht auch sofort die bogenförmige Spur, die von dem Platz wegführt.

Mit zwei Sprüngen nimmt er die Treppe, stößt die Tür auf und steht Doktor Steinbach gegenüber, der bequem zurückgelehnt in dem Schaukelstuhl sitzt, ein Gewehr über den Knien... In der Mitte seiner Stirn ist ein kleines, kreisrundes Loch, aus dem eine schmale rote Spur an der Nase vorbei hinabführt bis zum Mundwinkel. Das Blut ist noch nicht eingetrocknet.

Blut. Schon wieder Blut... Bienzle kichert hysterisch; dann nimmt er sich zusammen, tritt widerwillig an die Leiche heran und faßt nach der Hand des Toten: Noch warm, stellt er fest. Er läßt die Hand fallen, und der Tote kippt mit dem Oberkörper zur Seite; das Gewehr poltert zu Boden... Die Leichenstarre ist also noch nicht eingetreten... Bienzle richtet sich auf und fährt im selben Moment herum – direkt hinter sich hat er ein Geräusch gehört.

Luzifer starrt auf Steinbachs Leiche. Sein Gesicht ist wächsern, seine Kiefer mahlen, seine Hände sind zu Fäusten geballt.

«Das wird er büßen!» flüstert er.

«Wer?» fragt Bienzle automatisch.

Aber er erhält keine Antwort. Erwin Pichowiak hinkt in Zeitlupenschritten zu dem toten Mann. «Ich kann ihn nicht einmal mehr um Verzeihung bitten», sagt er tonlos.

Bienzle weiß nicht, was er für den Jungen tun kann. Das einzige, was ihm einfällt, ist die Routineanweisung ‹Bitte berühren Sie nichts, um keine Spuren zu verwischen›, aber die schenkt er sich. Leise geht er zur Tür und tritt auf die Holztreppe hinaus. Gerade rechtzeitig, um den VW auf das Haus zuhoppeln zu sehen.

«Der hat mir gerade noch gefehlt!» murrt er, als Kilper aus dem Wagen springt und auf die Hütte zugerannt kommt.

«Die beiden sind geflohen», ruft er; «sie sind an uns vorbeigerast... Sind Sie verletzt?» Er hat das Blut auf Bienzles Kleidung entdeckt.

«Noi, i han mi beim Rasiere g'schnitte», raunzt er. Dann, in Schriftdeutsch: «Haben Sie das Fahrzeug...»

«Schwarzer Porsche», unterbricht der Journalist. «Kennzeichen RT–HL 6547.»

«Fahren Sie mich zu meinem Dienstwagen», sagt Bienzle, und dann zu Anne Muthesius, die jetzt langsam aussteigt: «Kümmern Sie sich bitte um den Jungen; er ist drin... Steinbach ist tot. Erschossen.»

Tot. Erschossen. Er kann nichts anderes denken als die beiden Wörter. Weiter nichts... Wie oft hat er sie schon aussprechen müssen: Tot.. Erschossen... Ja. Und vergiftet, erdrosselt, erstochen, erschlagen – Scheißberuf. Ach ja: verbrüht – mit radioaktivem Dampf verbrüht, von einem sogenannten Mörder, der selbst ein Opfer ist, mehr oder weniger... «Scheißberuf!» sagt er laut.

Kilper fragt erstaunt: «Wie bitte?» und stoppt Annes Wagen direkt neben Bienzles Variant.

Wortlos steigt der Kommissar aus und geht auf sein Auto zu. Dann wendet er sich um und sagt widerwillig zu Kilper: «Wenn wir ihn kriegen, ist das wohl Ihr Verdienst...»

Im gleichen Moment meldet sich Haußmann über das Funksprechgerät. Bienzle nimmt den Hörer. Haußmann meldet:

«Die haben wieder angerufen. Jetzt verlangen sie außer dem Geld noch einen viersitzigen Hubschrauber mit Pilot.» Bienzle sagt knapp: «Veranlassen Sie das. Und schicken Sie die Spurensicherung zu Steinbachs Jagdhütte; die Gangster haben ihn erschossen. Und lassen Sie nach einem schwarzen Porsche fahnden – Kennzeichen RT–HL 6547; mit dem sind die beiden wohl unterwegs.» Zu Kilper sagt er: «Fahren Sie schon mal zurück zur Hütte, ich komme gleich... Ich muß ein bißchen nachdenken.»

Kilper gehorcht stumm.

Was ist denn in den gefahren? denkt Bienzle. Man lernt nie aus.

Müde lehnt er sich an seinen Wagen, verschränkt die Arme über der Brust und stiert in das dunkle Grün der Fichten.

Tot. Erschossen... «Ich werde mich nie dran gewöhnen», sagt er laut.

Wieder meldet sich Haußmann: «Das Innenministerium hat einen Krisenstab gebildet. Die Herren sind eben hier eingetroffen. Man erwartet, daß Sie unverzüglich kommen.»

«So, erwartet man das? Saget Se dene Herra, sia kennet mich amol kreuzweis... Oder nein – sagen Sie lieber, sie sollen einen Fachmann der Bodenseewasserversorgung herschaffen, und zwar – wie war das – ‹unverzüglich›, ja... Ich muß sofort wissen, wo man überall Zugang zu der Leitung vom Bodensee nach Stuttgart hat. Ist das klar?»

«Alles verstanden.»

«Gut. Und noch eins: Lasset Se sich von dene Sesselärsch net aus dr Ruhe bringa!»

In diesem Moment mischt sich eine andere Stimme in das Gespräch, eine Stimme, die Bienzle nur zu vertraut ist, seit mehr als zwanzig Jahren. Sein alter Schulkamerad, der jetzige Präsident des Kriminalamtes meldet sich: «Bienzle, jetzt langt's! Du redescht dich noch um Kopf ond Krage.»

«O du liabs Hergöttle vo Biberach, wia hent di d' Mucke verschissa!» entfährt es dem Hauptkommissar Bienzle; dann legt er den Hörer in die Gabel, als wäre es ein rohes Ei.

Er setzt sich in den Wagen und murrt: «Der ischt jo selber inzwischa a Sesselarsch...» Aber er ist doch froh, daß Hauser in der Nähe ist und sich offensichtlich um alles kümmert.

Als nach einer knappen halben Stunde die Männer der Spurensicherung kommen, gibt Bienzle knappe Anweisungen. Dann nickt er Luzifer zu, der apathisch auf der Bank sitzt, und sagt:

«Auf geht's, Erwin; wir schnappen uns die zwei!»

Wortlos steht der Junge auf und folgt dem Kommissar. Im Wagen sagt er leise:

«Aber die Kathrin hat damit nichts zu tun...» Und zu seinem Erstaunen sagt Bienzle weich:

«Das glaube ich auch, mein Junge.»

Überrascht sieht Erwin Pichowiak zu ihm hinüber. Aber Bienzles Gesicht ist ausdruckslos. Er sagt:

«Von dir beziehungsweise von deinem Wissen hängt es jetzt ab, wie es weitergeht.»

«Das verstehe ich nicht.»

«Joe Heusel droht damit, die Ionenaustauscher in die Trinkwasserversorgung einer Großstadt zu schleusen. Die einzige Großstadt hier herum ist Stuttgart, und Stuttgart bezieht fast sein gesamtes Trinkwasser aus dem Bodensee. Die Leitung geht von Sipplingen, wo das

Pumpwerk steht, bis Stuttgart. Wenn ich es recht weiß, gibt es in regelmäßigen Abständen weitere Pumpwerke und Zugangsstollen. An welcher Stelle will Joe seine Drohung wahr machen?»

«Er wird doch das Zeug niemals reinschmeißen. Das Material braucht er doch nur zur Erpressung.»

«Ein Erpresser, der nicht gewillt ist, ernst zu machen, der hat keinen Erfolg. Und ich bin sicher, dieser Joe ist wild entschlossen, alles auf eine Karte zu setzen... Das sieht man doch, er muß deinen Onkel kaltblütig niedergeknallt haben, zuerst in Sicherheit gewiegt und dann erschossen!»

«Hören Sie auf!» sagt Luzifer leise und schlägt die Hände vors Gesicht.

Aber Bienzle läßt sich nicht abbringen: «Joe muß doch einen Plan gehabt haben... Kennst du diesen Plan?»

Der Junge schüttelt den Kopf. «Joe hat immer gesagt, es genügt, wenn wir das Zeug haben; wir hauen mit dem Geld ab und melden aus einer Telefonzelle, wo die Bull... Entschuldigung; wo die Polizei die Ionenaustauscher abholen kann.»

«Scheiße... Weißt du wenigstens, wo sich Joe besonders gut auskennt?»

Der Junge schüttelt den Kopf und fängt dafür einen zweifelnden Blick des Kommissars ein. Dann betätigt Bienzle das Funksprechgerät:

«Ich vermute, daß Joe Heusel und das Mädchen im Bereich Tübingen/Reutlingen operieren werden.»

«Warum Tübingen/Reutlingen?» fragt der Junge, als das Gespräch zu Ende ist.

«Weil Joe in Tübingen studiert hat und weil der Porsche eine Reutlinger Nummer hat. Sicher ist das Fahrzeug gestohlen, aber...»

«Mit dem Porsche sind die beiden schon gekommen», sagt Luzifer.

«Ach – und wo war er die ganze Zeit?»

«In unserer Garage; deshalb hat mein Onkel... hat Doktor Steinbach ja seinen Mercedes auf der Straße abgestellt.»

«Auch so etwas, was unserem kriminalistischen Auge entgangen ist», brummt Bienzle.

«Wo fahren wir eigentlich hin?» fragt Erwin nach einer Weile.

«Nach Weihersbronn, zum Krisenstab.»

«Und dort werden Sie mich dann endlich verhaften?»

«Du wirst mir bei der Aufklärung des Falles helfen und dabei ein bißchen was wiedergutmachen... Wir wollen doch sehen, daß es dich nicht gar zu sehr erwischt, nicht?»

«Sie sind ein komischer Bulle», sagt Luzifer.

«Das sagen alle...» Bienzle grinst und gibt Gas.

Fasziniert beobachtet Anne Muthesius die Polizeibeamten bei der Spurensicherung, aber Kilper zerrt sie am Jackenärmel: «Komm, wir müssen weiter – sonst verlieren wir den Anschluß!»

So schnell der alte VW es schafft, fahren sie nach Weihersbronn zurück.

«Ich möchte wissen...» fängt Anne an und bricht ab.

Kilper macht nur: «Hm?»

«Ach, das ist alles scheußlich. Und wenn ich denke, wie es angefangen hat – da waren doch viele Idealisten dabei: Steinbach zum Beispiel, das war doch ein Idealist!»

«Mir scheint», sagt Kilper und schaltet in den dritten Gang zurück, um einen Laster zu überholen, «du schmeißt da verschiedenes durcheinander. Steinbach ist nicht an seinem Idealismus gestorben.»

«Indirekt schon. Die Verbrecher spannen die Idealisten vor. Aber das alles meine ich jetzt gar nicht. Ich meine das, was vorher schon war. Umweltschutz contra Atomkraftwerk... Ich möchte einfach wissen, wer recht hat.»

«Mal ganz abgesehen von den ideologisch motivierten Trittbrettfahrern, die es da auch noch gibt: Das möchten wir alle wissen. Da sind Fachleute, die sagen, in soundsoviel Jahren brauchen wir soundsoviel Energie mehr als heute; andernfalls industrielle Rezession, Arbeitslose, Wirtschaftschaos...»

«Kenn ich ja alles!» Anne macht eine wegwerfende Handbewegung. «Es gibt aber auch andere Fachleute, genauso qualifiziert, die sagen das Gegenteil, mehr oder weniger. Regierung, Parlament – alle Instanzen, die zu entscheiden haben, ob Kernkraftwerke gebaut werden oder nicht, die können doch nur eine Münze hochwerfen, um zu erfahren, wem sie nun glauben sollen. Die verstehen doch nichts davon... Ist eigentlich schon mal jemand auf die Idee gekommen, zu untersuchen, ob man nicht in zehn, zwanzig Jahren auch mit weniger

Energie auskommen kann, ohne negative Folgen, meine ich, wenn man schon heute aufhört, mit Energie zu aasen?»

«Oder andere Quellen zu erschließen: Gezeitenkraftwerk, Wind- und Sonnenenergie – ich kenn die Argumente, und ich kann auch nur eine Münze hochwerfen, wie die Politiker.»

«Und wo sie noch nicht einmal wissen, was sie mit dem Abfall machen sollen, hinterher... Jetzt sag nicht, Lüneburger Heide, Salzbergwerk, absolut sicher! Woher wissen die so genau, daß es da nie Erdbeben gibt? Bloß weil ein paar Millionen Jahre lang keine stattgefunden haben? Die sagen Arbeitsplätze und wissen noch nicht einmal, ob sie nicht eines Tages Friedhofsplätze brauchen!»

«Der Leitartikel ist schon mehrfach geschrieben worden, Frau Kollegin», sagt Kilper. «Das dumme ist nur, daß eine schlüssige Beweisführung nicht möglich ist – so rum nicht, und andersrum auch nicht...»

Den Rest des Weges schweigen sie.

Vor dem Kernkraftwerk hat sich eine riesige Menschenmenge versammelt. Kamerateams von ARD und ZDF sind aufgefahren und haben ihre Stative auf den Dächern der Übertragungswagen installiert. In vielen Gruppen wird heftig diskutiert. Schon tauchen wieder vereinzelte Transparente auf; einige junge Leute versuchen sich in Sprechchören, die aber ohne Resonanz schnell wieder verebben. Ein Rundfunksprecher kommt auf Kilper zu und ruft:

«Moment, Herr Kollege – können wir schnell ein Interview machen?»

«Nur zu gern», gibt Kilper offen zu, «aber nicht jetzt. Ich habe eine wichtige Mitteilung für die Polizei.» Er geht weiter und zieht Anne mit sich fort.

«Was denn für eine Mitteilung?» fragt Anne Muthesius leise.

«Gar keine. Aber wir müssen doch rein in die Festung, oder?»

Sie hat es schon aufgegeben, sich über Kilpers Schlitzohrigkeit aufzuregen. Getreulich marschiert sie hinter ihm her, als er sich ziemlich grob eine Gasse bahnt, sich am Pförtner mit den Worten «Kommissar Bienzle erwartet mich; ich komme direkt vom Tatort!» einfach vorbeischiebt und im Verwaltungsgebäude des Kernkraftwerks verschwindet.

«Wenn man nur die Hälfte von dem wüßte, was der Kilper weiß!» schimpft ein dpa-Reporter hinter ihm her. Im Konferenzsaal des

Kraftwerks, den Kilper ungeniert betritt, beherrschen dunkle Anzüge und gedeckte Krawatten das Bild.

«Wer sind Sie?» fragt an der Tür ein junger Beamter. «Ein Mitarbeiter Bienzles», sagt Kilper und fügt dann lächelnd hinzu, «wenn man so will.»

Bienzle steht am Kopfende des langen Konferenztisches und blickt mürrisch auf die Versammlung. Ein älterer soignierter Herr sagt: «Meine Herren, darf ich nunmehr endlich um Ihre Aufmerksamkeit bitten. Herr Hauptkommissar Bienzle wird uns ins Bild setzen.»

Ein Mann neben Bienzle gibt dem Kommissar einen Rippenstoß. «Das muß sein Chef sein», flüstert Kilper Anne Muthesius zu, die in seinem Windschatten ebenfalls den Konferenzraum geentert hat.

Bienzle räuspert sich, dann sagt er: «Da ist nicht viel ins Bild zu setzen. Die beiden Ganoven, Joe Heusel und Kathrin Steinbach, sind mit einem Porsche, dessen Nummer wir haben, und vermutlich mit sechs radioaktiv verseuchten Ionenaustauschern auf dem Weg zu einer Stelle, von der aus sie das Trinkwasser vergiften können. Wir haben gewisse Vermutungen, aber keinerlei Hinweise, wo sie die Voraussetzungen für ihre Erpresseraktion schaffen wollen.»

Einen Augenblick lang herrscht Stille, denn Bienzle hat sich abrupt hingesetzt.

Ein hochgewachsener, drahtiger Mann mit einer schmalen Nase und erstaunlich dünnen Lippen erhebt sich und sagt: «Ich bin Ministerialdirektor Müller vom Innenministerium, und ich muß sagen, daß ich noch niemals eine derart dürftige Unterrichtung erfahren habe.»

«Ich bitte Sie», sagt Präsident Hauser, Bienzles Chef, «wir werden Sie natürlich noch ausführlicher...»

Da schlägt Bienzle krachend mit der Faust auf den Tisch. «Nichts werden wir. Ich habe einen Mörder zu finden, und ich muß verhindern, daß derselbe Mann ein paar Millionen Menschen kaputtmacht – da ist ein Palaver das letzte, was uns nützt. Was Sie wissen müssen, haben Sie erfahren. Und jetzt will ich sofort einen Mann von der Bodenseewasserversorgung hier sehen, und zwar mit einer genauen Karte und exakten Kenntnissen darüber, wo die Leitung zugänglich ist.»

«Also, das ist unerhört!» ereifert sich der Ministerialdirektor.

«Jetzt will ich Ihnen mal was sagen», fährt ihn Bienzle patzig an, «wenn mir des net schaffet, daß koi Oglück passiert, no kennet Sia mich hinterher frischtlos nausschmeißa!» Und dann wird er laut und hochdeutsch: «Aber solange ich die Untersuchung führe, habe ich hier das Sagen.»

«Dann muß man eben dafür sorgen, daß er die Untersuchung nicht mehr führt», sagt der dünnlippige Bürokrat.

«Also, wo ist der Mann von der Bodenseewasserversorgung?» fährt Bienzle dazwischen. Ein glatzköpfiger, kugeliger Mittvierziger meldet sich eifrig.

«Gut», sagt Bienzle; «wir zwei gehen jetzt in ein Zimmer, wo's ruhig ist, und lassen die Herren hier weiter diskutieren.» Dann marschiert er auf die Tür zu, bleibt kurz bei Kilper stehen und knurrt: «Sie könnet mitkomma...» Suchend sieht er sich um: «Herr Pichowiak?» Luzifer meldet sich schüchtern und hinkt hinter dem Kommissar her. Das aufgeregte Stimmengewirr ist noch durch die geschlossene Tür zu hören.

Anne Muthesius, die sich ebenfalls angeschlossen hat, legt Bienzle sanft ihre Hand auf den Arm: «Werden Sie jetzt Schwierigkeiten bekommen?» fragt sie besorgt.

«Schwierigkeiten ist gar kein Ausdruck. Der arme Hauser! Irgendwann wird er mich mal nicht mehr raushauen können – vielleicht ist es gerade jetzt soweit. Aber was zählt das schon!»

Sie haben sich in Bindernagels Büro zurückgezogen. Der Wasserbauingenieur, der sich als Dr. Härtlinger vorstellt, entpuppt sich als exzellenter Kenner der Wasserversorgungsanlagen und gibt seine Auskünfte knapp und ohne Schnörkel. Bienzle ist ihm sichtbar dankbar dafür.

«Hier», sagt Dr. Härtlinger, «sehen Sie, auf dieser Höhe zwischen Waldenbuch und Dettenhausen im Gewann Braunacker, da ist eine Pumpstation, die leicht zugänglich ist. Daneben ist eine Wiese; da kann ohne weiteres ein Hubschrauber landen... Also, wenn ich dieser Heusel wäre – dort würde ich es versuchen.»

«Ist denn die Station nicht gesichert?»

«Na ja, die hat natürlich Stahltüren wie alle anderen auch, aber die kriegt man im Zweifel auf. Also, ich würde mir das zutrauen.»

Bienzle reißt die Tür auf und brüllt in den Flur: «Haußmann!» Als sich nichts rührt, geht er die wenigen Schritte über den Korridor, reißt die Tür zum Konferenzsaal auf und brüllt in das Stimmengewirr hinein noch einmal: «*Haußmann!*» Sein Assistent wieselt um den Tisch herum und meldet sich.

«Mitkommen», sagt Bienzle und knallt die Tür wieder zu.

«Jetzt passen Sie mal genau auf»... Bienzle unterbricht sich selbst, dann sieht er Kilper scheel von der Seite an: «Sagten Sie nicht, Sie seien ein Mitarbeiter von mir?»

«O verdammt! Haben Sie das gehört?»

«Man hat es mir zugetragen... Also: Mein Mitarbeiter Kilper und Sie, Haußmann, fahren sofort los, genau zu dieser Stelle...» Bienzle deutet auf den Punkt, den Dr. Härtlinger gerade mit einem Bleistift eingekreist hat. «Ich kann so auf Verdacht nicht ein ganzes Kommando hinschicken.»

Anne Muthesius ist entsetzt: «Das kannst du nicht machen!» sagt sie zu Kilper; «wer weiß, was dir da alles...»

«...passieren kann?» Bienzle starrt sie einen Moment böse an, dann sieht er zu Kilper hinüber: «Keiner weiß das, Herr Kilper. Und ich kann und will Sie selbstverständlich nicht zwingen.»

Kilper grinst. «Keine zehn Pferde könnten mich davon abhalten. Gehen wir.» Er gibt Anne Muthesius einen flüchtigen Kuß auf die Wange und verläßt hinter Haußmann den Raum. Als das Mädchen zornig sagt: «Du rücksichtsloses Scheusal!» hört er es schon nicht mehr.

Der Polizeipräsident Hauser betritt mit sorgenvoller Miene den Raum. «Diesmal bist du zu weit gegangen, Ernst», sagt er zu Bienzle. Der Kommissar achtet nicht darauf, sondern fragt geschäftsmäßig: «Ist das Geld bereitgestellt?»

Hauser nickt.

«Gut», sagt Bienzle, «jetzt müssen wir auf den nächsten Anruf warten.»

«Wo ist Haußmann?»

Bienzle weicht aus: «Er muß was für mich recherchieren.»

«Was?» fragt Hauser.

«Laß gut sein; es ist besser, wenn du es nicht so genau weißt.»

«Bienzle, Bienzle...» Hauser schüttelt den Kopf; dann wird er dienstlich: «Ich kann Ihre Eigenmächtigkeiten nicht mehr tolerieren. Ich selbst übernehme ab sofort die Leitung dieses Falles.»

Bienzle steckt beide Daumen in den Hosenbund und geht zu Hauser hinüber. Dicht vor ihm bleibt er stehen: «Herr Präsident», sagt er, «es gibt zwei Möglichkeiten: entweder ich bleibe mit dem Fall betraut – dann haben wir hoffentlich in zwei oder drei Stunden die beiden Täter. Oder ich gebe ihn ab – dann braucht ein anderer Kollege oder brauchen Sie fünf Stunden, um sich einzuarbeiten.» Er dreht sich um, geht zu dem Fenster, das noch immer nicht repariert ist, blickt auf den Hof hinaus und sagt: «Das ist eine realistische Einschätzung. Und noch eins: I ben praktisch seit... seit... I woiß net seit wieviel Stond i net aus meine Kleider komma ben, do hent andere no lang ihre Ärsch in de Betta g'habt, als i hier g'schuftet han wia a Dackel.» Bienzle dreht sich wieder um, sein Gesicht ist aschgrau und müde. «I kriag dia zwoi, ond wenn i's ganz alloi mache muaß!»

«Jetzt hör mir doch wenigstens mal zu...»

«Noi!» sagt Bienzle, «morga wieder.» Und im gleichen Moment klingelt das Telefon. Bienzle hebt ab. Die Stimme der Telefonistin klingt sehr erregt: «Er ist wieder dran!»

«Sehr gut», sagt Bienzle; «durchstellen!» Er drückt auf den Aufnahmeknopf des Bandgerätes, das installiert worden ist. Dann ruft er: «Hallo? Hier Kriminalhauptkommissar Bienzle...»

«Sie wissen, wer hier spricht», sagt Joe am anderen Ende.

«Ich denke, ja», sagt Bienzle, und seine Stimme klingt sehr ruhig dabei.

«Also, dann hören Sie gut zu: Der Koffer mit dem Geld wird in einen Hubschrauber gepackt. Der Pilot fliegt allein, ist das klar?»

«Klar.»

«Der Pilot bekommt ein Walkie-Talkie mit, Frequenz 82 Hertz, verstanden?»

«Das braucht aber Zeit; wir müssen das Ding beschaffen», sagt Bienzle.

«Zwanzig Minuten, nicht länger... Er startet um 10.45 Uhr und fliegt allein und ohne jegliche Begleitung in der Luft oder am Boden nach Reutlingen. Dort kann er unterhalb der Achalm landen. Ab 11.20 Uhr hat er das Walkie-Talkie in Betrieb, und zwar auf Sendung, damit ich alles hören kann. 11.30 Uhr schaltet er auf Empfang und bekommt von mir weitere Angaben. Alles klar?»

«Sicher», sagt Bienzle. «Bleibt noch die Frage, was passiert, wenn wir nicht darauf eingehen?»

«Dann kriegen eineinhalb Millionen Leute radioaktiv verseuchtes Trinkwasser. Ist doch ganz einfach.»

«Aha», sagt Bienzle; «und wie bekommen wir die Ionenaustauscher?»

«Übergabe gegen Bares», sagt Joe und lacht leise. Dann hört Bienzle nur noch ein Knacken.

Hauser will etwas sagen, aber er kommt nicht dazu. «Können wir um 11.20 Uhr den Durchfluß des Wassers stoppen?» fragt Bienzle Dr. Härtlinger.

«Technisch ist das machbar, aber bedenken Sie, was es bedeutet, wenn eine ganze Region...»

«Und was bedeutet es, wenn eine ganze Region verseuchtes Trinkwasser hat?»

«Na ja...» sagt Härtlinger hilflos.

«Also, veranlassen Sie bitte alles Nötige.» Härtlinger nickt und verläßt den Raum.

«Wir müssen die Bevölkerung aber unterrichten», sagt Hauser.

«Ja, klar. Aber nur darüber, daß es kein Wasser gibt – nicht *warum* es kein Wasser gibt.»

«Nach den Meldungen, die heute durchs Radio gegangen sind, kann sich jeder halbwegs intelligente Mensch zusammenreimen, was hinter einer solchen Meldung...»

Ein uniformierter Polizist kommt herein, meldet sich militärisch zackig und sagt: «Der gesuchte Porsche ist in der Gegend von Echterdingen gefunden worden. Keine Spuren.»

«Gut», sagt Bienzle, «aber ich will den Standort genau wissen. Können Sie den hier eintragen?» Er deutet auf Härtlingers Karte.

«Jawoll», sagt der Uniformierte und zeichnet mit einem Bleistift ein Kreuz.

«Interessant», sagt Bienzle. «Das ist nur wenige hundert Meter nach der Unterquerung der Autobahn; links geht die Straße nach Reutlingen, geradeaus die B 27 nach Tübingen. Aber es verwirrt uns nicht, lieber Joe, daß du vor der Gabelung das Auto wechselst.»

«Was soll denn das bedeuten?» fragt Hauser.

Härtlinger kommt wieder herein. «Ist es denn nicht möglich, daß ein Elektronikfachmann ortet, wo dieser Joe mit seinem Walkie-Talkie steht?»

«Sicher, wenn er lange genug spricht», sagt Bienzle; «eben am Telefon hat's nicht funktioniert mit der Fangschaltung, sonst wüßt ich's schon. Und ein Walkie-Talkie durch Peilung finden – ich versteh nicht viel davon, aber... Ist ja auch egal: Er muß dem Piloten ja sowieso angeben, wo er landen soll.»

«Das ist richtig», sagt Härtlinger; «aber da gibt es noch etwas, was ich nicht verstehe: Mit dem Hubschrauber kann er doch gar nicht gut fliehen; den kann man doch zu jeder Zeit beobachten.»

Bienzle schaut den kleinen kugeligen Mann voller Hochachtung an. «Sie haben völlig recht», sagt er. «Lassen Sie uns doch mal überlegen, wie wir an deren Stelle verfahren würden...»

«Also dazu fehlt mir die Ruhe!» sagt Hauser griesgrämig und verläßt den Raum. Von Bienzles Ablösung ist nicht mehr die Rede.

«Ja, also...» Bienzle geht langsam auf und ab. Die anderen schauen zu. Keiner sagt etwas.

Plötzlich sagt Luzifer: «Mopeds.»

«Wie bitte?» fragt Bienzle.

«Ich habe sie mal von Mopeds sprechen hören.»

«Das ist ein Ding!» Bienzle läßt sich in einen Sessel fallen. «Der Hubschrauber landet, Joe nimmt das Geld entgegen, schnallt den Koffer auf ein Moped – und ab durch die Mitte... Mit so einem Ding kommt man tatsächlich praktisch überall durch. Wenn er auf schmalen Waldwegen fährt – und sicher hat er schon eine Route ausbaldowert –, kann er weder in der Luft noch mit einem Auto verfolgt werden, auch die schweren Polizeimaschinen nützen da nicht viel...» Er wendet sich an den Uniformierten: «Können Sie uns mal eine Wanderkarte vom Schönbuch beschaffen? Und noch was: Habt ihr bei der Schutzpolizei nicht ein paar Motocross-Fahrer?»

«Doch, jawoll», sagt der Polizist stolz. «Sieben Mann aus der Motorradstaffel sind sogar bei der Tourist Trophy mitgefahren.»

«Na bitte!» Bienzle lächelt. «Die brauche ich, Hauser muß das veranlassen.» Damit stapft er aus dem Zimmer.

«Wie spät ist es?» fragt Luzifer.

Anne Muthesius schaut auf ihre Uhr: «Kurz nach halb zehn.»

Bienzle und Hauser kommen zurück, als eben das Telefon läutet. Der Kommissar nimmt ab und sagt nach kurzem Zuhören:

«In Ordnung. Schärft dem Piloten ein, er soll auf alles eingehen, was der Heusel verlangt. Kein Risiko... Ach geben Sie mir doch den Mann am besten mal selber.» Nach einer kurzen Pause spricht Bienzle weiter: «Sie sind der Pilot? Ausgezeichnet. Hören Sie zu: Von Ihnen hängt alles ab. Gehen Sie keinerlei Risiko ein; dieser Kerl ist zu allem... Wie bitte?... Nein, ich bin ziemlich sicher, daß die beiden nicht als Passagiere mitfliegen wollen... Ja. – Noch eins: Es könnte sein, daß wir zwei Leute vor Ort haben. Lassen Sie sich nichts anmerken, auch wenn Sie sie erkennen sollten, klar?... Na, dann Hals- und Beinbruch!» Bienzle legt auf.

«Zwei Leute vor Ort, was soll das heißen?» erkundigt sich Hauser.

«Ach, nichts», sagt Bienzle schnell und wechselt sofort das Thema: «Wird es die Motorradstaffel schaffen?»

«Ich denke schon. Es sind nur 24 Kilometer bis zu dem angegebenen Ort... Wenn das mal bloß der richtige ist.»

«Es ist wie in der Lotterie», sagt Bienzle, «aber den Versuch muß man doch machen. Wichtig ist nur, daß sie nicht allzu nahe herangehen. Wir müssen den Piloten noch anweisen, daß er vor der Landung die Maschine noch mal weit hochzieht, damit die Kollegen wenigstens einigermaßen einen Anhaltspunkt haben.»

«Okay», sagt Hauser knapp. «Ich fliege jetzt nach Reutlingen; der andere Hubschrauber muß gleich da sein. Willst du nicht mitkommen?»

«Nein, ich bleibe hier für den Fall, daß er sich noch mal... Das wird er schon sein.» Wie auf ein Stichwort hat das Telefon geklingelt. Bienzle nimmt ab, meldet sich und hört eine Weile schweigend zu. Das Tonband läuft mit.

«Jetzt muß ich Ihnen etwas gestehen», sagt Bienzle, und er lacht sogar ein bißchen dabei, «auf diese Idee sind wir in der Hitze des Gefechts gar nicht gekommen... Aber natürlich haben wir ein paar andere Tricks; wir werden Sie schon schnappen, keine Sorge...»

«Der plaudert mit dem, als ob's ein alter Kumpel wäre», ereifert sich Hauser.

«Mein lieber Herr Heusel», sagt Bienzle, und Hauser schlägt sich mit der flachen Hand vor die Stirn, «... was Sie da vorhaben, das ist so aberwitzig, daß man's schon fast genial nennen könnte. Aber Sie haben einen großen Fehler gemacht, als Sie sich zwei Morde und einen Mordversuch aufgehalst haben. Und das noch ohne eigentlichen Grund... Macht es Ihnen eigentlich Spaß, zu töten?»

Hauser starrt den Kommissar an, als ob er verrückt geworden wäre.

«Nein, ich rede nicht so lange mit Ihnen, damit wir rausbekommen, von wo Sie telefonieren; das wäre in der augenblicklichen Lage sinnlos. Beantworten Sie doch mal meine Frage... Nein, nein, Sie allein tragen die Verantwortung, auch für Kanzleiters Tod, da gibt es gar keinen Zweifel... Na gut, versuchen Sie es; ich sage Ihnen, Sie werden es nicht schaffen!» Damit legt er auf.

Hauser bullert los: «Wie redest du denn mit diesem Gangster? Hast du eigentlich mit dem schon mal Schweine gehütet?»

Bienzle lächelt: «Wenn ich mich nicht irre, Herr Präsident, dann stammt der Satz von dir, daß man einen Mörder um so leichter fängt, je besser man ihn kennt.»

«Ach, mach doch, was du willst!» schimpft Hauser ungnädig.

«Aber Karl, das mach ich doch sowieso», sagt Bienzle.

Hauser geht zur Tür, dreht sich aber noch mal um und fragt: «Auf welche Idee sind wir eigentlich nicht gekommen?»

«Einen Sender in den Geldkoffer einzubauen. Joe sagt, es nützt nichts, weil er das Geld umpackt.»

«Na ja...» Hauser macht die Tür hinter sich zu.

Bienzle läßt sich in Bindernagels Chefsessel sinken, schaut zu Anne Muthesius hinüber und sagt: «Wenn wir jetzt ein paar belegte Brötchen und einen Kaffee hätten...»

«Ich schau mal», sagt sie.

«Da brauchen Sie nicht weit zu gehen. Wie ich den Laden so kenne, werden den Herren vom Krisenstab allerlei kleine Aufmerksamkeiten gereicht, vielleicht können Sie dort etwas organisieren.»

12

Haußmann und Kilper melden sich über Funk. «Wir haben den Waldweg erreicht», sagt Haußmann, als er nach zwei Zwischenschaltungen Bienzle am Gerät hat.

Der Kommissar unterrichtet ihn über die Vorgänge der letzten eineinhalb Stunden. «...und spielen Sie ja nicht die Helden», sagt er. «Sie sollen die beiden beobachten, wenn sie sich überhaupt dort zeigen, und nicht festnehmen... Ist das klar?»

Haußmann bestätigt und legt auf.

«Glauben Sie die Geschichte mit den Mopeds?» fragt Kilper.

«Ach, wissen Sie, der Kommissar hat so etwas wie einen sechsten Sinn... Vielleicht kann man es auch Instinkt nennen. Ich bin zum

Beispiel ziemlich sicher, daß die beiden hier auftauchen werden, obwohl man das ja wirklich nur entfernt vermuten kann.»

«Wie weit haben wir's noch?»

«Maximal zwei Kilometer», sagt Haußmann. «Aber wir müssen durch den Wald, um nicht entdeckt zu werden.»

«Na dann», sagt Kilper, «es ist schon halb elf.» Der Weg ist mühsam; dichtes Unterholz erschwert das Vorwärtskommen. Es ist schon kurz nach elf, als sie durch die Bäume das weißgekalkte flache Gebäude der Pumpstation erkennen. Haußmann kriecht auf dem Bauch bis zum Waldrand vor. Ein Holzstoß gibt ihm Deckung.

«Nichts zu sehen», flüstert er.

«Warten wir eben», sagt Kilper halblaut und sucht sich einen weichen Platz im Moos.

Lange kann er sich freilich nicht ausruhen. Ein weißer Renault R4 kommt, eine mächtige Staubfahne hinter sich herziehend, in schneller Fahrt den Waldweg entlang. Haußmann schaut automatisch auf die Uhr.

«11.18 Uhr», sagt er.

Kilper notiert die Zeit in seinem Block.

Der R4 fährt mit unverminderter Fahrt an dem Gebäude vorbei, bremst erst fünfhundert Meter weiter und wird unter eine dichte Baumgruppe manövriert.

«Scheiße, ein Fernglas müßte man haben», schimpft Haußmann.

«Was machen die denn da?» Kilper streckt den Kopf weit vor.

«Der Bienzle kann einem wirklich unheimlich werden», sagt Haußmann, «das sind tatsächlich Mopeds.» Joe und Kathrin sind ausgestiegen und haben die hintere Tür des kleinen Wagens hochgeklappt. Sie ziehen zwei Mopeds und ein großes Paket heraus. In langsamer Fahrt nähern sie sich mit ihren Mopeds der Pumpstation, fahren noch einmal daran vorbei und suchen die Gegend mit den Augen ab. Dann kehren sie zurück. Joe steigt ab, während Kathrin, mit einem Bein abgestützt, sitzen bleibt. Joe geht auf die Stahltür zu und zieht einen Schlüssel aus der Tasche.

«Da stimmt wirklich alles!» sagt Haußmann bewundernd. Joe öffnet die Tür, geht zu seinem Moped zurück und holt das unförmige Paket. «Wahrscheinlich die Bleischürzen des Doktors», sagt Kilper.

«Ich könnte ihn von hier aus vielleicht kampfunfähig schießen», flüstert Haußmann.

«Sie haben doch Ihre Anweisungen.»

Haußmann nickt. «Eine Organisation ist das», schimpft er dann; «der Kerl hat ein Walkie-Talkie; wenn ich auch eines hätte...» Er läßt den Satz in der Luft hängen.

Der Pilot schaltet sein Gerät auf Empfang. Es ist genau 11.30 Uhr. «Pilot bitte kommen», hört er und geht wieder auf Sendung: «Ich höre.» Neben ihm steht Hauser.

«Passen Sie genau auf», sagt Joe. «Sie starten in drei Minuten, fliegen genau östlich, bis Sie unter sich die Bodenseewasserleitung sehen.»

«Und wie erkenne ich die?»

«Lassen Sie den Quatsch; als Flieger wissen Sie das genau: eine gerade Linie, eine Schneise, die nicht zu übersehen ist... Wenn Sie diese Linie erreicht haben, gehen Sie auf achtzig Meter runter und folgen ihr in nördlicher Richtung – also Richtung Stuttgart. Verstanden?»

«Alles klar.»

«Sie bleiben mit mir in Verbindung; ich sehe Sie kommen und gebe Ihnen dann den Befehl zum Landen.»

«Ich soll fliegen und das Walkie-Talkie bedienen?»

«Sag ich doch... Mann, was soll das Kasperltheater! Machen Sie keinen Scheiß – ich habe die sechs Päckchen hier.»

Hauser nimmt dem Piloten das Walkie-Talkie aus der Hand: «Sie bekommen das Geld.»

«Wer spricht da?»

«Polizeipräsident Hauser.»

«Und wo ist Bienzle?»

«Ich wüßte nicht, was Sie das angeht.»

«Der Hund ist mir zu raffiniert; ich will sofort eine Verbindung mit ihm.»

«Das geht nicht, er sitzt im KKW in Weihersbronn.»

«Na wennschon. Rufen Sie ihn über Funk und halten Sie das Walkie-Talkie dran.»

Nach zwei Minuten meldet sich Bienzle. Seine Stimme klingt völlig verzerrt. «Ja, was ist?» fragt er unwirsch.

«Sichern Sie mir zu, daß alle Abmachungen eingehalten werden?» fragt Joe.

«Nichts sichere ich Ihnen zu. Ihr Spiel läuft, und wir spielen mit – das ist alles.» Bienzle legt auf.

«Scheißbulle», sagt Joe. Dann: «Also, fliegen Sie los; nach meiner Berechnung sind Sie in zwölf Minuten da. Und wenn Sie nicht allein kommen, knalle ich Sie ab, bevor Sie Bodenberührung haben.»

«Alles klar», sagt der Pilot noch einmal, «ich starte.»

Joe geht aufgeregt auf und ab. Von Kathrins Moped nimmt er einen Leinensack und stellt ihn neben das Bleischürzenbündel. Immer wieder blickt er auf die Uhr und zum Himmel.

Auch Haußmann kontrolliert alle paar Sekunden seine Uhr. «Er muß gleich da sein», flüstert er. Fast im gleichen Moment hört man die Rotorgeräusche.

Joe stellt sich breitbeinig direkt vor die Stahltür; das Walkie-Talkie hält er mit der linken Hand ans Ohr, mit der rechten zieht er eine Pistole aus der Tasche. «Sie sind gleich da», sagt er in das Gerät. «Jetzt runtergehen... Was soll das – nicht rauf; runter hab ich gesagt...»

Der Pilot hat die Maschine senkrecht nach oben gezogen, kommt nun aber langsam wieder tiefer.

«Stopp!» brüllt Joe, als die Maschine zirka zehn Meter über ihm ist; «jetzt gehen Sie vollends herunter und werfen das Geld raus.»

Die Stimme des Piloten ist ruhig und beherrscht: «Nicht, solange Sie die Waffe auf mich richten.»

«Also gut», sagt Joe, «ich stecke sie weg.» Dann tritt er in die Türfüllung der Pumpstation. Tiefer senkt sich der Helikopter, der Pilot schiebt die Tür auf, ein großer schwarzer Koffer plumpst auf die Erde.

Dann geschieht fast alles auf einmal.

Joe stürzt aus der Tür, hat die Pistole wieder in der Hand und feuert auf den Hubschrauber; der Pilot zieht seine Maschine schräg nach oben weg und bleibt über den Baumkronen stehen. Dann tauchen vier Motorräder auf dem Waldweg auf. Kathrin gibt Gas und verschwindet zwischen den Bäumen. Joe schmeißt den Koffer auf den Gepäckständer seines Mopeds, der wie ein großer Einkaufskorb aussieht, und schwingt sich auf die kleine Maschine. Haußmann prescht aus dem Wald heraus und rennt mit gezogener Pistole auf ihn zu. Joe gibt Gas und folgt Kathrin, rast mit seinem Moped zwischen zwei engstehenden Tannen hindurch in den Waldweg hinein. Die vier Motorräder nähern sich mit ohrenbetäubendem Lärm. Dem ersten Fahrer gibt

Haußmann ein Zeichen: «Hier sind sie rein», brüllt er. Der Polizist gibt Gas, die Maschine steigt vorn hoch, knallt auf die Erde zurück und fegt, eine Staubwolke hinter sich herziehend, zwischen den beiden Tannen hindurch. Die drei anderen Motorräder folgen. Der Pilot landet seinen Helikopter neben der Pumpstation. Haußmann und Kilper gehen auf das unhandliche Bleischürzenpaket zu. Der Pilot gesellt sich zu ihnen, grüßt knapp und sagt: «Das ist also das gefährliche Zeugs...» Dabei tritt er mit dem Fuß leicht dagegen.

Die starren Bleischürzen bewegen sich unter dem Tritt, falten sich von selbst ein wenig auf; Ränder kippen zur Seite, der ungeordnete Haufe öffnet sich wie eine Blume, deren Aufblühen mit Zeitraffer gefilmt wird... Sprachlos starren die drei Männer auf das Bündel hinab.

Leer. Nichts... Doch: ein Zettel. Kilper greift danach und zieht ihn heraus.

SUCHET, SO WERDET IHR FINDEN steht darauf.

Kathrin hat ihr Moped, gleich nachdem sie den Wald erreichte, vom Weg ab in eine Schonung gelenkt, ist abgestiegen und hat das Gefährt tief in das dichte Unterholz geschoben. Sekunden später war Joe am Rand der Schonung vorbeigerast, hatte nach hinten gefaßt und den Koffer in weitem Bogen zwischen die dichtstehenden jungen Tannen geworfen. Über Wurzeln und lose herumliegenden Ästen war er auf den schmalen Waldweg zurückgefahren und hatte ihn erreicht, als der erste der Motorradfahrer zwischen den Bäumen erschien.

Nun rast er in wildem Zickzack einen engen Trampelpfad entlang, fährt Slalom um Bäume und Sträucher, erreicht den oberen Rand eines tief eingeschnittenen Bachbetts, springt noch während der Fahrt von dem Moped, das mit heulendem Motor gegen einen Baum rast und als Schrotthaufen liegenbleibt. Joe erreicht den Bach und springt hinüber. Eine Kugel pfeift knapp über seinem Kopf vorbei und bohrt sich in einen Kiefernstamm. Joe rennt bachabwärts. Er bemerkt nicht, daß zwei Motorradfahrer das Wasser weiter oben mit ihren Maschinen überqueren können. Parallel zu ihm, auf der anderen Bachseite, fahren zwei weitere und halten sich auf gleicher Höhe mit ihm. Im Laufen zieht Joe die Pistole und gibt einen Schuß auf sie ab. Aber es ist sinnlos, zwischen Bäumen auf bewegliche Ziele zu schießen, und dann noch im vollen Lauf. Plötzlich sehen die Polizisten, die rechts vom Bach fahren, eine schmale Brücke auftauchen. Sie beschleunigen ihre Maschinen, erreichen den Übergang wenige Meter vor Joe und überqueren den Bach. Der junge Mann dreht sich um und versucht zurückzurennen, aber da erscheinen bereits die anderen beiden Motorradfahrer. Fast gleichzeitig springen alle vier ab und gehen hinter Bäumen in Deckung. Joe steht schwer atmend zwischen ihnen und stößt keuchend hervor: «Laßt gut sein, ihr Bullen, ich ergebe mich.»

Im Abstand von wenigen Minuten treffen bei Bienzle die Nachrichten ein. Er sitzt mit Luzifer allein in Bindernagels Chefzimmer. Der Junge beobachtet jede Bewegung des Kommissars. Von Telefonanruf zu Telefonanruf wird Bienzle ruhiger. Nichts von seiner inneren Anspannung überträgt sich nach außen. Seine knappen Bescheide geben keinen Aufschluß über den Fortgang der Aktion.

Allenfalls wundern sich Haußmann, Kilper, Hauser und die Motorradpolizisten über Bienzles Kommentare zu ihren Meldungen: «Sehr gut», sagt er oder: «Na bestens» oder: «Prima!»
    Haußmann starrt Kilper und den Piloten entgeistert an. «Ich melde ihm, daß das Geld weg ist, daß die Ionenaustauscher nicht da sind, daß uns das Mädchen durch die Lappen gegangen ist – und was sagt er? ‹Prima!›... Jetzt hat's den Bienzle endgültig erwischt.»

Bienzle sagt zu Luzifer: «Die Aktion ist abgeschlossen.»
    «Und?» fragt der Junge.
    «Wir haben Joe und das Geld; Kathrin ist entkommen.»
    «Sie haben Joe und das Geld?» fragt Luzifer sichtlich überrascht.
    «Ja», sagt Bienzle. «Und jetzt muß ich Sie leider offiziell festnehmen und zwei meiner Kollegen übergeben. Tut mir leid.»
    Luzifer lächelt und sagt: «Macht nichts.»
    Bienzle ruft zwei uniformierte Polizisten ins Zimmer und sagt fast beiläufig: «Der junge Mann hier bekommt Handschellen und wird besonders gut bewacht.» Luzifer lächelt noch immer.

Vierzig Minuten später bringt Haußmann Joe Heusel in Bindernagels Chefzimmer. Bienzle sagt: «Lassen Sie mich mit ihm allein.»
    Joe Heusel grinst den Kommissar überlegen an und höhnt: «Ein glatter Schlag ins Wasser.»

Bienzle zündet eine Pfeife an und lächelt zu Joe hinüber: «Wie man's nimmt.»

«Nehmen Sie's, wie's ist», sagt Joe. «Wir haben das Geld und die Ionenaustauscher; entweder bin ich in ein paar Stunden wieder frei, oder das alte Spiel beginnt von neuem.»

«Tja», lächelt Bienzle, «das Spiel.»

«Kann ich rauchen?»

«Aber ja, das geht ja auch mit Handschellen.»

«Die schließen Sie sowieso schneller wieder auf, als Sie denken.»

«Irrtum», sagt Bienzle. «Kathrin will Sie gar nicht wiederhaben; ihr genügt der Erwin Pichowiak.»

«Alles Bluff», sagt Joe, aber er wirkt nun mit einem Mal nicht mehr so überlegen.

«Ach, wissen Sie», sagt Bienzle, «es ist mir völlig egal, ob Sie's für Bluff halten oder nicht. Das dauert zwei oder drei Tage, dann haben Sie es gespannt. Solange warte ich gern!» Dann sagt er eine ganze Weile gar nichts mehr.

Joe hat sich das anders vorgestellt: «Nennen Sie das ein Verhör?»

«Wie kommen Sie denn dadrauf?» sagt Bienzle freundlich; «wir warten hier gemeinsam, bis Kathrin Steinbach anruft.»

«Na bitte», sagt Joe.

«Ich biete Ihnen eine Wette an, daß die Dame Sie nicht rausholen will. Sie hätten Kathrins Onkel nicht erschießen dürfen.»

«Quatsch!»

Dann klingelt das Telefon.

«Bienzle hier... Ja. Ich habe Ihren Anruf erwartet...» *Quak quak quak* – eine weibliche Stimme. «Ja», sagt Bienzle, «das weiß ich...» *Quak quak quak.* «Wir haben wohl keine andere Wahl... Ja. Und Joe Heusel?... Sagen Sie, wie Sie sich die Übergabe vorstellen... Sie können das Zeug doch nicht mit der Post schicken... Gut, ich bin einverstanden.» Bienzle legt auf. Dann schaut er Joe Heusel eindringlich an und sagt: «Die Wette hätten Sie verloren. Aber Sie sind ja vernünftigerweise nicht darauf eingegangen.»

Joe Heusel ist bleich geworden: «Wenn das ein Trick ist, haben Sie eine Menge auf dem Gewissen. Kathrin wird...»

«Schnauze», brüllt Bienzle plötzlich, «das Fräulein Steinbach hat Sie reingelegt, schlicht und einfach reingelegt. Und das machen Sie mal gefälligst mit ihr ab, wenn Sie wieder draußen sind – falls Sie überhaupt noch mal rauskommen...» Dann reißt er die Tür auf und ruft: «Abführen! Der Mann wird sofort nach Stuttgart gebracht.»

Bienzle hastet über den Korridor, trifft Anne Muthesius und grinst. «Ich hätte Sie fast für die echte Kathrin gehalten, Forderungen können Sie stellen...!»

Schon rennt er weiter. Der Krisenstab wirkt weit weniger aktiv als noch vor wenigen Stunden; die Jacken hängen über Stuhllehnen, und die Krawattenknoten sind gelockert.

«Meine Herren», sagt Bienzle, «wir erwarten jeden Moment den Anruf von Kathrin Steinbach. Sie ist im Besitz des Geldes, wie Sie wissen, und sie hat offensichtlich auch noch die Ionenaustauscher.»

«Unerhört!» – «Stümperarbeit...» – «Sauerei...» Die Mitglieder des Krisenstabes überbieten sich in ihrer Erregung.

Bienzle dagegen lächelt fröhlich und sagt: «Tja, jeder macht Fehler, nicht wahr?» Dann läßt er sich an dem Konferenztisch nieder und beginnt, den Rest der belegten Brötchen zu vertilgen. Als das Telefon klingelt, meldet er sich mit vollem Mund:

«Hauptkommissar Bienzle; wer spricht, bitte?... Ja, ich habe Ihren Anruf erwartet... Wir sind selbstverständlich dazu bereit; vorausgesetzt, daß wir uns diesmal über die Übergabe einigen... Oh, sehr clever... Aber vielleicht darf ich einen Vorschlag machen – Sie werden verstehen, daß wir uns nur einmal so reinlegen lassen wollen...» Er lacht leise in die Sprechmuschel hinein. «Hören Sie, ich bin insoweit einverstanden, daß ich mit den beiden Herren allein zu dem Treff fahre. Sie können dann beobachten, daß wir uns streng an Ihre Anweisungen halten... Ja, ich fahre zum Schloßplatz, genauer: zur Bolzstraße beim Schloßplatz, gehe zu den Telefonzellen bei der Hauptpost und nehme die weitere Weisung entgegen. Ich trage ein graues Jackett und werde eine Pfeife rauchen, außerdem bin ich 1,88 groß und... Na ja, stattlich, wollen wir mal sagen... Soweit alles klar. Und nun kommen meine Vorstellungen: Ich werde den beiden die Handschellen nicht abnehmen, die Gefahr ist mir zu groß; sobald ich die Ionenaustauscher habe, bekommen Sie den Schlüssel... Ja, danke schön; Wiederhören.»

Bienzle legt auf und schaut in lauter sprachlose Gesichter. «Sie können das Gespräch gleich abhören», sagt er, «das Band ist ja mitgelaufen. Jetzt nur soviel: Die Dame hat das Paket Ionenaustauscher über einem Trinkwasserreservoir montiert; wenn sie bis 17.00 Uhr ihre Männer nicht wiederhat, wird sie das Zeug hineinplumpsen lassen.» Er steht abrupt auf und geht hinaus, totale Verwirrung hinterlassend.

Auf dem Flur ruft er nach Haußmann und sagt: «Lassen Sie sich ein paar Handschellen verpassen und ziehen Sie die Klamotten von diesem Joe an, die Größe dürfte stimmen; alles weitere erkläre ich Ihnen auf dem Weg zum Wagen.» Zu einem Uniformierten sagt er: «Bringen Sie Pichowiak zu meinem Dienstfahrzeug.»

13

Auf der Fahrt nach Stuttgart läßt sich Bienzle Zeit. «Die Dame», sagt er, «wartet gern.» Er stellt seinen Wagen im Parkverbot vor dem Postamt 1 ab und geht zu den Telefonzellen. Er lehnt sich gegen eines der gelben Häuschen und beobachtet seinen Wagen scharf, bereit, einzugreifen, wenn sich jemand dem Fahrzeug nähert. Haußmann hat sich tief in die Polster sinken lassen und den Kragen von Joes Lederjacke hochgeschlagen. Ab und zu führt er beiläufig die Hände vor das Gesicht. Wer genau hinsieht, erkennt die Handschellen.

«Hallo», sagt eine sanfte Stimme.

Bienzle dreht sich um. Aus der Zelle neben ihm tritt ein schlankes, hochgewachsenes, recht apartes Mädchen.

«Fräulein Steinbach?» fragt er.

«Ja, ich bin Kathrin Steinbach. Ich habe von hier aus alles beobachtet; offensichtlich halten Sie sich an die Abmachung. Und wenn nicht, wäre es schlimm. Ein Freund von mir sitzt beim Wasserreservoir, und wenn ich mich dort nicht bis 17 Uhr melde, fällt das Zeug ins Wasser.»

«Ich verstehe», sagt Bienzle. «Und wie haben Sie sich das weitere vorgestellt?»

«Wir fahren gemeinsam hin; sobald wir auftauchen, nimmt mein Bekannter das Paket aus der Gefahrenzone und legt es neben dem Reservoir ab. Sie gehen zu Fuß zu dem Paket, während mein Freund zu Ihrem Wagen geht. Sobald Sie sich davon überzeugt haben, daß Sie die Ionenaustauscher erhalten haben, werfen Sie mir die Schlüssel für die Handfesseln und für Ihren Wagen zu.»

«Aha», sagt Bienzle. «Und wer sagt mir, daß da nicht Bonbons statt Ionenaustauschern drin sind?»

«Ich sage es Ihnen. Glauben Sie mir, wir sind froh, wenn wir das Teufelszeug los sind.»

«Also gut», sagt Bienzle. «Gehen wir.»

Sie überqueren die Straße und gehen auf Bienzles Wagen zu. Plötzlich richtet sich Luzifer auf und brüllt: «Hau ab! Das ist eine Falle.» Kathrin Steinbach bleibt sekundenlang stehen, sieht sich um, sagt atemlos: «Das ist ja gar nicht Joe.»

Bienzle, der das Mädchen galant am Arm geführt hat, packt fester zu und sagt: «Stimmt, es ist nicht Joe. Dafür sind die Ionenaustauscher ja auch nicht wirklich Ionenaustauscher.»

«Was reden Sie denn da?» fährt das Mädchen auf.

Überrascht schaut Bienzle ihr in die Augen: «Das wissen Sie nicht?»

«Was weiß ich nicht?»

«Es sind Attrappen. Bonbons vielleicht, oder Liebesperlen – was weiß ich.»

«Sie müssen verrückt geworden sein!»

«Eine Frage, Fräulein Steinbach...» Bienzle steht noch immer mit dem Mädchen auf der Straße und unterhält sich mit ihr, als ob er gerade eine gute alte Bekannte wiedergetroffen hätte: «Wußten Sie wirklich nicht, daß es sich um fingierte Ionenaustauscher handelt?»

«Das ist doch alles gar nicht wahr! Sie machen den größten Fehler Ihres Lebens, wenn Sie das glauben! Joe hätte mir das gesagt, das weiß ich!» Langsam dreht Bienzle den Kopf und sieht Luzifer an. «Joe hat es wohl auch nicht gewußt...» Dann stößt er Kathrin Steinbach unsanft in den Dienstwagen und befiehlt Haußmann: «Handschellen!»

Auf der kurzen Fahrt zum Landeskriminalamt schweigen alle verbissen. Nur Bienzle summt vor sich hin, falsch, aber fröhlich. Im Rückspiegel sieht er, daß Luzifer das Gesicht des Mädchens nicht aus den Augen läßt, aber Kathrin starrt nur vor sich hin, als ob sie mit offenen Augen einen Alptraum träumen müßte.

Bienzles Büro ist unaufgeräumt; Aktenberge stapeln sich. Es riecht stickig in dem spärlich möblierten Zimmer.

«Igitt», sagt Kathrin Steinbach.

Bienzle lächelt sie an: «Ich bitte um Entschuldigung.» Er öffnet die

Tür zum Nebenzimmer und sagt zu einer unsichtbaren Person: «Ich will nicht gestört werden, aber besorgen Sie uns in der Kantine bitte etwas zu essen und eine große Kanne Kaffee.»

Der Kommissar verteilt die Plätze: «Nehmen Sie bitte mir gegenüber Platz», sagt er zu Luzifer, und zu Kathrin: «Sie bekommen den Besuchersessel daneben, Herr Haußmann setzt sich an den Schreibmaschinentisch... So. – Eine Frage, Herr Pichowiak: Muß man eigentlich Ionenaustauscher stehlen, um jemand damit erpressen zu können?»

Luzifer sieht an ihm vorbei und sagt betont beiläufig: «Die Frage verstehe ich nicht.»

Geduldig redet Bienzle weiter: «Mal angenommen, zwei Mitarbeiter im KKW müssen den radioaktiven Abfall in die Tonnen einbringen, die später ausgegossen und ins Salzbergwerk Asse transportiert werden...»

«Das ist der normale Vorgang.»

«Gut. Ich gehe mal davon aus, daß einer einsortiert und der andere eine Liste anfertigt oder auf einer Liste abhakt, was da im Faß verschwunden ist.»

«Stimmt.»

«Jetzt spekuliere ich einmal: An jenem Tag hat Herr Kanzleiter das Faß gefüllt, und sein Lehrling Erwin Pichowiak hat auf der Liste abgehakt. Bei sechs Ionenaustauschern hat ihm freilich der Stift den Dienst versagt, will sagen, der Erwin Pichowiak hat keine Haken hingemalt, obwohl die Ionenaustauscher in das Faß gewandert sind...»

Luzifer rutscht auf seinem Stuhl hin und her. «Das ist doch alles Unsinn!»

«Lassen Sie mich doch mal spekulieren... Es war schon schwierig, eines dieser Päckchen hinauszuschmuggeln; aber weitere sechs...? Also ich weiß nicht...»

In diesem Moment bringt eine Sekretärin ein Tablett mit belegten Brötchen, Tassen und einer Kaffeekanne herein und knallt es wortlos auf den Tisch.

«Entschuldigen Sie», sagt Bienzle zu Kathrin und Luzifer, «die Dame ist bei uns nämlich nicht als Kaffeeholerin engagiert.» Mit hochrotem Kopf verläßt das Mädchen das Zimmer.

Bienzle schaut auf die Uhr: «Es ist fünf Minuten vor siebzehn Uhr.»

Die beiden reagieren nicht.

«Wollen Sie vielleicht einen Anwalt?» fragt Bienzle und beißt in ein Brötchen. Er bekommt keine Antwort.

«Nun gut», sagt Bienzle und lehnt sich auf seinem häßlichen gelbbraunen Bürostuhl zurück, daß das Möbel ächzt. «Sie, Herr Pichowiak, haben sich bereit erklärt, ein Päckchen mit Ionenaustauschern herauszuschmuggeln, und damit haben Sie nicht wenig Eindruck gemacht bei Herrn Doktor Steinbach und bei Ihren neuen Freunden Joe und Kathrin. Joe erkennt schnell, daß dieses Zeug im wahrsten Sinn des Wortes Gold wert ist. Er schlägt Ihnen den großen Coup vor. Voraussetzung ist natürlich, daß Sie mehr von dem Zeug herausschaffen können. Auf keinen Fall wollen Sie Ihren Freund enttäuschen...» Bienzle unterbricht sich und schaut auf die Uhr, dann sieht er die beiden scharf an: «Es ist siebzehn Uhr.»

Kathrin springt auf. Luzifer rutscht ein wenig in sich zusammen, zeigt aber keine Gemütsbewegung.

«Sind jetzt eineinhalb Millionen Menschen vom Krebs bedroht?» fragt Bienzle mit atemloser Stimme.

Luzifer schüttelt stumm den Kopf.

Der Kommissar macht einen langen, tiefen Atemzug. «Gott sei Dank!»

Haußmann richtet sich plötzlich kerzengerade auf: «Heißt das, Sie haben nicht sicher gewußt...?»

«Sagen wir mal so: Ich habe es geahnt – was meinen Sie, warum wir die Wasserleitung stillgelegt haben? Trotzdem, ich hatte keine besonders großen Zweifel. Kanzleiter mag entgangen sein, daß Herr Pichowiak ein Päckchen organisiert hatte, aber bei *sechsen* – das wäre ihm aufgefallen; jeder im Werk bestätigte mir das. Wenn überhaupt sechs Päckchen weggekommen wären, dann hätten alle aus einer Ladung sein müssen. Niemand konnte glauben, daß Kanzleiter gerade bei Erwin Pichowiak, dem er nicht über den Weg traute, so nachlässig war... Aber es interessiert mich nun doch, warum Sie mir diesen Sachverhalt nicht früher mitgeteilt haben, Herr Pichowiak.»

Luzifer hebt hilflos die Schultern.

«Selbst jetzt wollen Sie nicht so recht zugeben, daß Sie nicht leisten konnten, was die anderen von Ihnen erwarteten?»

Der Junge rutscht noch tiefer in seinen Stuhl und zieht den Kopf zwischen die Schultern. «Lassen Sie ihn doch», sagt Kathrin weich.

Bienzle sieht ihn einen Moment eindringlich an, dann sagt er, ohne den Kopf zu wenden: «Haußmann, lassen Sie den Heusel vorführen.»

Bis Joe hereingeführt wird, spricht niemand.

Vor Kathrin bleibt der hochgewachsene junge Mann stehen und starrt sie an: «Du wolltest mich also leimen, was?»

«Ich...?» Das Mädchen ist fassungslos.

«Keine Privatunterhaltungen!» fährt Bienzle dazwischen. Zu dem uniformierten Beamten, der Joe gebracht hat, sagt er: «Nehmen Sie Herrn Pichowiak mit; Herr Heusel kann sich auf seinen Platz setzen.»

Luzifer steht langsam auf und geht an Joe vorbei auf den Polizeibeamten zu. Dabei hebt er seine gefesselten Fäuste, als ob er zum Schlag gegen Joe ausholen wollte, dann läßt er seine Arme kraftlos fallen. Schweigend läßt er sich abführen.

«Wo ist das Zeug?» will Joe von Kathrin wissen.

«Hier stelle ich die Fragen, junger Mann», sagt Bienzle. «Warum haben Sie Doktor Steinbach erschossen?»

«Hab ich das?»

«Ich denke, ich werde es Ihnen beweisen können», sagt Bienzle gleichmütig. «Es gibt Zeugen dafür, daß Sie auf den Journalisten Kilper geschossen haben», lügt er, «die Geschosse sind aus derselben Waffe. Es gibt ferner eine Menge Beweise dafür, daß Sie zur Tatzeit in der Jagdhütte Doktor Steinbachs waren... Das Gericht möchte ich sehen, das in einem solchen Fall nicht zwei und zwei folgerichtig zusammenzählt.»

Joe denkt nach, dann sagt er: «Haben Sie Doktor Steinbach gefunden?»

Bienzle nickt.

«Wie?»

«Tot. Erschossen.»

«Hast du ihn umgebracht?» fragt Joe plötzlich zu Kathrin hinüber.

Die starrt ihn mit weit aufgerissenen Augen an, dann sagt sie: «Du weißt doch ganz genau...»

«Ich will einen Anwalt», unterbricht Joe das Mädchen.

«Wird gemacht», sagt Bienzle. «Wissen Sie, wen Sie wollen?»

«Rufen Sie die Anwaltskammer an, ich will mit denen sprechen.»

Während Bienzle wählt, beginnt Kathrin mit der Fußspitze an den Schreibtischschubladen zu spielen. Sie zieht absichtslos die Fächer nacheinander heraus. Plötzlich erstarrt sie in der Bewegung. In einer der Schubladen liegt eine Pistole. Joe entdeckt sie im selben Moment.

«Ist dort die Anwaltskammer?» fragt Bienzle.

Joe beugt sich ein klein wenig nach vorne.

«Hier ist Kommissar Bienzle von der Kripo...»

Joe läßt langsam seine gefesselten Hände nach vorne gleiten.

«Na gut, dann verbinden Sie mich mit dem», sagt Bienzle unwirsch.

Joe geht noch ein wenig tiefer mit dem Oberkörper; seine Fingerspitzen berühren das kalte Metall.

«Guten Tag, Herr Doktor Weiser; hier Bienzle... Wir suchen für einen Mordverdächtigen einen Anwalt...»

«Nicht mehr nötig», sagt plötzlich Joe scharf und steht ruckartig auf. Er richtet die Waffe auf Bienzle.

«Nicht mehr nötig», sagt Bienzle automatisch ins Telefon und legt auf.

Joe lacht leise.

«Welcher Idiot hat die Pistole unverschlossen liegenlassen?» mault Bienzle ärgerlich und schlägt dabei mit der flachen Hand auf den Schreibtisch.

Haußmann läßt seine Hand langsam zum Schulterhalfter wandern.

«Vorsicht, der da drüben», sagt Kathrin.

Joe fährt herum.

«Haußmann, mach keinen Unsinn», sagt Bienzle.

«Sehr vernünftig», sagt Joe, «dann will ich mal gehen.» Kathrin will aufstehen. «Du kannst dableiben; schließlich wolltest du mich ja auch nicht rausholen.»

«Wie kommst du denn da drauf?» fragt das Mädchen perplex.

«Hab ich mitbekommen... Das heißt...» Joe beugt sich vor: «Ach, so war das! Sehr schlau. Dafür sollte ich dich umlegen, Bulle.»

Bienzle lächelt. «Mitten im Polizeigebäude? Mann, Mann, nach dem Schuß sind Sie von zwanzig Mann umstellt.»

«Geben Sie ihr die Schlüssel für die Handschellen», befiehlt Joe. «Nein, sie soll sie sich selber rausholen.»

Noch einmal versucht Haußmann, an seine Pistole zu kommen, als das Mädchen in seiner Jackentasche nach den Schlüsseln sucht.

«Noch eine Bewegung, und es knallt!» Joe hebt die Waffe um ein paar Millimeter.

Kathrin fesselt die beiden Beamten dicht nebeneinander sitzend mit den Füßen an ihre Stühle.

«Komm», sagt Joe und bewegt sich rückwärts zur Tür.

Im selben Augenblick klopft es, und ohne auf das «Herein» zu warten, stößt Hans Kilper die Tür auf und kommt ins Zimmer. In der rechten Hand trägt er eine schmale Reiseschreibmaschine.

Schneller als Joe hat er die Situation erkannt. Ansatzlos schleudert er die Maschine in Richtung Joe, der sich noch nicht ganz zu dem Eindringling umgedreht hat. Die Schreibmaschine trifft ihn am Kopf; er taumelt zurück, ein Schuß löst sich, das Geschoß fährt in den Türrahmen direkt neben Kilper, Haußmann springt auf, reißt den an ihn gefesselten Kommissar vom Stuhl; beide stürzen übereinander. In der Tür erscheinen drei uniformierte Beamte, die alle gleichzeitig ins Zimmer wollen und sich dabei im Türrahmen verkeilen...

Keiner weiß später genau zu erzählen, wie es schließlich gelungen ist, den betäubten Joe und seine Komplicin endgültig festzunehmen.

Als zwei Beamte schließlich Joe und Kathrin abführen, müssen sie an Anne Muthesius vorbei, die fassungslos unter der Tür steht, auf den am Boden hockenden gefesselten Bienzle starrt und fragt: «Was ist denn um Gottes willen hier passiert?»

«Herr Kilper hat soeben mal wieder eine seiner Heldentaten begangen», sagt Bienzle säuerlich, während ein Beamter die Handschellen, mit denen der Kommissar an das Stuhlbein gefesselt ist, aufschließt.

Tod im Tauerntunnel

Die Hauptpersonen

Knut Jarosewitch	handelt erst mit Schmuck, dann mit gestohlenem Schmuck und am Ende mit Zitronen.
Hedwig Jarosewitch, geb. Bäuerle	ist fortan eine schöne, im übrigen nicht allzu gramgebeugte Witwe.
Geza Korbut	landet trotz ungarischer Vorfahren hinter schwedischen Gardinen.
Hannelore Schmiedinger	weiß mehr, als ihrer Gesundheit zuträglich ist.
Antonio Breda	lebt von kleinen Trinkgeldern und hat Angst, am großen Nebenverdienst zu sterben.
Heinrich («Heini») Bernsteiner	tanzt auf mehreren Hochzeiten.
Fontana	setzt sich eben noch rechtzeitig ab.
Irene Korbut	wird geliebt und liebt den Falschen.
R. A. Lothar Bäuerle	scheuet Recht und tuet nie was.
Max Grüner	tut eine ganze Menge und wird aus dem Verkehr gezogen.
Rosemie Stern	schreit, kratzt und kommt nicht mehr zum Beißen.
Die Weiße Wolke	heißt eigentlich Hans Hartmann und hat erstklassige Tischmanieren.
Hanna Bienzle	wartet, wartet, wartet – und hält das Essen warm.
Kriminalanwärter Haußmann	hat Grips, Glück und eine Freundin.
Kriminalmeister Gächter	hat keine Nerven, aber Phantasie.
Kriminalhauptkommissar Bienzle	hat gelegentlich die Nase voll.

Dies ist ein Roman; Personen und Ereignisse sind frei erfunden, und jede Ähnlichkeit mit der Realität könnte nur auf einem Zufall beruhen.

F.H.

Ernst Bienzle sitzt mißmutig am häuslichen Küchentisch und stochert mit dem Kaffeelöffel in seinem Joghurtbecher herum. Er blinzelt zu Hanna, seiner Frau, hinüber. Den Bademantel hat sie nun schon seit mindestens zehn Jahren. Ich sollte ihr mal einen neuen schenken, denkt er und dann gleich: Wozu auch? Ein neuer Bademantel würde sie auch nicht verändern... Ernst Bienzle schiebt den Löffel in den Mund. Da läßt er ihn stecken, ohne den wabbeligen Joghurt hinunterzuschlucken.

«Guck net so», mümmelt seine Frau, «du träumst. Ein Kriminalkommissar, der träumt –»

Er schaut sie unverwandt an und murmelt den Löffelstiel entlang: «Von wegen träumen...» Dann nimmt er den Löffel aus dem Mund, stößt ihn in den Plastikbecher zurück, steht auf, greift seinen Trenchcoat und eine abgewetzte angeschmutzte Aktentasche, imitiert einen Kuß aufs ungeordnete Haar seiner Ehefrau, verläßt das Häuschen am Stadtrand von Stuttgart, klettert in seinen VW Variant, fährt, ohne zurückzusehen, los, hält drei Straßenecken weiter vor der Metzgerei Schäuffele, verlangt «ein viertel Pfund warmen Leberkäs», erfährt, daß es um diese Zeit noch keinen warmen Leberkäse gibt, verlangt daraufhin «dreihundert Gramm kalten Leberkäs und ein Brötchen», verbittet sich, daß die Metzgersfrau das Vesper einwickelt, schiebt das Stück Leberkäse mit einer Hand in den Mund, zahlt mit der andern, wirft der Frau hinter der Theke einen wütenden Blick zu, als sie sagt: «Sie sind wohl zur Zeit gerade wieder auf Diät gesetzt, Herr Bienzle?», und macht sich auf den Weg ins Büro.

Im Autoradio hört er Nachrichten. Atomgegner haben wieder einmal das Gelände für ein geplantes Kernkraftwerk besetzt, die Polizei ist nach heftigen Auseinandersetzungen abgezogen. Die Besetzer richten sich auf längere Zeit ein, bauen ein Gemeinschaftshaus.

«Gut so», murmelt der Kommissar. Vor einem Jahr hatte er den Diebstahl radioaktiven Mülls aus dem Kernkraftwerk in Weihersbronn und einen damit zusammenhängenden Mordfall zu klären. Seitdem sind seine Vorurteile gegen Atomkraftwerke womöglich noch gewachsen. Dann plötzlich richtet er sich hinter seinem Steuer ruckartig um wenige Zentimeter auf.

Knut Jarosewitch, ein in Stuttgart wohlbekannter Schmuckkaufmann, sagt die teilnahmslose Stimme des Sprechers, *ist auf mysteriöse Weise ums Leben gekommen. Am Hochtauern in Österreich haben Autofahrer den auf mehrere Millionen Vermögen geschätzten Kaufmann erschossen in seinem Wagen aufgefunden.*

«Es gibt doch nichts Ungenaueres als solche Radionachrichten», schimpft Bienzle. Knut Jarosewitch, der wohlbekannte Stuttgarter Schmuckhändler, der Hehler, den man nie zu fassen kriegte... Jetzt hatte ihn wohl einer zu fassen bekommen.

Bienzle empfindet keine Genugtuung. Er weiß, daß seine Kollegen oft versucht haben, den Juwelier zu überführen. Jeder in Stuttgarts Altstadt wußte, daß er Schmuck aus Einbrüchen aufkaufte, zerlegte, neu faßte und weiterverkaufte. Einmal im Sommerurlaub hatte Bienzle die Weiße Wolke, einen wegen seines Captagon-Verbrauchs so genannten Kleingangster, auf Mallorca getroffen. «Wie kommen Sie denn in so a feins Hotel?» hatte Bienzle ihn gefragt. Nach drei Abenden und diversen Pernods an der Hotelbar wußte der Kommissar, daß dies erstens kein feines Hotel sei, gemessen an... und daß zweitens ‹eine Reisetasche voller Klunker bei Jarosewitch› noch allemal einen runden Pauschalbetrag von siebeneinhalb Riesen einbringe. Einzige Bedingung des Schmuckhändlers: der Lieferant müsse für zwei bis drei Monate verschwinden, am besten auf eine Insel weit weg, und da gebe es doch so billige Flüge mit Reisebüros nach Teneriffa oder Mallorca.

Ein paar Wochen später, daheim in der Weltstadt zwischen Wald und Reben, wollte die Weiße Wolke nichts mehr davon wissen. Der kleine Ganove war in die Polizeidirektion in der Dorotheenstraße gekommen, weil er im Vollrausch versucht hatte, einen Taxifahrer mit vorgehaltener Pistole dazu zu zwingen, einen Zwergesel, den er im Remstal erstanden hatte, in die Stadt zu fahren. Das war das einzige Mal, daß man bei der Weißen Wolke eine Waffe gesehen hatte.

Bienzle schiebt das letzte Stück Brötchen zwischen die Zähne und wischt seine Finger an der Seite seines Fahrersitzes ab. Mißmutig schaut er auf seinen Bauch, über dem sich das weiße, jetzt mit Krümeln übersäte Hemd spannt.

Im Büro wirft er den Mantel über die offene Hängeregistratur, schiebt den Aktenberg von der rechten auf die linke Schreibtischseite, stellt das Radio an, sucht, bis er das klassische Konzert findet, und fixiert Karl Gächter, den schlaksigen Kriminalmeister, der ihm gegenübersitzt.

«Schon gehört?» fragt der.

«Mhm, der Jarosewitch... Weiß man schon was?»

«Das ist wohl der verrückteste Mord seit langem», grinst Gächter, der um nichts in der Welt bereit gewesen wäre, seine Story anders zu erzählen als so, wie er sie sich zurechtgelegt hat.

«Na dann, wenn du mal Zeit hast, kannst du's mir ja erzählen», sagt Bienzle, der um nichts in der Welt seine Neugierde eingestanden hätte, und griff nach der Akte Pedro Calvari.

«Paß auf», sagt Gächter, «der Jarosewitch war wohl auf der Fahrt nach Bologna zum Boxkampf.»

«Alle Ganoven treffen sich bei den Boxkämpfen, das ist nicht neu», mault der Kommissar.

«Richtig. Also, er fährt mit seinem Mercedes 450 SE von Badgastein zur Autoverladestation am Tauerntunnel – was weiß ich, warum er den Umweg gemacht hat; durch die Schweiz nach Mailand und von da Autobahn ist viel näher... Na ja; Geschäfte wahrscheinlich. Jedenfalls, irgendwo kurz vor der Verladestation muß ihn der Täter überholt haben.»

«Du hast den Fall wohl schon gelöst? Woher willst du das denn wissen?»

«Weil ich da auch schon gefahren bin. Also: Jarosewitch zahlt seine Gebühr und fährt auf den Autozug... Verstehst du mich?»

«Nein, das ist mir zu kompliziert. Aber nimm keine Rücksicht.»

«Also: Er fährt da rauf, macht seinen Liegesitz lang und streckt sich aus. Der Zug fährt los, und zwar so, daß die Autos sozusagen rückwärts fahren.»

«Sozusagen.»

«Rein in den Tunnel. Und da ist es stockfinster.»

«Was du nicht sagst!»

«Der Täter sitzt drei oder vier Autos vor Jarosewitch. Jetzt macht er vorsichtig die Deckenbeleuchtung aus, öffnet die Tür, läßt sich hinausgleiten, schleicht an den Wagen entlang, unterhalb der Fenster, so daß man ihn nicht sehen kann, bis zum Mercedes von unserem Schmuckmillionär. Dann schnellt er plötzlich hoch, richtet seinen Revolver auf Jarosewitch, drückt ab, läßt sich fallen, kriecht zurück, schlüpft wieder in sein Auto und läßt sich gemächlich in die Polster sinken und nach Mallnitz kutschieren.»

Bienzle schaltet das Radio aus. «Spannend, spannend... Und wie sieht er in der Dunkelheit, wo er hinschießen muß?»

«Taschenlampe.»

«Sieht man doch. Fällt auf.»

«Ach, das merkt doch niemand. Ich meine, da macht doch jeder mal Licht.»

«Mündungsfeuer?»

«Das gleiche. Da hat sich jemand 'ne Zigarette angesteckt.»

«Und den Schuß hat keiner gehört?»

«Mitten im Tunnel? Und vielleicht hat er sogar noch einen Schalldämpfer gehabt.»

«Mhm...»

«In Mallnitz auf der anderen Seite des Tunnels wird die Rampe wieder angebracht; die Autos fahren nach vorne runter. Der Täter fährt, dann der nächste, dann der übernächste und so weiter. Und dann wäre Jarosewitch dran. Aber der fährt nicht. Liegt da ruhig in seinem zurückgestellten Sitz und fährt nicht. Der Hintermann hupt. Hupt einmal, zweimal – der Mercedes rührt sich nicht von der Stelle. Jetzt steigt der Fahrer aus, und von vorn kommt ein Bahnbeamter. Sie erreichen den Mercedes zur gleichen Zeit und sehen den Toten. Da liegt er mit einem Loch im Kopf, und das Blut rinnt ihm am Nasenbein entlang.»

«Do guckscht», murrt Bienzle, der sich sonst eines gepflegten Amtsdeutsches bedient. «Du solltest dich mal beim Fernsehen als Kriminalschreiber bewerben.»

«Außerdem hat der Chef gesagt, du sollst gleich rüberkomme\, wenn du da bist.»

«Das fällt dir jetzt erst ein?» schimpft Bienzle, und dann brüllt er: «Mensch, iß nicht, solange ich zugucken muß!»

«Du gehst ja jetzt zum Chef», grinst Gächter und beißt von seinem Leberwurstbrot ab. Und dann: «'tschuldige, ich hab ganz vergessen, daß du wieder mal erfolgreich hungerst.»

An der Tür dreht sich Bienzle noch einmal um und fragt: «Und der Täter?»

«Was ist mit dem Täter?»

«Ja eben – was ist mit ihm? Hat man ihn gefaßt?»

«Das sollst ja wohl du tun. Bis die auf dem Zug gemerkt haben, was los war, ist der doch längst davongefahren.»

«O du liabs Herrgöttle von Biberach, wia hent di d' Mucke verschissa!» Mit diesem seinem Lieblingsspruch zieht Bienzle die Tür leise hinter sich zu.

Der Chef der Kriminalpolizei, Direktor Hauser, Schwabe wie Bienzle, kennt den Leiter der Mordkommission seit gemeinsamen Schultagen. Sie waren beide im traditionsreichen Stuttgarter Eberhard-Ludwig-Gymnasium ‹erzogen› worden – Bienzle bis zur mittleren Reife, Hauser bis zum Abitur. Trotz allem macht Bienzle mit Hauser eine Ausnahme in seiner abgrundtiefen Abneigung gegen alle ‹Schtudierte›.

«Sie haben mich rufen lassen, Herr Direktor.»

«Ich hab g'sagt, do sollscht rüberkomme», sagt der und stellt damit die zwischen ihnen üblichen Gesprächsbedingungen her. «Du hast ja sicher die Jarosewitch-Sache schon gehört.»

«Ja, aber die spielt in Österreich, und ich bin Schwabe.»

«Die Sache spielt zum Teil wohl auch hier. Unsere schnellen österreichischen Kollegen haben nämlich festgestellt, daß sich der Täter offensichtlich bereits wieder auf den Rückweg begeben hat.»

«So.»

«Ja, ein grüner Porsche mit Waiblinger Kennzeichen ist einem italienischen Autofahrer aufgefallen, weil er wenige Kilometer nach Mallnitz auf der Straße gewendet hatte, zum Bahnhof zurückgefahren war und sich auf den nächsten Zug stellte, um offensichtlich nach Gastein zurückzukutschieren.»

«Der hat Nerven. Und warum hat ihn keiner gestellt?»

«Also ehrlich, Ernst – hättest du so schnell geschaltet? Der Gegenzug fuhr sechs Minuten nach Ankunft wieder Richtung Grenze, da hatten sich die Ortspolizisten noch nicht einmal vom Schrecken erholt.»

«Jetzt guck do na, ein Killer mit Konzept», sagt Bienzle und wuchtet sich aus dem Besuchersessel hoch. «Und wo ist der Waiblinger Porsche jetzt?»

«Zwei Kilometer südlich Ortsausgang Badgastein im Straßengraben. Der Porsche war gestohlen, und die Nummer war gefälscht, die gibt es nämlich in Murrhardt, Kreis Waiblingen, am Ford Granada eines über jeden Verdacht erhabenen Gastwirts.»

«Sei so gut und red nicht von Gastwirtschaften!»

Hauser grinst unverschämt.

«Also», sagt Bienzle, «Jarosewitch fährt nach Bologna zum Boxkampf – warum er den Umweg über Österreich macht, wissen wir nicht. Vermutlich ist dort das übliche Ganoventreffen – Hehler, Zuhälter und Einbrecher unter sich; die Gemeinde. Das muß einer gewußt haben. Und das mit dem Umweg auch. Sein Killer wartet am Ortsausgang Gastein, bis der Mercedes auftaucht; er hängt sich dran, schießt rechtzeitig vorbei, um ein paar Wagen vor Jarosewitch auf den Zug zu kommen – und so weiter...»

«Und woher willst du wissen, daß er nicht am Bahnhof gewartet hat?»

«So etwas weiß Gächter, der Episodenerzähler, und meistens geben unsere Ermittlungen seinen phantasievollen Theorien recht... Aber es spricht ja auch so einiges für diese Version: Der Mörder knallt unseren Schmuckhändler im Tunnel ab, fährt seelenruhig vom Zug herunter, wendet, sobald er außer Sichtweite ist, und während auf dem einen Zug die große Verwirrung herrscht, fädelt er sich seelenruhig auf dem Gegenzug ein... Sauber, sauber! Und dann schmeißt er die Karre weg und steigt in das Auto irgendeines freundlichen Komplicen, der ihn erwartet hat. Wahrscheinlich hat der ihn bis zum nächsten Bahnhof gefahren, und unser Killer hat den nächsten bequemen Zug genommen. Oder er macht wohlverdiente Ferien im sonnigen Badgastein... Do kenntescht auf der Sau naus!»

«Ja, ja, so wird's schon gewesen sein. Und die Mordwaffe...»

«...liegt in der Breitachklamm oder wie der Bach dort heißt», sagt Bienzle und läßt sich krachend in den Besuchersessel fallen.

«Die österreichischen Kollegen haben uns freundlicherweise einen Ermittlungsauftrag zukommen lassen. Du mußt versuchen, an die Sache ranzukommen», sagt Hauser, und das klingt überhaupt nicht sonderlich hoffnungsvoll.

«Ein Fall für Bienzle», höhnt der. «Kein Hinweis, kein Indiz, keine Mordwaffe und allenfalls ein verschwommenes Motiv. Weiß ich denn, ob seine Alte...»

«...die ist gerade 25 geworden...»

«Ist doch mir egal», sagt Bienzle.

Aber so egal ist es ihm dann doch nicht. Als er seinen VW vor der Villa in der Hasenbergsteige abstellt und am Gartentor klingelt, rückt er die Krawatte förmlich zurecht und schaut unbehaglich auf den gepflegten englischen Rasen und die alten Bäume. Zu reichen Leuten geht Bienzle nicht gern. Es macht ihn befangen, in Räumen umherzugehen, die für seine Begriffe allenfalls ins Kino gehören.

Ein junger Mann, begleitet von einer riesigen Dogge, kommt ans Tor. Bienzle zeigt wortlos seinen Ausweis und wird mit einer leichten Verbeugung eingelassen.

Von der Haustür bis zur Zimmertür am Ende der Diele ist es fast so weit wie vom Gartentor zum Haus. Die Frau sitzt am Panoramafenster mit Blick über Stuttgarts Innenstadt bis hinauf zum Fernsehturm. Sie ist in schlichtes Schwarz gekleidet. Bienzle fällt einer der bösesten schwäbischen Männersprüche ein: Manchmal wenn de a andere Frau siehscht, merkscht erscht, was da dahoim für an Kruscht hascht! Dann räuspert er sich, geht auf die Dame zu, von der er aus den Akten weiß, daß sie einst im ‹Chez Nous› den Gästen Wasser in den Wein tat, gibt ihr die Hand und sagt: «Sie gestatten, daß ich mir Beileidskundgebungen erspare.»

Hedwig Jarosewitch, geborene Bäuerle, Sproß aus einer Tuttlinger Schreinerfamilie, ist verwirrt und nickt nur.

Bienzle weiß nicht, wo er anfangen soll. In Krimis ist das immer ganz einfach. Da haben die Edelganoven auch schöne junge Frauen, die ursprünglich aus weniger betuchten Kreisen stammen, aber die sind dann berechnend und versuchen den Polizisten zu verführen.

Bienzle wollte noch keine verführen. Dabei sieht er gar nicht so schlecht aus. Er ist 1,88 Meter groß, breitschultrig und, abgesehen von seinem ausgeprägten Bauchansatz, nicht zu dick. Sein Gesicht ist scharf geschnitten, die Nase etwas zu lang, das Kinn etwas zu weit vorgestreckt, die Stirn zu hoch im Verhältnis zur übrigen Gesichtsfläche, aber alles in allem ist es ein guter kantiger Kopf, den er da mit sich herumträgt. Seine schwarzen Haare fallen lockig rechts über die Stirn, wenn er den Kopf bewegt. Und die Augen, eines braun und eines braungrün, sehen immer nachdenklich aus – ‹tief›, sagen manche Frauen und andere ‹warm›. Daß Bienzle keinen Erfolg bei Frauen hat, liegt an seinem Phlegma. Er bemüht sich nicht. Nicht daß er kein Interesse hätte, aber da müßte schon eine einen sehr geschickten Anfang machen, damit es auf ihn nicht berechnend oder nuttig wirken würde, und die keinen Anfang machen, an die traut er sich nicht heran. Und im übrigen ist da ja auch noch Hanna, die er zwar schon lange nicht mehr liebt, aber mit der es sich leben läßt. Bienzle ist 37 und denkt jetzt manchmal, daß er bald anfangen müßte, wenn er noch mal neu anfangen wollte.

Vor dem Fenster blüht ein ausladender Jasminstrauch. Es ist knisternd heiß; so ein Wetter, das einen Kriminalkommissar, der sich nicht an strenge Dienststunden halten muß, schon einmal dazu bringt, einfach hinauszufahren in den Schönbuch oder auf die Schwäbische Alb, sich ins hohe Gras zu schmeißen und in den Himmel zu gucken, wie die Zeit vergeht.

Aber Ernst Bienzle ist in einem Trauerhaus. Er schwitzt und schweigt, bis Hedwig – wie kann eine solche Frau nur Hedwig heißen? – sagt:

«Was möchten Sie denn, Herr Inspektor?»

«Jetzt bin ich Hauptkommissar, aber das macht nichts.» Er merkt sofort, daß das ein blöder Satz ist.

Sie sagt: «Setzen Sie sich.»

Er tut's.

«Wenn Sie mir jetzt alle Fragen stellen wollen, die man immer so hört, also ob mein Mann Feinde hatte, was er vorhatte, ob er mit jemand Streit hatte – ich weiß gar nichts.»

«Natürlich...» Dann gibt er sich einen Ruck: «Ihr Mann *hatte* Feinde, und die kenne ich zum Teil; was er vorhatte, weiß ich ungefähr, und ob er mit jemand Streit hatte, wird sich herausstellen... Sind Sie gut mit ihm ausgekommen?»

«Er ist... Er war mein Mann!»

«Als ob das was heißen müßte», sagt Bienzle, mehr zu sich selbst und ohne auf Hedwigs Empörung zu achten. «Hätten Sie einfach ‹ja› gesagt oder vielleicht ‹ich hab ihn liebgehabt›... Aber es ist egal.»

Sie fährt auf, will etwas entgegnen, überlegt sich's dann aber anders.

Bienzle sitzt da und weiß nicht recht, was er soll. Da ist ein Mordfall, und man fängt an zu recherchieren. Irgendwo. Bienzle hat sich noch nie hingesetzt und einen Plan gemacht, wie er vorgehen wollte. Strategie ist ein Wort, das ihm nichts bedeutet. Aber ein Maigret ist er auch nicht, wenn auch die örtlichen Zeitungen manchmal vom ‹Nesenbach-Maigret› geschrieben haben – Stuttgart liegt nicht am Nekkar, sondern am Nesenbach; nur Bad Cannstatt liegt am Neckar, worauf die Cannstatter größten Wert legen. Bienzle ist zäh, ausdauernd, geduldig, wenn er arbeitet. Privat ist er eher launisch und aufbrausend.

Er hat Durst. Schluckt zweimal trocken und faßt sich verstohlen an den Hals. Hedwig fragt sofort, ob er etwas zu trinken wolle, und er kann sich selbst nicht erklären, warum er «nein, danke» sagt.

Die meisten Fälle löst er, und oft ist er hinterher selbst erstaunt, wie das gekommen ist. Dem fällt alles zu, sagen die gutgesinnten Kollegen, und Leute im Präsidium, die ihn nicht mögen, sagen, dem lauft dr Rotz rückwärts nuff – was freilich nur Schwaben verstehen.

«Was wollte Ihr Mann in Italien?» fragt Bienzle.

«Er war geschäftlich unterwegs.»

«An- oder Verkauf?»

«Das hat er mir nicht gesagt. Ich weiß nur, daß er zuerst nach Bologna und dann nach Florenz wollte.»

«Wissen Sie, mit wem er verabredet war?»

«Nein.»

«Hat er Ihnen eine Adresse hinterlassen, unter der Sie ihn hätten erreichen können?»

«Nein.»

«Das glaube ich nun nicht», sagt Bienzle; «ein so bedeutender Geschäftsmann kann doch nicht für Tage geschäftlich verreisen, ohne zu hinterlassen, wo man ihn erreicht.»

«Ich kann's nicht ändern», sagt sie. Und dann mit leicht angehobener Stimme: «Ach, Heini – bring mir doch einen Kaffee!»

Heini, der junge Mann, der Bienzle eingelassen hat, muß die ganze Zeit in Hörweite gestanden haben.

«Kommt gleich», sagt er von der Tür her.

«Glauben Sie, daß jemand anders eine Ahnung haben könnte, wo er verhandeln wollte, in welchem Hotel er absteigen wollte und so weiter?» fragt Bienzle müde.

«Vielleicht das Sekretariat.»

Das klingt wie bei einem Minister oder doch bei einem Staatssekretär, denkt Bienzle; *das Sekretariat*... «Wissen Sie, mit wem er in den letzten Tagen in Verhandlungen stand? Hier in Stuttgart, meine ich.»

«Nein.»

«Kein Besuch?»

«Nur Freunde.»

«Zum Beispiel?»

«Ich weiß nicht, was Sie das anginge.»

«Wie alt war der selige Verstorbene?» fragt Bienzle.

Ehe sich Hedwig wundern kann, sagt sie: «Einundsechzig.»

Der Kaffee kommt. Bienzle bekommt auch eine Tasse und ist froh darüber. Es ist schon nach zwölf, und Bienzle verspürt Hunger. Er denkt an warmen Leberkäs.

«Irgend jemand muß Interesse an seinem Tod gehabt haben – und zwar einer, der sein Handwerk versteht», philosophiert Bienzle und rührt in seinem Kaffee, «oder einer, der jemand bezahlen kann, der sein Handwerk versteht...» Und nach einer kleinen Pause: «Sie können mir wohl gar nicht helfen, Frau Jarosewitch?»

«Nein.»

«Es sieht – entschuldigen Sie – ganz so aus, als ob Sie gar kein Interesse an der Aufklärung des Mordes hätten. Sie geben sich nicht einmal Mühe, sich zu erinnern», sagt er lahm.

«Er ist tot.»

Bienzle scheint es, als ob sie dabei ein wenig gelächelt hätte. Er steht auf und sagt: «Ich werde wohl in ein paar Tagen wiederkommen, vielleicht auch früher. Dann weiß ich mehr. Und dann werde ich Ihnen ganz andere Fragen stellen.»

Sie sieht ihn verständnislos an.

Schön, aber dumm, denkt er und ist sicher, daß sie sich nicht verstellt. Er packt seinen hellen Mantel, nickt ihr zu, sagt: «Ich finde raus.» An der Tür steht die Dogge und knurrt.

«Vorsicht!» sagt der junge Mann.

Bienzle geht auf den Hund zu, krault ihn hinter dem Ohr, faßt ihn unter der Schnauze und sieht ihm in die Augen. «Das wäre der erste Hund, der mich beißt», sagt er und verläßt die Villa.

Vorbei an den Prachtbauten rollt sein Wagen durch die enge Villenstraße talwärts. Da rechts liegt das Haus des berühmten Bildhauers, dessen ‹Platzmale›, bunte Plastiken, in der Stadt herumstehen, als ob sie dem hochragenden Beton etwas anhaben könnten. Unter einer riesigen Kastanie steht ein Telefonhäuschen. Bienzle ruft Gächter an.

«Schick mal einen, der das kann, hier rauf; er soll den Schuppen der seligen Witwe beobachten. Ich will wissen, wer kommt und geht. Ich bleib hier, bis er da ist.»

Auf der anderen Straßenseite steht eine Bank. Bienzle setzt sich in die Sonne und ärgert sich, weil er Gächter nicht gesagt hat, der Kollege soll ihm etwas zu essen mitbringen. In den Zweigen sitzen zwei Vögel und zwitschern sich zu. Die Sonne scheint auf Bienzles Beine; er streckt sich wohlig aus und zündet sich eine Schimmelpenninck Febrero an. Jede Woche versucht er andere Zigarren und Zigarillos und kehrt immer reumütig zu den Vierzigern in der Blechschachtel zurück.

Ein Volvo kommt den Weg heraufgeschossen. Zu schnell für diese Straßenführung. Bienzle blinzelt und notiert sich die Nummer im Kopf. Kaum ist das Auto außer Sichtweite, da hält es auch schon mit quietschenden Bremsen. Könnte vor Jarosewitchs Haus sein, denkt Bienzle. Er summt vor sich hin: «Im Märzen der Bauer die Rößlein einspannt...» Er denkt an zu Hause. An das Dorf mitten im Wald, an Heu, an Most, Schwarzbrot und Speck. «Lange Sommernächte, lange Gräser», sagt er vor sich hin, ohne sich richtig daran zu erinnern, daß das aus einem der Gedichte ist, die er als Sechzehnjähriger zu Dutzenden geschrieben hat.

Als der junge Kriminalanwärter Haußmann kommt, ärgert sich Bienzle, denn jetzt muß er aufstehen und weitermachen. «Ein stahlblauer Volvo, S–ZW–984», sagt er. «Ein Mann drin, Schnauzbart und Schiebermütze. Ich muß wissen, wer er ist und was er da will.»

«Klar», sagt der junge Kollege. Er hat seinen Ford hinter Bienzles VW geparkt.

«Das Auto lassen Sie hier stehen. Das Haus ist ein paar hundert Meter weiter oben. Und Vorsicht – es gibt da einen bissigen Hund.»

Haußmann nickt und fragt: «Haben Sie hier irgendwo einen Blumenladen gesehen?»

«Nein, aber wenn Sie Blumen für Ihre Braut kaufen wollen, verwelken die nur, bis Sie das Mädchen treffen.»

«Ich dachte mehr an einen Trauerstrauß», sagt der junge Beamte.

«Pfiffig», meint Bienzle ohne Begeisterung und denkt dann doch, den werde ich mir mal merken; kreativer junger Beamter... Dann fährt er stadtwärts.

In der Stadt ist nichts von der frischen Sommerluft zu spüren. Stuttgarts City ist ein Kessel, in dem die Luft stockt, weil besonders begabte Städtebauer Straßen und Häuserblocks im Süden der Stadt so plaziert haben, daß eine Luftzirkulation nicht mehr möglich ist.

Bienzle betritt das Juweliergeschäft Jarosewitch in der Königstraße durch den Hintereingang. Vorn hängt ein Schild WEGEN TRAUERFALL GESCHLOSSEN. Vor der Bürotür bleibt er stehen.

Drinnen scheint die Trauerfeier im Gang zu sein. Lachende, lärmende Stimmen dringen heraus. Bienzle klingelt. Eine junge Frau öffnet. Sie lacht und trägt ein schwarzes Kleid.

«Kann man ein bißchen mitfeiern?» fragt Bienzle und zeigt seinen Ausweis.

Drinnen ist die Luft zum Schneiden. Ein Fünf-Liter-Fäßchen Bier steht auf dem Tisch; Käsestückchen, Brezeln und belegte Brötchen sind wohlgeordnet auf einem Tablett aufgebaut. Außer der Frau, die ihm geöffnet hat, sind noch zwei junge, adrett gekleidete Männer und zwei Mädchen im Zimmer. Die Atmosphäre riecht nach Betriebsfest.

Die werden trinken bis heute abend, dann – leicht besäuselt – werden sie das Licht nicht anschalten, wenn's dunkel wird, ein wenig tanzen, sich anfassen, girren, lachen, sich sträuben und nachgeben... Wer mit wem? denkt Bienzle und sieht sie der Reihe nach an. «Sie sind alle hier angestellt?» fragt er.

Die fünf jungen Leute nicken.

«Kein Grund, außer Stimmung zu kommen», sagt Bienzle. «Das Leben geht weiter; Spaß muß sein, und wenn's bei der Beerdigung ist...»

Betretene Gesichter.

«Machen wir's kurz», sagt Bienzle; «wer ist die Sekretärin vom Herrn Jarosewitch?»

Die Dame, die ihm geöffnet hat, meldet sich wie eine ertappte Schülerin in der Untertertia.

«Ich nehme an, Sie wissen auch nicht, was Ihr Chef in Italien vorhatte?»

Ehe die Frau etwas sagen kann, antwortet einer der jungen Männer schnell: «Er hat uns nie etwas gesagt. Ich habe noch nirgendwo gearbeitet, wo man so wenig über das wußte, was eigentlich im Geschäft los ist. Wir haben verkauft – weiter nichts.»

Bienzle registriert, wie die andern den vorschnellen Redner erstaunt anschauen. «Dann möchte ich einmal mit Ihnen und dem Fräulein Sekretärin unter sechs Augen reden», sagt er. «Gibt's hier noch ein anderes Zimmer?»

«Natürlich – das vom Chef», sagt die junge Frau.

«Na denn...» sagt Bienzle. «Die andern können weiterfeiern.» Er geht zum Tisch, nimmt sich das größte Wurstbrötchen und geht durch die gepolsterte Tür an der Stirnseite. Und dann bleibt er erst einmal stehen, um tief einzuatmen.

Das Büro ist mindestens 80 Quadratmeter groß. Dicke, vermutlich echte Teppiche liegen in Schichten übereinander; an der Wand hängen offensichtlich originale Werke des Malers und Bildhauers, an dessen Villa Bienzle vor einer Stunde vorübergefahren ist. Breite Ledersessel, zu einem Halbkreis gruppiert, stehen um einen acht Quadratmeter großen niedrigen Tisch, dessen Platte aussieht, als sei sie aus Onyx oder sonst etwas Wertvollem. Hinter dem ausladenden Schreibtisch steht ein Rocaro-Autorennsitz auf einem Rollengestell. Bienzle zwängt sich hinein und stellt fest, daß er wie angegossen sitzt. Gar nicht einmal unbequem.

«Herr Jarosewitch hatte es mit der Bandscheibe», sagt die Sekretärin, «und seit er auf die Idee kam, diesen Spezialsessel anzuschaffen, bekam er viel weniger Schmerzen beim Sitzen.»

«Gute Idee.» Bienzle schaut die Frau genauer an: rote Haare; schmales weißes Gesicht. Sie hat grüne Augen wie eine Katze, denkt er und stellt fest, daß sie sehr zierlich gebaut ist. Ein zerbrechliches Wesen, zu dem die tiefe Altstimme nicht paßt... «Wie heißen Sie?» fragt er und weiß sogleich, daß er ihren Namen nicht vergessen wird.

«Hannelore Schmiedinger.»

«Und Sie?» fragt Bienzle den Mann, einen knapp 1,65 Meter großen stämmigen Kerl von vielleicht 35 Jahren. Seine schwarzen Haare sind straff nach hinten gekämmt; straff wirkt auch der schmale Oberlippenbart, und die Augen sind ebenfalls schwarz. Die Backenknochen stehen etwas vor. Schmale Augenbrauen, über der Nasenwurzel zusammengewachsen... Gibt ihm was Verschlagenes, denkt Bienzle. Aber er weiß auch, daß man sich auf solche ersten Eindrücke nicht verlassen kann.

«Ich heiße Korbut – Geza Korbut.»

«Das ist auch nicht gerade ein schwäbischer Name.»

«Meine Eltern stammen aus Ungarn», sagt Korbut.

«Setzen Sie sich doch», sagt Bienzle, «und erzählen Sie mir einmal, warum Sie so lustig sind.»

Langes Schweigen.

Dann sagt das Mädchen: «Er war kein guter Mensch, aber er hat hervorragend bezahlt.»

«Hanni!» Korbut schüttelt den Kopf.

«Ich kannte ihn», sagt Bienzle und sieht das Mädchen an.

Hannelore Schmiedinger hält dem Blick stand, bleibt daran hängen. Der hat einmal schöne Augen, denkt sie. Sie kann nicht wegschauen, und ihm geht es ähnlich... Sie sieht aus wie jemand, der Schutz braucht, denkt er.

Geza Korbut wird unruhig. «Sie sind hier nicht richtig, Herr Polizist», sagt er. «Wir wissen nichts.»

«Ihr wißt, daß Jarosewitch mit den Ganoven aus der Altstadt gehandelt hat. Daß er Schmuck wie Ramsch aufkaufte, bearbeiten ließ und dann wieder verscherbelte... Herr Korbut, was haben Sie für eine Berufsausbildung?»

«Ich bin Schmuckverkäufer.» Es kommt ein bißchen hastig.

«Er ist Goldschmied», sagt die Sekretärin ganz ruhig und ohne Korbut anzusehen.

«Danke Ihnen», sagt Bienzle, zu der Frau gewandt, und steht auf. «Wo hätten Sie Ihren Chef erreicht, wenn Sie ihn heute oder morgen in Bologna oder Florenz hätten auftreiben müssen?»

«Er wollte nicht nach Bologna oder Florenz», sagt Fräulein Schmiedinger. «Im Hotel Palazzo in Venedig... Da sollte auch Geza morgen hin...»

«Sag mal – bist du verrückt?» Korbut springt auf. Dann, zu Bienzle gewandt: «Die weiß ja gar nicht, wovon sie redet!»

So ein Glücksfall, denkt Bienzle; die andern werden wieder sagen, dem fällt alles zu... Hätte ich das Mädchen allein vernommen, dann hätte der Korbut hinterher einfach alles geleugnet. Jetzt hat er sich verraten... «Gut», sagt er zu Korbut, «Sie wären also morgen hingeflogen. Kurier aus Stuttgart; jede Menge gestohlenen Schmuck im Koffer...»

«Das ist doch alles kompletter Unsinn!» Der junge Mann wischt sich den Schweiß von der Stirn.

«Das muß nicht Angst sein», sagt Bienzle, «wenn Sie jetzt schwitzen – mir ist auch warm. Aber es *könnte* Angst sein...» Er notiert sich die Adressen der beiden und sagt zu Korbut: «Ich würde Sie gern heute abend in die Altstadt auf ein Bier einladen. Beim Quellenwirt.»

Korbut glotzt ihn entgeistert an. Dann rafft er sich zusammen:

«Ich gehe Bier trinken, mit wem *ich* will. Und mit Ihnen will ich bestimmt nicht!»

«Macht nichts», sagt Bienzle, «ich werde da sein – so gegen neun. Und wenn Sie Lust haben...» Ohne Korbut anzusehen, geht er zurück ins Sekretariat, zapft sich ein Bier und leert das Glas in einem Zug. Dann fragt er in den Raum hinein, ohne jemand anzusehen: «Warum ist er durch den Tauerntunnel, wenn er nach Venedig wollte – ist doch ein Umweg?» Er bekommt keine Antwort und fährt deshalb unvermittelt fort: «Wir werden hier alles durchsuchen müssen... Ist irgend etwas verändert worden, seit der Tod bekannt ist?»

«Der Bruder von Frau Jarosewitch war heute morgen da. Herr Bäuerle, der Rechtsanwalt», sagt Hannelore Schmiedinger.

«Wie die Tuttlinger Schreinerkinder doch alle Karriere machen!» staunt Bienzle. Er spricht nicht sehr deutlich, denn er hat sich eine Brezel geangelt und ein großes Stück abgebissen. «Weiß jemand, was der Herr Bäuerle für einen Wagen fährt?»

«Einen blauen Volvo», sagt einer der jungen Schmuckverkäufer.

«Das habe ich mir gedacht...» Man erfährt ja allerlei, denkt Bienzle, wenn man dumme Fragen stellt. Aber im Mordfall Jarosewitch bin ich nicht wesentlich weitergekommen... Die Pflicht ruft.

Bienzle beschließt spontan, der Pflichterfüllung die angenehmste Seite abzugewinnen. Er wird sich die Schmiedinger später noch einmal vornehmen – allein.

Klingenbergstraße 17. Das Haus steht an einer der vielen Treppen in Stuttgart. Mit dem Wagen ist da nicht ranzukommen. Bienzle muß sich entscheiden, ob er oben oder unten an der Treppe parkt. Natürlich entschließt er sich für oben. Hätte ich die Stufen von unten erstiegen, wären das bestimmt ein paar Kalorien gewesen, denkt er, aber dann wäre ich ziemlich atemlos bei der Schmiedinger angekommen... Der Gedanke war ihm unangenehm.

«Darf ich reinkommen?» fragt er die junge Frau.

«Bitte», sagt sie.

Sie trägt einen bequemen türkisfarbenen gestrickten Hausanzug. Achtundzwanzig, schätzt Bienzle; höchstens dreißig... Die Wohnung ist klein, aber originell eingerichtet. Die Stereoanlage gibt die Originalmusik aus dem ‹Clou› wieder. Bienzle pfeift ein bißchen mit. Das Haus ist eng an den Berg gebaut. Am Eingang hatte er ein paar

Stufen bis zur Tür hinaufklettern müssen. Hier in ihrer Wohnung, auf der anderen Seite des Hauses, steigt die Böschung vom Fensterbrett an steil nach oben, bis zu einem schmalen Kamm, auf dem ein Spazierweg entlangführt.

«Haben Sie hier auch manchmal Sonne?» fragt er.

«Nein, nie. Aber es macht mir nichts aus. Ich bin ja nur abends da, und am Wochenende fahr ich meistens weg.»

Bienzle setzt sich in einen Safarisessel und schaut auf ein schmales hohes Poster, von dem ihn eine Katze anstarrt. Sekunden später springt ihr Ebenbild auf seinen Schoß. Bienzle krault das Tier und überlegt, wie wohl Hanna in einem solchen gestrickten Hosenanzug aussehen würde. Er schüttelt sich ein wenig.

«Ist Ihnen nicht gut?» fragt seine Gastgeberin.

«Nicht besonders», murmelt er und weiß nicht einmal, ob er recht hat. Dann sagt er unvermittelt: «Sie wissen mehr, als Sie mir heute vormittag gesagt haben.» Und zu seinem Erstaunen sagt sie:

«Viel mehr. Sehr viel mehr, und wenn Sie nicht zu mir gekommen wären, hätte ich Sie aufgesucht... Ich habe schon vor einigen Wochen angefangen, mir Gedanken zu machen. Da kamen gewisse Leute, die sich immer vorher angemeldet hatten, telefonisch, meine ich, bei mir... Die nannten sich Max oder Philipp oder Axel – nie ein Nachname oder so. Die gaben mir eine Zeit an, und der Chef schickte mich jedesmal weg, ehe die Leute eintrafen. Einmal bin ich aber nur zur Toilette gegangen und wollte dann noch mal zurück in mein Zimmer. Da merkte ich, daß die Gegensprechanlage noch eingeschaltet war. Ich weiß nicht, warum, auf jeden Fall hörte ich, daß einer der Besucher, an diesem Tag hatten sich einer namens Max und einer namens Willi angemeldet, dem Chef drohte. Genau weiß ich nicht mehr, was sie sagten, aber irgend etwas mit reinlegen, und entweder er spielt mit, oder er muß die Konsequenzen tragen... So ähnlich.» Sie lächelt. «Ich bin neugierig, das gebe ich zu, aber...»

Den Schuß und das Fensterklirren hört Bienzle gleichzeitig, Bruchteile von Sekunden später Hannelore Schmiedingers Schrei. Die Katze stößt ihre Krallen in seinen Schenkel; er springt auf und rennt mit dem beißenden und schreienden Vieh am Bein zum Fenster, reißt es auf, krabbelt den Hang hinauf, die Katze läßt nicht los, er hört einen zweiten Schuß pfeifen, wirft sich hin, robbt weiter; ein Motor heult auf – ein Motorrad? Ein Moped? Er richtet sich auf, stolpert, setzt sich auf den Hintern und läßt sich zum Fenster zurückrutschen.

Hannelore Schmiedinger liegt regungslos am Boden. Ihre schmale Brust hebt und senkt sich kaum merklich. Blut sickert unter dem roten Haar hervor – ein anderes, tieferes Rot. Bienzle greift automatisch zum Telefon, alarmiert die Kollegen, bittet um einen Krankenwagen und wirft sich in den Sessel. Der Kommissar, dem alles wie von selbst gelingt, dem alles zufällt... Der Nesenbach-Maigret hat zugesehen, wie man seine wichtigste Zeugin zu ermorden versuchte... Er starrt die Frau an. Wie schön sie ist, denkt er, und wie zerbrechlich. Sie hätte Schutz gebraucht und Hilfe...

Draußen flirrt der Sommerabend. Die Katze ist zurückgekommen und sitzt mauzend am offenen Fenster. Bienzle ist wie gelähmt. Er fürchtet sich vor der Apathie, die ihn überfällt. Seine Hände schließen und öffnen sich mechanisch; er merkt es nicht.

Als die Streife kommt, sitzt er noch immer da wie betäubt. Er läßt die Kollegen die Arbeit machen, geht hinaus, steigt langsam hinauf zum Eugensplatz. Er zählt die Stufen, kommt auf 400. Die glatte Zahl befriedigt ihn irgendwie. Er setzt sich in sein Auto und hockt reglos hinter dem Lenkrad. Nach einer Weile läßt er den Motor an, reißt den ersten Gang hinein, gibt Gas und läßt die Kupplung schnappen. Der Wagen macht einen Satz nach vorn und nimmt einem anderen Fahrzeug die Vorfahrt. Bienzle hat ein Gesicht, das selbst seine Frau nicht wiedererkennen würde.

Der Kommissar ist auf dem Weg zum Quellenwirt in die Altstadt.

Den Wagen stellt Bienzle hinter der Leonhardskirche ab und geht die paar Schritte zum Quellenwirt zu Fuß. In der Kneipe ist es laut wie immer, und die Luft ist zum Schneiden. Ein Musiker spielt auf der Hammondorgel, begleitet von einem automatischen Rhythmusgerät, ‹Blue Spanish Eyes›. Der Wirt, breit und behäbig, wischt mit einem feuchten Tuch die Theke ab und starrt dem Kommissar ins Gesicht.

«Des bedeutet nix Gut's, wenn Sie kommet», murmelt er und stellt Bienzle ungefragt ein Bier hin.

Ein paar Männer verdrücken sich. Anna, die Bedienung, sammelt das Geld ein, das sie auf den Tischen zurückgelassen haben, und kommt zur Theke. Sie ist zu dick. Ihre weiße Bluse kämpft ständig um den Anschluß an den Rockbund. Ohne Erfolg.

«Ja», sagt Bienzle, «das bedeutet nichts Gutes.»

«Es hat noch nie was Gutes bedeutet», sagt der Wirt. «Aber wenn Sie's schon zugeben...»

«Stuttgart war mal eine ganz anständige Stadt», sagt Bienzle, «sogar in der Altstadt.» Das Bier trinkt er in einem Zug leer und schiebt das Glas über den Tresen.

«So isch's no au wieder», sagt der Wirt und dreht den Bierhahn auf.

«Das ist mein Spruch», mault Bienzle und geht zu einem Ecktisch, an dem drei Stammgäste mit einem Mann, dem leicht anzusehen ist, daß er vom Land in die Stadt gekommen ist, um etwas zu erleben, ‹Fingerhütchen› spielen. Eine Erbse wird auf den Tisch gelegt, der Spieler schiebt eines von drei Fingerhütchen darüber, fährt mit allen dreien hin und her, wechselt blitzschnell von einer Hand in die andere und fragt schließlich: «Na, wo steckt sie?» Der fremde Gast deutet auf einen Fingerhut; der Spieler hebt ihn hoch. «Nichts», sagt er; «fünf Mark für mich.»

Bienzle hebt die drei Fingerhüte hoch, zieht aus einem einen Wattebausch mit der Erbse drin. «So einfach ist das», sagt er. «Die Erbse steckt in der Watte. Egal welchen Fingerhut man hochhebt, die Erbse findet man nie auf dem Tisch... Verbotenes Glücksspiel. Gebt dem Mann sein Geld zurück.»

Die drei schieben Geldscheine über den Tisch. Bienzle geht zum Tresen zurück. ‹Der Polizist unterliegt dem Verfolgungszwang› – so hat er es gelernt. Eigentlich müßte er die Personalien der drei aufnehmen und den Kollegen vom Betrugsdezernat weitergeben. Er dreht sich noch mal um: «Haut ab, bevor ich mir's anders überleg!» Das Ganoventrio zahlt und verdrückt sich hastig. Der Provinzonkel auch.

Bienzle schüttet das nächste Bier in sich hinein und schiebt das leere Glas unter den Hahn. An der Tür ist Korbut erschienen. Bienzle sieht ihn aus den Augenwinkeln, ohne zu zeigen, daß er ihn bemerkt hat.

«Ja, Frankfurt – das ist was anderes», sagt er nachdenklich; «da sitzen die Waffen lockerer, da geht es um größere Beträge, da ist das Verbrechen brutal. Bei uns war's bisher ein bißchen gemütlicher. Kein Klein-Chicago.»

Der Wirt wird unruhig, würde offenbar gern in die Küche verschwinden, traut sich nicht, bleibt stehen.

«Daß sich irgendwer einen Killer kauft, um einen Hehler umzulegen – gut, das kann auch hier passieren. Obwohl es für uns ziemlich neu ist. Aber daß ein harmloses, hilfloses Mädchen, eine kleine Sekretärin, die nichts auf dem Kerbholz hat, die immer nur gearbeitet, ihr kleines Leben gelebt hat, vielleicht sogar ein bißchen glücklich war – daß eine solche liebenswerte Person...» Bienzle dreht sich blitzschnell um und macht drei energische Schritte auf Korbut zu, der noch immer in der Tür steht. «... kaltblütig niedergeschossen wird wie ein Stück Vieh im Schlachthof», brüllt er plötzlich los, hat Korbut am Revers gepackt und fährt dann ganz leise, fast flüsternd fort: «... das ist wirklich neu für unser Stuttgart.»

Beim Quellenwirt ist es mäuschenstill geworden.

Korbut ist kreidebleich im Gesicht und zittert. «Herr Kommissar...» stottert er.

«Ich hab Sie zum Bier eingeladen; setzen wir uns», sagt Bienzle fast im Plauderton. «Was kann ich für Sie bestellen?»

Anna kommt an den Tisch und wischt ihn blank, obwohl er völlig sauber ist.

«Zwei Halbe und zwei Kirsch», sagt Bienzle.

Kriminalanwärter Haußmann kommt herein, sieht seinen Chef und setzt sich unauffällig drei Tische weiter hin. So unauffällig, daß ihn jeder der Gäste aus größter Entfernung als Bullen erkennt.

«Kommen Sie her, Haußmann», ruft Bienzle. Der junge Polizist setzt sich zu den beiden an den Tisch und bestellt ein Viertel Wein. «Na, was haben Sie herausbekommen?» fragt Bienzle.

«Eine ganze Menge», flüstert Haußmann. «Ziemlich belastend für manche Leute...»

Das mit dem Trauerstrauß war also kein Zufall, denkt Bienzle; helles Köpfchen; spielt mit... «Ja, ja», sagt er laut, «einen Bruch machen, das ist eine Sache; die Beute zu versilbern ist eine andere – na, immerhin, darauf verstehen sich viele. Aber...» Er wird schon wieder laut: «... wehrlose Menschen kaltblütig zu erschießen, das ist wieder was anderes. Wir haben jetzt Killer in der Stadt, richtige große Gangster. Korbut, trinken Sie doch! Was haben Sie denn?»

«Korbut?» fragt Haußmann interessiert. «Ach, das hier ist Korbut?»

Der Junge ist wirklich klasse, denkt Bienzle und sagt laut: «Nun aber sachte, Kollege Haußmann; wir wollen unser Pulver nicht verschießen.»

Korbut rutscht auf der Bank hin und her und kippt seinen Kirsch.

«Herr Kommissar, was sollen denn die Andeutungen!» sagt er dann. «Sie wissen genau, daß ich nichts mit der Sache zu tun habe.»

«Mit welcher Sache?» fragt Bienzle scheinheilig.

«Na, mit dem Mord an Jarosewitch.»

«Aber wer behauptet das denn?» Bienzle schaut seinem Gegenüber verschlagen ins Gesicht. «Ich will Ihnen mal eine Geschichte erzählen. Und ihr könnt alle zuhören», ruft er ins Lokal. «Also: Da kommt ein Polizist in das Geschäft eines Juweliers, der am Tag zuvor ermordet worden ist. Die Angestellten haben es sich gemütlich gemacht, sie feiern ein bißchen... Aber das spielt ja keine Rolle. Auf jeden Fall, der Polizist fragt... Ist ja sein Job, nicht wahr? Er fragt, und eine der Angestellten antwortet auch. Sie sagt nicht viel, aber was sie sagt, macht einen anderen Angestellten ganz verwirrt. Er fährt dem Mädchen über den Mund, versucht statt ihrer die Antworten zu geben, brüllt sie an – gerade so, als ob er unbedingt verhindern müßte, daß sie was ausplaudert... Natürlich besucht der Polizist das Mädchen noch mal; will mehr wissen. Und erfährt auch mehr – freilich nicht genug, denn bevor das Mädchen richtig auspacken kann, hat sie schon eine Kugel im Kopf... Das ist die Geschichte, Korbut. Und jetzt kommt das Quiz: Wer wußte davon, daß jenes Mädchen mir etwas erzählen konnte und auch bereit dazu war? Na? Die Frage ist doch nicht so furchtbar schwer.» Und lauter: «Na, Korbut, wird's bald?»

Beim Quellenwirt könnte man eine Stecknadel fallen hören. Haußmann hält den Atem an. Bienzle starrt dem bleichen Korbut ins Gesicht. Der sitzt völlig erstarrt auf der Bank. Seine Hand greift zum Glas und bewegt sich dann langsam zurück.

Plötzlich lehnt sich Bienzle wie erschöpft zurück und sagt ziemlich leise: «Ich muß noch schnell was essen, dann verhafte ich Sie.»

Keiner beim Quellenwirt lacht, denn jeder kennt Bienzle gut genug, um zu wissen, in welcher Stimmung er ist. Wortlos schiebt der Wirt dem Kommissar einen Teller mit einem Knöchle auf Sauerkraut hin.

Bienzle denkt, ich muß das essen, sonst bin ich nach dem nächsten Glas hinüber... Er schlingt das halbwarme Eisbein hinunter. Spricht kein Wort. Das Mädchen fällt ihm ein. Rotes Blut unter rotem Haar... Er schiebt den Teller von sich und sagt laut in das Gemurmel im Wirtshaus:

«Jeder, der was über die Geschäfte des Herrn Jarosewitch weiß, sollte es mir möglichst bald sagen – Diskretion Ehrensache, versteht sich.» Dann: «Herr Korbut, Sie kommen mit.»

Es ist schon nach Mitternacht als Bienzle, Haußmann und Korbut in der Polizeidirektion in der Dorotheenstraße ankommen. Bienzle ist müde und überreizt. Er hat vergessen, Hanna anzurufen. Darauf legt sie Wert. Morgen, beim Frühstück, wird sie sagen, ich hab mich halb zu Tode gesorgt – man weiß doch nie, was passiert... Wenn er nach Hause kommt, wird sie tief und fest schlafen. Trotzdem wird sie morgen glauben, daß sie kein Auge zugetan hat in der Nacht.

Er sieht Korbut an und sagt zu einem Uniformierten: «Passen Sie mal bißchen auf den Typ auf; ich muß mit Haußmann reden.» Sie gehen in Bienzles Büro. Er setzt sich langsam in seinen Sessel und holt aus dem Aktenschrank eine Cognacflasche. Er gießt beiden ein.

«Wie war's bei der Witwe?» fragt er.

Haußmann hat sich tatsächlich Blumen beschafft, ein Kärtchen dazu geschrieben und ist dann hinmarschiert. «Ich sagte, Konsul Hermanndung schickt mich – ein anderer Name ist mir nicht eingefallen... Sie hat mich selber empfangen. Da war ein Herr Bäuerle, ihr Bruder. Der Fahrer des Volvos. Ich hab irgendwas gesagt von Geschäften, die da noch abzuwickeln seien, und der Herr Konsul besteht auf einem baldigen Gespräch... Die hat gesagt, sie kommt mit ihrem Bruder vorbei, sobald die Trauerfeierlichkeiten überstanden sind – ihr Bruder führt das Geschäft weiter. Ob sie denn das Testament schon kenne, hab ich noch gefragt, aber da hat mich der Bruder ziemlich kompromißlos hinauskomplimentiert.»

«Sonstige Beobachtungen?» fragt Bienzle müde.

«Zuerst dachte ich, sie hat was mit dem Diener oder was der ist, aber da ist wohl nichts dran. Der Bruder, dieser Rechtsanwalt Bäuerle, spielt den großen Macker. Das ist so ein Aufsteigertyp... Ich hab mich ein bißchen umgehört. Ein Bekannter von mir ist Anwalt und kennt den Herrn Bäuerle. Er sagt, die Geschwister seien ganz dick, aber Jarosewitch habe seinen Schwager nur verachtet. Alle Versuche von Hedwig, ihren Anwaltsbruder ins Geschäft zu bringen, seien gescheitert. ‹Winkeladvokat› habe er ihn genannt... Sein Geld verdient Bäuerle vor allem mit Scheidungsfällen und so. Außerdem gilt er als Frauenheld. Er soll auf ziemlich großem Fuß leben, aber niemand weiß so recht, wie er das finanziert. Ob ihm sein Schwesterherz was zuschießt, wußte mein Bekannter nicht, aber er hält's für möglich.»

«Komisch», sagt Bienzle, «aber er war der erste, der im Büro war. Und er hat da offensichtlich rumgestöbert.»

«Ob die beiden Jarosewitch auf dem Gewissen haben?» überlegt Haußmann.

«Schon möglich, aber unwahrscheinlich», meint Bienzle. «Ich glaube eher, daß sie absahnen wollen, ehe zuviel gefragt wird.» Und dann: «Nehmen Sie sich doch mal Korbut vor.»

Haußmann ist geschmeichelt. Er läßt sich vom Nesenbach-Maigret die Details geben und geht Richtung Vernehmungszimmer. Der erste große Fall, den er vor die Nase bekommt, und Bienzle zieht ihn gleich so mit hinein... Auf dem Weg zum Verhör ruft Haußmann noch schnell seine Freundin an und erzählt ihr von den Fortschritten in seiner Polizeikarriere.

Bienzle sitzt am Schreibtisch ‹wie ein Pfund Schnitz›, wie er selber sagen würde. Aber er sagt nichts. Müde ist er, ausgepumpt und traurig... Was mag mit dem Mädchen sein? Er ruft das Karl-Olga-Krankenhaus an. Eine Nachtschwester ist ungnädig, der Arzt spricht nur gebrochen Deutsch, aber soviel versteht Bienzle: Hannelore Schmiedinger ist am Leben, aber nicht aussagefähig. Ihm würde es genügen, wenn sie fähig wäre, einen Blumengruß von ihm in Empfang und zur Kenntnis zu nehmen.

Wenn Bienzle an einem Fall ist, kann ihn niemand stoppen oder auch nur beeinflussen. Er steckt seinen Kopf ins Vernehmungszimmer: «Korbut, ich geh jetzt zu dem Bäuerle und sag, du hättest gegen ihn ausgesagt... Hat er?» fragt er den jungen Kollegen.

Haußmann zuckt nur die Schultern; Korbut starrt den Kommissar böse an und murmelt: «Ist doch Ihr Problem, was Sie für einen Scheiß machen.»

Das war nichts, denkt Bienzle und macht sich auf den Weg.

Bäuerle bewohnt ein Haus in Stuttgart-Zuffenhausen, gleich beim Porsche-Werk rechts rum, so hat es ein ortskundiger uniformierter Kollege beschrieben. Das Haus liegt im Dunkeln. Auf der gegenüberliegenden Straßenseite parkt ein weißer Mercedes. Bienzle hat den Mann noch gesehen, der schnell seinen Kopf unter das Armaturenbrett drückt. Er klingelt so lange, bis im Innern des Hauses ein Lichtschimmer aufleuchtet. Dann steht Bäuerle verschlafen und im Morgenrock unter der Tür.

«Sagen Sie bitte nicht, es sei eine Unverschämtheit und so was», sagt Bienzle, ohne sich lange zu bemühen, Bäuerle zu begrüßen. «Ich kenne das alles, und ich würde doch nur sagen, Sie hätten sich strafbar gemacht, weil Sie gestern vormittag wichtiges Beweismaterial im Mordfall Jarosewitch beiseite geschafft haben, noch ehe die polizeiliche Ermittlungsarbeit begonnen hatte. Ich bin Kommissar Bienzle von der Mordkommission, und wenn ich an einem Fall arbeite, mache ich manchmal die Nacht durch. Dafür kriege ich dann später mal ein paar Tage frei.»

Bäuerle bittet ihn herein. Wenn er sich erschrocken hat, läßt er es sich zumindest nicht anmerken.

«Da drüben sitzt ein Mann, der Ihr Haus beobachtet. Ihre Leibwache? Oder einer, der für Sie gefährlich werden kann?» fragt Bienzle.

«Vielleicht ein neugieriger Polizist», gibt Bäuerle zurück.

«Nicht schlecht», sagt Bienzle; «wenn ich mal mehr Zeit habe, komme ich auf ein paar Takte Konversation vorbei... Kennen Sie Hannelore Schmiedinger?»

«Natürlich; sie arbeitet für meinen Schwager.»

«Na, jetzt ja nicht mehr; er ist ja tot, und ob sie den Mordanschlag überlebt, weiß noch niemand.»

«Was heißt denn das?» Bäuerle zeigt keinerlei Wirkung. «Hat man etwa...»

«Ja, man hat. Man hat versucht, die Sekretärin Ihres seligen Schwagers umzulegen. Vor meinen Augen... Wenn sie überlebt, wird sie die Narbe mit den Haaren überdecken können.»

«Und warum schmeißen Sie mich aus dem Bett?» fragt der Rechtsanwalt.

«Sie waren heute früh im Büro Ihres Schwagers. Sie sind nicht sein Rechtsbeistand, oder?»

«Ich war im Auftrag seiner Ehefrau da.»

«Haben Sie gefunden, was Sie suchten?»

«Ich habe nichts Bestimmtes gesucht.»

«Sie werden nicht erwarten, daß ich das glaube, aber Sie werden wissen, daß ich das Gegenteil nicht beweisen kann.»

Bäuerle zuckt die Achseln und gähnt übertrieben. Da versucht Bienzle einen Schuß ins Blaue, in der vagen Hoffnung, damit – wenn nicht heute, dann zu einem späteren Zeitpunkt – ins Schwarze zu treffen:

«Herr Bäuerle, diese Geschichte ist gefährlicher, als Sie glauben. Hinter dem Mord und dem Mordanschlag stecken Profis von einer Qualifikation, wie wir sie bisher in Stuttgart nicht hatten. Eine überregionale, wahrscheinlich eine internationale Organisation. Ihr Schwager muß sich in Geschäfte eingelassen haben, die anderen nicht ins Konzept paßten. Er hat sich übernommen und mußte büßen. Jeder Zeuge wird denselben Weg gehen wie...»

Er unterbricht sich, geht zum Telefon, fragt nicht erst, ob er darf, und ruft das Präsidium an. Er läßt sich Haußmann geben – der ist weiß Gott noch da! – und sagt: «Sofort zwei Mann ins Karl-Olga-Krankenhaus! Das Mädchen muß bewacht werden.»

«Schon vor zwanzig Minuten angeordnet», sagt Haußmann.

Das ist einer der seltenen Augenblicke, in denen Bienzle sprachlos ist. Haußmann berichtet:

«Korbut hat gestanden, fürchterliche Angst zu haben. Bisher, sagt er, sei alles hier im überschaubaren Rahmen abgelaufen, aber jetzt habe eine große Organisation die Finger drin. Wer singt, sei hin. Ich dachte mir, dann probieren sie es bei der Schmiedinger womöglich noch mal.»

«Junge, Junge, wenn Sie nicht befördert werden, laß ich mich degradieren», sagt Bienzle und legt auf.

Haußmann bedauert, daß es zu spät ist, seine Freundin anzurufen.

Bienzle wendet sich wieder Bäuerle zu: «Ich will vorerst gar nicht mehr wissen, was Sie vielleicht gesucht haben. Wenn Sie das Richtige gefunden haben, legen Sie sich am besten zwei Dutzend Mann Leibwache zu... Oder Sie sagen mir alles.»

«Das zieht bei mir nicht», sagt Bäuerle.

«Ich will mal ausnahmsweise offen sein», sagt Bienzle. «Aber vorher noch eine Frage: Haben Sie vielleicht ein Bier im Haus?»

Nachdem er sein Glas in einem Zug geleert hat, sieht er Bäuerle nachdenklich an und sagt: «Ihr verstorbener Schwager hat sich mit einer großen Organisation eingelassen. Wahrscheinlich handelt es sich um einen internationalen Verein. Die haben sich bislang auf Frankfurt, Düsseldorf, Hamburg und Berlin beschränkt. Jetzt sind sie offensichtlich auch daran, in Stuttgart Fuß zu fassen... Ich nehme natürlich nicht an, daß Sie mit denen gemeinsame Sache machen; dafür sind Sie eine Nummer zu klein. Aber um sich gegen die zu stellen – nehmen Sie's mir nicht übel, dafür sind Sie zehn Nummern zu klein.»

Bäuerle geht zur Hausbar und gießt sich ein Wasserglas mit Whisky voll. «Sie auch einen?» fragt er.

«Wenn es Ihnen nicht zuviel Mühe macht, hätte ich gerne ein Wurstbrot oder so was», sagt Bienzle.

Bäuerle geht in die Küche und kommt mit einem Stück Leberwurst und Brot zurück. Richtig ordinär wirkt das Vesper auf dem feinen Glastisch vor den Miller-Sesseln, denkt Bienzle und geht sofort daran, den alten Zustand wiederherzustellen, indem er alles aufißt.

«Nun», fragt er mit vollem Mund, «haben Sie dazu irgend etwas zu bemerken?»

Bäuerle antwortet nicht.

«Na?» fordert Bienzle noch mal auf.

«Ich muß nachdenken», sagt der Anwalt.

«Nachdenken ist immer gut, wenn es nicht zu lange dauert. Kann ich noch mal telefonieren?»

«Sie fangen ja an, Höflichkeit zu entwickeln», grinst Bäuerle.

Bienzle gibt seinen Einsatzplan durch. Sieben Minuten später fahren zwei Polizeiwagen gleichzeitig aus entgegengesetzter Richtung in die Straße ein, mit kreischenden Bremsen halten sie vor und hinter dem weißen Mercedes, so daß keine Zeitung mehr zwischen die Stoßstangen passen würde.

Bienzle und Bäuerle sehen vom Fenster aus zu, wie je zwei junge Beamte aus ihren Wagen spurten, einer von ihnen den Schlag aufreißt und den Fahrer herauszieht.

Bienzle geht hinaus, schaut dem Festgenommenen ins Gesicht und fragt: «Name? Alter? Beruf?»

«Antonio Breda, 26, Kellner», sagt der verdutzte Mann.

«Italiener?»

«Ja.»

«Beschäftigt wo?»

«Pizzeria La Fontana.»

«Und das heißt zu deutsch so etwas wie Quelle?» fragt Bienzle.

«Sì, sì.»

«Der ist nur ein kleiner Fisch», sagt Bienzle zu den Beamten, und zu dem Kellner: «Pesce piccolo.»

«Ich spreche fließend deutsch», sagt der Kellner, und daran hat Bienzle auch keinen Moment gezweifelt. Er bittet die Beamten, die Personalien aufzunehmen und den Kellner dann laufenzulassen. Und zu Breda sagt er: «Paß auf, mein Junge...» Er hält inne; dann: «Entschuldigung; ich fange auch schon an, fremde Menschen zu duzen, nur weil sie Gastarbeiter sind. Also: Passen Sie auf; ich gebe Ihnen einen guten Rat. Ich habe Sie nicht gesehen, die Kollegen hier auch nicht. Sie erzählen dem, der Sie geschickt hat – ich will gar nicht wissen, wer es ist... also Sie sagen ihm, daß Sie den Auftrag ausgeführt haben. Erzählen Sie ihm ruhig, daß ich den Herrn Bäuerle aufgesucht habe und so weiter. Aber nichts davon, daß wir Sie ertappt haben. Ist das klar?»

Der Italiener kratzt sich am Kopf, antwortet aber nicht.

«Das muß Ihnen doch klar sein! Wenn Sie einen Scheiß bauen, kriegen Sie Schwierigkeiten mit Ihrem Boss. Womöglich knallt der Sie ab, wenn er weiß, daß Sie Kontakt mit der Polizei hatten. Also Sie tun so, als ob nichts gewesen wäre. Und wenn Sie doch von meinem Besuch bei Bäuerle berichten, wird der Boss sagen, va bene oder wie das heißt, und Sie werden ein paar Lire Zulage bekommen... Ich helfe Ihnen ja dabei. Ich will gar nichts wissen – nicht, wer Sie schickt, und nicht, was dahintersteckt. Das ist mein Job, das auch ohne Sie rauszukriegen. Sie sollen nur verschweigen, daß Sie von uns erwischt worden sind... Ist doch im gemeinsamen Interesse, oder?»

«Jaaa...» Antonio Breda nickt langsam. «Ich wäre Ihnen aber dankbar, wenn Sie nicht morgen in unserer Pizzeria auftauchen und Fragen stellen würden.»

Bienzle muß ein Lächeln unterdrücken.

Und jetzt duzt er ihn doch: «Junge, das ist doch Ehrensache! Ich werd vielleicht bei euch mal reinschauen – aber nur, um Pizza zu essen...»

Dann entschuldigt er sich noch einmal. «Wenn Sie wollen, können Sie auch du zu mir sagen.»

Es ist zwei Uhr nachts. Bienzle fährt auf der Bundesstraße 27 in Richtung Tübingen. Im Sieben-Mühlen-Tal hängt ein leichter Nebel.

Er weiß nicht, warum er hier fährt. Eigentlich gehört er nach Hause ins Bett. Aber die Strecke kennt er im Schlaf, und da kann er ja auch noch ein Stück weiterfahren, obwohl er ins Bett gehört.

Im Radio hört er Musik, ohne zuzuhören, bis die ersten Akkorde einer Gitarre ihn wecken. ‹Jeux interdits›; Narciso Yepes spielt. Nur einer spielt so Gitarre. Als ob ein Schrammelmusiker und ein Wiener Symphoniker sich zusammengetan hätten, um spanische Musik zu machen. Narciso Yepes spielt Bach auf der Gitarre wie einen Wiener Walzer, und ‹Jeux interdits› ist sein schönstes Stück... Du bist sentimental, denkt Bienzle und fährt an Steinenbronn vorbei. Es geht ihm wie bei seinem ersten Opernbesuch: er konnte nur an eines denken: Die sollen nicht aufhören, Musik zu machen. Dreizehn war er, und seine acht Jahre ältere Schwester hatte ihn mitgenommen. Sie liebten sich damals, er und seine Schwester. Oder vielmehr, er liebte sie.

Ernst Bienzle nähert sich seinem Heimatort. Da war er geboren und aufgewachsen. Im alten, häßlichen, backsteinernen Schulhaus von Dettenhausen. Seine Kindheit zwischen dem Geruch geölter Klassenzimmerfußböden, der auch in die Wohnung drang, und dem großen Wald, durch den er tagelang streifen konnte, war glücklich gewesen – oder bildete er sich das nur ein? Jetzt spielt er Dettenhausen in Stuttgart; ohne besonderen Erfolg, was ihn selbst betrifft... Er denkt an Hannelore Schmiedinger.

Da liegt das Dorf, hingekuschelt im Tal. Geborgen war man da, aber auch weit weg von der Welt. Er fährt durch, ohne nach links oder rechts zu schauen. Und er überlegt, ob er in der Lage sein würde, noch einmal etwas ganz anderes zu machen. Zum Beispiel: Allein sein.

Was waren das für Menschen, die wegen eines Millionengewinns aus gestohlenem oder geraubtem Schmuck das Leben anderer vernichteten? Wer im Dettenhäuser Schulhaus aufgewachsen war, konnte so etwas nicht. Der konnte überdurchschnittliche Fähigkeiten allenfalls entwickeln, wenn es galt, solche Leute zu fangen. Der konnte sich immer nur richtig verhalten, dem Gesetz zu seinem Recht verhelfen... Sein Gesicht verzieht sich zu einer Grimasse. Er denkt an den kleinen Einbrecher Kalle Reich, der die Villa eines Richters – ausgerechnet! – ausgeraubt hatte. Beute: DM 25,–, auf dem Küchenbuffet zurechtgelegt für die Putzfrau am nächsten Tag... Klein war er, der Kalle, mickrig, vom Leben geprügelt. Aber ein Kollege des Bestohlenen war unnachsichtig. Höchststrafe. Als der Kalle rauskam, erzählte er seine Geschichte einem Journalisten und bekam zweihundert Mark dafür, obwohl die Story nie veröffentlicht wurde. Das Geld haben dann andere Ganoven in der Kneipe bei ihm gesehen und weggenommen, und als er ihnen nachlief und über sie herfiel, obwohl die beiden zusammen das Fünffache von ihm wogen, kam Polizei dazu. Die haben natürlich gegen ihn ausgesagt, die beiden, die ihm das Geld genommen hatten. Und die Polizisten: «Wo willst du denn zwei Hunderter hergehabt haben?» Und er: «Von einem Journalisten.» Da haben sie ihn verprügelt, weil sie glaubten, daß er sie verarschen wollte...

Musiklehrer hatte er werden wollen.

Er fährt an Tübingen vorbei und denkt, du mußt irgendwann umkehren. Es wird ein wenig heller. Vorankündigung der Dämmerung. Hinter Hechingen hält er, steigt aus und atmet die feuchte Morgenluft ein. Er läßt den Wagen stehen und geht drauflos. Ein kleines Dorf; die Häuser noch im tiefen Schlaf. Nur in der Bäckerei rumort es. Er klopft an die Scheibe. Ein alter Mann mit einer weißen Mütze schaut heraus.

«Sagen Sie mal», sagt Bienzle, «ich dachte immer, die Bäcker haben ihre Brötchen tiefgefroren und können jetzt drei Stunden später aufstehen?»

Der Alte lacht. «Ja, wo kommscht au du her?»

«Von Schtuagert», sagt Bienzle und merkt überhaupt nicht, daß ihm die andressierte Schriftsprache verlorengegangen ist.

«Und wo soll's nagange?»

«Eigentlich wiedr z'rück.»

«Willscht reikomma?»

Bienzle wundert sich nicht, daß der Bäcker ihn duzt, und auch nicht, daß er ihn in die Backstube einlädt.

Jetzt sitzt er an einem langen Tisch. Der Bäcker knetet den Teig, wellt ihn aus, steckt ihn in einen gußeisernen Brötchenformer – «mei einzige Maschin» –, schmeißt die Brötchen, immer zwölf Stück, auf den Schieber und schießt sie in den Ofen ein. Die fertigen kommen dann in einen großen Korb. Bienzle bedient sich. Ich werd Bauchweh kriegen von den ofenwarmen Brötchen, denkt er und wundert sich, daß er beim Denken die Schriftsprache benutzt.

Sie reden übers Wetter und über den Naturschutz, über die junge Generation und das aussterbende Handwerk. Es ist wohlig warm und trocken hier drin. Der alte, weißbestäubte Mann lacht viel und laut.

«Und was machst du so?» fragt der Bäcker plötzlich.

«Ich bin bei der Polizei», sagt Bienzle.

Da werden die Augen des Alten schmal, und sein Rücken wird steif. «Das macht eine Mark zwanzig», sagt er, und es ist kein Zweifel, daß für ihn die Unterhaltung beendet ist.

Bienzle legt zwei Mark auf den Tisch und steht auf.

«Daß mr sich so täusche kann», brummelt der alte Mann.

«Daß Sie in Ihrem Alter noch solche Vorurteile haben», sagt Bienzle, und sein neuerliches Hochdeutsch macht die Mauer zwischen ihnen noch dicker.

Er geht in den Morgen hinaus, wandert zu seinem Auto zurück und wendet.

Es ist kurz nach sieben Uhr. Bienzle klingelt am Jarosewitchschen Anwesen. Die Dame des Hauses liegt wohl noch im Bett; der Allzweckangestellte Heini erscheint im Bademantel am Gartentor, und die Riesendogge wedelt erfreut mit dem Schwanz und stößt ihren Kopf Bienzle in die Seite, so daß er fast ins Stolpern kommt.

Bienzle nimmt in der Halle Platz. Jetzt merkt er, wie die Müdigkeit von den Füßen her durch seinen ganzen Körper schleicht. Seine Zunge fühlt sich im Mund dick und pelzig an.

Als Hedwig Jarosewitch verschlafen und nur mit einem dünnen Negligé bekleidet die geschwungene Treppe herunterkommt, ist Bienzle in dem bequemen Sessel fest eingeschlafen. Sie sieht auf ihn herab: Er ist bleich und unrasiert; der Mund steht halb offen, was dem Kommissar einen ziemlich blöden Gesichtsausdruck verleiht.

«Soll ich ihn aufwecken?» fragt Heini neben ihr.

Im gleichen Moment reißt der Kommissar die Augen auf, springt mit einem Satz auf beide Beine und blickt wild um sich. Heini und Frau Jarosewitch brechen in schallendes Gelächter aus. Bienzles Allzeit-bereit-Demonstration wirkt wie der wohleinstudierte Auftritt eines Clowns.

Es kostet ihn Mühe zurückzugrinsen.

«Wollen Sie sich vielleicht ein wenig frisch machen?» fragt Hedwig Jarosewitch.

«Das wäre sehr nett, wenn ich das dürfte», sagt Bienzle.

Das Bad ist so groß wie Bienzles Schlafzimmer und schwarz gekachelt. Eine Wand besteht nur aus einem riesigen Spiegel. Bienzle zieht sich aus und betrachtet sich in der Glasfläche; zuerst von vorn, dann von der Seite; entspannt und mit eingezogenem Bauch. Wieder en face. Er zieht die Arme nach oben wie ein Bodybuilder, hält die Luft an, läßt die Muskeln spielen und versucht den Bauch so weit wie möglich nach innen zu drücken. Dann streckt er sich selbst die Zunge heraus und beginnt, sich mit dem Apparat des Verstorbenen zu rasieren. Er duscht heiß und kalt, benutzt das wohlriechende Rasierwasser des Herrn Jarosewitch selig, und als ihm einfällt, daß der fremdartige Geruch seine Frau auf alle möglichen und unmöglichen Ideen bringen könnte, versucht er, das Rasierwasser wieder abzuwaschen; aber der Geruch bleibt.

Auf dem Toilettenschränkchen stehen Vitaminpillen. Bienzle schmeißt drei in sich hinein, trinkt Wasser aus dem Zahnputzglas nach. Putzt sich mit dem rechten Zeigefinger die Zähne und spült lange und ausgiebig mit Odol. Jetzt fühlt er sich besser. Er zieht sich an und verläßt das Bad.

Das ganze Haus riecht nach Kaffee. Als er das Wohnzimmer mit dem weiten Blick über Stuttgart betritt, ist dort schon ein Frühstückstisch gedeckt. Und der ist ganz nach dem Herzen des Kommissars. Da steht zwar auch Joghurt, aber es gibt doch so viele eßbare Dinge, daß es nicht schwerfällt, den Schlankmacher zu übersehen. Bienzle setzt sich mit einem begeisterten Seufzer und sagt: «In diesem Café möchte ich öfter frühstücken.»

Frau Jarosewitch sitzt am Tisch, noch immer im Negligé, und bestreicht sich ein knuspriges Brötchen mit Butter. Bienzle sieht durch den dünnen weißen Stoff die kleinen spitzen Brüste. Er ertappt sich dabei, wie er überlegt, ob eine Brust wohl mehr oder weniger ist als das, was gerade in eine Hand geht, und ertappt sich bei einer einschlägigen Geste.

«Und was führt Sie schon so früh am Tag hier herauf?» fragt Frau Jarosewitch.

Bienzle macht seine Hand wieder flach und greift nach einem Butterhörnchen. «Ich war heute nacht bei Ihrem Bruder – es hat sich da einiges ereignet, was mich sehr nachdenklich macht. Zuerst einmal: Das Haus Ihres Bruders wurde von einem italienischen Jüngling überwacht, der sich als irgendein Laufbursche einer größeren Organisation entpuppte. Zweitens – aber das werden Sie schon wissen: Die Sekretärin Ihres verstorbenen Mannes wurde in meinem Beisein durch einen Pistolenschuß lebensgefährlich verletzt. Drittens: Ihr

Bruder hat das Büro Ihres Mannes durchstöbert, obwohl er ganz sicher nicht zu den Vertrauensleuten seines ehemaligen Schwagers gehörte. Und viertens schließlich: Ein Angestellter Ihres Mannes, Geza Korbut, wurde gestern von mir verhaftet, weil er mit dem Mordanschlag auf Fräulein Schmiedinger zumindest indirekt zu tun hatte, und im Verhör hat er dann zugegeben, daß sich Ihr Mann mit einer großen, vermutlich einer internationalen Organisation eingelassen hat, die ihn offensichtlich liquidierte, nachdem er nicht bereit war, das Spiel nach deren Regieanweisung zu spielen... Und jetzt will ich sagen, was mich zu Ihnen führt: Jeder, der zu diesem Zeitpunkt mehr weiß als die Polizei, ist gefährdet. Wir haben es offensichtlich mit einer Spezies Verbrecher zu tun, bei denen das Töten zum Handwerk gehört. Nun fasse ich meinen Beruf auch so auf, daß ich mögliche Morde präventiv zu verhindern habe... Nebenbei macht das auch weniger Arbeit, als hinterher die Mörder zu suchen.»

«Sie habet a Gemüt wie ein Metzgershund!» Frau Jarosewitch hat ein wenig die Fassung und damit auch das mühsam erarbeitete Schriftdeutsch verloren.

«Kommt ganz darauf an», gibt Bienzle trocken zurück und nimmt sich eine Brezel. «Wenn ich ehrlich bin, muß ich sagen, daß die mögliche Ermordung des Herrn Korbut mich nicht unbedingt davon abhalten könnte, an einer Betriebsfeier teilzunehmen.»

Frau Jarosewitch steht auf und geht vor dem Fenster auf und ab. Sie könnte genausogut nackt sein; gegen das Licht sieht man jede Kontur ihres Körpers genau. Bienzle denkt, wenn die mich verführen wollte, ich würde mich nicht wehren...

Aber sie will offenbar nicht. «Wenn ich Sie richtig verstehe», sagt sie langsam, «denken Sie, ich könnte auch in Lebensgefahr sein.»

«Das kommt darauf an. Ich weiß nicht, wieviel Sie wissen, ob Sie Ihr Mann in seine Geschäfte eingeweiht hat. Ob Sie von dem Projekt wußten, das ihn vielleicht sein Leben gekostet hat.»

Frau Jarosewitch kommt auf ihn zu und bleibt wenige Zentimeter vor ihm stehen. Zum Greifen nahe. Sie riecht wie ein exotischer Blumen- und Kräutergarten. Und sie sagt ganz ernst und verblüffend selbstbewußt:

«Herr Kommissar, Sie können zur Kenntnis nehmen: Mir kann nichts passieren!»

Dann setzt sie sich wieder.

Bienzle ist überrascht und denkt, entweder hat sie der Alte aus allem herausgehalten – das ist das wahrscheinlichste –, oder sie gehört zur anderen Seite; dann braucht sie keine Angst zu haben... Oder hat sie sich auf die andere Seite geschlagen, *weil* sie der Alte aus allem herausgehalten hat?

«Noch etwas Kaffee?» fragt sie.

«Wenn Sie mir einen Schnaps geben könnten... Ich habe heute nacht um vier bei einem Bäcker ofenwarme Brötchen gegessen, und die liegen mir jetzt im Magen.»

Heini bringt einen Schnaps.

«Sie sind wohl immer in Horchweite?» fragt Bienzle.

«Es gehört zu meinen Aufgaben, darauf zu achten, daß Frau Jarosewitch ungeschoren bleibt», sagt Heini.

Bienzle bittet, telefonieren zu dürfen. Im Krankenhaus sagt eine Schwester, Fräulein Schmiedinger sei noch nicht bei Bewußtsein.

«Dieser Verein hat einen großen Fehler gemacht», sagt Bienzle finster, als er an den Frühstückstisch zurückkehrt. «Er hat mich ganz persönlich gegen sich aufgebracht.»

«Und was bedeutet das?» fragt Hedwig Jarosewitch.

«Das bedeutet, daß ich in meinem Zorn weit mehr tue, als man von meiner Gehaltsklasse erwarten kann... Ich werde nicht aufgeben, bis ich diese Leute geschnappt habe.»

«Und Sie glauben nicht, daß Sie sich da zuviel vorgenommen haben?»

«Doch, bestimmt. Aber der Mensch wächst ja bekanntlich mit seinen höheren Zwecken...»

Bienzle geht ohne Dank und Gruß.

Im Wagen schaltet er das Radio an. Norbert Scheumann, beliebter Radioplauderer des Süddeutschen Rundfunks, begrüßt gerade die verehrten Hausfrauen und als Zaungäste die lieben Hausväter und verspricht, daß mit Musik alles bessergehen werde. Bienzle registriert, daß es neun Uhr fünf sein muß, Zeit für die tägliche Hausfrauensendung. Scheumann spielt Oldtimer. Bienzle läßt den Motor an und fährt den Berg hinunter.

Gleich hinter dem Telefonhäuschen passiert es.

Das Sträßchen macht eine enge Kurve; Bienzle tritt auf die Bremse, und das Pedal rutscht widerstandslos durch bis zum Boden. In seiner

Panik tritt Bienzle die Kupplung. Der Wagen bekommt zusätzlich Fahrt. Jetzt will er den ersten Gang hineinreißen, aber es geht nicht mehr... Die Handbremse! Der Weg vom Schaltknüppel zur Handbremse erscheint ihm ungeheuer lang. Der Wagen rast auf einen Vorgarten zu. Die Bremse faßt. Die Reifen quietschen. Das Heck reißt nach rechts weg. Der VW bohrt seine Schnauze in den Gartenzaun. Bienzle wird gegen das Armaturenbrett geschleudert. Die rechte Schulter prallt gegen die Frontscheibe, die sofort splittert.

Plötzlich ist es still.

Bienzle flucht und krabbelt aus dem Auto. Den rechten Arm kann er nicht bewegen. Er besieht sich den Schaden.

«Do hört sich doch alles auf!» keift eine Frau aus einem Fenster im ersten Stock. «Der schöne Gartezaun – und erscht letzscht Woch habe mir'n neu gestricha...»

Ein Ford Capri kommt die Straße herauf und hält neben Bienzle. «Kann ich...» Weiter kommt der Fahrer nicht.

Bienzle hat seinen Polizeiausweis aus der Tasche gefischt, was gar nicht so leicht war, denn er trägt ihn in der rechten Jackentasche, und der rechte Arm gehorcht immer noch nicht. «Kriminalpolizei», sagt er. «Fahren Sie mich sofort zum Haus Nummer 111.»

Der Mann öffnet ihm die Tür; er steigt ein, und der Mann startet wortlos. Die Frau keift.

«Sie könet doch des Auto da net stehelasse...»

Bienzle tritt gegen Jarosewitchs Gartentor. Es springt zu seinem Erstaunen auf. Diesmal knurrt die Dogge, die unter der Haustür sitzt. Bienzle starrt den Hund böse an und sagt: «Halt die Schnauze!» Dann geht er ums Haus. Die Küchentür ist offen; ohne zu zögern, tritt er ein, durchquert die Küche, kommt in die Diele. So leise wie möglich geht er auf das Wohnzimmer zu.

Frau Jarosewitch, noch immer im Negligé, telefoniert. Heini steht hinter ihr und massiert ihr den Nacken.

«Ich weiß ja nicht, wieviel er noch weiß», sagt sie. «Mir ist das alles unheimlich... Natürlich habe ich keine Angst. Aber...»

Heinis Hände gleiten jetzt über ihre Schultern und umfassen ihre Brüste. Zwei Hände voll, denkt Bienzle und ist sauer auf den jungen Allzweckangestellten.

«Was heißt vorsichtig sein? Ich weiß ja sowieso zuwenig!» Sie schiebt Heinis Hände weg, aber der beginnt ungerührt wieder beim Nacken und läßt seine Hände exakt denselben Weg nehmen wie zuvor.

«Nein, ich will gar nicht mehr wissen! Mich interessiert nur der geschäftliche Teil, und ich habe immer gesagt, daß es ein einmaliges Engagement...»

Heini streift das Negligé über die rechte Schulter und küßt seine Chefin auf den Halsansatz. Sie reibt ihren Kopf an seiner Hüfte. Oder doch in der Nähe der Hüfte. Bienzle denkt, wenn der Heini ständig in Horchweite war, kann er die Bremsen nicht kaputtgemacht haben.

«Der ist unheimlich gereizt», sagt Hedwig; «auf mich wirkt er nun mal gefährlich.»

Bienzles rechte Schulter schmerzt. Heini streichelt Hedwigs Brüste.

«Was heißt außer Gefecht gesetzt?» fragt Frau Jarosewitch, und ihre Stimme bekommt einen hysterischen Klang. Wieder schiebt sie die Hände ihres Liebhabers weg.

So gut ist der Haußmann dann auch wieder nicht, denkt Bienzle. ‹Dieser Heini hat nichts mit ihr›, hat er gesagt.

«Und wer hat das angeordnet?» fragt Hedwig nervös. «Alfons hat so etwas ganz bestimmt nicht angeordnet – da hat doch einer eigenmächtig... Nein. Ich will damit nichts zu tun haben. Von Anfang an hab ich gesagt, es muß alles ohne Gewalt... Nein... Nein, sage ich! Was soll denn das? Nur weil ich nicht unglücklich darüber bin, können Sie doch nicht sagen, ich hätte seinen Tod gewollt! Ich hätte mich scheiden lassen, sobald ich das Geld gehabt hätte – mehr nicht...»

Bienzle überlegt. Soll er jetzt gleich eingreifen oder mit seinem Wissen abziehen? Wenn er nur wüßte, mit wem sie spricht... Hedwig schmeißt den Hörer auf die Gabel. Bienzle retiriert hinter den Türbalken. Ihre Stimme klingt aufgeregt.

«Die haben Bienzles Wagen präpariert. Er ist schon kampfunfähig, sagt er.»

«Scheiße», sagt Heini; «er war bei uns. Angekommen ist er doch noch, oder? Also hat der Wagen bis hierher funktioniert. Und auf wen fällt dann der Verdacht?»

«Das ist mir alles klar... Laß das, bitte. Jeden Moment kann wer kommen.»

«Dann können wir immer wieder aufhören...»

«Du bist verrückt!» Ihre Stimme vibriert ein wenig. «Ich hab jetzt wirklich andere Dinge im Kopf.»

«Ja, im Kopf!» sagt er heiser.

Wenn ich noch eine Weile hier stehenbleibe, spar ich mir den Besuch in einem Pornofilm, denkt Bienzle. Aber er rührt sich nicht von der Stelle.

«Später», keucht Hedwig. «Ich möcht ja auch, Heini, aber... Alles zu seiner Zeit.»

Ein wahres Wort, denkt Bienzle und geht auf Zehenspitzen in die Küche. Nur mit Mühe widersteht er der Versuchung, von dem Tablett auf dem Küchentisch ein Brötchen und eine Handvoll Schinken zu greifen. Dann ist er draußen.

Die Dogge läuft hinter ihm her. Mit schnellen Schritten erreicht er den Zaun, stützt sich mit der linken Hand auf dem oberen Rand ab und schwingt sich in einer krummen Flanke drüber. Beim Aufsprung auf der anderen Seite hätte er beinahe laut aufgeschrien, so weh tut ihm die rechte Schulter. Er beißt die Zähne zusammen und trabt zur Telefonzelle. Zuerst ruft er Gächter an.

«Der Italiener ist gefährdet – ich Idiot hab der Jarosewitch gerade erzählt, daß wir ihn auf seiner Beobachtungstour erwischt haben. Ach so, das könnt ihr ja noch gar nicht wissen...» Bienzle schildert ihm die Einzelheiten. «Und dann soll noch einer mit einem Dienstwagen hier raufkommen. Hasenbergsteige, so etwa Haus Nr. 60. Jemand hat an meinem Wagen die Bremsen präpariert; ich hab einen Zaun gerammt, und jetzt ist die Karre hin... Meine Schulter auch.»

«Erst gurten, dann starten», belehrt Gächter.

«Das kannst du dir sparen. Und sei so gut – ruf meine Frau an; ich bin dienstlich unterwegs. Mindestens am Bodensee.»

Gächter murrt: «Du hast wohl keinen Fatz Mut?»

«Mut schon, aber nicht so viel Zeit», sagt Bienzle und hängt auf.

Bei seinem Wagen stehen zwei Polizisten, die Frau aus dem ersten Stock, sieben Schulkinder, drei Hausfrauen und Heini, der Allzweckangestellte.

«Sind Sie der Fahrer des Wagens?» herrscht ihn einer der Polizisten an. «Sie sind da reingefahren und dann weggelaufen – das ist Fahrerflucht!»

«Aber i bin doch wieder da», sagt Bienzle scheinheilig.

«Das ist völlig ohne Belang», weiß der Beamte.

«Wenn Sie wüßten, wie recht Sie haben...» Bienzle zeigt seinen Ausweis.

Sofort werden beide Polizisten lebendig. «Was stehen Sie herum? Gehen Sie weiter!» befehlen sie den Umstehenden. Es dauert einige Minuten, bis der Bürgersteig geräumt ist.

«Der nicht; der kann bleiben», sagt Bienzle und deutet auf Heini. «Wie heißen Sie mit Nachnamen?»

«Bernsteiner. Heinrich Bernsteiner.»

«Und wie kommen Sie hierher?» fragt Bienzle.

«Ich wollte einkaufen, bin hinten durch die Gärten, da ist ein kleiner Weg.»

«Sie gehen ohne Tasche oder so was einkaufen? Und dann noch zu Fuß – wo doch hier oben kaum Geschäfte sind?»

«Das Wichtigste kann man hier schon bekommen. Und es gibt ja Plastiktüten.»

«Verstehen Sie was von Autos?» fragt Bienzle.

«Nicht viel.»

«Gut, dann sind Sie entlassen.»

Bernsteiner schaut ihn entgeistert an.

«Haben Sie was?» fragt Bienzle.

«Nein, eigentlich nicht. Nur... Auf Wiedersehen, Herr Kommissar.»

«Ach – Moment noch!» ruft Bienzle hinter ihm her: «Wer ist eigentlich Alfons?»

Da beginnt Bernsteiner zu rennen, springt über eine Buchsbaumhecke, umkurvt eine Platane und ist verschwunden.

«Soll ich ihm nach?» fragt der junge Polizist. «Ich laufe hundert Meter in zehn Komma neun.»

«Der auch, wenn er die Hose so voll hat wie eben!» Bienzle lacht, hört abrupt auf und hält sich die Schulter.

Haußmann kommt mit einem Dienstmercedes.

«Bringen Sie mich ins Karl-Olga-Krankenhaus», sagt Bienzle.

«Warum? Das Marienhospital ist näher.»

«Fräulein Schmiedinger liegt aber im Karl-Olga.»

Haußmann fährt umsichtig die Reinsburgstraße hinunter, über den Österreichischen Platz und Richtung Neckarstraße. Sie schweigen. Dann sagt Bienzle: «Der hat nichts mit der Jarosewitch, der Heini?»

«Ausgeschlossen!»

«Und woher wissen Sie das?»

«Menschenbeobachtung. Ein bißchen Psychologie.»

Wieder Pause. Dann Bienzle:

«Ich hab mich da gerade von hinten durch die kalte Küche zu der Jarosewitch reingeschlichen und ein Telefongespräch belauscht... Richtig unfein.»

«Gott, sind Sie altmodisch!»

«Sie hat telefoniert», sagt Bienzle.

«Das sagten Sie.»

«Bernsteiner, so heißt der Heini mit Nachnamen, stand hinter ihr und hat sie bei der Gelegenheit ausgezogen und so weiter.»

Haußmann tritt ruckartig auf die Bremse. «Nein!?»

«Au!» schreit Bienzle. «Ich bin verletzt, das müssen Sie doch gemerkt haben – ein bißchen Menschenbeobachtung, wenn ich bitten darf.»

«'tschuldigung...»

«Aber das mit der Überwachung von Fräulein Schmiedinger, das haben Sie klasse gemacht», sagt Bienzle.

Dann spricht keiner mehr etwas, bis sie im Karl-Olga-Krankenhaus sind.

«Wo geht's zur Ambulanz?» fragt Haußmann den Mann an der Pforte.

«Da gehen wir nachher hin», sagt Bienzle. «Auf welcher Station liegt Fräulein Hannelore Schmiedinger?»

«Das kann ich Ihnen nicht sagen. Sie darf ohnehin keinen Besuch...»

«Ausgezeichnet», unterbricht Bienzle und zeigt seinen Ausweis. «Ich werde Sie an höherer Stelle lobend erwähnen.»

«Zimmer 316, dritter Stock!» Der Portier schlägt die Hacken zusammen.

«Ein bißchen Menschenbeobachtung und Psychologie sagt mir, daß dieser Mann einstmals Soldat war», murmelt Bienzle im Weitergehen.

Vor Zimmer 316 sitzt Polizeimeister Karl Heinze, Kegelbruder von Bienzle.

«Scheißjob», knurrt er.

«Aber wichtig. Ich bin froh, daß du hier sitzt», sagt Bienzle; «da gibt's ein paar Leute, die das Mädchen möglichst mausetot sehen wollen, und wenn sie es ein zweites oder drittes Mal versuchen müssen.»

«Ehrlich?»

«Ehrlich... Karle, 's isch oifach nemme wia früher! Bei ons goht's uf oimol zuä, als ob mr d' Mafia im Ländle hättet.»

«Du liaber Herr Gesangverein!» sagt Karl Heinze, will sich eine Zigarette anstecken und schiebt sie in die Packung zurück. «I bin im Krankenhaus, um mir's Raucha abzugewöhne», sagt er.

Bienzle lacht und spürt seine Schulter.

«Ja, ischt des dei Ernscht mit dr Mafia?» fragt der Kegelbruder.

«Bis zu dem Moment war mir's eigentlich net ernscht, aber wer woiß, dr Teufel ischt a Eichhörnle», sagt Bienzle, und er sieht sehr nachdenklich dabei aus.

Der Stationsarzt kommt den langen Gang herunter. «Sind die Herren von der Polizei?» fragt er.

Bienzle und Haußmann stellen sich vor.

«Fräulein Schmiedinger hat vor einer Stunde zum erstenmal das Bewußtsein erlangt, aber vernehmungsfähig wird sie frühestens übermorgen sein. Mit einer solchen Kopfverletzung ist nicht zu spaßen.»

Bienzle atmet hörbar auf: «Immerhin ist sie nicht mehr in Lebensgefahr?»

«Nein, das ist sie nicht mehr», sagt der Arzt.

Haußmann wird ungeduldig. «Herr Doktor, unser Kommissar hier ist ziemlich verletzt; er sollte schnellstens behandelt werden.»

«Die Ambulanz ist im ersten Stock», sagt der Arzt; «aber zeigen Sie mal her...»

Bienzle schält sich mühselig aus dem Jackenärmel und schiebt sein Hemd über die Schulter.

«Das muß auf jeden Fall geröntgt werden», meint der Mediziner.

Bienzle hat schwere Prellungen, gebrochen ist nichts. ‹Eine leichte Verrenkung› wird an Ort und Stelle behoben. Bienzle brüllt, daß die Scheiben klirren. Dann läßt er sich von Haußmann ins Büro fahren.

Gächter hängt in seinem hölzernen Bürosessel und liest die *Stuttgarter Zeitung*. Bienzle dreht am Radio, bis er irgendwo klassische Musik findet. Dann setzt er sich Gächter genau in dessen Haltung gegenüber und sagt:

«Nun?»

«Deine Frau ist beunruhigt, sauer, voller Angst und Ärger; sie hat kein Auge zugemacht in der letzten Nacht und überdies schlecht geschlafen, und wenn du's so weitertreibst, brauchst du erst gar nicht mehr heimzukommen.»

«Danke.»

«Das sind nur Auszüge.»

«Genügt.»

«Kaffee?» fragt Gächter.

«Danke, ich hab in einem der ersten Häuser der Stadt gefrühstückt.»

«Den Italiener lassen wir beschatten.»

«Durch wen?»

«Ganter und Gollhofer wechseln sich ab.»

«Die G-Men, aha.»

Gächter mustert ihn. «Irgendwas stimmt mit dir nicht.»

«Alles stimmt nicht, und nicht nur mit mir stimmt alles nicht.»

«O du liabs Herrgöttle...»

«Laß des gefälligst!» schnauzt Bienzle.

«Willst du mich nicht ein bißchen einweihen?» erkundigt sich Gächter unbeeindruckt.

«Also gut... Was wissen wir? Der Jarosewitch will am Sonntag nach Italien – nicht nach Bologna und nicht nach Florenz, sondern nach Venedig. Warum er den Umweg durch den Tauerntunnel nimmt, ist unklar; vielleicht, um einen möglichen Verfolger in die Irre zu führen – was weiß ich. Vielleicht fährt er einfach gern Auto... Na ja. Im Autozug zwischen Gastein und Mallnitz wird er umgelegt, und zwar auf eine verdammt raffinierte Art... Was Neues aus Österreich?» fragt er dazwischen.

Gächter zuckt die Achseln. «Keine Indizien, die gegen meine... eh, unsere Hypothese sprechen. Fingerabdrücke haben sie geschickt, ein paar Dutzend. Die waren am Waggon, und...»

«Am *was?*»

«Waggon. Walter, Anton, zwomal Georg... Da kriegt jetzt wohl irgendein Rangierer versehentlich lebenslänglich.»

«Gott erhalte Franz den Kaiser... Was hast du damit gemacht?»

«Per Bildfunk ans BKA nach Wiesbaden. Der Bescheid ist schon da. Keine erkennungsdienstlich bekannten Pfoten dabei.»

«Kunststück... Also», nimmt Bienzle den Faden wieder auf, «der Jarosewitch wird umgelegt. Der Täter kehrt vermutlich durch den Tunnel zurück, noch ehe sich auf der anderen Seite die Aufregung erst richtig breitgemacht hat. Sein Fahrzeug wird gefunden... Na, und so weiter. Deine – nicht ‹unsere› – Hypothese wird wohl im wesentlichen zutreffen. Die Witwe zeigt sich wenig erschüttert. No ja, der Mann war fast vierzig Jahre älter, und er hinterläßt ein Vermögen. Die Angestellten sind auch nicht unglücklich, sie feiern sogar ein Fest. Aber die Sekretärin weiß was. Der Verkäufer Korbut auch. Die Sekretärin will's erzählen, der Korbut nicht. Die Sekretärin kostet es beinahe das Leben...»

Er schnauft, rückt sich im Sessel zurecht, sagt: «Au!», hält sich die Schulter und fährt fort.

«Die Witwe hat was mit dem Mädchen für alles, einem gewissen Heinrich Bernsteiner. Ihr Bruder durchsucht das Büro ihres Mannes, aber was er weiß, wissen wir noch nicht. Frau Jarosewitch spricht am Telefon von einem Alfons und beteuert, daß sie den Tod ihres Alten nicht gewollt habe – es sei ihr nur ums Geld gegangen... Also hängt sie mit drin. Ein kleiner Italiener bewacht die Villa des Rechtsanwalts Bäuerle; er bedient sonst im La Fontana und hat fürchterlich Angst, daß wir dort erscheinen und herumfragen. Im weiteren versucht irgendwer, mich kampfunfähig zu machen...» Bienzle springt auf, sagt wieder: «Au!», geht zur Tür, reißt sie auf und brüllt in den Korridor:

«Haußmann!»

«Es gibt auch Telefon», murmelt Gächter.

«Ich brauch das für meinen Kreislauf», sagte Bienzle.

Haußmann, der ein Telefonat mit seiner Freundin unterbrechen muß, kommt gespurtet.

«Was sagt eigentlich der Korbut?»

«Der Bericht liegt auf Ihrem Schreibtisch, Herr Kommissar.»

«Ich kann nicht lesen. Jetzt wenigstens nicht.»

«Also, Jarosewitch kauft schon seit Jahren Schmuck aus Diebstählen und Einbrüchen. In Degerloch hat er eine kleine Werkstatt, die ganz offiziell von einer Goldschmiedin betrieben wird, richtig so mit Verkauf, Reparaturarbeiten und so weiter. Die Frau heißt Irene Korbut und ist die Angetraute und inzwischen Geschiedene des Geza Korbut. Ihr Exmann macht den Kurier und überwacht seine ehemalige

Frau. Gelegentlich, wenn es schnell gehen muß, hilft er mit, den gestohlenen Schmuck umzuarbeiten. Da bekommen Brillanten andere Fassungen, Gold wird eingeschmolzen und neu verarbeitet und was es da sonst noch für Tricks gibt. Schmuck, der wirklich nicht mehr zu erkennen ist, kommt in Jarosewitchs eigene Kollektion – es soll mal passiert sein, daß ein bestohlener Mann seiner Frau den ehemals eigenen Brillantring ein zweites Mal in veränderter Form gekauft hat. Was nicht ausreichend verändert werden kann, geht – auch per Kurier – nach Berlin, Hamburg oder ins Ausland an feste Abnehmer. Korbut macht wieder den Kurier. Manchmal reist Jarosewitch voraus und nimmt den Schmuck selbst mit.»

«Aus dem haben Sie ja wirklich eine ganze Menge herausgeholt.»

«Danke... Aber warum Jarosewitch in den letzten vier Wochen so anders war, warum er nicht einmal mit Korbut mehr sprach, weiß der auch nicht. Vier Wochen lang habe der Chef nur rumgeschrien, nichts sei ihm recht gewesen, oder er sei tagelang nicht ins Geschäft gekommen. Besuch habe er zweimal gehabt – von Leuten, die vermutlich ebenfalls Kurierdienste geleistet hätten. Normalerweise hätten sie sich telefonisch angemeldet, und Jarosewitch habe dann alle rausgeschmissen... Einen kennt Korbut. Er soll Max Grüner heißen und auch beim Quellenwirt gelegentlich auftauchen. Man rechne ihn aber zu einer Frankfurter Crew.»

«Crew! Früher hieß das Bande», mault Bienzle.

«Korbut sagt Crew.»

«Von mir aus... Weiter!»

«Daß da noch andere Vermittler und Zulieferer sind, schließt Korbut aus der Tatsache, daß seine Frau auch Schmuck umzuarbeiten hatte, der nicht von ihm gekauft oder transportiert worden ist.»

«Gilt das auch für den Verkauf an in- und ausländische Großabnehmer?»

«Nein; Korbut behauptet, daß nur er den Kurier beim Verkauf gemacht habe.»

«Gut. Sie versuchen rauszubekommen, wer diese anderen Kuriere waren; bei Grüner muß das ja einfach sein. Dann wollen wir mal unseren kleinen Italiener mit ein paar Paßbildern von diesen Leuten konfrontieren.»

«Ich mach mich gleich dran», sagt Haußmann.

«Die Hedwig Jarosewitch ist keine Gangsterbraut», sinniert Bienzle laut vor sich hin. «Die hat eine Chance gesehen, zugegriffen und in lauter Scheiße gelangt.»

«Na, na», sagt Gächter; «ich muß doch bitten...»

Bienzle ist nicht nach Frotzeleien.

«Sie wollte ein Geschäft machen. Kalt und berechnend ist sie vielleicht und lange nicht so dumm, wie ich gedacht habe. Und ihr Heini hält sich für etwas, was er nicht ist.»

«Nämlich?» fragt Gächter.

«Für ihren Liebhaber und Komplicen. Zumindest das eine ist er nicht... Magst du Pizza?»

«Pizza ist zwar so was wie euer Zwiebelkuchen», sagt Gächter, «aber wenn's denn schon sein muß, gehen wir eben ins Fontana.»

Das Haus ist schäbig, aber der Baldachin über der Tür ist prächtig rot und imposant gerafft. Als Bienzle die Tür aufmacht, schlägt ihm amerikanische Rockmusik entgegen. George McCrae singt ‹Rock me, Baby›. Bienzles Geschmack ist das nicht.

Gächter, schlaksig und ungeschickt, stößt an jedem Tisch an auf der Suche nach zwei freien Plätzen. Eng ist es hier, laut, und es riecht anheimelnd nach Fett und Spaghetti, Tomatensoße und Parmesankäse. Antonio Breda hat Bienzle beim Hereinkommen erkannt. Er läßt sich Zeit, bringt nach zehn Minuten die Karte und flüstert:

«Sie haben mir versprochen...»

«Bringen Sie mir ein Viertel roten Landwein», unterbricht ihn Bienzle laut und sagt dann leise: «Da hat sich einiges verändert. Die wissen Bescheid. Eine blödsinnige Ungeschicklichkeit.» Er sagt nicht ‹von mir›.

Breda bedient an ein paar anderen Tischen. Kriminalmeister Gollhofer schlürft drei Tische weiter einen Campari Soda und sieht wirklich nicht wie ein Polizist aus. Eher schon wie ein früh gealterter Hippie.

Bienzle bestellt eine Pizza Diavolo und sagt zu Breda: «Heute abend, 23.30 Uhr, im ‹Ochsen› treffen Sie einen Mann von mir, der erklärt Ihnen alles. Geht das?»

Der Italiener nickt und sagt: «Noch ein Wein – sehr wohl, der Herr.»

Jetzt hat Bienzle Zeit, sich umzusehen. Es ist eine Pizzeria wie tausend andere. Das Publikum: junge Leute, meistens Stammgäste offenbar, die wohl in den umliegenden Bürohäusern beschäftigt sind; wenige italienische Arbeiter. Kein Gast, der durch irgendwelche Besonderheiten auffallen würde.

Gächter sagt: «Manchmal haben sie in einem Hinterzimmer noch Spieltische oder so was.»

«Kann ich mir hier nicht vorstellen», sagt Bienzle, «aber ich muß sowieso mal raus.» Er steht auf und geht durch einen Perlenschnurvorhang, über dem TOILETTEN steht.

Der kleine Korridor ist dunkel und muffig. Es riecht nach Urin und schlechtem Fett. Am Ende des schmalen Steinfußbodens führt eine enge Holztreppe nach oben. Bienzle steigt bis zum ersten Treppenabsatz und sieht, als er um die Ecke kommt, daß eine Tür nach draußen geht zu einer Art Balkon, von dem eine schmale Stiege nach unten führt in den Hinterhof, den offensichtlich die Angestellten als Parkplatz benutzen. Elf Stufen weiter oben kommt er wieder in einen schmalen Korridor, der fast völlig dunkel ist. Die einzige Lichtquelle sind die Glasscheiben in der Holztür am Treppenabsatz. Er öffnet die erste Tür und blickt in ein Schlafzimmer, das bis zum Heiligenbild über dem Ehebett jedem schwäbischen Bauernschlafzimmer entspricht. Die nächste Tür ist verschlossen. Die dritte öffnet sich geräuschlos... Bienzle bleibt völlig konsterniert stehen.

Er befindet sich in einem kleinen, aber ausgeklügelt eingerichteten Managerbüro. Weiße Regalwände mit säuberlich beschrifteten Ordnern, zwei IBM-Kugelkopfschreibmaschinen auf übereck gestellten Tischen. An der Stirnseite ein ausladender Schreibtisch aus Chrom und weißem Lack, dahinter ein hochaufragender Ledersessel und in dem Sessel ein kleiner, pausbäckiger und schwarzhaariger Mann mit einer riesigen Hornbrille auf der Nase, über deren kreisrunde Ränder er den Eindringling neugierig anschaut.

«Bei uns pflegt man anzuklopfen, ehe man eintritt», sagt der Mann hinter dem Schreibtisch.

«Verzeihung, ich habe zweimal geklopft», sagt Bienzle, «aber Sie haben nicht geantwortet.»

«Das ist nicht wahr, denn ich habe hervorragende Ohren», sagt der Mann.

«Na gut – was sollen wir auch Versteck spielen», sagt Bienzle; «ich bin Kriminalkommissar Bienzle und warte da unten gerade auf meine Pizza. Und weil wir Hinweise haben, daß in manchen Pizzerias gelegentlich auch verstecktes Glücksspiel stattfindet, hab ich mich eben mal umgesehen.»

Der Mann hinter dem Schreibtisch steht auf, wodurch er eher noch kleiner wirkt, kommt um den Tisch herum, verbeugt sich leicht, ohne Bienzle die Hand zu geben, und sagt: «Mein Name ist Fontana; ich heiße wirklich so, und mein Lokal heißt nach mir.» Dann schaut er zu Bienzle auf, geht mit auf dem Rücken verschränkten Händen um ihn herum und schüttelt den Kopf. «Sie lügen viel, Herr Kommissar.»

Bienzle zuckt die Achseln, unterdrückt das ‹Au!› und schenkt es sich, zu protestieren.

«Sie sind Leiter der Mordkommission», sagt der Zwerg, «und kümmern sich bestimmt nicht um das verbotene Glücksspiel.»

«Gut», sagt Bienzle, «und Sie haben ein Büro, das man vielleicht für ein mittleres Ex- und Importunternehmen braucht, aber nicht für eine Pizzeria mit vierzig Plätzen.»

«Ich habe aber zwölf Pizzerias in neun Städten», sagt Fontana, «und die wollen gemanagt sein, glauben Sie mir!»

«Kein Wort glaube ich, eine Ehre ist der anderen wert», sagt Bienzle, und dann: «Sie entschuldigen, meine Pizza wird kalt.»

«Sie haben mir noch nicht gesagt, warum Sie hier sind.»

Bienzle antwortet nicht, denn er hat auf dem Schreibtisch auf einer Schreibunterlage drei Telefonnummern gelesen, die er sich mühevoll merkt und die er unbedingt behalten will. Da darf ihn jetzt niemand aus dem Konzept bringen. Er zieht die Tür hinter sich zu und geht die Treppe hinunter. Dabei memoriert er vor sich hin wie ein Kind, das zum Einkaufen geschickt wird und nichts vergessen will: «267531» und «224213» und «559848». Im Lokal bittet er Gächter um einen Kugelschreiber und notiert sich die Nummern in sein Scheckbuch.

«So ist es, wenn man immer meint, auf ein Notizbuch verzichten zu können», sagt Gächter, während er krampfhaft versucht, Spaghetti um seine Gabel zu drehen.

«Nimm den Löffel zur Hilfe, dann klappt's», sagt Bienzle und macht sich über seine Pizza her.

Im Büro reißt Bienzle das Fenster auf; die Luft ist stickig. Aber was von der Straße hereindringt, bringt auch keine Erfrischung. Bienzle zieht die Krawatte aus, öffnet sein Hemd und trocknet mit dem Taschentuch den Schweiß auf der Brust und unter den Armen. Der Himmel ist dunkel.

«Es wird ein Gewitter geben», sagt Gächter.

«Hoffentlich», murrt Bienzle und zückt sein Scheckbuch.

Er wählt die erste Nummer, die er auf Fontanas Schreibtisch gelesen hat. Eine monotone Frauenstimme sagt: *Dieser Anschluß ist vorübergehend nicht erreichbar. Dieser An...* Er legt auf. Bei der zweiten Nummer erfährt er dasselbe. Er wählt 55 98 48, hört das Freizeichen, dann eine lebendige Frauenstimme: «Ja, hier Korbut?»

«Ist dort die Schmuckboutique Korbut?» fragt Bienzle.

Gächter richtet sich überrascht in seinem knarrenden Holzstuhl auf.

«Ja», antwortet die weibliche Stimme; «was kann ich für Sie tun?»

Am liebsten hätte Bienzle gesagt, ein paar wichtige Fragen beantworten; statt dessen improvisiert er: «Ach wissen Sie, ich habe meiner Frau kürzlich einen Ring gekauft, in so einem großen Laden – Jarosewitch oder so ähnlich. Jetzt paßt er ihr nicht. Das heißt nicht, daß er ihr nicht gefällt; er sitzt nicht, verstehen Sie? Und nun sagte man mir, daß Sie so etwas in Ordnung bringen.»

«Ja, schon», sagt die Dame am anderen Ende, «aber so gern mache ich das auch wieder nicht, wenn es nicht gerade ein Schmuck von mir ist.»

«Das kann ich mir denken. Darf ich trotzdem mal vorbeischauen? Ich suche auch nach einem hübschen Anhänger oder einer Kette oder so was. Das finde ich doch bei Ihnen?»

«Natürlich. Ich habe bis sechs Uhr geöffnet.»

«Danke, vielen herzlichen Dank», sagt Bienzle, für Gächters Geschmack etwas zu überschwenglich, und legt auf.

Gächter fragt: «Das war eine der Nummern, die du dir im Fontana notiert hast?»

«Richtig.»

«Und die anderen beiden?»

«Vorübergehend nicht besetzt; laß doch mal jemand nachforschen, wer die Besitzer dieser Anschlüsse sind.» Bienzle reicht Gächter den Scheck.

«Vor Scheckfälschern fürchtest du dich überhaupt nicht?»

«Na, in dem Fall wäre der Täter ja wohl leicht zu ermitteln. Im übrigen ist mein Konto sowieso überzogen.»

«Und jetzt willst du auch noch einen Anhänger oder eine Kette oder so was kaufen? Deine Frau wird schnell versöhnt sein.»

«Oh, heiligs Blechle – des hab i ganz vergesse!» Bienzle seufzt und wählt seine Privatnummer.

Gächter sieht seinem Kollegen voller Mitleid zu, wie er schon beim Drehen der Wählscheibe noch heftiger ins Schwitzen kommt.

«Was hast du denn meiner Frau erzählt?» fragt der Kommissar.

«Du bist am Bodensee; wichtige Recherche.»

«Hallo, Hanna – wie geht's?» ruft Bienzle aufgeräumt.

Dann schweigt er lange, sagt mal: «Aber...», «Das mußt du doch...», «Jetzt hör aber mal zu...», «Ich habe doch...» Dann plötzlich laut und jedes Wort betonend: «Darauf kannst du dich verlassen – das werde ich auch tun!» Er legt auf.

Gächter liest angelegentlich in einer Akte und macht sich Notizen. Ohne aufzusehen, sagt er: «Du kannst natürlich für ein paar Tage bei mir unterkommen.»

«Danke», sagt Bienzle, knöpft sein Hemd zu, bindet die Krawatte um, reißt sie wieder ab und geht zur Tür. «Ich schau mal bei der Korbut vorbei. Haußmann soll nicht vergessen, daß er den Breda im ‹Ochsen› trifft, und du sorgst dafür, daß wir schnell erfahren, wer die Anschlußinhaber der beiden Nummern sind.»

Bienzle nimmt einen Dienstwagen. Er kurbelt alle vier Fenster herunter. Das Schalten macht ihm Schwierigkeiten, weil noch immer jede Bewegung des Armes in der Schulter schmerzt. Über dem Fernsehturm zucken die ersten Blitze. Der Wind wirbelt weiße Staubwolken von den Straßen auf. Die Menschen rennen, um noch vor dem Beginn des Unwetters nach Hause zu kommen. Düstere Wolken schieben sich über die Hügel der Stadt. Bienzle kann kaum atmen. Selbst der Fahrtwind ist warm und molzig. Er sucht Musik im Radio, und – wie bestellt – ertönt ein Ausschnitt aus Beethovens Fünfter. Er fährt langsam und nachdenklich die Weinsteige hinauf. Es blitzt. Bienzle zählt: einundzwanzig, zweiundzwanzig, dreiundzwan... Da kracht der Donner. Das Gewitter ist noch knapp einen Kilometer entfernt, denkt er.

Bienzle schaut auf die Uhr. 15.22, registriert er sachlich. Da fällt ihm ein, daß er die Anschrift der Schmuckboutique nicht mehr weiß. Am Bopser hält er und geht zu einem Telefonhäuschen, um im Telefonbuch nachzusehen: Erlenweg 13. Die Tür der Telefonzelle muß er gegen den anhebenden Gewittersturm aufstemmen. Schwere Wassertropfen schlagen ihm ins Gesicht. Er rennt mit gesenktem Kopf zu dem Dienstwagen und sieht dennoch, daß nur etwa siebzig Meter davor ein weißer Mercedes ordnungswidrig parkt. Den Mann, der hinter dem Steuer sitzt, hat er noch nie gesehen. Er beschleunigt. Kurz vor Degerloch sieht er den weißen Mercedes im Rückspiegel... Wenn er mich verfolgt, ist er entweder doof, oder er legt gar keinen besonderen Wert darauf, daß ich's nicht merke, denkt der Kommissar.

Der Erlenweg ist ein Dorfsträßchen, wie man sie in Stuttgarts Vororten, die früher allesamt Bauerndörfer waren, überall findet. Das Haus Nummer 13 steht in einem Garten. Am eisernen Zaun wirbt ein hübsch gestaltetes Schild für die SCHMUCKBOUTIQUE IRENE KORBUT.

Der Regen ist stärker geworden; die Scheibenwischer schaffen die Wassermassen kaum weg. Durch das angelaufene Rückfenster kann Bienzle nicht erkennen, ob ihm der weiße Mercedes gefolgt ist. Er steigt aus und wirft einen Blick zurück. Nichts zu sehen. Er läuft zum Gartentor, das offensteht, und über den Plattenweg zum Haus. Ein nach unten zeigender Pfeil weist den Weg: SCHMUCKBOUTIQUE.

Drei Steinstufen führen zu einer schwarzen Holztür mit drei kleinen, schmalen Fensterchen hinab. Der Rahmen der Tür und die Rahmen der Fensterchen sind rot gestrichen. Bienzle will hineingehen, aber die Tür ist verschlossen.

Das Regenwasser rinnt ihm in den Kragen. Neben der Tür entdeckt er ein Kettchen. *Hier ziehen* steht da auf einem Täfelchen, das auf einer Toilette abgeschraubt worden sein muß. Die Emaille hat schon Masern. Bienzle zieht.

Eine Glocke gibt feine musikalische Töne von sich, gleich darauf zerreißt ein Blitz den Himmel. Der Donner kracht, und wieder macht die Glocke im Innern *kling, klang.*

Im Haus rührt sich nichts.

Bienzle wartet zwei Minuten. Dann nimmt er die Treppe in einem Satz, rennt um die Ecke und vier weitere Stufen zur Haustür hinauf. Dort ist wenigstens ein Vordach. Er entdeckt unter den vier Klingelschildern auch das von Irene Korbut. Er drückt, und im gleichen Moment ertönt ein neuer Donnerschlag. Normalerweise hätte Bienzle darüber gelacht. Aber jetzt hat er Angst. Er friert und drückt alle Klingeln auf einmal. Der Türsummer ist zu hören, die Haustür springt auf. Im Treppenhaus steht eine alte weißhaarige Frau. Von weiter oben rufen Stimmen: «Ja, wer ist denn da?» Dann fragen sie sich gegenseitig, ob man bei ihnen auch geklingelt habe.

Bienzle geht auf die weißhaarige Frau zu und sagt: «Polizei; ich muß zu Frau Korbut. Kann man von hier aus in die Werkstatt gelangen?»

«Sie sind schon der zweite, der das fragt», sagt die Dame; «haben Sie einen Ausweis?»

Bienzle kramt den Ausweis hervor und hält ihn ihr unter die Nase.

«Die Treppe da führt zum Souterrain, unten müssen Sie rechts durch den Heizungskeller, am Ende ist eine eiserne Tür, die führt zur Werkstatt.»

«Danke. Und wo wohnt Frau Korbut?»

«Hier unten, im Erdgeschoß, mir gegenüber.»

«Wissen Sie, ob sie da ist?»

«Ich habe sie heute noch nicht gesehen, aber das will nichts heißen; ich sitze den ganzen Tag in meinem...»

Bienzle läßt sie stehen und geht die Treppe hinunter. Im Heizungskeller riecht es nach Öl und Waschpulver. Die Eisentür ist über und über mit bunten Sprüchen beklebt: *Seid gut zu Vögeln*, steht da und: *Gott liebt auch dich*; daneben der alte schwäbische Spruch *Hätt'st dei Gosch g'halte, dann hätt dich der Bosch b'halte*. *Bosch* ist ausgestrichen, und darüber steht in dicken roten Buchstaben JAROSE-WITCH.

Die buntbeklebte Eisentür ist verschlossen.

Bienzle sucht den Keller ab. Neben dem Ölfaß steht so etwas wie ein Werkzeugkasten. Mit einem Nagel versucht er das einfache Schloß zu öffnen. Es widersteht. Bienzle kippt den Werkzeugkasten um und verflucht sich selbst dafür, daß er wieder einmal allein losgezogen ist.

Unter all den rostigen Schraubenschlüsseln, Nägeln, Schraubenziehern und Zangen purzeln auch ein schwerer Meißel und ein Hammer heraus. Der Kommissar treibt den Meißel mit ein paar Hammerschlägen dicht neben dem Schloß in die Tür. Trotz heftiger Schmerzen faßt er nach einigen vergeblichen Versuchen den großen Hammer mit der rechten Hand. Das Eisen biegt sich. Noch einmal schlägt er mit aller Kraft zu. Das Schloß springt auf, die Tür schwingt ihm entgegen.

Es ist dunkel in dem kleinen Raum, aber er erkennt sofort, daß alles verwüstet ist. Und noch etwas erkennt er in der Düsternis: einen schmalen weißen Arm, der unter dem Arbeitstisch hervorsieht. Bienzle sucht den Lichtschalter, dabei berührt seine Hand am Türrahmen einen herabhängenden schmalen Streifen, der an seiner Hand klebenbleibt. Ein heller Blitz zuckt draußen. Bienzle erkennt mit einem Blick, daß die gesamte Türeinfassung mit Tesamoll verklebt ist. Abgedichtet. Er ist für Sekunden wie gelähmt. Dann schnüffelt er in die Luft. Ein leichter Gasgeruch ist, wie er weiß, in Goldschmiedewerkstätten durchaus üblich... Kein Feuer machen! denkt er automatisch und sucht weiter nach dem Lichtschalter. Da folgen zwei langgezogene Blitze aufeinander. Das Licht fällt durch die schmalen Fenster an der Eingangstür und huscht über die Wand. Die Lichtleitung ist aus dem Verputz gerissen, die Drähte liegen frei und sind vielleicht sogar noch blank geschabt worden... Bienzle schaudert.

Im gleichen Moment kracht es hinter ihm.

Die Tür wurde zugeworfen. Bienzle fährt herum und hechtet nach dem Türgriff. Zu spät. Die Tür ist von außen verbarrikadiert, vermutlich wurde eine Latte oder ein Stück Eisen zwischen Klinke und Rahmen gekeilt.

Bienzles Gehirn arbeitet fieberhaft. Hier drin muß ziemlich viel Gas sein, wenn wohl auch einiges entwichen ist, während die Eisentür offenstand. Er beugt sich zum Schlüsselloch, und dann braucht er nicht mehr zu rätseln. Er sieht eine Hand mit einem brennenden Streichholz. Der Kommissar reißt ein Stück Tesamoll ab, klebt es über das Schlüsselloch, dann hastet er über umgestürzte Stühle, herumliegende Schläuche, Metallstückchen und Werkzeuge zur Eingangstür. Er greift sich einen Hocker und zertrümmert mit den Stuhlbeinen die drei schmalen Fenster. Wieder zuckt ein Blitz auf. Bienzle erkennt, halb hinter einem Vorhang versteckt, ein Handwaschbecken. Er rennt hin und dreht den Hahn auf. Jetzt ein Gefäß finden. An der Tür hört er ein kratzendes Geräusch. Wahrscheinlich versucht sein Gegner, den Tesamollstreifen mit einem Nagel oder etwas Ähnlichem nach innen zu stoßen. Beim nächsten Blitz sieht Bienzle eine zerbrochene Blumenvase am Boden liegen. Er hebt sie auf und schneidet sich dabei. Es blutet. Das zackige Gefäß nimmt nur wenig Wasser auf, aber er rennt wie ein Verrückter hin und her, gießt Wasser über die Tür. Schemenhaft kann er erkennen, daß der Streifen über dem Schlüsselloch durchstochen ist und sich nun löst. Mit der zerbrochenen Vase in der Hand beugt er sich vor die winzige Öffnung. Der Mann auf der anderen Seite der Tür hat einen Fidibus aus Zeitungspapier gedreht, der nun brennt und langsam auf das Schlüsselloch zugeschoben wird, wie ein Faden in Richtung Nadelöhr. Bienzle wartet. Die Flamme zuckt vor seinen Augen hin und her. Jetzt ist sie am Schlüsselloch, im gleichen Moment knallt Bienzle die Vase, Öffnung voraus, auf die Stelle. Draußen hört er einen dumpfen Fluch und gleich darauf weit entfernt die Stimme der alten Frau:

«Was geht eigentlich da unten vor?»

Dann Schritte, ein gellender Aufschrei und eine Tür, die ins Schloß fällt. Bienzle hastet durch den Raum zur anderen Tür und hört durch den prasselnden Regen Schritte, dann zwei männliche Stimmen und schließlich ein startendes Auto.

Dann ist es still.

Nur der Regen trommelt weiter auf die Platten des Gartenwegs und auf die Treppenstufen vor der Tür. Das Ganze hat höchstens vier Minuten gedauert. Automatisch blickt Bienzle auf die Uhr: 15.57... Etwas bewegt sich.

Bienzle fährt herum und sieht die Frau. Plötzlich fällt ihm ein, daß er sie von Anfang an für tot gehalten hat. Er schüttelt den Kopf und fängt an, sich vor sich selbst zu fürchten. Er beugt sich zu der Frau hinab.

Wieder – diesmal schon viel schwächer – fährt ein Blitz über den Himmel. Die Frau sieht ihn mit sehr lebendigen Augen an. Ihr Gesicht ist angstverzerrt, ihre Nase muß geblutet haben. Über der Oberlippe sieht Bienzle einen verkrusteten roten Streifen.

«Ruhig, ganz ruhig bleiben», sagt er; «ich werde Ihnen bestimmt nichts tun. Ich bin hier, um Ihnen zu helfen.»

Draußen hämmert jemand gegen die Tür. Bienzle geht hinüber und ruft: «Die Tür muß verkeilt sein, versuchen Sie zu öffnen.» Dann geht er zu der Frau zurück. Während draußen an der Tür kratzende Geräusche zu hören sind, zieht er den vor Angst starren Körper unter dem Arbeitstisch hervor. Er kann fühlen, daß sie an den Händen gefesselt ist.

Die Tür springt auf. Ein Lichtschein fällt herein und erfaßt die am Boden liegende Frau. Sie zittert. Bienzle blickt auf und direkt in einen Pistolenlauf.

«Gollhofer, lassen Sie den Scheiß», sagt der Kommissar grob, und erst dann fragt er völlig perplex: «Wie kommen Sie überhaupt hierher?»

«In dienstlichem Auftrag», sagt der und kommt herein, um dem Chef zu helfen, die Frau von ihren Fesseln zu befreien.

«Genauer!»

«Ich habe Breda verfolgt.»

«Breda?»

«Ja, von 15 Uhr bis 18 Uhr schließt das Fontana. Er hat sich ziemlich hastig auf die Socken gemacht. Zuerst dachte ich, er hat's wegen dem Gewitter so eilig, aber er hat sich ein Taxi genommen, und ich bin ihm in einem anderen nach. Er hat den Wagen drei Straßen von hier verlassen und ist dann sehr vorsichtig hierhergeschlichen. Ich immer hinterher. Da drüben auf der anderen Straßenseite hat er eine ganze Weile gewartet und ist dann plötzlich in die Büsche retiriert, als Sie kamen. Kurz darauf erschien ein weißer Mercedes. Ich hab gewartet...»

«Machen Sie's doch nicht so spannend!»

«Na ja, der Mercedes hielt, aber es stieg keiner aus. Er parkte praktisch an der Stelle, an der Breda noch ein paar Sekunden vorher gestanden hatte. Dann hörte ich plötzlich eine Frau schreien, ein Mann stürzte aus dem Haus, der Typ im Mercedes hopste aus dem Auto und schrie: ‹Ist was schiefgegangen?› Der andere brüllte zurück: ‹Bullen!›, schmiß sich in die Karre, und ab ging die Post.»

«Mit beiden?»

«'türlich.»

«Und Breda?»

«Weiß ich nicht. Ich bin hierhergerannt, um mich um die schreiende alte Dame zu kümmern... War nicht so schlimm. Der Typ hat sie nur zur Seite gestoßen.»

Die Goldschmiedin hat sich aufgerichtet und lehnt sich an den Arbeitstisch. Sie schluchzt leise. Ihr ganzer Körper wird geschüttelt.

«Ich werde mal Licht machen», sagt die alte Frau, die neugierig hereingekommen ist.

«Stopp!» brüllt Bienzle und hält ihr Handgelenk fest.

«Hilfe!» brüllt die Frau. «Mörder, Mörder...»

Bienzle nimmt alle Kraft zusammen und sagt: «Hören Sie doch auf! Die Leitung ist kaputt. Es wird einen Kurzschluß geben, und hier ist noch vor kurzem ziemlich viel Gas ausgeströmt.»

«Ach so», sagt sie, als ob dies etwas ganz Natürliches wäre, und dann fast lustvoll: «So etwas ist in diesem Haus noch nie passiert.»

«Bringen Sie die Dame nach oben», sagt Bienzle zu Gollhofer, «und rufen Sie einen Krankenwagen und Verstärkung...» Er wendet sich der Frau zu: «Wie geht es Ihnen?»

Sie kann nur schluchzen.

«Können Sie gehen?»

Sie nickt.

«Kommen Sie, legen Sie Ihren Arm um meine Schulter.»

Sie gehorcht, und Bienzle faßt sie um die Hüfte. Sie stützt sich schwer auf Bienzles Schulter; es tut noch weh, aber nicht mehr so schlimm. Nur von dem Schnitt in seiner Hand tropft es rot auf ihren Arbeitsmantel. Langsam steigen sie die Kellertreppe hinauf.

«Die scheinen es auf Frauen abgesehen zu haben», brummt Bienzle, aber die Goldschmiedin antwortet nicht.

Im Treppenhaus haben sich alle Hausbewohner versammelt. Ein junger Mann mit einem außerordentlich gepflegten, nach oben gezwirbelten Schnurrbart herrscht Bienzle an:

«Was geht hier vor? Ich verlange eine sofortige Aufklärung!»

Bienzle fällt wieder einmal aus der Rolle: «Halt's Maul, du Hosenscheißer.»

«Ich werde Sie anzeigen!»

«Sie haben ja recht», sagt Bienzle, der sich schnell gefangen hat, «aber wissen Sie, ich bin seit 35 Stunden auf den Beinen, auf der Suche nach einem Mörder, und der spielt mit mir Hase und Igel. Wo ich hinkomme, war er schon. Oder er wartet auf mich. Und auch dann geht's immer um Mord oder doch um Mordversuch... Es ist zum Kotzen!» Die Müdigkeit hat ihn nun ganz eingehüllt. Er fühlt, daß seine Augen tief in den Höhlen liegen; seine Knie sind weich, die Arme steif. Er friert, und er hat nur noch einen Gedanken: Ruhe.

«Ruhe!» brüllt er denn auch, als die Leute im Treppenhaus zu schnattern beginnen. Der Befehl wirkt. Jetzt ist nur noch das leise Schluchzen der Frau zu hören.

«Sie sind Frau Korbut, nicht wahr?» fragt Bienzle.

«Ja», sagt sie. Es ist das erste Wort, das sie spricht.

«Ich bin Kriminalkommissar Ernst Bienzle... Das beste ist, Sie kommen mit mir, da sind Sie sicher.»

«Der Krankenwagen und die Verstärkung», meldet Gollhofer.

«Der Arzt soll sie schnell untersuchen, und die anderen sollen Spuren sichern», sagt Bienzle.

«Und was ist mit Ihrer Hand?» fragt Gollhofer.

Bienzle sieht an sich hinab, dann mault er: «Meinen rechten Arm kann ich sowieso bald wegschmeißen!»

Aber dann läßt er sich doch einen Verband machen.

In seinem Büro starrt Bienzle auf seine Schreibtischplatte. Eine Fliege, die sich in sein Bierglas verflogen und die er vorsichtig vor dem Ertrinken bewahrt hatte, krabbelt über die Schreibunterlage aus häßlichem graugrünem Gummi. Ihre Flügel sind verklebt, vielleicht haben auch die Beine etwas mitbekommen. Sie strampelt sich ab und macht immer nur kleine feuchte Kreise auf die Unterlage. Bienzle hebt den schmerzenden rechten Arm, um ihr den Gnadentod zu verpassen. Da gelingt es ihr zum erstenmal, ein Stück geradeaus zu laufen. Sie erreicht den Rand der Schreibunterlage und kriecht hinab auf die gelbbraune Holzplatte. Zwischen zwei Aktenbündeln bleibt sie sitzen. Ihre Flügel machen hilflose Versuche, sich vom Körper zu lösen. Bienzle beugt seinen Kopf weit herab und bläst das Tier ganz leise an. Die Fliege wird ein Stück nach vorne geschoben. Dann hockt sie wieder wie gelähmt. Ohne aufzublicken, faßt er nach rechts in seine zweite Schreibtischschublade, ertastet die Lupe und schiebt sie über den winzigen schwarzen Körper. In dem Moment hebt sie ab und schwirrt dicht an seinem rechten Auge vorbei.

«Ein zähes Vieh», sagt Bienzle.

«Wer?» fragt Gächter. Bienzle antwortet nicht.

Haußmann kommt herein und fragt: «Ob der Breda heute abend kommt? Der hängt doch in der Korbutsache mit drin.»

«Im Gegenteil, der wollte sie warnen», sagt Bienzle.

«Sehr richtig», sagt Gächter, und keiner von beiden macht auch nur eine Andeutung, daß sie das allenfalls vermuten können.

«Die Korbut wird jetzt ins Vernehmungszimmer gebracht», sagt Haußmann.

«Nichts da! Bringt sie zu mir, und laßt einen Kaffee aus der Kantine kommen und einen Cognac.»

Haußmann, eifrig wie immer, ist schon unterwegs.

«Diese Vernehmung noch, dann hau ich mich für ein paar Stunden hin», meint Bienzle.

Gächter grinst. «Das glaub ich erst, wenn ich dich in der Horizontalen sehe.»

Irene Korbut wird hereingebracht.

Bienzle, ungewöhnlich galant, bittet sie, in seinem Stuhl Platz zu nehmen; er selbst setzt sich auf den häßlichen Besucherstuhl. «Wir kriegen gleich Kaffee... Haben Sie Hunger?»

Sie schüttelt den Kopf.

«Wer war's?» fragt Bienzle unvermittelt, und Gächter schaltet das Tonbandgerät ein.

«Grüner», sagt sie, und dabei überläuft sie so etwas wie ein Schüttelfrost.

Bienzle ist schlagartig auf den Beinen. Er reißt die Tür auf und brüllt: «Haußmann!»

Der junge Kriminalanwärter, auf dem Weg zur Kantine, macht kehrt und hastet zu Bienzles Zimmer zurück.

«Bitte?» fragt er konsterniert.

«Was weiß man von Max Grüner?» fragt Bienzle.

Da schaltet sich Gächter ruhig ein: «Zum Beispiel, daß er der frühere Inhaber einer der Telefonnummern ist, die du bei Fontana gefunden hast.»

«Und die andere Nummer?»

«Ist die einer Angestellten von Fontana. Wahrscheinlich hat sie mit unserem Fall nichts zu tun.»

«Überprüfen!» sagt Bienzle.

«Zu Befehl!» sagt Gächter.

«Entschuldigung», sagt Bienzle. Alle lächeln. Sogar Frau Korbut verzieht das Gesicht ein wenig.

Haußmann sagt: «Grüner hat in der Alexanderstraße gewohnt. Sein Zimmer ist offensichtlich schon vor ein paar Tagen verlassen worden. Die Wirtin hat die Miete bis Oktober. Wo er hin ist, weiß sie nicht. Eine Anschlußadresse hat er nicht hinterlassen. Sie meint, vielleicht kommt er ja auch wieder.»

«Der kommt nicht wieder. Geben Sie bitte eine Fahndungsmeldung heraus, Herr Haußmann... Gibt's eine Personenbeschreibung?»

«Etwa 1,70 groß, hellrotes, struppiges Haar, untersetzte Figur, gebrochenes Nasenbein.»

«Alles?»

«Von mir ja. Aber vielleicht kann uns Frau Korbut weiterhelfen», sagt Haußmann.

Die Frau gibt leise Auskunft: «Ich erinnere mich, daß er einen braunen Cordanzug anhatte und einen hellen Nicki... Mehr weiß ich nicht.»

«Aber das ist doch schon eine ganze Menge!» lobt Bienzle und gibt Haußmann ein Zeichen. Der bewegt sich Richtung Tür. «Eine Sekretärin soll den Kaffee bringen», sagt Bienzle; «und sorgen Sie bitte dafür, daß Gollhofer die Überwachung – Sie wissen schon – wiederaufnimmt.»

«Alles klar, Herr Kommissar», sagt Haußmann und verschwindet endgültig.

Bienzle wendet sich der Frau zu.

Sie trägt noch immer ihren grauen Arbeitsmantel. Irene Korbut hat eine zierliche Figur. Ihr Gesicht wird durch hohe Backenknochen bestimmt. Zwei kaum merkliche Falten links und rechts des Mundes geben ihr ein strenges Aussehen. Die Augen sind wasserblau und jetzt vom Weinen gerötet. Die schwarzen Haare trägt sie offen und bis zu den Schultern herab. Bienzle schätzt sie auf etwa 30 Jahre.

«Nun zu Ihnen, Frau Korbut», sagt Bienzle. «Ich will Ihnen sagen, was wir wissen – vielleicht können Sie uns dann etwas von dem verraten, was wir noch nicht wissen... Also: Sie haben in Ihrer Werkstatt nicht nur Schmuck hergestellt, Sie haben auch gestohlenen Schmuck so präpariert, daß er nicht wiederzuerkennen war. Nehmen wir mal an, Sie wußten gar nicht so genau, wo die Aufträge, die Ihr geschiedener Mann brachte, herkamen und wo der veränderte Schmuck hinging... Ich interessiere mich nicht besonders für diese Art Beihilfe, solange es nicht Beihilfe zum Mord ist.»

Frau Korbut beginnt wieder zu zittern.

«Auftraggeber, das wissen wir, war der ermordete Knut Jarosewitch, Abnehmer waren Hehler in weit entfernten deutschen oder ausländischen Städten. Das Geschäft hat jahrelang floriert. Aber in den letzten Wochen ist eine Veränderung eingetreten. Können Sie uns etwas dazu sagen?»

«Ich weiß tatsächlich nicht viel darüber. Geza hat mir die Schmuckstücke gebracht und die fertige Ware abgeholt. Er hat mir auch das Geld dafür gebracht. Ich wurde nicht nach Stunden oder Stückzahl bezahlt, sondern bekam jeweils eine runde Summe.»

«Zum Beispiel?»

«Zweitausendfünfhundert Mark für einen Posten.»

«Und wie lange haben Sie daran gearbeitet?»

«Unterschiedlich. Selten länger als vier Wochen.»

«Und wie oft kam eine solche Sendung?»

«Auch das war unterschiedlich. Aber im Durchschnitt, würde ich sagen, alle zwei Monate.»

«Wie würden Sie den Schmuck beschreiben, der in der Regel bei Ihnen zu bearbeiten war?»

«Als Familienschmuck... Mir ist ziemlich klar, daß es sich meistens um Beute aus Einbrüchen bei gutbetuchten Leuten gehandelt haben muß.»

«Also keine Ware aus Juweliergeschäften?»

«Nein, es war niemals sortierte Ware. Das hätte das Umarbeiten auch erschwert.»

«Und Ihr geschiedener Mann holte das Zeug dann ab. Wissen Sie, wo es hinkam?»

«Nein, ich habe keine Ahnung. Es gehörte wohl zum Geschäftsprinzip, daß jeder Beteiligte nur so viel weiß, wie gerade notwendig ist. Und die Bezahlung war immer so, daß man sich damit gern zufriedengab.»

«Und wie war es nun in den letzten Wochen?»

«Seit etwa einem Monat hörte ich nichts von Geza.»

«Nun, das war ja wohl nicht ungewöhnlich – Sie sagen ja, daß manchmal zwei Monate zwischen den Lieferungen lagen.»

«Ja, schon. Aber daß ich von Geza nichts hörte, war ungewöhnlich.»

«Also, er hat Sie auch sonst regelmäßig besucht?»

«Ja; er kam jede Woche mindestens einmal. Wir sind zusammen essen gegangen oder ins Kino oder so. Wir haben uns auch nach der Scheidung gut vertragen.»

«Und woher kennen Sie Grüner?»

«Geza hat ihn zweimal mitgebracht und als seinen Bekannten vorgestellt. Er war immer mal wieder bemüht, mich mit Leuten zusammenzubringen, weil er hoffte, ich würde mich wieder jemand anschließen.»

«Also hatte er Sie wegen einer anderen Frau verlassen?»

«Ja.»

«Und wie war das mit Grüner?»

«Er war mir auf Anhieb unsympathisch. Ich bat Geza, ihn nicht mehr mitzubringen.»

«Aber er kam dann doch noch einmal mit?»

«Ja. Sie besuchten mich vor vielleicht fünf Wochen in meiner Boutique. Geza sagte, Grüner wolle sich mal meinen Laden ansehen und vielleicht etwas kaufen. Er hat dann tatsächlich ein Armband mitgenommen.»

«Hm, hm... Und woher kennen Sie Breda?»

«Wer ist das?»

«Ein Mann, von dem wir annehmen müssen, daß er Sie heute nachmittag warnen wollte.»

«Ich kenne keinen Mann namens Breda.»

«Sein Vorname ist Antonio. Er arbeitet in der Pizzeria Fontana als Kellner.»

«Ja, den Kellner von dort kenne ich. Wir haben uns ein paarmal unterhalten.»

«Hat er Ihnen den Hof gemacht?»

«Ich glaube nicht. Ich hätte es gemerkt, weil er mir eigentlich ganz gut gefällt.» Zum erstenmal lächelt Irene Korbut richtig.

Bienzle pirscht sich langsam an das eigentliche Ziel seiner Befragung heran: «Können Sie sich vorstellen, was Grüner von Ihnen wollte?»

«Ich denke, er wollte mit mir schlafen.»

Gächter, der wie immer völlig unbeteiligt dasitzt, hebt den Kopf und fixiert Irene Korbut. «Auf ein Sexualdelikt läßt doch wohl nichts schließen.»

Auch Bienzle schüttelt den Kopf. «Grüner hatte einen Auftrag, und ich denke, der lautete nicht, Sie zu vergewaltigen.» Die Frau zuckt die Achseln.

Bienzle sagt: «Sie verbergen uns etwas.»

Irene Korbut beginnt wieder zu zittern. «Er hat Schmuck gesucht. Er hat ja meine ganze Werkstatt auseinandergenommen, ehe er... Ehe er...» Sie fängt wieder an zu weinen.

«Wo bleibt bloß wieder der Kaffee?» schimpft Bienzle. «Diese bürokratischen Arschlöcher... Bitte entschuldigen Sie.»

Irene Korbut macht eine gleichgültige Handbewegung.

Gächter richtet sich in seinem Holzdrehstuhl auf und setzt zu einer längeren Rede an: «Wir müssen annehmen, daß die Männer hinter Grüner genau wußten, daß Sie von Jarosewitch einen großen Posten Schmuck in Auftrag hatten, der diesen Leuten verheimlicht worden war. Grüner hat danach gesucht, und...»

Ein Mädchen kommt mit einem Tablett herein.

Bienzle sagt: «Na endlich! Das hat aber wieder mal gedauert.»

«Ich bin hier nicht als Kaffeeholerin engagiert», gibt die Sekretärin zurück.

«Engagiert! Wenn ich das schon höre... Sie sind hier auch nicht beim Theater.»

«Puh!» macht das Mädchen und dreht sich auf dem Absatz um.

Gächter erhebt sich, geht an ihr vorbei zur Tür und öffnet sie galant. «Lassen Sie es mich wissen, wenn ich Ihnen den Kaffee einmal servieren darf», sagt er mit einer kleinen Verbeugung.

Das Mädchen bleibt völlig perplex stehen.

Bienzle sagt: «Nun aber raus! Ihre Szene bei der Klärung dieses Mordfalls ist abgedreht.»

«Puh!» macht sie noch einmal und rauscht aus dem Zimmer.

Gächter schenkt Kaffee ein und sagt zu Frau Korbut: «Es ist besser, wenn Sie uns alles sagen; Ihr Exgatte hat sich auch an diese Regel gehalten.»

«Ist er...?»

«Derzeit in unsrem Gewahrsam», sagt Bienzle.

«Ich... Ich kann Ihnen beim besten Willen nicht mehr sagen.»

«Wie gut kennen Sie Herrn Fontana?» fragt Bienzle.

«Gibt es jemand, der so heißt? Das ist doch das Lokal, von dem wir gerade gesprochen haben.»

«Es gibt einen Herrn dieses Namens», sagt Bienzle.

Gächter fragt: «Und wie ist es mit Frau Jarosewitch?»

«Sie war zweimal bei mir und hat sich etwas gekauft.»

«Wann war das?» fragt Bienzle.

«Auch so etwa vor fünf oder sechs Wochen.»

«Beide Male?»

«Ja, sie kam kurz hintereinander. Ich denke, es waren so drei Tage dazwischen.»

«Und Sie haben sich nicht gewundert, daß Frau Jarosewitch, die doch in Schmuck schwimmen kann, zu Ihnen zum Einkaufen kam?»

«Was ich mache, wird bei Jarosewitch nicht geführt.»

Gächter macht sich eine Notiz und sagt dann: «Um unsere Liste vollends abzuhaken: Kennen Sie Frau Jarosewitchs Bruder...?»
Sie schüttelt den Kopf.
«...Herrn Dr. Lothar Bäuerle?»
Irene Korbut zuckt zusammen. Über ihr Gesicht läuft eine rote und gleich darauf eine kalkweiße Welle; sie zieht ihre Arme wie schützend vor die Brust und starrt die beiden Kriminalbeamten aus großen Augen an. *Volltreffer!* schreibt Gächter auf seinen Schreibblock, malt dann einen Pfeil nach oben und schreibt über die Pfeilspitze *Rechtsanwalt Bäuerle*. Dann zieht er einen zweiten Pfeil nach rechts und schreibt *Irene Korbut*; ein dritter Pfeil zeigt schließlich nach links zu *Hedwig Jarosewitch*.
Bienzle mustert noch immer Irene Korbut. «Sie kennen ihn», stellt er fest.
«Nein.» Zaghaft und trotzig zugleich.
«O du liabs Herrgöttle vo Biberach!»
«Ich sag nichts mehr», sagt Frau Korbut, «und ich will einen Rechtsanwalt.»
«Wäre Ihnen der Herr Bäuerle recht?» fragt Bienzle.
Irene Korbut schweigt.
«Wie ich höre, versteht sich Herr Bäuerle mehr auf Scheidungssachen.»
Irene Korbut schweigt.
«Vielleicht hat er bei Ihrer Scheidung mitgewirkt», sagt Gächter.
Sie schüttelt nur den Kopf, aber ihre Lippen bleiben geschlossen.
«Wir werden das alles herausfinden», sagt Bienzle müde.

Das Gewitter hat kaum Abkühlung gebracht. Die Sonne bricht wieder durch und gibt ein unangenehm gleißendes weißes Licht.
Bienzle ordnet an, daß Geza Korbut noch einmal vorgeführt wird. Einstweilen trinken er, Gächter und Irene Korbut schweigend ihren Kaffee.
Ein Registraturbeamter bringt einen Stapel Fotokopien herein. Bienzle will das Papier achtlos zu den anderen Akten und Unterlagen schieben, dann merkt er, daß es sich um Angaben zur Person Grüners handelt. Wie zu sich selbst zitiert er:
«Sechsmal vorbestraft, Körperverletzung, Raubüberfall, wieder Körperverletzung, Diebstahl, Fahren ohne Führerschein und wieder

Körperverletzung... Ein rauher Bursche!» Er greift zum Telefon und wählt die erkennungsdienstliche Abteilung.

«Bienzle hier... Sind schon Fingerabdrücke aus der Wohnung der Korbut da?» Und nach einer Weile: «Gut, schaut euch mal zum Vergleich die Prints eines Max Grüner alias Anton Heinrich alias Maximilian Führer an... Ich hab hier Kopien; im Archiv müssen die Originale oder doch bessere Kopien sein.»

Irene Korbut bewegt sich in Bienzles Bürosessel. «Ich will einen Anwalt.»

«Sie können mein Telefon benutzen.»

Sie rührt sich nicht.

Geza Korbut wird gebracht.

«Sie haben sich als äußerst kooperativ erwiesen», sagt Bienzle freundlich; «wir brauchen noch mal Ihre Hilfe.»

«Bitte», sagt Korbut und setzt sich auf den Schreibtischrand; dabei fährt er mit der Hand leicht über das Haar seiner geschiedenen Frau und sagt: «Tut mir leid.»

Sie schüttelt unwillig den Kopf.

Gächter fragt: «Können Sie sich vorstellen, wo wir vielleicht Max Grüner auftreiben könnten?»

Korbut zuckt die Achseln.

«Er hat versucht, Ihre frühere Frau zu ermorden», sagt Bienzle.

«Klingt wie eine Finte.»

«Es ist wahr», sagt Irene Korbut.

«Dieses Schwein!» Korbut haut auf Bienzles Schreibtisch. «Warum hat er das getan?»

Bienzle kratzt sich am Kopf. «Das wissen wir ja gerade nicht. Er ist ziemlich heftig mit Ihrer... mit Frau Korbut umgesprungen; er hat die Werkstatt auseinandergenommen, den Gashahn aufgedreht, die elektrische Leitung präpariert – und dann muß ich ihm irgendwie dazwischengekommen sein... Offensichtlich hat er sich im Keller versteckt, während ich die Tür aufbrach. Er hat mich mit eingesperrt und versucht, den Raum in die Luft zu jagen.»

«Das kann doch nicht...» Korbut schüttelt ungläubig den Kopf.

Gächter läßt ihn nicht weiterreden. «Vor ein paar Wochen hat Grüner Sie gebeten, ihn zu Ihrer Exfrau mitzunehmen. Er gab vor, Schmuck kaufen zu wollen.»

«Hat er ja auch getan.»

«Ja, das wissen wir. Aber wir denken uns, daß dies nicht der eigentliche Grund seines Besuchs war. Wir nehmen an, daß Grüner etwas ausbaldowern wollte.»

«Und wir haben Grund zu der Annahme», ergänzt Bienzle, «daß auch Frau Jarosewitch aus ähnlichen Motiven in der Schmuckboutique aufgetaucht ist, und zwar gleich zweimal hintereinander.»

«Das verstehe ich alles nicht...»

«Wir ja auch nicht; wir sind lediglich auf Spekulationen angewiesen», brummt Bienzle.

«Und dann ist da noch etwas», sagt Gächter; «es scheint so, als ob es eine Verbindung zwischen Frau Korbut und Herrn Dr. Bäuerle gibt, über die sich Ihre Frau ausschweigt – Ihre ehemalige Frau, meine ich...»

Korbut schaut auf Irene hinab; ganz offensichtlich überrascht ihn die letzte Eröffnung. «Was ist damit?» fragt er.

«Ich sage nichts mehr», sagt sie.

«Aber damit machst du dich doch nur verdächtig!»

«Kann schon sein...» Sie wendet sich ab.

Bienzle schwitzt. Er geht im Zimmer auf und ab und beobachtet das einstige Ehepaar. Vor solchen Momenten fürchtet er sich. Er ist an einem toten Punkt angelangt und weiß nicht, wie er weitermachen soll. Bäuerle, der Biedermann, steckt irgendwie mit drin, aber bevor er es nicht beweisen kann, kommt er dem nicht bei, das ist klar. Und warum – wenn Bäuerle dazugehört – wurde er dann von Breda überwacht? Was hat der Rechtsanwalt in Jarosewitchs Büro gesucht? Worauf waren Frau Jarosewitch und Grüner aus bei ihren Besuchen in der Degerlocher Goldschmiedewerkstatt?

Dieser Fall besteht nur aus Rätseln. Und Bienzle mag solche Fälle nicht. Normalerweise hat er es mit Morden zu tun, die nicht in dieser gesellschaftlichen Schicht angesiedelt sind. Sein tägliches Brot sind erschlagene Nutten oder erschossene Zuhälter; Gastarbeiter, die aus Eifersucht die Nerven verlieren und mit dem Messer aufeinander losgehen. Morde passieren vor allem da, wo es den Menschen schlechtgeht. Unter den reichen Leuten gibt es meistens andere Mittel und Wege, Probleme zu bewältigen... Das ist es, was ihn so verrückt macht: Nichts an diesem Verbrechen hat Analogien in seiner bisherigen Ermittlungspraxis.

«Scheiße», sagt er laut, «Affenscheiße!», und diesmal entschuldigt er sich noch nicht einmal für seine Fäkalausrutscher. Gächter kennt seinen Kommissar und weiß, was in ihm vorgeht. Es ist Bienzle anzusehen, wie überreizt er ist und daß er jeden Moment einen seiner cholerischen Anfälle bekommen kann, in denen er manchmal alles kaputtmacht, was er zuvor in mühevoller Ermittlungsarbeit aufgebaut hat.

Gächter geht deshalb kurz aus dem Zimmer und schickt die Sekretärin zur Kantine, nicht ohne genau zu erklären, daß es im Moment leider nicht anders gehe. Als er zurückkommt, sagt Bienzle gerade zu der Korbut: «Sie müssen doch einsehen, daß wir Ihnen helfen wollen! Sie haben doch am eigenen Leib erlebt, wozu diese Gangster fähig sind. Ehe wir den Verein nicht lahmlegen können, sind Sie auch nicht außer Gefahr.»

Irene Korbut schaut Bienzle an, und der Kommissar sieht, daß es nicht mehr nötig ist, ihr Angst einzujagen. Er wendet sich an Geza Korbut: «Da ist noch eine Frage ungeklärt: Woher wußten die Drahtzieher, daß Fräulein Schmiedinger aussagen wollte?»

Korbut zuckt wieder die Achseln und sieht dabei aus dem Fenster.

Und da ist es soweit: «Hören Sie gefälligst auf, den Deppen zu spielen!» brüllt Bienzle los. «Sie und ich waren die einzigen, die davon wußten, und ich habe den Mörder nicht bestellt... Entweder Sie packen jetzt aus, oder es passiert was, was nachher nicht wiedergutzumachen ist – ich bin auch nur ein Mensch... Denken Sie, ich laß mich von Ihnen zum Grasdackel machen, Sie lächerlicher Hinterhofganove? Den Mordversuch trau ich Ihnen gar nicht zu. Aber Sie hängen mit drin, und Beihilfe zum Mord ist auch nicht viel besser als Mord... Mit mir kann man doch nicht Hugoles spiele wie mit einem Lausbuaba, was glaubet Sia eigentlich, Sie dahergelaufener Scheraschleifer?»

Das Mädchen kommt mit einem Teller voller belegter Brötchen herein und läßt ihn beinahe fallen vor Schreck. Gott sei Dank, denkt Gächter, gerade noch rechtzeitig... Die Sekretärin stellt die Brötchen wortlos auf den Schreibtisch und ergreift die Flucht.

Bienzle greift automatisch zu einem Leberkäsbrötchen, das er aus der Mitte herauszieht, so daß der schöne Brötchenberg zusammenrutscht. Er beißt wütend hinein.

Gächter atmet auf – Leberkäs beruhigt. Zumindest Bienzle. Und tatsächlich deutet Bienzle fast freundlich auffordernd auf den Teller. Die beiden Korbuts greifen zu, und Gächter sagt:

«Herr Korbut, niemand behauptet, daß Sie bewußt einen Tip gegeben haben. Mag ja sein, daß Sie gesprächsweise irgendwo fallenließen, Fräulein Schmiedinger habe das und jenes gesagt. Wir wollen ja nur, daß Sie sich erinnern.»

Korbut ist sehr nachdenklich geworden. «Sie glauben, daß Grüner auch auf Hannelore... auf Fräulein Schmiedinger geschossen hat?»

Bienzle ärgert sich, daß Korbut das Mädchen beim Vornamen nennt.

«Wir können es nicht ausschließen», sagt Gächter diplomatisch.

«Ich habe aber Grüner seit mindestens einer Woche nicht gesehen.»

«Und wo haben Sie ihn zuletzt gesehen?»

«Im Fontana. Ich glaube, er hat was mit einem Mädchen aus der Küche.»

«Und haben Sie vielleicht nicht gestern im Laufe des Tages mit irgend jemand in der Pizzeria gesprochen?»

«Nein. Ich war nicht dort gestern; das können Sie nachprüfen.»

«Ich glaub's Ihnen», sagt Gächter. «Und mit wem haben Sie gestern telefoniert?»

Korbuts Kopf fährt zu dem Kriminalmeister herum. Gächter schaut uninteressiert auf seine Schreibunterlage und unterstreicht das Wort *Volltreffer*, das da noch steht. Wie unbeabsichtigt fährt er die Pfeile nach, bei dem Namen *Bäuerle* bleibt die Bleistiftspitze einen Moment stehen. Dann fährt sie weiter, macht kurze Station bei *Irene Korbut* und gelangt schließlich zu *Hedwig Jarosewitch*. «Hedwig Jarosewitch...» sagt Gächter leise vor sich hin.

Korbut starrt ihn an. Bienzle vergißt zuzubeißen.

Langsam hebt Gächter seine gleichgültigen Augen und sagt in seinem schleppenden Tonfall: «Wenn Sie sich erst einmal daran gewöhnt haben, daß wir mehr wissen, als wir sagen, wird das alles ganz anders laufen.»

Gar nichts weiß er, dieses Schlitzohr! denkt Bienzle und grinst innerlich.

«Wenn Sie das Telefon abgehört haben, warum quetschen Sie mich dann noch aus?» Korbut ist irritiert.

«Wir wollten's gern von Ihnen hören», sagt Gächter und malt einen Pfeil von *Hedwig Jarosewitch* nach unten, dann schreibt er *Geza Korbut* unter die Pfeilspitze.

«Wann...» Bienzle zögert ein wenig; «...hat das Gespräch stattgefunden?»

«Kurz nach elf... Verdammt!» Korbut merkt, daß er zu spät geschaltet hat. Jetzt hat er den Anruf zugegeben... Daß Bienzle vermieden hat, sich auf ‹haben Sie angerufen› oder ‹wurden Sie angerufen› festzulegen, entgeht ihm einstweilen. «Sie haben mich reingelegt.»

«Quatsch», sagt Bienzle; «wir wären sowieso dahintergekommen. Also Sie haben kurz nach elf Frau Jarosewitch angerufen?»

«Sie haben mich reingelegt», wiederholt Korbut zornig. «Gar nichts haben Sie gewußt: Frau Jarosewitch hat ja *mich* angerufen.»

«Na, da sind wir doch ein ganzes Stück weitergekommen», grinst Bienzle. «Sie würden uns sehr helfen, wenn Sie uns den Gesprächsverlauf möglichst genau wiedergeben könnten.»

Korbut gibt sich einen Ruck. «Gut», sagt er, «ich sitze ja jetzt sowieso bis zur Halskrause mit drin... Sie rief mich an, fragte ein paar belanglose Dinge und erzählte so ganz nebenbei, daß die Polizei bei ihr gewesen sei. Dann fragte sie mich, ob wir auch schon Besuch von der Kripo gehabt hätten, und ich habe das bestätigt.»

«Was heißt denn bestätigt?» unterbricht Bienzle. «Ich möchte den Wortlaut haben.»

Trotzig sagt Korbut: «Ich hab gesagt, da war so ein Bulle mit Bauchansatz da.»

Gächter muß sich grinsend abwenden. Bienzle sagt liebenswürdig: «Ja, und weiter?»

«Der hat mich und Hannelore vernommen, sag ich zu Frau Jarosewitch. Und sie fragt, ob wir irgendeine hilfreiche Aussage machen konnten. Und ich sage, jeder weiß doch, daß hier manches krumm lief, und die Bullen wissen das sicher auch, aber ich hab natürlich kein Wort darüber gesagt, bloß der Hannelore ist was rausgerutscht, aber ich bin dazwischengegangen. Und da sagt Frau Jarosewitch, die Bullen werden ja wohl weiterbohren, und ob ich denn glaube, daß Fräulein Schmiedinger redselig sei. Und da sag ich, die ist wie ein offenes Buch, da braucht keiner Daumenschrauben oder so was... Ja, das war alles.»

Bienzle starrt den kleinen schwarzhaarigen Mann an. Es ist unerträglich still im Zimmer. Plötzlich springt Bienzle auf und sagt zu Gächter:

«Sagtest du nicht vorhin, eine der Nummern, die ich mir bei dem Italiener notiert habe, gehört zum Anschluß einer Angestellten?»

«Stimmt.»

«Und Korbut sagt, Grüner hat was mit einem Mädchen aus der Küche der Pizzeria...»

Gächter schlägt sich mit der flachen Hand vor die Stirn.

«Habt ihr die Adresse des Mädchens?»

«Ja. Sie wohnt im ‹Hannibal›.»

«Glaubst du, daß ein Küchenmädchen sich in diesem Nobelsilo ein Appartement leisten kann?»

«Du hast ja recht...» Gächter steht langsam auf. «Ich kümmere mich drum.»

«Wir fahren gemeinsam», sagt Bienzle; «ein zweites Mal begibt sich kein Beamter allein in die Nähe dieses Herrn Grüner.»

Dann, zu den Korbuts: «Und Sie möchte ich bitten, noch ein paar Stunden unsere Gäste zu sein.»

Geza Korbut knurrt: «Solche Höflichkeiten können Sie sich sparen – schließlich haben Sie ja inzwischen einen Haftbefehl gegen mich.»

«Stimmt, Sie können nicht weg. Aber Sie, Frau Korbut, könnten. Darf ich Sie bitten, trotzdem noch etwas Geduld zu haben?»

«Ich bleibe noch, solange ich's hier aushalte», sagt Irene Korbut.

Es ist kurz nach fünf. Bienzle und Gächter schwitzen in ihrem schwarzen Dienstmercedes. Der Feierabendverkehr in Stuttgarts Kessel knäult sich zusammen. Nur mühsam ruckt das Auto am Staatstheater vorbei, Richtung Weinsteige.

«Erinnerst du dich an den Großeinsatz im Hannibal?» fragt Bienzle.

«Jeder Polizist erinnert sich an diese Blamage.» Gächter läßt den Wagen fünf Meter weiterrollen.

«Ich hab damals gedacht, jetzt hör ich auf und geh zur Wach- und Schließgesellschaft», erinnert sich Bienzle.

«Aber du warst doch gar nicht dabei.»

«Das hat doch jeden betroffen. Nachts große Lage beim Landeskriminalamt, präzis ausgearbeitete Einsatzpläne. Dann schlagen wir in drei Einsatzgruppen zu. Die Spezialisten vom Mobilen Einsatzkommando stürmen zwei leere Wohnungen, und ein paar von unseren Stuttgarter Beamten sollen den hochverdächtigen Schotten...»

«McLeod...»

«Richtig... sollen ihn festnehmen – irgendwo in einem dieser Appartements in diesen Riesenschuppen.»

«Du mußt die allgemeine Hysterie dazurechnen», sagt Gächter.

«Ja, schon; aber mir ist es noch immer unerklärlich, wie man mit einer Maschinenpistole auf einen nackten Mann schießen kann.»

«Übrigens, hochverdächtig war er nicht», korrigiert Gächter; «er hatte nur zufällig mal in einer Wohnung gewohnt, die später ein paar Baader-Meinhof-Leute angemietet haben.»

«Zum Kotzen», sagt Bienzle; «als ob's keine einfacheren Methoden gäbe, einen solchen Mann festzunehmen. Da stürmen die im Morgengrauen mit einer ganzen Armee ein Appartement... Sieh zu, daß du weiterfährst – es ist grün.»

Gächter gibt Gas. «Auf jeden Fall ist der Grüner gefährlicher als der McLeod...»

Sie schweigen eine Weile. Dann fragt Gächter:

«Kennst du eigentlich die Asemwaldhäuser?»

«Den Hannibal? – Drei Riesenhochhäuser mit insgesamt fünftausend Bewohnern. Alles Eigentumswohnungen. Herrliche Lage im Wald mit Blick auf den Flughafen und die Schwäbische Alb. Häßlich, grau, massig.»

«Ich weiß nicht – man soll da fürstlich wohnen.»

«Korridore wie Straßen, Aufzüge wie Eisenbahnen, organisierte Anonymität auf engstem Raum», murrt Bienzle. «Also für mich wär das nichts.»

Sie haben jetzt die Obere Weinsteige erreicht. Unter ihnen liegt Stuttgart. Eine schöne Stadt. Zwischen Hügel hingekuschelt und überdeckt von einer bleischweren schwarzgrauen Glocke aus Staub und Gas.

«Weißt du was», sagt Bienzle, «ich fühle mich, wie die Stadt da unten aussieht; so als ob ich gleich ersticken und zerfließen müßte.»

«Ideale Voraussetzungen für eine schwierige Verhaftungsaktion.»

«Du tust gerade so, als ob wir den Grüner da oben antreffen würden.»

«Auch ein Bulle hat manchmal Glück.»

«Bisher hält sich's in Grenzen.»

«Du bist undankbar», sagt Gächter; «wir wissen schon unheimlich viel.»

«Ja, ja, wir wissen alles – nur nicht, wer der Mörder ist und warum er morden mußte.» Bienzle stellt seine Rückenlehne zurück. «Ich schlaf mal fünf Minuten.» Er schließt die Augen.

Sekunden später schnarcht er gleichmäßig. Gächter fährt sehr behutsam. Stoppt vorsichtig und startet weich. Immer wieder blickt er zu Bienzle hinüber, und dabei hat er ein seltsames Gefühl. Zuneigung nennt man so etwas wohl. Er mag ihn, diesen Rauhbauz, der sich immer so schrecklich bemüht, ja niemandem Unrecht zu tun, der in einem Atemzug Leute beschimpfen und sich dafür entschuldigen kann, der immer von sich denkt, er mache alles unvollkommen, und der doch einer der leistungsfähigsten Polizisten ist.

Drei Kilometer Schnellstraße, dann am Hotel Stuttgart International links ab, vorbei an den Kelley-Barracks, der amerikanischen Kaserne, und über einen Feldweg mit dem Schild DURCHFAHRT VERBOTEN direkt auf den Riesenparkplatz zwischen den drei Hochhäusern. Sieht aus, wie wenn man beim Monopolyspiel auf einer Straße zu viele Häuser hat, denkt Gächter und stellt den Motor ab. Bienzle raunzt und versucht sich herumzudrehen. Seine Schulter schmerzt.

«Wir sind da», sagt Gächter.

«Schade. Von mir aus hättest du bis Zürich fahren können...» Er quält sich aus dem Auto.

«Hast du wenigstens eine Pistole mit?» fragt Gächter.

«Ausnahmsweise. Glaub ja nicht, daß ich den Typ unterschätze.»

Die beiden Polizisten suchen das Haus römisch eins, Block A, Aufgang drei und nehmen den Aufzug zum 15. Stock.

«Wie heißt denn die Puppe?» fragt Bienzle.

«Rosemie Stern.»

«Klingt fast wie ein Künstlername.»

Der Fahrstuhl hält. Sie steigen aus.

«Nervös?» fragt Gächter.

«Du etwa nicht?»

«Nein.»

Bienzle bleibt stehen und schaut den andern an. «Na hör mal... So kaltblütig bist du doch nicht!»

«Nicht kaltblütig. Gleichmütig, vielleicht auch gleichgültig... Mich regt das nicht auf. Ich hab sogar Mühe, dem allem einen Sinn abzugewinnen.»

«Laß gut sein», sagt Bienzle; «philosophieren können wir heute abend beim Bier.» Er hat das Appartement gefunden. Er klingelt und hält seine Hand auf das Guckloch.

Rosemie Stern öffnet – eine sehr blonde, sehr hochbusige Frau in einem sehr kurzen Hauskleidchen. Die Füße stecken in hochhackigen Fellpantoffeln.

«Ja, bitte?» sagt sie.

Bienzle läßt sich auf gar nichts ein. Er tritt kräftig mit dem Fuß gegen die Tür und steht auch schon im Zimmer. Gächter drängt nach und schiebt die Frau, die einen spitzen empörten Schrei ausstößt, zur Seite.

Max Grüner sitzt bequem in einem braunledernen Long Chair und sieht sich die Sechs-Uhr-Nachrichten im Fernsehen an. Er ist völlig überrascht, als er in die Mündung von Gächters Pistole schaut. Bienzle – beide Hände in den Taschen – steht vor ihm und sagt sehr förmlich:

«Hauptkommissar Bienzle; ich möchte Sie bitten mitzukommen.»

«Haben Sie einen Haftbefehl?» Grüner stemmt sich aus dem Sessel hoch.

«Den bekomme ich schon, wenn ich...»

Weiter kommt Bienzle nicht. Grüner hat sich von seinem Sessel abgestoßen und wirft sich mit voller Wucht gegen den Kommissar. Gächter kann nicht schießen, weil Bienzle genau zwischen ihm und dem Angreifer steht. Bienzle wird von dem Anprall umgeworfen und fällt mit einem Schrei auf die angeschlagene Schulter.

«Was wollt ihr denn von ihm?» kreischt Rosemie Stern und wirft sich auf Gächter; sie fährt ihm mit den langen roten Fingernägeln durch das Gesicht.

Gächter schlägt bedenkenlos zu, zweimal links und zweimal rechts in das Gesicht der schreienden Frau, und er hat noch Zeit, Grüner, der über Bienzle hinweggesprungen ist und nun in Richtung Tür hastet, ein Bein zu stellen. Grüner landet auf dem Bauch, und ehe er wieder hochkommt, sagt Gächter kalt und sehr leise:

«Noch eine Bewegung, und du hast ein Loch im Kopf.»

Bienzle krabbelt sich mühsam hoch und runzelt die Stirn. Er kann es nicht leiden, wenn ein Polizist Festgenommene duzt.

Langsam steht Grüner auf. Seine Freundin sitzt auf dem geräumigen Bett und heult. Der Widerstand ist gebrochen. Zwei Paar Handschellen klicken. Zu viert verlassen sie das teure Appartement, ohne daß auch nur ein Nachbar davon Notiz nehmen würde.

Auf dem Weg zurück zur Stadt begegnen dem Polizeiwagen mit Bienzle, Gächter, Grüner und Rosemie Stern zwei Autos, in denen Bienzle die Kollegen von der Spurensicherung erkennt. Er hatte sie noch vom Hannibal-Appartement aus angerufen.

«Darf man erfahren, warum Sie mich festgenommen haben?» fragt Grüner nach einer Weile bissig.

Bienzle dreht sich langsam nach ihm um und sieht ihm voll ins Gesicht. «Mit dem Verhör hat es eigentlich noch etwas Zeit, aber ich kann Ihnen schon jetzt sagen, daß Sie hinreichend verdächtig sind, einen Mordanschlag auf Frau Korbut versucht zu haben, wobei Sie mich beinahe noch mit erledigt hätten.»

«Und Sie meinen, Sie können das beweisen?»

«Was ich nicht verstehe», sagt Bienzle, ohne auf die Frage einzugehen: «Warum haben Sie sich nicht aus dem Staub gemacht – zum Beispiel nach Frankfurt, wo Leute wie Sie ja häufiger anzutreffen sind?»

Grüner schaut ihn böse an. «Wenn man nichts verbrochen hat, braucht man sich auch nicht zu verstecken.»

«Wissen Sie», sagt Bienzle fast resignierend, «bei diesem seltsamen Mordfall hab ich's mit so vielen Leuten zu tun, die für mich fremd sind, an die ich nicht rankomme, die ich nicht verstehe, geschweige denn durchschaue... Bei Ihnen ist das anders. Leute wie Sie gehören nun mal zu meinen ständigen Kunden. Sie und ich – wir sind Profis. Wir werden zwar unser Spielchen miteinander machen, nach den alten Regeln; aber im Grund wissen wir beide schon, wie es am Ende ausgehen wird. Sie sind ein gewerbsmäßiger Verbrecher, und ich bin von Beruf Verbrechensbekämpfer. Beinahe eine Art Partnerschaft... Lassen Sie mich also ein Angebot machen: Erzählen Sie mir, wer Sie beauftragt hat und warum, und ich halte dafür die Verhöre so kurz und angenehm wie möglich. Außerdem könnte ich ein paar Takte mit dem Staatsanwalt reden.»

«Ich habe nichts zu sagen.» Grüner schaut aus dem Fenster.

«An dem, was Sie uns sagen können, sind offensichtlich nicht nur wir interessiert», wirft Gächter in seinem schleppenden Tonfall ein.

«Was war das?» fragt Bienzle.

«Wir werden schon seit dem Hannibal verfolgt», sagt Gächter mit einem Blick in den Rückspiegel.

«O du liabs Herrgöttle... Daran hätten wir denken sollen! Natürlich wollen die ihn hindern auszusagen.»

Es ist kurz vor sieben. Die Straßen sind nicht mehr sehr voll. Gächter kann zügig fahren. Den Ortseingang Degerloch haben sie schon passiert. Jetzt fahren sie in die Obere Weinsteige ein.

«Es gibt verschiedene Möglichkeiten», sagt Gächter. «Entweder sie überholen uns unterwegs und versuchen ihn zu erschießen, oder sie haben sich einen Trick ausgedacht, wie sie uns stoppen können.»

«Hier? Auf offener Straße?»

«Ich habe kein gutes Gefühl.» Gächter beschleunigt.

Bienzle quält sich aus dem Beifahrersitz, dreht sich um, kniet nun mit Blick nach hinten, die Arme auf der Lehne verschränkt.

«Der Porsche?» fragt er.

«Ja.»

«Heilig's Blechle», murmelt Bienzle, «man könnt meine, mr wäret in Chicago...»

Gächter sagt: «Herr Grüner, wir könnten jetzt halten und Sie aussteigen lassen. Damit würden wir uns viel Arbeit ersparen. Der Öffentlichkeit könnten wir sagen, die Leiche auf der Weinsteige ist der Mann, der Jarosewitch umgebracht, Hannelore Schmiedinger angeschossen und Frau Korbut überfallen hat. Der Fall ist gelöst... Wir bekommen ein Sonderlob, die Bevölkerung kann ruhig schlafen, und der Staat spart einen teuren Prozeß...»

Bienzle hat Mühe, sich im Zaum zu halten und nicht herumzufahren, um Gächter für diesen grandiosen Unsinn zur Rechenschaft zu ziehen. Aber da sieht er, wie sich Grüners Körperhaltung versteift, wie er schmale Augen bekommt und unruhig mit den gefesselten Händen spielt.

«Alles Tricks», sagt er mit unsicherer Stimme.

Und Gächter sagt: «Wir sind nun mal Bullen. Wenn Sie mir nicht glauben, drehen Sie sich doch um.»

Er beobachtet im Rückspiegel, wie Grüner eine langsame Körperdrehung macht, den Hals reckt und über die eigene Schulter schaut. Gächter verlangsamt sein Tempo. Ein grüner Porsche ist nur wenige Meter hinter ihnen. Bienzle kniet noch immer auf seinem Sitz.

Gächter sieht links vor sich in der Mitte der Straße zwischen zwei

Fußgängerinseln eine Straßenbahnhaltestelle. Die letzten Fahrgäste steigen gerade ein, davor eine schmale Durchfahrt. Er berechnet seine Chance. Etwa zweihundert Meter weiter unten kommt der Gegenverkehr als Pulk die Weinsteige herauf. Die Ampel unten an der Alexanderstraße muß soeben auf Grün geschaltet haben. Aus den Augenwinkeln beobachtet Gächter, wie sich die Türen der Bahn schließen. Er gibt Gas, passiert den hinteren Wagen und bemerkt, daß sich der gelbe Zug in Bewegung setzt. Gächter packt den Schaltknüppel, kuppelt, reißt den zweiten Gang hinein, geht gleichzeitig auf die Bremse. Die Autos im Gegenverkehr sind nur noch dreißig Meter entfernt, die Straßenbahn schiebt sich auf den Durchlaß zu. Gächter schreit: «Festhalten!» und reißt das Steuer mit einem Ruck nach links. Der Wagen bricht hinten aus. Gächter gibt Gas und erreicht schleudernd die Gegenfahrbahn. Bienzle wird gegen die Frontscheibe geworfen. Die Bahn bremst ruckartig. Staub stiebt auf. Der Straßenbahnführer klingelt wie verrückt. Die entgegenkommenden Autos hupen. Gächter treibt den Motor auf unerlaubte Tourenzahlen, dann schaltet er in den dritten Gang. Sie fahren in der Richtung, aus der sie gerade gekommen sind.

«Idiot», sagt Bienzle und hält sich die rechte Schulter. «Und immer auf die gleiche Stelle!» mault er und läßt sich auf den Beifahrersitz plumpsen. Er sieht Gächter fragend an; der schüttelt fast unmerklich den Kopf, und Bienzle tut der harmlose Porschefahrer fast leid, der nie erfahren wird, daß er soeben bei Metro-Goldwyn-Gächter eine wichtige Nebenrolle gespielt hat. Raffinierter Hund, der Gächter.

Grüner, der das nicht durchschauen konnte, sagt voller Ehrfurcht: «Clever gemacht, das muß ich sagen.»

Er glaubt's, denkt Bienzle. Wird er weich werden?

«Wo ist das nächste Revier?» fragt Gächter völlig ruhig, und Bienzle antwortet: «Ich denke, da unten bei der Leonhardskirche.»

«Könnte sein, daß ich Ihnen das Leben gerettet habe», meint Gächter zu Grüner.

«Vielleicht», sagt der ziemlich kleinlaut.

Klappt der Trick?

«Haben Sie jemand erkannt?»

Grüner schüttelt den Kopf. «Nein.»

Kein Wunder... Bienzle dreht sich um. Jetzt muß *er* seine Rolle spielen. «Sie müssen doch selbst am besten wissen, wozu diese Kerle fähig sind», sagt er. «Das ist eine organisierte Bande von Profis. Sie sind ja schließlich auch einer. Sicher, die könnten sich auch bemühen, Sie rauszuhauen, aber wenn ihnen das nicht gelingt – und dafür sorgen wir schon –, bleibt nur noch eins: Die Bande muß verhindern, daß Sie aussagen... Das müßte eigentlich auch in Ihren Holzkopf gehen.»

«So kochen Sie mich nicht weich.» Grüner hat sich inzwischen wieder gefangen.

«Wie Sie wollen», seufzt Bienzle. «Das bedeutet lange Verhöre... Ach nein: Wir haben da eine Zeugin, die geradezu darauf brennt, gegen Sie auszusagen!» Bienzle glaubt kein Wort von dem, was er sagt. Und er weiß, daß Gächters Versuch, Grüner angst zu machen und dadurch zum Reden zu bringen, schiefgegangen ist. Vorläufig jedenfalls.

Ohnehin hochgradig illegal, das Ganze.

«Im Mathäser kriegt man um diese Zeit frisches Eisbein aus dem Sud», sagt Gächter, als sie die Festgenommenen auf dem Ersten Revier abgeliefert haben.

«Eisbein – wenn ich das höre! Knöchle heißt das bei uns», belehrt ihn Bienzle.

Im Mathäser bekommen sie Bienzles Lieblingsplatz in einem kleinen Erker im ersten Stock. Als die behäbige Bedienung das Bier auf den rustikalen Holztisch stellt, streckt der Kommissar die Beine weit von sich und sagt:

«Ein Scheißjob ist das, aber ehrlich!»

Bienzle kommt plötzlich alles unwirklich vor... Eine gutbürgerliche schwäbische Wirtschaft. An den Tischen sitzen eingefleischte ‹Viertelesschlotzer›, aber auch Frauen, müde vom späten Einkauf, die prallen Taschen neben sich, bei einer Nudelsuppe oder einem schwäbischen Vesperteller. Und eben noch haben Gächter und er – na, eigentlich mehr Gächter – den Widerstand eines chicagoreifen Gangsters gebrochen... Am Stammtisch, bunt gemischt, Rentner und Redakteure der Stuttgarter Zeitung, die wenige Schritte entfernt im Tagblattturm ihre Schreibtische stehen haben. Sie politisieren und philosophieren auf eine Art, die man sonst nirgends auf der Welt findet.

Satzfetzen wehen herüber. Ein gesetzter Mann sagt zu seinem

Nachbarn bedeutungsvoll: «Also woischt, domm ischt er jo net, der Kerle.» Der Angesprochene denkt intensiv nach und erwidert dann nicht weniger gewichtig: «Aber woischt was, Anton?» – «Ja, was?» fragt der und bekommt die Antwort: «Gscheit ischt er grad au net...»

Da bringt die Bedienung das Essen. «Einmal Knöchle...» Sie stellt Bienzle den Teller hin, dann Gächter den zweiten: «...und einmal Eisbein!»

Genau wie sie bestellt haben.

Die Umgebung auf dem Ersten Polizeirevier ist Bienzle fremd und unbehaglich. Er fühlt sich in dem einfach möblierten Dienstzimmer des Revierleiters nicht wohl. Weil er sich zwischen den beiden unbequemen dunkelgelben Holzbürostühlen nicht entscheiden konnte, hat er sich auf das Fensterbrett gesetzt und läßt die Beine gegen die Holzverschalung des Heizkörpers baumeln. Gächter hat seinen Lieblingsplatz eingenommen: Er lehnt im Türrahmen.

Grüner sitzt mit dem Rücken zum Schreibtisch auf einem der Stühle und starrt auf seine Fußspitzen. «Geben Sie sich keine Mühe», murrt er, «ich sage nichts.»

Bienzle seufzt, gähnt und schaut schweigend auf Grüner hinab. Die Müdigkeit steigt wieder von den Füßen her langsam in ihm auf. Jetzt hat sie sich in den Kniekehlen breitgemacht.

«Sie können mit mir machen, was Sie wollen», sagt Grüner, «ich weiß nichts, und ich habe nichts zu sagen.»

Bienzle schwankt zwischen Müdigkeit und Wut. Er schaut auf die Uhr. Es ist kurz nach neun. Er denkt an Hannelore Schmiedinger.

Er möchte ihr jetzt gegenübersitzen, Tee trinken, reden, Musik hören, den Regen an die Fenster schlagen hören... So ein Unsinn, denkt er, es regnet nicht, und überhaupt mag ich ja gar keinen Tee... Mühsam schwingt er sich von der Fensterbank, greift nach dem Telefonhörer und wählt die Nummer des Krankenhauses. Dann fragt er nach Doktor Hilpert, wird mit einer Schwester verbunden und sagt: «Hier ist Bienzle, Kriminalkommissar Bienzle. Wie geht es Fräulein Schmiedinger?»

Unbewußt und ohne etwas wahrzunehmen, starrt er dabei Grüner ins Gesicht, bis der wegschaut. Geistesabwesend legt Bienzle nach einer Weile den Hörer auf.

«Nun?» fragt Gächter.

Bienzle zuckt die Achseln und wendet sich ruckartig Grüner zu. Der zuckt zusammen, als ob er Schläge erwarte.

«Dreckskerl», sagt Bienzle und geht wieder zur Fensterbank.

Gächter sagt: «Hör mal, Ernst, das hier können wir uns doch schenken; der Typ ist schuldig.»

«Mhm», macht Bienzle und läßt seine Absätze gegen die Holzverschalung bumsen.

«So kriegen Sie mich nicht», sagt Grüner. «Das könnte Ihnen so passen – einem armen Schwein ein paar Dinge anzuhängen, die er gar nicht getan hat.»

«Es», sagt Gächter.

«Was?»

«Es, *das* arme Schwein.»

«Ach, lecken Sie mich doch am Arsch!»

«Beamtenbeleidigung.» Gächter grinst.

Bienzle starrt Grüner noch immer an. Seine Augen sind blutunterlaufen. «Sie sind ein mieser Ganove. Sie haben auf Befehl oder gegen Geld versucht, Fräulein Schmiedinger und Frau Korbut umzulegen... Jarosewitch haben Sie nicht auf dem Gewissen; das war saubere Arbeit. Sie sind als Killer ein Stümper: das ist nun mal ein Unterschied, ob ich mich in der Altstadt rumprügele, alten Frauen die Handtaschewegreiße, einen Bruch mache – oder ob ich jemand sachgerecht umlegen muß... Sie müßten noch viel lernen, Grüner. Aber dazu werden Sie ja nun keine Gelegenheit haben... Was sind Sie von Beruf?»

«Schweißer.»

«Autogen oder elektrisch?» fragt Bienzle.

«Verstehen Sie denn was davon?»

«Ich hab's mal versucht, aber ich war nicht besonders begabt dafür, und...»

Das Telefon klingelt.

Gächter nimmt ab. «Na bitte!» sagt er, nachdem er eine Weile zugehört hat, und dann: «Saubere Arbeit.»

Er legt auf.

«Was ist?» fragt Bienzle.

«Wir haben die Waffe», sagt Gächter. «Es ist dieselbe, mit der auf Fräulein Schmiedinger geschossen wurde.»

«Wo war sie?»

«Asemwald, Block A, Aufgang drei, 15. Stock, Appartement 1224. Im Klo, mit Tesafilm innen an der Abdeckung der Wasserspülung angebracht.»

«Auch nicht neu», knurrt Bienzle. «I sag's ja – Afänger... Ich hätt den Fontana für g'scheiter g'halte.»

«Was hat das denn mit Fontana zu tun?» fragt Grüner sichtlich irritiert.

«Ha, jetzt kommet Se», grinst Bienzle, «mir zwei wisset doch B'scheid!»

Gächter sagt: «Hör mal, Grüner...»

«Herr Grüner», verbessert Bienzle.

«Hören Sie, Herr Grüner», fängt Gächter kühl noch einmal an, «wir lassen Sie jetzt für eine Stunde oder so allein; da haben Sie Papier und einen Kugelschreiber... Notieren Sie alles, was Ihnen einfällt. Wir reden jetzt mit Ihrer Freundin, und anschließend lassen wir Sie ins Untersuchungsgefängnis bringen. Der Haftbefehl ist unterwegs. Es ist wirklich das beste, wenn Sie alles, was Ihnen einfällt, hinschreiben.»

Bienzle und Gächter gehen hinaus.

«Glaubst du denn, daß das was bringt?» fragt Bienzle.

«Nein, das glaube ich nicht», sagt Gächter. «Aber es wird ihn beunruhigen. Ich bin dafür, daß wir ihn nicht gleich ins UG bringen, sondern ihn gründlich in die Mangel nehmen. Dauerverhör. Bis er singt.»

«Ich kann nicht mehr», sagt Bienzle.

«Laß mal, ich mach das schon.»

«Aber ich wollte noch abwarten, was der Haußmann von Breda erfährt.»

«Das kann ich dir ja auch durchtelefonieren.»

«Stimmt auch wieder.»

«Dann würde ich vorschlagen», sagt Gächter vorsichtig, «du nimmst ein Taxi und fährst nach Hause oder zu mir, wie du willst.»

Bienzle gähnt. «Die Dame Rosemie knöpf ich mir noch vor, dann fahr ich heim.»

«Wie du meinst.»

«Natürlich wie ich meine», raunzt Bienzle, «wie denn sonst?»

Rosemie Stern sitzt in der Wachstube und ist schon wieder ganz gut bei Laune. Sie flirtet mit einem jungen, gutaussehenden Polizeimeister.

«Na», sagt Bienzle, «hat die Dame schon ein umfassendes Geständnis abgelegt?»

«Nein, Herr Kommissar», meldet der Polizist zackig.

«Ruf doch mal in der Dorotheenstraße an», sagt Bienzle zu Gächter, «und laß dir die Frau Korbut geben. Sie kann gehen, soll aber eine Adresse hinterlassen. Vielleicht hat sie irgendeine Freundin, bei der sie unterkriechen kann.» Dann wendet er sich dem Mädchen zu: «Also, wir haben in Ihrer Wohnung die Waffe gefunden, mit der gestern auf eine junge Dame geschossen worden ist. Wer hat die Pistole im Klo versteckt?»

«Ich weiß nichts und sag nichts.»

«Na, die Melodie kenne ich, aber das nützt Ihnen ja nun alles nichts. Die Beweise sind da. Auch wenn Sie nichts sagen, kommen Sie wegen Beihilfe erst mal ein paar Jahre hinter schwedische Gardinen.»

Immer dieselbe Tour... angst machen, bluffen, drohen; ein kümmerliches Repertoire, denkt er.

«Also wenn tatsächlich jemand bei mir was versteckt hat – was kann denn ich dafür?» sagt Rosemie Stern.

«Ich hab's satt», mault Bienzle; «bringt sie erst mal für ein paar Wochen in den Knast, wir lösen den Fall auch ohne ihre Aussage. Mein Gott, des ischt doch dackelhaft, wenn Sie jetzt Ihrn hübscha Kopf für so en Kerle nahaltet – der hot Sie doch scho vergessa!»

«Außerdem brummt der mindestens zehn Jahre ab», sagt Gächter.

Der junge Polizist meldet sich zu Wort: «Also, wenn ich Ihnen einen Rat geben dürfte, Fräulein: Ich würde Ihnen empfehlen auszusagen.»

Bienzle schaut den jungen Kollegen anerkennend an und nickt ihm auffordernd zu.

Durch die Anerkennung ermutigt, macht er weiter: «Ich bin sicher, wenn Sie jetzt alles sagen, kommen Sie ganz schnell wieder auf freien Fuß. Die beiden Herren meinen das doch nicht so ernst. Nur wenn Sie sich bockig stellen, kann's für Sie wirklich unangenehm werden.»

Rosemie Stern sieht den jungen Mann, dem seine Uniform so wunderbar steht, nachdenklich an.

«Wissen Sie was», sagt der, nun ganz selbstbewußt, «wir zwei gehen mal in mein Zimmer nach hinten, und Sie diktieren mir alles, was Sie wissen, gleich in die Schreibmaschine... Wären Sie damit einverstanden, Herr Kommissar?»

Bienzle tut so, als müßte er überlegen.

Gächter denkt: O du schwäbisches Schlitzohr! und sagt: «Ich hätte da keine Bedenken, Herr Kommissar; Fräulein Stern scheint ja durchaus aussagebereit zu sein.»

Bienzle schaut ihn an und denkt, raffinierter Hund! Dann sagt er: «Na, meinetwegen. Herr Gächter bleibt hier und wird überprüfen, was dabei herauskommt. Wenn Fräulein Stern eine vernünftige Aussage macht, kann sie freigelassen werden.»

In der Eberhardstraße findet Bienzle ein Taxi, das ihn nach Hause bringt. Der Fahrer redet ohne Punkt und Komma über den VfB Stuttgart.

Bienzle, sonst ein Fußballnarr, ist es egal. Er hört die Stimme des Taxichauffeurs, als ob sie aus großer Entfernung käme, sagt mal: «Tatsächlich?» oder: «Mhm» oder: «So isch's no au wieder.»

Als der Wagen den Wilhelmsplatz in Cannstatt passiert, ist er eingeschlafen. Kurz nach neun Uhr rüttelt ihn der Fahrer wach. Bienzle zahlt, läßt sich eine Quittung geben und geht ins Haus.

Seine Frau sitzt im Fernsehsessel und schaut kaum auf. Er gibt ihr einen flüchtigen Kuß auf die Stirn. Dann geht er in die Küche und durchsucht den Kühlschrank.

«Soll ich dir was machen?» fragt sie lustlos aus dem Wohnzimmer.

«Nein, laß nur; ich find schon was», ruft er und greift sich ein Ripple aus dem obersten Kühlschrankfach. Sie weiß ja nicht, daß er schon ein Knöchle gegessen hat.

Er lehnt sich gegen den Küchenschrank und beißt kräftig in das Fleischstück hinein; gleichzeitig öffnet er mit der linken Hand eine Bierflasche. Er trinkt und ißt abwechselnd und fühlt sich müde und ausgebrannt. Aus dem Wohnzimmer hört er die Stimme Rudi Carrells.

Bienzle putzt sich die Finger an einem Küchenhandtuch ab und geht ins Zimmer.

«Daß du dich auch mal wieder sehen läßt!» sagt Hanna.

«Ja, gell, do guckscht?»

«Du hältst es ja nicht mal mehr für nötig...»

«Sei so gut und laß das», sagt er müde; «ich bin am Ende. Das ist doch immer so, wenn ich an so einem Fall bin.»

Hanna dreht sich um und schaut wieder Rudi Carrell zu. Bienzle legt sich auf die Couch und fängt an, die Zeitung zu lesen, aber schon nach wenigen Minuten ist er eingeschlafen. Hanna steht auf und holt aus dem Schlafzimmer eine Wolldecke, die sie vorsichtig und sehr sanft über ihn breitet. Sie schaut eine Weile auf ihn hinab, schüttelt dann leicht den Kopf, beugt sich zu ihm und haucht ihm einen Kuß auf die Stirn. Dann dreht sie den Ton des Fernsehers so leise, daß sie ihn gerade noch versteht.

Am anderen Morgen ist Bienzle ungewöhnlich gut aufgelegt. Im Badezimmer singt er Fragmente aus Opernarien, wobei er immer wieder versucht, vom tiefsten Baß bis ins höchste Falsett emporzuklettern. Er macht sogar ein paar Kniebeugen.

Seine gute Laune hält auch noch bis zum Frühstück an. Er übersieht die Joghurtbecher und holt sich aus dem Kühlschrank ein Stück Rotwurst. Hanna sagt nichts dazu. Sie schüttelt nur vorwurfsvoll den Kopf.

Bienzle schlägt die Zeitung auf. «Zwei Verhaftungen im Mordfall Jarosewitch...» liest er. Und da ist seine Stimmung hin. «Dia Knallköpf!» schimpft er. «Diese Grasdackel!»

«Was hascht denn scho wieder?» fragt seine Frau.

«Daß die 's Wasser net halte kennet! Sogar die Namen stehen da drin. Kann sich doch jeder ausrechnen, daß die zwei singen und... Aber des hot ja alles kein Wert – was reg ich mich auf? Gib mr liaber no en Kaffee.»

Bienzle macht sich keine Illusionen darüber, daß die Verhaftung von Korbut und Grüner auch ohne Zeitungsmeldung allen Interessierten bekannt ist; aber er ärgert sich, daß er wieder einmal um sein größtes Vergnügen gebracht wurde: die Pressekonferenz. Jeder im Polizeipräsidium weiß, daß es Bienzles schönste Stunden sind, wenn er im Sitzungszimmer, flankiert vom Pressereferenten und vom Präsidenten, minutiöse Schilderungen seiner Fahndungsarbeiten geben kann. Er arbeitet oft eine ganze Nacht an diesen Reports für die Presse. Für ihn ist es eine Art Ritual, der letzte Akt eines Falles, wenn er den gespannten Journalisten in druckreifen Formulierungen Schwierigkeiten, Rückschläge und Erfolge vermelden kann. Dabei tritt er mit kalkulierter Bescheidenheit auf – ein sympathischer Beamter, dem man nicht erst die Würmer aus der Nase ziehen muß, der weiß, was ein Reporter haben will... Nichts ist dann zu spüren von seinen Depressionen, seinen Selbstzweifeln und seiner Unduldsamkeit. Dann brilliert er: von Kopf bis Fuß der Nesenbach-Maigret.

Aber jetzt ist er sauer, und im Präsidium läßt er es alle spüren. Den Gruß der Sekretärin erwidert er nicht, Gächter brummt er nur an, Haußmann, der sich schon erwartungsvoll bereithält, fertigt er ab – «Ich ruf Sie, sobald ich Zeit hab!» –, und als Gächter ihm vorsichtig mitteilt, der Chef wolle ihn sprechen, sagt er patzig: «Der kann auch mal warten.»
Gächter läßt ihn allein. Er geht in die Kantine, um Kaffee zu besorgen.
Bienzle sitzt in seinem Drehsessel und starrt an die Wand. Er sagt sich, daß er eigentlich überhaupt keinen Grund hat, sauer zu sein, und das regt ihn noch mehr auf.
Gächter kommt mit zwei Kaffeetassen und stellt Bienzle eine davon auf die Schreibunterlage. Dann setzt er sich wieder vor seinen Schreibtisch und beginnt Notizen zu machen.
Bienzle nimmt den Hörer von der Gabel und legt ihn wieder auf. Er zieht eine Akte zu sich her und schiebt sie wieder von sich. Geistesabwesend trinkt er den Kaffee und murrt: «Das ischt koi Kaffee, das ischt Muckefuck.»
Gächter beachtet ihn nicht.
Nach zehn Minuten endlich steht Bienzle schwerfällig auf und sagt: «Ich bin beim Chef.»

Direktor Hauser, jovial wie immer, bietet Bienzle den bequemen Sessel in der kleinen Sitzecke an, aber der brummt: «Ich steh lieber.»
«Welche Laus ischt denn dir über d' Leber glaufa?» fragt Bienzles alter Schulfreund.
«Wer hat angeordnet, daß die Presse unterrichtet wird?»
«Ach, das isch dei Problem? Unser Pressereferent wollte eben auch einmal selbständig was machen.»
«Der kann von mir aus selbständig Zeitungsausschnitte abheften, aber er soll sich net in meine Fäll einmischa.»
Hauser runzelt die Stirn: «Jetzt langt's aber, Ernst.»

Darauf folgt ein minutenlanges Schweigen.

Dann preßt Bienzle ein «Entschuldigung» heraus und will gehen.

«Moment», sagt Hauser; «würde es dir etwas ausmachen, mich über die bisherige Entwicklung zu unterrichten?»

Bienzle unterdrückt es, zu sagen: «Liest du keine Zeitung?», und setzt sich nun doch in den Sessel.

«Es ist schwierig», sagt er und findet endgültig zu seinem Amtsdeutsch zurück; «wir kommen zwar vorwärts, sozusagen an der Peripherie. Im zweiten und dritten Glied haben wir nahezu einen kompletten Erfolg. Max Grüner ist gefaßt, und es besteht kaum ein Zweifel, daß er Hannelore Schmiedinger...» Plötzlich verstummt Bienzle.

«Ja, weiter», sagt Hauser.

«Also er hat auf sie geschossen, und daß der Überfall auf die Korbut auch auf seine Kosten geht, dürfte klar sein. Aber er ist ein bezahlter Schläger und Killer. Wahrscheinlich bekommt er seine Aufträge von Fontana, aber da wissen wir noch nichts Genaues. Und selbst wenn wir das beweisen können, wissen wir noch immer nicht, wer die eigentlichen Hinterleute sind. Dieser Rechtsanwalt Bäuerle und seine Schwester, die verwitwete Jarosewitch, spielen auch irgendwelche Rollen. Aber bevor ich da nichts Genaueres weiß, möchte ich an die nicht ran... Ich hab das Gefühl, daß uns in diesem Fall jeder Teilerfolg eher vom Kern wegführt, als daß er uns einer Lösung näherbringt.»

Hauser sieht Bienzle nachdenklich an. Er kennt diese Situation. Der Kommissar verfällt regelmäßig in eine Art Depression, wenn er die ersten Etappen eines Falles hinter sich gebracht hat und den endgültigen Erfolg doch noch nicht zu greifen vermag.

«Grüner hat gestanden», sagt er.

«Ach ja?» sagt Bienzle ohne Begeisterung.

«Die Aussage liegt schon bei mir.» Hauser klopft mit den Fingerknöcheln auf ein paar Blätter, die vor ihm liegen.

«Wer ist der Auftraggeber?» fragt Bienzle.

«Kannst du dir doch denken.»

«Fontana natürlich.»

«Mhm.»

«Man hätte ihn sofort festnehmen sollen.»

«Wir sind zu spät gekommen; der Herr ist abgereist.»

«Nach Italien?»

«Das behaupten wenigstens seine Angestellten.»

«Und wer führt die Geschäfte der Restaurant-Kette?»
«Seine Frau.»
«Was, der hat eine Frau?»
«Mhm.»
«Da habe ich einen Fehler gemacht. Man hätte den Typ nicht aus den Augen lassen dürfen.»
«Mach dir keine Vorwürfe», sagt Hauser; «wir haben nun mal nur eine begrenzte Zahl von Beamten.»
«Gibt es irgendwelche Hinweise, daß der Fontana tatsächlich nach Italien ist?»
«Gollhofer prüft das gerade nach.»
«Ist sonst noch etwas?» fragt Bienzle.
«Eigentlich nicht.»
«Und uneigentlich?»
«Du solltest dir nicht zu viel aufhalsen. Ich bin froh, daß du dich wenigstens heute nacht mal aufs Ohr gelegt hast.»
«Hätt ich's nicht getan, wäre uns der Fontana vielleicht nicht entwischt.» Bienzle geht grußlos hinaus. Er ist noch niedergeschlagener als zuvor.

«War's schwierig, den Grüner zum Singen zu bringen?» fragt er Gächter in ihrem gemeinsamen Büro.
«Nach vier Stunden war er soweit.»
«Und?»
«Er arbeitete schon seit zwei Jahren für Fontana. Die übliche Dreckarbeit: Leute einschüchtern, Kontakt zur Unterwelt halten... Gelegentlich hat er wohl auch den Boten zwischen Fontana und Jarosewitch gemacht. Die Geschäfte scheinen so gelaufen zu sein, wie wir vermutet haben. Fontana und Jarosewitch müssen so etwas wie Partner gewesen sein. Der Italiener gehört wohl einem internationalen Hehlerring an. Von ihm kamen die Adressen, die dann Korbut angelaufen hat; von ihm kam aber manchmal auch Handelsgut, das Jarosewitch auf dem deutschen Markt verteilt hat.»
«Was ist mit der Stern?»
«Grüner behauptet, er hat sie bei Fontana kennengelernt und was mit ihr angefangen, obwohl ihm das eigentlich strikt verboten war. Fontana wollte nicht, daß seine ‹Außendienstleute›, so nannte er das, näheren Kontakt mit den festangestellten Mitarbeitern hatten.»
«Ein heimliches Gschpusi also?»

«Ja, Grüner sagt auch, Fontana hat ihm befohlen, Stuttgart zu verlassen, und er hat ihn in dem Glauben gelassen, daß er noch gestern abreisen wollte. Dann ist er aber noch mal zu dem Mädchen gefahren... Das Pulver hat er nicht erfunden, der Grüner.»

«Du, Gächter...»

«Ja?»

«Wahrscheinlich sind wir Fontanas Leuten im Asemwald nur zuvorgekommen; wahrscheinlich hast du in deinem Wildwestfilm gestern der Wirklichkeit nur ein bißchen vorgegriffen... Fontana hat den Grüner überwachen lassen. Muß ein ganz schöner Schlag für die gewesen sein, als sie hinkamen, und das Nest war leer.» Zum erstenmal an diesem Vormittag lächelt Bienzle. «Weiß denn der Grüner, was in den letzten Wochen passiert ist?» fährt er fort. «Irgendwas muß doch die heile Geschäftswelt der Herren Jarosewitch und Fontana gestört haben.»

«Er scheint es wirklich nicht zu wissen. Er sagt nur, Fontana sei sehr nervös gewesen.»

«Der weiß doch bestimmt mehr. Warum hat er denn die Korbut erst ausspioniert und dann versucht, sie umzubringen?»

«Er sagt, Fontana habe ihn eines Tages... Warte mal, das hab ich auf dem Kassettenrecorder. Ich spiele dir die Stelle mal vor.»

«Gut... Moment mal; wir holen Haußmann dazu.» Bienzle ruft den jungen Kollegen an und bittet ihn erstaunlich höflich zu sich.

«Bevor Sie uns erzählen, was Breda wußte, hören wir uns mal das Band da an», sagt Bienzle zu Haußmann, als der eilfertig hereingespurtet kommt.

Gächter drückt den Knopf.

Der Chef hat mich kommen lassen, berichtet Grüner, *und gefragt, ob ich dem Korbut seine geschiedene Ische kenne. Natürlich, sag ich, die motzt doch dem Jarosewitch den Schmuck auf. Und da sagt der Chef, er hätte Grund zur Annahme, daß der Jarosewitch ein krummes Ding dreht, ohne ihn oder gegen ihn, ich weiß nicht mehr, wie er sich genau ausgedrückt hat, und ich soll doch mal der Korbut auf den Zahn fühlen, ob die in letzter Zeit einen großen Posten zum Umarbeiten reingekriegt hätte. Ich hab ihn gefragt, woher er denn das alles wissen will. Da hat er gesagt, das geht mich nichts an, aber soviel kann er sagen, es gibt so etwas wie eine neue... Jetzt weiß ich nicht mehr, wie das Wort hieß. Konstruktion oder Kontraktion oder so.*

Konstellation vielleicht? fragt Gächter auf dem Band.
Kann sein – nun wieder Grüners Stimme; *auf jeden Fall sagte er, in Zukunft geht es auch ohne Jarosewitch, vielleicht sogar besser...*
«Schalt mal ab», sagt Bienzle.
Gächter drückt den Aus-Knopf.
«Da ist von einem ‹größeren Posten› die Rede. Haben wir eigentlich schon mal nachsehen lassen, ob in den letzten Wochen irgendwo ein größerer Schmuckraub gemeldet worden ist? Das muß doch zu ermitteln sein.»
«Ich kümmere mich darum», sagt Haußmann.
«Gut, dann laß uns mal weiterhören», sagt Bienzle.
Ich hab dann dem Korbut gesagt, er soll mich mal zu seiner Ehemaligen mitnehmen, ich wollte was kaufen und mir ihre Werkstatt angukken. Das lief dann auch, aber natürlich war da nichts rauszubekommen. Der Chef war sauer und hat gesagt, daß man dann eben andere Saiten aufziehen muß. Ich hab mir schon einen Schlachtplan zurechtgelegt. Und da hat er mich gestern kommen lassen und gesagt, die Bullen hätten rausbekommen, daß zwischen Jarosewitch und ihm eine Verbindung ist. Und ich soll sofort zu der Korbut fahren und den Laden auseinandernehmen – Gächter: *Hat er Ihnen denn nicht genauer gesagt, nach was Sie suchen mußten?* – *Das war mir ja klar; ein Sack voller Klunker muß da irgendwo rumschwirren, den wollte der Fontana haben. Vielleicht hat man ihm das Zeug unterm Arsch weggezogen, oder der Jarosewitch wollte den Chef ausbooten. Aber daß so was nicht läuft, hätte ich dem Jarosewitch gleich sagen können.*
Gächter schaltet den Recorder ab. «Das war die Stelle», sagt er.
«Wie hast du den bloß so zum Plaudern gebracht?» fragt Bienzle.
Gächter spielt mit einem Lineal und zuckt die Achseln. «Ich weiß nicht mehr so genau.»
«Dann will ich's auch nicht wissen.» Bienzle ist ein bißchen unbehaglich dabei. «Nun zu Ihnen, Haußmann – wie war's mit Breda?»
Haußmann zieht einen Block heraus. Er hat seinen Bericht sorgsam vorformuliert. «Am vorletzten Sonntag hatte Breda Dienst. Fontana ließ ihn kommen und fragte ihn, ob er sich ein paar hundert Mark zusätzlich verdienen wolle. Breda bejahte.»
An dieser Stelle muß sich Bienzle umdrehen und zum Fenster hinausschauen, damit Haußmann nicht merkt, wie ihn diese wohlformulierte Fleißarbeit amüsiert.

«Fontana sagte ihm sodann, am Nachmittag gegen vier Uhr käme ein Mann. Er werde im Hof parken und über die hintere Außentreppe zu ihm ins Büro kommen. Breda solle sich diesen Mann vom Fenster aus genau ansehen. Das tat er dann auch. Später bekam er von Fontana Name und Anschrift des Mannes: Lothar Bäuerle, Stuttgart-Zuffenhausen, Brechtstraße 77.»

«Stopp!» sagt Bienzle und steht auf. Er hat beide Hände gegen die Schläfen gedrückt und geht im Zimmer auf und ab. Dann setzt er sich abrupt hin und sagt: «Weiter!»

«Breda sollte gelegentlich den Herrn Bäuerle observieren. Er bekam dafür jedesmal einen neuen Auftrag. Breda mußte nur genau notieren, wo Bäuerle hinging, mit wem er sich traf. Er sollte Autonummern aufschreiben und so weiter. Insgesamt bekam er sechsmal solche Aufträge. Dreimal verfolgte er Bäuerle, davon zweimal nach Degerloch zur Werkstatt der Frau Korbut, einmal zu seiner Schwester. Dreimal hatte er nur Bäuerles Haus zu bewachen. Da kam einmal die Schwester, einmal Jarosewitch und einmal kamen Sie, Herr Kommissar.»

«Einmal kam Jarosewitch?» fragt Bienzle.

«Ja, er blieb drei Stunden.»

«Sauber, sauber!» sagt Bienzle. «Der Mann, mit dem Bäuerle völlig übers Kreuz war.»

«Da ist noch mehr, Herr Kommissar.»

«Ja? Machen Sie weiter.»

«Breda hat sich über all das gewundert und auf eigene Faust recherchiert. Er interessierte sich nämlich sehr für Frau Korbut und hatte das Gefühl, sie könnte in Gefahr sein.»

«Moment mal», sagt Bienzle, «hat sich Breda den Tag gemerkt, an dem Jarosewitch bei Bäuerle war?»

«Er hat sich alles peinlich genau aufgeschrieben. Fontana hat ihm zwar befohlen, alle Notizen sofort zu vernichten, aber daran hat sich Breda nicht gehalten.»

«Sehr schön. Wann war nun Jarosewitch bei Bäuerle?»

«Am Donnerstag letzter Woche um 22.30 Uhr.»

«Ich hab das Gefühl, wir kommen weiter», sagt Bienzle, und kein Mensch würde glauben, daß er noch vor einer halben Stunde völlig vergrätzt und unansprechbar war.

«Soll ich nun weitermachen?» fragt Haußmann.

Bienzle antwortet ihm mit einer ironischen Verbeugung: «Ich bitte sehr darum!»

«Also, Breda wollte wissen, was hinter alldem steckt, und hat versucht, an Fontanas Tür zu horchen.»

«Die ist abhörsicher, das weiß ich genau», sagt Bienzle.

«Stimmt, aber Bredas jüngerer Bruder ist Funkamateur und außerdem bei Elektro-Schiever als Monteur angestellt. Seit Sonntag hat Fontana eine Abhörwanze hinter dem Heizkörper seines Büros.»

«Ach du liabs Herrgöttle», ruft Bienzle, «das hätten wir früher wissen sollen!»

«Breda kann also bestätigen, was Grüner dem Herrn Gächter erzählt hat», beschließt Haußmann seinen Bericht.

Bienzle lehnt sich in seinem Sessel zurück, schaut von Gächter zu Haußmann und wieder zu Gächter, dann sagt er fast feierlich: «Also, jetzt muß ich euch mal was sagen: Wenn wir so weitermachen, werden wir noch ein erstklassiges Team.»

Haußmann wächst sichtlich um einige Zentimeter. Gächter grinst, dann fragt er Haußmann:

«Ist in Ihrem Gespräch irgendwann einmal der Name ‹Alfons› gefallen?»

Haußmann schüttelt den Kopf.

«Grüner meint nämlich», sagt Gächter, «Fontana habe Kontakt mit einem Mann dieses Namens.»

Bienzle starrt Gächter an. «Alfons... Alfons... Ja! Von einem Alfons war auch die Rede, als die Jarosewitch telefonierte... In dem Gespräch, das ich mitgekriegt habe, während ihr Mehrzweckheini Gewicht und Umfang ihrer Brüste vermessen hat.»

«Bäuerle heißt nicht zufällig Alfons?» fragt Gächter.

«Nein, der heißt Lothar.» Haußmann schüttelt den Kopf.

«Wäre auch zu schön gewesen...»

Bienzle stemmt sich aus seinem Bürosessel und sagt: «Wo ist eigentlich hier das nächste Blumengeschäft?»

«In der Schwarenbergstraße, fünfzig Meter vom Eingang zum Karl-Olga-Krankenhaus entfernt», sagt Gächter und bemüht sich, sein ernstes Gesicht zu bewahren.

Bienzle ist verlegen. Seinen bunten Sommerstrauß hat er auf die Bettdecke gelegt. Jetzt sitzt er auf einem weißen Eisenstuhl neben dem Krankenbett und schaut an Hannelore Schmiedinger vorbei auf den unvermeidlichen Feininger-Druck, der in allen öffentlichen Krankenhäusern die Wände ziert.

«Ich mache mir Vorwürfe», sagt Bienzle leise.

«Aber warum denn?» fragt sie und lächelt dabei sogar ein wenig.

Jetzt sieht er sie an. Ihr Gesicht ist noch schmaler und durchsichtiger geworden. Um den Kopf hat sie einen Verband, der dieses Gesicht einrahmt und auf das Wesentliche konzentriert: Die Augen, eine hübsche kleine Nase und den vollen Mund.

«Ich hätte besser auf Sie achtgeben sollen – schließlich gehört es zur kriminalistischen Routine, gefährdete Personen zu schützen. Und daß Sie gefährdet waren, hätte ich wissen müssen.»

«Das war ja eine richtige Ansprache», sagt sie; «und ich denke, Sie kommen, um mich zu vernehmen.»

«Ja, natürlich, das natürlich auch.» Bienzle weiß nicht, wie er seine Verlegenheit loswerden soll. «In erster Linie», sagt er, «bin ich gekommen, um zu sehen, wie's Ihnen geht.»

«Es könnte schlimmer sein. Ich hätte ganz gut schon gestern mit Ihnen reden können, aber der Arzt nimmt es übergenau. Die Kugel ist ja nicht weit eingedrungen, sie hat mich eigentlich nur gestreift. Und dann habe ich natürlich einen Schock bekommen.»

Bienzle steht auf und geht ein paar Schritte durchs Zimmer. Er schaut aus dem Fenster. «Können Sie hier überhaupt schlafen?» fragt er. «Ist ja idiotisch – ein Krankenhaus direkt an einer vielbefahrenen Straße!»

«Als die den Kasten dahingestellt haben, fuhr man wahrscheinlich noch mit Pferdekutschen», lächelt sie.

Eine Schwester kommt herein, nimmt wortlos die Blumen und geht wieder hinaus.

Bienzle gibt sich einen Ruck: «Also, Fräulein Schmiedinger – was war es, was Sie mir sagen wollten?»

«Jarosewitch war in eine Menge dunkler Geschäfte verwickelt.»

«Ja, das haben wir inzwischen auch rausgekriegt.»

«Er hat aber genau getrennt zwischen seiner – wie soll ich sagen –, seiner offiziellen Arbeit und seinen illegalen Geschäften. Mit uns hat er nur über die normale Arbeit gesprochen, alles andere wurde geheim abgewickelt. Nur Korbut war eingeweiht. Er war so etwas wie Jarosewitchs Adjutant.»

«Wir haben ihn inzwischen verhaftet... Den Mann, der auf Sie geschossen hat, auch.»

«Dann kann ich Ihnen wohl gar nichts Neues mehr sagen.»

«Sie müssen mir alles erzählen, manchmal hilft ein kleiner Hinweis, der zunächst ganz nebensächlich erscheint. In den letzten Wochen muß sich irgend etwas ereignet haben, was Jarosewitch durcheinandergebracht hat. Wir vermuten, daß entweder er ein Geschäft ohne seine bisherigen Partner vorhatte oder daß seine Partner ihn aus dem Geschäft hinausdrängen wollten.»

«Das könnte stimmen», sagt Hannelore Schmiedinger. «Sie erinnern sich doch, daß ich davon erzählte, wie ich über die Gegensprechanlage ein paar Satzfetzen mitbekommen habe? Dieser Besucher sprach immer wieder davon, daß Jarosewitch jemand reinlegen wolle. Und er sagte ein paarmal: ‹Alfons ist in der Vorhand›, oder so ähnlich.»

«Wenn ich nur wüßte, wer dieser Alfons ist – der Name taucht immer wieder auf, aber wir haben keine Ahnung, wer dahinterstecken könnte.»

«Aber er war doch einmal da.»

«Wie bitte? Sagen Sie das bitte noch mal!»

«Ja, er war einmal da... Das muß vor ungefähr vier Wochen gewesen sein.»

«Haben Sie ihn gesehen?»

«Ja, natürlich; das war kein heimlicher Besuch wie bei den anderen. Der Mann rief an, ich glaube, es war an einem Freitag kurz vor Feierabend. Ja, ich weiß es noch ganz genau. Eigentlich hatte ich ins Theater gehen wollen, aber der Chef bat mich, noch zu bleiben, falls sein Gast noch etwas wünschte... Also der Mann rief an und sagte so etwa, melden Sie doch bitte Herrn Jarosewitch, daß ihn Alfons sprechen wolle. Alfons, nichts weiter? habe ich ihn gefragt. Er hat gelacht und gesagt: Das wird genügen!»

«War das vor oder nach dem Gespräch, das Sie über die Gegensprechanlage gehört haben?»

«Es war ein paar Tage vorher.»

«Könnten Sie den Mann beschreiben?»

«Ja... Er sah sehr gut aus. Vielleicht Anfang Dreißig; gut einsneunzig groß; schwarzhaarig, glattrasiert, sehr... sehr intensive Augen, wenn Sie verstehen, was ich damit meine.»

«Mhm, ich kann mir schon etwas darunter vorstellen.»

«Und er trug einen Anzug, der sehr teuer gewesen sein muß. Da stimmte alles, die Krawatte paßte zum Einstecktuch und zu den Sokken. Die Schuhe müssen mindestens 200 Mark gekostet haben... Und er trug am linken Arm einen zusammengerollten Regenschirm, obwohl wir damals einen wolkenlosen Himmel hatten.»

«Sie haben aber nicht zufällig mitbekommen, was die beiden Herren beredet haben?»

«Nein. Ich mußte zwar Kaffee kochen und Brötchen herrichten, aber wenn ich den Raum betrat, schwiegen sie.»

«Hatten Sie den Eindruck, als ob die beiden gestritten hätten?»

«Nein; ich würde eher sagen, daß es eine ganz gepflegte Atmosphäre war.»

«So wie zwischen zwei guten Geschäftspartnern?»

«Ja...» Hannelore Schmiedinger zögert ein wenig und sagt dann: «Aber als dieser Mann gegangen war, schien mein Chef doch sehr erregt zu sein. Er lief im Zimmer auf und ab wie ein eingesperrtes Tier, sagte immer wieder: Sie können jetzt noch nicht weggehen, vielleicht brauche ich Sie noch! Aber er ließ mich dann nur noch eine Telefonverbindung herstellen.»

«Wissen Sie noch, mit wem?»

«Natürlich; ich habe mich nämlich sehr darüber gewundert: mit seinem Schwager, Rechtsanwalt Bäuerle.»

Bienzle läßt sich auf den Stuhl plumpsen. «Mit dem Mann also, den er absolut nicht ausstehen konnte?»

«Ja, darüber habe ich mich ja so gewundert.»

«Sie haben aber nicht zufällig gehört, was er mit Bäuerle sprach?»

«Nein. Er schickte mich weg. Vorher sagte er nur noch, mehr zu sich als zu mir: Wenn der glaubt, er kann mir in die Suppe spucken, dann täuscht er sich... Oder so ähnlich.»

«Mich würde interessieren», sagt Bienzle nachdenklich, «ob Sie sich auf all das einen Reim gemacht haben.»

«Ich habe viel darüber nachgedacht», sagt Hannelore Schmiedinger, «natürlich sind das alles nur Spekulationen, aber es könnte doch vielleicht sein, daß dieser Alfons einer von Jarosewitchs Partnern bei seinen komischen Nebengeschäften war und daß sich Herr Bäuerle in diese Geschäfte hineindrängen wollte. Ich komme darauf nur, weil mich Bäuerle einmal aushorchen wollte.»

«Ach ja?»

«Ich traf ihn einmal ganz zufällig – oder vielleicht auch nicht ganz so zufällig – im Theatercafé. Wenn ich ins Theater gehe, esse ich da meistens... Er stand plötzlich an meinem Tisch. Ich kannte ihn doch nur ganz flüchtig; er tat aber so, als ob wir alte Freunde wären. Zuerst redeten wir nur ganz allgemeines Zeug, aber dann kam er langsam, aber sicher auf meine Arbeit bei Jarosewitch zu sprechen. Er sagte solche Dinge wie ‹Ihr Chef ist ja doch viel auf Reisen, da müssen Sie wohl das ganze Büro selber führen› oder ‹Wie ist das denn bei Ihnen, da kommen doch sicher viele Leute, die Ihrem Chef Angebote machen?› Lauter komische Fragen, auf die ich ihm keine Antworten geben wollte... Er versuchte es dann noch mit Charme, wollte mich nach dem Theater abholen und einladen und so weiter...»

«Wie weiter?» fragt Bienzle bissig. Er ärgert sich ungeheuer über diesen zudringlichen Kerl.

«Sie kennen das doch – wie man halt versucht, eine Frau rumzukriegen.»

Bienzle steht auf und starrt auf das schmale Gesicht hinab.

«Warum gucken Sie mich denn so an?» Hannelore Schmiedinger lächelt. «Ich kann doch nichts dafür!»

«'tschuldigung», sagt Bienzle, «mir gefällt die Vorstellung nicht, daß Sie und der Kerl...»

Jetzt lacht sie, verzieht aber gleich darauf das Gesicht: «Lachen ist bei mir noch nicht drin.»

Die Schwester kommt wieder herein und sagt: «Sie können nicht länger bleiben; Fräulein Schmiedinger braucht Schonung.»

«Aber Schwester», sagt Hannelore, «ich bekomm doch sonst nie Besuch.»

«Ist das wahr?» fragt Bienzle, «haben Sie denn niemand... Ich meine, ich will nicht indiskret sein, aber...»

«Zu solchen Fragen, die nicht direkt zum Fall gehören, verweigere ich die Aussage», sagt Hannelore Schmiedinger.

Bienzle schaut sie an. Es gelingt ihm, ihre Augen mit den seinen festzuhalten, und er sieht, wie sich ihre Wangen röten. Dann folgt er einem ganz plötzlichen Impuls, geht zu ihr hin, beugt sich hinab und küßt sie auf die Nasenspitze.

«Also so was!» ruft die Schwester empört, als ob sie gerade Zeuge eines Sexualverbrechens gewesen wäre.

Hannelore Schmiedinger sieht verwirrt zu ihm auf. Jetzt ist er puterrot im Gesicht.

«Entschuldigung», sagt er leise.

Und da sagt sie doch tatsächlich: «Zugabe.»

Aber nun traut er sich nicht mehr. Er geht zur Tür, schaut noch mal zu ihr zurück und sagt: «Morgen. Morgen werde ich Sie wieder besuchen; es gibt noch ein paar Fragen, die wir klären müssen.» Dann geht er schnell durch die Tür.

Die Schwester folgt ihm. Jeder Schritt drückt ihre Mißbilligung aus. «Nutzen Sie immer so die Situation von kranken jungen Frauen aus?» fragt sie.

Bienzle sieht auf sie hinab. Sie hat ein strenges Gesicht, mit verkniffenen schmalen Augen. Ihre Gesichtshaut hat einen gelblichen Schimmer.

«Ach, Schwester», sagt er, «Sie haben ja keine Ahnung.» Dann faßt er ihren Kopf hinter beiden Ohren und drückt ihr auf jede Backe einen herzhaften Kuß.

Sprachlos starrt sie ihn an, dann sagt sie: «*Casanova!*»

Bienzle lacht. «Schauen Sie mal aus dem Fenster, Schwester: 's ischt Sommer, d' Sonne scheint, ond iberhaupt, 's Leba kennt schlemmer sei.» Dann geht er durch die Schwingtür zum Treppenhaus.

Die Krankenschwester bleibt wie angewurzelt stehen, dann fährt sie mit beiden Händen vorsichtig über ihre Wangen, schüttelt den Kopf, sieht sich um, geht in Richtung Schwesternzimmer und macht ganz heimlich zwischen zwei Schritten eine Walzerdrehung. Ihr Gesicht hat einen zartrosa Schimmer.

Bienzle verläßt das Krankenhaus und bummelt gemächlich hinüber zur Villa Berg, einer großen Parkanlage, in deren Mitte die Fernsehstudios des Südfunks liegen. Er muß nachdenken. Nicht weit vom belebten Kinderspielplatz setzt er sich auf eine Bank im Schatten eines ausladenden Kastanienbaums – ein Müßiggänger. Bienzle hebt einen Zweig auf und malt Kreise in den feinkörnigen Kies.

«Was machst du denn da?»

Ein vielleicht fünfjähriges Mädchen steht vor ihm. «Ich denke ein bißchen nach.»

«Warum?»

«Ja, weißt du, ich muß herausfinden, warum erwachsene Leute sich manchmal so schlimme Streiche spielen, sich ärgern, beschimpfen, manchmal sogar schlagen oder gar umbringen.»

«Ist das dein Beruf?» Das Mädchen hat sich jetzt vor ihm mitten auf den Weg gesetzt und blickt zu ihm auf.

«Ja, das ist mein Beruf.»

«Das ist aber komisch.»

«Da hast du recht», sagt Bienzle.

Ein etwa zehnjähriger Junge kommt, packt das Mädchen am Handgelenk und sagt sehr streng: «Komm mit – du weißt doch, daß du mit fremden Männern nicht reden sollst.»

Das Mädchen zetert.

«Moment mal», sagt Bienzle, «du hast ganz recht, junger Mann, aber sieh mal her...» Er zeigt seinen Dienstausweis. «Weißt du, was das ist?»

Der Junge blickt mißtrauisch auf die mit einem Farbbild Bienzles ausgestattete Karte. Plötzlich bekommt sein Gesicht einen angespannten Ausdruck. «Sind Sie von der Kripo?»

«Erraten», sagt Bienzle. Und dann: «Sag mal, du paßt wohl sehr gut auf deine Schwester auf?»

«Muß ich ja», sagt der Junge. «Warum?»

«Ach, weißt du, ich sitze oder hänge gerade an einem Fall, bei dem es auch um Bruder und Schwester geht...»

«Ein Mordfall?» fragt der Bub.

«Ja. Aber nicht, daß du denkst, der Bruder hat die Schwester umgebracht; die beiden leben, und sie verstehen sich so gut wie ihr zwei... Aber jetzt muß ich abhauen.»

«Schade», sagt der Junge, und seine Schwester echot. «Schade...»

Bienzle trottet zum Parkausgang. «Wenn nun aber der Bruder für die Schwester getötet hat?» fragt er sich laut.

Eine Frau, an der er vorbeigeht, bleibt ruckartig stehen und schaut ihn entgeistert an.

«Nichts für ungut», sagt der Kommissar, «ich arbeite an meinem Text...» Er deutet mit dem Daumen zu den Studios hinauf.

«Ach so!» sagt die Frau und schaut ihn plötzlich voller Bewunderung an.

Am Parkausgang findet Bienzle ein Taxi. Er läßt sich zur Pizzeria Fontana chauffieren – eine Laune.

In der Pizzeria ist noch kein großer Betrieb; nur an drei Tischen sitzen Männer, offensichtlich Italiener, vor Rotweingläsern. Bienzle geht zur Theke. Breda wäscht Gläser ab. Ihre Blicke begegnen sich.

«Ich suche Frau Fontana», sagt der Kommissar.

«Im Obergeschoß», sagt Breda.

«Interessieren Sie sich eigentlich für Frau Korbut?» fragt Bienzle.

«Ich weiß nicht, was Sie das angeht.»

«Nichts natürlich», sagt Bienzle; «aber immerhin hält die Dame Sie für einen attraktiven und interessanten jungen Mann.»

Breda wird rot.

Bienzle läßt ihn stehen und geht in Richtung Treppenhaus. An dem Perlenvorhang dreht er sich noch einmal um und ruft zu Breda hinüber: «Ich kann mir nicht helfen, aber heute ist wirklich ein schöner Tag – finden Sie nicht?» Dann schlagen die Perlenschnüre hinter seinem breiten Rücken zusammen.

Bienzle klopft an die Tür von Fontanas Büro.

«Avanti!» ruft eine helle Frauenstimme.

Der Kommissar kann sein Erstaunen nicht verbergen. Diese helle Stimme kommt aus einem gewaltigen Resonanzkörper. Bienzle erinnert sich an den Ausspruch eines Kegelbruders: In Italien sind die Frauen rank und schlank bis zum ersten Kind, dann gehen sie auseinander wie Dampfnudeln... «Frau Fontana?» fragt er.

«Ja?»

«Mein Name ist Bienzle. Ich bin ein Bekannter Ihres Mannes und Leiter der Stuttgarter Mordkommission... Darf ich mich setzen?»

Ihre fleischige dicke Hand deutet auf einen Sessel in der Besprechungsecke. Dann stemmt sie sich von dem Chefstuhl hoch und kommt um den Schreibtisch herumgewatschelt, um sich ihm gegenüberzusetzen.

«Ihr Mann ist verreist?» fragt er.

«Ja», sagt sie.

Dann tritt eine Pause ein.

«Ich will nicht um den Brei herumreden», sagt Bienzle schließlich; «Ihr Mann steht unter dem Verdacht, zwei Mordversuche angestiftet zu haben. Aber ich weiß, daß er nur ein Glied in einer Kette ist.»

In dem dicken weißen Gesicht liegen zwei quicklebendige, sehr aufmerksame dunkle Augen, die keine Sekunde dem Blick des Kommissars ausweichen.

«Ich das nicht wissen», sagt sie. «Wir Geschäftsleute.»

«Lassen wir das», sagt Bienzle; «wir können uns zwei Stunden lang solche Geschichten erzählen und kommen keinen Schritt weiter. Ich will nur zwei Dinge wissen: Wer ist Alfons? Und wo finde ich ihn?»

Einen Augenblick lang scheint es ihm, als hätten sich die ohnehin zu kleinen Augen verengt. Frau Fontana ordnet die Falten ihres Rocks und schaut Bienzle unverwandt an.

«Sie kennen ihn nicht?»

«No.»

«Noch nie von ihm gehört?»

«Sì, doch. Ich habe gehört.»

«Und?»

Wieder tritt eine Pause ein. Bienzle wartet geduldig. Ihre Blicke haben sich aneinander festgesogen. Bienzle denkt, jetzt bloß nicht nachgeben.

«Fragen Sie doch Doktor Bäuerle», sagt die Fontana.

«Na, das ist doch immerhin etwas!» Bienzle erhebt sich und will der Frau die Hand geben.

Sie wendet ihren Kopf stolz ab. Überrascht schaut er auf sie hinab. Da sieht er, daß zwei Tränen langsam über das dicke weiße Gesicht hinabfließen bis zum Kinn, dort ein wenig zittern, sich lösen und synchron auf den ausladenden Busen hinabstürzen.

«Vielleicht ist heute doch kein so schöner Tag», sagt Bienzle leise und geht hinaus.

«Schmuck im Wert von 4,5 Millionen Mark oder mehr», berichtet Haußmann, «wurden in einem Zeitraum von nur vier Wochen im Raum Essen/Düsseldorf bei Einbrüchen erbeutet. Übrigens deuten die elf Einzeltaten darauf hin, daß immer dieselben Täter am Werk waren.» Der junge Polizist liest seinen Kurzbericht wieder vom Schreibblock ab.

Bienzle sitzt ihm gegenüber. Vor ihm liegen auf einem Pappteller zwei kalte Koteletts, von denen er abwechselnd abbeißt wie von einem Stück Brot. «Das könnte der ‹Sack voller Klunker› sein, wie Max Grüner es nennt», sagt er mit vollem Mund. «Irgendwelche Spuren?»

Haußmann schüttelt den Kopf.

Gächter sagt: «Wird Zeit, daß wir uns den Herrn Dr. Bäuerle und seine sexy Schwester noch mal vorknöpfen.»

Bienzle nickt: «Herr Haußmann, besorgen Sie uns einen Dienstwagen, wir fahren zu dritt.»

«Dr. Bäuerle ist nicht zu Hause; er ist nach Baden-Baden gefahren», sagt eine sehr gepflegte Dame mit weißem, leicht geblautem Haar, die den drei Kriminalbeamten geöffnet hat.

«Dürfen wir trotzdem für ein paar Augenblicke hereinkommen?» fragt Gächter und fügt schnell noch ein «gnädige Frau» hinzu.

«Ja, ich weiß nicht recht...»

«Wir haben ein paar Fragen an Sie, und es wäre nicht sehr diskret, diese Fragen hier vor dem Haus zu stellen», schaltet sich Bienzle ein.

«Ich weiß nicht, ob Herr Dr. Bäuerle einverstanden wäre», sagt sie, macht dann aber doch eine einladende Handbewegung.

«Sie sind die Hausdame des Herrn Rechtsanwalts?» fragt der Kommissar und weiß nicht so recht, ob er das richtige Wort getroffen hat.

«Ja, ich kümmere mich um den Haushalt hier.»

Bienzle, Gächter und die Dame des Hauses haben sich in tiefen Sesseln niedergelassen, während Haußmann sich unauffällig in Richtung Arbeitszimmer bewegt. Gächter, der den jungen Kollegen aus den Augenwinkeln beobachtet, sagt, als Haußmann die Tür erreicht:

«Es geht um Mord, Frau... Wie war Ihr Name?»

Völlig verdattert sagt sie: «Freudenreich – Erika Freudenreich...»

Sie ist bleich geworden.

Bienzle beruhigt: «Du sollst Frau Freudenreich nicht so überfallen! Noch ist nichts bewiesen.»

«Aber Sie denken doch nicht, daß Herr Dr. Bäuerle...» Ihre Stimme zittert.

«Wissen Sie, wo der Herr Rechtsanwalt am vergangenen Wochenende war?» fragt Bienzle.

«Nein. Ich pflege ihn nicht zu fragen, wo er hinfährt.»

«Aber heute wissen Sie, daß er nach Baden-Baden gefahren ist», sagt Gächter.

«Ja, aber das ist eine Ausnahme. Er hat mir aufgetragen, ihn sofort im Hotel Brunner zu benachrichtigen, wenn etwas Außergewöhnliches...»

«Bekommen Sie öfter solche Aufträge?» wirft Bienzle ein.

«Nein, eigentlich nicht.»

Bienzle sagt liebenswürdig: «Da haben wir nun ein kleines Problem... Sie dürfen ihn jetzt auf gar keinen Fall anrufen! Wir müssen das verhindern, verstehen Sie?»

«Nein. Ich lasse mir von Ihnen keine Vorschriften machen.»

Bienzle fühlt, wie dicke Schweißtropfen auf seine Stirn treten. Er sieht hilfesuchend zu Gächter hinüber. Der ist cool wie immer.

«Dann müssen wir Sie wohl vorübergehend festnehmen, gnädige Frau.»

«Unterstehen Sie sich!» sagt sie.

Bienzle lächelt; ihm ist plötzlich eine Lösung eingefallen. Er geht zum Telefon, ruft die Polizeizentrale an und läßt sich die Nummer der Baden-Badener Kripo geben. Dann wählt er erneut, wird mit Hauptkommissar Walter verbunden und sagt:

«Grüß Gott, Herr Kollege. Wir haben ein Problem. Bei euch im Hotel Brunner wohnt der Rechtsanwalt Bäuerle. Er hängt in dieser Jarosewitch-Geschichte drin. Nun sind wir hier bei seiner Hausdame, und die hat den Auftrag, ihn sofort zu benachrichtigen, wenn was los ist. Sie läßt sich davon auch nicht abhalten... Sie verstehen?» Und nach einer Pause: «Genau – so haben wir uns das auch vorgestellt... Im übrigen werden wir wohl heute noch bei Ihnen aufkreuzen. Bis dann, Herr Kollege!»

Bienzle setzt sich wieder und sagt zu Frau Freudenreich:

«Ich kann Sie gut verstehen, aber glauben Sie mir, der Fall ist ernst, sonst würden wir auf solche Methoden ganz bestimmt verzichten.»

Haußmann kommt aus Bäuerles Arbeitszimmer, und sofort springt die streitbare Dame auf:

«Wo kommen Sie her? Was erlauben Sie sich eigentlich?»

«Entschuldigung», sagt Haußmann linkisch, «ich habe die Toilette gesucht und mich in der Tür geirrt.»

Bienzle kann sich nur mit Mühe beherrschen; Gächter sagt tiefernst:

«Unser junger Kollege stellt sich manchmal wirklich unbeholfen an; er muß noch viel lernen, gnädige Frau.»

Dann verabschieden sie sich.

Im Auto zieht Haußmann ein rot gebundenes Adreßbüchlein aus der Jackentasche. «Beim Durchblättern habe ich festgestellt, daß da nicht nur Namen, sondern an manchen Stellen auch nur Initialen auftauchen. Sehen Sie, gleich auf der ersten Seite: ein großes A. und dann eine Nummer mit der Vorwahl 07221 – das ist Baden-Baden.»

«Soviel Schwein kann man doch gar nicht haben!» murmelt Gächter.

«Stellen Sie doch mal eine Funkverbindung zur Zentrale her», sagt Bienzle. «Manchmal ist es ja auch ein Vorteil, einen Dienstwagen zu haben.»

Haußmann bittet, festzustellen, wer der Anschlußinhaber der Nummer 764291 in Baden-Baden ist.

Gächter, der steuert, fragt: «Ich gehe doch recht in der Annahme, daß wir die Richtung Baden-Baden nehmen?»

«Du gehst recht», bestätigt Bienzle.

«Und was geschieht, wenn die alte Dame den Bäuerle warnt?» fragt Haußmann.

«Kein Problem.» Bienzle winkt ab. «Die Baden-Badener Kollegen sorgen dafür, daß ein Anruf der Dame nicht durchgestellt wird.»

Das Funkgerät piept. Haußmann greift nach dem Hörer und meldet sich. Aus dem Lautsprecher kommt die Stimme des Kollegen aus der Zentrale: «Der gesuchte Anschlußinhaber ist Alfons Jarosewitch, hinten mit t und ch, wohnhaft Baden-Baden, Obere Bergstraße 27.»

Für Sekunden herrscht Stille. Gächter hat den Wagen ruckartig zum Stehen gebracht.

«Verstanden?» fragt die Stimme aus dem Lautsprecher ungeduldig.

«Verstanden», sagt Haußmann.

«Ich werd verrückt!» sagt Gächter.

«Heiligs Blechle!» sagt Bienzle.

Es ist kurz nach fünf Uhr nachmittags, als der schwarze Dienstmercedes Baden-Baden erreicht. Hier ist es noch um ein paar Grade wärmer als in Stuttgart, aber die Luft ist frischer; vom Schwarzwald her weht eine leichte Brise. Bienzle trocknet sich den Schweiß von der Stirn und atmet ein paarmal tief durch. Sie haben das Auto direkt am Kurpark abgestellt. Spaziergänger promenieren gemessenen Schritts unter den ausladenden Bäumen entlang. «Sehen alle aus wie Engländer», sagt Bienzle.

«Fast die Hälfte aller Baden-Baden-Urlauber kommt aus Großbritannien», weiß Haußmann.

«Und das bei der Krise, die die haben», sagt Gächter.

Ein Paar schlendert an ihnen vorbei, sie im sportlichen Jackenkleid, er im karierten Jackett mit schick aufgesetzten Lederflecken auf den Ellbogen, ganz Lord und Lady. Da hören sie, wie der Mann zu seiner Begleiterin sagt:

«Weeßte, wenn et de Hanna mit de Kinder nich schafft, kannste nich erwarten, dasse ooch noch im Jeschäft wat tut...»

«Damit könnten wir wohl unsere soziologischen Studien beenden und uns wieder dem Fall Jarosewitch zuwenden», feixt Gächter und geht auf die Polizeidirektion zu.

Das Dienstzimmer des Kriminalhauptkommissars Walter ist geräumig und sehr viel hübscher eingerichtet als Bienzles und Gächters Bude in der Stuttgarter Dorotheenstraße. Der Blick durch das weit geöffnete Fenster geht auf alte Bäume hinaus.

«Schön hier», sagt Bienzle neidisch.

Walter kommt gleich zur Sache. «Ihr Dr. Bäuerle ist bei uns kein Unbekannter. Wir kümmern uns immer ein wenig um unsere ständigen Spielbankgäste.»

«Ist er denn das, ein ständiger Spielbankgast?» fragt Bienzle.

«Seit Jahren. Nach Meinung unseres Informanten hat er in dieser Zeit gut und gern 100 000 Mark verspielt. Gelegentlich gewinnt er natürlich auch.»

«Haben Sie im Hotel etwas erreichen können?» fragt Bienzle.

«Ja; der Portier sorgt dafür, daß Gespräche vorderhand nicht durchgestellt werden. Übrigens habe ich dasselbe auch für Bäuerles Schwester angeordnet.»

«Ach – die ist auch hier?»

«Wußten Sie das nicht?»

«Nein, aber es wundert mich auch nicht», sagt Bienzle, «sie wohnt auch im Hotel Brunner?»

«Ja. Zimmer an Zimmer mit ihrem Bruder.»

Ein Mädchen bringt Kaffee in hübschen, blau gemusterten Tassen.

«Ich kann mir nicht helfen, aber hier ist wirklich alles einen Schuß gepflegter als bei uns», meint Bienzle bewundernd.

Sie sitzen gemütlich in der Runde, trinken ihren Kaffee.

«Das ist einer meiner seltsamsten Fälle bisher», sagt Bienzle. «Alles paßt zusammen, aber wir haben keinen Beweis... Kennen Sie vielleicht einen Alfons Jarosewitch?» fragt er Walter.

«Ist das nicht Ihr Toter aus dem Tunnel?»

«Nein, der hieß Knut mit Vornamen. Es könnte ein Bruder sein oder sonst ein Verwandter. Wir haben eine ganze Menge Hinweise auf ihn; er scheint so etwas wie der Mann im Hintergrund zu sein.»

«Hört sich alles ein bißchen dünn an», meint Walter.

«Ist es auch», sagt Gächter. «Die eigentlichen Drahtzieher sind völlig abgeschottet. Wir haben zwar den Mann, der in den letzten beiden Tagen versucht hat, zwei Frauen umzulegen, die als Zeugen interessant waren, aber er bekam seinen Auftrag von einem gewissen Fontana, und der ist inzwischen verschwunden... Bis zu ihm läßt sich alles rekonstruieren, aber dann reißt der Faden ab. Es gibt zwar kaum einen Zweifel, daß er mit Bäuerle und Alfons Jarosewitch Kontakte hatte, ja, daß er wahrscheinlich sogar von einem der beiden Aufträge erhielt, aber da ist nichts hartzumachen.»

«Wissen Sie, wo dieser Jarosewitch wohnt?» fragt Walter.

«Obere Bergstraße 27», antwortet Haußmann eilfertig.

«Gut; dann werden wir das Haus mal ein wenig überwachen lassen. Eine Überwachung für Bäuerle und seine Schwester habe ich bereits angeordnet.»

«Vielen Dank! Aber ich fürchte, das alles bringt uns auch nicht weiter. Dieser Fall ist mit Routine überhaupt nicht zu lösen. Und Phantasie ist eigentlich mehr dein Ressort», sagt Bienzle zu Gächter.

«Na ja...» Gächter erhebt sich schlaksig, um seine Lieblingsstellung im Türrahmen einzunehmen. «Nehmen wir mal an, die drei Edelganoven treffen sich hier, um ihren Coup abzuschließen...»

«Reine Vermutung!» wirft Bienzle ein.

«Natürlich. Aber daß sie sich zumindest beraten wollen, liegt doch nahe. Dann könnte eine Überrumpelung im richtigen Augenblick vielleicht was bringen...»

Bienzle schüttelt zweifelnd den Kopf. Haußmann hat eine Idee:

«Und wenn nun einer von uns mit einem Angebot an sie herantritt?»

Bienzle sieht ihn an. «Wie meinen Sie das?»

«Nun, es kann sich doch herumgesprochen haben, daß man Schmuck nach Jarosewitchs Tod bei dessen Schwager oder bei der Witwe absetzen kann.»

«Die Weiße Wolke!» sagt Bienzle.

«Wie bitte?» fragt Haußmann erstaunt.

«Ich kenne einen Mann, der schon einmal mit Jarosewitch Geschäfte gemacht hat... Er wird Weiße Wolke genannt, weil er gelegentlich im Captagon-Rausch herumläuft. Er ist ein ganz weltläufiger Typ, solange er Geld hat; wenn er pleite ist, haust er in Stuttgart im Männerwohnheim.»

«Jaaa...» überlegt Gächter. «Das könnte vielleicht funktionieren!»

«Dann hätten Sie aber auch nur bewiesen, daß das Trio im Schmuckgeschäft tätig ist», wendet Walter ein.

«Stimmt.» Bienzle nickt. «Aber mal angenommen, wir kriegen die Verbindung zu dem Herrn in der Bergstraße, und wir bekommen einen Hausdurchsuchungsbefehl, und wir finden...» Er seufzt. «Na, das sind ja wohl doch mehr Hirngespinste.»

«So viele Hypothesen haben wir sonst in zehn Fällen zusammengenommen nicht», murrt Gächter.

«Dabei sind Hypothesen seine Stärke», sagt Bienzle zu Walter.

Der meint nur: «Einen Fehlschlag muß man immer einkalkulieren.»

«Zuerst lassen wir mal die Weiße Wolke herbringen, und wenn es geht, auch die Frau Korbut... Du könntest das mal organisieren.» Bienzle sieht Gächter an.

«Gollhofer kann das machen», sagt Gächter. Er geht ins Vorzimmer, um Bienzles Anordnung telefonisch nach Stuttgart weiterzugeben.

Inzwischen tut Bienzle etwas, was ihm sonst ziemlich verhaßt ist: Er arbeitet einen Plan aus.

Drei Stunden später sitzt die Weiße Wolke alias Hans Hartmann dem Kommissar in den ‹Schwarzwaldstuben› gegenüber. Sie essen beide Kalbsgeschnetzeltes mit Rösti. Hartmann trägt einen abgeschabten Anzug, der einmal sehr teuer gewesen sein muß, und distanziert Bienzle durch blendende Tischmanieren.

«Ein sehr brauchbares Lokal», stellt er fest; dann fügt er hinzu: «Aber wenn die Polizei solche Spesen macht, steckt bestimmt irgendeine Lumperei dahinter!»

Bienzle nickt bestätigend und kaut weiter.

«Wollen Sie mir denn nicht endlich sagen, was gespielt wird?» fragt sein Gast.

«Gleich», sagt der Kommissar mit vollem Mund und bestellt zweimal Vanilleeis mit heißen Himbeeren und zweimal Mokka.

«Man bestellt das nicht gleichzeitig», rügt die Weiße Wolke.

«Oh!» Bienzle hat den Mund inzwischen leer. «Pardon!»

«Also – was ist?»

«Wir haben da ein Problem», beginnt Bienzle vorsichtig. «Sie kannten doch Jarosewitch?»

«Flüchtig.»

«Um so besser.» Bienzle nimmt das Eis dem Kellner mit einem befriedigten Grunzen ab und übersieht Hartmanns Stirnrunzeln.

«Von dem Mord haben Sie gehört, nehme ich an?»

«Stand ja in allen Zeitungen.»

«Gut. Wir nehmen an, daß Jarosewitch von Leuten umgelegt wurde, die ihn aus dem Geschäft haben wollten. Oder denen er das Geschäft vermasselt hat... Wie gesagt, es ist noch eine Theorie. Auf alle Fälle wurde vor einigen Wochen im Ruhrgebiet ein großer Posten Juwelen, Goldschmuck und so weiter bei verschiedenen Einbrüchen zusammengetragen...»

«Wollen wir vielleicht noch etwas Käse nehmen?» schlägt die Weiße Wolke vor. «Obwohl man den Käse eigentlich nicht nach dem Kaffee nimmt.»

Bienzle bestellt eine Käseplatte und fährt dann fort: «Es ist möglich, daß dieser Schmuck – Wert: etwa viereinhalb Millionen – über Jarosewitch weiterverkauft werden sollte, daß aber seine Frau, sein Schwager Dr. Bäuerle und noch ein dritter Verwandter versucht haben, ihn auszutricksen. Er ist dahintergekommen und hat seinerseits versucht, seine bucklige Verwandtschaft aufs Kreuz zu legen. Das hat er dann mit dem Leben bezahlt.»

«Ein hübscher kleiner Krimi», meint Hartmann und verteilt kleine Camembert-Stückchen auf ebenso große Weißbrothäppchen. «Aber ich verstehe immer noch nicht, was ich dabei soll.»

«Das können Sie jetzt auch noch nicht verstehen», sagt Bienzle kauend. «Sie sollen uns den Beweis liefern, daß das Schmuckgeschäft jetzt über die Witwe abgewickelt wird.»

«Sie glauben doch nicht im Ernst, daß ich bei so etwas mitmache?»

«Ich will's trotzdem versuchen.»

«Vorstellungen haben Sie! Ich kann mir schon denken, wie Sie sich das zurechtgelegt haben: Ich soll zu Frau Jarosewitch gehen und ihr irgendwelchen Plunder anbieten, den Sie vorher präparieren. Sie ist begeistert, drückt mir ein paar Riesen in die Hand; ich zische ab, gebe Ihnen sofort Nachricht... Und nachher bin ich Ihr Zeuge, für meine

Freunde ein für allemal passe' – ein Polizeispitzel... Ausgeschlossen!»

«Daß so etwas mit Ihnen nicht zu machen ist, ist mir doch völlig klar», sagt Bienzle. Und dann hat er einen seiner spontanen Einfälle: «Aber Ihre Rolle sieht ganz anders aus. Sie sollen genau das Gegenteil tun.»

«Das Gegenteil?»

«Ja, da wundern Sie sich, was?» Bienzle bestellt befriedigt zwei Calvados.

Während Bienzle mit der Weißen Wolke tafelt, sitzt Haußmann verlegen Frau Korbut gegenüber. Sie haben einen ruhigen Tisch im Hotel Forellenhof und speisen stilgerecht Forelle, mit Mandeln überbacken.

«Herr Bienzle ist der Ansicht, daß Herr Dr. Bäuerle etwas mit der Ermordung seines Schwagers zu tun hat. Ob man das nun glaubt oder nicht – vieles spricht immerhin dafür –, für Herrn Bäuerle wird das eine schwierige Sache. Und für Sie auch, Frau Korbut, denn die nächste Aktion wird wohl sein, daß man Sie und Herrn Bäuerle, der hier im Hotel Brunner abgestiegen ist, überraschend konfrontiert... Das dumme ist: Wir wissen, daß Herr Bäuerle Sie einige Male besucht hat – und wir wissen inzwischen sogar, warum.»

Irene Korbut hat ihr Fischbesteck aus der Hand gelegt und starrt den jungen Polizisten ungläubig an. «Dieser Bienzle schreckt wohl vor gar nichts zurück», sagt sie bitter.

«Schon möglich.» Haußmann wird es immer unbehaglicher.

«Also gut», sagt sie, «Herr Dr. Bäuerle hat sich um mich bemüht. Ist das strafbar?»

«Natürlich nicht... Essen Sie doch bitte weiter.»

«Mir ist der Appetit vergangen.»

«Herr Dr. Bäuerle wollte offensichtlich zusammen mit seiner Schwester das Geschäft des Herrn Jarosewitch an sich bringen. Er hat sich um Sie bemüht, weil er wollte, daß Sie in Zukunft für ihn arbeiten... Vielleicht ging es ihm aber auch nur darum, von Ihnen zu erfahren, wann der nächste Posten Schmuck angeliefert wird.»

«Das glaube ich nicht!»

«Es tut mir ja wirklich leid», sagt Haußmann, «aber Herr Breda – Sie wissen schon, der Kellner aus der Pizzeria – hat uns dafür eine ganze Menge stichhaltiger Indizien gebracht. Er... Ich meine, er ist sehr an Ihnen interessiert, und... Nun, wie soll ich sagen – er versuchte, Sie zu beschützen.»

Irene Korbut schüttelt den Kopf.

Haußmann rutscht auf seinem Stuhl hin und her, gießt Wein nach, zündet sich eine Zigarette an, die er gleich wieder ausdrückt, weil seine Tischpartnerin noch ihr Essen vor sich stehen hat. Aber er würde auch noch ganz andere Aufträge ausführen... Da muß ich nun mal durch, denkt er und sagt, getreu nach Bienzles Drehbuch:

«Das mit der Gegenüberstellung hätte ich Ihnen sicher nicht sagen sollen, ich wäre dankbar, wenn Sie es vergessen... Und bitte, nehmen Sie keinen Kontakt zu Herrn Dr. Bäuerle auf – das könnte Bienzles Konzept ziemlich durcheinanderbringen. Glauben Sie mir, Bäuerle ist nicht der Mann, den Sie schützen sollten.»

Irene Korbuts Gesicht bekommt einen verschlossenen Ausdruck. «Gut», sagt sie, «ich werde also warten, was kommt.»

«Das finde ich sehr nett von Ihnen.»

«Sie werden aber nicht erwarten, daß ich unter diesen Umständen noch mit Ihnen hier herumsitze... Auf Wiedersehen», sagt sie und steht abrupt auf.

Während seine Kollegen mit unterschiedlichem Genuß den Produkten der Baden-Badener Gastronomie zusprechen, sitzt Gächter auf einem harten Drehstuhl in der Telefonzentrale des Hotels Brunner. Er hat sich ausgewiesen und den Portier dann gebeten, ein wenig darauf zu achten, wann Frau Jarosewitch oder Herr Dr. Bäuerle das Haus verlassen oder Besuch bekommen; Telefongespräche könnten nun wieder durchgestellt werden, hat er gesagt, und ob er vielleicht ein wenig auf dem laufenden gehalten werden könnte, wer telefoniert.

Der Portier war indigniert. «Es geht nicht, daß Polizisten bei uns in der Hotelhalle herumsitzen und womöglich unsere Gäste belästigen!»

Davon könne gar keine Rede sein, hat Gächter erwidert und vorgeschlagen, ihm einen Platz anzuweisen, wo er niemand stört und immer unterrichtet werden kann – «Wie wär's denn mit der Telefonzentrale?»

Der Portier hat ihm erklärt, daß dies seine Kompetenzen bei weitem überschreite, und den Geschäftsführer geholt. Gächter, lässig an der Rezeption lehnend, hat den Geschäftsführer gleich mit den Worten empfangen: «Ist Ihnen eine versteckte Observation lieber oder eine spektakuläre Festnahme hier im Foyer?»

Und dann ist alles ganz glattgegangen. Jetzt sitzt er einem Mädchen gegenüber, das ohne Punkt und Komma redet, mal in den Hörer, mal mit ihm. Sie hat schon mit der Prominenz aus aller Welt telefoniert, sagt sie – mit Udo Jürgens und dem Schah, mit Willy Brandt und Heino; ein aufregender Job ist das, und jetzt mit der Polizei – also sie findet das richtig dufte, weil zur Zeit sonst eh nichts Besonderes los... «Hotel Brunner, guten Abend...»

Gächter sieht auf die Uhr. Es ist kurz nach neun. Wenigstens der Haußmann müßte inzwischen fertig sein, schließlich ißt der ja nicht so gern und ausgiebig wie Bienzle.

Punkt 21.34 Uhr kommt dann ein Anruf, der das Mädchen verstummen läßt. Sie gibt ihm einen Wink, und er greift zur Mithörmuschel. Kein Zweifel, das ist die Stimme von Frau Korbut; er hört noch den letzten Teil ihres Satzes: «...muß bei Ihnen abgestiegen sein.»

«Dr. Bäuerle, sagen Sie?» fragt das Telefonmädchen und zwinkert Gächter zu.

«Ja, Dr. Bäuerle aus Stuttgart!» Es klingt ein wenig ungeduldig.

«Moment – ich verbinde...»

«Ja, hier Dr. Bäuerle.»

Gächter verzieht das Gesicht, weil er Leute nicht leiden kann, die ihren Doktortitel wie einen Vornamen hersagen.

«Lothar, ich bin's – Irene», sagt Frau Korbut; «es ist wichtig... Ich muß dich unbedingt sprechen.»

«Wo bist du denn?» fragt er.

«In Baden-Baden; man hat mich hergebracht, um... Ach, das ist alles so verworren und schrecklich!»

Plötzlich bekommt die Stimme Bäuerles einen schneidenden Ton: «Was soll das heißen – man hat dich hergebracht?»

In diesem Moment summt die Telefonzentrale; das Mädchen nimmt ab und macht Gächter aufgeregte Zeichen.

«Versuchen Sie mitzuhören!» flüstert er und hört selbst wieder in den Dialog Bäuerle – Korbut hinein.

«...die Polizei?» fragt der Rechtsanwalt noch schärfer.

«Ja. Sie wollen uns gegenüberstellen», sagt sie, und ihre Stimme klingt, als wolle sie gleich losweinen.

«Wo kann ich dich sehen?» fragt er.

«Ich wohne im Hotel Forellenhof, aber da wohnt auch dieser schreckliche Polizeimensch.»

Gächter grinst über beide Backen und sieht dabei das Mädchen an.

«Paß auf», sagt Bäuerle, «ich gehe in ein paar Minuten zur Spielbank; du kommst am besten auch hin. Du siehst dich erst um, ob jemand da ist, den du kennst, dann setz dich zu mir, ich werde im Vestibül in einem Sessel sitzen und Zeitung lesen... Hast du alles kapiert?»

«Ja, Lothar. Aber kannst du mir nicht sagen, was das alles...»

«Bis gleich», sagt er und legt auf.

Das Telefonmädchen drückt zwei Knöpfe und deutet wieder auf den Mithörer.

Die ist richtig tüchtig, denkt Gächter und schenkt ihr sein schönstes schiefes Lächeln.

«...ich weiß, das klingt sehr abenteuerlich», sagt die Weiße Wolke gerade, «aber Sie kennen Bienzle nicht – der ist noch zu ganz anderen Schweinereien fähig.»

«Aber es ist doch ungeheuerlich, daß er mir unterstellt, ich würde illegale Geschäfte machen!» sagt Frau Jarosewitch.

«Das finde ich ja auch, gnädige Frau. Und dann noch einen anständigen Menschen mit einem Packen Schmuck losschicken zu wollen, um Sie aufs Kreuz... Pardon, um Sie reinzulegen... Ich dachte, das kann man mit Hartmann nicht machen, da schiebe ich einen Riegel vor.»

Nanu? denkt Gächter; was ist denn in den gefahren? Der soll doch nur...

«Was hat er denn sonst noch gesagt?»

«Ach, der hat mir eine ganze Oper erzählt; das klingt alles noch viel abenteuerlicher. Da spielt sogar Mord... Aber das kann ich Ihnen jetzt nicht alles erzählen...»

Gächter klappt der Unterkiefer nach unten. Dieses Aas... Verpfeift der alles? Oder... Moment mal: Das kann natürlich auch ein Trick sein, im Auftrag von Bienzle, um die Weiße Wolke vertrauenswürdiger erscheinen zu lassen – klar; so wird's sein. Der Hartmann hat bisher noch nie... Clever, clever! – Und gleich darauf hat er den Beweis:

«Ach du karierte Scheiße!» sagt die Weiße Wolke. «Das hat mir noch gefehlt; jetzt steht dieser Bulle vor der Telefonzelle...» Und nach einer kurzen Pause, sehr laut: «Schatzi, es ist ja nur, weil ich hier einen alten Freund getroffen habe... Nein, ich werde mich nicht sehr lange aufhalten...» Dann, flüsternd: «Wir treffen uns in einer Stunde im Café Keller...» Und wieder laut: «Tschüüüüs!» Dann legt er auf.

«Haben Sie alles mitgekriegt?» fragt das Mädchen.

«Ich denke schon.»

«Am Anfang des Gesprächs hat der Mann gesagt, die Polizei will ihn zu Frau Jarosewitch schicken, um ihr gestohlenen Schmuck anzubieten, aber das ist eine Falle. Die Polizei will nämlich nur wissen, ob sie darauf anspringt oder so.»

«Ja, so kann es auch gewesen sein», sagt Gächter nachdenklich, und dann fragt er: «Haben Sie eigentlich immer Spätdienst?»

«Nein; morgen zum Beispiel nicht.»

«Na, dann würde ich doch sagen, wir...»

Aber weiter kommt Gächter nicht, denn der Portier steckt den Kopf durch die Tür und sagt mit einem Gesicht, als ob er sich vor jedem Wort ekeln müßte:

«Herr Dr. Bäuerle hat soeben das Haus verlassen.»

Gächter dankt außerordentlich verbindlich und ruft sofort Bienzle in der Polizeidirektion an, um den programmgemäßen Ablauf des ersten Aktes zu melden. Bienzle bestätigt dann auf Gächters Frage, daß die Weiße Wolke auftragsgemäß gehandelt hat, und sagt dann, wieder auf Bäuerle bezogen:

«Gollhofer wird ihm folgen... Und Gächter: daß mir ja jeder darauf achtet, daß die keinen von uns zu sehen kriegen!»

«'türlich. Alles wie besprochen.»

«Und wenn sich die Jarosewitch auf den Weg macht, folgst du ihr.»

«Auch das ist schon besprochen», sagt Gächter ärgerlich und legt auf. Wenn Bienzle stillsitzen muß, während die anderen arbeiten, wird er unausstehlich.

Das Mädchen gibt ihm wieder ein Zeichen. Gächter greift nach der Muschel.

Frau Jarosewitch erzählt ihrem Gesprächspartner kurz und sehr präzis, was sie und ihr Bruder in der letzten halben Stunde erfahren haben. «Ich hab ein ganz schlechtes Gefühl, Alfons...»

Gächter nickt zufrieden.

«Das mußt du nicht haben, Liebling», sagt die sonore Stimme am anderen Ende der Leitung. «Die sind euch gefolgt, aber ich denke nicht, daß mich... Aber lassen wir das; man weiß ja nicht, ob die Leitung im Hotel nicht abgehört wird. Kommt gegen zwei Uhr zu mir; aber achtet bitte darauf, daß euch niemand folgt... Und kommt getrennt, ja? Vorausgesetzt natürlich, daß Lothar das auch für richtig hält.»

«Gut», sagt Hedwig Jarosewitch; dann bekommt ihre Stimme auf einmal einen weichen Klang, und die Augen der Telefonistin wirken auf einmal ganz verträumt. «Sag bitte: Liebst du mich?» Und der Mann am Ende antwortet mit der Floskel, die alle Männer für solche Augenblicke parat haben: «Aber das weißt du doch, Liebling!»

Gächter erstattet Bienzle wieder Bericht. Dann passiert eine halbe Stunde gar nichts, außer daß Gächter mit der Telefonistin eine Verabredung für den nächsten Abend trifft. Kurz nach zehn kommt der Portier noch einmal:

«Frau Jarosewitch ist soeben weggegangen. Sie hat sich nach dem Café Keller erkundigt.»

«Sie sind ein außerordentlich tüchtiger Mann», sagt Gächter anerkennend, und zu dem Mädchen: «Ob Sie mir wohl noch mal eine Verbindung zur Polizeidirektion herstellen?»

«Für Sie tu ich doch fast alles!» schäkert sie und handelt sich dafür einen besonders bösen Blick des Portiers ein.

Bienzle nimmt Gächters Bericht entgegen, legt auf und sagt zu Walter:

«Und Sie sind sicher, daß Sie keinen Hausdurchsuchungsbefehl ergattern können?»

«Absolut sicher.»

«Do kenntesch doch uff dr Sau naus!» schimpft der Stuttgarter Kommissar. Aber dann geht er nicht auf der Sau naus, sondern entschließt sich spontan, in die Bergstraße zu fahren.

Walter gibt ihm einen jungen Kollegen mit einem Wagen mit. Er respektiert, daß dies Bienzles Fall ist, und mischt sich nicht ein.

Die Bergstraße schwingt in gut ausgebauten Kurven Richtung Schwarzwald einen großflächigen Hang hinauf. Haus Nr. 27 ist ein kleines Fachwerkgebäude, das hinter ein paar Tannen und Eiben versteckt liegt. Der Traum jedes Junggesellen, denkt Bienzle.

Zwischen den Bäumen erkennt man im Dunkel hellere Rasenflächen. Auf der Südseite eine geschützte Terrasse, die das Dach der Garage bildet. Im ersten Stock ist an die Hausecke ein kleiner Erker angebaut, der nach oben als Türmchen spitz zuläuft. Die gelben Butzenscheiben dieses Erkerchens sind erleuchtet. Der Beamte, der bis jetzt das Haus überwacht hat, berichtet, daß er seit etwa einer Stunde den Schatten eines Mannes eilig hinter den Fenstern hin und her gehen sah. Bienzle nickt, als ob er genau dies erwartet hätte. Dann schickt er die beiden Baden-Badener Beamten weg.

Jetzt steht er an eine der Tannen gelehnt und verfolgt aufmerksam den Schatten hinter den Fenstern. Wenig später geht das Licht im Treppenhaus an; dann sieht er die schmalen Fenster der Garage aufleuchten. Er schleicht sich auf Zehenspitzen an die Garage heran und versucht einen Blick hineinzutun, aber die Fenster liegen zu hoch. Neben dem Haus findet er einen Hackklotz, den er sehr vorsichtig an die Mauer der Garage heranrollt und aufstellt, wobei er leise flucht, weil ihn die schmerzende Schulter behindert. Leise ächzend klettert er hinauf. Er mag solche Pfadfinderspielchen nicht. Doch nur so kann er erkennen, was in dem kleinen, schmalen Raum vor sich geht.

Alfons Jarosewitch hat die Kofferraumhaube eines mattschwarzen Porsche geöffnet und packt Koffer hinein. Er macht das mit viel Übersicht und Ruhe und pfeift dabei leise vor sich hin.

Dann drückt er den Kofferraumdeckel zu und schaut auf die Uhr; Bienzle tut es ihm nach und stellt fest, daß es 23.13 Uhr ist – noch über zweieinhalb Stunden bis zu dem Termin, den Hedwig Jarosewitch mit diesem Mann verabredet hat. Jarosewitch verläßt die Garage; seine Schritte verklingen im Treppenhaus.

Bienzle steigt von seinem Ausguck herab und versucht vorsichtig, die Tür zur Garage zu öffnen. Sie ist verschlossen.

Die Nacht ist kalt. Bienzle zittert ein wenig, und vielleicht ist es nicht nur die Kälte, die ihn erschauern läßt. Wieder steht er unter der Tanne und beobachtet das Haus. Eine halbe Stunde lang bewegt sich nichts.

Bienzle schaut alle fünf Minuten auf die Uhr. Seine Gedanken machen wilde Sprünge. Er denkt daran, daß er wieder einmal seine Frau nicht angerufen hat. Dann erinnert er sich an das Bild in der Klinik, an das schmale lächelnde Gesicht mit den intensiven Augen. Er kann diese Erinnerung anknipsen wie ein Dia im Projektor. Darüber wundert er sich, denn normalerweise sind Erinnerungen an Menschen bei ihm eher verschwommen. In Gedanken hört er sogar die weiche Altstimme von Hannelore Schmiedinger... Dann denkt er wieder an die Mordsache Jarosewitch.

Vielleicht, denkt er, bin ich der Lösung des Falles ganz nahe... Nur selten packt ihn in solchen Situationen so etwas wie Jagdfieber; auch heute ist er seltsam unbeteiligt. Und dann kommt jener Zustand, der ihn oft kurz vor der Lösung eines Falles überkommt – die Angst vor dem Mißerfolg; die feste Überzeugung, irgendwo einen Fehler begangen zu haben, der im letzten Moment sämtliche Kalkulationen über den Haufen werfen wird... Es schüttelt ihn wieder, und er zieht sich die Jacke enger um die Schultern.

Ein Report fällt ihm ein, den er kürzlich irgendwo gelesen hat: In Schleswig-Holstein wurden 1973 rund 9000 Verbrechen untersucht, und bei siebzig Prozent aller Tötungsdelikte bestand eine ausgesprochene Täter-Opfer-Beziehung. Umgebracht wurden Ehemänner und Geliebte, Kinder und Eltern oder andere Verwandte, Hausgenossen und Arbeitskollegen... Drei amerikanische Analysen, die im gleichen Bericht erwähnt wurden, sprachen davon, daß die Opfer oft Menschen sind, die zum Getötetwerden neigen. Ein Satz daraus hat sich in seinem Kopf festgesetzt. *Man kann davon sprechen, daß häufig zwei potentielle Täter in einer Tötungssituation zusammenkommen und daß es nur dem Zufall überlassen bleibt, wer von den beiden Täter oder Opfer wird*... Manche Opfer nehmen manchem Täter einen Teil des Schuldigwerdens ab.

Unten im Tal schlägt es Mitternacht. Die Turmuhren sind sich nicht ganz einig; zwei hinken hinterdrein, und Bienzle ertappt sich bei der Überlegung, wer hier wohl nachgeht, die Katholiken oder die Protestanten... Da geht das Licht im Treppenhaus wieder an.

Bienzle pirscht sich an seinen Beobachtungsposten heran. Er steht auf dem Holzklotz, noch ehe Jarosewitch die Garage betritt. Und dann bekommt er Grund, sich zu wundern.

Jarosewitch geht zur Garagentür, öffnet sie, geht zum Wagen zurück, macht die Tür auf und löst die Handbremse. Das Auto rollt, von dem Mann leicht angeschoben, drei Meter vor; dann zieht Jarosewitch die Bremse wieder an. Er geht hinter das Auto und nimmt zwei breite Bretter von der Abdeckung der Arbeitsgrube heraus, die in dem Garagenboden eingebaut ist. Behend klettert er über ein paar Eisensprossen hinunter; dann kommt eine Kiste zum Vorschein, die Jarosewitch mit einer Schulter hochstemmt und über den Rand der Grube schiebt. Sie sieht so aus, als sei sie aus Stahlblech, und sie hat zwei solide Schlösser. Jarosewitch klettert aus der Grube, schleppt die Kiste zum Wagen – sie ist offensichtlich schwer –, klappt den Beifahrersitz vor und verstaut sie auf dem Rücksitz. Dann deckt er sie mit einer Wolldecke zu.

Wenn da der Schmuck drin ist, denkt Bienzle, dann heißt's wieder, dem Kerl fliegt wieder alles wie von selber zu... Aber in diesem Moment ist es für ihn schon gar keine Frage mehr, daß der Schmuck aus dem Ruhrgebiet just in diesem Stahlbehältnis ist.

Behutsam steigt er von dem Hackklotz und schleicht sich zur Garagentür vor. Er schielt um die Ecke und sieht gerade noch, wie Jarosewitch ein zweites Mal in die Grube hinabsteigt. Ein schmaler Lichtkegel gleitet über die dunklen Grubenwände. Bienzle legt sich flach neben den Porsche, um durch die Ritzen zwischen den Brettern etwas erkennen zu können. Und er erkennt etwas: Jarosewitch öffnet einen Werkzeugkasten, der in die Wand eingelassen ist, und holt eine Pistole heraus. Er dreht sie ein paarmal in der Hand hin und her, scheint unschlüssig zu sein, legt sie in den Kasten zurück und nimmt sie schließlich doch wieder heraus, um sie in die rechte Jackentasche zu stecken.

Bienzle richtet sich auf und wartet, bis Jarosewitch wieder aus der Grube geklettert ist und die Bretter ordnungsgemäß an ihren Platz gelegt hat. Er fängt wieder an zu pfeifen und will gerade zum Treppenhaus gehen, da tritt Bienzle vor und fragt im Konversationston:

«Sie wollen verreisen?»

Jarosewitch bleibt ruckartig stehen und dreht sich langsam um. «Wer sind Sie?» fragt er und faßt in die rechte Jackentasche.

«Lassen Sie die Pistole drin», sagt Bienzle und lädt ostentativ seine Dienstwaffe durch.

«Was für eine Pistole?»

«Ja, das möchte ich auch gerne wissen, was das für eine Pistole ist.» Bienzle lächelt selbstzufrieden. «Bevor Sie fahren, hätte ich gern ein paar Takte mit Ihnen geredet. Mein Name ist Ernst Bienzle, ich bin Kriminalhauptkommissar und Leiter der Stuttgarter Mordkommission. Ich untersuche den Mord an Knut Jarosewitch.»

«Ach so», sagt sein Gegenüber, als ob damit alles erklärt wäre.

«Drehen Sie sich mal um, und heben Sie Ihre Hände an die Wand... Einen Schritt zurück... So ist es gut.» Bienzle tastet Jarosewitch ab, zieht die Pistole mit spitzen Fingern vorsichtig aus der Jackentasche und steckt sie in die eigene. «Gut so», sagt er dann; «können wir das Gespräch oben fortsetzen?»

«Gern», sagt Jarosewitch, lächelt Bienzle freundlich an und geht die schmale Treppe von der Garage zum ersten Stock hinauf.

«Und ein solches Idyll wollen Sie verlassen?» fragt Bienzle, als sie oben angekommen sind. Er sieht sich voller Bewunderung um. Alle Innenwände sind herausgenommen; nur das Fachwerk ist stehengeblieben. Die Balken teilen den Raum in verschiedene Flächen, ohne den Durchblick zu stören. Bequeme Ledersessel, Bücherregale und ein offener Kamin machen die Atmosphäre anheimelnd und gemütlich. An den Außenwänden moderne Graphik, sparsam verteilt. «Hier kann man's doch wirklich aushalten!»

«Ich habe ja auch nicht die Absicht auszuziehen», sagt der adrette junge Mann. «Kann ich Ihnen etwas zu trinken anbieten?»

«Einen Whisky», sagt Bienzle, der noch immer die Dienstwaffe in der rechten Hand hält.

«Sind Sie ein Bruder des Ermordeten?»

«Nein; sein Sohn aus der ersten seiner drei Ehen.»

«Daß Sie nicht der Sohn seiner jetzigen Witwe sind, kann ich mir fast denken...»

«Sehr intelligent», höhnt Jarosewitch.

«...sonst wär's ja auch eine echte griechische Tragödie», fährt Bienzle ungerührt fort, «frei nach Ödipus... Denn daß Hedwig Jarosewitch Ihre Geliebte ist, werden Sie ja wohl kaum abstreiten.»

Jarosewitch bringt ihm den Whisky und setzt sich dann in einen der hellen Ledersessel. «Sie sind gefährlich, Kommissar», sagt er.

«Nein, eigentlich nicht; ich hab nur gute Informationen... Wo waren Sie am vergangenen Wochenende?»

«Hier.»

«Zeugen?»

«Ich lebe, wie Sie sehen können, allein.»

«Also keine Zeugen», stellt Bienzle fest. «Was ist in der Metallkiste, die Sie auf dem Rücksitz verstaut haben?»

«Werkzeug.»

«O du liabs Herrgöttle vo Biberach, verkaufet Sie me doch net für so domm!» Bienzle geht zum Telefon, das auf einem der Querbalken steht; dabei hält er seine Pistole auf Jarosewitch gerichtet. Er wählt die Nummer der Polizeidirektion, fragt, ob Kommissar Walter noch im Hause sei, wird verbunden und bittet, einen Mann abzuholen, aber möglichst ohne Aufsehen; «...weil wir demnächst noch zwei Gäste hier erwarten.» Dann legt er auf.

«Das wissen Sie auch schon?» fragt Jarosewitch.

«Mhm... Und ich bin gespannt, was die beiden für Gesichter machen, wenn ich ihnen erzähle, daß Sie sich mit dem Schmuck im Wert von fast fünf Millionen aus dem Staub machen wollten. Weniger überrascht werden sie sein, wenn ich erzähle, daß ich die Tatwaffe bei Ihnen gefunden habe.»

«Haben Sie das?»

«Nun, das Kaliber stimmt; ob die Kugel, mit der Ihr Vater erschossen wurde, aus diesem Lauf stammt» – Bienzle hält die Pistole, die er Jarosewitch abgenommen hat, nun in der linken Hand – «wird die ballistische Untersuchung ergeben.»

«Wird die ballistische Untersuchung auch ergeben, *wer* geschossen hat?» fragt Jarosewitch trocken.

«Das wird vielleicht für die Geschworenen ein Problem; für mich reichen die Indizien. Sie, Herr Jarosewitch, sind hinreichend verdächtig, Ihren Vater erschossen zu haben.»

«Und Sie glauben, was Sie da sagen?»

«Vollinhaltlich.»

«Ich habe nicht geschossen.»

«Wer dann?»

Jarosewitch schweigt.

«Einer wird singen – darauf können Sie sich verlassen!» sagt Bienzle und ist sich dessen gar nicht so sicher. «Sie, Hedwig oder Bäuerle, der überschlaue Rechtsanwalt... Oder Heinrich Bernsteiner, der Allzweckangestellte; oder Fontana, wenn ihn die italienischen Kollegen dingfest gemacht haben. Oder Korbut, der schon sitzt. Oder Grüner. Oder am Ende alle miteinander...»

«Ein ganzer Chor, was?» Jarosewitchs hübsches Gesicht sieht plötzlich häßlich aus.

«Sind Sie Sportler?» fragt Bienzle.

«Gelegentlich.»

«Wissen Sie eigentlich nicht, daß dieses Match verloren ist?»

«Sie können recht haben», sagt Jarosewitch, «aber ich werde Ihnen Ihren Sieg ja wohl nicht noch erleichtern.»

Bienzle, in Hunderten von Verhören erfahren, atmet innerlich auf. Das ist so ein Moment, in dem sich andeutet, daß der Widerstand zu bröckeln beginnt. «Bevor die Kollegen kommen, um Sie festzunehmen, will ich's doch noch mal versuchen: Wenn Sie Ihren Vater nicht erschossen haben, wissen Sie zumindest, wer es getan hat; schon Ihrem Vater zuliebe sollten Sie dann...»

«Meinem Vater zuliebe? Machen Sie sich nicht lächerlich!»

Plötzlich ist Bienzle hellwach. «Ja?»

«Sie würden es nicht verstehen und zudem noch falsch auslegen», sagt Jarosewitch.

«Sie könnten es immerhin mit einer Erklärung versuchen.»

«Ich habe meinen Vater nicht erschossen, aber ich bin nicht unglücklich darüber, daß es geschehen ist...» Plötzlich ist die Atmosphäre entspannt. Bienzle steckt die beiden Waffen weg, aber er hält die rechte Hand in der Tasche und den Finger am Abzug... «Weiter!» sagt er leise.

«Mein Vater wollte unbedingt einen ehrlichen und erfolgreichen Geschäftsmann aus mir machen – und dazu war ihm jedes Mittel recht: jede Strafe, jede Verunglimpfung... Ich weiß nicht, wie oft er vor Freunden, Verwandten und Bekannten gesagt hat: ‹Aus dir wird ja sowieso nichts!› Obwohl er einer der reichsten Männer der Stadt war, immer schon, hatte ich als Junge nie einen Pfennig. Wenn ich mal ins Kino wollte, mußte ich einem Freund das Geld abbetteln; wenn ich mal so etwas wie Familie erleben wollte, ging ich zu einem Schulkameraden, dessen Vater Vorarbeiter bei Bosch war. Da hatte ich dann ein paar angenehme Stunden, und wenn ich nach Hause kam, mußte ich es büßen... Ich will keine Lebensbeichte ablegen; ich will Ihnen nur erklären, warum ich keine besonderen Empfindungen für diesen Knut Jarosewitch aufbringen kann; er war mein Vater infolge bekannter biologischer Abläufe – darüber hinaus nicht.»

«Sie haben ihn neulich besucht, und seine Sekretärin erzählte mir, Sie hätten so etwas wie eine... Na, wie eine geschäftliche Konferenz gehabt. Sie kam da nicht auf den Gedanken, daß Sie auch nur entfernt verwandt sein könnten.»

«Ja, das stimmt. Ich habe diesen Besuch lange vorbereitet... Ich habe mich auf meine Art gerächt, verstehen Sie? Ich war ihm an diesem Tag geschäftlich über, und zwar auf seinem ureigenen Gebiet. Ich hatte einen Punkt erreicht, von dem an *er* für *mich* hätte arbeiten müssen, wenn er im Geschäft bleiben wollte.»

«Und Sie haben ihm die Frau weggenommen.»

«Das wußte er noch nicht. Aber er hätte es bald erfahren.»

«Hat er Sie enterbt?»

«Schon lange.»

«Hm, hm... Wie sind Sie an den Schmuck gekommen?»

«An welchen Schmuck?»

«An die Viereinhalb-Millionen-Beute da unten in Ihrem Porsche.»

Jarosewitch sieht Bienzle lange an, dann zuckt er die Achseln. «Sehr einfach: Der Kurier hat das Zeug an mich übergeben statt an ihn.»

«Und der Kurier war Hedwig, geborene Bäuerle?»

«Sie werden sich wundern, warum ich Ihnen so bereitwillig Auskunft gebe...» Jarosewitch lächelt. «Ich sitze für das, was ich getan habe, noch nicht mal ein Jahr. Der Mord geht nämlich nicht auf mein Konto.»

«Also habe ich recht?»

«Ein bißchen Arbeit sollten Sie sich ja auch noch selber machen», sagt Alfons und holt sich noch einen Whisky.

«Das, was Sie da aus Ihrer Jugend erzählen, interessiert mich... Obwohl ich eher so ein Typ bin wie Ihr Schulkamerad, zu dem Sie gegangen sind, wenn Sie einmal die – wie sagt man – Nestwärme einer Familie gesucht haben.»

«Wir sollten das lassen; es wird eh schon zuviel psychologisiert. Ich kann's auf eine einfache Formel bringen: Ich habe meinen Vater gehaßt; ich habe an nichts so intensiv und planvoll gearbeitet wie daran, es ihm zu beweisen – ihm zu zeigen, daß ich besser oder doch genauso gut bin wie er... Und ich war bereit, ihn dabei zugrunde zu richten. Wenn Sie ein Motiv gesucht haben, brauchen Sie jetzt nicht weiterzusuchen. Aber ich habe ihn nicht umgebracht... Sehen Sie, Herr Kommissar, das ist Ihr Problem: Manchmal haben Sie einen Täter, aber kein Motiv; jetzt haben Sie ein Motiv, aber keinen Täter.»

«Kann ich noch einen Whisky haben?» fragt Bienzle.

«Mit Vergnügen.»

Bienzle merkt, wie seine Hand, die immer die Pistole hält, sich immer mehr verkrampft; sie ist schweißnaß. Er zieht die Hand heraus, massiert sie und läßt sie dann doch wieder zurückgleiten.

Jarosewitch hat ihn beobachtet. «Sie trauen mir nicht?»

«Nein, ich traue Ihnen nicht.»

«Sie denken, ich könnte jeden Moment etwas Irrationales tun... Sie denken auch, ich hätte meinen Vater auf dem Gewissen.»

Bienzle fällt ein Satz aus dem Report ein, und ohne es eigentlich zu wollen, spricht er ihn laut vor sich hin: «Manche Opfer nehmen manchem Täter einen Teil des Schuldigwerdens ab...»

Jarosewitch bleibt auf dem Weg von der Hausbar zu Bienzles Sessel ruckartig stehen. «Ist das von Ihnen?» fragt er, und seine Stimme klingt auf einmal belegt.

«Nein», sagt Bienzle, «aber es paßt trotzdem. Sie sind vielleicht nicht der Mörder, aber das mit dem Schuldigwerden bezieht sich ja nicht nur auf den, der den Abzug betätigt; es trifft auch den, der nur will, daß ein anderer nicht weiterlebt.»

Jarosewitch setzt sich in einen Sessel und hat dabei noch beide Gläser in der Hand. «Ich dachte immer, Bewährungshelfer bekommt man erst nach Verbüßung der Strafe.»

«Ihr Vater hat Sie also ein junges Leben lang getriezt?» fragt Bienzle und zieht endlich die schweißnasse Hand aus der Tasche.

«Das sagte ich ja.»

Bienzle trinkt und sieht Jarosewitch über den Glasrand hinweg versonnen an. «Aber es ist ja doch was aus Ihnen geworden.»

«Im landläufigen Sinne, ja. Nur eben nicht das, was ich selber werden wollte. Ich bin eine Nachbildung, vielleicht auch eine Karikatur meines Alten... Wenn Sie wüßten! Er hat mal ein Buch von Rockefeller gelesen, von dem alten Rockefeller, dem Gründer der Dynastie... Begeistert war mein Vater, denn der alte Rockefeller schrieb pausenlos von den Entbehrungen seiner Jugend und von den Entbehrungen, die er seinen Söhnen zugemutet hat, damit sie tüchtige Männer werden sollten... Nun, die Rockefellers haben das wohl ausgehalten. Oder sie sind auch so geworden wie ich – bloß ist ihnen keiner auf die Schliche gekommen.»

«Und warum erzählen Sie gerade mir das alles?» fragt Bienzle, kippt seinen Whisky und bittet um Nachschub.

Auf dem Weg zur Hausbar sagt Jarosewitch: «Ich bin ziemlich realistisch. Daß ich aus dieser Falle, die Sie mir ja gestellt haben, nicht mehr rauskomme, das weiß ich... Ich könnte einen Versuch machen, aber der Einsatz lohnt sich nicht. Ich bekomme ein Verfahren wegen Hehlerei, aber Mord ist nicht drin; Beihilfe auch nicht... Ich wollte genausowenig wie Hedwig, daß der Alte abkratzt; es hätte mir genügt, ihn aus dem Geschäft zu drücken und Hedwig so weit zu bringen, ihn zu verlassen und mich zu heiraten... Das mag alles ziemlich kriminell sein; die Strafen dafür kann man aushalten. Aber was passiert, wenn ich jetzt versuche, Sie über den Haufen zu schießen?»

«Womit?» fragt Bienzle rhetorisch, nimmt den Whisky entgegen, denkt, ich sollte aufhören zu trinken, und trinkt einen kräftigen Schluck. «Was wollten Sie denn damals werden?»

«Das beantworte ich Ihnen nicht», sagt Jarosewitch, «denn es würde zu kitschig klingen, zu romantisch, wissen Sie.»

«Akzeptiert», sagt Bienzle.

Das nimmt Jarosewitch für ihn ein. «Wollten Sie denn Kriminalkommissar werden?» fragt er.

«Nein, Musiklehrer», sagt Bienzle und trinkt das Glas aus.

«Noch einen?» fragt Jarosewitch.

«Danke nein... Oder doch – vielleicht noch einen Kleinen.»

Diesmal bringt Jarosewitch die Flasche mit.

«Wissen Sie», sagt Bienzle, «man sagt immer, zwischen Geiselnehmern und Geiseln entsteht so etwas wie eine mehr oder weniger enge Verbindung – eine rational nicht faßbare Solidarität...»

«Ja, das habe ich auch schon gehört. Und warum erzählen Sie mir das?»

«Weil ich das manchmal in meiner Branche auch erlebe – gewisse, sagen wir mal, Sympathien zwischen Tätern und Verfolgern.»

«Sympathisieren Sie mit mir?» fragt Jarosewitch ironisch.

«Das kann ich mir nicht leisten.»

«Sie sympathisieren mit mir, ohne es sich leisten zu können?»

«Sie sind es gewohnt, Menschen für sich einzunehmen, nicht wahr?»

«Sie auch, oder?»

Bienzle muß lachen. «Das gehört wohl auch dazu – daß Sie langsam anfangen, das Verhör umzudrehen? Aber ehe Ihnen das gelingt, muß die Flasche da leer sein!»

Jarosewitch schenkt nach.

«Wer hat geschossen?» fragt Bienzle ansatzlos.

Jarosewitch hebt die Whiskyflasche mit einem Ruck von Bienzles Glas. «Ich werde es Ihnen nicht sagen. Ich war es nicht; Hedwig war es auch nicht...»

«...und Bäuerle auch nicht», vollendet Bienzle.

«Richtig.»

«Aber er hängt mit drin!» stellt Bienzle nachdrücklich fest. Und als er keine Antwort bekommt, weiß er, daß er auf dem richtigen Weg ist, und er wünscht sich, daß die Kollegen noch nicht so schnell kommen.

«Also der Bäuerle, dieser schlitzohrige Rechtsanwalt – der hat das eingefädelt, ja?»

«Kein Kommentar.»

«Das bedeutet Zustimmung», sagt Bienzle ungerührt. «Und wer hat meinen Wagen zum Mordinstrument umfunktioniert?»

«Davon weiß ich nichts.»

«Wer hat geschossen?» fragt Bienzle wieder.

«Ich kann's Ihnen nicht sagen.»

«Sagen wir, Sie wollen nicht – na gut... Organisiert hat Bäuerle den Mord; Sie haben davon gewußt, und ausgeführt hat ihn ein Dritter.»

«Ich hab's eben *nicht* gewußt! Es war ja auch gar nicht nötig.»

«Aus Ihrer Sicht war es sehr wohl nötig; Ihr Herr Vater war auf dem Weg nach Venedig, um sich neu zu arrangieren – das mußten Sie verhindern, wenn Sie ihn endgültig aus dem Geschäft drücken wollten.»

«Woher wissen Sie denn das alles?» Alfons zeigt zum erstenmal Wirkung.

«Na, irgendwas müssen wir schließlich für Gehalt und Pensionsanspruch leisten.»

«Ach ja? Warum wissen Sie dann nicht, daß ich erst informiert wurde, nachdem alles geschehen war?»

Bienzle lacht. «Das erzählen Sie mal den Geschworenen!»

Jetzt treten Schweißperlen auf die Stirn des gepflegten jungen Mannes. «Herr Bienzle», sagt er in einer Art Vertraulichkeit, die den Kommissar sofort veranlaßt, seine Hand wieder Kontakt mit der Pistole aufnehmen zu lassen. «Sie müssen mir das glauben!»

«Ich muß gar nichts. Ja, doch. Ich muß die Wahrheit wissen.»

«Zugegeben: Ich habe die Initiative zu früh aus der Hand gegeben...»

«Der Junge, der tüchtiger als sein Vater sein wollte und der dann den Schwager gebraucht hat, um tüchtiger zu sein... Lassen Sie mich mal raten. Und gießen Sie mir noch einen ein!»

Jarosewitch gehorcht, und Bienzle fabuliert:

«Ich will nicht wissen, wie und warum Sie sich an Hedwig Jarosewitch, geborene Bäuerle, herangemacht haben. Auch nicht, wie Sie herausgebracht haben, daß Ihr ehrenwerter Vater sein Geld hauptsächlich mit krummen Geschäften verdient hat... Daß er Ihnen das zeitlebens verheimlichen wollte, nehme ich als bewiesen an?»

Jarosewitch nickt ergeben.

«Ihr Vater arbeitete eng mit Fontana zusammen, der ihm wohl auch noch die Treue hielt, als Bäuerle ihn unter Druck setzte – so weit, so gut. Irgendwann einmal haben Sie erfahren, daß Hedwig knifflige Kurierdienste übernimmt. So sind Sie an die Adressen der Lieferanten und der Empfänger gekommen – und wer den Schmuck so verkaufsträchtig veränderte, hatten Sie auch schnell heraus: Irene Korbut. Die hat der Bäuerle dann persönlich übernommen... Überhaupt hat Bäuerle immer mehr persönlich übernommen und einen großen Meister im Hintergrund aufgebaut – den Herrn Alfons... Das Stichwort und die Rolle hat er Ihnen im Laufe der Zeit immer exakter vorgeschrieben; schließlich waren Sie Bäuerles Marionette. Und das hat Ihnen auch alles nichts ausgemacht, denn schließlich versprach Ihnen Bäuerle ja, daß Sie es Ihrem Alten eines Tages zeigen könnten... Und er hat sogar Wort gehalten: Als der große Posten aus den Einbrüchen im Ruhrgebiet nicht bei Ihrem Vater ankam, statt dessen aber Sie bei ihm aufkreuzten und ihm womöglich sogar noch sagen konnten, Sie hätten bereits mit den Abnehmern – seinen bisherigen Kunden – abgeschlossen, da war für Sie der Vertrag sozusagen erfüllt... Aber Ihr Vater war Ihnen einmal mehr über: Er roch den Braten, hatte auch seine V-Leute und konnte sich die Sache zusammenreimen... Deshalb hat er Bäuerle aufgesucht; deshalb mußte er schließlich sterben... Was aber weder Bäuerle noch Ihr Vater wußten, das war, wo sich der Schmuck befindet. Wahrscheinlich hatte Hedwig behauptet, der Schmuck sei ihr nicht übergeben worden: Das erklärt auch, warum Bäuerle Jarosewitchs Büro durchsucht hat... Sie und Hedwig wollten sich aber mit diesem Batzen alleine absetzen.»

Alfons Jarosewitch hebt in einer hilflosen Geste die Schulter, sagt aber nichts.

«Das war der Grund, warum Grüner versuchen mußte, Irene Korbuts Laden auseinanderzunehmen. Und Hannelore Schmiedinger sollte sterben, weil keiner wußte, wieviel sie bei der Auseinandersetzung zwischen Ihnen und Ihrem Vater mitbekommen hatte... Und da wollen Sie nur ‹bedingt schuldig› sein!» Bienzle kippt sein Glas.

«Ich wußte wirklich nicht, daß...»

Bienzle unterbricht ihn mit einer wegwerfenden Handbewegung. «Daß Sie von alledem nichts wußten, mag sogar stimmen – der eigentliche Boss des Unternehmens war der Schwager Ihres Vaters, der schlaue Herr Doktor Bäuerle. Er konnte Ihnen gar nicht alles verraten, denn auch er hielt Sie für schwach und unzuverlässig. Insofern war er sich mit Ihrem Vater einig.»

Jarosewitch versucht noch einen schwachen Ausfall: «Und warum hätte er das alles tun sollen, der Schwager?»

«Er hatte das älteste und bewährteste Motiv: Schulden», sagt Bienzle. «Sie können sich ja mal bei der Spielbank erkundigen.»

Jarosewitch schenkt stumm nach. Bienzle sieht zu ihm hinüber und muß sich dagegen wehren, Mitleid zu bekommen. «Liege ich denn mit dem allem so falsch?» fragt er schließlich.

Jarosewitch schüttelt den Kopf.

«Werden Sie mir das in einem schriftlichen Protokoll bestätigen?»

Wieder schüttelt Jarosewitch den Kopf.

«Dann machen Sie einen großen Fehler», sagt Bienzle, «denn der Bäuerle wird alle Schuld auf Sie abwälzen – mit dem ganzen Geschick des erfahrenen Winkeladvokaten... Sie werden schlecht aussehen. Dann hätte Ihr Vater praktisch noch einmal gewonnen.»

Jarosewitch sieht Bienzle lange an, dann sagt er: «Dort auf dem Regal steht eine Schreibmaschine; Papier ist in dem Schrank gegenüber...»

Zwei Polizeibeamte kommen und werden von Bienzle mit dem Auftrag, unauffällig in der Nähe zu bleiben, wieder weggeschickt. Bienzle tippt mit zwei Fingern. Jarosewitch sitzt in einem seiner weichen Sessel und sieht ihm unverwandt zu.

Punkt zwei Uhr klingelt Bäuerle. Er wird von Bienzle freundlich in Empfang genommen, mit Handschellen versehen und auf der Ledercouch plaziert. Bienzle verliest das Protokoll und erntet höhnisches, hohles, hysterisches Gelächter. Hedwig Jarosewitch kommt eine Viertelstunde später. Sie reagiert auf die gleiche Prozedur mit einem Weinkrampf, der erst endet, als Alfons Jarosewitch sie fest und ausdauernd in die Arme nimmt. Schließlich werden alle drei abgeführt.

Gächter und Haußmann, die zusammen mit den beiden Baden-Badener Uniformierten gekommen sind, genehmigen sich rechtswidrig einen Cognac beziehungsweise einen Calvados aus Jarosewitchs Hausbar. Sie trinken sich zu, und Bienzle wird fast schlecht dabei. Er hat genug. Gächter, der lässig an einem Balken lehnt, sagt in die folgende Stille hinein: «Und wer hat nun eigentlich den alten Jarosewitch erschossen?»

Darauf wird die Stille noch stiller.

Bienzle sagt: «Ein Mann, den Bäuerle dafür angeheuert hat.»

Da sagt der junge Haußmann: «Aber das ist doch gar nicht so schwierig – es ist wie bei einem Abzählreim: Ene, mene muh – drauß bist du...»

«Fangen Sie jetzt nicht an zu spinnen, das halt ich im Kopf nicht aus!» raunzt Bienzle.

Gächter ermuntert: «Na, dann zählen Sie doch mal aus!»

Haußmann, leicht beleidigt, aber seiner Sache sicher, deklamiert: «Raus ist Bäuerle, raus ist Hedwig, raus ist Fontana, raus ist der junge Jarosewitch; Grüner raus und Korbut raus... Da ist nur noch einer...»

«Heinrich Bernsteiner», vollendet Gächter, ohne sein Pokergesicht zu verziehen.

«Nennen Sie das kriminalistische Arbeit?» fragt Bienzle bissig.

Gächter lacht. «Das ist geniale Intuition!»

«Und die Waffe?» fragt Bienzle, immer ärgerlicher.

«Ist doch klar!» sagt Haußmann. «Wenn Bäuerle den jungen Jarosewitch reinlegen wollte und wenn er den Mörder angestiftet, vielleicht sogar begleitet hat – dann liegt es doch nahe, daß er die Waffe dem jungen Jarosewitch unterschiebt.»

«So könnte es gewesen sein», meint Gächter.

«So könnte es gewesen sein, so könnte es gewesen sein!» äfft ihn Bienzle nach. «Noch in keinem Fall habe ich diesen blöden Satz so oft gehört!»

Zwei Stunden später, früh um fünf Uhr klingelt der Kriminalmeister Ganter in Begleitung eines uniformierten Beamten an Hedwig Jarosewitchs Villa. Verschlafen öffnet Heinrich Bernsteiner.

«Was wollen Sie denn?»

Ganter antwortet formvollendet: «Ich verhafte Sie wegen Mordes an Knut Jarosewitch, und ich mache Sie darauf aufmerksam, daß alles, was Sie im weiteren sagen, gegen Sie verwendet werden...»

Bernsteiner reagiert blitzartig. Er knallt dem Kripobeamten seine Faust vor die Brust und rennt an dem taumelnden Ganter vorbei. Aber der Uniformierte, der Heini, den Allzweckangestellten, bereits nach dessen kurzem Disput mit Bienzle verfolgen wollte, der, der hundert Meter in zehn Komma neun läuft, hat ihn noch vor dem Gartenzaun erreicht und zu Boden gerissen.

Die Dogge, die inzwischen ebenfalls aus dem Haus getrottet kam, hält das Ganze für ein Spiel und tollt mit auf dem gepflegten Rasen herum.

Am nächsten Tag bittet Gächter seinen Chef, noch 24 Stunden in Baden-Baden bleiben zu dürfen; er darf und verbringt einen amüsanten Abend mit einer ständig redenden Telefonistin. Haußmann nimmt den nächsterreichbaren Zug nach Stuttgart, um seine Freundin noch vor dem Abendessen überraschen zu können. Bienzle kutschiert mit dem Dienstwagen zurück.

«Der Kommissar», erzählt Gächter seiner Tisch- und Tanzpartnerin, «sitzt jetzt bestimmt im Büro und feilt an seinem Bericht für die Pressekonferenz...»

Die Partnerschaft wird im weiteren auf anderer Ebene fortgesetzt.

Aber der Hauptkommissar Ernst Bienzle sitzt im Karl-Olga-Krankenhaus, erzählt von Narciso Yepes, von einem Konzert Louis Armstrongs im Jahr 1961, das er nie vergessen wird, von seinen Versuchen, Bach wie Jacques Loussier zu spielen... Als er schließlich von einer Schwester, die ungewöhnlich nachsichtig gewesen ist, weggeschickt wird, küßt er seine Zuhörerin zweimal auf die Nasenspitze und, in einem Anflug von Wagemut, flüchtig sogar einmal auf den Mund.

Noch vom Krankenhaus aus ruft er Hanna, seine Frau, an. In zwanzig Minuten wird er zu Hause sein...

Hanna steht am Fenster. Sie winkt ihm ein wenig zaghaft zu, als er vorfährt. Er hebt die Hand zum Gruß und geht dann mit schweren Schritten ins Haus.

Der Tisch ist gedeckt. Das Zimmer ist blitzsauber und gemütlich wie immer. Mit routinierten Bewegungen trägt Frau Bienzle das Essen auf. Ernst Bienzle streckt sich. Er fühlt sich behaglich, geborgen und gelangweilt.

«Ich bin so froh, daß du wieder da bist», sagt Hanna und setzt sich neben ihren Mann auf die Sessellehne.

Bienzle ist, wenn er ehrlich ist, auch froh darüber.

Ach wie gut,
daß niemand weiß...

Die Hauptpersonen

Frédéric Meister	läßt zum erstenmal eine Aufführung platzen – schuldlos: jemand hat ihn ermordet.
Intendant Spohnholz, Ernst («Bittaschehn») Smetana, Ursula Ralnik, Frl. («Schätzchen») Schatz, Conradt Zeck u. a.	sind gleichfalls vom Theater und für die Polizistenmentalität (wenn es so etwas gibt) schwer durchschaubar.
Stephan Androsch	war beim Theater: er ist a) pensioniert und dann: b) tot.
Zoller	ist noch beim Theater – beim Puppentheater hauptsächlich.
Anton Ziegler Horst Wohlfahrt	spielen, obgleich nicht vom Theater, Gangsterrollen.
Bärbel Zoller	wird wohl, wenn sie den Streifschuß auskuriert hat, die Entziehungskur zu Ende machen.
Dr. Alexander Spieß	lebt sozusagen von Pferdefleisch. Unter anderem.
Kriminalassistent Haußmann	strahlt, weil er wieder dabei ist.
Kriminalmeister Gächter	strahlt nie.
Kriminalhauptkommissar Bienzle	gerät nicht unerheblich ins Schleudern.

«Guten Morgen, es ist 7 Uhr 30.»

Die Stimme der Telefonistin klang widerlich wach. Ernst Bienzle richtete sich mühsam auf. Sein Rücken schmerzte. Das Hotelbett hatte zu weiche Matratzen.

Durch die zugeklappten Laden fiel Helligkeit in schmalen Streifen. Von draußen drangen seltsame Geräusche herein. Ein murmelndes Stimmengewirr, laute Rufe dazwischen, Klappern, Rascheln, Knistern. Es klopfte an der Tür. Bienzle brummte etwas.

«Ist der Wagen mit der Nummer S – 4567 Ihrer?» Ein uniformierter Polizist stand unter der Tür und fixierte den untersetzten Mann in seinem zerknitterten rot-braun gestreiften Schlafanzug. «Es ist ein Landesdienstwagen.»

Bienzle versuchte die Jacke über dem Bauch zusammenzuziehen. «Stimmt», knurrte er.

«Sind Sie Polizist?» Der Uniformierte schaute in das kantige, etwas zu fette Gesicht Bienzles. Die dicken Augenbrauen standen gestrüppartig ab und verdeckten die Pupillen zum Teil.

«Kriminalhauptkommissar Ernst Bienzle, Landeskriminalamt Stuttgart.» Bienzle erhob sich ächzend.

«Das tut mir leid», die Stimme des Polizisten bekam einen vertraulichen Ton.

«Was tut Ihnen leid? Daß ich auch Polizist bin?»

«Nein.» Der andere grinste. «Schauen Sie mal...» Er öffnete das Fenster. Der Lärm nahm zu. Gleißendes Licht strömte in das schäbige Hotelzimmer.

Auf nackten Sohlen tappte der Kommissar zum Fenster hinüber. «Oh, du liabs Herrgöttle von Biberach!» entfuhr es ihm.

Unter dem Fenster wuselten Hunderte von Menschen dicht gedrängt um bunte Marktstände. Frauen in schwarzen Trachten und Männer in grünen Schürzen boten Gemüse an, füllten Tüten und Taschen. Es war ein fast südländisches Treiben. Ziemlich genau im Zentrum des belebten Marktplatzes stand, eingekeilt zwischen Brettertischen, Sonnenschirmen, geflochtenen Körben und Kisten aus Holz, einsam Bienzles VW Variant. Wortlos ging Bienzle zu seinem Bett zurück und ließ sich darauffallen.

«Pech», sagte der Polizist.
«Wie lange dauert der Zirkus da unten?»
«Bis vierzehn Uhr, früher kriegen wir den Wagen da nicht raus.»
«Und warum sind Sie dann jetzt schon gekommen?»
«Schließlich muß ich doch wissen, wem das Auto gehört.»
«Aha!» Bienzle ließ seinen Kopf auf das Kissen zurücksinken.
«In Seestadt ist jeden Mittwoch Markt», sagte der Polizist.
«Soso.»
Der uniformierte Beamte stand noch ein bißchen herum und trat von einem Bein auf das andere. Er wünschte sich, daß ihm noch etwas einfallen würde, um das Gespräch fortzusetzen, aber den Kommissar direkt zu fragen, was ihn nach Seestadt geführt hatte, das traute er sich nicht, und auf etwas anderes kam er nicht. So klappte er beiläufig die Hacken zusammen, hob lässig den Zeigefinger zum Schirm seiner Mütze und ging hinaus.

Mißmutig krabbelte der Kommissar aus seinem Bett, zog die Schlafanzugjacke aus und sah auf seinen gewölbten Bauch hinab. «Muß wieder abnehmen», brummelte er. Das ‹wieder› war ein glatter Selbstbetrug.

Das Telefon klingelte.

«Bist du's, Ernst?» fragte die Stimme des Präsidenten Hauser vom Stuttgarter Landeskriminalamt.

«Persönlich», sagte Bienzle.

Hauser war ein paar Jahre mit Bienzle zur Schule gegangen. Während er aber sein Abitur gemacht und danach Jura studiert hatte, hatte Bienzle alles mögliche probiert, ehe er sich – übrigens auf Anraten Hausers – für den Polizeidienst anwerben ließ.

«Du bist noch in Seestadt, nicht wahr?»
«Hast mich doch hier angerufen.»
«Meine Sekretärin hat dich ausfindig gemacht und angewählt.»
«Ah ja», sagte Bienzle gedehnt. Er war nicht mehr gut auf Hauser zu sprechen, seitdem der ihn zum Dezernat Wirtschaftskriminalität versetzt hatte – ihn, den sie den «Nesenbach-Maigret» genannt hatten (Stuttgart liegt am Nesenbach, nicht, wie viele glauben, am Nekkar) und von dem Hauser einst selbst immer gesagt hatte, er sei sein bester Mann. Oft war Bienzle von seinem Job als Leiter der Mordkommission angewidert gewesen. Aber Wirtschaftskriminalität...

«Was machst du denn gerade?»

Bienzle sah den Telefonhörer sauer an. «Steht auf'm Dienstplan.»

«Hauptkommissar Bienzle!» donnerte Hauser.

«Ich kümmere mich um den modernen Pferdehandel», sagte Bienzle unbeeindruckt.

«Wie bitte?»

«Betrugsgeschichten. s' gibt Leut, die fälschet Papier von irgendwelche Schindmähre ond machet teure Rassegäul draus; nochher lasset se dia verrecka. D' Versicherung zahlt's.» Bienzle fiel regelmäßig in seinen schwäbischen Dialekt, wenn er sich ärgerte oder freute.

«Ach ja, ich erinnere mich», sagte Hauser.

Bienzle schnitt eine Grimasse.

«Hör zu...» Hausers Stimme hatte nun wieder den vertraulichen Baritonklang: «Im Theater von Seestadt liegt eine Leiche.»

«Das ist ja wohl Sache der örtlichen Mordkommission.»

«Nicht ganz, immerhin haben uns die Kollegen um Amtshilfe gebeten. Außerdem handelt es sich womöglich um Rauschgift.»

«Dann schick doch den Henrich.»

«Nein», sagte Hauser scharf. «Ich beauftrage Sie, Hauptkommissar Bienzle, sich um diesen Fall zu kümmern. Und zeigen Sie bitte etwas Fingerspitzengefühl im Umgang mit den Seestädter Kollegen.»

«Jawoll, Herr Präsident.»

«Wenn Sie Verstärkung brauchen...»

«Gächter», sagte Bienzle maulfaul. Der Kriminalmeister Karl Gächter war so ziemlich das genaue Gegenteil Bienzles: lang aufgeschossen, hager, Norddeutscher; ein Typ, den jeder außer Bienzle als eiskalt, berechnend und humorlos bezeichnet hätte.

«Keine Einwendungen», sagte Hauser nach kurzem Zögern. «Noch Fragen?»

«Ja. Hat Seestadt denn überhaupt ein Theater?»

Hauser hängte ein.

«Zwanzig Minuten lang habe ich das Publikum hingehalten...» Der Intendant war auch jetzt noch, zwölf Stunden nach dem Ereignis, fahrig und, wie es schien, den Tränen nahe.

Bienzle schaute in die wäßrigen Augen des Theatermanns und nickte stumm.

«Er ist sonst wirklich ein Muster an Disziplin – nicht in allen Dingen, verstehen Sie, aber was seine Arbeit anbelangt... Er versäumt keine Probe, und zu den Aufführungen ist er immer exakt eine halbe Stunde vor Beginn da.»

«War.» Bienzle preßte das Wörtchen heraus, ohne die Lippen zu bewegen.

«Wie bitte?»

«Er *war* immer pünktlich. Jetzt ist er ja tot.»

Der Intendant sank noch ein wenig mehr in sich zusammen. «Er ist... Er war ein guter Schauspieler, das können Sie mir glauben. Ein Mann, wie man ihn an einer Bühne in der Provinz braucht.»

Bienzle machte sein undurchdringliches Gesicht.

«Sie müssen wissen, ich habe eine jahrzehntelange Erfahrung, und ich bin nicht immer an einem so kleinen Theater gewesen... Augsburg, Bochum, sogar Berlin.» Die Figur des Intendanten straffte sich.

Bienzle starrte den Mann an; die Veränderung war fast unheimlich. Die Falten im Gesicht verschwanden, das weiche Kinn bekam plötzlich harte Konturen, die Augen gewannen an Schärfe.

«Was bei uns gefragt ist, ist das Komödiantische», sagte der Intendant und machte eine allumfassende Geste mit beiden Händen. «Übrigens, ich habe mich noch nicht vorgestellt. Mein Name ist Spohnholz.»

«Wie alt war Frédéric Meister?» fragte Bienzle sachlich.

«28 oder 29, ich habe das jetzt nicht so genau im Kopf.»

«Hatte er Feinde?»

«Feinde? Gott. Feinde... Das klingt so hart. Es gibt an einem solchen Institut wie dem unsrigen schon mal Rivalitäten, Sie verstehen?»

«Nein», sagte Bienzle kalt.

«Nun, Frédéric... Ich meine, Herr Meister spielte fast alle großen Rollen – den Prinzen von Homburg genauso wie, na – den Romeo in Kishons ‹*Es war die Lerche*›.»

Bienzle wollte etwas sagen, winkte dann aber ab. «Erzählen Sie weiter.»

«Nun ja, es gibt in einem solchen Fall immer Leute, die dem Kollegen seine Rollen neiden. Die glauben, besser zu sein.»

«Namen?»

«Ich will niemanden verdächtigen.»

«Sehr vernünftig... Erzählen Sie doch mal, wie das gestern abend war.»

Die Erinnerung trieb dem Theaterchef augenblicklich den Schweiß auf die Stirn. «Nun, er kam nicht. Er kam und kam nicht. Alle waren fertig, Kostüme, Maske, alles. Wir standen im Rauchzimmer und warteten. Es wurde acht Uhr, zehn nach acht. Ich bin zweimal raus vor den Vorhang und hab die Leute vertröstet. Das Haus war ausverkauft...»

«Also, er kam nicht», warf Bienzle sachlich ein.

«Schließlich mußte ich die Leute wegschicken. Es war nichts zu machen. Einen Ersatz für Meister hatten wir nicht, und ein anderes Stück wäre so schnell nicht einzusetzen gewesen... Sie verstehen – die Kulissen und alles...»

Bienzle nickte ergeben.

«Wir schickten einen Mann zu seiner Wohnung, aber da war er nicht.»

«Hatte er keine Frau oder Freundin?»

«Nun ja, da ist Frau Ralnik, die ist Ensemblemitglied und war ja ebenfalls gestern abend hier. Und sonst... Nun, er kommt an bei Frauen, wenn Sie verstehen, was ich meine.»

«So schwer ist das ja nicht.»

«Wie? Eh... Ja. Also, wir suchten überall, aber er war nicht aufzutreiben. Da erinnerte sich Frau Clemens, das ist die Maskenbildnerin, also sie erinnerte sich daran, daß Meister oft mit Zoller seine Rollen noch mal memorierte. Die beiden sind recht eng miteinander.»

«Wer ist Zoller?»

«Ein Kollege, ein etwas kauziger Typ, wenn ich so sagen soll, er spielt vornehmlich Chargen und hat ein eigenes kleines Puppentheater. Damit tritt er im Foyer gelegentlich auf. Meistens Kindervorstellungen, wissen Sie.»

«Aha.»

«Zoller übt mit seinen Puppen in einem abgeteilten Raum, gleich neben dem Kostümfundus. Das Zimmer ist aber immerhin groß genug, um eine Rolle zu studieren und einigermaßen auszuspielen.»

«Wenn ich das richtig verstehe, hat also Meister seine Rollen zusammen mit Zoller einstudiert.»

«Na ja, einstudiert hat er sie natürlich unter der Anleitung des jeweiligen Regisseurs. Aber er ließ sich immer wieder abfragen und kontrollieren. Zoller war eben so etwas wie sein väterlicher Freund; von ihm ließ sich Meister auch etwas sagen.»

«Von Ihnen nicht?»

«Ich bitte Sie! Ich bin schließlich der Chef dieses Hauses.» Spohnholz wuchs um gut einen Kopf.

«'tschuldigung», mümmelte Bienzle. «Weiter.»

«Na ja, wir sind raufgegangen. Es brannte zwar noch Licht, aber wir fanden niemanden. Nur nebenan, im Fundus, war noch jemand; Smetana, unser alter Garderobier.»

«Der Mann, der die Leiche gefunden hat?»

«Ja.»

«Tja, dann werde ich mit Herrn Smetana mal reden», sagte Bienzle.

«Ich lasse ihn sofort kommen.»

«Danke, ich suche ihn auf.» Bienzle ging grußlos hinaus.

Er fand sich nur schwer zurecht in den engen und verwinkelten Gängen und Treppenhäusern des Theaters, das in einem mittelalterlichen Bau untergebracht war. Es war dunkel. Bienzle fand aber den Lichtschalter nicht. Und da war niemand, den er fragen konnte. Er stapfte mißmutig ausgetretene Treppenstufen hinauf, die unter seinem Gewicht knarzten.

Auf einem Treppenabsatz blieb er stehen, um wieder zu Atem zu kommen. Da hörte er eine leise Stimme. Von dem schmalen Podest zwischen den Stiegen führte ein enger Gang nach rechts. Bienzle folgte der Stimme. Es roch nach Schminke und Staub. Der Gang machte eine Biegung. Bienzle sah einen schmalen Lichtstreifen unter einer Tür. Von dort mußte die Stimme kommen.

Bienzle erreichte die Tür. Sie war aus Preßspan; als er sie mit der Hand berührte, schwang sie leise auf.

«Ich gehe, wann ich will», sagte eine männliche Stimme. Sie schien von einer Puppe zu kommen, die mit überschlagenen Beinen auf einem Stuhl saß. Der Stuhl war Teil einer Dekoration auf einer kleinen, etwa zwei Meter breiten Bühne, die mit Punktstrahlern ausgeleuchtet war. Die Marionette sah außerordentlich lebendig aus. Die Haltung war lässig. Die Puppe trug einen modischen karierten Anzug; das dichte schwarze Haar war sauber gescheitelt. Das Gesicht wirkte ein wenig arrogant, war aber gut geschnitten. Bienzle mußte an einen bekannten Sportler denken, dessen Name ihm nicht einfiel.

«Du hast mir versprochen, daß wir zusammen nach Paris fahren...» Eine zierliche weibliche Puppe in Jeans und einem mächtigen, sackartigen Pulli ging mit seltsam holprigen Schritten auf den Puppenmann zu.

«Ich nehme das Versprechen zurück.» Der Mann machte mit seinem Arm eine eckige wegwerfende Bewegung.

«Das ist alles wegen dieses Flittchens.»

Der Puppenmann lachte ein häßliches Lachen.

«Eine Nutte ist sie! Sie treibt's mit jedem im Theater... Papa hat's auch gesagt.»

«Na, wenn das ein Stück für Kinder ist», murmelte Bienzle und zog leise die Tür wieder hinter sich zu. Das Licht von der kleinen Puppenbühne hatte ihn für die Dunkelheit im Treppenhaus nahezu blind gemacht. Bienzle kramte in seiner Tasche nach Streichhölzern.

Das Licht flackerte auf. Es riß ein ausgefranstes Stück Helligkeit aus der Finsternis des engen Korridors. Im Zentrum des Lichtflecks ein Gesicht – bleich, hager, verzerrt; stechende schwarze Augen.

Bienzle registrierte das alles starr vor Schreck. Er beobachtete, wie sich der Mund in diesem Gesicht zuspitzte – wie zu einem Pfiff. Ein zischendes Geräusch, das Streichholz erlosch. Bienzle spürte, wie die Gestalt an ihm vorbeiglitt. Lautlos beinahe.

Er stand noch immer unverändert, schüttelte sich dann wie ein nasser Hund und ging mit raschen Schritten erneut auf die Tür mit dem Lichtspalt zu. Diesmal achtete er nicht darauf, ob er gehört werden konnte. Er stieß die Tür mit dem Fuß auf.

«Ich sorge dafür, daß niemand es weiß», sagte eine ölige Stimme. Sie gehörte zu einer glatzköpfigen Puppe, die in der Mitte der kleinen Bühne stand.

Bienzle fiel der Rumpelstilzvers aus dem Märchen ein. «Ach, wie gut, daß niemand weiß», sagte er laut.

Er hatte erwartet, daß der Marionettenspieler nun ins Licht treten würde. Statt dessen wendete sich die glatzköpfige Puppe zu Bienzle um und sagte:

«Sie sind schon wieder da?»

«Meinen Sie mich?» Bienzle wunderte sich nicht einmal darüber, daß nun er die Puppe direkt ansprach.

«Natürlich Sie – sonst ist doch niemand da... Ich habe Sie gesehen, als Sie vor wenigen Minuten schon einmal hier waren.» Die glatzköpfige Puppe redete mit einer leicht schweizerischen Dialektfärbung.

«Ich dachte, ich sei unbemerkt geblieben.»

«Alles sehen, alles hören und alles wissen, das ist mein Geheimnis.» Die Puppe kicherte und schüttelte sich dabei.

«Das Geheimnis sollten Sie mir verraten. Ich könnte mir damit viel Arbeit sparen.»

«Dann wäre es ja kein Geheimnis mehr!» Die Puppe hüpfte mit schlenkernden Beinen auf den Kommissar zu. «Mein Name ist Dr. Alexander Spieß», sagte die Puppe.

«Ich heiße Bienzle», antwortete der Kommissar. «Ich freue mich, Sie kennenzu...» Er brach ab. Alexander Spieß, so hieß der Besitzer eines Reitstalls – er selbst hatte ihn dieser Tage gesucht, aber nicht angetroffen. Aber er erinnerte sich genau an ein Foto, das im sogenannten Casino hing. Es zeigte Dr. Spieß auf einem Apfelschimmel. Der Mann auf dem Bild sah dieser Puppe verblüffend ähnlich... Er schritt resolut zur Tür und drückte auf den Lichtschalter.

Die kleine Theaterwelt schrumpfte. Die glatzköpfige Marionette sank langsam in sich zusammen; die Fäden, an denen sie hing, legten sich wie ein Spinnengewebe über die kleine Figur. Jetzt sah Bienzle auch den Puppenspieler. Er stand hinter der Bühne, die ihm bis zu den Knien reichte.

«Herr Zoller?» fragte der Kommissar.

«Ganz recht.» Der Puppenspieler legte behutsam das kleine Holzkreuzchen zur Seite, an dem die Marionettenfäden befestigt waren, und stieg von der Miniaturbühne herab.

«Ich bin Hauptkommissar Bienzle vom Stuttgarter Landeskriminalamt und soll mich ein wenig um die Aufklärung des Todes von Ihrem Freund Meister kümmern.» Bienzle musterte den Puppenspieler.

Er trug schwarze Cordhosen und einen schwarzen Rollkragenpulli. Sein Gesicht wirkte flach. Die Nase trat kaum hervor; die Lippen waren zwei schmale, bleiche Striche. Die Augen, dunkelbraun, fast schwarz, wirkten rund und lebendig. Sie waren so dominierend, daß man den Rest des Gesichts nach und nach vergaß.

«Er ist einmal mein Freund gewesen.»

Bienzle hob überrascht den Kopf. «Hatten Sie Streit?»

«Ja, Streit.»

Der Puppenspieler streifte bedächtig schwarze, enganliegende Fingerhandschuhe von den Händen und legte sie auf einen Stuhl. Er war klein, vielleicht 1,68, und wirkte sehr muskulös. Bienzle schätzte ihn auf Anfang Fünfzig.

«Schlimm?» fragte der Kommissar.

«Er hat meine Tochter auf dem Gewissen.»

Bienzle sah nachdenklich in die dunklen Augen, über die sich jetzt ein Schleier gelegt hatte. «Sie reden darüber, als ob Sie es loswerden müßten. Ist Ihnen klar...»

«Daß ich mich verdächtig mache?» Zoller lachte leise. «Sie werden den Richtigen schon finden, Herr Hauptkommissar... Den Richtigen.»

«Kennen Sie ihn denn?»

Der Puppenspieler hob die Schultern mit einer Bewegung, die alles und nichts bedeuten konnte.

«Also, Sie kennen ihn!» sagte Bienzle bestimmt.

«Wenn ich ihn kennen würde, würde es Ihnen nichts nützen.»

Bienzle fixierte den Puppenspieler. «Warum?» fragte er nach einer Weile. «Warum würde mir das nichts nützen?»

«Weil man alles immer erst beweisen muß. Beweisen Sie es, Herr Hauptkommissar.»

Bienzle nahm nachdenklich die Puppe in die Hand, die noch immer wie tot auf der kleinen Bühne lag. «Formen Sie Ihre Puppen nach den Originalen?»

«Ja, oft. Natürlich nicht immer, aber einmal im Jahr, meistens zu Silvester, mache ich ein Puppenkabarett, und da spielen dann lauter Prominente mit. Und die sind dann eben nach der Natur gemacht.»

«Sie sind Schweizer?»

«Ja. Man hört es, nicht wahr?»

Bienzle legte die Puppe wieder zurück und griff nach der Gestalt des jungen schwarzhaarigen Mannes, den er bei seinem ersten Besuch im Probenraum des Puppenspielers gesehen hatte. «Wer ist das?»

«Das ist Frédéric.»

«Meister?»

«Ja.»

«Und das Mädchen, das vorhin mit ihm gesprochen hat?»

«Das ist Bärbel, meine Tochter.»

Bienzle sah in die dunklen Augen des Puppenspielers. «Was hat Meister ihr getan?»

Zoller nahm Bienzle die Puppe aus der Hand und legte sie sanft in einen kleinen Karton. Dann faltete er die hölzernen Händchen, so gut es ging, über dem Bauch. «Jetzt ist er tot», sagte er.

Bienzle sagte nichts. Er wartete. Zoller räumte schweigend auch die anderen Puppen weg. Sie kamen in einen großen geflochtenen Korb. Bienzle stand noch immer unverändert da, als Zoller mit dem Einpakken fertig war.

«Die Art, wie Sie mit der Puppe gesprochen haben, gefällt mir», sagte Zoller schließlich; «ich habe Vertrauen zu Ihnen.»

Bienzle mußte lächeln, aber er antwortete nicht.

«Er hat meine Tochter verführt», sagte Zoller, und es klang ganz sachlich.

«Wie alt ist sie?»

«Bald achtzehn.»

Bienzle sah Zoller an. «Mädchen in diesem Alter...»

«Ich weiß, ich weiß. Das ist auch nicht das eigentliche Problem, obwohl es mich sehr getroffen hat. Ich lebte damals ganz allein mit Bärbel zusammen, und ich hänge sehr an ihr.» Zoller machte eine unwillige Geste. «Aber das ist, wie gesagt, nicht das Problem. Er hat sie rauschgiftsüchtig gemacht. Er hat sie richtig reingetrieben.»

Bienzle atmete hörbar aus. «Ich verstehe», sagte er.

«Ja, das denke ich.» Zoller nahm eine alte, schäbige Aktentasche, dann löschte er die Punktstrahler, mit denen er seine Minibühne ausleuchtete, und ging zur Tür.

«Ich werde Ihnen noch viele Fragen stellen müssen», sagte Bienzle bedächtig.

«Sicher», sagte Zoller und hielt dem Kommissar die Tür auf. «Wenn Sie noch mehr wissen, werden Sie mich noch sinnvoller fragen können... Auf Wiedersehen, Herr Kommissar.»

«Moment!» rief Bienzle.

Aber Zoller drehte sich nicht mehr um.

«Das Licht hätte er mir wenigstens noch zeigen können», brummte der Kommissar, aber da war Zoller gerade am Treppengeländer angekommen und hatte den Knopf für das Zweiminutenlicht gedrückt. Bienzle schaute sich um. Die letzte Tür in dem schmalen Gang trug ein schwungvoll gemaltes Schild mit dem Wort KOSTÜMFUNDUS.

«Ernst Smetana, Fundusverwalter.» Der kleine alte Mann stellte sich mit einer Verbeugung vor. «Bittaschehn», setzte er nach einer Kunstpause noch hinzu.

Bienzle bekam einen Stuhl unter den Hintern geschoben.

«Sie wissen, warum ich zu Ihnen komme?»

«Aber das ist doch, bittaschehn, ganz selbstverständlich.» Der alte Mann schien beim Theater ein vorzügliches Bühnendeutsch erlernt zu haben. Das ‹Bittaschehn› aber hatte er sich wohl als Zeichen dafür aufbewahrt, daß er aus Böhmen stammte. «Aus Böhmen, bittaschehn, kommen die besten Schneider», sagte er auf Bienzles Frage.

«Sie haben die Leiche gefunden?»

«Hier zwischen den Kleiderständern, bittaschehn. Es war ein grauenvoller Anblick.»

«Wann?»

«Ich habe das alles den anderen Beamten schon kundgetan.»

Bienzle mußte lächeln, mit dem Bühnendeutsch hatte der alte Böhme womöglich auch ein paar antiquierte Ausdrücke angenommen. «Erzählen Sie mir's halt noch einmal.»

«Also, bittaschehn, es war gestern abend gegen zehn. Die sind ja alle rumgelaufen wie die aufgescheuchten Hühner. Ich hab in aller Ruhe die Kostüme wieder eingesammelt und eingeräumt. Hier, schauen Sie, da hängen sie alle.» Der kleine Mann fuhr mit seinen schmalen Händen liebevoll über die bunten Kleiderstoffe. «Die Stiefel habe ich in Schränken dort hinten...» Er zeigte mit dem ausgestreckten Finger durch die enge Gasse zwischen den Kleiderständern. «Ich habe nicht extra Licht gemacht, bittaschehn, ich kenn mich ja aus hier, ich mache das ja schon seit fünfundzwanzig Jahren. Also ich gehe mit einem Arm voller Stiefel nach hinten und stolpere. Beinahe wäre ich längelang hingefallen, über die Beine von Herrn Meister, bittaschehn!» Smetana war durch sein nächtliches Abenteuer offensichtlich nicht besonders erregt. «Da, schauen Sie, bittaschehn, da hat er gelegen, ganz lang und steif und tot.»

Bienzle ging zu der Stelle hinüber. Mit gelben Kreidestrichen waren die Umrisse des Körpers auf den rissigen Dielenboden gemalt. Die Beine mußten demnach quer über den schmalen Durchgang gelegen haben, der Kopf unter einem langgezogenen Kleiderständer, an dem weiß-rot getupfte Kleider hingen.

Ächzend ging der Kommissar in die Hocke und sah sich die aufgemalte Figur lange an. «Muß ein großer Mann gewesen sein.»

«Einen Meter und einundneunzig, bittaschehn.»

«Und wie war er sonst?»

«Nicht unübel.»

«Mochten Sie ihn?»

«Nein.»

«Und warum nicht?»

«Er hatte keine Moral.»

«Aha.» Bienzle zeigte sich wenig beeindruckt.

«Die Weiber, damit haben sie's ja alle, wenn sie nicht homosexuell sind, aber der Meister war auch sonst nicht koscher.»

«Rauschgift?»

«Kaum, höchstens mal ein bißchen Kokain, das schnupfen sie manchmal, weil sie glauben, damit könne man endlich das Talent finden, das sie sowieso nicht haben.»

Bienzle horchte auf und fragte nachdenklich: «Sie waren wohl auch nicht immer nur Garderobier, Herr Smetana?»

«Hoho, das will ich meinen. Gleich nach meiner Schneiderlehre hat es mich nicht mehr gehalten. Ich bin ein Theatermensch, ein geborener sozusagen. 1920 bin ich nach Berlin, bittaschehn, um Tanz zu studieren. Ich begann...»

Bienzle unterbrach ihn: «Das müssen Sie mir alles einmal erzählen, bei einem Bier oder einem guten Glas Wein, aber jetzt... Sie verstehen?»

«Aber ja, bittaschehn; Sie wollten über Meister wissen... Also, sein Umgang, wissen Sie. Die Leute kamen hierher. Vor allem, wenn Fasching war...»

«Fasnet», sagte Bienzle. «Bei ons hoist des Fasnet.»

«Fasnacht, bittaschehn. Also, da kamen sie, seine Freunde, und wollten eingekleidet werden – als Fürsten, Ritter, Könige und Päpste. Von denen mag ja keiner als etwas aus den unteren Einkommensschichten gehen.»

Bienzle mußte lachen.

«Es ist schon wahr, was ich sage, ich beobachte die Menschen seit fünfundzwanzig Jahren, bittaschehn, und länger.»

«Können Sie mir die Leute nennen?»

«Das sind eben die mit Jachten auf dem See, mit Reitpferden und mit Sportautos; man kennt das ja.»

«Klingt ein wenig nach Vorurteil», sagte Bienzle lächelnd.

«Nehmen Sie es, wie Sie wollen, bittaschehn, das war kein Umgang für den Meister, soviel ist ganz unbestritten.»

«War er ein guter Schauspieler?»

«Unter denen hier war er ein guter, ein begabter sogar, und er hat an sich gearbeitet, das muß ich zugeben, bittaschehn. Von Zoller hat er viel gelernt.»

«Ist Zoller denn ein guter Schauspieler?»

«Ein miserabler. Aber als Puppenspieler steht er in der Gnade Gottes, und er ist ein guter Lehrer. Zoller sieht die Fehler bei anderen – nicht nur auf der Bühne.»

Bienzle horchte dem Satz nach und wartete auf das unvermeidliche ‹Bittaschehn›, doch Smetana vermied es offenbar immer dann, wenn er etwas Wichtiges sagen wollte.

«Und Zollers Tochter?»

«Ach, Sie wissen... Das werde ich dem Meister nie verz... Heilige Maria Mutter Gottes, er ist ja tot.»

«Bittaschehn», sagte Bienzle leise. Es klang wie ‹amen›.

Verwirrt schaute der zierliche Mann zu Bienzle hinüber. «Zoller war es nicht; er hat ihn nicht umgebracht», sagte Smetana, jede Silbe betonend.

«Das behauptet ja auch niemand.»

«Um so besser. Im Reitverein müssen Sie suchen, auf den Jachten und in den teuren Bars, bittaschehn.»

«Na ja...» Bienzle klang nicht sehr überzeugt. «Nur in den Fernsehkrimis spielt Kriminalität immer unter gelangweilten Reichen. Die Mörder, die ich kenne, kommen zu 90 Prozent aus der Unterschicht, was allerdings nicht von vornherein was gegen die Unterschicht, sondern vielleicht eine ganze Menge über die Reichen bei uns sagt.»

Smetana sah Bienzle mit aufgerissenen Augen an. «Was Sie für Dinge sagen, Herr Kommissar!»

«Über die Todesursache muß ich zuerst meine Kollegen fragen, die werden sowieso schon sauer sein, daß ich mich noch nicht bei ihnen gemeldet habe.»

«Aber woher denn!» Die Stimme kam von der Tür zum Fundus. Bienzle sah hinüber. Ein hochaufgeschossener, dünner Mann mit einer randlosen Brille stand zwischen den Kleiderständern und lächelte jovial.

«Mensch, Häberle», brüllte Bienzle, «du bischt des, ja warom sagt mir denn koiner, daß du... Ja sag amol, wia lang bischt jetzt au du scho en Seestadt?»

«Seitdem ich g'schickt g'heiratet hab.» Der hochaufgeschossene Mann gab Bienzle die Hand.

«Ja, jetzt ka'ne gar nemme... Du hoscht g'heiratet? Ja jetzt, worum au des?»

Häberle lachte ein meckerndes Lachen. «Oimol erwischt's doch jeden.»

«Aber, daß du...!» Bienzle schüttelte noch immer ungläubig seinen mächtigen Kopf. «Jetzt gange mer uf a Viertele», sagte er, glücklich darüber, ein bekanntes Gesicht getroffen zu haben. Im Vorbeigehen strich er mit einer väterlichen Geste über den Kopf des alten Smetana. «Bis bald, Herr Smetana.»

«Auf Wiedersehen, Herr Kommissar.» Smetana eilte den beiden Beamten voraus bis zur Tür und machte sie auf. «Bittaschehn», sagte er mit einer kleinen Verbeugung.

Bienzle kannte Häberle seit gemeinsamen Tagen auf der Göppinger Polizeischule. Sie waren sich immer wieder einmal begegnet, zuletzt vor zwei Jahren bei einem Fortbildungskurs auf der Polizeischule Hiltrup, wo man ihnen das INPOL-System erklärt hatte, jenes zentrale Computersystem, über das Fakten über Täter und Taten in Sekundenschnelle abgefragt werden können.

Jetzt saßen sie in der ‹Weinstube zum Seehasen› und ließen sich eine Meersburger Spinne schmecken, einen Bodenseewein, der außerhalb des Bodenseegebiets kaum zu bekommen ist, weil ihn die Oberschwaben lieber selber trinken.

«Auf dene Berg müßt au a guater Trollinger wachse», sagte Bienzle träumerisch und prostete Häberle zu. «Wieviel Weinberg hat denn dei Frau?»

«Sieben», sagte Häberle nicht ohne Stolz; «zwölf Hektar.»

«Ond des mit der Versetzong hot ohne weiteres g'klappt?»

«Der Ministerialdirektor Stemper im Innenministerium hot vollstes Verschtändnis g'habt.»

«Noch a Viertele!» bestellte Bienzle; dann fand er wieder zu seiner Amtssprache zurück. «Habt ihr den Tathergang rekonstruiert?»

«Tja, das ist komisch. Er hatte in beiden Venen Einstichlöcher – also links und rechts in jeder Armbeuge –, und im linken Arm steckte sogar noch eine Spritze.»

«Fingerabdrücke?»

«Die des Toten, aber auch andere, die noch nicht identifiziert sind.»
«Aha. Und ist das, was da eingespritzt wurde, schon bekannt?»
«Links Kokain, rechts Heroin.»
«Der goldene Schuß.»
«Wie bitte?»
«So heißt das in Fixerkreisen. Aber war das Zeug auch die Todesursache?»

«Gereicht hätte die Dosis bestimmt», sagte Häberle, «aber wir haben den Obduktionsbericht natürlich noch nicht.»

«Andere Spuren?»
«Ja. Einwirkung stumpfer Gewalt.»
«Niedergeschlagen. Und dann, als er bewußtlos war, hat ihm irgendwer mit den Spritzen den Rest gegeben!»

«Moment!» sagte Häberle. «Wir wissen nicht, ob er nicht zuerst gefixt hat und dann gestürzt ist.»

«Na gut, aber war er denn überhaupt ein Fixer?»
«Er hat nur wenige Einstiche, und der Arzt glaubt sogar, es könnte sein, daß die nur vorgetäuscht sind, er hält sie nämlich für genauso frisch wie die beiden, durch die das Rauschgift eingedrungen ist.»

«Dilettanten!» knurrte Bienzle und supfte an seinem Wein. Über den Rand des Glases hinweg sagte er: «Dia müsset d' Polizei für dümmer halte, als se isch!»

«Der Obduktionsbericht liegt morgen gegen zehn Uhr vor.» Häberle hob sein Glas zum Zeichen dafür, daß für ihn der dienstliche Teil des Gesprächs beendet war.

Aber Bienzle war noch nicht soweit. «Die Tatzeit?» fragte er.
«Zwischen achtzehn und neunzehn Uhr.»
«Und wie steht's mit den Alibis?»
«Zoller, Smetana und die Frau Ralnik haben keins, und die der anderen sind mehr als dürftig. Du mußt bedenken, es war vor Beginn der Aufführung. Da rennen alle durcheinander, sind aufgeregt, was ja diesmal sogar noch gesteigert wurde, weil der Hauptdarsteller fehlte. Was weiß ich, wie oft die aufs Klo rennen, ‹nervöse Pfützchen machen›, wie sie das wohl nennen, wenn die Blase dem Lampenfieber nicht standhält.»

«Apropos...» Bienzle stemmte sich aus seinem Wirtshausstuhl hoch: «Wo geht man denn hier?»

Häberle deutete in die Richtung.

«Ond wenn i z'rückkomm, schwätzet mer was G'scheits», sagte Bienzle.

Ernst Bienzle schob sich leise durch die dicke Doppeltür in den dunklen Zuschauerraum des Seestädter Theaters. Es war vier Uhr nachmittags. Die Bühne war ausgeleuchtet. In der dritten Reihe am Regiepult saß der Intendant im milden Licht einer Leselampe. Seine Stimme hatte nichts mehr von der Larmoyanz, die Bienzle noch am Vormittag registriert hatte.

«Was ist denn das für ein Gesabbel – so werden wir das Stück nie und nimmer weiterspielen können! Mann Gottes, Zeck, wenn Sie nur ein Prozent des Talents von...» Er unterbrach sich und fuhr mit einer übertriebenen Geste durch sein schütteres Haar. «Wir müssen sehen, daß wir das an Sie hinkriegen.»

Auf der Bühne stand ein dürrer Mann in einem zerschlissenen Bademantel. Über seinen Kopf war eine schwarze Lockenperücke gestülpt, die ihm eindeutig zu groß war und bei jeder heftigen Bewegung verrutschte. Heftige Bewegungen aber waren offensichtlich erwünscht, denn der dürre Mann hüpfte in gewaltigen Sprüngen von einer Bühnenseite zur anderen und brüllte aufgeregt Sätze, aus denen zu entnehmen war, daß er es bitter bereute, jemals seine Frau – seinerzeit in Padua – geehelicht zu haben.

«Aufhören!» brüllte der Regie führende Intendant. «Aufhören... Das kauft Ihnen doch nicht einmal meine taubblinde Großmutter ab!»

Wütend riß der Schauspieler die Perücke vom Kopf, schmiß sie auf den Boden und trampelte darauf herum.

«Jetzt zeigt er plötzlich Temperament!» gurgelte der Intendant. «Jetzt, wo's nicht mehr verlangt wird...»

Bienzle, der sich einen Platz im hinteren Drittel des Zuschauerraums gesucht hatte, starrte gebannt auf das Gesicht des dürren Darstellers. Ohne Perücke erkannte er ihn wieder. Es war der Mann, der ihm am Vormittag im Stiegenhaus begegnet war, als er das Streichholz angerissen hatte.

«Pause!» rief der Intendant. «Bitte, Licht!»

Es wurde hell im Zuschauerraum. Der Intendant entdeckte Bienzle und winkte ihn zu sich. Die fremde Atmosphäre im Theater machte Bienzle befangen.

«Sie sollten sich die Aufführung heute abend ansehen», sagte der Theaterchef jovial.

«Das habe ich auch vor...» Bienzle zwängte sich in einen der Sitze. «Wie heißt der Darsteller, der Meisters Rolle übernommen hat?»

«Conradt Zeck. Warum?»

Bienzle notierte den Namen auf einen Zettel. «Ist Frau Ralnik auch im Hause?» fragte er.

«Sie probiert auch, in der nächsten Szene ist sie dran.»

«Dann warte ich bis nach dem Ende der Probe. Ich möchte Sie keinesfalls stören», sagte Bienzle höflich.

«Sehr anständig», sagte der Intendant.

Dann standen sie eine Weile da und wußten nichts miteinander anzufangen. Schließlich klatschte Spohnholz in die Hände und rief:

«Wir machen weiter, Kinder.»

Der Dürre erschien wieder auf der Bühne. «Du hast das wirklich schon ganz ansprechend hingekriegt», sagte der Intendant freundlich zu ihm. «Noch ein paar Proben, und wenn es dann auf der Bühne eingespielt ist, werden dich die Leute für die ideale Besetzung halten.»

Verwirrt schaute Bienzle in das Gesicht des Intendanten, das vor lauter Wohlwollen fast auseinanderfloß. Dann wandte er sich wieder dem Geschehen auf der Bühne zu. Eine Weile schaute er gelangweilt zu, wie Spohnholz immer neue Versuche unternahm, dem Schauspieler Conradt Zeck die neue Rolle einzubleuen. Die ganze Zeit über beschäftigte ihn die Szene vom Vormittag. Warum war dieser Mann so plötzlich aufgetaucht? Was hatte er in dem engen Korridor zu suchen? Warum hatte er die Flamme ausgeblasen? Bienzle bekam Hunger. Er sah auf seine Uhr. Es war kurz vor sechs.

«Hallo, Liebling!»

Bienzle hob ruckartig den Kopf. Eine Frau hatte die Bühne betreten. Sie trug abgewetzte Kleider, die Frisur – rote Korkenzieherlocken – war verfilzt, ihre Strümpfe hingen krempelig herunter. Kostüm- und Maskenbildner hatten sich große Mühe gegeben, eine Schlampe aus ihr zu machen; gleichwohl trat sie als hinreißend elegante Erscheinung auf – jede Geste, jede Bewegung eine Dame.

«Na, ist das nicht eine Fehlbesetzung?»

Bienzle hatte nicht bemerkt, wie sich Zoller neben ihm niedergelassen hatte. «Ich hab's ihm immer wieder gesagt – die Ralnik kann man nur edle Weiber spielen lassen.»

«Ruhe dahinten!» zischte der Intendant.

«Was für ein Schwachkopf!» sagte Zoller ein wenig zu laut.

Bienzle flüsterte: «Was können Sie mir über Zeck sagen?»

«Ein undurchsichtiger Typ. Und spielen sollte der immer nur Don Quichotte, den Mann von La Mancha. Mehr bringt er nicht.»

«Ist er gelegentlich bei Ihnen auf Ihrer Probebühne?»

«Nein, nie. Ich würd ihn rausschmeißen.»

«Dann war er heute morgen wohl bei Smetana.»

«Das würde mich wundern.»

«Na, immerhin hat er sich in dem Gang vor Ihrer Tür herumgetrieben.»

«Der Zeck?»

«Ja.»

Zollers Gesicht veränderte sich. In der Dunkelheit des Zuschauerraums konnte Bienzle nicht viel erkennen, aber er hätte geschworen, daß Zoller eine Spur bleicher geworden war.

Als Bienzle die Probe verließ, war es draußen schon dunkel. Gemächlich spazierte er am alten Konzilgebäude vorbei zur Seepromenade. Ein kalter Windstoß fuhr ihm ins Gesicht. Schwarze Wolkenfetzen jagten vor einem fahlen Himmel dahin. Der Kommissar blieb stehen und versuchte, ein Zigarillo anzuzünden. Es gelang nicht.

«Kann ich Ihnen helfen?»

Eine dürre Hand schob ein uraltes Feuerzeug unter Bienzles Gesicht. Er blickte auf und direkt in die Augen von Conradt Zeck. «Danke!» Das Zigarillo brannte. Bienzle zog nachdenklich. «Sind Sie mir gefolgt?»

«Ich wollte ungestört mit Ihnen sprechen.»

«Dazu hätten Sie heute früh schon Gelegenheit gehabt.»

«Im Theater weiß man nie, wer zuhört.»

Bienzle schlug den Kragen seiner Jacke hoch und machte ein paar energische Schritte in Richtung See. Zeck ging neben ihm.

«Wollten Sie von Anfang an die Rolle haben, die Sie jetzt spielen?» fragte Bienzle.

«Ja, sicher. Aber deshalb habe ich ihn nicht umgebracht.»

«Warum denn?»

«Wie bitte?»

«Sie sagten: ‹Deshalb habe ich ihn nicht umgebracht.›»

Zeck lachte nervös. «Sie wissen genau, wie ich es meine. Ich könnte niemand umbringen, und schon gar nicht einen Kollegen, nur weil der eine Rolle hat, die...»

«Nehmen Sie manchmal Kokain oder Heroin?»

«Wie kommen Sie denn auf so etwas?»

«Nur so... Was wollten Sie mir erzählen?»

«Ich wollte Ihnen nur einen kleinen Tip geben. Zoller hat eine sehr hübsche kleine Tochter.»

«Ach ja?»

«Ja. Meister hatte was mit ihr, verstehen Sie?»

«Warum mich die Leute bloß immer fragen, ob ich's verstehe, wenn jemand was mit jemand hat!»

Zeck schaute verwirrt in Bienzles Gesicht.

«Also», brummte der Kommissar, «Zollers Tochter und Meister...?»

«Ja. Zoller war sehr ungehalten, zumal Meister das Kind in Sachen hineingezogen hat... Also, sie kam richtig auf die schiefe Bahn, die Kleine. Nun muß man aber wissen, daß Zoller das Mädchen über alles liebt. Seine Frau ist vor zwei Jahren gestorben. Seitdem ist er Vater und Mutter in einer Person für das Kind.»

Bienzle paffte Rauchwölkchen und schritt weiter kräftig aus. «Müssen Sie nicht bald im Theater sein? Die Vorstellung beginnt in einer Dreiviertelstunde.»

«Doch, doch, ich muß zusehen, daß ich hinkomme... Ich wollte Ihnen ja auch nur den Tip geben. Wenn einer ein Motiv hatte, den Meister umzulegen, dann war es Zoller.»

«Auf die Idee, daß es Selbstmord gewesen sein könnte, sind Sie nicht gekommen?»

«Bitte?»

«Nun, was man bisher weiß, ist die Tatsache, daß Meister eine Überdosis Heroin und Kokain im Leib hatte, als er starb. Die kann er sich sehr gut selbst beigebracht haben. Es muß nicht Mord gewesen sein.»

«Oh...» Zeck machte ein erstauntes Gesicht. «Ich dachte...»

«Ja, ja», brummte Bienzle unwillig; «dös denka sollt mer am beschta de Pferd überlasse, dia hent di greßere Kepf.»

Abrupt wendete sich Zeck um und eilte mit langen Schritten durch die Anlagen am Seeufer davon.

Bienzle betrat den Dominikanerkeller, ein rustikal-gemütliches Lokal. Er bestellte sich eine Schwarzwälder Vesperplatte und aß in aller Ruhe. Die Theatervorstellung, die er eigentlich besuchen wollte, hatte längst begonnen, als er nach vier Vierteln schweren Rotweins zahlte. Er hatte über zwei Stunden nahezu bewegungslos an dem blankgescheuerten runden Holztisch gesessen und unverwandt auf den Schluck um Schluck sinkenden Pegel in seinem Weinglas geschaut. Er selbst hätte nicht sagen können, woran er in dieser Zeit gedacht hatte. Er hätte auch nicht erklären können, warum er in diesem Augenblick den Entschluß faßte, Dr. Alexander Spieß anzurufen – den Mann, den er suchte und den Zoller als Puppe porträtiert hatte.

«Mein Mann ist nicht zu Hause.» Frau Spieß ließ ihn kalt abfahren.

«Wo finde ich ihn?» fragte Bienzle ohne eine Spur von Höflichkeit.

«Das kann ich Ihnen nicht sagen. Vielleicht in der Spielbank.»

«Einheimische dürfen doch gar nicht spielen.»

«Das hier ist unser zweiter Wohnsitz», erklärte Frau Spieß.

«Na dann», sagte Bienzle unbestimmt und hängte grußlos ein.

Die Seestädter Spielbank ist antiquiert, verstaubt und gilt unter Kennern als besonders provinziell. Bienzle legte seinen Personalausweis vor und bekam für zehn Mark eine Eintrittskarte. Langsam schlenderte er in den dämmrigen Raum. Dem Türsteher zeigte er seine Polizeiidentitätskarte:

«Ist Dr. Spieß heute abend da?»

«Wir geben keine Auskünfte über unsere Gäste.»

Bienzle schaute düster in das hochmütige Gesicht des Mannes. «Schon mal was von Begünstigung gehört?»

Der Angestellte zuckte gleichgültig mit den Schultern.

«Wer ist hier der Chef?» fragte Bienzle.

Der Mann nickte zu einem rundlichen älteren Herrn hinüber, der mit einem Glas in der Hand an eine Säule gelehnt stand. Er hatte ein rotes, aufgedunsenes Gesicht, das in starren Lächelfalten lag.

«Sie sind der Manager hier?» fragte Bienzle.

Der Mann maß ihn mit einem abschätzenden Blick. «Ja.»

Bienzle kramte seine Karte hervor. «Ich muß dringend mit Dr. Spieß reden. Wo ist er?»

«Dort drüben – der Mann im weißen Dinnerjackett.»

Bei dem Wort Dinnerjackett verzog Bienzle das Gesicht wie unter

Zahnschmerzen. Er ging zum Schalter, legte einen Hundertmarkschein auf das schmale Brett und ließ sich zwanzig Fünferchips geben; dann steuerte er auf den Tisch zu, an dessen Fußende der Mann im Dinnerjackett saß. Am Vormittag war er knapp dreißig Zentimeter hoch und aus Holz gewesen... Er sah der Puppe wirklich sehr ähnlich.

«Für die Angestellten!» rief Dr. Spieß aufgeräumt und ließ zwei Zehnerchips über das grüne Tuch flutschen. Vor ihm türmte sich ein Berg gelber, roter und grüner Chips – überschlägig ein Gegenwert von fünftausend bis sechstausend Mark, dachte Bienzle.

«Bitte, das Spiel zu machen», rief der Croupier. Spieß setzte einen Hunderterchip auf die 27. Bienzle legte einen seiner Fünferchips dazu. Spieß sah einen Moment auf und heftete seinen Blick dann starr auf die 27. Auch als der Croupier gerufen hatte: «Nichts geht mehr!» und die Kugel geworfen hatte, stierte Spieß weiter auf die schwarze Zahl.

«Siebenundzwanzig», rief der Croupier. Die Züge im Gesicht des Doktor Spieß entspannten sich. Der Croupier zahlte aus.

Bienzle erhielt Chips im Wert von 175 Mark. Er kam sich unmoralisch und verworfen vor, als er das Spielgeld lässig in die linke Tasche schob.

Spieß ließ den Croupier am Kopfende ‹Kolonne 9› legen. Mit schnellen Würfen plazierte der Spielbankangestellte die Chips auf den Zahlen 9, 19 und 29.

«Dasselbe für mich», sagte Bienzle und reichte dem Croupier drei Zehnerchips, die er soeben ausbezahlt bekommen hatte.

«Noch mal die Siebenundzwanzig!» rief der Croupier.

«Verflucht», sagte Bienzle.

Ein Mann neben ihm lachte: «Sie haben doch den Fünferchip noch auf der Siebenundzwanzig liegen!»

«Ach ja...» Bienzle war zum erstenmal in einer Spielbank; hatte übersehen gehabt, daß er den Fünferchip hätte zurückfordern sollen. Er kassierte noch einmal Chips für 175 Mark und steckte sie wieder in die linke Rocktasche.

Als der Croupier erneut bat, das Spiel zu machen, griff der Kommissar wahllos in die Tasche und legte eine Hand voller Chips auf Rot.

Die Kugel rollte. Dr. Spieß, der nicht mehr gesetzt hatte, stand auf und ging zur Bar. Bienzle riß seinen Blick vom Spieltisch und folgte dem Mann im Dinnerjackett.

«Dr. Spieß?»

«Ja bitte?»

«Ich hätte Sie gern gesprochen.»

«In welcher Angelegenheit?»

«Es geht um Mord oder Selbstmord, ich weiß es selbst noch nicht so genau.»

«Ich versteh nicht...»

«Einen Moment!» Bienzle eilte noch einmal zu dem Spieltisch zurück. Seine Chips hatten sich verdoppelt. Ohne zu zählen, sackte er das Geld ein und folgte Dr. Spieß zur Bar.

«Nun?» Dr. Spieß wirkte ungeduldig. Er hatte ein kantiges Gesicht mit einem unverhältnismäßig weit vorspringenden Kinn. Um seine Glatze lief ein schmaler roter Haarkranz, der sich nach unten in Koteletten fortsetzte, die das Gesicht noch hagerer machten. Sein massiger Körper stand in einem seltsamen Gegensatz zu dem langgezogenen Gesicht. «Nun?» sagte er noch einmal und sah Bienzle lauernd an.

«Was trinkt man hier?» fragte der Kommissar.

«Sie können alles haben», sagte der sehr jung wirkende Barmann, der ein zu knapp sitzendes grünes Jäckchen trug.

«Dann geben Sie mir ein Pils, bitte.» Bienzle zündete sich ein Zigarillo an und sah Spieß direkt ins Gesicht. «Mein Name ist Bienzle; ich bin Hauptkommissar beim Landeskriminalamt in Stuttgart.»

«Ach ja?» Dr. Spieß genehmigte sich einen leicht interessierten Ausdruck.

Bienzle versuchte erst gar nicht, gegen die Abneigung anzukämpfen, die in ihm gegen diesen Mann aufstieg. «Kannten Sie Frédéric Meister?»

«Ja, ich kenne ihn noch; er ist ein Freund von mir.»

«Er war ein Freund... Vielleicht war er einer», sagte Bienzle und nahm einen kräftigen Zug aus dem Bierglas. «Seit gestern abend ist er tot.» Er sah Dr. Spieß scharf an.

Für den Bruchteil einer Sekunde flackerten die Augen seines Gegenübers, dann sagte Dr. Spieß etwas atemlos: «Aber... Wie ist das denn passiert?»

«Wir wissen es noch nicht genau; es kann Mord gewesen sein. Gestorben ist er wohl an einer Überdosis Rauschgift.»

«Ach – war er denn abhängig? Davon wußte ich gar nichts!»

«Nein, das war er wohl nicht.» Bienzle hatte keine Lust, mehr zu erklären. «Wie gut kennen Sie Bärbel Zoller?»

«Sie ist bei uns geritten, bis... bis vor kurzem.»

«Und warum reitet sie jetzt nicht mehr?»

«Da müssen Sie das Mädchen schon selber fragen oder ihren Vater... Und nun will *ich* mal ein paar Fragen stellen.» Wenn Spieß durch die Eröffnungen Bienzles aus dem Gleichgewicht geraten war, hatte er die Unsicherheit längst überwunden. «Warum fragen Sie gerade mich über Meister aus? Ich kenne... Ich kannte ihn ganz gut, aber nicht besser als andere auch.»

Bienzle sah ihn finster an, dann sagte er kalt: «Wo waren Sie gestern zwischen achtzehn und neunzehn Uhr?»

«Jetzt reicht es aber!» Der Mann im Dinnerjackett wurde so laut, daß die Umstehenden zu ihnen herübersahen. «Was glauben Sie eigentlich? Sie kommen hier rein, fragen mich aus – und jetzt wollen Sie mich womöglich verdächtigen... Also, das ist... Ich muß schon sagen...»

«Tja», lächelte Bienzle.

«Weisen Sie sich erst mal aus!»

Bienzle kramte seine Karte heraus und hielt sie Dr. Spieß dicht unter die Augen. «Es ist nun einmal mein Job, Leute zu fragen», sagte er übertrieben freundlich.

«Sie sind einer von der üblen Sorte!» Spieß konnte sich noch immer nicht beruhigen. «Mich wundert es nicht, daß man euch Schnüffler und Bullen und Pigs nennt.»

In Bienzle stieg sein Jähzorn auf, jene neben seinem Phlegma am meisten ausgeprägte Eigenschaft. Wer ihn kannte, sah es an einer kleinen, leicht hervortretenden Ader an der Schläfe. Jetzt pochte sie in heftigem Rhythmus. Er neigte den Kopf vor und brachte sein massiges Gesicht dicht vor das seines Gesprächspartners:

«Ich hätte da *noch* eine Frage...»

Er machte eine Pause, trank einen Schluck und klopfte sorgfältig die Asche von seinem Zigarillo. «Wie sind die zwölf Pferde zu Tode gekommen, die genau heute vor einer Woche und fünf Tagen auf dem hochversicherten Transport gestorben sind?»

Spieß wollte etwas sagen, aber Bienzle ließ ihn nicht zu Wort kommen:

«Ich weiß, ich weiß – sie sind alle miteinander an der Dämpfigkeit eingegangen oder mußten umgebracht werden... Nur, woher kam denn die Dämpfigkeit so plötzlich? Spielen Sie heute abend hier schon mit der Versicherungssumme, oder steht die noch aus?» Er kippte den Rest Bier in sich hinein und schluckte hörbar, fast ein wenig triumphierend.

Dr. Spieß war bleich geworden.

«Ich weiß nicht, ob Sie die Angst oder der Zorn blaß macht.» Bienzle lächelte böse. «Aber ich weiß, daß ich schon rauskriegen werde, wo Sie gestern abend waren, und ich komme auch dahinter, wie es im Haus eines Doktors der Tierheilkunde zu so vielen tragischen Todesfällen kommen kann...» Er reichte dem Ober ein Fünfmarkstück und sagte großzügig: «Stimmt so.»

«Das macht aber sechsachtzig», belehrte ihn der Jüngling im zu knappen grünen Jäckchen. Bienzle legte mit einem Brummlaut noch zwei Mark dazu. Dann ließ er Dr. Spieß stehen und ging zu einem Spieltisch. Er legte fünf Zehnmarkchips auf die 27 und verlor. Als er die Spielbank verließ, hatte er dennoch fast 400 Mark gewonnen.

Im Hotel wartete der Stuttgarter Kollege Gächter auf ihn. Er saß in seiner Lieblingshaltung in einem Sessel gegenüber der kleinen Rezeption, die Beine über die rechte Armlehne gelegt, und plauderte mit einer hochbusigen jungen Frau, die auf ihrem glatten, hellen Gesicht mitten auf beiden Wangen zwei hektische rote Fleckchen hatte.

«Ach, bist du schon da?» sagte Bienzle, der jetzt müde war und sich abgestanden fühlte.

«Hauser persönlich hat mich auf Trab gebracht.»

Gächter blieb ruhig sitzen und schaute zu Bienzle auf, der breitbeinig vor ihm stand und die Hände auf dem Rücken gefaltet hatte.

«Sag bloß, du hast den Fall schon gelöst und ich kann wieder fahren, noch bevor ich diese junge Dame auch nur einmal auf einen Musikdampfer eingeladen habe.»

Bienzle war zu müde, um zu grinsen. «Das reicht noch zu viele Dampferfährtle», knurrte er.

«Probleme?» Gächter schwang nun doch seine langen Beine von der Sessellehne und richtete sich ein wenig auf.

«Die gibt's doch immer», seufzte der Kommissar.

«Ach du liabs Hergöttle...»

«Du sollscht mir meine Sprüche lasse, gell?» fuhr ihn der Kommissar an. «Ond probier oms Hemmels willa net, schwäbisch z' schwätze.»

Es waren immer dieselben Dialoge, die die beiden miteinander führten, wenn sie sich nach einer längeren Pause wieder einmal begegneten. Sie mußten sich immer wieder neu aneinander gewöhnen. Eine Freundschaft war da nie entstanden, wenn sich auch keiner der beiden in seiner Loyalität gegen den anderen übertreffen ließ. Sie blieben sich immer fremd.

«Wollen wir noch eine kleine Dienstbesprechung machen?» fragte Gächter.

Bienzle streckte sich, dann wendete er sich der Frau an der Rezeption zu. «Haben Sie einen brauchbaren Wein da?»

«Nur Württemberger», sagte sie.

«Hano, do hört sich doch alles auf – ‹nur Württemberger› sagt se! als ob's ebbes Bessers gäb...»

Gächter lachte und stemmte sich aus dem Sessel hoch. Er überragte Bienzle gut um einen Kopf.

«Da haben Sie ihn direkt in seinem Zentralnervensystem getroffen», sagte er und studierte die Weinkarte, die ihm die Frau über den schmalen Tresen reichte.

«Strümpfelbacher Sorgenbrecher, Trollinger, ein Sechsundsiebziger?»

Bienzle nickte zustimmend.

Zwei Stunden später hatten sie zwei Literflaschen Strümpfelbacher geleert, Bienzle hatte noch eine halbe Stunde über den Unterschied zwischen diesem Wein, einem Uhlbacher Spätburgunder und einem Korber Kopf philosophiert und war dann in sein Zimmer gegangen.

Angewidert sah er das Einheitsmobiliar an. Er lehnte sich gegen den Schrank. Er fühlte sich traurig und vereinsamt, in eine fremde Welt geworfen. Ausgebrannt. Er stieß sich von dem Schrank ab und ging zum Waschbecken hinüber. Müde stützte er sich auf und sah sich im Spiegel ins Gesicht. Das Weiße in seinen Augen war von roten Äderchen durchzogen; unter den Augen wölbten sich graue Ringe, und die Haut sah schlaff aus... Bienzle zog sich aus. Aus dem Erdgeschoß hörte er das helle Lachen der Frau an der Rezeption.

Gächter hatte gesagt, er wolle ihr noch ein wenig Gesellschaft leisten.

Beim Frühstück hatte Bienzle einen dicken Kopf. Er sprach kaum, und auch Gächter beschränkte seine Konversation auf «danke» und «bitte» und «kannst du mir mal die Butter reichen».

Bienzle bestellte einen Schnaps, trank ihn mit einer Grimasse und sagte, als er sich schon erhob: «Also, du schaust dir den Laden von diesem Spieß gründlich an. Ich fahr jetzt nach Tübingen zu dem Mädchen.»

«Wann wirst du zurück sein?»

«Ich denke, heute abend. Vielleicht mache ich auch noch einen Abstecher nach Stuttgart. Ich hab denen die Namen von allen Beteiligten durchgegeben; mal sehen, ob der Computer was weiß... Und noch eins; kümmere dich auch mal um den Obduktionsbericht.»

«Alles klar», sagte Gächter.

Auf dem Weg nach Tübingen ließ sich Bienzle Zeit. In Rottweil stellte er den Wagen ab und schlenderte eine Viertelstunde durch die mittelalterliche Altstadt wie ein Müßiggänger, der viel Zeit und kein Ziel hat. Die Sonne schien mild zwischen die engen Giebel und zeichnete spitze Dachschatten auf das dunkle Pflaster. Bienzle trank in einem Café ein Viertel Rotwein, aß eine Butterbrezel und rauchte in aller Ruhe ein Zigarillo.

«Sind Sie auf Urlaub?» fragte die Bedienung, als er die Rechnung verlangte.

«Sieht so aus, was?» Er lächelte zu dem Mädchen hinauf. «Aber es stimmt net; i hol bloß Luft.»

Sie gab ihm heraus und sagte diplomatisch: «Des muaß au sei, net wohr?»

Bienzle fuhr gemächlich weiter über die Schwäbische Alb. Rechts tauchte Burg Hohenzollern auf; die Dachpfannen spiegelten das Sonnenlicht wider. Der Kommissar sang leise vor sich hin, unterbrach sich aber erschrocken, als er feststellte, daß er einen Werbesong über extraweiche Weißwäsche vor sich hin trällerte. Er gab sich einen Ruck, holte tief Luft, dachte einen Moment nach und schmetterte dann zu laut für den kleinen Raum im Auto: «Als Büblein klein an der Mutterbrust...» Als er die Stelle «haltet euch bereit, macht die Kehlen weit» erreichte, brach er mitten im langgezogenen «...eieieiht» plötzlich ab und stöhnte: «Oh, du liabs Hergöttle vo Biberach, wia hent di d' Mucka verschissa!» Die Schönwetterdienstfahrt war empfindlich gestört, denn der Matra Simca hinter Bienzles VW Variant – das war kein Zweifel – verfolgte ihn.

Alle Tricks, die man auf Polizeischulen lernt, um herauszufinden, ob man tatsächlich verfolgt wird, wendete Bienzle an, und alle führten zum gleichen Ergebnis: die zwei Männer in dem gelben Matra observierten ihn... Schließlich hob der Kommissar resignierend die Schultern und fuhr gemächlich weiter.

Bienzle umfuhr Tübingen auf der Umgehungsstraße. Ohne anzuhalten, passierte er am Ortsausgang des Vororts Lustnau den alten Klosterhof, in dem das Drogenzentrum untergebracht war. Er achtete darauf, nicht einmal den Kopf zu wenden. In gleichmäßiger Fahrt rollte sein Wagen die B 27 entlang. Nach einer weiteren Stunde erreichte er durch den Schönbuch Stuttgart. Den Wagen stellte er in der Dorotheenstraße dicht beim Eingang zum Polizeigebäude ab. Der gelbe Matra Simca war ihm bis zur letzten Kreuzung gefolgt und dann plötzlich zurückgeblieben.

Der Pförtner lächelte ihm zu: «Herr Henrich hat gesagt, wenn Sie könnten, sollen Sie bei ihm reinschauen.»

Bienzle nickte. «Wenn sich's net vermeida läßt...»

Henrich war sein glückloser Nachfolger als Chef der Mordkommission, ein Verfechter wissenschaftlicher Methoden; er entwarf immer neue Strategiepläne und verfeinerte jede Dienstvorschrift um «die notwendigen anschließenden Verästelungen», wie er es nannte. Bienzle, der seiner Intuition mehr traute als allen Computern, Netzplänen und Fallstudien, nannte derartige Arbeit eine Käsdreckzieherei.

Henrich reichte seinem Vorgänger säuerlich die Hand und versuchte einen Scherz: «Ich höre, Sie gehen in meinem Dezernat fremd, sozusagen mit der einstigen Geliebten.» Bienzle machte sich nicht die Mühe, darauf einzugehen. Er fragte nur: «Haben Sie was für mich?»

«Antwort vom Computer aus Wiesbaden.»

«Aha.»

Henrich zog drei Blätter aus dem dritten Fach eines sauber gestapelten Fächerturms auf seinem Schreibtisch.

«Jetzt do guck!» Bienzle setzte sich auf die Schreibtischkante und starrte auf die Blätter, die er wie ein Kartenspiel aufgefächert in der Hand hielt. «Welche Nummer hat Tellemien?» fragte er.

«Der Chef Rauschgift?»

«Natürlich – haben wir sonst noch einen dieses Namens?» Bienzle schüttelte seinen Schädel.

«411.»

Bienzle wählte. «Sagen Sie mal, werter Kollege... Ach so, ja – hier ist Bienzle, früher Mord, jetzt... Ja. Ja, ich weiß, daß Sie das wissen... Frage: Welche Bedeutung hat der Raum Seestadt für die Rauschgiftszene?» Er hörte eine Weile aufmerksam zu, dann sagte er: «So was habe ich mir gedacht... Klar; Dreiländereck, Transportmöglichkeiten über den See... Da hätte ich auch selber draufkommen können! Bedanke mich, Herr Tellemien.» Er schob die Blätter zusammen und ging wortlos hinaus.

In seinem eigenen Büro saß er lange bewegungslos in seinem gelbbraunen, zerkratzten Bürostuhl und starrte vor sich hin. Dann griff er nach dem Telefon, wählte seine private Nummer, legte aber wieder auf, bevor er das Freizeichen am anderen Ende hörte. Als kurz darauf das Telefon schrillte, fuhr er zusammen.

«Ja...?» bellte er in den Apparat.

«Ich bin's, Gächter.»

«Ja, und?»

«Bei dir was Neues?»

«Kann man wohl sagen. Zuerst verfolgt mich einer. Ich bin deshalb in Tübingen einfach durchgefahren. Und dann liegen hier die Auskünfte vom Computer. Zu zwei Namen ist ihm was eingefallen: Conradt Zeck ist in die Kartei gekommen, weil er mal drogensüchtig war. Ursula Ralnik lebte zeitweise mit einem Arzt zusammen, der mit Rauschgift gehandelt hat.»

«Spieß?» fragte Gächter dazwischen.

«Ja... Und ich hab den für einen Veterinär gehalten!»

«Ich denke, du hast dich erkundigt?»

«Komm, komm – hör bloß auf, mir Fehler nachweisen zu wollen!» Gächter lachte leise ins Telefon.

«Erzähl lieber, was du weißt», raunzte Bienzle.

«Dr. Spieß hat in Seestadt nur einen kleinen Reitstall, und der ist auf den Namen seiner Frau Carolin eingetragen. Er hat aber noch ein größeres Unternehmen gleich hinter der Grenze, in der Nähe von Kreuzlingen. Handelt er denn noch mit Rauschgift?»

«Woher soll ich das wissen? Das Verfahren liegt sieben Jahre zurück. Ein Anwalt hat ihn rausgepaukt. 5000 Mark Geldstrafe – weiter nix. Seitdem wurden nur noch zwei Roßtäuscher-Verfahren gegen ihn angestrengt – und aufgehoben.»

«Was soll er denn verbrochen haben?»

«Er soll einen lahmen Gaul mit gefälschten Papieren versehen und mit Medikamenten kurzfristig aufgeputscht und als Spitzenspringpferd für ein Heidengeld verkauft haben. Und einen anderen hat er nach Meinung des Staatsanwalts ebenso hergerichtet, hoch versichert und dann um die Ecke gebracht.»

«Ganz schön», sagte Gächter. «Hast du irgendwelche Befehle für mich?»

Bienzle überlegte einen Moment, ob er den loyalen Gächter bitten sollte, seine Frau anzurufen und zu sagen, es könne noch Tage dauern, bis er zurück sei. Dann sagte er nur: «Kümmer dich um den Obduktionsbefund!» und legte auf.

Ächzend erhob er sich. Sollte er Hanna anrufen? Er warf eine Münze und verlor.

«Ob es wohl noch eine zweite Frau gibt, die so vernachlässigt wird?» war ihr erster Satz.

«Na, komm – mach halblang, Hanna!»

«Ist doch wahr! Und ich mach mir solche Sorgen um dich... Wo bist du überhaupt?»

«In Seestadt», log er.

Es trat eine Pause ein, und plötzlich hatte Hannas Stimme einen ungewohnt weichen Klang:

«Ernst... Komm g'sund wieder.»

«Mir passiert doch nix!» Er schämte sich, daß er sie angelogen hatte. «Also dann», sagte er.

«Mach's gut», sagte sie leise.

Es war schon ziemlich spät am Nachmittag, als Bienzle das Gebäude in der Dorotheenstraße verließ und wieder in den VW Variant stieg. Als er den Motor startete, rollte Hausers Mercedes aus dem Tor, vorbei an zwei mit Maschinenpistolen bewaffneten Polizisten. Bienzle tat so, als ob er den Chef nicht sehe. Hauser hob die Hand, hielt dann in der Bewegung unschlüssig inne, zuckte die Achseln und sagte etwas zu seinem Fahrer. Der Dienstmercedes fuhr davon.

Bienzle schaltete das Autoradio ein und suchte herum, bis er ein klassisches Konzert fand. Schwungvoll kurvte er durch die vielen Kehren im Schönbuch Richtung Tübingen. Daß kurz hinter Dettenhausen, seinem eigenen Heimatort, in einem schmalen Waldweg der Matra Simca stand, sah er nicht.

Der alte Wirtschaftshof des Zisterzienserklosters Bebenhausen lag behäbig-gemütlich in der Dämmerung. Bienzle wußte, daß er lange als Waisenhaus gedient hatte; später hatten Studenten die Fachwerkhäuser bezogen, dann hatte der Hof leer gestanden und war nach und nach verfallen.

Jetzt hatte die Drogenhilfe dort ein Rehabilitationszentrum eingerichtet. Zur Therapie gehörte es, daß die Patienten das zerbröckelnde Gemäuer wiederherrichteten, die Räume wohnlich machten, Wasserleitungen und Heizungsrohre legten. Sie pflegten Haustiere oder hatten Küchendienst. Das Reglement war hart; es beruhte auf Befehl und Gehorsam. Jeder mußte bis zur körperlichen Erschöpfung arbeiten.

Bienzle war die Arbeitslageratmosphäre unheimlich.

Stolz zeigte einer der Sozialarbeiter, der nach eigenen Angaben früher einmal selbst drogenabhängig gewesen war, was die Arbeitskommandos unter der Anleitung erfahrener Handwerksmeister zustande gebracht hatten. Im einstigen Vorratshaus hatten sie wohnliche Stuben eingerichtet, im Waschhaus war jetzt eine Sauna untergebracht. Sogar die alte Klostermauer hatten die jungen Leute wieder historisch getreu hochgezogen.

«Wie geht es Bärbel Zoller?» fragte Bienzle auf dem Weg vom einstigen Wehrturm, in dem sich jetzt eine Bibliothek und ein Lesezimmer befanden, zum Verwaltungsgebäude.

«Wir geben keine Auskünfte über unsere Patienten.»

«Dann werde ich sie selber fragen.»

«Sie wohnt im ersten Stock, das Zimmer gleich links neben der Treppe.»

Bienzle stapfte die ausgetretenen Holzstufen hinauf. Die Tür zu dem Zimmer stand offen. Ein schwarzhaariges, abgemagertes Mädchen richtete die Betten.

«Sind Sie Fräulein Zoller?»

Sie drehte den Kopf und schaute unter dem abgewinkelten Arm hindurch von unten zu ihm herauf. «Ja. Was wollen Sie?»

«Bienzle, Landeskriminalamt.»

Bärbel Zoller fuhr herum. «Ich hab nichts mehr mit der Polizei zu tun, das ist alles vorbei. Und die Zollstrafe zahlt mein Papa.»

Bienzle sah ihr ruhig ins Gesicht. Es wirkte sogar im Zorn noch traurig. Die Augen waren so schwarz wie ihr Haar, das lang und strähnig weit über die Schultern hinabhing. Der volle Mund war von zwei tiefen Falten umrahmt, die das Gesicht verhärmt und alt erscheinen ließen.

«Sie irren sich», sagte der Kommissar; «ich bin nicht Ihretwegen da.»

«So?»

«Wissen Sie, daß Frédéric Meister tot ist?»

Sie hatte es nicht gewußt. Ihre dunklen Augen weiteten sich, ihr Gesicht verzerrte sich zu einem unheimlichen, panikartigen Ausdruck. Es war, als ob sie ersticken müßte. Sie rang nach Luft.

Wenn sie doch losheulen würde, dachte Bienzle. Er wagte es nicht, etwas zu sagen, und vermochte nichts zu tun.

Wie in einem Starrkrampf stand sie vor ihm, die schlanken Hände gegen die Hüften gepreßt, den Kopf angehoben, Mund und Augen aufgerissen wie zu einem unheimlichen, langgezogenen, stummen Schrei. Dann brach sie zusammen. Es war, als ob sich alle angespannten Muskeln und Sehnen mit einem Schlag lösen würden. Ihr Körper fiel zusammen. Bienzle dachte, das hab ich schon mal gesehen... Es war die Bewegung einer Marionette, wenn sie ihr Spieler aus der Hand legt.

«Gehen wir an die frische Luft», sagte Bienzle nach einer Weile.

Sie nickte stumm, legte sich ein gehäkeltes Tuch um die Schultern und folgte dem Kommissar.

Die Luft war erstaunlich warm für einen späten Septembertag. Es war jetzt heller als bei Bienzles Ankunft; die Sonne hatte knapp über dem Horizont ein Wolkenloch gefunden. Bienzle sagte vorsichtig: «Sie haben ihn sehr geliebt?»

«Ja.» Ihre Stimme klang jetzt fester.

«Ist er schuld, daß Sie jetzt hier sind?»

«Nein... Hat das mein Vater gesagt?»

«*Sie* haben es gesagt.»

«Ich?»

«Ja, Sie – als Puppe.»

Sie lachte leise. «Ach ja, Papas Spiele. Und seine Version, Frédéric habe mich da hineingetrieben...»

«War er's denn nicht?»

«Im Gegenteil; er hat alles versucht, um mich da rauszuholen.»

«Aber Ihr Vater...»

«Der muß seine eigene Version glauben, sonst wird er verrückt.»

«Das sollten Sie mir erklären.»

Sie waren einen steilen Weg hinaufgegangen. Er führte in einem langgezogenen Bogen durch einen dichten Laubwald. Die Blätter unter ihren Schuhen raschelten. Die Sonne war aus dem Wolkenloch hinter dem Horizont versunken. Fast schlagartig wurde es dunkel.

«Ich fürcht mich ein wenig», sagte das Mädchen.

«Nehmen Sie meine Hand.»

Sie griff schnell zu.

«Ist es so besser?»

«Ja.»

«Also, warum müßte Ihr Vater verrückt werden?»

«Er hatte unheimlich Schulden. Irgendwie war er nicht richtig krankenversichert, als Mutti in die Klinik mußte. Und da hat er sich auf was eingelassen... Na ja, ich kann's nicht erzählen, weil's vielleicht noch immer eine Strafe dafür geben würde.»

Bienzle sah zu ihr hinüber, aber er erkannte nur das verschwommene Oval ihres Gesichts.

«Sie sind über Ihren Vater an das Zeug gekommen?» fragte er ruhig.

«Mhm... Aber er hat nichts davon gemerkt. Am Anfang war's so, na – aus Spaß halt. Ich hab damit angegeben. Und dann – na ja...»

«...sind Sie reingerutscht.»

«Mhm.»

«Und Meister?» fragte Bienzle sanft.

«Als Papa es merkte, hat Fritz – so nannten Papa und ich ihn –, Fritz hat gesagt...» Sie schluchzte auf.

«Hat er die Schuld auf sich genommen – nur um Ihren Vater...» Bienzle brach ab.

Ein Lichtschein war durch die dichtstehenden Bäume geirrt.

«Psst!»

Er zog das Mädchen hinter einen dicken Stamm. Sie hörten das Rascheln der Bäume und das Knacken von Ästen.

«Da kommt jemand», flüsterte Bärbel. Sie zitterte und drückte ihren knochigen Körper gegen Bienzle.

Jetzt hörten sie eine Männerstimme ganz in der Nähe – halb sprechend, halb flüsternd: «Bist du sicher, daß sie da hinauf sind?»

«Schnauze!» antwortete ein Baß.

Das Licht huschte als schmaler Keil kreuz und quer durch den Wald. Bienzle verfluchte sich selbst, daß er wieder einmal keine Waffe bei sich trug.

«Die finden wir hier nie.»

Der Mann, der dies sagte, stand keine zwei Meter von Bienzle entfernt. Langsam löste der Kommissar die Hände des Mädchens, die sich krampfhaft festgekrallt hatten, von seinem Oberarm. Der Mann vor ihm war einen Kopf größer als er und hatte im Widerschein des Taschenlampenlichts eine massige Figur. Jeden Moment konnte er sich umdrehen.

Der andere rief leise: «Die können doch nur auf diesem Weg hier zurück...»

Der Lichtkegel wanderte zitternd weiter. Die Drehbewegung führte auf Bienzle und das Mädchen zu. Der Kommissar federte in den Knien. Er kam sich ein wenig lächerlich vor dabei; geübt hatte er den Judo- und Karatekram mehr aus Pflichtbewußtsein denn aus Neigung und mit durchaus mäßigem Erfolg... Er warf seinen Körper nach vorn, legte den rechten Unterarm um die Kehle des Mannes und donnerte ihm das linke Knie heftiger ins Kreuz, als dies der Selbstverteidigungslehrer je verlangt hatte.

Der Mann schrie auf; die Taschenlampe trudelte zu Boden und schoß dabei ein paar unkontrollierte schwache Lichtstrahlen in die Baumkronen.

Ein Schuß knallte. Das Mädchen schrie auf. Schritte hasteten näher. Bienzle brüllte: «Stehenbleiben – Polizei!»

Die Schritte verhielten. Der Mann unter Bienzles Würgegriff stöhnte. Das Mädchen wimmerte leise. Bienzle liefen die Schweißtropfen in die Augen.

Seine linke Hand fand die Pistole im Gürtel des Mannes; er zog sie heraus, entsicherte sie mit unsicheren Fingern und jagte einen Schuß in die Luft... Für Sekunden war es unerträglich still im Wald. Dann davonhastende Schritte. Der Mann bei Bienzle bäumte sich auf und schrie: «Horst!»

Aber er bekam keine Antwort.

«Bärbel?» fragte Bienzle mit heiserer Stimme nach hinten.

Aber auch er bekam keine Antwort.

«Wenn Sie eine ungeschickte Bewegung machen, erschieße ich Sie mit Ihrer eigenen Waffe», sagte Bienzle, und seine Stimme hatte jenen Klang, den Stuttgarter Ganoven schon seit vielen Jahren fürchteten. Er bückte sich nach der Lampe und leuchtete zu Bärbel Zoller hinüber. Sie lag im dürren Laub. Ihre Stirn blutete.

«Heben Sie das Mädchen auf – so vorsichtig Sie können!» Bienzle blieb dicht hinter dem großen Mann, der stumm gehorchte.

«Zurück zum Heim», sagte Bienzle.

Von da an sprach niemand mehr, bis Bienzle die Tür zum Dienstzimmer der Sozialbetreuer mit einem Fuß aufstieß und den Mann mit dem Mädchen auf den Armen hineinwinkte.

Bärbel Zoller schlug die Augen auf, als sie ihr Träger auf eine Couch legte. Sie wollte etwas sagen, aber Bienzle gebot: «Nicht sprechen.»

«Was ist passiert?» fragte der Sozialarbeiter.

«Einen Arzt, aber dalli!» fuhr ihn Bienzle an. Er beugte sich über das Mädchen, um die Wunde besser zu sehen.

Der Schlag warf ihn beinahe über sie. Noch ehe er sich ganz nach dem Angreifer umgedreht hatte, war der massige Mann mit unglaublicher Behendigkeit durch die Tür geschlüpft und in die Nacht verschwunden.

«Verfolgen Sie ihn denn nicht?» Der Sozialarbeiter legte den Hörer mit einer hilflosen Bewegung wieder auf die Gabel.

«Ich bin bekannt für meine unkonventionellen Methoden.» Bienzle lächelte schon wieder. «Da ich sowieso keine Handschellen bei mir hatte, habe ich ihm zur Sicherheit die Brieftasche geklaut.» Er hob ein zerschlissenes Ledermäppchen hoch. «Den kriegen wir schon.»

Es war ihm, als ob Bärbel Zoller das Gesicht zu einem kaum merklichen Lächeln verzogen hätte.

Der Arzt diagnostizierte einen an sich ungefährlichen Streifschuß, aber auch Gehirnerschütterung und erhebliche Schockeinwirkung. «Lebensgefahr dürfte nicht bestehen», sagte er.

«Medizinisch gesehen vielleicht nicht», sagte Bienzle nachdenklich.

«Wie meinen Sie das?» fragte der Doktor, leicht indigniert.

«Das Mädchen ist eine wichtige Zeugin», sagte er langsam. «Ich habe da ein bißchen Erfahrung. Wer jemand zum Schweigen bringen will, versucht's manchmal nach einem verunglückten Versuch auch noch ein zweites Mal.»

«Hier ist sie nicht sicher untergebracht», gab der Sozialhelfer zu bedenken.

«Ist sie transportfähig?» fragte Bienzle den Arzt.

«Sie ist schwach, auch wegen der Folgen des Drogenentzugs – sie hatte eine heftige Gelbsucht...» Der Doktor kratzte sich am Kopf.

«Können Sie ihr nicht hier Polizeischutz geben?»

«Hier?» Der Sozialhelfer starrte fassungslos von einem zum anderen. «Wenn wir Bullen... Verzeihung... Wenn wir erst mal Polizei im Haus haben, können wir unseren Laden gleich dichtmachen.»

«Das seh ich ein», meinte Bienzle gelassen.

«Gut, ich lasse sie in die Klinik bringen», sagte der Arzt.

Bienzle wollte noch wissen: «Wann ist das Mädchen vernehmungsfähig?»

«Schwer zu sagen. Vielleicht morgen. Vielleicht in einer Woche.»

«Na ja – kann man nichts machen.» Der Kommissar notierte sich Adresse und Telefonnummer der Klinik. Dann bat er telefonisch bei den Tübinger Kollegen um Personenschutz für Bärbel Zoller.

Noch einmal sah er auf das Mädchen hinunter. Das geschundene Gesicht war tief eingefallen und hatte eine gelbliche Farbe. Er strich ihr mit dem Rücken des Zeigefingers sanft über den Nasenrücken, schüttelte leise den Kopf und verließ, wie es nun mal seine Art war, grußlos den Raum.

Es war kurz vor Mitternacht, als er über den Neckar fuhr und für einen Moment die Geschwindigkeit verringerte, um einen raschen Blick auf das reizvolle Tübinger Panorama zu werfen: Stift, Hölderlinturm, Schloß und Stiftskirche. «Hier könnt mer leba!» sagte er leise und gab wieder Gas.

Seestadt erreichte er kurz nach halb drei. Er hielt an der ersten Telefonzelle und suchte sich Zollers Adresse aus dem Telefonbuch heraus. Als er die Anschrift fand, mußte er grinsen: Sündergäßchen 13. Am Bahnhof fand er einen Polizisten, der ihm den Weg erklärte.

Am Eingang der engen Gasse ließ Bienzle den Wagen stehen und legte den Rest des kurzen Weges zu Fuß zurück.

Zoller erschien in einem Bademantel, der gut und gern zwanzig Jahre alt sein mochte. «Sie?»

«Ja. Ich habe Ihnen etwas mitzuteilen.»

«Ja, bitte?»

«Kann ich reinkommen? Es geht um Bärbel.»

Zögernd öffnete Zoller die Tür. Bienzle trat in ein gemütliches Zimmer, das mit englischen Möbeln eingerichtet war. Er ließ sich müde in einen lederbezogenen Ohrensessel sinken.

«Ich hab Durst», sagte er lakonisch.

«Dem kann ich abhelfen.»

Bienzle musterte interessiert das Zimmer. Auf einer grobstrukturierten Leinentapete hingen dunkelgerahmte Pferdebilder. Pferde mit aufgestellten Ohren, geblähten Nüstern, hochgereckten Köpfen, bleckenden Zähnen; springende, galoppierende, trabende Pferde. Schimmel und Rappen, Braune und Schecken... Zoller kam mit zwei Bierflaschen und zwei Henkelgläsern zurück.

«Hunger hätt ich auch.» Bienzle hatte immer Hunger, aber er versuchte jetzt vor allem, den Moment hinauszuzögern, in dem er Zoller von der Verletzung der Tochter berichten mußte.

Zoller schob Bienzle einen Teller mit verschiedenen Wurstsorten, Essiggürkchen und einem Rest Kartoffelsalat über die polierte Platte eines Rosenholztischchens zu.

Mit vollen Backen sagte Bienzle: «Sie sind schön eingerichtet.»

Zoller nickte mit einem abwesenden Gesichtsausdruck.

«Muß viel Geld gekostet haben», mümmelte Bienzle. «Verdient man denn als Schauspieler so gut?»

«Ich habe etwas Vermögen.»

«Aber Sie hatten nicht genügend Geld, als Ihre Frau krank wurde.»

Zollers Gesicht nahm einen gequälten Ausdruck an, aber er schwieg. Bienzle schob ein großes Stück Schinkenwurst in den Mund und sah Zoller unverwandt an.

«Was ist mit Bärbel?» fragte Zoller schließlich.

Bienzle druckste herum. «Zum Glück ist ihr nicht viel passiert... Sie wurde angeschossen.» Er schluckte den Wurstbissen hinunter, dann fuhr er mit überraschender Schärfe in der Stimme fort: «Zwei Zentimeter weiter links, und sie wär jetzt tot.»

Zoller wurde weiß im Gesicht. Er kämpfte um seine Fassung. Schließlich sagte er: «Müssen Sie eigentlich so brutal...»

Bienzle unterbrach ihn: «Kein Lamento; das Mädchen lebt. Aber dazu, daß sie noch am Leben ist, können Sie ganz bestimmt nicht allzuviel.»

«Ich verstehe Sie nicht.»

«Ich warne Sie», sagte Bienzle kalt; «ich werde Sie nicht schonen. Sie wissen mehr, als Sie mir bisher gesagt haben – und Sie werden mir alles sagen; dafür garantiere ich!»

Zoller saß auf der vorderen Kante eines lederbezogenen Empirestuhls auf der anderen Seite des Rosenholztischchens. Seine Hände hatte er flach zwischen die Knie gepreßt. Bienzle nahm einen großen Schluck aus seinem Bierglas.

«Ich werde Ihnen jetzt noch nichts sagen.» Zollers Worte kamen gepreßt.

Bienzle sah ihn stumm an. Lange. Zoller wurde es unter dem starren Blick des Kommissars ungemütlich.

«Ich kann jetzt nicht.»

«Hoffentlich können Sie noch, wenn Sie dann endlich können», brummte Bienzle.

«Ich passe schon auf mich auf.»

«Und wer paßt auf Ihre Tochter auf?»

Zoller erhob sich und ging zu einem Schrank mit zwei messingbeschlagenen Flügeltüren. Er griff hinein und zog eine Marionette heraus. Mit einer kaum merklichen Bewegung seiner rechten Hand erweckte Zoller die knapp dreißig Zentimeter große Puppe zum Leben. Sie sprang mit einem leisen Klappern auf das Rosenholztischchen.

Bienzle, der noch immer das Gesicht Zollers beobachtete, wendete sich nun der Marionette zu. «Das ist doch...» Für einen Moment hatte es ihm die Sprache verschlagen.

Ein leichtes Lachen... Kam es von der Puppe oder vom Puppenspieler? «Ja, ja, es ist der Spieler Zoller», sagte Zoller.

Tatsächlich war die in einen schwarzen Samtanzug gekleidete Marionette eine außerordentlich gelungene Nachbildung des Puppenspielers.

«Wenn ich Ihnen einmal alles sagen kann, werden es vielleicht meine Puppen tun.»

Bienzle fuhr sich mit der Hand über die Augen.

«Es ist schon spät», sagte Zoller und ließ die Puppe achtlos neben sich zu Boden sinken.

«Das ist nicht das Problem», knurrte Bienzle; «ich arbeite oft genug eine Nacht durch... Es ist dieser Schnickschnack, den Sie immer dann veranstalten, wenn ich vernünftig mit Ihnen reden will.»

«Draußen wird's schon hell», sagte Zoller, ohne auf Bienzles Einwurf zu antworten.

Der Kommissar stemmte sich aus dem bequemen Ohrenbackensessel empor. Mit steifen Beinen ging er ein paar Schritte auf und ab. Breitbeinig blieb er vor einem Teil der Bildergalerie stehen. «Sie sind Pferdeliebhaber.» Es war eine Feststellung. Keine Frage.

«Ich bin früher viel geritten.»

«Heute nicht mehr?»

«Nein.»

«Warum nicht?»

«Ach, wissen Sie, ich habe so viel anderes...» Zoller ließ den Satz in der Luft hängen.

«Wo sind Sie geritten?»

«Mal hier, mal da.»

«Auch mal im Reitstall von Dr. Spieß?»

«Auch dort, ja.»

«Vertragen Sie sich gut mit dem Exmediziner?»

«Warum sagen Sie Exmediziner?»

«Nun, er praktiziert nicht mehr.»

«Aha.»

Bienzle fuhr ärgerlich herum und stampfte mit dem Fuß auf. «Sie lasset mi am lange Arm verhungern.»

Zoller lächelte, aber er sagte nichts.

Bienzle ging zur Tür, drehte sich um und knurrte: «Sie führt mi nimmer lang an der Nas rom!» Dann knallte er die Tür hinter sich zu.

Es war vier Uhr, als Bienzle mit gemächlichen Schritten das Sündergäßchen hinabging. In einem Hauseingang blieb er stehen, um sich ein Zigarillo anzuzünden. Vom See her wehte ein kühler Wind, der raschelnd einzelne Blätter vor sich hertrieb.

Als Bienzle aus dem Hausgang heraustrat, sah er, wie ein Wagen in das Sündergäßchen einbog. Es war ein gelber Simca Matra. Mit einem Satz brachte sich der Kommissar außer Sichtweite. Das flunderflache Fahrzeug rollte langsam an ihm vorbei und hielt vor dem Haus, in dem Zoller wohnte.

Ein Mann stieg aus und blickte an der Fassade des schmalbrüstigen Barockhauses hinauf. Dann schritt er auf die Haustür zu.

Bienzle löste sich von der Mauer, an die er sich gepreßt hatte, und ging dicht an den Häusern entlang auf den gelben Sportwagen zu. Der Mann hob einen Finger, um die Klingel zu drücken. Bienzle rief:

«Hallo – Horst!»

Der Mann fuhr herum.

Zufrieden brummte der Kommissar und ging freundlich lächelnd auf den Fremden zu, der eine kurze schwarze Lederjacke und enge Jeans trug, die in nietenbeschlagenen Schaftstiefeln steckten. Das blonde Haar war bleistiftlang und militärisch exakt gescheitelt. Bienzle schätzte ihn auf Mitte Zwanzig.

«Suchen Sie mich?» fragte der junge Mann unsicher.

«Wir kennen uns nicht, aber wir sind uns erst vor kurzem begegnet.»

Der blonde Stiftenkopf glotzte den Kommissar verständnislos an, aber mit dem Instinkt des Schlägers suchte er sich eine günstige Position mit dem Rücken zur Hauswand. Seine Hand bewegte sich in Richtung Gesäßtasche.

Bienzle, der beide Hände tief in seine Manteltaschen vergraben hatte, sagte mit leicht drohendem Unterton: «Wenn Sie Dummheiten machen... Gestern abend habe ich absichtlich in die Luft geschossen...» er faßte das schmale Zigarillo-Schächtelchen und hob es an, so daß es eine achtunggebietende Wölbung in der Tasche bildete. Die Pistole, die er vorhin im Wald dem anderen Ganoven abgenommen hatte, lag im Handschuhfach seines Wagens, seine Dienstwaffe hatte er natürlich wieder einmal nicht dabei... Er mußte grinsen.

Sein Gegenüber deutete es falsch. «Bitte, schießen Sie nicht, Herr Kommissar!»

«Ach – Sie wissen, wen Sie vor sich haben?» Bienzle war stolz darauf, daß er auch noch den abgebrühtesten Gangster in nahezu allen Situationen mit Sie ansprach. «Das erleichtert uns das Gespräch.»

«Das Gespräch?»

Bienzle lehnte sich gegen den gelben Sportwagen. «Wer schickt Sie?»

«Verhaften Sie mich?»

Das war eine gute Frage. Wie verhaftete man einen Mann ohne Waffe und ohne Handschellen, wenn man zudem noch allein ist?

«Ich weiß es noch nicht», sagte Bienzle wahrheitsgemäß. «Zunächst einmal will ich mit Ihnen reden.»

«Wenn Sie mich verhaften, verlange ich einen Anwalt», sagte der junge Mann trotzig.

«Klar; Ihr gutes Recht. Aber im Augenblick sind Sie ja noch ein freier Mann.»

Bienzle machte einen Schritt auf ihn zu. Der andere hob die Hände in Kopfhöhe. Bienzle erkannte seinen Vorteil sofort:

«Umdrehen; Hände an die Wand!» kommandierte er. Es klappte wie auf der Polizeischule. «Füße weiter zurück...» Jetzt wollte es Bienzle genau wissen. Mit einem schnellen Griff zog er eine Walther P66 aus dem Hosenbund des Blonden. «Okay, das Ganze zurück!» Bienzle atmete auf. «Dort vorn steht mein Wagen. Gehen wir.»

Mit hängendem Kopf trottete Horst vor dem Kommissar her zu dem abgestellten VW Variant. Bienzle öffnete mit der linken Hand die rechte Tür und zog aus dem Handschuhfach ein Paar Handschellen heraus. Als sie um die Handgelenke des schwarzgekleideten Ganoven klickten, fühlte sich der Kommissar, als ob er ein Fuder Holz gehackt hätte.

«Steigen Sie ein.»

Bienzle ging um den Wagen herum und setzte sich ans Steuer. Um ein Haar hätte er gefragt: Wo geht's denn hier zur Polizei?

Zum Glück wußten die Beamten auf dem nächsten Revier von Bienzles Gastspiel in Seestadt. «Brauchen Sie ein Zimmer fürs Verhör?» fragte ein Polizeimeister eifrig.

Der Kommissar schüttelte den Kopf. «Der ist genauso müd wie ich; wir wollen uns alle nicht überfordern.»

«Ganz recht», meinte der Uniformierte. Er führte den Gefangenen ab.

Als er wiederkam, fragte Bienzle: «Habt ihr ein Bier im Haus?»

«Im Dienst...»

«...wird überall gesoffen», unterbrach ihn Bienzle grob, aber freundlich.

«Einen Kaffee vielleicht?» fragte ein dicker Uniformierter, der, der an einem alten Bürotisch saß und mit beiden Händen eine antiquierte Schreibmaschine beiseite schob.

«So seht ihr aus!» Bienzle grinste, ging um die Theke herum und zielstrebig auf einen Rollschrank zu.

«Das ist wohl eine Hausdurchsuchung?» erkundigte sich der Beamte, der den Gefangenen abgeführt hatte.

Bienzle ließ die Rolltür nach unten sausen und kippte eine Reihe Leitzordner nach vorn. «Na bitte», brummte er und brachte eine Flasche Korn und drei Flaschen Bier zum Vorschein. «Gläser!»

Der dicke Polizist wieselte eifrig zu einem Schränkchen in der Ecke, angelte mit geschickten Fingern drei Gläser und brachte sie zur Theke.

«Na denn!» sagte Bienzle, und nachdem sie einen kräftigen Schluck genommen hatten, warf er die zerknitterte Brieftasche auf einen der Bürotische. «Da sind die Papiere von einem, der auch sofort festgenommen werden müßte.» Er legte die Pistole daneben, die er dem Mann abgenommen hatte. «Den Ballermann hat er bei sich gehabt... Ach ja, meinen Wagen laß ich einstweilen bei euch stehen – schenkt mir doch noch ein paar Promille ein.»

Es geschah bereitwillig.

Langsam ging Bienzle durch die Straßen der alten Stadt. Männer und Frauen auf dem Weg zur Arbeit begegneten ihm. Es war kurz nach sechs. Das Hotel erreichte er um halb sieben.

«Ach, seien Sie doch so nett und wecken Sie den Herrn Gächter, Zimmer 311... Ich erwarte ihn – sagen wir –, na, sagen wir, in einer halben Stunde – zum Frühstück. Und vorher soll er noch meinen Wagen holen – steht vor dem nächsten Polizeirevier.» Bienzle gab der hochbusigen Frau an der Rezeption den Schlüssel und lächelte sie in einer Weise an, die den meisten Leuten das Zurücklächeln unmöglich gemacht hätten.

Sie lächelte zurück.

«Du hörst mir womöglich zu», sagte Bienzle ungefähr eine Stunde später über den Rand seiner Kaffeetasse hinweg zu seinem Kollegen Gächter.

«Nee, ich nehm das alles telepathisch auf.» Der schlaksige Kriminalmeister gähnte ungeniert. «Willst du nicht den Haußmann anfordern? Wir wären dann das alte Team.»

«Der Henrich kriegt ein Magengeschwür.»

«Eben!» sagte Gächter trocken und schlürfte bedächtig seinen Kaffee.

«Später vielleicht.» Bienzle gefiel der Gedanke. «Aber jetzt...»

«... wollen wir mal die Lage rekapitulieren.» Gächter richtete sich ein wenig auf.

«Ja, das wollte ich gerade sagen.»

«Ich weiß.» Gächter gähnte erneut.

«Wir haben einen Toten... Was ist überhaupt mit der Obduktion?»

«In einer Stunde weiß der Gerichtsmediziner...»

«Soll das heißen, daß noch kein Ergebnis vorliegt?»

Gächter nickte träge.

«Ja, dann...» Bienzle resignierte.

«... können wir das Rekapitulieren noch ein wenig aufschieben», sagte Gächter sichtlich erleichtert.

In dem Arbeitsraum des Gerichtsmediziners brannte schattenloses, fahlblau-kaltes Licht. Es war kurz nach neun, als Bienzle und Gächter das kahle Zimmer betraten. In der Mitte unter einer flachen, runden Lampe lag der starre Körper einer Frau auf einer Bahre. Vom Nabel abwärts war sie mit einem grünen Tuch bedeckt. Dort, wo die Schienbeine sein mußten, stand ein Teller mit belegten Brötchen und, zwischen die Unterschenkel geklemmt, eine Flasche Bier.

Ein kleiner, dicker Mann mit wirren grauen Haaren kratzte sich mit der Hand, die ein Skalpell hielt, hinter den Ohren. «Sie sind Polizeibeamte.»

«Woran merken Sie das?» fragte Gächter.

«Jeder andere würde einen Schreck bekommen, wenn er hier hereinkäme... Schon gefrühstückt?» Der Mediziner wies mit einer einladenden Geste auf die Brötchen.

Bienzle tat etwas, was Gächter in äußerstes Erstaunen versetzte: Er lehnte ab. Gächter griff zu und biß kräftig in ein Käsebrötchen.

«Sie kommen wegen Frédéric Meister...» Der Arzt legte das Skalpell zur Seite, schob die Ärmel seines weißen Mantels bis über die Ellbogen hinauf und holte Luft. «Ein begabter Schauspieler. Ich hab ihn im ‹Guten Menschen von Sezuan› gesehen, als Flieger. Und im ‹Prinzen von Homburg› in der Titelrolle...» Der kleine Mann schnalzte mit der Zunge; dann wiegte er den Kopf. «Im ‹Faust› war er überfordert.»

«Und wie ist er als Leiche?» fragte Gächter ungerührt.

Der Arzt lachte. «Perfekte Darstellung eines Mordopfers – die Spritzen wurden ihm von fremder Hand verpaßt, nachdem er – vermutlich von hinten – bewußtlos geschlagen worden war.»

«Sie sind da ganz sicher?» Bienzle sah ihn fast beschwörend an.

«Ja, absolut. Zwischen dem Niederschlag und der Injektion dürfte eine Weile vergangen sein.»

«Interessant», murmelte Gächter.

«Außerdem lassen die Einstiche darauf schließen, daß sie alle von rechts, genauer: mit der rechten Hand ausgeführt wurden – von jemand, der Meister gegenüber stand oder, das ist wahrscheinlicher, hockte.»

«Würden Sie sagen...» Bienzle sprach jetzt sehr bedächtig: «Würden Sie sagen, daß ein Mensch die Einstiche anbrachte, der eine gewisse Übung im Spritzen hat?»

«Im Gegenteil; da muß ein Dilettant am Werk gewesen sein. Er hat übrigens zur gleichen Zeit noch andere Einstiche angelegt, ohne zu spritzen.»

«Und warum hat er das Ihrer Meinung nach getan?»

«Das liegt doch auf der Hand: Er wollte vortäuschen, Meister sei ein Fixer gewesen.»

«Könnte ja sein», sagte Gächter und trank, ohne zu fragen, aus der Bierflasche, die zwischen den Beinen der Leiche eingeklemmt war.

«Nein, nein, nein!» Der kleine Arzt ereiferte sich. «Nichts, aber auch gar nichts deutet darauf hin, daß der Mann jemals süchtig war.»

Bienzle sagte: «Es soll Zeugen dafür geben, daß er schon mal Kokain geschnupft hat.»

Der Doktor machte eine wegwerfende Handbewegung. «Freud hat auch geschnupft.»

«Aber er ist nicht an einer einschlägigen Vergiftung gestorben.»

«Nee, im Gegenteil...» Der Arzt kicherte kindisch.

Bienzle ging zur Tür. «Gibt es einen schriftlichen Bericht?»

«Der muß schon bei Kommissar Häberle liegen», sagte der Arzt und zog einen langen Schnitt in die Haut der Leiche.

Bienzle und Gächter gingen zum Seeufer hinunter. Der Himmel war klar, und nur vereinzelt zeigten sich Föhnwolken wie feine weiße Gazelappen vor dem strahlenden Blau. Im Hintergrund stiegen grau die Berge empor.

«Föhn», sagte Gächter.

Bienzle setzte sich auf eine Bank und starrte abwesend auf die glatte Wasserfläche. «Ich mache mir Sorgen um das Mädchen», sagte er nach einer Weile.

«Die beiden Killer haben wir doch.»

«Nein, nein – versteh mich nicht falsch; ich denk nicht, daß sie noch mal einen Mordversuch machen. Aber sie wirkt so... so krank.»

Gächter schüttelte seinen schmalen Windhundkopf. «Nun bist du doch seit bald zwanzig Jahren Polizist...»

«Das ist doch kein Grund, nicht mehr Anteil zu nehmen.»

Der lange Kriminalmeister zuckte gleichmütig die Achseln. «Für mich sind das Sentimentalitäten.»

«Na gut»; Bienzle schüttelte die unangenehmen Gedanken ab. «Laß uns zur Sache kommen.» Er zündete sich umständlich ein Zigarillo an. «Meister war hier der Star, ein wichtiger Mann fürs Seestädter Theater. Ohne ihn gab es keine Aufführung. Zeck war sein Rivale; er ist zwar unbegabt, glaubt es aber nicht. Frédéric Meister hatte was mit Bärbel Zoller, aber das muß nicht besonders ernsthaft gewesen sein – vielleicht mehr Spielerei von ihm...»

«Aber für das Mädchen war's vielleicht wichtig», warf Gächter ein.

«Mag sein... Zoller war mal in Geldschwierigkeiten. Und in dieser Zeit hat er offensichtlich illegale Geschäfte gemacht. Seestadt, das sagen mir die Kollegen vom Rauschgiftdezernat, ist ein Umschlagplatz. Es liegt im Dreiländereck. In die Schweiz ist es ungefähr genauso weit – oder besser nah – wie nach Österreich, und über den Bodensee lassen sich Transporte leicht abwickeln... Nehmen wir mal an, dieser Dr. Spieß ist der Chef einer Organisation, die derartige Standortvorteile nutzt; ein Verein, der mit allem handelt und schiebt, was so geht: Rauschgift, Falschgeld, Luxusautos, Pferde und so weiter.»

«'n richtiger Bauchladen», murmelte Gächter.

«Ist ja nicht neu, daß derartige Banden ihre Geschäfte diversifizieren.»

«Was machen die?»

«Na ja, die stellen ihren Handel auf mehrere verschiedene Beine, sozusagen.»

«Ach ja?»

«Komm, stell dich nicht dümmer, als du bist.»

Gächter sah interessiert einem Mädchen nach, das auf hohen Absätzen und in engen Jeans, durch die sich die Konturen eines knappen Höschens abzeichneten, vorbeistöckelte. «Du denkst also, alles deutet auf Spieß?»

«Es sieht so aus. Und deshalb wird's wohl nicht stimmen», meinte Bienzle düster.

«Das Positive an Pessimisten wie dir ist, daß sie alles für möglich halten.»

«Ist das von dir?»

«Nein – ein abgewandeltes Zitat von Thomas Mann. Ich erwähne es nur, damit du siehst, daß ich auch Bildung habe. In Wirklichkeit habe ich's neulich in einer Illustrierten gelesen.»

«Du kostest mich Nerven!» Bienzle warf sein Zigarillo auf den sauber geharkten Sandweg und trat es aus. «Es könnte durchaus sein, daß wir sozusagen nebenbei auf ein paar andere Sachen kommen, die mit Meisters Ermordung gar nichts zu tun haben.»

«Aber zu tun haben könnten.»

«Richtig.»

«Frauen?»

«Na ja, da ist diese Schauspielerin, die Ralnik. Der Computer sagt, sie hat was mit Spieß, und Zollers Puppen sagen, sie hat was mit Meister gehabt... Sie sieht wirklich gut aus, aber soweit ich's beurteilen kann, hat sie nicht viel Talent.»

«Du hast sie aber noch nicht befragt?»

«Nein. Du kennst doch meine Hemmungen bei Frauen.»

Gächter lachte. «Ich kenne Fälle, in denen du diese Hemmungen überwunden hast.»

Bienzle stand abrupt auf. «Gehen wir.»

«Wohin?»

«Frau Ralnik fragen, ob sie mit uns essen geht.»

Der Theaterpförtner sagte: «Frau Ralnik muß oben sein. Wahrscheinlich ist sie bei einer Kostümprobe.»

Die beiden Beamten stiegen in den vierten Stock hinauf und gingen durch einen dunklen Gang auf eine Tür mit dem Schild Kostümabteilung/Schneiderei zu. Bienzle klopfte.

«Kein Mann!» rief es von innen.

Routinemäßig sagte Gächter: «Aufmachen! Polizei!»

«Das zieht auch nicht», kam die Stimme durch die Tür.

«Gedulden wir uns», sagte Bienzle.

Kurz darauf öffnete sich die Tür einen Spalt. Eine vielleicht fünfundvierzigjährige Frau mit roten Haaren und lustigen Augen streckte den Kopf heraus.

«Was wollen Sie? Wir verleihen keine Kostüme mehr.»

Bienzle wurstelte seine Identitätskarte heraus.

«Sie sind tatsächlich Polizisten? So sehen Sie gar nicht aus.»

«Danke für das Kompliment. Können wir jetzt reinkommen?» fragte Gächter.

«Wen suchen Sie überhaupt?» Die Frau war nicht so ohne weiteres bereit, ihr Terrain freizugeben.

«Frau Ralnik», sagte Gächter.

«Die ist hier.» Die Rothaarige öffnete die Tür nun vollends.

Bienzle und Gächter traten in den Raum, der sich breit über die ganze Giebelseite zog. Nach links standen hintereinander drei Nähmaschinen, an denen Frauen saßen, die aufmerksam zu den beiden Ankömmlingen herübersahen. Rechts öffnete sich eine Art Nische, an deren Schmalseiten zwei riesige Spiegel in verschnörkeltem Goldrahmen hingen. Im Hintergrund war eine hübsche Couchecke um einen flachen Tisch gruppiert, auf dem eine Kaffeemaschine brodelte. In einem bequemen Sessel saß Ursula Ralnik, die Beine übereinandergeschlagen. Sie knöpfte betont langsam eine rohseidene Bluse zu.

Bienzle sah die Rothaarige an: «Sind Sie die... die Chefin hier?» Ihm fiel die richtige Berufsbezeichnung nicht ein.

«Die Gewandmeisterin, ja.»

«Haben Sie Herrn Meister gut gekannt?»

«Nicht so sehr, leider.»

«Leider?»

«Er war ein sehr attraktiver Mann.» Sie lächelte. «Ich mochte ihn.»

Bienzle ging langsam in die Nische hinein. Er massierte dabei seine Nasenwurzel in der Hoffnung, seine Müdigkeit und das Brennen in den Augen mildern zu können. «Haben Sie ein wenig Zeit, Frau Ralnik?»

Sie sah zu ihm auf. «Nein. Ich muß meine Rolle studieren.» Ihre Stirn war in ärgerliche Falten gelegt.

«Dann werden wir Sie leider vorladen müssen», sagte Bienzle.

«Vorladen? Was soll denn das?»

«Liebe Frau Ralnik...» Bienzles Freundlichkeit bekam jetzt etwas Bedrohliches: «Wir wissen, daß Sie eine gewisse Erfahrung im Umgang mit der Polizei...» Er brach ab.

Die Nähmaschinen, die wieder leise zu rattern begonnen hatten, standen plötzlich still. Die Rothaarige legte die Schere aus der Hand.

Eine ganze Weile sagte niemand etwas.

«Müssen wir eigentlich hier...» Frau Ralnik war sichtlich nervös.

«Wir wollten Sie eigentlich fragen, ob Sie nicht mit uns essen gehen möchten.»

«Wenn's denn sein muß...» Sie stand unwillig auf und strich ihren Rock glatt.

Im gleichen Moment kam der alte Smetana durch die Tür. Er schleppte einen Stapel Uniformen. «Bittaschehn, meine Damen, die gesuchten Kostüme...» Er brach ab und starrte Bienzle an. Dann sagte er: «Haben Sie ihn schon?»

«Wen?»

«Na, den Mörder, bittaschehn!»

Gächter ging interessiert um den kleinen alten Mann herum. «Sie reden von dem Mörder, als ob Sie ihn kennen würden.»

Smetana hob abwehrend die Hände und ließ dabei die Uniformen fallen. «Wo denken Sie hin?»

«Das können Sie nicht mal ahnen, wo ich überall hindenke», sagte Gächter.

Der kleine alte Schneider wurde sichtlich nervös. «Sie können einem ja angst machen.»

«Nur denen, die Grund zur Angst haben.» Gächter lächelte böse auf Smetana hinab.

«Laß doch deine Spielchen», brummte Bienzle.

Frau Ralnik sagte: «Was ist denn nun?»

«Gehen wir!» Bienzle hielt ihr die Tür auf. Smetana sammelte die Kostüme wieder auf. Er sah bleich aus.

Ernst Bienzles Miene hellte sich bei der Lektüre der Speisekarte auf. Er bestellte schwäbischen Sauerbraten mit Spätzle und grünem Salat und dazu ein Viertel Trollinger. Ursula Ralnik und Gächter entschlossen sich für Bodenseefelchen, mit Mandeln überbacken.

Bienzle sah sich seine Tischdame nachdenklich an. Sie hatte ein schönes, glattes Gesicht. Die blonden Haare schmiegten sich in sanften Wellen an. Alles stimmte an dieser Frau; die Augenbrauen hatten den idealen Schwung, die schönen blauen Augen und die kleine gerade Nase wirkten wie extra aufeinander abgestimmt. Volle Lippen öffneten sich leicht vor ebenmäßigen Zähnen.

«Was starren Sie mich so an?» sagte Ursula Ralnik abwehrend.

«Genaugenommen bewundere ich Sie.»

Für einen Moment sah die Schauspielerin den Kommissar prüfend an, so als ob sie klären wollte, welche Möglichkeiten dieses Kompliment eröffnete.

Bienzle lächelte. «Das ist für Sie doch sicher ein normaler Vorgang. Selbst ein Polizist kann erkennen, wie schön Sie sind.»

Gächter sah seinen Kollegen mit aufgerissenen Augen an.

Jetzt lächelte auch Ursula Ralnik. Dann fror das Lächeln ein. «Was war das vorhin in der Kostümabteilung?» fragte die Schauspielerin. «Sie sagten, ich hätte schon mal mit der Polizei...»

«Alte Geschichten.» Bienzle hob sein Weinglas genießerisch und schnupperte daran. «Der Computer des Bundeskriminalamts erfaßt alle Leute, die jemals im Umfeld einer kriminellen Tat aufgefallen sind.»

«Dann irrt er sich aber bei mir.» Ein neuer Lächelversuch.

«Nein», sagte Bienzle bestimmt und zerteilte ein Stück Sauerbraten mit Messer und Gabel.

Die Lächelmaske auf dem Gesicht der Mimin zerfiel.

Gächter, der seine Mühe mit dem gebackenen Bodenseefisch hatte, sah von seinem Teller auf. «Das Versteckspiel kostet uns zuviel Zeit.»

Aber der Kommissar hob beschwichtigend die Hand. «Uns interessiert nur der Mordfall Meister.»

«Was habe ich damit zu tun?»

«Essen Sie doch», sagte Bienzle; «Ihr Fisch wird kalt.»

Eine Zeitlang schwiegen sie.

Dann sagte Bienzle unvermittelt: «Sie waren mit Meister liiert?»

«Was verstehen Sie unter liiert?»

Bienzle lächelte verlegen. «Früher fragten Polizisten in einem derartigen Fall: Waren Sie mit Meister intim?»

Ursula Ralnik lachte schallend. «Ich bin immer mal wieder mit jemand ‹intim›.»

Gächter konnte ein schadenfrohes Grinsen nicht unterdrücken, als er den Kommissar ansah. Bienzle war rot geworden.

Schließlich fragte er: «Wann waren Sie's mit ihm?»

Sie lachte noch immer in sich hinein. «Meistens dienstags und donnerstags.»

Bienzle stocherte in seinem Teller herum. «Sie wissen, was ich meine.»

«Ich kann mir's denken. Spießervorstellungen. Ich war nicht seine ständige Partnerin – privat.»

«Wer denn?»

«Das weiß ich doch nicht!»

Gächter bestellte ein Bier und einen Obstler und sagte dann grob: «Gehören die anderen Wochentage Herrn Dr. Spieß?»

«Aha, der Computer... Herr Dr. Spieß ist mir piepegal. Lassen Sie ihn hochgehen, wenn Sie können. Heute wär besser als morgen... Noch besser wäre es vor ein paar Wochen gewesen.» Sie warf Messer und Gabel klirrend auf den Teller.

Bienzle sah ihr forschend ins Gesicht.

«Aber die Polizei greift ja immer nur ein, wenn bereits etwas passiert ist.»

«Man ruft uns selten früher», sagte Gächter kalt.

Bienzle leerte sein Glas und behielt dabei ständig Ursula Ralniks Gesicht im Auge. Behutsam stellte er das Glas auf die Tischplatte und sagte langsam: «Wenn Sie ihn so hassen, sollten Sie uns vielleicht sagen warum.»

Ursula Ralnik biß sich auf die Unterlippe und schwieg. Ihre Hände zitterten, als sie das Besteck wieder aufnahm. Die restliche Zeit des Essens verstrich, ohne daß geredet wurde.

Beim Kaffee sagte Bienzle: «Lassen Sie mich spekulieren... Dr. Spieß hat Mittel und Wege, Sie daran zu hindern, irgendwelche Einzelheiten preiszugeben.»

Die Schauspielerin stand auf. «Denken Sie, was Sie wollen... Das Essen geht ja wohl auf Ihre Spesen.» Damit schwebte sie hinaus, jeder Zoll eine Diva.

Gächter schüttelte leicht mit dem Kopf. «War das ein Verhör!»

«Des war koi Verhör, des war a schichterner Annäherungsversuch», sagte Bienzle.

Den Nachmittag verbrachte der Kommissar in seinem Hotelzimmer. Er lag auf dem Bett und starrte an die Decke. Er hatte Sehnsucht und wußte nicht wonach. Er fühlte sich unglücklich, heimatlos, unbehaust. Er spürte es körperlich, daß er allein war. Mutlos sah er auf die halb geschlossenen Fensterladen, bis er endlich einschlief. Er träumte von seiner Frau und von Ursula Ralnik, und plötzlich verschmolzen beide zu einer Person.

Als er nach drei Stunden aufwachte und die Fensterladen in die Dämmerung hinausstieß, dachte er, vielleicht ist es das – vielleicht sind Frauen mir gleichgültig, weil sie austauschbar sind... Er trank ein Glas Wasser und schüttelte sich. Was ändert sich, dachte er, wenn ich den Mörder Meisters finde? Ihm fiel keine Antwort ein.

Mechanisch zog er sich an, wischte die Schuhe am Vorhang ab, kämmte sich, legte eine Krawatte um und nahm sie wieder ab. Unvermittelt fiel ihm ein Satz ein, den er irgendwann gelesen hatte: *Um sich frei zu fühlen, muß man nur nicht an seinen Ketten rütteln.*

Auf dem Weg zur Treppe klopfte er bei Gächter. Der Kriminalmeister meldete sich nicht. Als er die Rezeption erreichte, winkte ihm die hochbusige Frau am Empfang:

«Ein Gespräch für Sie!»

«Ich bin nicht da!» sagte Bienzle und ging in den Abend hinaus.

Am Hafen fand er das Gebäude mit der Aufschrift WASSERSCHUTZPOLIZEI. Ein junger Polizist saß in der Wachstube. Bienzle stellte sich vor und war sichtlich angetan, als der junge Kollege sagte:

«Ihr Name ist mir bekannt, Sie sind doch der Kommissar, der den Atommüllfall gelöst hat.» Seinerzeit war ein Artikel in der Fachzeitschrift *Die Polizei* erschienen. «Mein Chef hat damals gesagt, es sei ganz untypisch, wie Sie an die Fälle rangehen, aber ich glaube das nicht.»

«So», sagte Bienzle; «was soll denn daran untypisch sein?»

«Polizeiarbeit ist heute Teamarbeit, sagt mein Chef, und Sie seien so etwas wie der letzte einsame Jäger unter den Polizisten.»

Der Kommissar mußte lachen. «In zwei Dingen irrt Ihr Chef. Erstens war auch die Aufklärung im Atommüllfall die Leistung von mehreren. Ich kann nichts dafür, wenn mich die Presse hervorhebt. Und zweitens ist die Arbeit des Kriminalisten immer noch Kleinarbeit – rumrennen, fragen, Indizien einschätzen und so weiter. Und das sind Dinge, die einem niemand abnimmt.»

«Da bin ich ganz Ihrer Meinung», sagte der junge Polizist eifrig.

«Im Augenblick verfolge ich einen spontanen Einfall», sagte

Bienzle, «von dem ich überhaupt nicht weiß, ob er etwas taugt. Habt ihr so etwas wie Bootslisten oder so?»

«Nein. Was wollen Sie denn wissen?»

«Mich interessiert, ob der Reitstallbesitzer Dr. Spieß ein Boot, eine Jacht oder so etwas auf dem See hat.»

«Hat er. Drei Stück!»

«Aha...»

«Ja, zwei Motorjachten und ein Segelboot; alle luxuriös ausgestattet.»

«Und der Liegeplatz?»

«Das Motorboot ‹Ursula› liegt hier in Seestadt.»

«Sieh mal einer an – ‹Ursula›... Ursula Ralnik.»

«Ja... Und die ‹Almira› und die ‹Santos›, die liegen in Bregenz und in Romanshorn.»

«Schön verteilt – eins in der Schweiz, eins in Österreich und eins in der Bundesrepublik.» Bienzle ging zu einer Karte, die hinter dem Schreibtisch des jungen Wasserschutzpolizisten an die Wand geheftet war. «Was ist eigentlich hier?» fragte er und legte seine Pranke mitten auf den Bodensee.

«Zollfreies Gebiet.»

«Mal angenommen, ich will Ware umladen, von einem Schiff auf das andere – merkt ihr das oder merkt es der Zoll?»

«Na ja – manchmal kommt man schon dahinter», sagte der junge Polizist lahm.

«Wissen Sie, ob die ‹Ursula› zur Zeit im Hafen liegt?»

«Vor einer Stunde etwa ist sie zurückgekommen; ich hab's gesehen.»

Bienzle ließ sich von dem jungen Beamten die Telefonnummer der Wasserschutzpolizei in Romanshorn und Bregenz geben. Er rief die Kollegen an und bat sie um Amtshilfe. «Eine oberflächliche Durchsuchung würde genügen», sagte er; eine Bestätigung komme per Telex.

Dann grunzte er einen Dank, ging hinaus und schlenderte auf den Jachthafen zu.

Für Bienzle, der nicht einmal schwimmen konnte, gehörte der Besitz eines Schiffs zu den unverständlichsten Dingen. Er stand an der niedrigen Kaimauer und musterte die eleganten Jachten, die sich dicht aneinanderdrängten und gluckernd vor sich hin dümpelten. Die Sonne war längst untergegangen. Am See war es kühl.

Ein knorriger alter Mann zog ein schlankes Segelboot auf einem zweirädrigen Karren aus dem Wasser und über eine Rampe zur Kaimauer hinauf.

«Wissen Sie, wo die ‹Ursula› liegt?» fragte Bienzle.

Der Mann deutete wortlos mit dem ölverschmierten Daumen der rechten Hand über die Schulter. In der angedeuteten Richtung hatte der Hafen eine rechteckige Einbuchtung, in der drei Schiffe lagen. Das größte davon war die ‹Ursula›.

Bienzle machte keine Anstalten, näher hinzugehen. Er setzte sich auf das Mäuerchen und zündete ein Zigarillo an. Er wartete. Manchmal schon hatten ihn Kollegen mit einer Katze verglichen, die ohne ein Zeichen von Ungeduld auf ihr Opfer warten kann. Bienzle hatte ein unerklärliches Gespür dafür, wann sich solches Warten lohnt. Nur selten täuschte er sich.

Der Hafen lag verlassen da. Seitdem der Mann mit dem zweirädrigen Wagen verschwunden war, hatte der Kommissar keinen Menschen mehr gesehen. Als sein Zigarillo heruntergebrannt war, stand er auf und lehnte sich gegen das grobe Holz einer Bootsschuppenwand.

Wie lange er so gestanden hatte, wußte er nicht. Warten bedeutete für ihn, daß die Zeit keinen Fortgang hatte.

Das flache Boot war kaum wahrzunehmen. Es fuhr ohne Licht und mit einem Motor, der nur leise summte... Muß ein Elektromotor sein, dachte Bienzle. Er löste sich von der Wand des Bootsschuppens; verließ den schwachen Lichtkreis einer Bogenlampe, die das Areal nur unzulänglich ausleuchtete, und duckte sich hinter eine große Kiste.

Zwei dunkle Gestalten schwangen sich über den Bootsrand und glitten fast geräuschlos ins Wasser. Bienzle sah sie erst wieder, als sie nahe bei der ‹Ursula› an die Oberfläche kamen. Ihre nassen Gummianzüge spiegelten das matte Licht der Bogenlampe wider... Im Schatten des Schuppens schlich er sich näher.

Eine der schwarzen Figuren warf ein Seil, an dessen Ende ein schwerer Gegenstand befestigt war, über den Bordrand der ‹Ursula›. Er kletterte hinauf und nahm ein viereckiges Paket von den Schultern. Dann verschwand er im Schiffsinneren. Der zweite Taucher schwamm in einem großen Kreis um die Jacht herum.

Bienzle faßte nach seiner Dienstpistole, die er ausnahmsweise einmal mitgenommen hatte, und ging nun aufrecht auf das Schiff zu.

Die dunkle Gestalt tauchte wieder an Deck auf und gab dem Mann im Wasser ein Zeichen mit einem nach oben gerichteten Daumen.

Bienzle rief: «Halt – Polizei!»

Der Mann auf der Jacht fuhr herum. Bienzle hatte noch gut fünfzig Meter bis zum Schiff. Er rannte los.

Der Taucher verließ das Deck mit einem eleganten Sprung. Bienzle stoppte seinen Lauf. Dann ging er langsam zurück. Er wußte, daß es sinnlos war. Selbst wenn er hätte schießen wollen – das Geschoß wäre im Wasser so abgelenkt und gebremst worden, daß die Wirkung gleich Null geblieben wäre. Und das flache Boot, zu dem die Froschmänner jetzt kraulten, lag zu weit draußen, außer Pistolenschußweite. Er hörte es gleich darauf leise surren, als es in die Nacht hinausfuhr. Und dann vermischte sich dieses Geräusch mit einem anderen... Bienzle, der noch immer unbeweglich an der flachen Kaimauer stand, bemerkte erst, was es war, als er das Licht der Scheinwerfer sah.

Ein Auto näherte sich dem Hafen und wurde jetzt in die enge Gasse zwischen den Schuppen gesteuert. Bienzle duckte sich hinter zwei Blechtonnen. Der Wagen näherte sich mit Standlicht und leise laufendem Motor. Wenige Meter von seinem unbequemen Standort entfernt hielt das Fahrzeug.

Zwei Männer stiegen aus. Sie schienen in den Hafen gekommen zu sein, um die Schiffe, den nächtlichen Himmel oder das Spiegelbild des Mondes im Bodensee zu bewundern. Lässig an die Kühlerhaube gelehnt, standen sie nebeneinander. Bienzle erkannte bei dem Größeren mehrmals die gleiche Bewegung: Er hob den linken abgewinkelten Arm – offensichtlich, um auf die Uhr zu sehen.

«Noch eine Minute», sagte der größere Mann ziemlich vernehmlich. Es war die Stimme von Dr. Alexander Spieß.

«Wird ein schönes Feuerwerk werden, bittaschehn!» kicherte der andere.

Bienzle überlegte fieberhaft. Sollte er vortreten und die beiden festnehmen?

«Noch vierzig Sekunden», sagte Spieß, und in seiner Stimme schwang Aufregung mit.

Der Überraschungseffekt ist größer, wenn ich etwas weiß, ohne daß die wissen, was ich weiß, dachte Bienzle und wurde sich klar darüber, daß er sich vor dem Eingreifen fürchtete.

«Noch zwanzig...» Spieß setzte seinen Countdown fort.

«Noch zehn...» Wieder die Stimme von Smetana.

Ein heller Blitz zuckte durch den nächtlichen Hafen. Eine gewaltige Detonation folgte. Bienzle wurde von der Druckwelle gegen eines der Fässer geworfen, und für den Bruchteil einer Sekunde war das ganze Areal hell erleuchtet; er sah die beiden Männer mit vorgereckten Köpfen auf die explodierende Jacht starren... Er fühlte sich an Kriegsfilme erinnert. Das brennende weiße Schiff gab ein wundervolles Bild ab.

Das Bild hatte sich noch nicht verändert, als die ersten Töne einer fernen Feuerwehrsirene erklangen. Jetzt wurden die beiden Männer lebendig. Spieß rannte auf den Bootssteg zu, Smetana lief in die entgegengesetzte Richtung. Er bewegte sich für sein Alter erstaunlich schnell und behende. Schon nach Sekunden war er zwischen den Schuppen verschwunden.

Spieß griff nach einem Eimer, der an der Rampe stand. Er begann hastig Wasser zu schöpfen und gegen das brennende Schiff zu schleudern. Er brachte nicht einmal ein Zischen zustande. Zwischendurch blickte er sich immer wieder einmal prüfend um.

Das Feuerwehrauto kam fast gleichzeitig mit einem Löschboot. Gewaltige Schaumfontänen erstickten schon wenige Minuten später die Flammen.

Bienzle ging sehr langsam um den Schuppen herum und tauchte dann unvermittelt neben dem Feuerwehrauto auf.

«Wer sind Sie?» fuhr ihn der Kommandant an.

«Kriminalhauptkommissar Bienzle.»

«Stimmt!» Das war die Stimme des jungen Wasserschutzpolizisten. «Der Herr Kommissar ermittelt im Mordfall Meister.»

«Brunnenmüller», stellte sich der Kommandant vor.

«Hübscher Name für einen Feuerwehrkommandanten», sagte Bienzle freundlich.

Der schmale Platz zwischen den Bootsschuppen füllte sich schnell mit Neugierigen, die sich diszipliniert zu einem Kreis um die Feuerwehrmänner, Bienzle und den jungen Wasserschutzpolizisten gruppierten. Erst als zwei uniformierte Polizisten mit ihren Motorrädern angeprescht kamen und sofort ihre Befehle ausgaben – «Zurücktreten! Platz machen!» –, wurden die Zuschauer unruhig und drängten näher.

Spieß kam müde den schmalen Holzsteg herauf.

«Ach, Sie...?» sagte er beiläufig, als der Bienzle sah.

«Tut mir leid für Sie», sagte der junge Polizist.

«Ich denke, er ist gut versichert», knurrte Bienzle. Er bahnte sich einen Weg durch die Umstehenden und ging in die Nacht hinein.

«Vielleicht hat er das letzte, was ihn an Sie erinnerte, heute nacht verbrannt», sagte der Kommissar. Er saß auf einem zerbrechlichen Stuhl in der Damengarderobe des Seestädter Theaters. «Hier muffelt's!»

«Ja, es ist schlimm; nicht mal Einzelgarderoben haben die hier!»

«Stärkt vielleicht den Teamgeist.» Bienzle lächelte müde.

«Fördert die Rivalität. Hier guckt jede, ob die andere wirklich so viel Busen hat, was sie für Unterwäsche trägt, ob sie sich einen Knutschfleck eingefangen hat... Widerlich!»

«So wie Sie es schildern...»

«Glauben Sie mir, es ist so.»

«Sie können einem aber auch alle Theaterillusionen nehmen.»

«Das will ich gar nicht.» Ursula Ralnik saß in einem seidenen Morgenmantel auf einem Hocker vor dem Garderobenspiegel. «Wenn der Vorhang aufgeht und die Scheinwerfer und die Schminke alles zudecken... Aber was erzähle ich Ihnen da; das sind Geschichten, die an jedem Provinztheater laufen.»

«Ich verstehe nicht viel davon.»

«Na schön», sagte Frau Ralnik sachlich.

«Können Sie mir erklären, warum ein Mann sein eigenes Schiff verbrennen läßt?»

«Dafür gibt es nicht viele Erklärungen. Man müßte wissen, was mitverbrannt ist. Der Sachschaden stört Spieß nicht. Er ist versichert.»

«Keine Versicherung der Welt wird diesen Schaden bezahlen. Ich bin Zeuge dafür, daß es Brandstiftung war.»

Ursula Ralnik sah den Kommissar an. Dieser kantige Kopf, diese braunen, anteilnehmenden Augen, die ausgeprägte Nase und das trotz des Fettansatzes eckige Kinn machten ein ungewöhnliches Gesicht aus. Sie sagte, was sie dachte:

«Wie ein Polizist sehen Sie eigentlich nicht aus.»

Bienzle lächelte. «Dafür sehen Sie aber genauso aus, wie ich mir immer eine Schauspielerin vorgestellt habe.»

Ursula Ralnik stand auf und strich den ohnehin glatten Seidenstoff glatt. «Sie müssen naiv sein – oder besonders raffiniert.»

«Warum?»

«Weil Sie mir eine Geschichte erzählen, die Sie das Leben kosten kann, wenn ich sie Spieß weitererzähle – einem Mann, mit dem ich nicht nur eine Polizeiakte, sondern auch schon das Bett geteilt habe.»

Bienzle sah die Frau ernst an. «Hübsche Formulierung...»

«Aber sie gefällt Ihnen nicht.»

«Stimmt, ich hab gegen Ihre... Na, wie sag ich's... Ihre...»

«...leichtfertige Art?»

«Wenn Sie es sagen, übernehme ich's; gemeint hab ich es sowieso.»

«Was stört Sie denn so daran? Ihr Bürger macht nichts anderes als wir, nur, bei uns kann man offen darüber reden. Die Probleme sind hier wie dort dieselben.»

«Da haben Sie wahrscheinlich recht.» Bienzle lehnte sich zurück und begann sich wohl zu fühlen.

«Na also», sagte die Schauspielerin. «Irgendwo müssen wir noch etwas zu trinken haben...» Sie schob Vorhänge zur Seite und kramte in nachttischähnlichen Kästchen. Schließlich förderte sie hinter einem Chiffonkleid eine Flasche Sekt hervor. «Aber er ist warm.»

«Macht nichts.»

Sie brachte zwei Zahnputzgläser. Bienzle öffnete die Flasche und war so damit beschäftigt, daß er nicht wahrnehmen konnte, wie Ursula Ralnik fasziniert die ruhige Arbeit seiner Hände beobachtete.

Der Sekt schäumte über, aber es reichte schließlich doch für zwei Gläser für jeden.

«Sie sind der seltsamste Polizist der Welt», sagte Ursula Ralnik, nachdem sie sein zweites als ihr drittes Glas getrunken hatte.

«Ich bin ein wegen Renitenz strafversetzter Polizist.»

«Ach ja? Das müssen Sie mir erzählen!»

«O nein – des ischt a viel z' lange G'schicht!»

«Wenn Sie Dialekt sprechen, gefallen Sie mir noch besser», murmelte die Schauspielerin und lehnte sich zurück. Mit hohlem Kreuz. Ihr Busen, ohnehin kaum zu übersehen, wölbte sich.

«Warum läßt der sein Schiff in Flammen aufgehen?» Bienzle kehrte mühsam zum Thema zurück.

Die Ralnik, etwas erstaunt, wurde wieder sachlich. «Also, ich denke ja, daß er sich verkalkuliert hat. Der Dampfer hätte untergehen müssen.»

«Warum?»

«Frag mich nicht aus, Polizist.»

«Gut, ich versuch's.» Bienzle lächelte ihr zu.

Es klopfte.

«Wer kann das sein?» fragte er.

«Na, der Smetana; der holt noch die Kostüme... Tagsüber macht er den Fundusverwalter, abends den Garderobier. Der lebt doch ausschließlich für dieses Burgtheater der Reserve... Herein!»

Smetana kam in devoter Haltung durch die Tür. «Oh, der Herr Kommissar!» sagte er, und es klang so, als wolle er sagen: Hab ich dich ertappt?

«Hallo, Herr Smetana... Anstrengender Tag heute, was?» sagte Bienzle.

«Kann man wohl sagen, in meinem Alter. Wissen Sie, ich sollte vielleicht doch lieber langsam Schluß machen, denk ich manchmal.»

«Gute Idee», sagte Bienzle. «Vorausgesetzt, man kann.»

«Oh, ich könnte schon; ich bin schon seit Jahren über die Altersgrenze.» Smetana nahm geschickt die Kostüme von den Stangen, legte sie zusammen und verstaute sie in einem großen korbgeflochtenen Koffer. «Irgendwas Neues?» fragte er den Kommissar.

«Ja. Sie haben noch kein einziges Mal ‹bittaschehn› gesagt... Sind Sie nervös?»

«Ich? Ach woher denn – ein alter Theaterhase wie ich... Bittaschehn!»

«Er kann's noch», sagte Bienzle zu Ursula Ralnik.

Die starrte angestrengt in den Spiegel.

Smetana zog den korbgeflochtenen Koffer zur Tür.

«Es gibt schon Dinge, die man im Alter nicht mehr tun sollte», sagte Bienzle nachdenklich.

Smetana stoppte die schlurfende Fahrt des Kostümkoffers. «Ja, bitte?»

«Man sollte nicht mehr mit dem Feuer spielen...» Bienzle hatte langsam gesprochen und jedes Wort betont.

Ursula Ralnik wendete den Kopf und sah Smetana an. Der war bleich geworden und hatte zu zittern begonnen. Sein Blick hastete von Bienzle zu der Schauspielerin und zurück.

«Was haben Sie da gesagt?»

«Gott, ja...» Der Kommissar lehnte sich zurück. «Die Mädchen!» sagte er und zwinkerte dem anderen zu.

Die Erleichterung ergriff von Smetanas kleinem Körper wie eine Flutwelle Besitz. Er kicherte, obwohl ihm die Luft dafür kaum ausreichte. «Aber Herr Kommissar... Wo denken Sie hin!»

«Sex wird im Alter erst richtig schön... Sie sollten mal den Hite-Report lesen.»

Völlig verwirrt schleifte Smetana den Koffer durch die Tür.

Ursula Ralnik ging ihm nach, fuhr ihm flüchtig übers Haar und schloß die Tür. Sie machte einen leicht unsicheren Eindruck. «War er dabei – da draußen am Hafen?» fragte sie.

«Gehen wir – und lassen wir den Bullen in der Garderobe zurück», sagte Bienzle.

«Und wohin sollen wir gehen?»

«Ich bring Sie nach Hause, und dann suche ich mein Hotel.»

«Kühl schmeckt der Sekt besser», sagte Bienzle. Er saß auf einer ausladenden Couch, die für das schräge Dachzimmer viel zu groß war.

«Als Schauspieler bekommt man immer nur Jahresengagements. Ich komme viel rum und ziehe viel um, aber dieses Monstrum nehme ich immer mit!» hatte Ursula Ralnik gesagt. Jetzt saß sie neben ihm, sie hatte die Beine unter den Po gezogen und sah den Kommissar von der Seite an. «Wenn mir das mal jemand gesagt hätte!»

«Was denn?»

«Daß ich eines Abends einen Polizisten mit auf meine Bude nehme...» Sie lachte ein wenig gehemmt.

«Na ja», sagte Bienzle lahm.

Dann redeten sie eine Weile gar nichts.

«Dann schwiegen sie eine Weile, jeder etwas anderes», sagte Bienzle versonnen. «Das ist von Grass und steht im ‹Butt›.»

«Sag mal, Bulle – haste Bildung?»

«Lassen Sie's gut sein. Ich gehör zu den Abgebrochenen.»

«Wozu?»

«Zu denen, die gedacht haben, Praxis ist so gut wie Theorie.»

«Stimmt ja auch. Ein Theaterwissenschaftler ist auch nur selten ein guter Schauspieler.»

«Jeder kann immer nur über seine Welt reden. Bei uns sind die besten Schauspieler Kriminaloberräte.» Bienzle trank einen langen Schluck.

«Stört's dich, wenn ich Musik auflege?»

Bienzle störte es nicht einmal, daß sie ihn duzte. Er schüttelte heftig mit seinem Quadratschädel und merkte, daß er zuviel Sekt getrunken hatte.

Sie ging zum Plattenspieler. Er sah ihr zu. Sie ging in Strümpfen auf Zehen durch einen langhaarigen Schafwollteppich. Ich müßte jetzt gehen, dachte Bienzle und war bereit, darüber den größten Krach mit sich anzufangen... Sie alle hatten auf den Polizeilehrgängen immer auf die Unterrichtsstunden gewartet, in denen man ihnen klargemacht hatte, wie Frauen Polizisten rumkriegen, um sie reinzulegen, auszuliefern.

«Magst du noch was trinken?» fragte sie vom Plattenspieler her.

«Nein, danke», sagte er gegen seinen Willen.

Das war offenbar zu hören gewesen, denn sie sagte: «Also doch!» und goß ihm ein. Dann sagte sie: «Laß uns etwas klarstellen... Wie heißt du überhaupt mit Vornamen?»

«Das sage ich nicht, da ist mir Bulle noch lieber.»

Baden Powell spielte ‹Tristeza›.

«Gut. Bulle, laß mich eins klarstellen. Ich würde sehr gern haben, daß du noch ein wenig hierbleibst, um dich auszuhorchen oder übers Ohr zu hauen.»

Bienzle lächelte ein wenig abwesend. «Wenn es so wäre, wie es sein könnte und wie du glaubst, daß ich denke, daß es vielleicht ist...» Er brach ab, weil sie ihn küßte. Als er wieder Luft bekam, fuhr er fort: ... dann würde ich's womöglich merken und rechtzeitig Gegenmaßnahmen einleiten.»

Gegen Morgen sagte er: «Bei dir ist alles anders als bei anderen Frauen.»

Sie schmiegte sich an und gab einen Ton von sich, den man mit ‹warum?› übersetzen konnte.

«Du wirst zum Beispiel mit jedem Kleidungsstück, das du ausziehst, schöner.»

Sie gluckste.

«Ja, glaub mir, sonst ist es meistens umgekehrt.»

«Und weiter?» Sie kam langsam zu sich.

«Du bist so total anders als erwartet.»

«Hm?» Sie setzte sich auf und fuhr sich mit allen zehn Fingern durchs Haar.

«Ja.» Er wurde verlegen. «Ich suche nach der richtigen Beschreibung. Also, du... Nein, anders: Man... falsch. Ich habe von dir so etwas wie – jetzt aber nicht sauer sein – Routine erwartet.»

Sie gab einen undefinierbaren Laut von sich.

«Na ja, und dann war eben alles ganz anders.»

Sie ließ sich in ihr Kissen zurückfallen. «Oh, ihr blöden Hähne mit euren bestußten Erwartungshaltungen! Ich bin mit dir hier zusammen, weil ich gehofft hatte, es würde sehr schön werden. Und dann ist es auch sehr schön geworden. Mehr ist das nicht!»

Sie zog seinen Kopf zu sich herunter und bettete ihn zwischen ihre Brüste.

Bienzle sang leise, als er gegen neun Uhr morgens ins Hotel kam. Er klopfte bei Gächter.

«Wer ist da?» Die Stimme des Kollegen klang wach.

«Ich bin's», rief Bienzle aufgeräumt.

Kurz darauf streckte Gächter sein bartstoppeliges Gesicht durch einen Türspalt. Er sah Bienzle an, und da ging sein schmales Gesicht strahlend in die Breite.

«Ich frag dich nicht, wo du herkommst», sagte Gächter.

«Gut Nacht!» Bienzle steuerte auf sein Zimmer zu und sang weiter.

Gächter drehte sich um, schloß die Tür, lehnte sich dagegen und lachte leise.

«Was ist denn?» fragte die Frau mit dem hohen Busen vom Bett her.

«Laß mich einen Satz von Bienzle zitieren, so gut ich das in Schwäbisch kann: ‹Es ischt immer guat, wenn mer amol wieder einen Menscha trifft!›»

«Das verstehe ich nicht.»

«Das macht nichts», sagte Gächter.

Der Kommissar nahm sich nur die Zeit zu duschen, sich zu rasieren und frische Wäsche anzuziehen, dann klopfte er schon wieder bei Gächter. «In zehn Minuten beim Frühstück», rief er durch die Tür.

Keiner verlor ein Wort über die nächtlichen Erlebnisse des anderen. Bienzle gab seinem Kollegen einen genauen Bericht der Ereignisse im Hafen.

«Seltsam», sagte Gächter, «wenn es Spieß darum gegangen ist, mit dem Boot Beweismittel zu vernichten, warum gerade jetzt? So sehr haben wir ihn doch nicht beunruhigt.»

«Darüber habe ich auch schon nachgedacht. Mir fiel immer nur wieder ein, daß möglicherweise Bärbel Zoller zu viel weiß, oder auch ihr Vater. Auf jeden Fall mußte Spieß wohl fürchten, daß ein Zeuge bei mir oder dir gesungen hat.»

«Hast du irgendwem gesagt, daß du die ‹Ursula› suchen wolltest?»

«Nur dem jungen Kollegen bei der Wasserschutzpolizei.»

«Könnte der...?»

«Sehr unwahrscheinlich. Außerdem: Wenn die vermuten mußten, daß ich im Hafen sein würde, hätten sie doch nicht einen Brandanschlag unternommen, immer in der Gefahr, von mir beobachtet zu werden.»

Mhm...»

«Zunächst einmal müssen wir wissen, was die Brandermittlungen ergeben.»

«Das wird dauern. Wahrscheinlich brauchen sie Spezialisten aus Stuttgart.»

Bienzle bestellte Kaffee nach. «Wir erfahren immer neue Dinge, aber nichts, was auf den Mord an Meister hindeutet. Manchmal denke ich, daß irgendwer diese kriminalisierte Umwelt kannte, selbst aber weder mit Spieß noch mit sonst einem hier zu tun hat, und daß dieser Jemand den Mord beging.»

«Das würde bedeuten, daß wir auf dem falschen Gleis laufen.»

«Richtig, und daß wir dabei immerhin auf andere Vergehen und Verbrechen stoßen.»

«Ganz schön kompliziert», sagte Gächter.

«Es muß nicht so sein, aber es könnte...» Bienzles gute Laune war verflogen. Er sah mißmutig auf die kaffeefleckige Tischdecke. Diesen Zustand haßte er ganz besonders: jede Ermittlung förderte die Verwirrung und führte scheinbar immer weiter von der Lösung weg.

«Wir sind also am berühmten toten Punkt», sagte Gächter.

«Mal sehen. Wir müssen noch mal mit Zoller und mit Smetana reden und mit Bärbel natürlich. Und wir müssen sehen, ob die Brandermittlungen etwas bringen.»

«Und Spieß?»

«Den wollen wir mal ganz in Frieden lassen, das wird ihn am meisten beunruhigen.»

«Das wird ihm aber auch Zeit lassen, noch mehr zu vertuschen.»

«Kann sein, aber ich denke, daß der nur über Zeugenaussagen zu packen ist. Indizien läßt ein solcher Mann ohnehin nicht rumliegen.»

«Vielleicht überschätzt du ihn.»

«Wie kommst du darauf?»

«Na ja, wenn er so ungeheuer clever wäre, würde er nicht seine früheren Freunde, Mitarbeiter oder Geliebten so gegen sich aufbringen. Die Ralnik war ja ganz schön sauer.»

«Die haben alle Angst, und das ist noch immer der beste Schutz.»

«Trotzdem, mich würde interessieren, warum du an Spieß nicht so recht ranwillst. Ist es, weil er Akademiker ist?»

Bienzle starrte seinen Kollegen an. «Schwätz doch koin Lohkäs!»

Jeder im Landeskriminalamt wußte, daß Bienzle eine ausgeprägte Abneigung gegen alle ‹Studierte› hatte.

«Ich mein ja nur.» Gächter grinste ungeniert.

«Kann sein, daß ich zögere. Ich hab wirklich einen unbändigen Zorn auf den Kerl, seitdem er mich in der Spielbank schräg angeredet hat. Und da macht man leicht etwas falsch.»

«Soll ich ihn übernehmen?» fragte Gächter.

«Nein, am Ende werd ich's doch selber tun, wenn es nicht der Puppenspieler macht.»

«Also, ich weiß nicht...»

Bienzle ließ Gächter nicht weiterreden. «Du sollst dich mal um Smetana kümmern. Er fürchtet sich vor dir, seitdem du ihn in der Kostümabteilung so seltsam angesprochen hast.»

«Mach ich.»

«Und ich rede noch mal mit Zoller.»

«Jetzt gleich?»

«Nein, jetzt mache ich erst einmal einen ausgedehnten Spaziergang.» Bienzle stand auf, setzte sich aber gleich noch mal hin. «Du könntest noch etwas tun: Frag doch mal nach den Schiffen ‹Almira› und ‹Santos›! Die ‹Almira› liegt in Bregenz, die andere in Romanshorn. Ich habe gestern die Kollegen dort gebeten, die Schiffe mal unter die Lupe zu nehmen.»

«Okay.» Gächter notierte sich etwas in ein Blöckchen.

«Und dann fordern wir vielleicht doch einmal den Haußmann an, falls er in Stuttgart abkömmlich ist.»

«Das machst aber du», sagte Gächter, «du bist der Chef.»

Bienzle nickte mißmutig.

«Also...»

«Moment!» Bienzle schüttelte ärgerlich mit dem Kopf. «Ich bin vielleicht ein Kriminaler... Wir müssen doch auch noch die beiden verhören, die mir nach Tübingen nachgefahren sind.»

«Sieht ganz so aus, als ob wir einen Plan machen müßten.» Gächter grinste schon wieder.

«Am Wochenende will ich diesen Scheißfall abgeschlossen haben, gehen wir also.» Bienzle warf seine Serviette auf den Tisch und ging, gefolgt von seinem langen Kollegen, hinaus.

«Name?»

«Horst Wohlfahrt.»

Bienzle beobachtete ihn genau. Er trug noch immer seine Ledermontur. Die hakenförmige Nase war offensichtlich einmal gebrochen und schlecht wieder eingerichtet worden.

«Alter?»

«Vierundzwanzig.»

Gächter stand an die Türfüllung gelehnt. Das Büro hatte etwas Gemütliches. Kommissar Häberle hatte die Büromöbel zum Teil durch eigene Stücke ersetzt. Bienzle saß in einem gemütlichen blaubezogenen Sessel; Horst Wohlfahrt in einem zweiten. Häberle thronte hinter seinem schwarzlackierten Schreibtisch auf einem Bürostuhl der Sonderklasse.

Gächter machte sein Wolfsgesicht und sagte gehässig: «Typen wie dich gibt's wie Sand am Meer – kleine Ganoven, die nur eines können: Befehle ausführen.»

«Wir duzen keinen Beschuldigten», sagte Bienzle ärgerlich.

Horst Wohlfahrt griff sofort zu: «Herr Kommissar, ich lasse nicht so mit mir reden.»

Gächter lachte verächtlich. «Jetzt wird er gleich etwas über seine miese Kindheit erzählen.»

«Stimmt ja auch!» sagte Wohlfahrt aufgebracht. «Waren Sie vielleicht als Kind nur in beschissenen Heimen?»

Gächter machte einen kurzen Schritt auf ihn zu und sagte: «Ja, genau das... Und jetzt sag nicht, da bleibt dir nur noch die Wahl, Ganove oder Bulle zu werden.»

«Bevor ich Bulle werde, geh ich lieber stempeln!»

Bienzle lächelte. «Es ist ja auch gar nicht sicher, ob Sie die Aufnahmeprüfung bestehen würden.» Er zündete sich ein Zigarillo an und blies Rauchringe in die Luft; dann sagte er unvermittelt: «Dr. Spieß zahlt ja auch besser.»

«Wer ist das?» fragte Wohlfahrt.

«Es wäre vielleicht gut für dich», sagte Gächter, «wenn Spieß genausowenig wüßte, wer du bist.»

«Wie meint er das?» Wohlfahrt wandte sich hilfesuchend an den Kommissar.

«Ich verstehe auch nicht immer so genau, was mein Kollege meint.»

«Ich will einen Anwalt», sagte der Verhörte trotzig.

«Klar. Hast du einen?»

«Da muß ich erst einmal telefonieren.»

«Mhm», machte Bienzle unbestimmt.

«Ich weiß genau, daß ich das darf!»

«Klar», Bienzle schob Häberles Telefon über den Tisch.

«Allein», sagte Wohlfahrt.

«Auch das!» Bienzle gab sich gelassen.

Kommissar Häberle klingelte nach einem uniformierten Beamten.

«Der Herr hier möchte telefonieren», sagte Bienzle. «Und sorgen Sie dafür, daß er dabei nicht gestört wird.»

Wohlfahrt nickte Bienzle dankbar zu, stand auf und kam auf dem Weg zur Tür dicht an dem Kommissar vorbei.

«Herr Wohlfahrt...» Bienzles Stimme war sehr leise und schneidend scharf.

«Ja?»

«Als Sie vorgestern abend geschossen haben, hätten Sie mich treffen können; Sie haben statt dessen einem sehr netten Mädchen mehr als einen Kratzer in den Kopf geschossen. Ob sie überlebt, weiß niemand... Ihnen kann ich nur noch helfen, wenn Sie nicht den blödsinnigen Versuch machen, andere zu schützen, die es sich auf Ihre Kosten gutgehen lassen.»

Horst Wohlfahrt sah dem Kommissar in die Augen und wendete dann schnell den Blick ab, um zur Tür zu gehen.

«Noch eins!» rief Bienzle hinterher. «An Ihrer Stelle hätte ich vor der Polizei mehr Angst als vor Spieß.»

«Jetzt den anderen?» fragte Häberle, nachdem Wohlfahrt draußen war.

«Wo habt ihr ihn aufgetan?»

«Unter der Adresse, die im Ausweis steht. Er hatte noch nicht einmal bemerkt, daß er seine Papiere verloren hatte.»

«Verloren ist gut», feixte Gächter, «da war ein Taschendieb am Werk.»

«Halt's Maul», sagte Bienzle grob.

Der vierschrötige Kumpel Wohlfahrts hieß Anton Ziegler und war von Beruf Kraftfahrer. «Nehmen Sie Platz», sagte Bienzle freundlich. «Wir kennen uns ja... Ein bißchen unfreundlich haben Sie sich in Tübingen ja von mir verabschiedet.»

Ziegler rutschte unbehaglich auf seinem Stuhl hin und her. Gächter, der wieder seinen Platz im Türrahmen eingenommen hatte und jetzt auf einem Bleistiftstummel herumkaute, sagte: «Wohlfahrt behauptet, Sie hätten die Befehle von Spieß entgegengenommen.»

«So 'n Quatsch.»

«Hat er gelogen?» fragte Gächter mit unschuldigem Gesicht.

«Klar – wenn es der Horst gesagt haben soll. Sitzt er denn auch?»

Bienzle nickte gewichtig. «Nicht nur der, mein Lieber. Im übrigen hat er Sie ja vorgestern abend in Tübingen ganz schön sitzenlassen... Haut einfach ab!»

Ziegler zuckte die Achseln. «Hab's ja auch allein geschafft.»

«Beihilfe zum Mord», sagte der Kommissar wie zu sich selbst; «zehn bis zwölf Jahre sind da immer drin.»

«Was reden Sie denn da?» Ziegler sprang auf.

«Hinsetzen!» Bienzles Stimme bekam einen scharfen Klang. «Das Mädchen liegt im Krankenhaus, und niemand weiß, ob sie überlebt. Wenn sie stirbt, seid es ihr zwei gewesen: Wohlfahrt und Sie. Ich selbst bin Zeuge – und glauben Sie ja nicht, daß ich nicht alle notwendigen Beweise beieinanderhätte.»

Anton Ziegler schwitzte. «Der Horst hat doch nur in die Gegend geschossen, er hätt auch mich treffen können.»

«Hat er aber nicht. Er hat Bärbel Zoller in den Kopf geschossen, das haben Sie deutlich gesehen. Allerdings...» Bienzle unterbrach sich und streifte umständlich Asche von seinem Zigarillo.

«Ja?» Ziegler rutschte auf die vordere Kante des Stuhls vor.

«Von meiner Aussage hängt viel ab. Es könnt auch so gewesen sein, wie Sie sagen, aber...» Wieder beschäftigte sich der Kommissar mit seinem Zigarillo. Es war sehr still in Kommissar Häberles Zimmer.

«Ich hab schon verstanden. Ich soll singen, dann... Sauber ist das aber auch nicht.»

«Hat ja auch niemand behauptet», murmelte Bienzle.

«Also gut», sagte Ziegler. «Wir schaffen offiziell beide bei Spieß im Stall und so, aber wir sind... Also, wir übernehmen immer mal Sonderaufgaben.»

Bienzle nickte. Gächter hatte sich an ein schmales Tischchen gesetzt, er stenografierte mit.

Häberle sagte: «Was verstehen Sie denn unter Sonderaufgaben?»

«Na ja...» Ziegler druckste herum. «Besondere Pferdetransporte und so.»

«Kommen Sie auch manchmal auf den See hinaus?» fragte Bienzle freundlich.

«Nein, das machen Franz und Enrico...» Ziegler hielt inne, dann schüttelte er ärgerlich den Kopf.

Bienzle tat so, als ob er es nicht bemerkt hätte. «Sie haben also immer die Transporte in die Schweiz, nach Österreich und auch ins Elsaß durchgeführt?»

Ziegler nickte.

«Wollen wir mal zu Ihren Gunsten annehmen, daß Sie nicht wußten, was an diesen Transporten alles nicht stimmte... Ich weiß es inzwischen ziemlich genau.»

Ziegler sah zu Bienzle hinüber. Die Angst war ihm anzusehen.

«Und Spieß schickte Sie nun hinter mir her?»

«Ach wo, nein – der Spieß doch nicht!»

«Aber er ist doch Ihr Chef?»

«Ja, schon. Aber der Horst und ich, wir haben auch noch gelegentlich eine Extratour gemacht.»

«Für wen?»

«Das weiß ich nicht.»

Gächter ließ seinen Bleistift fallen und sagte: «Der Junge erzählt Märchen.»

«Nein, wenn ich's Ihnen doch sage – wir wußten es nicht so genau! Der Auftrag kam immer mit der Post.»

«Der verarscht uns», knurrte Gächter.

Aber Bienzle winkte ab. «Erzählen Sie mal ganz genau», sagte er zu Ziegler.

«Also, eines Tages sagte uns der Dr. Spieß, da wird sich ein Mann bei euch melden, am Telefon, und er hat nichts dagegen, wenn wir das machen, was der sagt.»

«Und? Wann hat er sich zum erstenmal gemeldet?»

«Weiß ich nicht mehr so genau. Im letzten Jahr, im Sommer. Er hat angerufen und gesagt, wir sollten auf dem Hauptpostamt einen postlagernden Brief abholen. Auf den Namen Androsch. Wir sind gleich hin. Und da war auch ein dicker Brief.»

«Der erste Auftrag?»

«Ja, und da waren auch noch fünfzehnhundert Mark drin. Noch mal soviel sollten wir kriegen, wenn wir alles erledigt hätten. Dann waren noch Autoschlüssel drin. Wir mußten im Hafen ein Auto holen und nach Bologna fahren, das war alles. Als wir zurückkamen, war auf dem Postamt ein Umschlag mit dem restlichen Geld.»

«Und Sie haben keine Ahnung, wer der Auftraggeber war?»

«Nein. Wir wollten's ja auch gar nicht wissen. Der Horst hat immer gesagt, was ich nicht weiß, macht mich nicht heiß, und da hat er ja auch recht.»

«Ging es denn immer um Autos?»

«Meistens.»

«Und die mußten immer nach Bologna gebracht werden?»

«Nein, nur das erste Mal. Es ging mal nach Genua und mal nach Udine, einmal haben wir sogar einen Laster bis in die Türkei gefahren und von dort einen Mercedes 280 S wieder mit raufgenommen.»

«Das ist aber ganz unüblich», meinte Häberle; «normalerweise werden die dicken Limousinen in den Orient geschmuggelt.»

«War der Laster beladen?» fragte Bienzle.

«Ja. Wir hatten auch Ladepapiere.»

«Und trotzdem haben Sie den Auftrag auf so geheimnisvolle Weise bekommen?» fragte Bienzle.

Ziegler konnte nur die Achseln zucken.

«Und der Auftrag, mich zu verfolgen, kam auch mit der Post?»

«Ja, genau. Es war ein ziemlich langer Brief.»

«Wo ist er?» Gächter hatte scharf dazwischengefragt.

«Wir mußten die Briefe immer gleich vernichten.»

«Wo haben Sie das getan?»

«In dem Fall habe ich ihn einfach in den Müll geschmissen, aber natürlich vorher zerrissen.»

«In welchen Müll?»

«Zu Hause halt.»

«Und? Ist der schon abgeholt?»

«Nein. Die Müllabfuhr kommt erst am Montag.»

Bienzle sah zu seinem Kollegen Häberle hinüber. «Das ist vielleicht eine Chance.»

«Ich schicke gleich ein paar Beamte.» Häberle ging hinaus.

«Was können Sie über die Stimme Ihres Auftraggebers sagen?» fragte Bienzle.

«Ich habe nur selten mit ihm gesprochen. Er redet hochdeutsch.»

Häberle kam wieder herein. «Sag mal», wandte sich Bienzle an seinen Seestädter Kollegen, «gibt es hier eine Mithörmuschel am Telefon?»

«Ja, an meinem Apparat.»

«Gut!» Bienzle winkte Ziegler heran und gab ihm die Muschel in die Hand. Dann kramte er ein verknülltes Stückchen Papier aus der Tasche und las eine Nummer ab. Er wählte. «Ja, Zoller hier», tönte es am anderen Ende.

«Bienzle», sagte der Kommissar; «haben Sie was Neues gehört?»

«Wegen Bär...»

«Nein, nein», unterbrach ihn Bienzle hastig, «im Theater, meine ich.» Das hätte ihm gerade noch gefehlt – jetzt, wo er Ziegler glücklich im Schwitzkasten hatte –, daß Zoller womöglich erleichtert von fortschreitender Genesung berichtete!

«Im Theater?» fragte Zoller erstaunt. «Nicht daß ich wüßte...»

Bienzle sah Ziegler an; der schüttelte den Kopf. «So, na ja... War nur mal 'ne Frage. Danke schön.» Er legte auf.

«Das war eine ganz andere Stimme», sagte Ziegler.

Ein weiterer Versuch mit Smetana erbrachte auch nichts – der kleine Böhme war nicht im Theater.

Bienzle legte auf. «Na dann eben nicht», sagte er brummig.

Eine Zeitlang war es sehr still. Dann klopfte ein Uniformierter und streckte den Kopf durch die Tür: «Herr Wohlfahrt ist fertig mit Telefonieren.»

«Bringen Sie ihn in seine Zelle zurück», sagte Bienzle knapp und stand auf.

Gächter schob das beschriebene Papier in eine Klarsichthülle und streckte seine langen Beine von sich. «Was glauben Sie», sagte er freundlich zu Ziegler, «wer hat wohl den Herrn Meister umgebracht?»

Der vierschrötige Mann starrte dem Kriminalmeister völlig ratlos ins Gesicht.

«Abführen», ordnete Bienzle an.

«Saubere Arbeit!» Bienzle nickte einem jungen Beamten zu. «Der Brief ist komplett.»

Vor dem Kommissar lag ein mit Tesafilm vielfach zusammengeflicktes Stück Papier, eng mit Schreibmaschinentypen beschrieben. Bienzle las leise und langsam:

*Der neue Auftrag ist nicht schwer, aber wichtig. In Seestadt
ermittelt ein ortsfremder Polizist, Kriminalhauptkommissar Ernst
Bienzle, etwa 40 Jahre alt, stattliche Erscheinung, kantiges, etwas
zu fettes Gesicht, volle, dunkle Haare, nach hinten gekämmt. Er
ist etwa 1,82 groß. Spricht mit schwäbischem Akzent. Er fährt
einen Dienstwagen, beige, VW Variant, Nummer S-4567.
Der Mann ist zu beobachten.
Wir nehmen an, daß er Kontakt zu einer gewissen Bärbel Zoller
aufnehmen will. Das Mädchen macht zur Zeit eine Rauschgiftentziehungskur im sogenannten Klosterhof in Tübingen-Lustnau.
Der Kontakt muß verhindert werden! 2000 Mark liegen bei. Das
ist die halbe Gage. Die zweite Hälfte wie immer nach
erfolgreichem Abschluß der Arbeit.*

Bienzle kratzte sich hinter dem Ohr und sah zu Gächter hinüber. Er lächelte versonnen. «Na, das ist doch was!»

Kommissar Häberle sagte: «Ich weiß nicht – jetzt geht erst mal die Sucherei nach der Schreibmaschine los... Wenn ich's recht sehe, ist das eine handelsübliche Maschine. Was glaubst du, wie viele es davon in Seestadt gibt?»

Bienzle lächelte noch immer. «Wir brauchen doch nicht in ganz Seestadt zu suchen.»

«Nein?» Häberle sah ihn verständnislos an.

Gächter grinste. Er kannte seinen Bienzle. Wenn der etwas entdeckt hatte, gab er es nur portionsweise und mit vielen Belehrungen preis.

Bienzle sagte: «Der Brief gibt uns einen sehr deutlichen Hinweis auf seine Herkunft.»

«So?» In Häberles Gesicht änderte sich nichts.

Bienzle sah aus wie ein Schulmeister, der gleich einen Schüler aufrufen will, um die Antwort abzufragen. Gächter feixte, hob die rechte Hand, schnalzte mit dem Finger und rief:

«Ich weiß es – da gibt's *ein* Wort, das den Schreiber verrät.»

«Jetzt reicht's aber!» knurrte Häberle.

«Na, sieh doch mal...» Bienzle schob das zusammengestückelte Blatt über den Tisch: «Er schreibt, das sei ‹die halbe Gage›... Kein normaler Mensch schreibt ‹Gage›, es sei denn, er ist beim Theater.»

«Ah ja!» Häberle begriff langsam.

«Wen kennen wir denn da?» fragte Gächter und versuchte dabei, Bienzles Schulmeisterton zu kopieren. «Zoller, Zeck, Ralnik...» Er machte eine Pause. «Smetana...»

«Wir kennen noch mehr», sagte Bienzle. «Die Gewandmeisterin, den Pförtner, den Intendanten... Aber wir kennen auch eine Menge Leute an diesem Theater *noch nicht*.»

«Und jetzt?» fragte Gächter.

«Wenn der Haußmann kommt, geht der auf die Suche nach der richtigen Schreibmaschine.» Bienzle reichte das Blatt seinem Kollegen Häberle: «Laß doch mal einen Sachverständigen ran.»

«So was haben wir hier nicht», sagte Häberle säuerlich.

«Dann schicken wir schnell einen Mann nach Zürich hinüber, dort gibt es eines der besten Kriminallabors in Europa. Laß Kopien machen und schick das Original.»

Häberle nahm das Papier und ging wortlos hinaus.

«Er läßt sich nicht gern was sagen», sagte Gächter.

Bienzle ging nicht darauf ein. «Du nimmst dir Smetana vor – hart, aber fair... Ist das klar?»

Gächter nickte.

«Ich selbst spreche mit Zoller.»

Der junge uniformierte Polizist, der das Papier zusammengestükkelt hatte, sah dem hinausstapfenden Bienzle voller Verehrung nach.

«Das ist ein Mann!» sagte er wie zu sich selbst. «So was von Entscheidungsfreudigkeit.»

«Ich hab ihn auch schon zögern sehen.» Gächter lächelte den jungen Beamten im Vorbeigehen freundlich an.

Bienzle begegnete an der Theaterpforte dem Kriminalassistenten Haußmann.

«Bin soeben eingetroffen...» Trotz einer ziemlich langen Zusammenarbeit war es dem jungen Norddeutschen nicht abzugewöhnen gewesen, vor Bienzle zackig strammzustehen.

«Schön, daß wir wieder mal zusammenarbeiten», sagte Bienzle, und er meinte es ehrlich. «Hier ist die Kopie eines Schreibens. Wir suchen die Maschine dazu. Vermutlich finden Sie sie hier im Theater... Wo wohnen Sie?»

«Im Hotel Rotbart.»

«Na, dann sind wir ja beisammen.» Bienzle ging an der Pforte vorbei die steilen Stiegen hinauf.

In Zollers Probenraum brannte nur das Puppenbühnenlicht. Eine Kasperlepuppe unterhielt sich mit einem abgerissenen alten Mann.

«Du behauptest», sagte der Kasper, «du bist unverschuldet in das Elend geraten?»

Die Lumpenpuppe nickte mit einer gemessenen Bewegung.

«Und wer war der Schuft?»

«Oh, das wäre eine lange Geschichte, und es ist zu spät, mir zu helfen. Inzwischen kann man auch nichts mehr beweisen.»

Bienzle hockte sich auf eine Kiste direkt vor der kleinen Bühne und sagte ernsthaft: «Da wäre ich mal nicht so sicher. Spuren verwischen sich manchmal nicht so schnell.»

Die abgerissene Puppe drehte sich um. «Guten Abend», sagte sie.

«Ich kenne dich nicht.» Bienzle duzte die Puppe und war selbst ein wenig verwundert darüber.

«Ich heiße Androsch.»

«Oh», sagte Bienzle, «was für ein Zufall.»

«Es gibt keine Zufälle», schimpfte Kasperle.

«Mag sein», gab Bienzle zu.

«Warum nennen Sie meinen Namen einen Zufall?» wollte die Puppe wissen.

«Ich hab diesen Namen heute schon einmal gehört.»

Der Kasperle kam an die Rampe gehüpft. Seine Bewegungen verrieten so etwas wie Zorn oder Wut. «Schöner Kommissar, solange Sie so was für Zufall halten, gibt es niemals Zusammenhänge!»

«Da magst du recht haben.» Bienzle blinzelte ins Licht. «Vielleicht hilfst du mir ein wenig auf die Sprünge», sagte er zu der Puppe in den abgerissenen Kleidern. Er hätte lieber direkt mit Zoller gesprochen, aber er wagte jetzt nicht, das Spiel zu unterbrechen.

«Es ist sehr schwierig», sagte die Puppe; «ich müßte Ihnen viel erzählen, vor allem von meinen Schwächen, meinem Versagen und den Fähigkeiten anderer, dies auszunutzen... Und Sie müßten mir glauben.»

«Ich bin bereit, dir zu glauben.»

«Nun», die Puppe redete immer bedächtiger, «Sie lernen mich in einem Zustand kennen, der heute überholt ist.»

«Wie bitte?»

«Im Theater geht so etwas», sagte die Puppe.

Bienzle beugte sich ein wenig vor. «Wenn ich mich nicht täusche, steht Ihre Art, sich auszudrücken, in einem gewissen Widerspruch zu Ihrem Äußeren...» Jetzt redete er mit Zoller – er siezte die Puppe.

«Ganz recht.» Die Puppe nickte. «Ich habe mal, wie sagt man, bessere Zeiten gesehen; dann ging es mir elend – das war die Phase, in der Sie mich jetzt kennenlernen – und dann ging es mir wieder besser – äußerlich.»

«Interessant», sagte Bienzle.

«Interessant, interessant...» äffte ihn der Kasper nach. «Mehr fällt Ihnen nicht ein?»

Bienzle lächelte. «Im Moment noch nicht.»

«Dann strengen Sie Ihren Quadratschädel an!» Der Kasper war fuchsteufelswild.

«Ein Kasperle habe ich mir auch immer anders vorgestellt», sagte Bienzle.

Pause.

«Sie müssen ihn entschuldigen...» Das Licht ging an, und Zollers schweißüberströmtes Gesicht erschien über der Puppenbühne. «Er fällt manchmal einfach aus der Rolle.»

«Sie wissen ja gar nicht, wie gut ich das verstehen kann», sagte Bienzle.

Zoller setzte sich auf den Rand der kleinen Bühne und nahm die beiden Puppen auf den Schoß.

«Nun», sagte Bienzle bedächtig, «wer ist Androsch?»

«Der Vorgänger unseres Intendanten.»

«Aha.»

Zoller zog ein wenig an den Fäden, so daß der alte Mann und der Kasper interessiert die Köpfe hoben. «Er ist gescheitert und verkommen», sagte er, «wenigstens für eine gewisse Zeit.»

«Und danach?»

«Hat er sich wieder gefangen.»

«Irgendwelche krummen Geschichten?»

«Wie man's nimmt.»

Bienzle zog ein Taschentuch heraus und wischte den Schweiß von der Stirn. Es war stickig in dem engen, dunklen Raum. Er sah dem Puppenspieler in die Augen. Der wich dem Blick nicht aus.

«Was ist mit Androsch?»

«Nun...» Zoller zögerte. «Er... Ich denke, daß er sehr viel weiß.»

«Alle hier wissen mehr, als sie sagen», brummte Bienzle mißgelaunt.

«Das mag schon stimmen.»

Bienzle stand auf und ging in dem schmalen Gang des Probenraums hin und her. Er hatte das Gefühl, nahe an einer Lösung zu sein. Einer Eingebung folgend beugte er sich zu der Puppe in den abgerissenen Kleidern hinab, die noch immer auf Zollers Knie saß und aussah, als ob sie aufmerksam zuhöre.

«Ist es Dr. Spieß, der Ihnen so mitgespielt hat?» fragte der Kommissar.

Der Kopf der Puppe wackelte. Zoller sagte mit veränderter Stimme: «Der Dr. Spieß hängt überall mit drin, aber er ist...»

«Nur ein Spießgeselle, hihihi...» Das war der Kasper.

«Aha», sagte Bienzle. «Es gibt also einen Mann, der mit Spieß zusammenarbeitet und der diesem Androsch schwer geschadet hat.»

«So könnte man sagen.» Zoller packte die beiden Puppen in einen geflochtenen Korb.

«Kennen Sie ihn?» fragte der Kommissar.

«Möglich.»

«Was heißt möglich? Entweder kennen Sie ihn, oder Sie kennen ihn nicht.»

«Ich weiß es nicht. Es klingt zwar komisch, wenn man von dem Mann im Hintergrund redet, aber... Ich weiß wirklich nichts, was ich exakt beweisen könnte.

«Dann will ich's mal anders versuchen.» Bienzle setzte sich auf einen Hocker. «Ist dieser mysteriöse Mann am Theater beschäftigt?»

«Wenn ich mit meinen Vermutungen richtig liege, ja.»

Die Tür zu Zollers Probenraum öffnete sich mit einem häßlichen, knarrenden Geräusch.

«Wer ist da?» rief Zoller mit gepreßter Stimme.

Einen Augenblick lang herrschte völlige Stille. Dann hörten Bienzle und Zoller davonhastende Schritte. Zwar rannte der Kommissar in den nachtschwarzen Korridor hinaus und auf den Treppenabsatz zu, aber er bekam niemand zu Gesicht. Schwer atmend blieb er am Treppengeländer stehen und sah sich ratlos um, dann zuckte er die Achseln und wollte gerade zurückgehen, als eine halbe Treppe tiefer eine Verbindungstür aufgestoßen wurde.

«Hallo, Kommissar», rief der Intendant in seinem jovialen Ton.

«Ach, Sie sind's», sagte Bienzle unfreundlich. «Wo kommen Sie denn her?»

Spohnholz runzelte die Stirn. «Wo soll ich herkommen – aus meinem Büro.»

Bienzle stieg ein paar Stufen hinunter. «Haben Sie jemand rennen sehen?»

«Mir ist niemand begegnet... Warum?»

Der Kommissar ging vollends zu dem anderen hinunter. Er sah ihn eine Weile schweigend an.

«Na, was ist denn mit Ihnen?» Der Intendant klang forsch.

Bienzle studierte noch immer das Gesicht seines Gegenübers. Schließlich wendete er den Blick ab, starrte eine Zeitlang auf seine Schuhspitzen und sagte mehr zu sich selbst: «Ich komm manchmal auf die dackelhaftesche Idea.»

«Wie bitte?»

«Ach...» Der Kommissar machte eine unbestimmte Geste. «Der

ganze Betrieb hier irritiert mich – diese Vermischung von Wirklichkeit und Spiel. Wissen Sie, die meisten Leute, mit denen ich zu tun hab, versuchen sich zu verstellen, probieren's sozusagen mit Schauspielen, wollen mir was vormachen... Aber das sind Amateure. Hier hab ich's mit Profis zu tun; das ist das Problem.»

«Schauspieler verstellen sich im Privatleben nicht mehr oder weniger als andere Leute», sagte Spohnholz indigniert.

«Aber wenn Sie's mal tun, sind sie besser!» Bienzle ließ den Intendanten stehen und stapfte die paar Stufen wieder hinauf. Auf halbem Weg blieb er stehen, sah aber nicht zu dem Theaterchef hinunter. Beiläufig sagte er: «Kennen Sie einen gewissen Androsch?»

«Stephan Androsch? Aber sicher! Alter Kollege... Pensioniert inzwischen.»

«Ach ja?»

«Warum fragen Sie?»

«Och, nur so.» Bienzle gab sich nicht besonders interessiert.

Der Intendant kam ihm nun nach. «Seltsam», sagte er, «daß Sie nach Androsch fragen.»

«Was soll daran seltsam sein?»

«Nun ja... Eigentlich...» Er ließ den Satz in der Luft hängen.

Der Kommissar fixierte den Intendanten jetzt scharf. «Gibt es irgendwelche Beziehungen zwischen Herrn Smetana und Herrn Androsch?»

«Beziehungen?»

«Na ja, ich frage Sie, ob sich die beiden vielleicht besonders nahestanden?»

«Sie kennen sich lange, wenn Sie das meinen.»

«Ich meine nichts, ich frage nur.» Bienzle steckte sich ein Zigarillo zwischen die Lippen.

«Rauchen ist hier leider nicht gestattet», sagte der Intendant.

«'tschuldigung.»

«Wir können ja in mein Büro gehen, dort können Sie gern rauchen.»

«Ich komme gleich nach», sagte Bienzle. «Ich muß mich noch von Herrn Zoller verabschieden.»

Als er zu dem Puppenspieler zurückkehrte, spielte der mit einer Puppe, die das Gesicht des Intendanten hatte.

«Gut getroffen», sagte Bienzle.

«Ach, ich weiß nicht... Dieser Mann hat so viele Gesichter – den kann man eigentlich gar nicht treffen.»

Das Arbeitszimmer des Intendanten war eingerichtet wie das Büro eines Industriemanagers. Stahlrohrmöbel, weiße Schleiflackschrankflächen; ein sachlich-rechtwinkliger Glastisch bildete mit vier schwarzen Ledersesseln eine Sitzgruppe. Nur eine geschnitzte Madonna, die auf einem Karteischrank stand, milderte das Bild kalter Sachlichkeit ein wenig.

Bienzle saß in einem der bequemen Ledersessel und paffte vor sich hin.

Der Intendant lächelte. «Jeder, der hier hereinkommt, wundert sich über das Mobiliar, aber mein Job ist auch nicht viel anders als der jedes Direktors in einem Wirtschaftsunternehmen, zumindest was die Verwaltung anbelangt.»

«Trotzdem», sagte Bienzle, «wenigstens ein paar Plakate oder ein paar Szenenfotos hätte ich erwartet.»

«Als ich hier anfing, sahen die Wände aus wie Litfaßsäulen. Überall hingen Fotos und Poster; die Textbücher türmten sich sogar auf dem Boden... Es ist mir völlig schleierhaft, wie mein Vorgänger noch durchgeblickt hat.»

«Hat er denn?»

«Bitte?»

«Ich meine, hat er durchgeblickt?»

«Na ja... Ersparen Sie mir eine Antwort.»

«Ihr Vorgänger war Stephan Androsch, nicht wahr?»

«Ganz richtig.»

«Täusche ich mich, oder hatte damals das Seestädter Theater künstlerisch noch... Na, sagen wir mal, eine überregionale Bedeutung?»

Der Intendant sah den Kommissar nachsichtig an. «Sie haben vielleicht in den Zeitungsarchiven gekramt. Tatsächlich war die Presse meinem Vorgänger sehr viel gewogener als mir. Aber schauen Sie sich mal die Zahlen an. Ich habe eine Platzausnutzung von über 90 Prozent – das gibt es am deutschsprachigen Theater sonst kaum noch. Der Zuschuß der Stadt mußte seit meinem Hiersein noch kein einziges Mal erhöht werden. Wir arbeiten sehr erfolgreich.»

Bienzle sah überrascht in das Gesicht des Theaterchefs. Es hatte sich einmal mehr verändert und Züge angenommen, die der Kommissar zuvor nicht bei ihm gesehen hatte. Die Augenbrauen bildeten zwei flache Winkel, die Lippen waren sehr schmal geworden, die Mundwinkel nach unten gezogen. Die Augen hatten sich verengt. Die Haut spannte sich über den ausgeprägten Backenknochen.

«Ich verstehe zu wenig von Ihrem Metier», sagte Bienzle.

Der Intendant goß Cognac in zwei riesige Schwenker ein und hob sein Glas genüßlich unter die Nase. «Sie fragten nach Smetana und Androsch...»

Bienzle nickte und nippte an seinem Glas.

«Nun, beide stammen wohl aus Prag, haben sich aber meines Wissens erst hier kennengelernt.»

«War nur so eine Idee», brummelte der Kommissar uninteressiert.

«Aber ich würde doch gern wissen, wie Sie darauf gekommen sind, ausgerechnet nach diesen beiden Männern zu fragen.»

«Ach, wissen Sie... Bei einer derartigen Ermittlung kriegt man immer mal wieder das Ende eines Fadens in die Finger und hofft, daß es der rote Faden ist.»

«Ich verstehe.» Das Gesicht des Intendanten entspannte sich ein wenig.

«Wirklich?»

«Bitte?»

«Meinen Sie wirklich, daß Sie es verstehen?»

Der Intendant erhob sich und machte ein paar schnelle Schritte durch sein Büro. Schließlich fragte er: «Wann stellen Sie eigentlich Ihre erste gezielte, präzise Frage?»

Bienzle lächelte. «Sobald ich soweit bin...»

Es klopfte, und im gleichen Moment ging die Tür zu einem Nebenraum auf. «Also, ich weiß nicht, ob ich mir das gefallen lassen soll!» Eine kleine, pummelige Frau mit wild gekräuseltem blondem Haar und einem frischen, rosigen Gesicht kam hereingewirbelt.

«Was ist denn, Schätzchen?» fragte der Intendant.

«Da ist ein junger Mann, ein Polizist...»

Haußmann erschien hinter der jungen Frau im Türrahmen.

«Meine Sekretärin, Fräulein Schatz, genannt Schätzchen», stellte Spohnholz vor.

«Aha», sagte Bienzle. Er machte keine Anstalten, sich zu erheben und die Frau zu begrüßen.

«Er will an meine Maschine», sagte sie aufgebracht. Es klang, als wollte sie sagen, er will mir an die Wäsche.

«Bitte?» Der Intendant sah Haußmann überrascht an.

«Wir brauchen Schriftproben», sagte Bienzle.

«Aber wozu denn?»

«Präzise Antworten bekommen Sie leider erst, wenn ich auch soweit bin, präzise Fragen zu stellen», sagte Bienzle mit einem Schuß Sarkasmus in der Stimme.

«Also, so geht es nicht!» sagte der Intendant nun sehr bestimmt. «Sie können nicht einfach hier hereinkommen und...»

«Doch – ich kann!» unterbrach Bienzle schroff. «Aber andererseits kann ich mir nicht so recht vorstellen, daß Sie etwas zu verbergen haben, Herr Spohnholz.»

«Schon diese Formulierung ist eine Zumutung!»

«Eben. Und was sollten Sie dann dagegen haben, wenn wir eine Schriftprobe von der Schreibmaschine Ihrer Sekretärin nehmen? Wir machen das übrigens bei allen Maschinen hier im Haus.»

«Ohne mich zu fragen?»

«Und wir müssen wahrscheinlich auch noch alle Schreibmaschinen prüfen, die Mitglieder Ihres Theaters zu Hause stehen haben...»

Haußmann war wieder im Vorzimmer verschwunden. Man hörte das Ratzen vom Einspannen eines Papierbogens und gleich darauf das unrhythmische Hacken von Schreibmaschinentypen.

«Also, das ist dann doch die Höhe!» empörte sich Fräulein Schatz.

Bienzle zog es vor, gar nichts mehr zu sagen.

«Ich will Ihnen ja die Arbeit nicht unnötig erschweren...» begann der Intendant.

«Na also!» sagte Bienzle schnell und erhob sich aus dem schwarzen Ledersessel.

Mit einer theatralischen Geste hob der Intendant die Hände zum Himmel. «Als ob man nicht schon auch so genug um die Ohren hätte...»

Bienzle kippte den restlichen Cognac, sagte nicht ohne eine Spur von Schadenfreude: «Ja gell, so isch's no au wieder!» und ging grußlos hinaus.

Zur gleichen Zeit saß der lange Gächter zwischen Landsknechtsuniformen und Reifröcken im Fundus des Seestädter Theaters und sah

Smetana zu, wie er Plastikhüllen über Kostüme stülpte. «Sie selber haben wohl nie auf der Bühne gestanden?»

«Aber ja doch – was glauben Sie! Aus mir wäre ein zweiter Erich Ponto geworden, bittaschehn... Ich meine, von der Statur her und vom Rollenverständnis.»

«Ah ja?» sagte Gächter gedehnt. «Wie alt sind Sie?»

«Über sechzig», sagte Smetana unbestimmt.

«Und hier werden Sie nicht mehr eingesetzt – schauspielerisch, meine ich?»

«Selten, und dann nur als besserer Statist. Manchmal spiel ich eben noch so eine Wurzen, bittaschehn...» Das ausgemergelte Gesicht bekam einen ärgerlichen Ausdruck.

«Was haben Sie mit Dr. Spieß zu tun?»

Die Frage überrumpelte den alten Fundusverwalter. «Bi... bitte?» stotterte er.

«Sie haben meine Frage genau verstanden.» Gächter sah den kleinen Mann böse an.

«Muß... Muß ich denn darauf antworten?» fragte Smetana dümmlich.

Gächter schob seinen schmalen Fuchskopf vor: «Ich würde Ihnen dringend dazu raten.»

«Ich habe gar nichts...» Weiter kam er nicht.

«Stopp!» sagte Gächter. «Reden Sie sich nicht ins Unglück. Wir wissen mehr, als Sie glauben.»

«Was meinen Sie denn damit?» Smetana wurde immer unsicherer.

«Ich meine zum Beispiel, daß Sie verdammt nahe dran waren, als die ‹Ursula› im Hafen in Flammen aufging.»

«Das wissen Sie?»

«Nicht nur das.» Gächter hatte sein Gesicht dem des kleinen Smetana bis auf wenige Zentimeter genähert. «Denken Sie etwa, daß Spieß Sie schützen wird?»

Smetana atmete hörbar auf. «Das wird nicht nötig sein, bittaschehn», sagte er. Er lächelte sogar ein wenig.

«Da habe ich einen Fehler gemacht», sagte Gächter kurze Zeit später zu Bienzle.

Sie saßen in einer kleinen Weinstube in der Hafengegend, Bienzle vor einer Portion warmem Leberkäs und Gächter vor einem Glas Apfelsaft.

«Es war ganz eindeutig, daß es nicht Spieß ist, vor dem Smetana Angst hat oder auf dessen Hilfe er hofft. Das muß dieser mysteriöse Briefschreiber sein.»

«Oder noch ein ganz anderer», murmelte Bienzle nachdenklich.

Haußmann kam durch die Tür und sah sich suchend um. Gächter winkte und sagte zu Bienzle: «Sieht ganz so aus, als ob unser Wunderknabe was gefunden hätte.»

Mit schnellen Schritten kam der junge Mann an den Tisch. «Ich habe etwas gefunden», sagte er eifrig.

«No nix narret's, wenn's pressiert!» sagte Bienzle. «Hocket Se sich doch z'erscht amal hin!»

Voller Ungeduld setzte sich der Kriminalassistent.

«Ond jetzt b'schtellet Se was, ond no schwätzet mer!»

Haußmann bestellte einen Kaffee.

«Also?» fragte Bienzle.

«Es besteht kein Zweifel – die Schrift auf dem zusammengeklebten Brief ist absolut identisch mit einer Schriftprobe, die ich im Intendanzsekretariat gemacht habe.»

«Aha – absolut identisch, sagen Sie... Sind Sie neuerdings Kriminaltechniker und Schriftprobensachverständiger?»

Aber Haußmann ließ sich nicht aus dem Konzept bringen. «Schauen Sie, Herr Bienzle, die Unterlänge vom kleinen g und die Oberlänge vom großen L, beide Typen sind ein wenig – wie soll ich sagen – gequetscht... Dann immer bei der Buchstabenfolge e und r hängen die beiden Typen zu eng aufeinander...»

Bienzle verglich die Fotokopie der zusammengestückelten Anweisung sorgfältig mit dem Schriftbild, das Haußmann von der Maschine des Fräulein Schatz genommen hatte. Der Kriminalassistent hatte sich sogar die Mühe gemacht, den Originaltext zu tippen, und zwar exakt in dem Zeilenfall wie bei dem in der Mülltonne zusammengeklaubten Schreiben.

«Sie haben recht», sagte Bienzle nach einiger Zeit; «das ist die Maschine.»

«Und jetzt?» fragte Gächter.

«...müsset mer bloß no rausbringa, wer's geschrieba hat, du Schlaule», sagte Bienzle.

«Ich habe gefragt...» Haußmann ließ vor lauter Eifer seinen Kaffee kalt werden. «Fräulein Schatz schließt ihr Zimmer praktisch nie ab; im Grunde kann jeder, der ins Theater hineinkommt, auch an die Maschine ran.»

«Oh, du liabs Hergöttle von Biberach!» stöhnte Bienzle.

«Na ja, immerhin besser als gar nichts», meinte Gächter; «jetzt wissen wir wenigstens, daß der Auftraggeber dieser beiden Ganoven im Theater sitzt.»

«Oder Zugang zum Theater hat, ja... Wer eine falsche Spur legen will, würde zur Not auch darauf kommen.»

Gächter sah den Kommissar an. «Da könntest du recht haben. Auch die Tatsache, daß der Unbekannte den Namen des früheren Intendanten benutzt, könnte dazu passen.»

«Eben – es ist beides möglich. Das Nächstliegende ist natürlich, daß der Typ, den wir suchen, im Theater sitzt – aber aus Erfahrung weiß man schließlich, daß das Nächstliegende am Ende oft nicht der Wahrheit entspricht.» Bienzle bestellte sich einen Trollinger. Dann sagte er: «Jetzt trink i in Ruhe mei Viertele aus, dann such ich mal den Androsch... Sie, Herr Haußmann, kümmern sich um die Ergebnisse der Brandermittlung auf dem Schiff im Hafen – Herr Gächter hat Ihnen doch inzwischen über alles Bescheid... Gut. – Du, Gächter, fragst mal die Leute im Theater aus, wer wohl vor drei Tagen im Sekretariat gewesen sein könnte.»

«Vor drei Tagen?»

«Ja. Wann soll der Brief sonst geschrieben worden sein?»

Stephan Androsch war nicht schwer zu finden. Er bewohnte ein ausgebautes Gartenhaus direkt am Ufer des Sees. Bienzle ging durch das offenstehende Gartentürchen und über einen dicht eingewachsenen Plattenweg auf den fachwerkartigen Giebel zu. Eine verwitterte Bank mit geschwungenen schmiedeeisernen Armlehnen und Beinen stand an der Hauswand, davor ein runder Eisentisch und, mit dem Rücken zum Garteneingang, ein ausladender geflochtener Stuhl, halb verdeckt von einem mächtigen Hortensienbusch, der in kränklich-bläulichen Farben über und über blühte.

Ein Mann lag neben dem geflochtenen Stuhl unter dem blühenden Strauch. Er hatte ein Loch in der Stirn, und ein breiter Streifen geronnenen Bluts zog sich über das linke aufgerissene Auge und die eingefallene Wange bis zur Gartenerde hinab. Die linke Hand des Toten krampfte sich um ein halb ausgerissenes Grasbüschel.

Auf dem Gartenzaun hinter dem Hortensienbusch saß ein Rotkehlchen und sang.

Bienzle stand lange da und starrte auf den Toten hinab. Er räusperte sich, aber der Kloß im Hals blieb. Schließlich wendete er sich ab und ging auf das Häuschen zu.

Die grüne Holztür mit den schweren Eisenbeschlägen war nur angelehnt. Im Innern des Hauses umfing ihn gedämpftes Licht. Es roch nach Kaffee. Bienzle ging dem Geruch nach und fand so den Weg in eine schmale Küche. Eine Glastür verband den kleinen Raum mit einer Veranda, die jetzt im Schatten lag. Es war kühl hier. Er stellte die Kaffeemaschine ab.

Der angrenzende Raum diente offensichtlich als Arbeitszimmer. Auf einem ausladenden Bauerntisch stapelten sich Papiere, Bücher, Fotos und Notizen. Die Wände waren mit Szenenbildern und Plakaten tapeziert. Auf einem schmalen Schränkchen stand das Modell eines Bühnenbilds. Auf dem Schreibtisch entdeckte Bienzle eine Fotografie von Ursula Ralnik, eingemauert von Bücherbergen. Er nahm das Bild in die Hand und sah eine Weile in das lächelnde Gesicht. «Hallo», sagte er leise. Er drehte das Bild um. *Für Stephan, den ich wegen seiner Arbeit liebe,* stand da in kräftigen Schriftzügen.

Das Telefon fand Bienzle schließlich unter einem Stapel von Zeitungen und Zeitungsausschnitten. Er rief Häberle an.

Dann ging er langsam wieder in den Garten. Das Rotkehlchen sang immer noch.

Als Häberle mit seinen Beamten kam, ging Bienzle durch das Gartentor hinaus. Er stapfte leicht vornübergebeugt einen schmalen Fußweg entlang, der an den Gartenzäunen schmaler Grundstücke vorbeiführte. In jedem der Gärten standen kleine Häuser, denen anzusehen war, daß sie einmal als Wochenendhütten klein angefangen hatten und dann nach und nach von ihren Besitzern ausgebaut worden waren. Da gab es bizarre kleine Burgen und Backsteingebäude, Häuser mit Fachwerkfassaden und solche, die wie umgestülpte Holzkisten aussahen. Viele waren von wildem Wein, Efeu oder Klematis eingewachsen. Zwischen den Häusern, Bäumen und Sträuchern blinkte manchmal das Sonnenlicht vom See her... Bienzle kehrte um und ging langsam in die Richtung von Androschs Haus zurück.

Auf dem Grundstück davor lehnte ein Mann über den Zaun. Er schien auf den einsamen Spaziergänger zu warten. «Wissen Sie, was passiert ist?» fragte der Mann.

«Warum soll etwas passiert sein?»

Bienzle blieb stehen und sah in das Gesicht des Mannes. Er schätzte ihn um die Sechzig; ein Freilufttyp. Gebräunte, vielfach gefältelte Haut; vorspringendes Kinn, hellbraune, listig blinzelnde Augen. Das Haar stand als wirrer weißer Kranz um die braune Glatze.

«Das ist doch ein richtiger Polizeiaufmarsch.»

Bienzle ging nicht darauf ein. «Kennen Sie Androsch?»

«Sicher. Feiner Kerl.»

Bienzle durchforschte das Gesicht des Mannes hinter dem Zaun. Er entschloß sich, die Wahrheit zu sagen. «Stephan Androsch lebt nicht mehr. Er ist ermordet worden. Ich bin Kriminalhauptkommissar.»

Die Lachfalten und der listige Blick verschwanden aus dem Gesicht des Mannes. Leise sagte er: «Ein guter und treuer Freund.»

«Ich bin gekommen, um mit ihm zu sprechen... Vielleicht sollten wir beide jetzt ein wenig miteinander reden – jetzt, wo Ihr Freund nicht mehr kann.»

«Müssen Sie nicht drüben...?»

«Alles Routine; das machen die anderen auch ohne mich.»

Wortlos öffnete der Mann das schmale Gartentor. Als sie nebeneinander hergingen, sagte er:

«Kröner mein Name.»

«Bienzle, Kriminalhauptkommissar.»

Das Häuschen Kröners war sehr viel schmuckloser als das von Stephan Androsch. Kröner holte eine Steingutflasche aus einem Schränkchen. «Obstler vom Bauern», sagte er und goß zwei Steinguttöpfchen voll. Bienzle trank. Der Kloß im Hals wurde ein wenig kleiner.

«Noch einen?»

Bienzle nickte und ließ sich müde auf eine roh gezimmerte Bank sinken, die an der Wand der Küche entlanglief.

«Geht's Ihnen wirklich so an die Nieren?» fragte Kröner.

Bienzle nickte wieder und trank seinen zweiten Schnaps. Dann sagte er: «Sehr verwundert scheinen Sie nicht zu sein über den Mord an Ihrem Nachbarn.»

Kröner wiegte den Kopf hin und her, als ob er noch unschlüssig wäre. «Er selbst hat immer wieder davon gesprochen.»

«Von seinem Tod?»

«Ja. Davon, daß er umgebracht werden könnte.»

Bienzle sah Kröner ins Gesicht. «Von wem?»

«Er sagte immer nur: ‹Von dieser Mafia.›»

«Mehr nicht?»

«Na ja, ich hab nicht so darauf geachtet.»

Bienzle schob das Steinguttöpfchen noch einmal über den Tisch. «Haben Sie oft beisammengesessen?»

Kröner nickte. «Er war immer für mich da...» Er schenkte nach. «‹Vereinsamung›, sagte er immer, ‹darf man in unserem Alter gar nicht erst aufkommen lassen...› Drüben auf der anderen Seite von Androschs Häuschen wohnte eine achtzigjährige Frau. Letztes Jahr hat sie sorgfältig alle wichtigen Papiere zusammengetragen, alle Rechnungen bezahlt, noch mal ihrem Sohn nach England geschrieben – der war drei Jahre lang nicht mehr dagewesen...
Also, sie hat die wichtigen Papiere auf die eine Seite des Ehebetts gelegt, auch Sparbücher mit über 140 000 Mark drauf. Dann hat sie sich auf die andere Seite des Betts gesetzt mit dem Blick in ihren Toilettenspiegel. Und dann hat sie sich mit der Pistole ihres verstorbenen Mannes rechts in die Schläfe geschossen. Genau hier rein...» Kröner drückte die Spitze seines Zeigefingers direkt hinter dem rechten Auge gegen die Stirn. «Bumm!» sagte er. «Geschrieben hat sie, daß sie es nicht mehr aushält und daß sie nur hofft, daß der Selbsttod – das heißt, sie hat geschrieben, ‹daß meine Entleibung› – funktioniert.»

Bienzle hatte geduldig und aufmerksam zugehört, und auch jetzt sagte er noch nichts.

«Wie es ohne ihn mit mir weitergeht, weiß ich jetzt auch nicht.» Kröner goß noch mal Obstler nach. Dann hieb er mit der Faust auf den Tisch: «Wir müssen den kriegen, der das getan hat! Wenn ich nur was dabei helfen könnte...»

«Vielleicht können Sie's ja», sagte Bienzle.

«Ja?»

«Ich muß mehr wissen über die Leute, die Androsch gehaßt hat und denen er jetzt offensichtlich zu gefährlich geworden ist.»

«Er hat halt immer nur so allgemein geschimpft.»

Fast beschwörend sagte Bienzle: «Sie müssen mir alles erzählen – auch alle Nebensächlichkeiten!»

«Gern. Bloß, wie soll ich anfangen...» Kröner kratzte sich den glatten braunen Schädel. «Wenn man mal fünfundsiebzig ist, kommt man leicht ins Schwafeln.»

«Fünfundsiebzig?» Bienzle mußte lächeln. «Ich hab Sie auf sechzig geschätzt...» Er fühlte sich wohl in der Küche des alten Mannes. «Versuchen wir's halt; ich helf Ihnen dabei.»

«Vielleicht weiß ja der Puppenspieler mehr.»

«Zoller?»

«Ja, ja, so heißt er.»

«War der mit Androsch eng?»

«Er ist auf jedenfalls oft herausgekommen. Gelegentlich hat er seine Puppen mitgebracht. Ich bin manchmal hinübergegangen, um den beiden zuzusehen, wie sie sich ganze Stücke ausgedacht haben.»

Bienzle hatte eine Idee. Jetzt hielt es ihn nicht mehr auf der harten Bank. Er stand auf und ging in der kleinen Küche hin und her. «Ist Zoller in der letzten Zeit besonders oft hiergewesen?»

«Ja. Sie haben an was gearbeitet, glaub ich.»

«Aha. Und...?»

Kröner sah den Kommissar unglücklich an. «Mehr weiß ich nicht. Sie haben gesagt, es ist noch geheim, noch nicht reif für mich, oder so... Sie waren diesmal nicht so albern wie sonst manchmal. Ziemlich ernst waren sie... Aber der Androsch war danach immer auch besonders aufgekratzt. Dann ist er rübergekommen und hat schon am Tor gerufen: ‹Kröner, alter Schnapsbrenner, einen heißen Tropfen auf den Tod der Mafia!› So komische Sätze hat er eben manchmal gemacht.»

Bienzle setzte sich wieder auf die Bank. «Ich glaube, Sie haben mir schon jetzt ein ordentliches Stück weitergeholfen.»

«So?» Der Alte sah den Kommissar ungläubig an.

«Daß Zoller mehr weiß, als er sagt, war mir schon lange klar...» Bienzle sprach jetzt mehr zu sich selbst. «Offensichtlich hängt er selbst so ungeschickt in den Fäden, daß er sich nicht befreien kann... Das heißt, daß er nicht offen mit mir sprechen kann...» Er lehnte sich zurück und faltete die Hände über dem Bauch. «Haben Sie irgendwas zum Essen im Haus? Denken macht hungrig.»

«Ein Griebenschmalzbrot können Sie haben.»

«Das wär genau das Richtige!»

Kröner ging zum Kühlschrank und holte ein Töpfchen heraus; aus einer alten blechernen Brotlade nahm er einen Bauernbrotlaib, den er jetzt gegen den Bauch drückte, um mit einem großen Messer in elegantem Schwung eine dicke Scheibe abzuschneiden.

Bienzle dachte laut vor sich hin: «Androsch und Zoller haben vielleicht ein Stück einstudiert, das... Aber eigentlich ist das ja absurd; genausogut hätten sie mir alles erzählen können...»

«Theaterleute sind komische Käuze», sagte Kröner, während er das fette Schmalz, das dicht mit braunen Grieben durchsetzt war, auf das Brot strich.

«Da können Sie recht haben. Aber einen Sinn gibt's trotzdem nicht», sagte Bienzle.

Kröner brachte das Schmalzbrot auf der flachen Hand. Bienzle griff zu und biß hinein.

«Mann, schmeckt das!» sagte er mit vollem Mund. «Seit zwanzig Jahren hab ich kein solches Griebenschmalzbrot mehr gegessen.»

«Könnte es sein», fragte Kröner tastend, «daß der Zoller sozusagen in aller Öffentlichkeit... Ich meine, bei einer Aufführung?» Kröner unterbrach sich.

Bienzle hatte mitten im Kauen aufgehört und starrte ihn an. «Da könnte ein Sinn drin sein! Eine Art Überrumpelung; in einer Situation, in der die Betroffenen sozusagen wehrlos sind... Bei einer öffentlichen Veranstaltung zum Beispiel.»

«Halten Sie so was für möglich?» fragte Kröner.

«Ich hab so nach und nach gelernt, alles für möglich zu halten.»

«Aber warum mußte dann mein Freund Androsch jetzt sterben?»

«Vielleicht bin ich dran schuld. Ich hab eine Menge rumgefragt in der letzten Zeit... Haben Sie Telefon?»

«Dort drüben.» Kröner zeigte auf ein altes Nachttischchen, das neben der Küchentür stand.

Bienzle kramte eine Handvoll Zettel aus der Jackentasche, fand den richtigen und wählte. «Hallo – Herr Zoller? Bienzle hier... Eine kurze, aber wichtige Frage: Treten Sie in nächster Zeit mit Ihren Puppen auf...? An welchem Samstag – morgen etwa?... Wo, bitte?... Sagen Sie das noch mal: im Theater? Ach so – im Vestibül... Der Reitklub, ja... Was spielen Sie denn?... Aha, ja, ich verstehe... Ja. Danke schön, Herr Zoller.» Der Kommissar legte auf und blieb ein paar Sekunden regungslos stehen.

«Oh, du liabs Hergöttle von Biberach», sagte er schließlich inbrünstig, «wia hent di d' Mucka verschissa!»

Kröner goß schweigend noch einmal Schnaps ein.

Bienzle sagte: «Ausgerechnet beim Stiftungsfest des Reitklubs.»

«Prost», sagte Kröner.

«Sehr zum Segen», sagte Bienzle. Der Schnaps wärmte seinen Bauch, seine Haut fror. Für einen Augenblick legte der Kommissar seinen Arm um die Schultern des alten Kröner, dann stapfte er durch die schmale Küchentür und einen engen, dunklen Korridor hinaus in das milde Nachmittagslicht.

Im Nachbarhaus war Häberle mit seinen Leuten bei der Spurensuche. Bienzle wollte nicht stören. Er nahm einen Stuhl, trug ihn in eine stille Gartenecke und setzte sich in die Sonne. Als Häberle nach einer Weile zu ihm trat, war er eingeschlafen. Nur mit Mühe fand er in die Wirklichkeit zurück.

«Ich hab da was gefunden», sagte Häberle, «das wird dich interessieren.»

Es war ein schmales, grau und schwarz marmoriertes Buch. Auf dem Titel stand: *Tagebuch IV*. Der Kommissar schlug die erste Seite auf und las: *Wer seine Lage erkannt hat, wie sollte der aufzuhalten sein.* Interessiert blätterte Bienzle weiter.

Die Eintragungen glichen Telegrammen. Es waren kurze, oft verstümmelte Sätze, die zudem noch teilweise aus Wortkürzeln zusammengesetzt waren, die sich der Schreiber selbst ausgedacht haben mußte. Im wesentlichen ging es offensichtlich um Anmerkungen zu Inszenierungen, um Gedächtnisstützen, Notizen.

Muß endl. K. nach Würzburg schreiben, stand da etwa, oder *U. war da, ein zärtl. Gespräch;* dahinter hatte Androsch drei Glockenblumen gemalt.

Bienzle blätterte und las ohne Hast. Auf Seite 30 fand er den ersten Hinweis auf Zoller: *Z. hier. Mit Puppen. Klagen über Tochter. Abhäng. von Meister.* Auf eine Eintragung drei Seiten weiter starrte Bienzle lang: *S. verstärkt Druck.* Von da an tauchte das Kürzel S. immer öfter auf. Bienzle fischte ein Blöckchen aus der Tasche und kritzelte in seiner sehr kleinen Schrift einzelne Sätze aus dem Buch ab: *S. droht Z., ihn hochgehen zu lassen. Güterabwägung: Was ist besser, auspacken oder stillhalten?*

S. u. Co. bei Zoller. Geldangebot.
Z. schlägt Enttarnung bei Puppenspiel vor.
S. bei mir – offens. kennen wir nur einen minimalen Teil seiner Verstrickung.
Anruf von S. – er hat Angst. Angst macht ihn gefährlich.
Die letzte Eintragung lautete: *Telef. mit S. Ich sage wörtl. ‹Ihr Spiel ist aus, der Vorhang fällt.› S. reagiert seltsam gelassen. Ich habe Angst. Muß Polizei verst.* Als Datumsangabe entzifferte Bienzle: *Freit. 18. 9. 10.00 Uhr.*

Zehn Uhr heute früh. Nur ein paar Stunden, bevor er selbst hier eingetroffen war... Bienzle ging in das Haus zurück und bahnte sich behutsam einen Weg durch die Beamten, die mit Pinsel, Magnesiumpulver und Tesafilm Fingerabdrücke sicherten, zu Häberle. «Gibt's noch ein solches Tagebuch?» fragte er den Kollegen. «Das hier trägt die Nummer römisch vier.»

«Bis jetzt wurde nichts gefunden... Hast du schon eine Theorie?»

Bienzle schüttelte den Kopf. «Kennst mich doch, damit bin ich vorsichtig. Und du weißt ja auch: Meistens erweisen sich die Tatsachen als Todesursachen für die Theorien.»

«Wenn ich mir das so ansehe», sagte Gächter eine Stunde später zu Bienzle, «ist der Herr Doktor Spieß vielleicht doch der, den wir suchen.»

«Könnte sein.»

«Wird vielleicht Zeit, daß wir uns einen Haftbefehl beschaffen.»

«Mach dich doch nicht lächerlich. Wir haben keinen einzigen Beweis in der Hand.»

«Dann wird's eben Zeit, daß wir Beweise beschaffen.»

«Du redest daher wie der Blinde von der Farbe. Haben wir etwa den Gegenstand, mit dem Meister niedergeschlagen wurde? Haben wir Fingerabdrücke an den Spritzen, die uns weiterhelfen? Haben wir bei Androsch eine Tatwaffe? Nichts haben wir, nicht mal verwertbare Zeugenaussagen... Ja, Zeugen, die gibt's wohl, sogar jede Menge – nur keinen, der etwas sagen will. Und warum? Weil sich jeder selber belasten würde. So sieht's aus. Und der Zoller, der sich vielleicht einen Ruck geben könnte, will's auf eigene Faust machen. Mit einer entlarvenden Puppentheateraufführung... Reiner Schwachsinn ist das!»

Gächter sah seinen Vorgesetzten an. «Eine richtige Rede hast du da gerade gehalten.»

«Ach, rutsch mr doch da Buckel nonder.»

Sie saßen an einem schmalen Tischchen in einem Café, in dem sich Bienzle nicht wohl fühlte, weil ihm das zerbrechliche Mobiliar seine eigenen Gewichtsprobleme gleichsam fühl- und sichtbar machte.

Haußmann kam herein und hatte sein eifriges Dienstgesicht. Er setzte sich und bestellte einen Tee mit Zitrone. Dann sah er lächelnd erst Bienzle und dann Gächter an.

«Na, was ist?» Bienzle machte keinen Hehl aus seiner schlechten Laune.

Haußmann zog einen Notizblock aus der inneren Jackentasche und las vor: «Die Brandermittlungen auf der ‹Ursula› sind weitgehend abgeschlossen. Der Brand war ausgelöst worden durch einen Sprengsatz, der mit einem Benzinkanister verbunden war. Sprengsatz und Benzinkanister sind unterhalb des Benzintanks montiert gewesen. Der Plan der Brandstifter, den Tank zur Explosion zu bringen und damit das Schiff total zu zerstören, ist aber mißglückt; die Wandung hat standgehalten. Die Durchsuchung der teilweise starke Brand- und Löschwasserschäden aufweisenden Jacht ergab Hinweise darauf, daß sie noch kurz zuvor bewohnt worden ist.»

Bienzle unterbrach: «Sie brauchen mir nicht diesen ganzen Schulaufsatz vorzulesen, sagen Sie mir lieber, ob verdächtiges Material gefunden wurde?»

Haußmann blätterte, dann las er: «Unterlagen für offensichtlich geplante Fälschungen von Papieren für Reit- und Rennpferde. 380 Gramm sechzigprozentiges Heroin, in Plastikpäckchen eingeschweißt. Zwei Revolver. Ausländische Währung, im einzelnen 13 000 Schweizer Franken und 120 000 österreichische Schilling.»

Bienzle pfiff durch die Zähne und richtete sich vorsichtig auf dem gebrechlichen Stühlchen ein wenig auf. «Alles?»

Haußmann nickte.

«Und jetzt frage ich Sie: Warum hat Spieß das nicht alles wegschaffen lassen, bevor er die Brandstifter auf sein eigenes Schiff losgelassen hat?»

«Das ist allerdings eine Frage», sagte Haußmann unbestimmt.

«Sie sollen mir nicht bestätigen, daß das eine Frage ist. Eine Antwort will ich haben. Ist der Spieß schon vernommen worden?»

«Ja...» Haußmann blätterte schon wieder in seinem Block. «Er gibt an, zufällig in den Hafen gekommen zu sein. Die Katastrophe habe ihn völlig überrascht. Er habe noch versucht zu retten, was zu retten gewesen sei.»

Bienzle lachte. «Mit einem Spielzeugeimerle!»

«Daß da inkriminierende Gegenstände – wie er sich ausdrückte – auf dem Schiff gefunden werden konnten, kann er sich nicht erklären. Es gebe nur eine Möglichkeit: Irgendwer müsse das Zeug auf die Jacht gebracht haben, um ihn – Dr. Spieß – zu belasten. Er habe viele Feinde und Neider.»

Gächter sagte: «Spieß muß damit gerechnet haben, daß der Kahn in die Luft geht.»

Bienzle wiegte seinen schweren Kopf hin und her. «Tja, selbst dann hätten wir ja vielleicht noch Spuren gefunden.»

«Auf dem Grund des Sees?»

«Na ja, vielleicht auch nicht», knurrte Bienzle. «Aber ein Mann, der Geschäfte in dieser Größenordnung macht, schaltet doch jede Möglichkeit der Entdeckung aus... Und dann, das Geld: Ich schätze den Spieß nicht so ein, daß er über 30000 Mark einfach verbrennen oder absaufen läßt... Irgendwas daran ist faul.»

«Wir sollten ihn vernehmen», sagte Gächter.

Bienzle beachtete die Aufforderung nicht, sondern fragte: «Hast du denn irgendwas über die anderen Schiffe rausgekriegt?»

«Tja, die schweizerischen und die österreichischen Kollegen melden, die Schiffe seien im Wege der Amtshilfe durchsucht worden. Kein Ergebnis; die Pötte waren sozusagen klinisch rein.»

«Wann war das?»

«Gestern gegen Abend.»

«Du mußt das genau rauskriegen. Und dann will ich wissen, ob der Spieß von diesen Durchsuchungen gewußt hat und wann er davon erfahren hat, wieviel Zeit ihm danach blieb, die ‹Ursula› auszuräumen.»

Gächter sagte: «Da war doch ein Taucher auf dem Schiff, der Mann, der den Sprengsatz und den Kanister angebracht hat, warum hat der denn die Moneten und das Heroin nicht mitgenommen?»

«Die Sachen waren in einem Safe», sagte Haußmann; «Entschuldigung, das habe ich vergessen.»

«Und was noch?» bellte ihn Bienzle an.

Der junge Kriminalassistent starrte auf seinen Notizblock und sagte leise: «Ich glaube, sonst nichts.»

Gächter stand auf. «Ich werd mich mal an die Arbeit machen. Übrigens: *Du* hast vergessen, mich nach meinen Recherchen im Theater zu fragen. Niemand kann etwas darüber aussagen, ob irgendwer auf der Schreibmaschine von Fräulein Schatz getippt hat.» Damit ging er hinaus, ohne noch einmal auf Bienzles böse Miene zu blicken.

Es war achtzehn Uhr, als Bienzle und Haußmann das Café verließen. Bienzle sagte mehr zu sich selbst:

«Ich bin mir unschlüssig, ob ich noch mal nach Tübingen fahren soll, um mit dem Mädchen zu sprechen, oder ob ich mir nicht vielleicht doch den Spieß vornehme.»

«Könnte nicht ich nach Tübingen fahren?» fragte Haußmann vorsichtig.

«Ja, warum eigentlich nicht... Bärbel Zoller liegt in der Chirurgischen Universitätsklinik auf dem Schnarrenberg. Ich ruf den Arzt noch an, daß er Sie da reinläßt. Und dann bringen Sie das Mädchen mal dazu, ihre ganze Liebesgeschichte zu erzählen. Vor allem aber will ich wissen, welcher Art die Geschäfte waren, die ihr Vater gemacht hat, wie er zu dem früheren Intendanten Androsch stand und wie zu dem neuen, dem Herrn Spohnholz...» An dieser Stelle brach Bienzle ab, als ob ihm an den eigenen Worten etwas überrascht hätte, aber dann schüttelte er den Kopf. «Also, das alles muß rauskommen. Das wichtigste aber ist, was sie über den Dr. Spieß sagen kann. Wir brauchen Material gegen diesen Mann; so viel Material, daß es für einen Haftbefehl reicht.»

«Ich werde mir Mühe geben», sagte Haußmann eifrig.

Und Bienzle versöhnlich: «Sie schaffen das schon!»

Der Kommissar nahm ein Taxi und ließ sich zum Reitstall fahren, nachdem er zuvor von einer Zelle aus die Tübinger Klinik angerufen hatte.

Die Dämmerung kroch zwischen die Bäume, die das weite Areal umgrenzten. Bienzle lehnte sich an ein Geländer und sah einem einzelnen Reiter zu, der sein Pferd im gestreckten Galopp über die Bahn jagte. Auf dem fleckigen grünen Rasen im Innenraum standen rotschwarze Hindernisse ohne erkennbare Ordnung herum. Der Reiter zwang nun sein Tier in diesen Innenraum und kam direkt auf Bienzle zu, dabei nahm er drei Hindernisse mit leichten und eleganten Sprüngen. Kurz vor dem Kommissar, der irritiert zurückwich, parierte er das Pferd.

«Was wollen Sie hier?» fragte er unfreundlich. Er war höchstens fünfundzwanzig Jahre alt, hatte eine lange Narbe auf der rechten Wange und, soweit es Bienzle in der Dämmerung erkennen konnte, rotes Haar, das sich in der feuchten Abendluft zu Löckchen kräuselte.

«Ich will einen Mörder finden», sagte Bienzle ernsthaft.

«Wie bitte?»

«Sie haben schon richtig gehört. Ich gehöre zur Kriminalpolizei und ermittle im Mordfall Meister, neuerdings übrigens auch im Mordfall Androsch. Und was machen Sie hier?»

«Ich arbeite mit dem Pferd, das sehen Sie doch.»

«Ach, nennt man das so?»

«Ja. Noch was?»

«Ja. Sagen Sie mir, wo ich Dr. Spieß finde.»

«Wahrscheinlich im Reiterstüble. Sie kommen am besten hin, wenn Sie durch den Stall gehen.» Damit ließ der Reiter Bienzle stehen und trabte davon.

Bienzle sah ihm nach. Er ritt weder auf das Feld zurück noch zum Stall, sondern umrundete das Gebäude und verschwand an der Rückfront.

«Auch eine Art Nachrichtensystem», brummte Bienzle, «ein reitender Bote.»

Langsam schritt er auf das Stallgebäude zu, vermied aber das Tor mit dem Schild ZUTRITT FÜR UNBEFUGTE UNTERSAGT und ging an der Außenwand entlang zur Rückfront. Von dem Reiter war nichts zu sehen. Bienzle stieg eine schmale Treppe hinauf, die zu einer Holztür führte, auf der *Reiterstüble* stand.

Der niedrige Raum war praktisch nichts anderes als eine verglaste Empore der Reithalle. Es roch nach Schweiß und Pferden. Um einen ovalen Tisch saßen fünf Männer. Jeder von ihnen hatte ein Bierglas vor sich stehen. Spieß war der dritte von links. Als die Tür aufging, hoben alle fünf gleichzeitig den Kopf und sahen gespannt zu dem Neuankömmling hin.

Bienzle nickte ihnen zu, ohne etwas zu sagen. Dann schaute er eine Weile stehend in die Reithalle hinab, wo sich ein Rudel von Pferden in dem mit Sägespänen gefüllten Geviert tummelten. Offensichtlich wurden sie vom Nachwuchs geritten.

«Sie wollen zu mir?» fragte Spieß, und seine Stimme klang ärgerlich.

Bienzle nickte und schaute weiter durch das angeschmutzte Glas auf die Reiter hinab.

«Dann nehmen Sie doch Platz. Möchten Sie ein Bier?»

«Lieber ein Viertel Rotwein.»

Einer der fünf Männer stand auf und ging hinter die Theke.

«Wenn's einen Württemberger gibt...» setzte Bienzle noch rasch hinzu.

«Knittlinger?» fragte der Mann hinter der Theke.

«Donnerwetter!» sagte Bienzle anerkennend und ließ sich an einem Tisch direkt am Fenster nieder.

Dr. Spieß kam zu ihm, als er gerade den rot schillernden Tropfen probierte und prüfend im Mund rollte. Bienzle nickte anerkennend.

«Ein Trollinger, wie er sein soll.»

Spieß sah den Kommissar kühl an. «Nun, was wünschen Sie?»

Bienzle setzte das Henkelglas vorsichtig ab. Er fuhr sich mit der rechten Hand müde über die Augen. Dann sah er Spieß direkt ins Gesicht. «Wie geht es Ihnen?»

«Sie sind wohl nicht gekommen, um mich das zu fragen.»

Bienzle sah sein Gegenüber unverwandt an. «Warum nicht? Ich fände es aufschlußreich zu wissen, wie's Ihnen geht.»

«Nun, wenn's der Wahrheitsfindung dient: Mir geht's gut.»

«Fein.»

Die beiden Männer schwiegen. Bienzle gleichmütig, fast gelangweilt. Spieß dagegen wurde zunehmend unruhiger.

«Ich finde Ihre Art schlicht unfair», sagte er schließlich.

«Warum denn? Bis jetzt habe ich doch praktisch noch gar nichts gesagt.»

«Eben!»

Bienzle lachte leise. Dann sagte er beiläufig: «Wie kommt das Rauschgift auf Ihr Schiff?»

«Ich weiß es wirklich nicht.»

«Und warum waren Sie genau zu dem Zeitpunkt im Hafen, als Ihr Schiff zu brennen anfing?»

«Ich kam dazu, als es schon brannte.»

«Falsch.»

«Wie bitte?»

«Ich sage: falsch!»

«Sie wollen also behaupten, ich lüge?»

«Ich weiß, daß Sie lügen.»

Spieß starrte Bienzle an. «Und woher, wenn ich fragen darf?»

«Sie dürfen. Antwort: Weil ich zugeschaut hab.»

«Weil Sie... Sagen Sie mal, sind Sie übergeschnappt?»

Bienzle winkte ab. «Geben Sie's auf; da kenn ich bessere Schauspieler als Sie... Fünf Minuten bevor der Brand ausbrach, kamen Sie in Begleitung von Herrn Smetana im Hafen an. Sie haben den Zeitpunkt genau gekannt; Sie haben sogar die Sekunden bis zur Explosion gezählt, wie bei einem Raketenstart. Ich stand nur ein paar Meter von Ihnen entfernt... Also?»

Dr. Spieß war bleich geworden. Er griff nach seinem Bierglas, hob es aber nicht an. Seine Hand zitterte.

«Ich will Ihnen mal sagen, in welcher Situation Sie sind», sagte Bienzle. «Sie nähren den Verdacht in jeder Hinsicht, wenn Sie hier so hartnäckig leugnen. Leider haben wir es ja nicht nur mit Pferdeschwindel, Rauschgiftschmuggel und so was zu tun, sondern auch mit zwei Morden!»

«*Zwei* Morde?» Spieß schien tatsächlich überrascht zu sein.

«Ja. Und mit einem Mordversuch in Tübingen.»

«Und Sie bringen mich damit...»

«Jetzt machen Sie sich doch mal die Mühe», unterbrach Bienzle, «sich in meine Rolle hineinzudenken. Wen würden Sie verdächtigen?»

«Franz...» Dr. Spieß wandte sich zur Theke um und rief mit unsicherer Stimme: «Franz, bring mir mal 'n Schnaps!»

«Einen oder zwei?» fragte der Mann am Tresen.

«Einen», sagte Bienzle finster, «mer drenkt koin Schnaps zum Trollinger.»

Spieß sagte: «Was wollen Sie jetzt machen?»

«Die Frage ist, was *Sie* machen wollen, Dr. Spieß.»

«Ich verstehe nicht.»

«Nun, Sie können weiter mauern in der Hoffnung, daß wir bei unseren Nachforschungen keinen Erfolg haben werden, Sie können jetzt aber auch Aussagen machen. Das hätte den Vorteil, daß Sie sich dort entlasten, wo ein Verdacht möglicherweise gar nicht zutrifft.»

«Bis zum Beweis des Gegenteils bin ich ohnehin unschuldig.»

«Völlig richtig. Aber in diversen Punkten ist dieser Beweis praktisch schon geführt. Lang kann's nicht mehr dauern, bis ich mit einem Haftbefehl wiederkomme.»

«Ich war schon einmal in Untersuchungshaft und bin wieder rausgekommen.»

«Und?»

«Es war schrecklich. Ich konnte mich noch Monate danach in keinem geschlossenen Raum aufhalten.»

«Sehen Sie!»

Eine Pause entstand. Dann gab sich Spieß einen Ruck: «Hören Sie mal, Herr Bienzle, es mag Ihnen gelungen sein, mich für einen Augenblick einzuschüchtern, ja, mir sogar Angst einzujagen, aber...»

Bienzle stand unvermittelt auf. «Ist gut; die Tour kenn ich. Alles, was Sie jetzt sagen wollen, kann ich schon singen. Ich hör mir das nicht an. Wenn Sie sich anders besinnen, geben Sie mir Bescheid!»

Er wandte sich zur Tür, drehte sich aber noch einmal um, ging zur Theke und legte wortlos ein Fünfmarkstück auf die bierverschmierte Nirostafläche. Der Kneipier zog wortlos 1,80 Mark ab.

Bienzle nickte den Männern am ovalen Tisch zu und ging an Spieß vorbei, ohne ihn noch eines Blickes zu würdigen, zur Tür.

Er mußte eine Viertelstunde gehen, bis er ein Taxi auftreiben konnte. Dem Fahrer gab er die Adresse von Ursula Ralnik an.

«Ach, du bist's», sagte die Schauspielerin, als er bei ihr klingelte.

«Kann ich reinkommen?»

«Ja, aber nicht lange. Ich hab Vorstellung.»

Bienzle setzte sich auf die Riesencouch.

«Cognac?» fragte Ursula Ralnik.

«Danke, nein.»

«Kommst du weiter?» Sie fragte vom Bad her, wo sie sich offensichtlich für den Abend zurechtmachte.

«Es geht... Ach, Unsinn – im Gegenteil. Androsch ist ermordet worden.»

«*Was?!*» Es war ein lauter, ein entsetzter Schrei, in dem weit mehr lag als Überraschung. Sie kam ins Zimmer getaumelt und blieb schwankend wie eine Betrunkene vor ihm stehen. Ihr Gesicht war so weiß wie ihre Zähne.

«Ja. Ich selbst hat ihn gefunden.»

«Und ihr konntet das nicht verhindern?» In ihrer Stimme lag Schmerz und Abscheu.

«Wenn mir nicht alle Leute die Unwahrheit sagen würden oder nur die halbe Wahrheit... Ich habe den Namen gestern zum erstenmal gehört, und dabei wußte ich noch nicht einmal, wer das ist. Der Name wurde sozusagen als Codewort benutzt.»

Ursula Ralnik setzte sich auf die vordere Kante der Couch und starrte Bienzle ins Gesicht. «Als Codewort?»

«Ja. Die Ganoven, die mich nach Tübingen verfolgt haben, mußten ihre Befehle unter diesem Namen abrufen.»

«Das ist ja... pervers!»

«Warum? Es ist ein Name wie viele.»

Ursula Ralnik schüttelte ihren Kopf. «Es ist eben nicht ein Name wie viele.»

«Das solltest du mir erklären.»

Die Schauspielerin ging zu einem niedrigen Schränkchen und holte eine Cognac-Flasche heraus. Sie goß sich ein Glas voll und nahm einen großen Schluck. Dann atmete sie tief und sagte: «Ich hab nur noch wenig Zeit.»

«Ich begleite dich zum Theater.»

Sie ging wieder ins Bad. Bienzle folgte ihr und lehnte sich gegen den Türrahmen. Während sie sich kämmte und schminkte, erzählte sie: «Androsch ist... Er war ein Genie. Unbequem, zugegeben, aber einer von den Großen. Niemand hat so intensiv gearbeitet wie er. Jeder Schauspieler, jeder Bühnenbildner oder Kostümbildner, ja sogar der Tontechniker bekam schon lange vor Beginn der Proben von ihm ein extra präpariertes Textbuch, in dem alles notiert war, was den jeweiligen Bereich betraf...» Sie verstummte, solange sie sich die Lippen nachzog; dann fuhr sie fort: «Aber das sind alles nur Äußerlichkeiten. Wenn er inszenierte... Weißt du, man hatte einfach nicht mehr das Gefühl, an einem Provinztheater zu arbeiten... Dann kam Spohnholz. Ein cleverer Zeitgenosse, das kann ich dir sagen! Er war Dramaturg. Und vom ersten Tag an hat er an Androschs Stuhl gesägt. Beim Bürgermeister war er bald lieb Kind und beim Leiter der Volksbühne auch. Er hat nichts riskiert, hat leichte Sachen inszeniert – gut übrigens; dann kann er... Er hat auch aufgepaßt, daß der Etat nicht überzogen wurde.»

Sie zog sich aus bis auf Höschen und Büstenhalter, ging an Bienzle vorbei ins Wohnzimmer und angelte aus dem Kleiderschrank einen Hosenanzug. Bienzle versuchte gleichmütig zuzusehen, aber er mußte schlucken.

«Weiter», sagte er mit belegter Stimme.

«Na ja, Spohnholz begann zu intrigieren. Das war leicht. Androsch war homosexuell.»

«Na und?» sagte Bienzle. «Das ist doch am Theater nichts Besonderes.»

«Stimmt. Aber spießige Stadträte kann man damit leicht schockieren; vor allem, wenn sich der Betreffende nicht vorsieht.»

«Du meinst, er hat sich durch seine Anlage zu unvorsichtigen Handlungen verleiten lassen?»

Für einen Augenblick sah Ursula Ralnik den Kommissar verblüfft an, dann sagte sie: «Hast du soviel Einfühlungsvermögen, oder tust du nur so?»

«Ich weiß nicht. Ich bemühe mich, das alles zu verstehen, obwohl sich in mir etwas dagegen sträubt. Ich will einfach fair sein, verstehst du?»

Sie nickte. «Hört sich verdammt gut an.»

Das Kompliment machte Bienzle verlegen. «Erzähl weiter!»

«Nun ja, Spohnholz schaffte es; Androsch bat um seine Entlassung. Es gab zwar einen Aufstand im Theater, aber der neue Chef schmiß einfach jeden raus, der gegen ihn war. Das heißt, er hat die Verträge einfach nicht verlängert.»

«Und wie war's bei dir?»

«Mich hat er behalten, und Meister auch. Mich, weil ich ein paarmal mit ihm geschlafen habe, und Meister, weil der offensichtlich etwas gegen ihn in der Hand hatte.»

Bienzle war betroffener, als er es sich selbst zugeben wollte. Er brauchte ein paar Augenblicke, ehe er die nächste Frage stellen konnte: «Und Androsch hat es dir nicht verübelt?»

«Nein. Ich bin zu ihm hingegangen und habe ihm gesagt, Andi, es geht um meine Existenz. Ich geh mit dem Kerl ins Bett. Es bedeutet nichts. Arbeitsplatzerhaltung, weiter nichts... Es gab für mich eine Reihe von Gründen, noch eine Weile in Seestadt zu bleiben.»

«Dr. Spieß?»

«Ja, damals auch noch Dr. Spieß. Aber nur unter der Bedingung, daß ich mich finanziell nicht von ihm abhängig machte.»

«Ich verstehe.»

«Hoffentlich.»

«Sagen wir, ich bemühe mich...»

«... fair zu sein?»

Der Kommissar nickte; ihm war nicht wohl in seiner Haut. Ursula Ralnik kam zu ihm und stellte sich dicht vor ihn. Sie war ein wenig größer als er. «Nun?» sagte sie.

«Ich war heute morgen ziemlich... Nun, ziemlich glücklich», sagte Bienzle.

«Und jetzt?»

«Ich weiß nicht. Es ist, als ob man mir ein wenig Hoffnung gegeben und gleich wieder entzogen hätte.»

«Du meinst, *ich* habe sie dir gegeben und wieder entzogen?»

«Ja... So ähnlich wenigstens.»

«Warum? Weil ich mit Spohnholz...»

«Ach, vergiß es!» brummte Bienzle.

«Nein, ich will es nicht vergessen. Für mich war da nämlich auch so etwas wie ein Funken Hoffnung, aber das gibt es immer mal wieder... Du brauchst mich nicht zu begleiten. Mach's dir bequem und zieh die Tür einfach hinter dir zu, wenn du gehst.»

Bienzle war unfähig zu widersprechen oder etwas zu tun. Er blieb einfach stehen, wo er stand, und er verharrte noch lange auf derselben Stelle, nachdem die Tür ins Schloß gefallen war. Dann schüttelte er sich und ging ziellos in der kleinen Mansardenwohnung herum. Schließlich rief er im Hotel an, ob sich jemand gemeldet habe. Weder Haußmann noch Gächter waren aufgetaucht; sie hatten auch nicht angerufen... Bienzle zog seine Jacke aus und legte sich auf die Couch. Zwei Minuten später war er eingeschlafen.

Er wachte erst wieder auf, als er eine Hand an seiner Schläfe spürte.

Ursula Ralnik sah müde aus. Sie hatte noch Reste der Bühnenschminke im Gesicht und tiefe Ringe unter den Augen.

«Wie war's?» fragte Bienzle.

«Katastrophal. Aber was macht das schon? Das Publikum war begeistert wie immer.»

Bienzle richtete sich auf. «Ich hab Hunger.»

«Ich mach uns was.»

«Nein», sagte Bienzle bestimmt; «ich bin jetzt ausgeruht. Setz dich hin. Ochsenaugen machen kann ich auch.»

«Was kannst du?»

«Ochsenaugen ist der schwäbische Ausdruck für Spiegeleier.»

Jetzt lächelte sie sogar ein wenig.

Als der Kommissar die Pfanne mit den Eiern ins Zimmer trug, sagte Ursula Ralnik: «Was hat eigentlich unser kleiner Smetana mit der ganzen Sache zu tun?»

«Er steckt vielleicht mit Spieß unter einer Decke.»

«Und Spohnholz?»

«Zugegeben», sagte Bienzle, «er ist mir auch nicht sympathisch. Aber deshalb kann man ihn nicht gleich zum Verbrecher stempeln, nicht wahr?»

Sie aßen eine Weile schweigend. Dann sagte Ursula Ralnik: «Warum bist du eigentlich Polizist geworden?»

«Zum Schauspieler hätt's nicht gereicht.»

«Nein, ernsthaft!»

«Ernsthaft. Ich hab zuviel versäumt. Ich hab mein Abitur nicht gemacht aus Trotz gegen die Schule, dann hab ich so rumgejobbt, und als der Hauser, mein jetziger Chef, gekommen ist und mich für den Polizeidienst anwerben wollte, war ich richtig froh. Daß ich noch mal Beamter werden konnte, das hat mich einfach fasziniert.»

«Eine ziemlich magere Lebensgeschichte.»

«Mehr ist nicht.»

«Du bist doch verheiratet.»

«Na ja...»

«Was heißt das?»

«Ich kann meine Ehe nicht vor dir schlechtmachen; lassen wir's dabei.»

«Okay.»

Bienzle stand auf und räumte das Geschirr in die kleine Küche. Dann zog er seine Jacke an.

«Sehen wir uns noch mal?» fragte Ursula Ralnik.

«Ich will den Fall morgen abgeschlossen haben.»

«Im Ernst?»

«Ja, sicher.»

«Und dann?»

«Mal sehen», sagte Bienzle vage.

«Ich verstehe schon.»

«Nein, das glaub ich nicht.»

Ursula Ralnik stand auf und legte die Arme um seinen Nacken. «Und was ist mit unserem Funken Hoffnung?»

«Funken sind gefährlich», sagte Bienzle; «sie können erlöschen, oder – wer weiß – es kann auch ein Feuer daraus werden.» Dann gab er sich einen Ruck und sagte: «Ich werde noch poetisch, wenn's so weitergeht, und das paßt nicht zu mir.»

Sie küßten sich zum Abschied.

In seinem Fach an der Rezeption fand Bienzle zwei Briefumschläge und darin je einen Zettel von Gächter:
Die beiden Boote sind um achtzehn und 18 Uhr 30 durchsucht worden. Spieß wollte sofort unterrichtet werden, war aber unterwegs. Die Nachricht erreichte ihn erst kurz vor neunzehn Uhr. Er soll getobt haben. Zeit, den Kahn in Seestadt auszuräumen, hatte er nicht mehr, mußte wohl auch mit einer Durchsuchung rechnen. Deshalb wohl Brandstiftung. Oder?
Schlaf gut.
Gächter.
Und der zweite Zettel:
22 Uhr 40. Haußmann ruft an. Bärbel Zoller sagt aus, daß ihr Vater für Spieß Rauschgift geschmuggelt hat. In den Puppen. Aber die Aufträge seien plötzlich ausgeblieben. Originalton Bärbel Zoller: «Wie abgerissen.» Meister soll behauptet haben, das Rauschgiftgeschäft werde nach wie vor von Spieß betrieben, nur nach anderen, neueren Methoden. Zoller dagegen glaubte an einen neuen Boss. Meister wollte mehr darüber rauskriegen. Er war selber nie süchtig, behauptet das Mädchen. Sie habe das Zeug beim Vater geklaut und dann probiert. Zusammen mit Schulfreunden. Und dabei sei sie immer weiter reingeraten. Meister habe alles versucht, um sie wieder rauszuholen. Sie glaubt, daß es noch mal eine sehr ernste Auseinandersetzung zwischen Meister und Zoller gegeben haben muß.
So, jetzt gehe ich endgültig schlafen.
Gächter.

Bienzle drehte die beiden Zettel in der Hand, dann steckte er sie achtlos in seine rechte Rocktasche und stieg müde die Treppe zu seinem Zimmer hinauf. Er schlief schon, als er seinen Kopf in die Kissen sinken ließ.

«Einen solchen Fall hatten wir noch nicht oft», sagte Gächter beim Frühstück am Samstag morgen.

«Noch nicht oft? Noch nie!» Bienzle sah den Kollegen finster an.

Gächter lehnte sich lässig zurück. «Entweder steckt Spieß dahinter oder Smetana oder Spohnholz.»

Bienzle hob den Kopf: «Ach, du hast den Fall gelöst?»

Gächter sagte: «Na ja, mehr als eine Ahnung ist es noch nicht. Aber du weißt ja...»

«Ja, ja – deine Ahnungen trügen selten – und so weiter. Aber sag mir mal, warum du nun gerade diese drei aufs Korn nimmst?»

«Zunächst einmal fangen ihre Namen alle mit S an, der Abkürzung also, die Androsch gewählt hat. Zweitens: Spieß hat das Geschäft lange gemacht, und es ist eigentlich kein Grund erkennbar, warum er es abgegeben haben sollte. Smetana steckt mit Spieß unter einer Decke, so sieht es zumindest aus. Aber weißt du, ob er nicht vielleicht der Chef ist? Und Spohnholz ist wenigstens wegen der Schreibmaschine verdächtig...»

«...zu der jeder Zugang hatte», brummelte Bienzle.

«Zugegeben. Spohnholz, das ist auch nur so eine Art Vermutung. Er ist mir einfach zu undurchsichtig.»

«Auf Androschs Tagebuch sollten wir nicht so viel geben», meinte Bienzle bedächtig. «Er war verbittert, weil Spohnholz ihn vertrieben hatte; da reimt man sich schnell mal was zusammen. Außerdem: Bärbel Zoller hat den Namen Spohnholz überhaupt nicht erwähnt.»

«Stimmt, aber sie hat auch gesagt, ihr Vater habe von einem ‹neuen Boss› gesprochen. Spohnholz ist bestimmt mit allen Wassern gewaschen.»

«Smetana auch», sagte Bienzle, «und womöglich gibt's in Seestadt noch zweihundert andere Leute, deren Namen mit S anfängt und die raffinierter sind als Spieß.»

«Kommt Haußmann noch mal hierher, oder läßt du ihn gleich nach Stuttgart zu seiner Freundin fahren?» fragte Gächter.

«Der macht hier seinen Dienst!» sagte Bienzle grimmig. «Um die Mittagszeit spätestens sollte er wieder hier sein.»

Er kam früher. Als Gächter und Bienzle gerade das Hotel verließen, stoppte der VW Variant vor dem Haus.

«Haben Sie meine Nachrichten erreicht?» fragte Haußmann eifrig.

Bienzle nickte. «Ruhen Sie sich aus. Wir sehen uns zum Mittagessen im Dominikanerkeller. Punkt zwölf.»

«Und ich?» fragte Gächter. «Kann ich mich auch ausruhen?»

«Blödsinn. Du kommst mit.»

Sie gingen dicht nebeneinander durch die alten Gassen von Seestadt.

«Schöne Häuser», sagte Bienzle und schaute an den Fachwerkgiebeln hinauf. «Bin gespannt, wann damit angefangen wird, sie wegzusanieren.»

Gächter ging nicht darauf ein; er hatte kein Interesse für die Baukunst früherer Jahrhunderte. «Könntest du mir mal sagen, wo's nun eigentlich hingeht?»

«Zu Zoller, wohin sonst.»

«Ach ja? Aber natürlich, wohin auch sonst», sagte Gächter.

«Laß bloß dein Sarkasmus en der Tasch, wenn de mit mir onderwegs bischt!» knurrte Bienzle.

Den Rest des Weges legten sie schweigend zurück.

Zoller war nicht zu Hause. Eine ältere Dame öffnete. Bienzle wies sich aus.

«Ich bin Frau Drippenstedt», sagte die Frau, eine hochgewachsene, damenhafte Erscheinung um die Sechzig; «ich mache Herrn Zollers Haushalt.»

«Verstehe», sagte Bienzle, «können wir reinkommen?»

«Bitte – wenn ich auch nicht weiß, wie ich Ihnen helfen kann.»

«Das sage ich Ihnen dann», sagte Bienzle.

Sie wurden in das Zimmer geführt, das der Kommissar schon kannte. Gächter schaute sich interessiert die Pferdefotos an der Wand an.

«Werden Sie heute abend bei der Aufführung sein?» fragte Bienzle.

«Ich denke, ja», sagte Frau Drippenstedt vorsichtig; «Herr Zoller lädt mich immer ein.»

«Wissen Sie, was er spielen wird?»

«Eine Art Kabarett, soviel ich weiß.» Sie zeigte auf einen großen Weidenkorb: «Die Puppen hat er schon bereitgelegt; sie sollen heute nachmittag abgeholt werden.»

Gächter schlenderte zu dem Korb hinüber und öffnete den Deckel.

«Bitte, lassen Sie das», sagte Frau Drippenstedt.

Gächter zog an einem Holzkreuzchen, an dem Fäden befestigt waren, die sich jetzt langsam strafften. Eine Puppe hob den Kopf über den Korbrand.

Bienzle sagte: «Das ist Smetana.»

«Bitte, lassen Sie das!» sagte Frau Drippenstedt wieder.

Gächter zog die nächste Puppe heraus.

Bienzle sagte: «Spohnholz.»

Frau Drippenstedt protestierte noch einmal, ohne daß es auf Gächter Eindruck gemacht hätte.

«Das ist Spieß», sagte Bienzle bei der nächsten Puppe.

Es folgten zwei Ganovenfiguren, dann eine Puppe, die Androsch glich; Zeck tauchte auf, dann eine Marionette, die Bienzle niemandem zuordnen konnte.

Plötzlich bückte sich Gächter und zog ein Päckchen aus dem Korb; es war viereckig, flach und in grobes Packpapier eingeschlagen.

«Ich finde es ungeheuerlich, wie Sie sich benehmen!» beschwerte sich Frau Drippenstedt.

«Die restlichen drei Tagebücher», sagte Gächter.

«Heiligs Blechle...» entfuhr es Bienzle.

«Und jetzt?» fragte Gächter.

«Wir müssen Zoller finden.»

Bienzle machte eine knappe Verbeugung in Richtung von Frau Drippenstedt und murmelte: «'tschuldigung!» und war draußen. Gächter hinterher.

Draußen ging ein herrischer Wind. Bienzle knöpfte seinen Mantel zu, senkte den Kopf und stapfte in einem Tempo los, daß Gächter kaum Schritt halten konnte. Erst als sie am Bühneneingang des Theaters ankamen, blieb Bienzle stehen. Er tippte Gächter gegen die Brust und sagte:

«Wie kommt Zoller zu den Büchern?»

Gächter, der die drei schmalen Bändchen unter dem Arm trug, meinte: «Androsch wird sie ihm gegeben haben.»

«Und wenn es nicht so war?»

«Du meinst, Zoller könnte sich die Tagebücher genommen haben?»

«Ja, warum nicht? Und sei es nur, um Beweismaterial aus dem Weg zu räumen. Im vierten Band stand ja nicht viel Verräterisches.»

«Ist das dein Ernst?»

«Überleg doch mal», sagte Bienzle, «wir wissen nur, daß es jemand gibt, dessen krumme Geschäfte offensichtlich von Meister aufgedeckt werden konnten. Meister mußte deshalb dran glauben.»

«Androsch war schließlich Zollers Freund.»

«Er könnte aber hinter das Geheimnis des Puppenspielers gekommen sein und mußte vielleicht gerade deshalb sterben.»

«Das glaub ich nicht.»

«Aber es ist eine Möglichkeit, oder?»

«Zugegeben.»

«Zoller, dem es vor ein paar Jahren noch ziemlich dreckig gegangen ist, wohnt doch jetzt wie ein Fürst – er hat sogar eine Haushälterin... Kurzum, es geht ihm offensichtlich gut, sehr gut sogar. Meinst du, daß er das mit seiner mageren Gage finanziert hat?»

«Okay», sagte Gächter. «Aber die Tagebücher?»

«Im Band IV steht nur etwas von S. und seinen Machenschaften. Die Texte lassen nahezu jede Interpretation zu. Und was ist, wenn Zoller diesen Androsch zielstrebig mit falschen Informationen gespeist hat?»

Gächter wurde langsam sauer: «Dann guck doch endlich in die Bücher hinein.»

«Langsam! No nix narret's, wenn's pressiert...» Bienzle lächelte in sich hinein, als er die Tür zum Bühneneingang öffnete.

Zoller war nicht in seinem Gelaß unter dem Dach. Niemand hatte ihn gesehen, und man rechnete auch nicht damit, daß er noch kommen würde. Der Tag war probenfrei, und am Abend war nur die geschlossene Veranstaltung des Seestädter Reitervereins.

Bienzle und Gächter suchten Smetana. Aber auch der kleine Böhme war nicht aufzutreiben.

«Zeit zum Mittagessen», sagte der Kommissar schließlich.

Im Dominikanerkeller saß Haußmann bereits an einem runden Tisch in einer holzgetäfelten Nische. Bienzle ließ sich die Karte bringen und bestellte gespickten Rehrücken mit Rotkohl und Maronen.

Dann griff er endlich nach dem schmalen Paket.

Schweigend blätterte er den ersten Band durch. «Darin geht's nur ums Theater», sagte er, als er das Bändchen weglegte. Das gleiche stellte er beim zweiten Band fest. Als er das dritte Büchlein gerade öffnete, kam das Essen. Bienzle legte das Tagebuch aus der Hand und griff nach Messer und Gabel. Gächter wollte einstweilen das Buch zu sich hinüberziehen, aber der Kommissar herrschte ihn an:

«Laß das bitte!»

«Ist doch kindisch!» grunzte Gächter, wendete sich dann aber seiner Schweinskopfsülze und den Bratkartoffeln zu.

Erst nach dem Kaffee griff Bienzle wieder nach dem Tagebuch. Er blätterte, hielt plötzlich inne und begann langsam vorzulesen:

«Jetzt ist klar, daß der Stadtrat einer Verlängerung meines Vertrags nicht zustimmen wird. S. hat es geschafft. Er wird mein Nachfolger... Natürlich frage ich mich, wie das geschehen konnte. Sicher, ich habe Schwächen gezeigt, aber die waren allgemein bekannt; sie konnten erst sinnvoll gegen mich verwendet werden, als jemand ein Interesse entwickelt hatte, mich zu ‹stürzen›. (‹Stürzen›, wie das klingt – als ob ich ein Staatsmann wäre!) Er ist gewissenlos. *Er* hat sich mit Spieß zusammengetan...»

«Na bitte!» triumphierte Gächter.

«Langsam!» sagte Bienzle mit einem seltsamen Lächeln. Dann las er weiter:

«Spieß hat natürlich ein Interesse daran, daß ich gehen muß; seine krummen Geschäfte sind allzusehr mit Mitgliedern meines Hauses verbunden. Ich bin nicht mehr weit davon entfernt, diesen Augiasstall ausmisten zu können. Jetzt wird mir der Besen aus der Hand gewunden. Wer weiß, welche Mittel Spieß hat, den Stadtrat zu beeinflussen. Gegen soviel Korruption kommt niemand an...»

Bienzle blätterte langsam weiter. «Jetzt kommen wieder ein paar Passagen über Aufführungen, Proben und so weiter... Hier, das scheint wieder interessant zu sein:

Zoller war immer der einzige, auf den ich mich verlassen konnte. Er hat mir erzählt, wie er kurze Zeit für Spieß geschmuggelt hat, um sich aus einer prekären Situation zu befreien; dann aber wurde er zu einem Mann, auf den Verlaß war. Ich litt mit ihm, wenn er über seine Tochter sprach, und ich haßte mit ihm, wenn er von Meisters vermeintlichen Machenschaften erzählte.»

Haußmann unterbrach Bienzle: «Bärbel Zoller sagt, sie habe ihrem Vater die Wahrheit nicht gesagt, weil er sich sonst selbst umgebracht hätte. Aber als sie dann nach Tübingen eingeliefert worden sei, habe sie ihm in einem Brief alles auseinandergesetzt. Sie glaube aber, daß er den Brief gar nicht gelesen habe oder einfach nicht glauben wollte, was dringestanden hat. Auf jeden Fall habe sich in seinem Verhalten nichts geändert.»

Bienzle nickte und blätterte weiter. Er las wieder vor:

«Es wird immer klarer. Er hat nicht nur enge Kontakte mit Dr. Spieß, er steckt selber mit drin. Möglicherweise ist er überhaupt das neue Haupt der Bande, wer hätte Z. das zugetraut?»

Der Kommissar schüttelte unwillig mit dem Kopf und wiederholte den letzten Satz noch mal. Dann fuhr er fort:

«Meister hat Zoller aufgesucht. Es muß ein hartes Gespräch gewesen sein. Meister behauptet, nichts mit Bärbels Sucht zu tun zu haben. Er habe klare Beweise für die Schuld von Zoller. Z. sagt mir, er glaube Meister kein Wort.»

Gächter und Haußmann sahen Bienzle gebannt an. Er blätterte weiter, die Stirn in zahllose Dackelfalten gelegt. «Da», sagte er, «noch ein interessanter Absatz.

Meister war heute da. Er will Z. heute stellen. ‹Gnadenlos›, wie er sagt...»

Bienzle hämmerte mit seinem gekrümmten Zeigefinger auf die Seite. «Das Datum ist der Tag von Meisters Ermordung.»

Gächter ordnete seine langen Gliedmaßen unter dem Tisch und sagte: «Na, dann wollen wir mal.»

«Was wollen wir?» fragte Bienzle.

«Den Herrn Zoller festnehmen, oder?»

«Das hat noch Zeit», sagte Bienzle.

Gächter, der den Kommissar gut genug kannte, widersprach nicht. Haußmann, der Bienzle weniger gut kannte, sagte:

«Entschuldigung, Herr Bienzle, das verstehe ich nicht ganz.»

«So. Warum nicht?»

«Es besteht doch nunmehr ein hinreichender Tatverdacht...»

«So, glauben Sie?»

«Sie nicht?»

«Och, ich weiß nicht... Mir wär's lieber, ich hätt ein paar handfeste Beweise. Das hier –» er klopfte mit dem Knöchel auf den Deckel des Tagebuchs – «das ist noch nicht mehr als ein Verdacht, ein ziemlich diffuser sogar. Daß Meister dem Zoller die Meinung sagen wollte, beweist noch lange nicht, daß Zoller der Mörder ist, oder?»

Haußmann gab noch nicht auf. «Wenn wir ihn aber überrumpeln und in einem scharfen Verhör...»

«Jetzt reicht's aber!» knurrte Bienzle. «Glauben Sie denn, Zoller wäre so leicht zu überrumpeln, wenn er der hundertfach durchtriebene Mann ist, als der er jetzt erscheint? Und was heißt überhaupt ‹scharfes Verhör›, junger Mann?»

Haußmann senkte den Kopf und schwieg.

Bienzle nippte an seinem Weinglas. «Der Herr Zoller will seinen Theater-Coup haben heute abend. Nun, dann soll er ihn haben. Wir werden da sein – und zwar mit genügend Beamten, um jede Situation in den Griff zu kriegen. Und was soll passieren: Spieß ist da, schließlich ist er der Oberreiter. Spohnholz ist da, weil er der Hausherr ist, Zoller ist da, weil er spielen muß, und Smetana wird wohl auch im Hause sein – wenn er fehlt, macht er sich verdächtig.»

«Wir warten also ab und legen die Hände in den Schoß?» fragte Gächter.

«Nicht unbedingt», sagte Bienzle unbestimmt. Er zündete sich ein Zigarillo an. «Ich habe unseren Chef gebeten, das Mobile Einsatzkommando hierherzuschicken.»

«Wie bitte?» Gächter sah Bienzle entgeistert an. «Das MEK? Die Djangos, die du sowieso nicht leiden kannst?»

«Ja, genau die... Ich stelle mir nämlich folgendes vor: Während im Theaterfoyer die große Schau abläuft, durchsuchen wir in einer Blitzaktion alle Räumlichkeiten, die auch nur entfernt mit Spieß etwas zu tun haben: seinen Reitstall, seinen Bootsschuppen, sein Wohnhaus. Durchsuchungsbefehle besorgt Häberle bei einem Seestädter Richter. Auch die Kollegen in der Schweiz wurden noch einmal um Amtshilfe gebeten... Ein paar Beamte brauche ich, um Zollers Wohnung zu durchsuchen, und Smetana soll nicht ungeschoren bleiben. Das alles ist personalintensiv, das seht ihr ja wohl ein, und es muß hochqualifiziertes Personal sein – die Geschichte im Bootshafen reicht mir. Deshalb brauch ich das MEK.»

Gächter sah Bienzle an: «Du hast mir kein Wort davon gesagt.» Er war sichtlich beleidigt.

«Richtig», sagte Bienzle ungerührt. «Aber bei den Durchsuchungen geht es nicht um den Mordverdacht, sondern um Beweismittel gegen den Rauschgift- und Autoschmuggler sowie gegen den Roßtäuscher Dr. Spieß, und da ermittle ich als Kommissar des Dezernats Wirtschaftskriminalität – klar?»

Gächter erhob sich zu seiner ganzen Länge und sah auf den gedrungenen Kommissar hinab. «Schlitzohr», sagte er und griff nach seinem Trenchcoat, der über einer Stuhllehne hing.

«Was geschieht denn nun?» fragte Haußmann schüchtern.

Bienzle stemmte sich von seinem Stuhl hoch. «Wir treffen uns heute abend gegen neunzehn Uhr – dunkler Anzug, Schlips und Kragen –, um gemeinsam ins Theater zu gehen.»

«Und einstweilen?» Haußmann sah Bienzle ziemlich ratlos an.

«Machen Sie sich einen schönen Nachmittag», grinste der Kommissar.

Scheinbar ziellos streifte Bienzle durch die Stadt; wer ihn sah, mußte ihn für einen Müßiggänger halten. Er hatte ein flaues Gefühl. Immer wieder blieb er vor einem Schaufenster stehen, ohne auf die Auslagen zu achten. So mochte er zwei Stunden durch das nachmittägliche Seestadt gebummelt sein, als er plötzlich einem Taxi winkte und sich hineinsetzte.

Der Wagen hielt vor dem Häuschen von Androsch. Bienzle bat den Fahrer zu warten. Er ging mit schnellen Schritten auf die grüne, eisenbeschlagene Tür zu. Ein uniformierter Polizist lehnte an der Hauswand. Bienzle wies sich aus. Der Beamte öffnete ihm die Tür.

In dem Häuschen arbeiteten noch immer zwei Männer von der Spurensicherung. Sie kannten den Stuttgarter Kommissar und grüßten ihn.

«Nun, geht's vorwärts?» fragte Bienzle jovial.

«Es geht», sagten die beiden wie aus einem Mund.

«Kann ich mal was Geschriebenes sehen?» fragte Bienzle.

«Wie meinen Sie das?» Einer der Beamten kam aus der Hocke hoch.

«Irgendwas, was Androsch geschrieben hat. Mit der Hand.»

«Also, uns ist nichts Handgeschriebenes untergekommen», sagte einer der Beamten.

«Kein Stück?»

«Vielleicht ist was asserviert im Präsidium...»

Bienzle sah eine Weile auf das Bild von Ursula Ralnik, dann ging er langsam wieder hinaus zu seinem Taxi.

Im Hotel legte sich der Kommissar auf sein Bett. Immer wenn er kurz vor dem Abschluß eines Falls stand, ergriff ihn ein Gefühl der Gleichgültigkeit, ja, der Lethargie. Er hatte noch nie so etwas wie Triumph empfunden, wenn er einem überführten Täter die Handschellen anlegte. So hatte er allerdings auch nur selten den Fehler gemacht, im Übereifer eine Aktion zu überhasten. Sein Phlegma und seine Gleichgültigkeit, wenn die Fäden einmal geknüpft waren, halfen ihm, den letzten Akt eines Kriminalfalls gelassen und geradezu desinteressiert zu erleben.

Heute wollte sich dieser Zustand, diese Distanz zur eigenen Arbeit, nicht so leicht einstellen. Es gab zu viele Unwägbarkeiten, zu viele verschiedene Möglichkeiten. Zudem fehlte Bienzle noch ein letztes Steinchen in seinem Puzzle. Er wußte, wo er es finden würde, aber er wollte noch warten.

Eine Weile betrachtete er Staubkörner, die in einem Lichtbalken tanzten, der schräg durch das schmale Fenster fiel. Er dachte an Hanna, seine Frau, und schob den Gedanken schnell wieder von sich. Er dachte an Ursula Ralnik, verdrängte aber auch diese Gedanken schnell. Er wollte sich auf keinen Fall ablenken lassen. Er rauchte ein Zigarillo und schaute den Rauchwölkchen nach. Er war froh, als es an seiner Tür klopfte und Gächters Stimme vom Korridor her zu ihm drang: «Es wird langsam Zeit, Ernst.»

Bienzle stand auf, duschte und kleidete sich sorgfältig an. Der dunkle Anzug war ihm zu eng. Er ließ den obersten Hosenknopf offen und verzichtete auf die Weste, die sich nur mit Mühe über seinem Bauch schließen ließ. Die Jacke war zum Glück weit geschnitten, weil sie für sein Schulterhalfter berechnet war. Der Kommissar schnallte das «Kummet» um, wie er das Halfter nannte. Dann schnallte er es wieder ab. Was sollte ihm heute eine Waffe nutzen?

Bevor er hinunterging, rief er den Präsidenten des Landeskriminalamtes in Stuttgart unter dessen privater Nummer an.

«Ach, du bist's», sagte Hauser; «was Neues?»

«Ich denke, daß wir den Fall abschließen können. Heute noch.»

«Du hast also den Täter?»

«Nein.»

«Aber du kennst ihn?»

«Ich denke.»

Hauser fragte nicht weiter. Er kannte das. In dieser Phase eines Falls verliefen Gespräche mit Bienzle immer ähnlich. «Wir haben 32 Mann MEK geschickt», sagte er.

«Danke.»

«Noch was?»

«Ja. Ich betrachte das hier als eine Art... Bewährungseinsatz.»

«Wie bitte?»

«Ich kann im Bereich Wirtschaftskriminalität nicht allzuviel leisten, zumindest nicht so viel wie bei der Mordkommission.»

«Du hast auch bei der Wirtschaftskriminalität eine Menge geschafft.»

«Ich will zurück in meinen alten Job.»

«Das kann ich dir nicht versprechen, Ernst. Du weißt, deine Extratouren... Sogar im Innenministerium hast du die Leute verärgert. Bis zur Steinzeit zurück.»

«Da sind die ja auch zu Hause.»

«Laß dich deine Wut oder verschieb sie», sagte Hauser freundlich.

«Ich will zurück zur Mordkommission, oder ich steig ganz aus!»

Jetzt wurde Hauser ärgerlich. «Du kennst mich gut genug, um zu wissen, daß ich mich nicht erpressen lasse!»

«Es ist mein Ernst», sagte Bienzle und zündete sich mit der freien Hand nervös ein Zigarillo an. «Ich liefere dir noch heut den Mörder und die ganzen Ganoven, die den illegalen Pferdemist bauen, dazu einen Rauschgiftring und womöglich noch das eine oder andere... Ich will, daß das anerkannt wird.»

«Wir reden Anfang nächster Woche darüber», sagte Hauser.

«Sie kennen jetzt meine Bedingungen, Herr Präsident», sagte Bienzle und legte auf, ehe Hauser entgegnen konnte.

Es war kurz nach sieben, als Bienzle und Gächter beim Theater eintrafen. Im Foyer drängelten sich die Leute. Zwischen den Pfeilern waren Stuhlreihen aufgestellt. An der Stirnseite des Raums hatte Zoller seine Bühne aufgebaut. Rechts daneben standen auf einem Podium die Instrumente einer Tanzkapelle herum. Links und rechts an den Längswänden waren zwei Bars installiert, um die sich die Menschen drängten, als ob es etwas umsonst gäbe. Die Stimmung wirkte gewollt fröhlich.

Bienzle zwängte sich durch schnatternde Menschengruppen. Das erste bekannte Gesicht, das er sah, gehörte Ursula Ralnik. Sie war in ein Gespräch mit einem schlanken, weißhaarigen Mann vertieft, der ein grünes Smoking-Jackett trug. Bienzle nickte ihr zu, fing ihren Blick auf und hielt ihn eine Weile fest. Da spürte er eine Hand auf seiner Schulter.

Er fuhr rasch herum. Zu rasch, was seine Nervosität verriet.

«Schön, daß Sie gekommen sind», sagte der Intendant. Sein Gesicht zeigte Wohlwollen und Freundlichkeit. Seine Augen straften seine Mimik Lügen.

«Ob es schön ist, daß ich gekommen bin, muß sich noch herausstellen», sagte Bienzle kalt. «Ich muß Sie übrigens bitten, noch vor Beginn der Vorstellung mit mir für ein paar Minuten in Ihr Büro zu kommen.»

«Ausgeschlossen! Ich bin der Hausherr und Gastgeber hier.»

«Und ich ermittle in zwei Mordfällen», sagte Bienzle. Er schaute auf seine Uhr: «In zwanzig Minuten...» Damit ließ er Spohnholz stehen.

Der Schauspieler Zeck kam auf Bienzle zu. Er trug ein weißes Seidenhemd, das bis zum Hosenbund offen war; auf der nackten Brust blitzte ein Kreuz, das an einer silbernen Kette hing.

«Wie geht es Ihnen?» fragte er aufgeräumt.

«Danke der Nachfrage, schlecht», sagte Bienzle bissig.

«Irgendwelche neuen Erkenntnisse?»

Bienzle überlegte einen Augenblick, dann sagte er: «O ja; heute abend verhafte ich den Mörder.»

Zeck lachte, als ob dies ein guter Witz wäre, trollte sich dann aber schnell, und schon bald konnte Bienzle beobachten, wie er sich in immer neue Menschengruppen drängelte, um zu erzählen, was er gerade erfahren hatte. Die Leute, zu denen Zeck trat, schauten schon kurze Zeit danach verstohlen zu Bienzle herüber. Er tat so, als ob er es nicht bemerke.

Häberle stand mit seiner Frau an der Bar und trank Sekt.

«Endlich kann ich dich meiner besseren Hälfte vorstellen», rief er fröhlich und legte seinen Arm um die fleischigen nackten Schultern einer kleinen dicken Frau.

Bienzle verbeugte sich leicht und murmelte: «Ich freu mich.»

Die Frau strahlte über ihr ganzes feistes Gesicht, das früher einmal hübsch gewesen sein mußte. «Mein Mann hat mir so viel von Ihnen erzählt, Sie Nesenbach-Maigret...» Dabei drohte sie ohne ersichtlichen Grund mit dem dicken Zeigefinger.

«Soso...»

Bienzle sah Häberle an, der entschuldigend die Schultern hob.

«Es tut mir leid», sagte Bienzle und hängte noch ein «Liebe-gnädige-Frau» dran; dann verdrückte er sich.

«Ein reizender Mensch!» rief Frau Häberle so laut, daß es Bienzle noch hören mußte.

Es war kurz nach halb acht Uhr, als sich der Kommissar hinter die schmale Puppenbühne zwängte. Zoller saß schweißüberströmt auf einer hohen Kiste, vor sich ein dunkles Heft. Er las die Dialoge ab und sprach sie tonlos vor sich hin, während er die Puppen auf seinen Knien tanzen ließ.

Bienzle griff schnell nach dem Heft. Er warf einen Blick auf den schreibmaschinengeschriebenen Text und legte es wieder hin.

«Geduld!» lächelte Zoller. «Sie werden alles früh genug erfahren.»

«Wird es denn auch die Wahrheit sein?» fragte Bienzle und sah in die tiefschwarzen Augen des Puppenkomödianten.

«Was ist Wahrheit?» Zoller legte seine Puppe zur Seite. Sie hatte die Züge von Intendant Spohnholz.

Langsam nahmen die Leute in den Stuhlreihen Platz. Es mochten zweihundert oder ein paar mehr sein. Dr. Spieß, der müde und übernächtigt wirkte, nahm mit seiner Frau in der ersten Reihe Platz, daneben Spohnholz, der ebenfalls in Begleitung seiner Frau erschienen war. Bienzle lehnte an der Wand und suchte die Reihen ohne Hast nach bekannten Gesichtern ab. Ursula Ralnik saß im hinteren Drittel, ebenso der Schauspieler Zeck, der sich angeregt mit einem schmalen jungen Mann unterhielt, der dicht bei ihm saß. In der fünften Reihe konnte der Kommissar die Kostümbildnerin entdecken, die von einer Gruppe von Leuten umgeben war, die offensichtlich alle zusammengehörten. Dort saß auch Smetana. Bienzle beobachtete, wie der kleine Fundusverwalter mit einem jungen Mädchen verhandelte, das ganz außen in der Reihe saß; schließlich tauschte sie mit ihm den Platz.

Der Kommissar sah auf die Uhr. In fünf Minuten sollte das Spektakel mit einer Begrüßungsansprache von Dr. Spieß beginnen. Es war Zeit, sich um Spohnholz zu kümmern. Bienzle schritt langsam die Reihen entlang nach vorn, ging dann auf Spohnholz zu und sagte:

«Ich brauche Sie für fünf Minuten, Herr Intendant.»

«Ich sagte Ihnen, daß das ausgeschlossen ist.»

Dr. Spieß hatte den Kopf gehoben und starrte nun angestrengt zu den leise tuschelnden Männern hinüber.

«Es geht darum, hier einen möglichen Skandal zu vermeiden», sagte Bienzle unbeirrt. «Zu Beginn der Ansprache sind Sie wieder da.»

«Also gut!» Das Gesicht des Intendanten war verkniffen. Er stürmte auf eine schmale Tür an der Stirnseite des Foyers zu; Bienzle konnte kaum folgen. Über zweihundert Augenpaare verfolgten den überstürzten Abgang der beiden. Im Saal erhob sich ein Geraune, das langsam wieder abebbte, als die Musiker hereinkamen und auf dem kleinen Podium neben der Puppenbühne Platz nahmen.

Im kahlen Büro des Intendanten fuhr Spohnholz auf Bienzle zu wie eine wütende Schlange:

«Es ist absolut unzumutbar...»

Bienzle sah dem Intendanten ins Gesicht und sagte: «Es gibt Leute, die sagen, Sie seien verdächtig, Meister und Androsch ermordet zu haben.»

Spohnholz verlor augenblicklich die Sprache.

Bienzle fuhr unbarmherzig fort: «Durch Intrigen und Machenschaften seien Sie Herr dieses Büros geworden, sagen diese Leute; Sie hätten gnadenlos alle Freunde Androschs entlassen. Und diejenigen, die Sie behalten haben, müßten noch heute dafür bezahlen... Ihnen wird noch mehr unterstellt – zum Beispiel, Sie seien in den internationalen Rauschgifthandel verwickelt.»

Spohnholz griff sich an die Brust und taumelte gegen seinen mächtigen Schreibtisch.

Bienzle grinste. «Na, na, na – Sie sind doch kein Schmierenkomödiant... Nicht nur Sie, auch andere sind verdächtig, und je schneller ich Beweismittel finde, um so rascher sind Sie entlastet – oder überführt.»

«Was... Was... Was wollen Sie von mir?» stammelte Spohnholz.

«Ich muß die Personalakte Zoller einsehen.»

«Zoller?»

«Ja. Noch ein Verdächtiger.»

«Sie müssen wahnsinnig sein!»

«Och, eigentlich fühl ich mich ganz wohl.»

Spohnholz fingerte umständlich nach seinem Schlüsselbund; schließlich fand er ihn unter einer Unterschriftenmappe auf seinem Schreibtisch. Er wählte mit zitternden Fingern einen Schlüssel und sperrte einen Stahlschrank auf. Er zog eine Hängeregistratur heraus und griff sich die letzte Mappe.

«Das muß Zoller sein – er ist der letzte im Alphabet.»

Bienzle nahm Spohnholz die Mappe aus der Hand, drehte sie um neunzig Grad und las die Aufschrift. «Das ist die Personalmappe von Zeck.»

«Was ist?» Spohnholz wirkte abwesend.

«Nicht Zoller, sondern Zeck», sagte Bienzle unwirsch.

Spohnholz fingerte alle Mappen durch. Es mochten fünfzig oder sechzig sein. «Die Mappe ist verschwunden...» sagte er dann heiser.

«Oh, du liabs Hergöttle von Biberach, wia hent di d' Mucka verschissa!» stöhnte Bienzle.

Spohnholz schaute gehetzt auf seine Armbanduhr. Es klopfte. Fräulein Schatz steckte ihren Kopf durch die Tür:

«Die da unten möchten anfangen... Wo bleiben Sie denn?»

«Einen Augenblick noch», sagte Bienzle; «wissen Sie, wo die Personalakte Zoller ist?»

«Nein», sagte Fräulein Schatz und bekam ein kämpferisches Gesicht. «Und ich wüßte auch nicht, was Sie das angehen würde.»

«Schätzchen!» ermahnte Spohnholz.

«Lag der Schlüssel immer auf dem Schreibtisch?» fragte Bienzle den Intendanten.

«Es scheint so. Ich muß vergessen haben, ihn einzustecken.»

«Sagen Sie denen, sie sollen schon mal anfangen», bestimmte Bienzle und drückte die Tür sanft gegen den Widerstand von Fräulein Schatz ins Schloß.

Der Intendant wagte keinen Widerspruch mehr.

«Gibt es hier im Hause ein Schriftstück in der Handschrift Ihres Vorgängers?»

«Androsch?»

«Ja.»

«Ich weiß nicht. Sicher nicht... Oder, warten Sie... Natürlich! Er hat doch immer alle Textbücher vollgemalt mit Anweisungen ans ganze Ensemble.» Spohnholz riß die Tür auf und brüllte: «Schätzchen...»

Aber Fräulein Schatz war bereits wieder auf dem Weg ins Foyer.

«Beschaffen Sie mir so ein Textbuch!» sagte Bienzle.

Der Intendant kniete sich im Sekretariat vor einen niedrigen Schrank und zog ein Paket schmaler Bücher heraus. Mit fliegenden Händen blätterte er eines nach dem anderen durch; sobald er mit einem Heft fertig war, warf er es hastig über die linke Schulter hinter sich. Es bildete sich ein Häufchen. Ein Haufen... «Hier – na endlich!» Spohnholz seufzte erleichtert. «Ich hab eins... Sehen Sie, das ist typisch für ihn – er hat überall Randnotizen gemacht. Das ist ein Textbuch, das er für die Kostümbildnerin vorbereitet hat. Hier hat er sogar ein Gedicht vorn reingeschrieben.»

Bienzle las:

> *Ein Regisseur kommt leicht in Rage,*
> *stimmt etwas nicht mit der Kledasche;*
> *doch manchmal ändert sich der Fakt,*
> *dann ist die Rolle aber – nackt!*

Bienzle lächelte. Er zog aus seiner Rocktasche eines der Tagebücher und verglich. Schließlich nickte er zufrieden und sagte: «Ich möchte Sie nicht länger aufhalten, Herr Intendant.»

Spohnholz richtete sich auf und sah Bienzle starr an. «*Sie* sind ein Schmierenkomödiant!» murmelte er.

Bienzle ließ sein Lächeln auf dem Gesicht stehen. «Ich wüßte niemand, der dies besser beurteilen könnte als Sie.»

Wütend verließ Spohnholz sein Büro und ließ Bienzle stehen.

Die Hängeregistratur stand noch immer offen. Bienzle ging hinüber und ließ die Aktendeckel durch seine Finger gleiten. Für einen Moment zog er die Personalakte Ursula Ralnik heraus, hielt sie unschlüssig in den Händen und ließ sie dann in die Schiene zurückgleiten.

«Bienzle, paß bloß auf dich auf!» sagte er leise und verließ das Intendanzbüro.

Auf dem Weg zum Foyer begegnete er dem Kriminalassistenten Haußmann, der ihm schon vom Treppenabsatz aus zurief:

«Zwei Mann vom MEK sind da!»

«Immer langsam», sagte Bienzle. «Was tut sich im Foyer?»

«Spieß redet noch. Ziemlich unkonzentriert übrigens.»

«Kein Wunder!» Bienzle grinste. «Und was sagen die Kollegen von der schnellen Truppe?»

Ein hochaufgeschossener junger Mann in einem knapp sitzenden braunen Lederblouson erschien hinter Haußmann. Schmales, scharf geschnittenes Gesicht. Draufgängertyp. «Inspektor Hornung», stellte er sich vor. «Kann ich berichten?»

«Wenn's schnell geht», sagte Bienzle, und zu Haußmann: «Wenn der Zoller unten anfängt, holen Sie mich.»

Bienzle und der MEK-Mann stiegen die Treppe wieder hinauf und traten in Spohnholz' Zimmer.

«Nun?» fragte Bienzle und ließ sich in dem bequemen Intendantensessel nieder.

«Wir haben alles, was Sie brauchen, um diesen Spieß für mindestens zehn Jahre einzulochen.»

«Langsam, langsam», sagte Bienzle; «nicht ich, sondern irgendein Richter wird ihn einlochen müssen... Wer war bei der Hausdurchsuchung anwesend?»

«Sie meinen, von seiten des zu Durchsuchenden?»

«Wenn Sie es so ausdrücken wollen...»

«Nun...» Der junge Inspektor zögerte. «Niemand.»

«Tz, tz, tz», machte Bienzle.

«Aber, Herr Hauptkommissar!» empörte sich Hornung. «Sie selbst haben doch...»

«War ein Staatsanwalt dabei?»

«Ja.»

«Sie wissen, daß der zu Durchsuchende das Recht hat...»

«Ich weiß. Aber Sie selbst meinten doch, daß Gefahr im Verzug sei.»

«Mhm...» machte Bienzle. «Hat sich das bestätigt?»

«Das will ich meinen.»

«Na, Gott sei Dank», lächelte Bienzle. «Ich will nämlich befördert werden, und da kann ich mir keinerlei Extratouren leisten.»

Der junge Polizist sah den Nesenbach-Maigret verstört an. Das sollte nun also der Mann sein, von dem man sich in Stuttgart gelegentlich Wunderdinge erzählte?

«Starren Sie mich nicht an, berichten Sie», sagte Bienzle barsch.

Der Mann vom Mobilen Einsatzkommando zog einen Zettel aus der Tasche und deklamierte: «2,5 Kilogramm reines Kokain, 6 Kilogramm Heroin, 120 Kilogramm Haschisch, falsche 50-Dollar-Noten im Gegenwert von 250 000 Mark, nach ersten Vergleichen in Genua hergestellt...»

«Aha», sagte Bienzle; «deshalb die Fahrten hin und zurück nach Italien und in die Türkei.»

«... außerdem eine exakte Aufstellung aller getätigten Geschäfte in den letzten beiden Jahren.»

«*Nein!*» Bienzle brüllte es beinahe.

«Ja, sowie genaue Aufstellungen über Versicherungsabrechnungen beim Tod diverser Pferde und dazu Unterlagen, die möglicherweise über illegale Handlungen in diesem Zusammenhang Auskunft geben.»

«I glaub, i schpinn!» rief Bienzle.

«Das wär's», sagte der Mann vom MEK lakonisch.

«Nur eine Frage», sagte Bienzle fast atemlos: «Wo war all das Zeug – im Haus von Spieß?»

«Nein, in seinem Bootsschuppen. In einem Tresor, der dort im Betonsockel eingelassen ist.»

«Wollen Sie mich auf den Arm nehmen?»

«Aber Herr Hauptkommissar!» Der Draufgängertyp grinste plötzlich. «Nee...» sagte er gedehnt; «wir haben einen Tip bekommen.»

«Einen Tip, so... Von wem?»

«Es wäre vielleicht besser, wenn Sie mich nicht fragen.»

Bienzle schaute den jungen Mann an, dann trat er dicht an ihn heran. «Ich frage Sie aber.»

Der MEK-Mann schob sich mit einer lässigen Bewegung, die Bienzle übel vermerkte, eine Zigarette zwischen die Lippen. «Der Schuppen wurde von zwei Männern bewacht, Sporttaucher oder so etwas in der Art...»

«Aha! Denen bin ich vielleicht mal begegnet.»

«Wir haben sie überrascht, und einer der Kollegen hat sich erinnert, daß Sie, Herr Kommissar, in einem Bericht von zwei Tauchern...»

«Ich schreibe nie Berichte vor Abschluß eines Falls, und auch dann nur höchst ungern.»

«Na ja, dann haben Sie eben davon erzählt. Auf jeden Fall hat der Kollege davon gewußt, und...» Er machte eine unbestimmte Handbewegung und ließ den Satz in der Luft hängen.

«Und dann haben Sie gesagt: ‹Freundchen, pack aus, oder...›?»

«Nun ja...» Dem jungen Polizisten wurde unbehaglich.

«Ihr habt sie laufenlassen?»

«Schwimmen lassen», sagte der Beamte mit einem unsicheren Grinsen.

«Davon will ich nichts gehört haben; bei uns gibt's keine Kronzeugen mit Verschonung, und schon gar nicht kann die Polizei welche dazu ernennen!»

«Ich weiß», sagte der MEK-Beamte kleinlaut.

«Im übrigen», grinste Bienzle, «werde ich Sie an höherer Stelle lobend zu erwähnen wissen.»

«Danke», sagte der andere und klappte doch tatsächlich die Hacken zusammen.

Haußmann und Gächter standen am Fuß der Treppe und erwarteten den Kommissar.

«Wie sieht's aus?» fragte Gächter.

Bienzle hob die breiten Schultern. «Die Tagebücher, die wir haben, hat Androsch auf jeden Fall nicht selbst geschrieben.»

«Fälschungen?»

«Ich nehme an, irgendwer hat sich die Mühe gemacht, alle vier von Hand abzuschreiben und dabei bestimmte Teile leicht zu verändern.»

«Ganz schöner Aufwand», meinte Gächter.

«Es ging ja wohl auch um eine Menge Geld. Und um die Gefahr, entdeckt zu werden.»

«Aber wer ist an die Bücher herangekommen?» fragte Haußmann.

«Zoller auf jeden Fall, aber natürlich auch der Mörder.»

«Wenn Zoller nicht auch der Mörder ist!»

«Ganz recht», brummte Bienzle.

«Mir ist übrigens aufgefallen», sagte Haußmann eifrig, «daß in den Passagen, die Sie vorgelesen haben, die Kürzel fehlen.»

«Stimmt», sagte Bienzle; «der Nachschreiber hat ziemlich geschludert. Er muß es eilig gehabt haben.»

«Was nicht gerade dafür spricht, daß es Zoller war», warf Gächter ein. «Denn der hatte doch bei Androsch genügend Möglichkeiten.»

Aus dem Foyer drang Beifall herauf.

«Was ist der nächste Programmpunkt?» erkundigte sich Bienzle.

«Ansprache des Intendanten», sagte Haußmann.

Bienzle setzte sich unvermittelt auf eine Treppenstufe und stützte den Kopf in beide Hände. Seine Stimme klang dadurch gepreßt. «Wir wissen jetzt», sagte er bedächtig, «daß Spieß eine sehr funktionstüchtige Organisation unterhielt. Er bediente sich dabei geschickt des Theaters. Die Truppe spielt regelmäßig in Österreich und in der Schweiz und eignet sich vorzüglich als Tarnung für Schmuggelgut. So wie Zoller Rauschgift in den Puppen über die Grenze gebracht hat, können alle möglichen Dinge, Falschgeld zum Beispiel oder Waffen oder was weiß ich, hin- und hergeschoben worden sein.»

«Spieß und Spohnholz kennen sich seit langer Zeit», warf Gächter ein. «Spieß soll sogar daran gedreht haben, daß Androsch gehen mußte und Spohnholz sein Nachfolger wurde.»

«Woher weißt du das?» Bienzle sah den Kollegen aus zusammengekniffenen Augen an.

«Hab ich beim Rumfragen erfahren», sagte Gächter unbestimmt und sah mit einem schiefen Lächeln auf Bienzle hinunter, der noch immer auf der Treppe hockte.

Bienzle kratzte sich in seinem dichten Haargestrüpp. «Der Brief», sagte er, «kann nur von einem Theatermann sein. Wer würde sonst ‹Gage› schreiben?»

«Einer, der eine falsche Spur legen will?» Haußmann hatte sich ein wenig vorgebeugt, um Bienzle ins Gesicht sehen zu können.

«Zwei Morde», sagte Bienzle sehr leise und wie zu sich selbst; «und wie viele Mörder?» Er stand ächzend auf. «Ich muß wissen, wer die Tagebücher abgeschrieben hat.»

«Im Zweifel hat er ja die Schrift verstellt.»

«Niemand kann seine Handschrift so verstellen, daß man sie nicht am Ende doch erkennt. Vor allem, wenn es sich um so lange Texte handelt.»

«Schon», sagte Gächter, «aber um rauszukriegen, wer's nun wirklich war, brauchen wir einen Sachverständigen.»

«Haben wir aber nicht», sagte Bienzle lakonisch.

«Dann müssen wir's eben anders versuchen.»

«Aber wie denn?» Haußmann klang ratlos.

Der lange Gächter sah den jungen Kollegen an. «Da können Sie vielleicht mal was lernen.»

«Gehen wir», sagte Bienzle, «sonst verpassen wir noch die Vorstellung.»

Als sie das Foyer betraten, sangen eine Sopranistin und ein Tenor, begleitet von einer Hammondorgel, das Duett ‹Wer uns getraut›. Der Kommissar verzog das Gesicht und drückte sich in den Schatten neben der Puppenbühne.

Nach dem Duett öffnete sich der Vorhang des Marionettentheaters. Die soeben verklungene Musik erklang erneut, diesmal aber von einem Tonband, und zwei Puppen schwebten an die Rampe der Minibühne. Sie waren genauso angezogen wie das Sängerpaar und imitierten nun zur Musik vom Tonband die beiden Solisten. Selbst Bienzle mußte lachen.

Es folgten Sketchs, in denen der Intendant und der Bürgermeister über Kulturpolitik diskutierten und schließlich gemeinsam dafür eintraten, die städtische Kläranlage auszubauen. Ein Zeitungsverleger wurde in Knittelversen auf den Arm genommen, eine Persiflage auf die Seestädter Fasnachtsnarren und ihren Fasnachtsbierernst folgte.

Das Publikum amüsierte sich königlich.

Dann ging für einen Moment das Licht aus. Als die Punktstrahler die Bühne wieder ausleuchteten, erklang die Titelmusik zu einem Fernsehkrimi.

Eine Puppe erschien, die eindeutig die Züge von Dr. Spieß trug, daneben die von Spohnholz.

«Schönes Fest, das Sie da inszeniert haben», sagte Spohnholz, triefend vor Freundlichkeit.

«Ist ja doch auch Ihr Verdienst, mein Lieber», antwortete Spieß.

«Es war eben wie immer...» Spohnholz deutete eine Verbeugung an.

«...ein nahtloses Zusammenspiel zu unser aller Bestem, nicht wahr?»

Einzelne Lacher im Publikum, aber man hörte auch die aufgeregte Stimme des Intendanten: «Was soll denn der Unsinn, Zoller?»

Die Spohnholz-Puppe warf ein Bein elegant über die schmale Bühnenrampe und machte es sich bequem. «Ja, was soll das, Zoller?» äffte sie den Zuruf des Intendanten nach und schaute nach oben. Für einen Augenblick riß ein Scheinwerfer Zollers Kopf über der Bühne aus der Dunkelheit. Er hatte sein Gesicht weiß geschminkt und sagte ernst:

«Einen Jux will ich mir machen – weiter nichts...» Sofort erlosch das Licht wieder.

Das Publikum klatschte begeistert.

Die Spieß-Puppe setzte sich auf einen schmalen Sessel und fragte: «Wie gehen die Geschäfte?»

«Nun, je leichter die Ware, um so leichter ist sie an den Mann zu bringen», sagte Spohnholz mit öliger Stimme.

Einzelne Lacher im Publikum.

«Ich denke, Sie spielen auch Brecht?» sagte Spieß.

«Stimmt. ‹Den guten Menschen von Sezuan›.»

«Seltsam.»

«Warum seltsam?»

«Daß Sie dieses Stück...» Die Spieß-Puppe brach ab, denn nun kam eine Nachbildung des Puppenspielers auf die Bühne. Mit gesenktem Kopf deklamierte sie:

«Wer den Verlorenen hilft, ist selbst verloren. Denn wer könnte lang sich weigern, böse zu sein, wenn da stirbt, wer kein Fleisch ißt?»

«Was'n das?» fragte die Spieß-Puppe und hob mißtrauisch den Kopf.

Spohnholz hob das hölzerne Händchen vor den Mund. «Psst! Das ist Brecht – Shen Te aus ‹*Sezuan*›!»

Die Puppenspieler-Puppe fuhr fort: «Aus was sollte ich nehmen, was alles gebracht wurde? Nur aus mir? Aber dann kam ich um. Die Last der guten Vorsätze drückte mich in die Erde...» Die Puppe kam an die Rampe und beugte sich vor; die ausgestreckte kleine Hand zeigte ins Publikum: «Etwas muß falsch sein an eurer Welt. Warum ist auf die Bosheit ein Preis gesetzt?»

«Stark, dieser Brecht – nicht wahr?» sagte die Spohnholz-Puppe zu Spieß.

«In der Tat.»

Der Puppenspieler richtete sich auf und hob beide Ärmchen zum Himmel:

«Zuschauer wisse, die Hauptstadt von Sezuan,
in der man nicht zugleich gut sein und leben kann,
besteht nicht mehr, sie mußte untergehn,
doch gibt's noch viele, die ihr ähnlich sehn.
Tut einer Gutes dort, frißt ihn die nächste Maus,
die Untat aber zahlt sich dorten aus.
Zuschauer, du wohnst selbst in solcher Stadt;
bau sie schnell um, eh sie dich gefressen hat...»

Es war still geworden im Foyer des Seestädter Theaters.

Die Intendanten-Puppe sagte: «Da sehen Sie, wie aktuell Brecht auch heute noch ist.»

«Imponierend», antwortete Spieß.

«Nicht wahr?» sagte die Zoller-Puppe.

«Allegorisch», sagte Spohnholz.

«Und die Geschäfte gehen?» fragte Zoller.

«Ja, danke», sagte Spieß.

«Die mit dem Gift und die mit dem Tod?»

«Beide», sagte die Spieß-Puppe.

«Zeit, daß einer das Geschäft der Gerechtigkeit betreibt. Oder das der Rache.»

Es wurde unruhig im Saal. Die Puppenspieler-Puppe kam wieder an die Rampe. «Der Mensch, der seinen Nächsten blind versehrt/zum Krüppel macht, am End zerstört/muß Aug um Aug und Zahn um Zahn/das fühlen, was er selbst getan...»

«Das ist aber nicht mehr Brecht», sagte die Spohnholz-Puppe spitz.

«Das spielt auch nicht in Sezuan.»

«Ich hör mir das nicht länger an», sagte die Spieß-Puppe und erhob sich.

Die Zoller-Puppe lachte: «Nicht nur bei Brecht/sind manche Menschen meistens schlecht/Seht euch zum Beispiel diese an...» Die Puppe deutete nun auf Spieß und Spohnholz im Publikum: «Die stammen auch aus Sezuan!»

Bienzle stieß sich von der Wand ab und machte einen Schritt nach vorn. Neben ihm war Gächter. Das gab dem Kommissar wie immer ein beruhigendes Gefühl der Sicherheit.

«Auf Spieß achten!» raunte Bienzle.

«Schluß jetzt!» rief der Intendant aus der ersten Reihe.

Der Puppen-Intendant an der Bühnenrampe nahm den Zuruf wieder auf. «Ja, haben Sie gehört da oben? Schluß jetzt!»

Wieder erschien das Gesicht des Puppenspielers im Licht: «Noch nicht...» Eine neue Puppe kam auf die kleine Bühne.

Bienzle sagte laut: «Ja, jetzt so ebbes – jetzt kann i gar nimmer!»

Die Puppe war groß, gedrungen, mit deutlich sichtbarem Bauchansatz. Der Kopf war zu groß, ein wenig dick, beherrscht von einem eckigen Kinn, einer hohen Stirn und überdimensionalen wirren Augenbrauen. «Ja, jetzt so ebbes, jetzt kann i gar nimmer», ahmte die Puppe in schlechtem Schwäbisch nach.

Kein Zweifel, Zoller hatte Bienzle als Marionette auf die Bühne gebracht... Die Kommissar-Puppe ging auf Spohnholz zu und sagte: «Alles, was Sie ab jetzt sagen, kann gegen Sie verwendet werden!»

Im Publikum lachten ein paar Leute. Spieß sprang auf.

«Ich verhafte Sie wegen des Mordes an Stephan Androsch», sagte die Puppe.

Für einen Augenblick herrschte lähmende Stille im Saal.

«Licht!» brüllte Bienzle. Aber es geschah nichts.

«Licht!» brüllte Bienzle noch einmal.

«Geht nicht», kam eine Stimme von hinten.

Gächter war mit wenigen Schritten bei der Puppenbühne. Er schaltete die Punktstrahler ein, die Zoller aus der Dunkelheit rissen.

Bienzle vertrat im Halbdunkel Dr. Spieß den Weg und sagte: «Tut mir leid, daß wir hier so stören, aber ich muß Sie verhaften.»

Der einstige Arzt trat zwei Schritte zurück und griff unter sein Jackett. Er zog eine Pistole hervor, drehte sich um die eigene Achse, hob den Arm und zielte auf das weiße Gesicht Zollers, das wie eine Theatermaske über der kleinen Bühne hing.

Haußmann kam von der anderen Seite und schlug Spieß die Waffe aus der Hand. Gächter hob sie auf.

«Die war noch nicht mal entsichert», sagte er mißbilligend.

«Meine Damen und Herren...»

Aber Bienzle drang nicht durch. Es herrschte ein wildes Durcheinander. Stühle fielen krachend um, Frauen kreischten. Endlich ging das Licht an und beleuchtete das Chaos. Die Menschen drängten auf die Ausgänge zu, andere stemmten sich dem Strom entgegen und hoben sich auf die Zehen, um besser sehen zu können, was an der Stirnseite des Saals vor sich ging.

«Meine Damen und Herren...» brüllte Bienzle erneut.

Jetzt war der Intendant neben ihm und donnerte in den Saal: «Ich bitte um Ruuu-hääh...» Seine Stimme trug besser als die des Kommissars. Langsam wurde es still.

Bienzle trat einen Schritt vor. Er schwitzte. «Wir bedauern diese Vorgänge außerordentlich», sagte er und sah sich hilfesuchend um, aber sowohl Gächter als auch Haußmann waren ein paar Schritte zurückgetreten; Bienzle stand allein vor dem Publikum, das sich langsam wieder im Foyer sammelte.

«Es könnte Ihnen vorkommen wie... nun, wie absurdes Theater...» Bienzle versuchte zu lächeln. «Ich verstehe nicht viel davon», sagte er entschuldigend. «Es war nicht unsere Absicht, diese Veranstaltung in dieser Weise zu stören. Dennoch bitte ich Sie um Verständnis, wenn die Polizei die Veranstaltung an dieser Stelle abbrechen muß. Ich...» Er zögerte. «Ich wünsche Ihnen einen guten Nachhauseweg!»

Er ging mit schnellen Schritten zu Haußmann und zischte: «Ist dafür gesorgt, daß Smetana und Zoller nicht weggehen?»

Haußmann nickte. «Zwei Kollegen bringen sie ins Intendanzbüro.»

Der Saal leerte sich langsam. Zurück blieb ein Chaos. Umgestürzte Stühle, wirr ineinander verhakt, Sektgläser, halb aufgegessene Sandwiches. Ein Musiker spielte noch ein paar Takte auf dem Baß und packte dann als letzter der Band sein Instrument ein. Schließlich blieben nur Spohnholz, dessen Frau, der mit Handschellen gefesselte Spieß, Bienzle, Gächter und Haußmann zurück.

Spieß fand als erster die Sprache wieder. «Das wird Sie Ihren Posten kosten, Kommissar!»

Bienzle drehte sich müde um: «Eines Tages mache ich eine genaue Aufstellung all der Fälle, in denen der Verhaftete genau diesen Satz gesagt hat, sobald er die Handschellen umhatte.»

«Es ist doch schwachsinnig anzunehmen, ich hätte Androsch...» fuhr Spohnholz aufgeregt dazwischen.

«Ja, ja», sagte Bienzle gelangweilt; «bis jetzt hat aber niemand außer einer Puppe behauptet, Sie hätten es getan...» Dann wandte er sich an Spieß: «Nehmen wir mal an, uns wäre der Inhalt eines Safes im Betonsockel Ihres Bootsschuppens bekannt – glauben Sie nicht, daß das Grund genug...»

«Ich will einen Anwalt!» bellte Spieß.

«Das ist der Satz, der am zweithäufigsten von den Leuten gebraucht wird, die wir gerade festgenommen haben.» Bienzle lächelte ohne einen Hauch von Fröhlichkeit. Dann sagte er zu zwei Beamten, die an der Tür erschienen: «Abführen, den Mann!»

«Wo ist meine Frau?» rief Spieß noch in den hallenden leeren Saal hinein.

«Gegangen», sagte Gächter lakonisch.

Im Intendanzbüro warteten Smetana und Zoller, bewacht von zwei uniformierten Beamten und zwei Angehörigen des MEK. Bienzle schickte die Polizisten vor die Tür. Schließlich saßen der Intendant, Zoller, Smetana, Bienzle, Gächter und Haußmann um den niedrigen Besprechungstisch, als ob sie eine Konferenz abzuhalten hätten.

Frau Spohnholz kochte Kaffee und goß ein.

«Also...» begann Bienzle. Dann stand er auf und lehnte sich, die Arme über dem mächtigen Brustkasten gekreuzt, gegen den Schreibtisch. «Herr Zoller, erzählen Sie uns, was Sie unten nicht mehr zeigen konnten.»

Zoller hob den Kopf. Er hatte noch versucht, die weiße Farbe aus dem Gesicht zu wischen, war dabei aber unterbrochen worden; nun sah er aus wie ein trauriger Clown. «Sie haben Spieß verhaftet?»

Bienzle nickte.

«Das war mein Ziel», sagte Zoller; «er steckt hinter allem.»

«Können Sie es etwas präziser sagen?» fragte der Kommissar sehr ruhig.

«Nun, er hat einen ungeheuren Handel mit Rauschgift und Falschgeld und vielem anderen betrieben, und er hat sich dabei oft auch der Mitarbeit von Leuten aus diesem Theater bedient. Seine Freundschaft zum Intendanten war ihm dabei sehr von Nutzen.»

Spohnholz fuhr auf: «Ich lasse mir das nicht gefallen!»

Gächter zwang den Intendanten mit einer nachdrücklichen Bewegung in dessen Sessel zurück.

Bienzle sagte: «Das mag stimmen. Wir haben exakte Unterlagen über die illegalen Geschäfte des Herrn Dr. Spieß, die eine geradezu unglaubliche Größenordnung hatten. Inwieweit Leute aus Ihrem Haus daran beteiligt waren, wird die Ermittlung im einzelnen bringen.»

Zoller sagte: «Androsch war der erste, der Spieß durchschaute. Er nahm sich vor, das Theater zu säubern und, wenn möglich, Spieß das Handwerk zu legen.»

«Aber er schaffte es nicht», sagte Bienzle trocken.

«Er kam nicht mehr dazu. Spieß erkannte die Gefahr und betrieb von da an die Ablösung Androschs. Mehr noch, er beschaffte der Stadt sogar den Nachfolger – seinen Freund Spohnholz.»

Bienzle sah den Intendanten an: «Sie sind schon länger mit Spieß befreundet?»

«Seit über zwanzig Jahren», gab Spohnholz zögernd zu.

«Aha», brummte Bienzle. Und zu Zoller gewandt: «Und weiter?»

«Ich will nicht verschweigen, daß ich selbst für Spieß gearbeitet habe.»

«Wie lange?» fragte Gächter scharf dazwischen.

«Ein paar Monate», sagte Zoller unbestimmt.

Gächter legte seinen Fuchskopf schief und sagte in seiner gehässigsten Tonlage: «Sie lügen, Zoller.»

Selbst Bienzle schaute seinen Kollegen überrascht an, zumindest schien es so.

«Sagen Sie das nicht noch mal!» zischte der Puppenspieler.

«Lassen wir das für den Augenblick», sagte Bienzle und dann, an Spohnholz gewandt: «Kann ich mal telefonieren?»

«Aber selbstverständlich», sagte der Intendant beflissen.

Der Kommissar wählte, wartete einen Augenblick und sagte dann: «Ist Häberle noch im Haus? Bienzle hier...»

Solange der Gesprächspartner am anderen Ende der Leitung gesucht wurde, ließ der Kommissar seinen Blick vom einen zum anderen wandern. Zoller saß zusammengesunken in seinem Sessel, die Hände zwischen die Knie gepreßt, und starrte auf einen Punkt an der Wand. Spohnholz zerrte nervös an den Aufschlägen seines Jacketts herum. Smetana schielte immer wieder zu Gächter hinüber, als ob er sich vor ihm fürchtete.

«Ja?» rief Bienzle ein wenig zu laut. «Ich bin's – Bienzle... Ist es möglich, daß wir einen der beiden, die wir gestern vernommen haben, an den Apparat bekommen?... Ja... gut; ruf mich zurück...» Er gab Häberle die Durchwahlnummer. «Nun», sagte er dann jovial, «machen wir einstweilen mal weiter.»

Er nahm einen Schluck Kaffee und fixierte Zoller über den Tassenrand hinweg. «Wissen Sie, was ich am meisten bedaure? Meister hätte nicht zu sterben brauchen. Er hatte Ihre Tochter nicht rauschgiftsüchtig gemacht. Sie selbst waren es!»

«Nein!» schrie Zoller. «Das hat er behauptet – genau das... Dieses Schwein, dieses gemeine! Ich hätte die Schuld, hat er gesagt. Immer wieder. Ich! Ich! Ich! Das war die gemeinste Lüge, die je ein Mensch erfunden hat!»

«Es war die Wahrheit», sagte Bienzle ruhig, «und Sie wußten es... Ihre Tochter hatte Ihnen geschrieben, und Meister hatte es Ihnen auf den Kopf zugesagt. Mehr noch: Er hat Ihnen wahrscheinlich gesagt, daß Sie – einmal dahintergekommen, wie leicht Geld zu verdienen war in diesem Geschäft – auch dann nicht aufhörten, als Ihre finanziellen Probleme eigentlich gelöst waren... Sie hatten begriffen, wie schön es ist, ohne wirtschaftliche Sorgen zu leben, sich mal was außer der Reihe leisten zu können... Aber Sie haben sich selbst belogen. Sie haben geglaubt, daß Sie niemand Schaden zufügen könnten. Wenn ich's nicht mache, tut's ein anderer, haben Sie sich sicher gesagt. Und als Sie begriffen haben, daß Ihre Tochter mit hineingezogen worden war, haben Sie Ersatzschuldige gesucht, nur um über der eigenen Schuld nicht verrückt zu werden. Doch Meister hat diese Legende ad absurdum geführt, und da wußten Sie sich nicht mehr anders zu helfen. Sie haben ihn niedergeschlagen. Dort droben – im Fundus, wo Sie sich aussprechen wollten. Und dann haben Sie ihm den Stereo-Schuß verpaßt, von dem Sie wissen mußten, daß er tödlich war. Sie haben ihn umgebracht und vor sich selbst immer noch stur behauptet, es sei die gerechte Strafe, weil der Mann, der Ihre Tochter ins Elend gejagt haben sollte, nunmehr mit dem gleichen Zeug getötet worden war, mit dem er Bärbel angeblich ins Verderben getrieben hatte.»

Zoller starrte Bienzle mit aufgerissenen Augen an.

Der Kommissar sagte leise: «Das war es doch, was Sie uns vermitteln wollten, da unten im Foyer... Oder?»

Zoller schwieg.

«Ich kann das verstehen», sagte Bienzle. «Sie waren einfach unfähig, die Schuld zu tragen, die Sie sich selber aufgeladen hatten. Sie durften es nicht glauben, daß Ihre Tochter...» Er hielt inne.

Zoller war in sich zusammengesunken, seine Schultern bebten, Tränen rannen durch seine Schminke zum Kinn.

«Und deshalb brauchten Sie auch den Umweg über die Puppen, um es einzugestehen», sagte Bienzle nach einer Weile. Dann wandte er sich ab. Er konnte nicht weitersprechen.

Gächter übernahm. Bei ihm fielen die Worte wie Eiszapfen aus dem Mund. «Mord zwo – Androsch», sagte er ungerührt. «Der Mann war Ihr Freund, und er wußte bald, was los war. Und er machte den Fehler zu glauben, Sie seien zurechnungsfähig.»

Zoller fuhr herum und ging auf Gächter los. Seine Fingernägel fuhren durch das Gesicht des Kriminalmeisters und hinterließen auf beiden Seiten vier blutende Rinnen. Gächter schlug zu. Es war ein genau gezielter Haken, der Zoller in seinen Sessel zurückwarf. Langsam tupfte sich Gächter das Blut vom Gesicht. Er fixierte den Puppenspieler mit kalten Augen. «Mann...»

Bienzle gab sich einen Ruck. «Unsinn!»

«Wie bitte?» Gächter sah den Kommissar ungläubig an.

«Der Mord oder der Totschlag – das soll das Gericht entscheiden – an Meister, das war wohl im wesentlichen eine Affekthandlung. Aber Zoller wäre doch niemals fähig, einen richtigen, heimtückischen Mord systematisch zu planen, kalt vorzubereiten und überlegt auszuführen... Dafür braucht's andere Kaliber!»

Spohnholz hob langsam den Kopf und sagte, jedes Wort betonend: «Sie meinen, es war Spieß?»

Der Kommissar sah den Intendanten schweigend an, bis der dem Blick auswich.

«Warum ruft Häberle bloß nicht an?» nuschelte Bienzle und ließ sich von Frau Spohnholz Kaffee nachgießen. Wie aufs Stichwort klingelte der Apparat.

«Bienzle hier... Gut... Hast du einen der beiden...?» Er ging langsam mit dem Telefon zu Spohnholz und drückte ihm den Hörer in die Hand.

«Was soll ich damit?» fuhr Spohnholz auf.

«Sagen Sie: Der nächste Auftrag kommt erst in vierzehn Tagen.»

«Aber warum soll ich das sagen?»

«Tun Sie mir den Gefallen.»

Der Intendant schüttelte den Kopf. «Ich denke gar nicht daran, bei diesem Theater mitzuspielen.»

«Oder sagen Sie: Die zweite Hälfte der Gage kommt nach Erledigung des Auftrags.»

«Ich bitte Sie!» Spohnholz schwitzte. «Das ist doch kompletter Unsinn – von welcher Gage ist da die Rede? Und von welchem Auftrag?» Er hatte offensichtlich gar nicht gemerkt, daß er während der ganzen Auseinandersetzung den Hörer am Ohr hielt.

Bienzle nahm ihn jetzt wieder an sich und sprach ins Telefon: «Haben Sie etwas verstanden...?» Er nickte. «Sehr gut!» Dann legte er auf und sah Spohnholz direkt in die Augen. «Er hat Ihre Stimme wiedererkannt.»

Spohnholz lachte. Seine Stimme überschlug sich dabei. «Wer soll mich erkannt haben?»

«Wohlfahrt. Der Mann, dem Sie gelegentlich Aufträge zukommen ließen. Unter dem Codewort ‹Androsch› – was ich nun nicht für besonders geschmackvoll halte, offen gesagt.»

Spohnholz stand auf. Gächter war sofort neben ihm.

«Ich muß mir doch wohl diesen Schwachsinn...»

Bienzle unterbrach ihn: «Sie haben eine Menge Fehler gemacht, Herr Spohnholz. Zum Beispiel den, daß Sie statt ‹Lohn› oder ‹Bezahlung› ‹Gage› geschrieben haben – und das Ganze noch auf der Schreibmaschine in Ihrem Vorzimmer... Der schlimmste Fehler aber war, daß Sie die Tagebücher von Stephan Androsch abgeschrieben haben. Dilettantisch, außerordentlich dilettantisch.»

«Aber er hat doch gar nicht...» sagte Frau Spohnholz mit zitternder Stimme von hinten. Dann schlug sie die Hand vor den Mund.

Bienzle drehte sich sehr langsam zu der Frau um. Er nahm sie zum erstenmal richtig wahr. Eine große, gutaussehende Frau mit ebenmäßigen, weichen Zügen. Das graue Haar lag eng um den Kopf, ihre blauen Augen sahen traurig aus. Sie knetete ihre Hände jetzt vor der Brust und begann zu weinen.

«Sie haben es geschrieben?»

«*Anna!*» schrie Spohnholz.

Seine Frau nickte wie in Trance.

«Wußten Sie, warum Sie es tun sollten?»

Sie schüttelte den Kopf.

Gächter sagte: «Clever. Und doch nicht clever genug.»

Bienzle ging plötzlich auf Zoller zu und setzte sich vor ihn auf die Tischplatte. «Das Stückchen, das Sie aufführten, hat das Androsch geschrieben?»

«Es war eine Gemeinschaftsarbeit», sagte Zoller mit stockender

Stimme. Dann lächelte er leise, sah zu Bienzle auf: «Ein bißchen pathetisch, nicht wahr?»

Auch Bienzle mußte lächeln: «Woher wußten Sie, daß Spohnholz in die Geschäfte eingestiegen war?»

«Von mir», sagte Smetana.

Der kleine alte Mann saß jetzt aufrecht in seinem Sessel. «Andi, ich meine Stephan Androsch, war mein bester Freund; wir haben davon niemals Aufhebens gemacht, weil... Nun, er war der Chef, und ich war ein kleines Licht, und da wollte ich nicht... Sie verstehen, bittaschehn?»

Bienzle lächelte ihn freundlich an.

«Na ja, bittaschehn, ich hab ihm gesagt, als er gehen mußte, laß mich mal an die Sache. Es war gar nicht so schwierig, an Dr. Spieß ranzukommen. Ich hab manchmal kleinere, manchmal auch größere Arbeiten für ihn gemacht, bittaschehn. Schließlich hab ich es sozusagen zum Mittelsmann gebracht, zwischen ihm und Spohnholz, oder eigentlich zwischen ihm und dem Theater...» Smetana stand auf, ging zu einem der weißen Schränke, holte mit einer selbstverständlichen Geste eine Cognac-Flasche und ein Glas heraus, goß sich ein und trank. «Spohnholz steckte dick drin...» Er sah angewidert zu seinem Chef hinüber. «Ich kann Ihnen dazu eine Menge erzählen, und was ich erzähle, kann ich auch beweisen.»

«Bittaschehn... Wären Sie mal früher zu uns gekommen, Sie Sherlock Holmes!» sagte Gächter giftig.

«Sie haben ja recht, aber niemand hat gedacht, daß...» Er brach ab und schüttelte den Kopf.

«Wußten Sie, daß Herr Zoller den Meister umgebracht hat?» fragte Bienzle.

«Ja, ja, ja... Er hat es uns gestanden. Draußen in Androschs Häuschen. Er hat es uns erzählt. Rot hat er gesehen, er wußte ja selbst nicht mehr, wie's passiert ist.»

«Lassen wir das mal beiseite», sagte Bienzle; «Androsch wollte also einen... Ja, sagen wir mal – eine Art Rachefeldzug durchführen?»

«Wir hatten uns überlegt, bittaschehn, daß Spieß und Spohnholz gefährliche Leute sind. Deshalb wollten wir Ihnen, Herr Kommissar, sozusagen die Lösung auf Tablett servieren. Heute abend. Androsch und Zoller haben das Stück geschrieben; sie waren richtig fasziniert, haben sich hineingesteigert, und... Na ja, sie haben sich großen

Theatercoup immer wieder ausgemalt. Und dabei haben sie vielleicht den Sinn... bittaschehn, den Sinn für die Realität ein bißchen verloren.»

Bienzle nickte. Dann, zu Spohnholz gewandt, sagte er scharf: «Und wie sind Sie dahintergekommen, daß Androsch Ihnen ans Leder wollte?»

«Ich sage nichts.» Der Intendant hatte in seinem Sessel hinter dem großen Schreibtisch Platz genommen, die Beine übereinandergeschlagen, die Hände – Fingerspitzen gegeneinander – zu einem Dach geformt, und gab sich den Anschein der Gleichmütigkeit.

«Androsch hat ihn angerufen», sagte Zoller mit dumpfer Stimme. «Ich hatte ihn gewarnt. Ich habe ihm gesagt, das sind Leute, die bis zum Äußersten gehen.»

«Wie Sie», warf Gächter gehässig ein und fing sich dafür einen vernichtenden Blick seines Chefs ein.

«Sie sind rausgefahren, angeblich, um ein Gespräch mit ihm zu führen, und haben ihn dann erschossen», sagte Bienzle.

«Ich sage nichts», gab Spohnholz beinahe heiter zurück.

«Wo ist die Waffe?» fragte Bienzle.

«Ich besitze keine Waffe.»

Der Kommissar sah Spohnholz an: «Solange wir hier sitzen, führen Kollegen von uns Hausdurchsuchungen durch, bei Ihnen allen und bei Spieß. Wir haben im Bootsschuppen Ihres Kompagnons bereits eine Menge gefunden, das wird nicht alles sein. Wenn die Waffe bei Ihnen zu Hause ist, finden wir sie.»

Frau Spohnholz schluchzte auf. Der Intendant erhob sich; wieder einmal hatte sich sein Gesichtsausdruck mit einem Schlag verändert. Er sah jetzt alt aus; sein Gesicht wurde schmal und bekam kantige Konturen. Er stützte sich ein wenig auf seinem Schreibtisch auf. Dann sagte er: «Sie können mein Geständnis aufnehmen.»

Gächter kramte einen Block aus der Tasche und setzte den Bleistift an.

«Stichworte genügen», sagte Bienzle.

«Ich war bei Androsch. Gestern um die Mittagszeit. Er hatte eine komplette Dokumentation – oder doch eine ziemlich vollständige – über das, was in den letzten beiden Jahren von Spieß und mir... sagen wir mal, abgewickelt wurde. Ich bin zutiefst erschrocken und war tief deprimiert.»

«Mir kommen die Tränen», murmelte Gächter.

Aber Spohnholz ließ sich jetzt nicht mehr unterbrechen. «Ich bin sofort zu Spieß gefahren. Er hat mich beruhigt. Das sei in Ordnung zu bringen, meinte er. Na ja, gegen siebzehn Uhr tauchte er bei mir auf und brachte die Tagebücher. Meine Frau kann das bestätigen. Ich habe dann behauptet, wir wollten eine Dokumentation veröffentlichen, in einer hübschen Handschrift, faksimiliert... Sie verstehen?»

«Haben Sie den Schwachsinn geglaubt?» Gächter sah Frau Spohnholz an.

Sie nickte nur.

«Die entscheidende Frage ist, ob Sie das alles beweisen können!» sagte Bienzle nachdenklich.

Spohnholz stand auf, ging zu einem Schrank, nahm einen kleinen Kassettenrecorder heraus und drückte auf Start. Spieß' Stimme erklang: *Ich hab alles erledigt; mach du das mit den Tagebüchern und sorge dafür, daß nichts Geschriebenes von deiner Frau rumliegt, dann kann die Polizei suchen, solange sie will. Außer Verwirrung wird da nichts übrigbleiben.*

Bienzle lachte leise.

War es denn nötig, daß du ihn...? Spohnholz' Stimme.

Mach dir darüber keine Gedanken. Denk lieber drüber nach, wie wir den Verteilerschlüssel ändern, es ist ja wohl keine Frage, daß ich damit...

Hier brach das Tonband ab.

Plötzlich war es sehr still im Intendanzzimmer.

Nach einer Weile sagte Bienzle: «Ich verhafte Sie, Herr Spohnholz, und Sie, Herr Zoller.»

Gächter öffnete die Tür und rief zwei Polizisten herein. «Abführen!» sagte er lakonisch.

Bienzle gab Zoller die Hand und sagte: «Machen Sie's gut.» Spohnholz würdigte er keines Blickes.

Als er zusammen mit Gächter und Haußmann das Theater verließ, standen immer noch Grüppchen diskutierender Menschen auf dem kleinen Platz davor und in den Seitengassen. Es war 22 Uhr 30. Der Wind hatte zugenommen. Er blies Herbstblätter durch die Gassen. Bienzle spuckte angewidert in den Rinnstein. Zu Gächter sagte er:

«Irgendwann einmal werde ich deine harte Tour nicht mehr ertragen.»

«Genauso geht es mir mit deiner sanften», sagte Gächter.

Haußmann sah von einem zum anderen und begriff nicht, wie ernst es beide meinten.

«Ich fand es gut, daß wir wieder einmal als Team zusammenarbeiten konnten», rief er aufgeräumt.

Keiner antwortete ihm.

Sie gingen durch die Deutschmeistergasse auf den Kirchplatz zu. In dem hellen Feld, das eine Bogenlampe am Ende der Gasse aus der Dunkelheit schnitt, stand eine wartende Frauengestalt.

Bienzle sagte: «Ich denke, daß ich noch eine Weile allein spazierengehe.»

Gächter blieb einen Moment stehen und sagte: «Soll ich deine Frau anrufen, daß du ein, zwei Tage später kommst?»

Bienzle sah den Kollegen an. «Danke, nein; es wird endlich einmal Zeit, daß ich das auch selber mache... Gute Nacht!»

Gächter zupfte Haußmann am Ärmel und sagte: «Kommen Sie, wir kehren um; ich weiß eine nette Kneipe am Seeufer.»

Bienzle erreichte Ursula Ralnik und schob seinen Arm unter den ihren. Gemeinsam gingen sie weiter.

Gächter sah sich noch einmal nach den beiden um und sagte leise: «Ach wie gut, daß niemand weiß...»